KB263684

さらば長き眠り

안녕 긴 잠이여

하라 료

권일영 옮김

비채

—탐정
사와자키
시리즈

さらば長き眠り

누군가를 위해 죽는다는 것은
하잘것없는 사랑의 증거다.

니체*

* 그의 유고에서. 다만 니체가 나중에 스스로 지웠다.

등 장 인 물

사와자키	사립탐정
마스다 게이조	노숙자, 전직 건축가
우오즈미 아키라	전 고교야구 선수, 의뢰인
우오즈미 유키	아키라의 의붓누나
우오즈미 효	아키라의 아버지, 일용직 노동자
후지사키 겐지로	스포츠용품점 주인, 전직 야구감독
후지사키 노리코	후지사키 겐지로의 아내, 스낵바 주인
신조 게이코	유키의 고모, 전통복식 디자이너
신조 유스케	신조 게이코의 남편, 영화 미술 담당
가와시마 히로타카	스포츠용품 판매회사 사원
오사와 료지	우오즈미 아키라의 이웃, 프리터
아키바 도모코	자살 목격자, 주부
나카무타 요시오	자살 목격자, 전직 전력회사 사원
에바라 나오토	자살 목격자, 전직 레코드회사 사원
오쓰키 우콘	오쓰키류 노의 종가(이에모토)
오쓰키 마유미	종가의 장녀
오쓰키 하루오	마유미의 남편, 일본계 미국인, 대학교수
오쓰키 유리	종가의 차녀
이스루기	오쓰키카이 이사장
사쿠마	야지마 변호사사무소 소속 여성 변호사
이가라시 무쓰오	오쿠자와 TK맨션 관리인
이나오카 요시로	오쿠자와 TK맨션 주민
구사나기 이치로	시의회 의원
다루미	신주쿠 경찰서 형사
하시즈메	폭력단 '세이와카이'의 간부
사가라	하시즈메의 보디가드
와타나베	사와자키의 옛 파트너
니시고리	신주쿠 경찰서 경부

차례

1

겨울이 끝나갈 무렵, 한밤중이 다 되어서야 거의 사백 일 만에 도쿄로 돌아왔다. 빗속을 아홉 시간 이상 쉬지 않고 달린 블루버드를 니시신주쿠에 있는 사무실 주차장에 세우고, 편히 죽지 못한 시체처럼 뻣뻣한 몸으로 차에서 내렸다. 비는 도심에 가까워지면서부터 이슬비로 바뀌었다. 살풍경한 주차장 주변 풍경은 아무런 변화 없이 그대로였다. 애초 한 달 정도로 예상하고 이곳을 떠난 것이 마치 어제 일처럼 느껴졌다. 나는 뻐근한 등을 두드리며 뒷좌석에서 이런저런 물건을 넣어둔 작은 여행용 가방과 낡은 검은색 숄더백을 꺼냈다.

이슬비 내리는 밤의 귀환이지만 이 도시는 그런 감상에 젖기에 너무나도 비열했다. 잠가놓지 않는 우편함에 아무것도 없다는 사실을 확인하고, 한 사람이 겨우 지나다니는 좁고 낡은 건물 계단을 무거운 발걸음으로 올라가 한낮에도 결코 햇빛이 들지 않는 2층 복도 안쪽 사무실에 이르자, 일 년 이상 떠나 있던 생업에 대한 막연한 불안감이 몸을 휩쌌다. 출입문에 페인트로 써놓은 '와타나베 탐정사무소'라는 글자의 색이 문득 바랜 느낌이 들었다. 아마 예전부터 그랬지만 그간 신경을 쓰지 않았기 때문일 것이다.

열쇠를 꽂고 막 손잡이를 돌리려는데 뭔가 이상한 느낌이 들었다. 기다리는 손님을 위해 문 옆에 마련해둔 나무 벤치 너머 어둠 속에서 희미한 소리가 들린 것이다. 두 손에 들고 있던 여행용 가방과 숄더백을 바닥에 떨어뜨리듯 내려놓았다.

"누구요!" 내가 날카로운 목소리로 물었다.

어둠 속에서 두툼한 종이를 비비는 듯 부스럭거리는 소리에 섞여 힘없는 한숨 소리가 들려왔다. 저항을 포기한 작은 동물이 내는 소리 같았다.

얼른 사무실 문을 열고 손을 뻗어 조명 스위치를 찾았다. 오래 비워두었지만 전기요금이나 전화요금, 임대료는 꼬박꼬박 냈다. 스위치를 올리자 어두컴컴한 복도가 밝아졌다. 벤치 너머 벽 옆에 노숙자로 보이는 사내가 앉아 있었다.

"이제 오시나……?" 사내는 겸연쩍은 듯 말했다. 조명 때문에 눈이 부신지 손을 들어 불빛을 가렸다. 꾀죄죄하고 두툼한 갈색 오버코트 차림이었고, 때 묻은 검은 모자챙 아래로 뻗친 머리카락과 오십대 중반쯤 되는 얼굴이 드러났다. 모르는 남자였다.

나는 십 초 동안 사내를 찬찬히 뜯어보았다. 장난치다 들킨 어린애 같은 표정 외에 별다른 악의는 없어 보였다. 햇볕에 그을어 거무튀튀하고 건강해 보이는 얼굴이었는데 술에 취한 것 같지는 않았다. 주위에는 추위를 막기 위한 골판지와 신문지가 흩어져 있었다. 벤치 뒤 벽쪽에 터질 듯이 부푼 커다란 종이봉투 두 개가 나란히 놓여 있었다.

"여기서 무얼 하는 건가?"

"아니, 아무 짓도. 그냥 쉬고 있었을 뿐……." 사내는 불빛을 가리던 손을 내리더니 모자챙을 슬쩍 만지며 고개를 숙였다.

"이거 면목이 없군. 허락도 없이 들어온 건 미안한데 밖에 비가 심해서."

"비는 그쳤어."

“……그런가?” 사내는 잃어버린 구실을 찾듯이 주위를 둘러보았다. “딱히 비를 피하려던 것만은 아니지. 말하자면 난 고객이랄까…… 아니, 고객의 ‘심부름꾼’이라고 할 수 있을 것 같은데.”

나는 여행용 가방과 숄더백을 사무실 안으로 들이고 사내와 나 사이에 가로놓인 벤치 쪽으로 다가갔다. 도망치지 못하도록 내가 복도를 가로막으며 주먹이나 발이 닿을 만큼 거리를 좁히자 그는 약간 겁을 먹었다. 상대는 내가 어린애와 싸울 기운도 없을 만큼 지친 상태라는 사실을 모른다. 그는 일어나면서 뒤로 물러나려 했다.

“앉아 있어.” 내가 명령했다. “내가 됐다고 할 때까지 꼼짝하지 마.”

사내는 얼른 다시 앉더니 두세 차례 고개를 끄덕였다. 나는 벤치에 앉고 싶은 유혹을 느꼈다. 하지만 그러지 않았다.

“무슨 심부름인지 어디 들어볼까?”

“내가 여느 때와 마찬가지로 요 앞 가부토 신사 마루 밑에서 자고 있는데 어떤 남자가 다가와 컵에 담아 파는 술을 한 잔 사주더군…… 그것도 이틀 밤 연속.”

그는 자기 목덜미로 손을 가져가 무심히 벅벅 긁었다. 가려워서라기보다 그저 습관인 듯했다.

“처음엔 기분 나빴지. 뭐랄까, 나 따위 안중에도 없다는 투였어. 아마 그 사람은 사무실을 비운 당신이 돌아오기를 기다리느라 시간을 죽일 요량으로 신사에 왔던 모양이야. 나중에 돌이켜보니 여러 차례 이 사무실이 잘 보이는 큰길로 나가 창에 불빛이 들어와 있는지 어떤지 확인했던 것 같아.”

나는 고개를 끄덕여 계속 이야기하라는 눈짓을 보냈다.

"그리고 이틀째 되는 날 밤에 그 사람이 돌아가면서 돈을 줬어. 주머니에 있던 천 엔짜리 지폐 세 장과 십 엔짜리 동전을 털어주더니만 이 탐정사무소에 사람이 돌아오면 전화해달라며 메모를 건네더군."

사내는 코트 주머니를 여기저기 뒤적이더니, 뒤죽박죽이 된 소지품과 주워들인 물건들 사이에서 쪽지 한 장을 골라 내밀었다. 들여다보니 '하자마 스포츠 플라자' 영업과장인 가와시마 히로타카라는 사람의 구겨진 명함이었다. 하지만 명함에는 커다랗게 '×' 표시가 되어 있었다.

"뒷면을 봐." 사내가 말했다.

명함 뒤에는 성을 적은 것으로 보이는 '우오즈미'란 글자와 전화번호로 보이는 숫자가 서툰 볼펜 글씨로 적혀 있었다. 그뿐이었다. 사내의 주머니에 가득한 잡동사니를 생각하면 이 명함이 오래전에 어디선가 주운 것이라고 해도 이상할 게 없었다.

"어떤 남자였지?" 내가 물었다.

"나이는 서른쯤이고, 머리를 짧게 깎은 덩치 큰 남자였는데 당신보다 키가 컸지. 평범한 직장인 같지는 않았어. 보통 직장에 다니는 사람들은 돈을 아무렇게나 넣고 다니지 않으니까. 그렇다고 야쿠자는 아닌 것 같았고. 무척 예의 바르게 행동했으니까 말이야……. 하지만 알 수야 없지. 지갑을 잃어버려 돈을 그렇게 가지고 다니는 직장인인지, 예의 바른 야쿠자인지 누가 알겠나."

노숙자의 태도에 슬쩍 여유가 묻어났다. 나는 사백 일의 공백을 느끼면서 짐짓 심각한 말투로 물었다.

"그게 언제였나?"

사내는 대답하려다 얼른 입을 다물었다. 눈동자가 좌우로 불안하게 움직였다. 뭐라고 대답해야 할지 궁리하는 게 분명했다.

"거짓말은 하지 마." 내가 못을 박았다. "안 그래도 의심받기 좋은 처지라는 걸 잊지 말고."

사내의 눈동자가 움직임을 멈추더니 천천히 아래를 향했다.

"아마 한 달은 안 되었을 텐데…… 이렇게 살다 보니 정확한 날짜 같은 건 기억하지 못해."

"잠깐만. 당신 여기서 한 달이나 지냈다는 건가?"

"아니지, 무슨 말도 안 되는 소리를. 나 같은 '자유생활자'는 도저히 이런 건물 안에서 한 달씩이나 살 수 없어. 어쨌든 그 남자가 당신이 사무실에 돌아오면 알려달라고 부탁했기 때문에 매일 두 차례씩, 그러니까 가부토 신사에서 자고 일어나 밖으로 나올 때 여기 창문에 블라인드가 올라갔는지, 잠자러 돌아갈 때는 불이 켜 있는지 확인하는 게 일과가 되었지. 하지만 아무리 지켜봐도 창문에는 아무런 변화도 없더라고…… 그게 아마 일주일이나 열흘 전쯤일 텐데, 창문에 불빛은 안 보여도 안쪽 다른 방에는 사람이 있는 게 아닌가 하는 생각이 들었어. 아, 지금은 이 사무실에 방이 하나라는 걸 알지만 그때는 그렇게 생각했다는 거야."

사내는 말을 끊고 동의를 구하듯 내 얼굴을 쳐다보았다.

"그래서 작심하고 바깥 계단을 통해 이리 올라왔던 거지. 사무실에 아무도 없다는 사실은 금방 알았지만, 올라왔다가 입구 옆에서 벤치를 발견했어. 어차피 당신이 돌아오기를 기다려야 한다면 벤치에 앉아 기다리는 것도 괜찮겠다 싶어 일주일쯤 전부터……."

내겐 상대방의 변명을 꼼꼼하게 따져볼 기운이 남아 있지 않았다. 게다가 이 사내가 다른 목적으로 건물에 침입했다고 하더라도 애당초 내 사무실에는 도둑맞거나, 들춰본다고 곤란할 만한 물건은 전혀 없었다.

"우오즈미라는 남자에게 내가 돌아왔다고 알리면 사례금이 얼마나 나오나?"

"난 아무것도 요구하지 않았어. 그런데 그 남자가 만 엔을 주겠다고 했지."

나는 메모가 적힌 명함을 노숙자의 지저분한 바지 무릎 위에 툭 던졌다.

"엥? 왜 그래? 내 말을 못 믿겠나?"

사내는 불안한 표정을 지었지만 나는 무시하고 벤치 옆에서 사무실 입구 쪽으로 물러선 뒤 이렇게 말했다.

"일어서. 그 만 엔을 벌어야 하지 않겠나?"

사무실 안을 가리키며 사내에게 들어오라고 손짓했다. 그는 잠시 우물쭈물하더니 체념한 듯이 명함을 주워들고 일어섰다. 약간 휘청거리는 걸음으로 다가오더니 입구 앞에 멈춰서서 벤치 뒤에 있는 자기 짐을 흘끔 바라보았다. 전 재산인 듯한 종이봉투 두 개에 마음이 쓰이는 모양이었다.

"이런 시간에 누가 올 리 없다는 건 잘 알 테지만 걱정되면 가지고 들어와."

사내는 쓴웃음을 지으며 고개를 젓더니 사무실 안으로 들어왔다. 내 앞을 지날 때 식은 야채볶음 같은 냄새가 코를 자극했지만 악취라고 할 정도는 아니었다.

나도 뒤이어 안으로 들어가 손을 뒤로 뻗어 문을 닫았다. 사내는 닫힌 공간에 단둘이 있게 되자 더욱 안절부절못하는 모습이었다. 사무실 한가운데 있는 손님용 의자를 가리켰다. 그는 의자에 쌓인 먼지를 잠시 들여다보았지만 불평 없이 그대로 앉았다.

나는 책상 위에 있는 전화기를 끌어와 남자 쪽으로 밀었다. 손에 묻은 회색 먼지를 보고 사백 일 동안 먼지가 꽤 쌓였다는 사실을 깨달았다.

"어쩌려고?" 사내는 멍한 표정으로 나를 바라보았다.

"전화해달라는 부탁을 받았잖아? 해줘."

"내가? 이런 시간에?"

"이런 시간에 건물 안에 멋대로 들어온 주제에 꺼릴 게 뭐 있다고."

"그렇게 빈정거리지 말아줘…… 게다가 그 사람이 준 돈이 다 떨어졌으면 메모를 탐정사무소 사람에게 전달하면서 연락해달라고 해도 된다고 했으니, 직접 전화하는 게 훨씬 빠르지."

"나야 급할 일 없지. 이 전화로 하면 돈도 안 들 텐데."

사내는 나를 원망스러운 눈초리로 바라보며, 전화는 몇 년 동안 걸어본 적이 없다고 구시렁대면서 명함에 적힌 번호를 눌렀다. 수화기를 통해 곧바로 연결음이 들려왔다. 일고여덟 차례 벨이 울렸는데 아무도 받지 않았다.

"없는 모양이네…… 신호가 가는데도 안 받는 걸 보니."

"피곤해서 곯아떨어졌는지도 모르지."

"그렇다면 실례 아닌가? 중요한 고객을 화나게 하면 곤란하잖아."

사내는 이렇게 말하며 수화기를 위험한 물건이라도 되는 양 내게 내밀었다.

수화기에서 연결음이 대여섯 차례 더 울렸지만 역시 전화를 받지 않았다. 나는 수화기를 든 채로 책상으로 돌아갔다. 그리고 우오즈미라는 남자가 남긴 메모를 다시 달라고 했다.

사내는 내 눈치를 살피며 자리에서 일어났다. "그럼 나는 이만 물러가기로 할까? 오늘 밤은 너무 늦었으니 자고 가라는 친절은 필요 없네. 자유생활자의 체면이 걸린 문제니까."

나는 윗옷 주머니를 뒤져 담배를 꺼내 불을 붙였다. 그리고 일어선 사내에게도 한 대 권했다.

"필터 없는 '피스'라니, 오래간만이군." 사내는 한 개비 뽑아들어 입에 물려다 말고 머뭇거렸다. "괜찮다면 이건 내 잠자리에서 마음이 좀 진정된 뒤에 느긋하게 한 모금 하고 싶은데."

고개를 끄덕이자 사내는 담배를 귀 위로 끼웠다. 예전에는 남자들의 흔한 버릇 중 하나였다. 갑에서 꺼낸 담배는 주머니에 넣으면 다 풀어져 부스러기가 돼버리니까. 하지만 요즘에는 담배 한 개비쯤이야 먼지나 쓰레기 취급밖에 못 받는다.

나는 책상 안쪽으로 가서 서랍을 열고 안을 뒤적여 겉면에 '도청 신청사 방문기념'이라고 인쇄된 파란 종이상자를 찾아냈다. 그 안에는 새로운 도청 건물이 그려진 금빛 찬란한 전화카드가 들어 있었다. 새 도쿄 도청이 지어진 무렵에 맡았던 일의 의뢰인이던가 누가 준 카드를 처박아두었던 것이다.

내가 전화카드를 던져주자 사내는 두세 차례 허우적거리다 배꼽 부근에서 겨우 받아냈다.

"이게 뭐지?"

"매일 오전, 오후 10시에 이리 전화해." 서랍 안에서 내 명함을 한 장 꺼내 그것도 사내에게 건넸다. "나는 사와자키. 내가 받지 않을 때 쓸 '전화응답서비스' 번호도 거기 적혀 있어."

"아침저녁으로?" 사내는 내 요구가 지나친 속박이라는 투로 대꾸했다.

나는 담배 연기를 내뿜으며 말했다. "내가 일을 의뢰받게 되면 당신은 중개료 만 엔을 버는 거야. 연락 거를 수 없겠지?"

"그렇군…… 하지만 내게 더 좋은 생각이 있어. 지금 여기서 그 절반인 오천 엔을 줄 수 없겠나? 그러면 당신은 그 남자한테서 내 몫 만 엔을 받아 오천 엔을 버는 셈이 될 텐데." 사내는 전화카드와 내 명함을 책상 위에 내려놓으려 들었다.

나는 책상 모퉁이에서 먼지를 뒤집어쓰고 있는 W자 모양의 재떨이에 담뱃불을 거칠게 끄고 사내의 얼굴을 노려보았다. 그리고 단호하게 말했다. "전화카드와 명함을 코트 주머니에 넣어. 대신 난 아까 잡동사니를 꺼낼 때 본 네 운전면허증을 맡아두기로 하지. 이번 일이 모두 정리되어 우리 사이에 주고받을 게 없어지면 그때 면허증을 돌려주겠어."

사내는 급히 코트 주머니를 손으로 가리려다 이내 별것도 아니라는 듯이 얼른 손을 뗐다.

"하지만 이 면허증은 이미 삼 년 전에 기한이 끝났는걸."

"그럼 문제없겠군."

"그게 그렇지가 않아. 당신은 노숙자로 지내본 적이 없어서 모를 테지만 이게 없으면…… 기한이 지났건 어떻건, 어쨌든 신분을 증명할 게 없으면 아주 곤란해."

"자유생활자도 편하지는 않군."

사내는 잠시 애원하는 눈빛으로 나를 바라보았지만 결국 포기했다.

"쳇, 그리 간단하게 풀어주지 않을 거란 생각은 했어."

사내는 면허증을 꺼내 책상 위에 얹고, 대신 전화카드와 명함을 허둥지둥 주머니에 쑤셔넣었다. 입 밖에 낼 만큼 기분이 상한 것 같지는 않았다. 처음부터 이쯤은 각오했던 모양이다.

담보를 잡힌 이상 계속 저자세로 나갈 필요는 없겠다고 생각했는지, 사내는 바로 사무실을 나가 자기 짐이 있는 쪽으로 향했다. 나는 면허증에 붙은 사진을 살펴 그 사내 얼굴이 맞다는 사실을 확인한 다음, 책상 서랍 안에 넣었다. 그리고 사내를 뒤따라 나왔다.

사내는 신문지와 골판지로 꾸며놓은 잠자리를 정리하고 있었다. 그것들은 길이 들었는지 자국을 따라 일정한 크기로 접혀, 두 개의 종이봉투에 각각 두 개씩 감아둔 고무줄을 써서 딱 맞게 끼울 수 있었다. 손가락 부분을 잘라낸 회색 목장갑을 주머니에서 꺼내 끼고, 종이봉투 두 개를 양손에 들더니 사무실 입구에 선 내 앞을 지나 계단 쪽으로 향했다.

사내가 문득 생각났다는 듯이 고개를 돌려 물었다. "그런데 당신은 왜 사무실을 줄곧 비워두었던 거지?"

나는 못 들은 척하며 말없이 그를 배웅했다. 그런데도 사내는 납득이 가는 대답을 듣기라도 했다는 듯이 여러 차례 고개를 끄덕이며 계단 쪽으로 사라져갔다.

사무실로 돌아왔다. 여행용 가방과 숄더백 안에 있는 물건을 사무실에 남길 것과 집으로 가지고 갈 물건으로 나눈 다음 숄더백은 보관함에 넣었다. 불을 끄고 열쇠로 문을 잠근 뒤, 여행용 가방을 손에 들고 사무실을 뒤로했다.

오타키바시 길로 나와 택시를 잡아타고 내가 사는 연립주택의 침대를 향해 길을 서둘며, 초로의 노숙자를 함부로 다루었다고 꾸짖는 내 안의 목소리에 귀를 기울였다. 이유야 뻔했다. 아주 잠깐이기는 하지만 그 사내를 내 예전 파트너로 착각했기 때문이다. 누구에게나 약점은 있기 마련이다.

2

이튿날, 천이백만 명의 낯선 사람들에 둘러싸인 듯한 답답함을 느끼며 여느 때보다 일찍 잠에서 깼다. 어제 아홉 시간 넘게 운전한 탓에 등 전체가 묵직하게 삐걱거리는 듯한 통증이 있었기 때문일 것이다. 등의 통증이야 점차 가실 테고, 이 소란스럽기 짝이 없는 도시에도 익숙해지리라. 나는 600킬로미터 떨어진 곳에서 산 담배의 마지막 한 개비를 피우며 어제에 작별을 고하고, 유통기한을 넘긴 인스턴트커피를 한 잔 마시며 오늘을 살아갈 용기를 길어올렸다. 일단 집 청소는 내일 이후로 미루고 사무실로 향했다.

아침을 먹을 생각으로 노부부가 운영하던 작은 식당을 찾았지만, 흔적도 없이 사라지고 그 자리에는 건물 전체가 유리 진열장 같은 편의점이 들어서 있었다. 별 수 없어 사무실 근처에서 찾은 이십사 시간 영업 패밀리레스토랑에서 아침을 때웠다. 600킬로미터 떨어진 곳보다 30퍼센트 더 비싼 값을 치렀는데, 30퍼센트 더 속이 더부룩해지는 요리였으니 이치에 맞는 가격이었다.

9시 반에 사무실에 도착했다. 우선 전화응답서비스 센터로 연락해 도쿄에 도착했다는 사실을 알리고, 정지해둔 서비스를 되살렸다. 처음에는 귀에 익지 않은 목소리의 남자 직원이 일 년 넘게 서비스가 정지되어 규정에 따라 재가입으로 처리되니 새로 가입비를 내야 한다고 말했다. 그렇다면 다른 회사로 바꾸겠다고 하자 귀에 익은 목소리의 상사로 바꾸어, 결국 나는 가입비의 20퍼센트에 해당하는 갱신료만 물기로 타협했다.

이어서 전화번호부를 뒤적여 신문보급소에 연락해 내일부터 신문을 넣어달라고 부탁했다. 오다케 히데오 9단이 다케미야 마사키 10단에게 도전하는 바둑 '10단전'이 다음 달부터 시작되기 때문에 〈산케이 신문〉을 보기로 했다. 일본 신문들은 독점 게재하는 바둑, 장기 기사를 빼면 크게 다를 바 없기 때문에 어느 걸 보건 큰 차이는 없었다.

그리고 십오 분쯤 사무실을 청소했다. 아무도 찾아올 일 없는 집과는 달리 사무실을 먼지가 쌓인 상태로 내버려둘 수는 없었다. 하지만 낡은 건물의 지저분한 실내는 사백 일 동안 쌓인 먼지와 거미줄을 치운 정도로는 별로 나아진 느낌이 들지 않았다. 낚시를 하는 늙은 헤밍웨이 사진이 담긴 작년 1월 달력이 그나마 이 사무실에서는 가장 새 것이었지만, 이제 아무짝에도 쓸모없어 쓰레기통에 버렸다. 이미 2월

말이라 올해 달력을 구하기가 쉽지 않겠다는 생각을 하고 있는데 책상 위에서 전화벨이 울렸다.

어울리지 않게 긴장한 내 모습에 쓴웃음을 지으며 수화기를 집어 들었다.

"여보세요…… 난데."

사람의 목소리가 지닌 능력은 실로 놀랍다. 단 두 마디만으로도 이 전화를 거는 게 얼마나 불편하고 불쾌한지 고스란히 전해졌다. 손목시계를 보니 내가 지정했던 10시를 이 분 지난 시각이었다.

"마스다 게이조라고 했던가?" 내가 물었다.

"그 이름으로 부르지 말아줘."

"남들이 알면 곤란할 이름인가?"

"내가 듣기 싫을 뿐이야. 불심검문하는 경찰하고 이야기하는 기분이 들어서."

사무실 맞은편 약국에서 사온 담배의 셀로판 포장지를 뜯으며 말했다. "이름을 버린다고 해도 자기 자신으로부터 도망칠 수는 없어."

어제 당한 걸 갚겠다는 건지, 이번에는 마스다가 못 들은 척했다.

"그 메모를 남긴 우오즈미라는 사람하고는 통화했나?"

"아니, 이제 해야지. 밤 10시에 다시 전화해."

"……알았어. 어차피 당신이 준 전화카드니까." 사내는 내키지 않는다는 투로 대꾸하고 전화를 끊었다.

나는 담배에 불을 붙인 뒤, 다시 수화기를 들었다. 윗옷 주머니에서 어젯밤에 받은 명함을 꺼내 전화를 걸었다. 담배 한 개비를 다 피울 때까지 연결음에 가만히 귀를 기울였다. 연결음이 오십 번 울리기까지는 정확하게 이 분 삼십 초가 걸려, 연결음이 삼 초 간격으로 울린다는 사실을 알게 되었을 뿐이다.

전화번호로 미루어 스기나미 구나 그 부근일 가능성이 높았다. 하지만 국번 앞자리에 '3'이 붙어 네 자릿수로 늘어난 뒤로는 번호로 지역을 알아내기가 어려워졌다. 평일 이 시간에 아무도 받지 않는 걸 보면 평범한 회사 전화는 아닌 듯했다. 결국 여러 시간대를 골라 전화를 걸어볼 수밖에 없을 것 같았다.

정오 조금 전에 한 차례 더 전화했고, 지나서도 한 번 더 걸었지만 역시 아무도 받지 않았다. 점심을 먹기 위해 오후 1시부터 2시 조금 전까지 자리를 비웠다. 아침을 먹은 패밀리레스토랑은 피하기로 했다. 사무실에 돌아와 3시에 한 번 더 걸어보았지만 헛수고였다. 점심을 먹고 돌아오는 길에 미나미 거리에 있는 책방에서 오다케 9단이 쓴 '바둑 직접 전수 시리즈' 가운데 《정석의 발상》이라는 책을 사 와 읽었더니 오후 시간은 제법 빨리 흘렀다.

해 질 녘이 다 되어서야 자다 깬 듯이 전화벨이 울렸다. 뭔가 시작될 것 같은 긴장감은 없었다. 예상했던 대로 잘못 건 전화였고, 예상했던 대로 한마디 사과도 없이 전화를 끊었다. 도쿄에서 업무에 복귀한 첫날부터 뭔가 있을 거라 기대하지는 않았지만 그래도 전화 한 통, 방문객 한 명 없다는 사실이 그닥 기쁘지는 않았다. 다른 의뢰인만 생기면 명함 뒤의 수상한 번호로 전화 거는 일도 업무 틈틈이 심심풀이 삼을 수 있었을 것이다.

5시 정각에 한 전화도 결과는 마찬가지였다. 이번에는 수화기를 내려놓지 않고 명함을 뒤집어 '하자마 스포츠 플라자'의 번호로 전화를 걸었다. 이쪽은 첫번째 벨소리가 그치기도 전에 연결되더니, 시원시원한 여자 목소리가 들려왔다. 반나절을 편집증에 사로잡힌 실험음악의 주제처럼 되풀이되는 단조로운 신호음만 들으며 보낸 터라 기분이 약간 좋아졌다.

"영업과장인 가와시마 히로타카 씨에 대해 좀 묻고 싶은 게 있습니다만……."

당사자와 이야기하는 것은 좀 미뤄두고 싶었다. 탐정의 감이라고 해봐야 대단치 않지만, 그 사소한 것을 무시했다가 큰 실수를 저지르는 일이 적지 않았다. 풋내기 탐정처럼 불쑥 전화를 건 나는 어떤 방법을 이용해 가와시마로부터 우오즈미와 연결되는 선을 끄집어낼지 정하지 못한 상태였다. 물론 명함 앞뒤에 있는 두 이름이 서로 관계가 있다고 가정했을 때 성립하는 이야기이지만.

전화 저편에서 예기치 못한 답이 돌아왔다. "예, 이미 알고 계실 테지만 가와시마 씨는 어제 뜻하지 않은 사고로 돌아가셔서……."

여자의 말꼬리가 살짝 습기를 띠었다. 같은 회사 직원으로서 예의 때문에 그러는지, 아니면 더 긴밀한 사이여서인지 알 수 없었다. 이쪽은 가와시마의 죽음에 대해서는 물론 전혀 알지 못했지만, 놀라고만 있을 상황은 아니었다.

"상심이 크셨겠습니다. 그런데 사실은……." 나는 모호하게 말을 흐렸다.

"영업 문제라면 가와시마 씨의 업무는 차장인 미노다라는 분이 인계받았습니다. 저어, 실례지만 어떻게 되시는 분이십니까?"

"아, 오늘은 업무 때문이 아니고 생전에 가와시마 씨에게 신세를 진 사람이라서."

"그러십니까? 잠깐 기다려주십시오. 으음, 가와시마 씨의 빈소는 조후에 있는 자택입니다. 영결식은 내일 오후 1시부터 그 부근에 있는 '렌교지蓮慶寺'라는 절에서 치릅니다. 렌교지는 연꽃 연 자에 게이오慶應의 경慶 자를 씁니다만."

여자의 말투가 오늘 이런 답변을 여러 차례 반복한 듯이 들렸다. 나는 '×' 표시가 쳐진 명함의 가와시마 이름 아래 별 생각 없이 '사망' '조후' '렌교지'라고 적어넣었다.

"사고라고 들었는데, 가와시마 씨가 대체 어떻게 된 겁니까?"

"죄송합니다만, 저도 사고라는 것밖에 모르기 때문에……."

나는 더 묻지 않고 조후에 있다는 가와시마의 집 주소를 물어본 뒤 전화를 끊었다.

저녁식사를 가볍게 마치고 사무실로 돌아와 7시에 한 번 더 명함 뒤에 적힌 번호로 전화를 걸었더니 이번에는 연결음이 세번째 울렸을 때 신호가 떨어졌다.

"여보세요……?" 여자 목소리였다.

나는 일부러 말을 하지 않았다.

"여보세요? 스낵바 '더그아웃'입니다만."

"더그아웃이라고요?" 어디 전화인지는 알게 되었지만 내친 김에 소재지도 파악하고 싶었다. "그러면 스기나미 구 니시오기, '호에이 맨션'에 있는 스낵바죠?"

"아뇨, 잘못 걸었습니다. 오기쿠보에 있는 '오타구로 파크사이드 빌딩'입니다." 상대방은 바로 전화를 끊으려고 했다.

내가 얼른 물었다. "그쪽에 우오즈미 씨라는 분이 계십니까?"

"아뇨." 잠깐 머뭇거리다 대답하는 느낌이 들었다. 나는 확인을 위해 명함에 적힌 번호를 불러주었다.

"예, 번호는 맞지만 그런 사람은 없습니다."

"어쩌면 그곳 손님일지도 모르는데, 혹시 우오즈미라는 사람에 대해 생각나는 점이 없습니까?"

"아뇨."

"그러세요? 아, 사실은 한 달쯤 전에 우오즈미라는 사람으로부터 전화번호를 받았는데…… 실례지만 언제부터 이 번호를 쓰셨죠?"

"그게…… 아마 보름쯤 전인 것 같은데요." 목소리에 힘이 빠진 것이, 억지로 대답하는 투였다.

"그러면 새로 낸 가게인가요?"

"예."

이제 막 생긴 스낵바치고는 너무 상냥하지 않았다.

"올해 오픈한 가게라면 '오프사이드'라거나 '킥오프' 같은 이름으로 지었을 텐데."

여자가 살짝 웃었다. "공연한 참견이로군요. 여기는 야구를 좋아하는 분들이 모이는 가게예요."

"우오즈미 씨는 전에 그곳에 계시다가 이사하신 걸까요?"

"그럴지도 모르죠."

"우오즈미 씨가 이사한 곳이나 연락처를 모르십니까?"

"몰라요…… 저어, 대체 무슨 용건인데요?"

여자의 목소리에 짜증이 묻어났다. 왜 이제야 용건을 묻는 걸까? 이런 업종에서 거짓말을 듣는 일이야 일상다반사지만 그건 어디까지나 의뢰나 조사 단계로 넘어가서 겪는 일이다. 나는 이제 겨우 의뢰인이 되어줄지도 모를 남자와 연락을 취하려는 단계에 와 있을 뿐이었다.

나는 참을성 있게 말을 이었다. "한 달쯤 전에 그 우오즈미 씨한테서 연락을 달라는 메시지를 받아서 그럽니다. 그때는 제가 도쿄에 없었기 때문에 연락이 늦어진 거죠."

"누구신가요?"

내가 변화구를 던졌다. "가와시마 히로타카라고 합니다."

"뭐라고욧? 장난치지 말아요!"

전화가 뚝 끊어졌다. 내가 던진 폭투에도 상대방은 방망이를 휘둘렀다.

3

이름을 사칭당해도 불만을 털어놓을 수 없게 된 가와시마 히로타카의 집은 게이오 선 조후 역에서 차로 삼사 분 걸리는 후다 3초메에 있었다. 약간 낡은 2층 목조주택은 사이로 사람이 지나갈 틈도 없을 정도로 비좁은 담에 둘러싸여 있었다. 이 부근 주택은 대부분 마찬가지였다. 낮은 담장은 경계선 표시만 하는 정도였다.

블루버드에 탄 채로 집 앞을 그냥 지나치며 그곳에서 빈소가 마련되어 있다는 사실을 확인했다. 근처를 잠시 달리다가 조후 역 부근에 흰색 칠을 한 작은 카페가 있기에, 옆에 있는 공터에 차를 세우기로

했다. 이웃에 대한 소문이란 것이 아직 이 한적한 주택가에 존재한다
면, 그런 이야기를 들을 만한 곳으로는 그 카페가 가와시마의 집에서
가장 가까워서였다. 하지만 공터에는 검은색과 노란색 무늬가 들어간
로프가 둘러쳐졌고, '불법주차 벌금 오만 엔'이라 적힌 아주 큰 간판
이 세워져 있었다. 나는 50미터쯤 더 달려 '벨베데레'라는 이름의 이
탈리아 음식점 주차장에 블루버드를 세웠다.

가게의 카운터석 안쪽에는 쉰 살쯤 되어 보이고 머리카락을 밝은
색으로 물들인 약간 뚱뚱한 여주인이 있었고, 카운터의 손님 쪽 자리
에는 학생처럼 보이는 차림에 기운 없어 보이는 얼굴의 청년이 한 명,
창가 쪽 테이블에는 회사원으로 보이는 한 쌍의 여성 손님이 있었다.
카운터 안쪽 주방에서 남편 혹은 주방장으로 보이는 사람이 요리하
는 소리에 섞여 라디오방송인 듯한 칸초네가 배경음악으로 조용히
흘렀다. 9시가 조금 지난 시각이었다.

나는 바의 구석 쪽에 자리를 잡고 양이 적은 피자와 커피를 시켰다.
그리고 옆에 있는 신문꽂이에서 하나를 꺼내 펼치고 담배를 피워 물
었다.

1면에는 어제에 이어 '엔 고, 달러 약세' 관련 기사가 실려 있었다.
도쿄 환율 종가는 일 달러에 일백육십 엔 칠십팔 전이었지만 해외시
장에서는 한때 역대 최고인 일백십오 엔대를 기록했다고 보도하고
있었다. 내가 타고 다니는 블루버드를 생산한 '닛산'은 경상적자가 이
백구십억 엔에 이르렀고, 이 년 뒤를 목표로 가나가와 현 자마에 있는
공장을 폐쇄할 거라는 기사도 있었다.

여성 손님 가운데 한 명이 '계산이요'라며 자기가 돈 받을 점원인

양 계산서를 부탁하는 소리가 들렸다. 2면의 '모잠비크 PKO 배웅' 기사를 대충 읽는 사이에 두 여성은 와인을 마셔 거나하게 취한 채로 기분 좋게 가게를 나갔다. 서른여섯 살 테니스 선수 나브라틸로바가 열아홉 살 셀레스를 누르고 백육십세번째 우승을 차지했다는 스포츠면 기사를 읽으며 바에 앉은 청년을 살폈다. 재떨이에 얹어놓은 담배가 반쯤 재가 되도록 만화주간지에 얼굴을 파묻고 있는 모습으로 보아 바로 나갈 것 같지 않았다.

나는 여주인이 피자와 커피를 내오면 붙임성 있는 표정을 지으며 사근사근한 말투로 말을 걸까 생각하다가 이런 직업의 여성에게는 그런 식의 위장이 거의 먹히지 않을 거라는 생각이 들었다.

"여기는 몇 시까지 영업합니까?" 나는 평소와 다름없는 표정과 목소리로 물었다.

"12시까지입니다만."

"혹시 괜찮다면 차를 이쪽에 십오 분쯤 세워둘 수 있을까요? 사실은 요 앞 후다 3초메에……." 나는 목소리를 살짝 낮추었다. "문상을 다녀와야 하는데, 그때까지만 주차할 수 있으면 좋겠는데요."

"가와시마 씨 댁이요?" 여주인이 물었다.

"그렇습니다." 나는 마침 잘되었다는 식으로, 매달리는 느낌이 들지 않도록 커피를 한 모금 마신 뒤 말을 이었다. "사실 간사이 지방으로 출장 간 영업부장을 대신해서 급히 문상을 하러 오게 되었는데, 세상을 떠난 가와시마 씨하고는 면식이 없어서…… 가와시마 씨를 아십니까?"

"사모님을 조금. 작년 이맘때쯤에는 이따금 뵈었는데."

나는 담배를 끄고 물었다. "요즘은 보지 못했나요?"

"그러니까, 다들 거품경제가 꺼졌다고 떠들던 무렵이었죠." 여주인은 바 안쪽의 내 맞은편 자리에 걸터앉았다. "남편이 다니는 스포츠용품 회사가 꽤나 힘들다면서 골프, 테니스, 스키용품 같은 값비싼 물건을 싸게 주겠다며 사라고 권하더군요. 그런데 가와시마 씨 부인은 좀 고생을 모르는 사모님이라고나 할까요? 권하는 방법이 억지스럽다고 할지, 요령이 없다고 할지…… 제가 별로 반응을 보이지 않자 노골적으로 싫은 표정을 짓는 거예요. 아무리 그래도 그건 아니지."

나는 고개를 끄덕이며 피자 한 조각을 입에 넣었다. 여주인은 무슨 말인지 알겠죠, 하는 표정을 지으며 말을 이었다.

"우리 고객이시라 될 수 있으면 사드리고 싶었지만 말이에요. 우리는 저나 남편이나 운동신경이 둔하다고 할까, 스포츠는 완전 젬병이라서요. 우리에게만 그랬으면 또 모르는데 다른 손님들에게까지 폐를 끼쳤거든요."

여주인은 내 컵에 물을 더 따랐다. "언제였더라? 제 몸을 빤히 보더니 '아주머니도 운동을 좀 하는 게 좋겠네'라고 하더군요. 도저히 참을 수 없어서 '내가 살이 찐 건 우리 집 요리가 맛있다는 홍보나 마찬가지니 내버려두세요'라고 맞받아쳤죠."

여주인은 떠올리기만 해도 아니꼬운지, 염색한 머리카락을 연방 쓰다듬었다. "그 뒤로는 전혀 들르지 않더라고요."

"고생을 모르는 분이라면 남편이 갑자기 세상을 떠나 힘들겠군요. 사고였다니."

"그렇겠죠."

"부장을 대신해서 온 거라 문상할 때 뭐라고 말을 건네야 할지 모르겠어서…… 회사에서는 뜻하지 않은 사고라고 하던데, 어떤 사고였나요?"

"저도 자세한 내용은 모르죠."

나는 더 캐묻지 않기로 했다. 남은 피자를 먹고 커피를 비웠다.

"……그런데 차 문제 말입니다만."

"아, 괜찮아요. 어서 다녀오세요."

바에 앉은 청년이 만화주간지에서 살짝 고개를 들고 여주인에게 말했다. "가와시마라는 사람이라면 골프장에서 돌아오는 길에 행방불명되었는데, 이튿날 아침 그 근처 절벽 아래에서 떨어져 죽은 채로 발견되었대요."

"그거 정말이니?"

"그런 모양이에요." 청년은 주간지를 보며 대답했다.

여주인은 놀란 표정으로 나를 돌아보았다. 나는 믿을 수 없다는 표정을 지어 보였다.

"너 그 얘기를 누구한테 들었어?"

"아무한테도 듣지 않았어요." 청년은 만화를 끊어 읽기 좋은 부분까지 본 다음 고개를 들고 여주인에게 말했다. "석간신문에 실린 기사를 읽은 거지."

내가 조금 전까지 읽던 신문은 조간이었다. 청년이 만화주간지 여러 권 아래 깔린 석간을 꺼내 내 쪽으로 밀고는 내 얼굴은 보려고 하지도 않고 바로 만화로 돌아갔다.

석간을 펼치니 기사는 3면 구석에 실려 있었다. '골프장 추락사, 하치오지 골프장 뒤편에서 사고'라는 제목이 붙은 스무 줄도 안 되는 기사였다. 내용은 청년이 말한 것과 거의 같았지만 가와시마 히로타카 (41세)는 골프장에서 돌아오던 길에 사고를 당했다기보다는 골프가 끝나고 바로 행방이 묘연해졌던 모양이다. 영업 관련 접대를 받은 상대는 가와시마가 혼자서 먼저 돌아간 줄 알았다고 한다. 이튿날 아침 이상하게 여긴 가족이 회사로, 회사가 하치오지에 있는 골프장으로 연락을 취해 주차장에 있던 가와시마의 차를 발견했다. 이어서 전날 오후에 가와시마가 이나리 신사로 가는 지름길을 물었다는 종업원의 증언이 나와 수색 소동이 벌어졌고, 이어서 시체를 발견했다는 보도였다.

기사가 실린 면을 펼친 채로 석간을 여주인에게 건넸다. 청년에게 고맙다고 했지만 그는 만화에서 고개도 들지 않고 건성으로 대꾸했다. 여주인이 기사를 다 읽기를 기다렸다가 계산을 부탁했다.

"가와시마 씨는 골프를 친 뒤에 왜 그런 곳에 간 걸까요?" 여주인은 잔돈을 건네며 호기심이 발동한 듯이 물었다. "사고라고 하지만 뭔가 이상하네요."

나는 여주인에게 자동차 열쇠를 맡기며 삼십 분쯤 뒤에 차를 가지러 오겠다고 말하고 가게를 나섰다.

빈소는 지극히 평범했다. 나는 직업 때문에 사고나 자살, 때로는 살인에 의한 사망자의 상가를 찾아가곤 하는데, 심상치 않은 죽음일수록 상가의 슬픔은 증폭되기 마련이었다. 그에 비해 노인이 병으로 세상을 떠났을 경우에는 친척들이 편하게 술을 마시거나 웃으며 이야기를 나눠, 오히려 문상객이 어떻게 행동해야 좋을지 곤란할 때도 있다. 죽음에 대한 반응도 제각각인 것이다.

텔레비전을 통해 보는 유명인의 죽음은 또 다르다. 고인의 집은 일종의 무대로 변하고, 어느 장례식에나 얼굴을 내미는 조문 단골들이 등장하며, 연예 리포터가 눈물을 짜내는 연기를 다툰다. 이런 이야기를 하는 까닭은 도쿄를 비운 사백 일 동안 보고 싶지도 않은 텔레비전 가까이에서 시간을 보냈기 때문일 것이다. 세상에는 중이나 장의사보다도 어처구니없는 직업이 있다. 조문객 사이에 섞여 의뢰인을 건져보겠다고 이리저리 뛰는 탐정도 연예 리포터나 중 들과 크게 다를 바 없었다.

나는 가와시마의 집 문을 들어서 현관 옆 접수처에서 조문객 방명록에 이름과 주소를 적은 다음 안내에 따라 안으로 들어갔다. 객실에 마련된 제단에 얼마 되지 않는 부조금을 올린 뒤 향을 피우고, 고인의 영정을 머릿속에 새긴 다음 합장했다. 그리고 나와 고인의 관계를 상상도 못할 유족들에게 위로의 말을 건넨 다음 그 자리에서 물러나 다시 현관 옆 접수처로 돌아왔다.

접수를 맡은 두 남녀에게 태연하게 물었다. "우오즈미 씨는 왔습니까?"

두 사람은 가와시마가 다니던 회사 직원인 모양이었다. 우오즈미라는 이름에 짐작이 가는 바가 없는지 서로 얼굴을 마주 보았다.

"우오즈미 씨가 소식을 듣지 못했다면 연락해줘야 해서요." 나는 양해를 구하고, 방명록 두 권 가운데 하나를 골라 페이지를 넘기며 살피기 시작했다.

다른 한 권은 접수를 맡은 남자가 맡아주었다.

"이분인가요?" 남자가 이내 고개를 들고 방명록을 가리켰다. "이쪽에 적으신 분은 초저녁에 오셨으니 벌써 돌아가셨을 겁니다. 서명을 보니 기억이 나는데, 제 기억이 맞는다면 점퍼를 입은 서른 살쯤 되는 분이었던 것 같습니다만."

'우오즈미 아키라'라는 이름 아래 스기나미 구 미야마에 쪽 주소와 '후지미 장'이라는 연립주택 이름이 적혀 있었다. 나는 그 주소를 재빨리 외웠다. 명함에 적혀 있던 글씨와 매우 흡사했지만 혹시 몰라 좀 더 확인해보기로 했다.

"그 사람 이름이 아키라였던가? 이 사람 말고 우오즈미라는 성을 쓰는 사람은 없나요?"

결국 방명록에는 우오즈미 아키라 말고는 같은 성을 쓰는 조문객은 한 명도 없다는 사실을 확인했다.

탐정이 정보를 캐고 다니기에는 이런 평범한 상가만큼 어려운 곳이 없다. 고인의 사고와 관련된 의문점에 대해 누구에게도, 한마디도 얻어듣지 못한 채로 나는 가와시마의 집을 뒤로했다.

이탈리아 음식점 벨베데레로 돌아와 자동차 열쇠를 맡아준 보답으로 커피를 주문했다. 가게 안에는 만화주간지를 읽던 청년도, 통통한 여주인도 보이지 않고, 요리가 형편없다고 홍보하는 듯한 비쩍 마른 남자 주인만 바 안쪽에 앉아 있었다. 그는 형제처럼 꼭 닮은, 요리복에 코트를 걸친 남자와 카운터를 사이에 두고 곤두박질친 주식 이야기를 하고 있었다. 10시가 가까워졌기에 나는 전화를 빌려 전화응답서비스 센터에 걸었다.

"예, 전화 서비스 'T·A·S'입니다." 처음 듣는 여성 상담원 목소리였다.

"와타나베 탐정사무소의 사와자키입니다."

"와타나베 탐정사무소라면…… 아, 실례했습니다. 오늘 계약을 갱신하신 사와자키 고객님이시군요."

"맞아요. 아마 10시 조금 지나서 마스다라는 남자가 전화를 할 텐데, 내일 아침에 다시 전화하라고……."

"마스다 님이라면 8시 10분과 9시 5분에, 두 차례 전화 연락이 있었습니다만."

"그래요?" 전화카드를 빨리 다 써버리는 작전으로 나온 걸까? "메시지는?"

"제가 받은 전화가 아니니 메모를 읽겠습니다. 처음에는 '누가 뒤를 밟는 기분이 든다. 9시에 다시 전화하겠다', 이상입니다. 두번째는 '역시 누가 미행하고 있다. 10시에 사무실로 가겠다', 이상입니다."

"10시에 그 사람이 전화하면 가능한 한 사람들 눈에 띄는 곳에 있다가, 사무실로 전화하라고 해줘요. 내가 늦어도 11시까지 사무실에 돌아간다고."

4

10시 40분에 나는 열다섯 단으로 된 충계를 달려올라가 사무실 문 앞에 섰다. 스물네 시간 전에 마스다라는 노숙자가 누워 있던 벤치 안쪽에는 어둠만 남았다. 문을 열고 사무실 불을 켠 다음 본인이 꺼리던 이름을 별 기대 없이 불러보았는데 대답은 돌아오지 않았다. 창가로 가 하나뿐인 창문의 블라인드를 올려 불 켜진 사무실이 보이도록 한 뒤 삼 분을 기다렸지만, 아무런 변화도 없었다.

책상 위에 있는 전화를 집어 들고 전화응답서비스 센터 번호를 눌렀다. 아까와 같은 오퍼레이터가 받아, 그 뒤로는 마스다나 다른 사람으로부터 온 전화가 없었다고 대답했다. 그녀의 목소리에는 마스다가 남긴 두 통의 전화 내용에 대한 의심과 호기심이 드러났지만 업무 규정에 따라 그런 소리를 입 밖에 내지는 않았다.

"만약에 그 사람이 전화하면 내가 지금 가부토 신사에 들렀다가 11시까지 돌아올 거라고 전해줘요."

불을 켜두고, 문도 잠그지 않은 채 사무실을 나왔다. 주차장에 들러 블루버드 트렁크에서 손전등을 꺼내 가부토 신사로 향했다. 손에 들면 이상하게 시체를 발견하게 되는 손전등이기 때문인지, 아니면 겨울 끝자락의 추위 때문인지 소름이 돋았다.

가부토 신사의 고요한 작은 경내는 누가 있을 법하지 않았다. 큰길보다 어두컴컴한 참배로를 10미터쯤 걸어가자, 도리이* 옆에 알전구를 단 볼품없는 외등이 서 있어 손전등을 켤 필요가 없었다.

나는 바로 신전 쪽으로 갔다. 오른쪽에서 입을 벌리고 있는 고마이누** 앞을 지나 신전 옆으로 빙 돌았다. 허리를 구부려 높이가 고작 50-60센티미터인 신전 마루 밑 공간을 들여다보았지만 캄캄해서 아

* 신사 입구에 있는 기둥문.
** 신사를 지키는 사자 모양의 조각상.

무엇도 보이지 않았다. 마루 밑까지는 외등 불빛이 닿지 않았기 때문이다. 육칠 년 전에 여기 숨어 살인 계획을 엿들었다는 소년의 의뢰를 받았던 기억이 떠올랐다. 그 소년도 이제 고등학생이 되었을 텐데, 은행원이었던 아버지는 아직 교도소에 있을까……? 어둠 속에서 눈에 힘을 주고 있다 보면 옛 생각이 나기 마련인 모양이다.

"마스다, 거기 없나?" 말을 걸며 손전등을 켰다. 신전 앞쪽 기둥들과 정면 계단 뒤쪽에 생긴 삼각형 공간에 둥근 불빛이 퍼지자 눈에 익은 종이봉투 둘과 골판지, 신문지 등이 보였다. 쾌적해 보이는 주거 공간이라, 자유생활자라던 마스다의 잠자리가 사무실 앞 벤치보다 훨씬 못할 거라고 짐작했던 내 어리석음이 부끄러웠다. 하지만 정작 여기 사는 사람의 모습은 보이지 않았다.

그때 신전 뒤편에서 누군가의 신음소리 같은 것이 들렸다. 말할 수 없는 불안감과 분노가 치미는 걸 억누르며 소리가 난 쪽으로 달려갔다. 신전 뒤는 더욱 어두웠지만, 건물 모퉁이를 돌아서자 뒤뜰 왼쪽 구석으로 살짝 빛이 비쳤다. 나무로 지은 공중화장실에서 새어 나오는 불빛이었다. 끊어졌다, 이어졌다 하는 신음도 그 안에서 들려오는 듯했다.

손전등을 무기로 쓰기 위해 자루 부분이 최대한 길게 나오도록 고쳐 잡고, 공중화장실 쪽으로 다가갔다. 조용히 가려고 애를 썼지만 바닥이 온통 자갈이라 군홧발 행진 같은 발소리가 정적을 깨고 울려 퍼졌다. 화장실에 가까이 다가가자 안에서 들리던 신음이 그쳤다. 나는 바로 화장실 안으로 들어갔다.

정면의 좁은 세면대에서 남자가 벽에 기댄 채 나를 뚫어지게 바라보고 있었다. 삼십대로 보이는 야위고 키가 큰 사내였다. 부스스한 머리카락, 껴입은 지저분한 옷, 벽 쪽에 놓인 닳아빠진 쇼핑백으로 보아 그가 마스다와 마찬가지로 노숙자라는 사실을 한눈에 알 수 있었다.

사내는 왠지 겁에 질려 있었다. 찢어진 왼쪽 입꼬리는 핏자국과 함께 부어올랐고, 그 주변 턱에는 검푸른 멍이 들어 있었다. 때와 피가 묻은 수건에 물을 적셔 상처를 식히고 있었는지 내가 갑자기 뛰어들자 놀라서 수건을 떨어뜨릴 뻔했다. 사내의 등이 몇 차례 벽에 쿵쿵 부딪쳤다. 그의 등에 기생하는 생물체가 그 벽을 그대로 뚫고 탈출하려는 것처럼 보였다.

불필요한 손전등을 끄고, 동시에 이 남자에게 불필요하다고 생각되는 내 적의를 지웠다.

"나는 마스다와 아는 사이야."

"마스다라니, 누구지? 그런 녀석 몰라." 사내의 목소리가 떨리고 있었다.

"이름이 뭐든, 신사 마루 밑에 짐을 놓아두는 자네 비슷한 처지의 나이 든 사람이지."

"당신이 '아저씨'를 알아?" 사내의 두려움이 좀 줄어든 듯했다.

"나는 요 앞에서 탐정사무소를 하는 사와자키라는 사람이야. 그 나이 든 노숙자…… 이름은 마스다라고 하는데, 그 사람한테서 무슨 말 못 들었나?"

그는 길쭉한 목 위의 부스스한 머리를 가로저었지만, 말의 내용은 조금 달랐다.

"난 늘 술에 취해 있어서 남이 하는 말은 술안주려니 하고 흘려들어. 아저씨가 무슨 말을 해도 난 잘 기억 못 해…… 어쨌든 어젯밤 늦게 아저씨가 오래간만에 이리로 돌아와서 아침까지 이런저런 얘기를 나누기는 했는데."

이야기를 하는 사이에 나에 대한 두려움은 단순한 경계심으로 바뀌어갔다. 대신 상처의 통증이 새삼 되살아났는지, 그는 고통 때문에 얼굴을 찡그리며 젖은 수건을 턱에 댔다.

"그 상처는 어쩌다 생겼지?" 내가 물었다. "아저씨라고 부르는 사람과 관계가 있는 일인가?"

그는 고개를 끄덕였다. "어쨌든 이렇게 끔찍한 꼴을 당하기는 처음이야. 애써 취했는데 술도 다 깨고. 이런 말똥말똥한 상태로는 잠도 안 오겠어."

사내의 울대뼈가 가느다란 목 안에 자리 잡은 민첩한 생물처럼 오르내렸다. 위기에 처한 사람의 심리 패턴이란, 공포에서 안심으로 이동하거나 안심에서 고통에 이르는 경로 어딘가에서 이해득실에 대한 감각이 되살아나는 모양이었다.

"좋아. 무슨 일이 있었는지 이야기해줘. 신사 마루 밑에 마스다의 짐만 남아 있는 이유를 알게 되면 오늘 밤 술값 정도는 주지."

"……그래봤자 대단한 얘기를 해줄 수 있는 건 아닌데." 남자의 눈에 기대감이 스치더니, 기억을 더듬기 위해 가늘어졌다. "내가 기분 좋게 술에 취해 저쪽 뒷문으로 돌아왔을 때였어. 이제 슬슬 아저씨가 올 시간이라는 생각에 기대를 품고서. 그런데 아저씨가 두 남자에게 잡혀가듯 경내 밖으로 끌려가지 뭐야. 아저씨가 나를 보고는 갑자기 '살려줘!'라고 소리치더라고. 내가 그때 취해서 겁을 상실한 상태라

'너희 무슨 짓을 하는 거냐' 하며 달려들었는데, 갑자기 옆에 있던 남자가 내 턱에 펀치를 날렸지…… 그뿐이야. 정신을 차렸더니 뒷문 쪽에 큰 대자로 뻗었더라고. 머리랑 턱이 깨질 것처럼 아프고 구역질이 나서 거의 죽는 줄 알았어. 간신히 여기까지 와서 토했더니 속이 메슥거리는 건 가라앉았어. 정말 농담이 아니야. 이런 생활을 시작한 지 십 년이 넘었는데 마신 술을 토하는 아까운 짓을 하기는 이번이 처음이라니까."

"두 남자에 대해 뭔가 기억나는 게 있나?"

"얼굴 생김새를 이야기하는 거라면 소용없어. 내 턱에 꽂혔을 때의 그 녀석 주먹 생김새라면 또렷하게 기억하지만 말이야. 어쨌든 아저씨와 두 남자를 본 순간은 짭새들이 '일제 단속'이라도 시작한 건가 했어. 그렇지만 둘 다 검은 양복 차림이라 사복형사인가 보다 하는 순간 아저씨가 소리를 질렀고, 그다음에는 내 정신이 아니었지."

"검은 양복 둘이라고? 달리 기억나는 건 없나?"

"아마도. 없어."

"마스다와 두 남자를 만난 게 몇 시쯤인지는 아나?"

"그것만은 묻지 말아줘. 시간관념이 있다면 나도 이런 꼴은 되지 않았을 거야. 어쨌든 얼마나 뻗어 있었는지 전혀 모르겠어…… 방금 전에 일어난 일 같기도 하지만, 당신이 그게 사흘 전 밤에 일어난 일이라고 한다면 그대로 믿겠지."

"머리가 아프다면서, 의사에게 진찰받는 게 낫지 않겠나?"

"아니야, 토하고 난 뒤에는 나아졌으니까 괜찮겠지. 다만 턱이 욱신욱신 쑤셔서 죽겠군."

나는 윗옷 주머니에서 돈을 꺼내 천 엔짜리 지폐 두 장을 건넸다.

"오늘 밤에는 술을 마시지 않는 편이 나을 거야. 안 그러면 통증이 곱절은 더 심해질 테니까."

"이런 꼴을 당했는데 마시지 않고 견딜 수 있다면……." 남자는 자신 없는 표정을 지으며 껴입은 옷 주머니에 돈을 넣었다.

"마스다하고는 언제부터 알고 지냈지?"

"기억이 확실한 건 아닌데, 작년 연말에 신주쿠 역 구내 노숙자들이 모여드는 곳에서 우연히 마주친 뒤로 조금씩 이야기를 나누게 되었지. 언젠가 비 오는 날 저녁에 좋은 잠자리가 있다며 이리 데리고 와주었어. 요즘은 누군가에게 심부름을 부탁받았는지, 아저씨가 이곳에 잘 오지 않았지만…… 그런데 그놈들은 대체 누구지? 아저씨는 괜찮을까?"

"걱정하는 건가?"

"그야 당연하지."

"그렇다면 경찰에 신고해줄 텐가?"

남자는 시선을 떨어뜨렸다. "그건 좀 봐줘."

"걱정한다는 건 그런 거야."

남자는 면목 없다는 표정으로 잠시 망설이더니 받은 돈을 주머니에서 꺼내 돌려주려 했다.

"마루 밑에 있는 마스다의 짐을 부탁하네."

나는 젊은 노숙자를 화장실에 남겨두고 가부토 신사를 나왔다. 뒤돌아 차가운 밤공기에 휩싸인 도시의 위험구역을 바라보았지만 조용하고 평온하기만 했다. 신사에서 모시는 '신'은 이런 일쯤이야 손톱에

긴 때만큼도 관심이 없는 듯했다.

사무실로 돌아오는 도중에 시간을 확인하니 이미 11시가 지나 있었다. 마스다가 자기 의지로 전화를 걸어올 가능성은 없었다. 우오즈미라는 의뢰인 후보의 주소는 겨우 알아냈지만 아직 연락도 못 한 상태인데 벌써 뭔가 고약한 일만 일어나고 있다는 사실에 넌더리가 났다. 넌더리 날 거리가 또 하나 사무실 주차장 앞 보도에 떡하니 버티고 앉아 있었다.

검은색 메르세데스 벤츠였다.

5

폭력단 '세이와카이'의 사무실은 히가시나카노 야마테 거리 쪽에 있었다. 예전에 딱 한 차례 그곳에 들렀을 때는 지은 지 얼마 되지 않은 화사한 녹색 건물이었는데, 육 년 반이라는 세월과 비바람 탓에 이제 주변에 있는 고만고만한 건물들 사이에 녹아들어 눈에 띄지 않았다. '새 폭력단법'● 때문에 몸을 사리는지도 모른다. 예전엔 도로 맞은편 공터에 '폭력단은 이 동네에서 물러가라'라는 플래카드를 내건 작은 텐트가 서 있었는데, 지금은 주위를 내려다보는 듯한 외국계 컴퓨터 회사의 거대 빌딩으로 비뀌었다. 그 건물은 옥상에 있는 광고탑을 제외하면 어둠에 휩싸여 있었지만, 맞은편 세이와카이 건물은 2층 대

●   정식 명칭은 '폭력단원에 의한 부당 행위 금지 등에 관한 법률'.

부분과 3층 몇 군데에 불이 들어와 있었다.

나는 컴퓨터 회사 옆 벽돌색 아파트 앞에 있는 오줌 냄새 풍기는 공중전화 박스로 들어갔다. 전화응답서비스에 연락해 마스다에게 연락이 없었는지 확인한 뒤 '번호안내' 담당으로 전화를 돌려달라고 해 세이와카이 사무실 전화번호를 알아보도록 했다.

번호안내는 부재중 전화응답이나 메시지 서비스를 주요 업무로 삼는 이 회사의 또 다른 서비스였다. 그들은 등록된 상대의 이름만 정확하게 대면 전화번호부에 실리지 않은 번호도 70퍼센트 가까이 알려줄 수 있다고 호언장담했다. 유명인의 극비 전화번호나 별장 같은 곳의 전화, 이제 막 보급되기 시작한 휴대전화번호 등의 목록을 입수해 제공하는 것을 장점으로 내세웠다. 다만 '정보는 돈이다'라는 원칙에 따라 NTT 일반 번호안내 서비스보다 이삼십 배쯤 높은 요금을 뜯어간다. 세이와카이의 번호가 전화번호부에 실려 있을지도 모르지만, 공중전화박스에 비치된 '타운 페이지' 색인의 금융업, 부동산업, 토건업, 노무관리, 수입상, 흥행, 오락장, 음식점, 공중목욕탕 같은 업종 분류 중 어디서 찾을지 헤매다가 시간만 낭비할 것 같았다. 전화응답서비스를 통해 알아내는 데는 십 초도 걸리지 않았다.

알려준 번호로 전화를 걸자 바로 받았다.

"세이와카이 본부입니다." 자선사업 본부라도 되는 양 차분한 목소리였다. 기부 신청은 스물네 시간 내내 접수하는 모양이다.

"그 뒤쪽 건물에 불이 났습니다." 내가 말했다.

"뭐라고요? 정말이요?"

수화기를 내려놓고 사무실 반응을 구경하기로 했다.

먼저 2층 창문 하나가 열리더니 남자가 몸을 내밀고 주위를 둘러보았다. 이어서 1층 가운데 부분에 불이 켜졌다. 나는 전화박스에서 나와 달려오는 택시가 지나가기를 잠깐 기다렸다가 도로를 가로질렀다. 2층에서 창문 밖을 살피던 남자는 "여기서는 아무것도 안 보여"라며 고개를 집어넣었다. 1층 현관에도 불이 켜지더니 방탄유리로 된 정문을 열고 남자가 나왔다. 남자는 발돋움하고는 양옆 건물을 살폈다. 또 한 남자가 뛰어나와 "화장실 창문으로는 뒤쪽 상태를 확인할 수 없어"라고 소리쳤다. 두 사람은 건물 오른쪽으로 달려가더니 건물 뒤편으로 가기 위해 좁은 옆 골목으로 뛰어들었다. 나는 길을 마저 건넌 뒤 서둘러 세이와카이 건물로 다가갔다. 활짝 열린 현관문 앞에서 잠깐 상황을 살핀 다음 안으로 들어갔다.

육 년 전 기억을 더듬어 로비 안쪽 오른편에 있는 엘리베이터로 직행했다. 그곳 외에는 캄캄해서 상황을 알 수 없었기 때문에 달리 방법이 없었다. 엘리베이터는 막 2층에서 1층으로 내려오고 있었다. 나는 재빨리 왼쪽에 있는 관리실인 듯한 방 안쪽 어둠 속으로 숨었다. 엘리베이터 문이 열리자 두 사내가 나와 현관 쪽으로 갔다. 운동복을 입은 남자가 "불이 여기까지 번질지 모르는데, 당장 옮기지 않으면 곤란한 게 있지 않겠어?"라고 물었다. 양복을 입은 남자가 "화재가 어떤 상태인지 먼저 확인해야지"라고 했다. 둘은 허둥지둥 현관을 지나 밖으로 나갔다.

나는 엘리베이터 쪽으로 돌아와 막 닫히려던 문 안으로 뛰어들었다. 3층 버튼을 누르자 문이 닫히고 엘리베이터가 올라가기 시작했다. 버튼 위쪽 구석에 방범 카메라가 달려 있었다. 이런 시간에 감시

모니터를 보고 있을 사람은 없겠지만, 나는 카메라를 등지고 섰다. 엘리베이터가 2층에서 멈추는 게 아닌가 걱정했지만 무사히 지나쳤다. 3층에 도착해 문이 열리자, 복도에 아무도 없다는 사실을 확인하고 엘리베이터에서 내렸다. 복도 막다른 곳에 있는 검정 가죽을 씌워놓은 익숙한 문으로 향했다. 뒤쪽 어느 방에서 문 여는 소리가 나더니 누군가가 졸린 목소리로 "불이 났다고?" 하고 물었다. 나는 돌아보지 않고 "장난전화야" 하고 믿을 만한 정보를 제공했다. 그리고 막다른 문에 이르자 잽싸게 문을 열고 안으로 들어갔다.

육 년 전과 같은 방에서 육 년 전과 마찬가지로 창문 옆에 서 있던 하시즈메가 이쪽을 돌아보았다.

"불은……?" 하시즈메는 그제야 나를 알아차렸다. "사와자키, 너였나?"

하시즈메는 세이와카이의 젊은 간부로, 십삼 년 전 내 탐정사무소 파트너였던 와타나베가 일으킨 사건 이후 나와는 유쾌하지 못한 인연을 이어오고 있었다. 마지막으로 만난 건 오 년쯤 전일 것이다. 하시즈메가 다른 조직과의 다툼 때문에 똘마니가 쏜 총에 맞아 탄환 적출 수술을 받은 직후였다. 그때 그는 종잇장처럼 창백한 얼굴에다 숨쉬기도 고통스러워 보였다. 지금은 그게 거짓말이었다는 듯이 죽여도 죽지 않을 만큼 건강한, 가무잡잡하게 햇볕에 잘 그을린 얼굴로 돌아와 있었다. 얼굴 한가운데서 그 누구도 믿은 적이 없는 눈만이 그때와 마찬가지로 유난히 반짝거렸다.

방 한복판에 놓인 소파 네 개짜리 응접세트에 하시즈메의 경호원인 사가라와 노숙자 마스다가 대각선으로 마주 앉아 있었다. 사가라는 일어서면 키가 185센티미터가 넘고, 몸무게는 100킬로그램 이상인 야쿠자 파마를 한 거구다. 마스다 뒤에는 감시 역할인 듯한 한 명이 더 있었다. 얼핏 보기에도 사람에게 상처를 입히는 걸 아무렇지도 않게 여길 타입의 젊은 조직원이었는데, 그는 나를 보더니 낯빛이 싹 바뀌었다.

"이새끼, 어디로 들어왔지?"

가부토 신사에서 젊은 노숙자를 때려 쓰러뜨린 녀석은 틀림없이 이놈이리라.

"그만둬!" 사가라가 제지했다. "넌 밖에 나가 있어. 두세 명 모아서 저 문으로 아무도 나가지 못하게 지켜."

젊은 조직원은 놓친 먹이를 노려보는 굶주린 싸움개의 눈빛을 내게 쏘며 검은 가죽을 덧댄 문으로 향했다.

"쓸모없는 놈!" 하시즈메가 젊은 조직원의 등에 욕을 퍼부었다. "얼빠진 질문할 틈이 있으면 그 전에 죽여버려. 이놈이 멍청한 탐정이 아니었다면 지금쯤 우리는 모두 저세상으로 갔을 거다."

소파에 앉은 마스다가 몸을 움츠렸다. 그는 내 사무실에서 처음 만났을 때보다 훨씬 겁을 집어먹고 어찌할 바를 모르고 있었다. 내 얼굴을 보고도 별 반응을 보이지 않은 까닭은 요 한 시간쯤 되는 사이에 겪은 일이 그만큼 큰 충격이었기 때문이리라.

"이 사람을 데리고 가겠네." 나는 마스다가 앉아 있는 소파로 다가가며 말했다.

"대신 뭘 두고 갈 텐가?" 하시즈메는 분노를 숨기기 위해 슬쩍 웃으며 물었다.

"아무것도." 내가 대꾸했다. "너희는 이 사람이 와타나베인 줄 알았겠지. 나도 이 남자를 사무실 앞 어둠 속에서 처음 봤을 때는 와타나베가 돌아온 줄 알았어. 어쩌면 와타나베와 연락이 닿는 사람이라고 생각했을지도 모르겠지만 이 사람은 와타나베를 전혀 몰라. 본인도 그렇게 말했을 거야. 이 사람은 내가 사무실을 비운 사이에 찾아온 의뢰인의 메시지를 전하려고 했을 뿐이지."

"사무실을 비웠다고? 일 년 가까이 모습을 감춘 걸 우리가 모를 줄 아나?"

"일 년 이상이지. 너희 감시는 형편없더군. 이곳 경비도 마찬가지지만."

하시즈메는 어두운 남색 양복 옷깃에 묻은 먼지를 손가락으로 튕겼다. "들어올 때는 쉬워도 나갈 때는 목숨을 걸어야만 하는 경비도 있어."

하시즈메나 사가라나 오 년 전에는 옷차림이 거슬릴 정도로 요란했지만, 이제는 많이 나아졌다. 나이가 들었기 때문인가? 조직에서 지위가 높아졌기 때문에? 아니면 새 폭력단법 때문에 수입이 줄어서일까? 그런 법률 하나 생겼다고 해서 과연 그들의 수입이 줄어들었을까? 능력 없는 최하위 조직원의 이탈과 직업 전환은 일반인들이 그들의 뒤치다꺼리를 대신 떠맡아야 한다는 뜻일 뿐이다. 하시즈메와 사가라의 옷차림이 수수해진 까닭은 오히려 전보다 더 많은 보수를 받기 때문일지도 모른다. 뭔가를 잃으면 다른 것으로 그걸 메우는 게 그들의 방식이다.

방 한복판에 있는 응접세트 테이블 위의 전화기가 울렸다. 내선 전화 호출음 같았다. 사가라가 팔을 뻗어 야구 글러브 같은 손으로 수화기를 움켜쥐고 잠시 듣고 있었다.

"불이 나지 않은 건 알아. 현관문을 닫고 당번이 아닌 녀석들은 얼른 취침하도록 해."

사가라가 그렇게 말하더니 내게 물었다. "그 전화는 네가 한 거였지?"

"불이 나면 친절하게 알려줄 사람이 있다고 생각하다니, 귀엽군."

"넌 주둥이 나불거리는 짓 말고 할 줄 아는 게 없나?"

계속 입을 놀리는 것 말고는 등줄기를 타고 오르는 공포를 견딜 방법을 찾아내지 못하고 있었다.

"내친김에 내 사무실 주차장에 세워둔 벤츠 속 녀석들에게도 전화해서 꺼지라고 해줘. 별 쓸모도 없는 휴대전화지만 폼으로 들고 다니기는 할 거 아냐."

사가라는 하시즈메의 의향을 확인하고는 쓴웃음을 지으며 전화번호를 누르기 시작했다.

"사무실 불도 안 끄고, 문도 잠그지 않고 나왔는데. 녀석들에게 재떨이 훔쳐가지 말라고 전해."

"사와자키, 내 말 잘 들어." 하시즈메는 창가를 떠나 사가라 옆 소파 팔걸이에 걸터앉았다. "이런 시간에 너하고 만담이나 하고 있을 짬은 없어. 네가 그렇게 좋아하는 탐정놀이를 미뤄두고 일 년 넘게 모습을 감추었는데 와타나베 하나 찾아내지 못했을 리가 없지."

"와타나베를 찾을 일은 없어."

"그럼 일 년 넘게 뭘 했다는 건가?"

나는 마스다 옆 소파에 걸터앉아 주머니에서 담배를 꺼냈다. "일을 했지. 간사이 지방에서 수입이 꽤 짭짤한 일을 권하기에 직업을 바꿀까 했어. 오래 계속할 수 있을지 자신이 없어서 이쪽 사무실을 그대로 놔둔 거였고. 계속할 수 있겠다 싶은 자신감이 생길 즈음 그놈의 회사가 망했지."

"수입이 짭짤한 일이라고?" 하시즈메가 의심스럽다는 듯이 물었다.

전화를 마친 사가라도 싸늘한 말투로 말했다. "네가 직업을 바꾸다니, 그걸 누가 믿겠나?"

"믿지 못하겠으면 탐정을 써서 조사해봐." 나는 담배에 불을 붙였다. "그보다 너희가 납치해온 이 사람에게 물어보는 게 빠르지 않을까?"

아무도 대꾸가 없어, 나는 마스다를 향해 이야기하기 시작했다.

"이 친구들에게 와타나베라는 사람에 관한 질문을 받았을 텐데, 그 사람은 내가 하는 탐정사무소의 전 주인이자 내 파트너였지. 십삼 년 전 일인데, 경찰이 이 친구들의 각성제 거래 현장을 덮치려고 와타나베를 미끼로 이용했어. 그 사람은 탐정 일을 하기 전에 형사였거든. 경찰로서는 이례적인 일이었지만, 원칙보다 검거 실적이 급한 상황이었겠지. 그런데 와타나베가 경찰이 준비한 각성제 3킬로그램과 이 친구들이 마련한 일억 엔을 가로채 도주해버린 거야. 그 뒤로 경찰이나 이 친구들이나 와타나베를 뒤쫓고 있지만 별다른 성과가 없었고."

누구도 내 이야기를 가로막으려고 하지 않았다. 나는 테이블 위에 놓인 얼룩 하나 없는 은제 재떨이에 담뱃재를 털었다.

"하지만 가장 큰 피해자는 바로 나야. 파트너에게 배신당하고, 경찰에서는 혹독한 조사를 받고, 이 친구들은 툭하면 못살게 굴어. 십삼 년씩이나 이 친구들과 경찰, 양쪽에게 죽 감시당하는 상태야. 그런 상황인데 댁 같은 노숙자가 사무실 주위를 어슬렁거리기 시작하고, 행방불명이었던 내가 때마침 사무실로 돌아왔으니 이 친구들이 자기들 멋대로 와타나베의 냄새를 맡았다고 여겨도 무리는 아니지. 어찌 된 상황인지 이제 좀 알겠나?"

마스다는 잠깐 생각을 한 뒤 고개를 끄덕였다.

"그러니 만약 와타나베가 있는 곳이라거나 그 사람에 관계된 단서를 가지고 있다면 이 친구들에게 바로 털어놓는 게 좋을 거야. 난 와타나베에게 지켜야 할 의리 같은 건 없어. 내가 입은 피해에 대한 위자료를 받아내고 싶을 지경이지. 자기 몸을 아끼고 싶다면 서툰 수작 부리지 말고 아는 내용을 털어놓는 게 현명한 방법이야."

"하지만 내가 아무것도 모른다는 건 그런 소리를 하는 당신이 가장 잘 알잖아? 난 그저 그 젊은이 부탁을 받고……."

"닥쳐!" 하시즈메가 매몰차게 말했다. "너희, 이 사무실이 그렇게 마음에 든다면 며칠이든 묵게 해주지."

하시즈메의 얼굴에 떠오른 냉소가 가면처럼 흔들리다가 사라졌다. 그러고는 뜻밖에 하품을 참는 표정을 지었다. 하시즈메는 늘 감정의 기복이 심했다. 그들은 눈앞에 이익이 보일 때면 한없이 탐욕스러워지는 인종이지만, 그 감정이 사라지면 장난감에 싫증이 난 어린애처럼 바로 무관심해졌다.

"어떻게 좀 해줘." 마스다가 내게 하소연하듯 말했다. "아까 당신이 오기 전에 '약을 쓰면 알고 있는 내용을 다 불게 하는 건 식은 죽 먹기'라고 협박당했는데, 약이란 게 각성제지? 난 그런 거 싫어. 이런 일에 휘말린 것도 당신 때문이니 어쨌든 어떻게 좀 해봐."

나는 담뱃불을 끄면서 하시즈메에게 말했다. "초대는 고맙지만 여기 오기 전에 신주쿠 경찰서 니시고리에게 돌아왔다는 인사를 하고 왔어. 여기 들를 거라고 했더니 네게 안부 전하라더군. 내일 내 사무실로 전화해서 아무도 받지 않는다면 세이와카이를 유괴와 감금 혐의로 손봐줄 절호의 기회가 될 거라고 말해두었지."

"웃기지 마. 니시고리와 네가 어떤 관계인지 모를 줄 아나? 좋아, 내일 신주쿠 경찰서에 가서 니시고리가 네 이름을 한 번이라도 입에 올리는지 시험해볼까? 그 일억 엔을 걸어도 좋아. 니시고리는 말이야, 네 이름 따위를 입에 올리느니 내 이름을 정중하게 부르는 걸 훨씬 즐겁게 여길거야."

하시즈메는 일어서서 사가라를 돌아보았다. "이놈들 어디 처박아둬."

"형님 생각은 어떠십니까?" 사가라가 차분한 말투로 물었다. "이 탐정과 그 형사의 관계가 그렇게 단순하지 않습니다. 게다가 내일은 우리에게 중요한……." 그는 다음 말을 잇지 않고 눈짓으로 표현했다. "그게 있습니다. 짭새들이 얼씬거리는 상황은 최대한 피하는 편이 낫지 않겠습니까?"

"들었나, 사와자키? 난 너하고 사가라가 대체 어떤 관계인지 궁금하군."

하시즈메는 우리 사이에 놓인 테이블을 구둣발로 가로질러 최단거리로 가죽을 덧댄 문에 다가갔다. 돌아보니 졸린 듯한 하시즈메의 눈에 각성제라도 한 방 맞은 듯한 빛이 스쳐지나갔다. "와타나베와 접촉해놓고도 얼버무린 거라면 후회할 거야."

6

노숙자 마스다와 나는 야마테 거리에 있는 히가시나카노 역 근처에서 택시를 잡았다. 보타이를 맨 중년 택시 운전기사가 마스다의 꾀죄죄한 모습에 눈썹을 찡그리며 한마디하려다, 뒤따라 올라탄 내 얼굴을 보더니 입을 다물었다. 나는 평소에도 니시고리나 하시즈메 같은 부류의 인간으로 오해를 받는 경우가 적지 않았지만, 막 세이와카이 사무실에서 나온 내 표정이 어떠했는지는 별로 상상하고 싶지 않았다. 니시신주쿠로 가자고 하자 운전기사는 멀리 가지 않는다는 사실에 일반적인 경우와는 달리 안도한 모습을 보이며 차를 출발시켰다.

아직도 굳은 표정을 풀지 못한 마스다에게 담배를 권하고 불을 붙여주었다. 그는 몸 어디에도 구멍이 나지 않았다는 사실을 확인하듯 담배연기를 깊이 들이마신 뒤 길게 내뿜었다. 그는 덕분에 살았다면서 인사했고, 나는 인사를 받을 상황이 아니라 오히려 사과를 해야 할 처지라고 대꾸했다.

이윽고 마스다의 안색이 원래 상태로 돌아왔다. 그는 다시 천천히 연기를 뿜어낸 뒤 입을 열었다. "아까 얘기를 듣자니, 그 와타나베라는 사람도 나처럼 사는 모양이지?"

실종 전 술에 절어 지내던 와타나베의 생활이나 전국을 떠도는 그의 도피 생활, 딱 한 번 차 안에서 목격했던 그의 '추레한' 모습 등을 떠올렸다. 와타나베의 생활은 일반적인 노숙자의 생활과는 다른 듯했다.

나는 고개를 저었다. "그렇지도 않은 것 같아."

"……그렇겠군. 분명히 우리보다는 훨씬 남들 눈에 띄지 않는 생활을 해야만 할 테니까."

"손님, 창문을 좀 열어주시겠습니까?"

운전기사가 가시 돋친 목소리로 말했다. 담배 연기만 신경 쓰이는 게 아니라는 투였다. 대시보드 위에는 운전기사의 담배와 라이터가 놓여 있었고, 앞좌석 등받이에 달린 재떨이에도 담배꽁초가 들어 있으니 연기를 참지 못할 리가 없다.

마스다가 창문을 한 뼘쯤 내리자 차 안에 2월 말 한밤의 차가운 공기가 흘러 들어왔다. 세이와카이 사무실에서 다량의 아드레날린을 분비하고 온 우리에게는 오히려 상쾌할 정도였다. 운전기사만 추운 듯이 몸을 움츠렸다. 마스다가 서둘러 담배를 두 모금 정도 빨고 나서 비벼끄더니 꽁초를 귀에 꽂았다. 그리고 운전기사에게 사과하면서 창문을 도로 올렸다.

이번에는 내가 왠지 담배를 무척이나 피우고 싶어져 불을 붙였다. "창문을 열까요?"

"아뇨, 됐습니다. 오늘 밤은 꽤 추워서요."

"그래요? 내 동행이 지금 돌아갈 잠자리에 비하면 이 차 안은 꽤 따스한 편인데."

"손님 동행인 분의 잠자리라니, 대체······." 운전기사는 내 말투나 꺼낸 이야기에서 위험을 느꼈는지 갑자기 입을 다물었다.

"좀전에는 내 동행이 어디서 뭐 하는 사람인지 뻔히 안다는 듯한 태도를 보이시더니."

"그만둬." 마스다가 운전기사와 나의 대화에 끼어들었다. "갑자기 왜 그래?"

“아무것도 아니야.” 머리끝까지 솟구쳤던 피가 바로 내려갔다. “운전기사 양반, 미안하군요. 타기 전에 좀 불쾌한 일이 있어서.”

“……저야말로 창문을 열어달라는 공연한 소리를 해서 미안합니다.”

오쿠보 거리를 지난 지점부터 늦은 시간인데도 차가 좀 밀리기 시작했다.

마스다가 차 안 분위기를 바꾸려고 입을 열었다. “어젯밤에 왜 내가 이런 생활을 하는지 당신이 묻지 않는 게 이상하다 싶었는데, 알 것 같은 기분이군.”

나는 담뱃재를 털면서 말했다. “물어보는 게 당연한가?”

“백이면 백 다 묻지. 인사가 끝나면 바로 다음에 묻는 게 그거야. 노숙자가 아닌 사람도, 같은 노숙자도 상대가 왜 이런 생활을 하는지, 이렇게 된 원인이 뭔지 궁금해서 못 견디겠는 모양이야. 묻지 않는 녀석도 입 밖에 내지만 않을 뿐이지 온몸이 물음표가 돼.”

“질문을 받는 쪽에서도 이야기하고 싶은 거 아닌가?”

마스다가 슬쩍 웃었다. “그럴 수도 있겠군. 어지간해선 남에게 털어놓기 힘든 이유라도 있다면 이야기가 달라지겠지만 말이야. 하기야 그런 놈들은 대개 제멋대로 꾸며낸 거짓 사연을 늘어놓을 테지.”

“묻지 않아서 미안하군. 내 경우에는 아마 그런 걸 캐묻는 게 일이라서 그럴 거야. 요금이 정해지고 나면 얼마든지 잘 들어주지.”

마스다는 웃으며 고개를 저었다. “아니, 그렇지 않을 거야. 누구 하나라도 가까운 사람이 노숙자 생활을 하면 충분히 안다고 생각하기 때문이겠지.”

나는 담배를 끄고 화제를 바꾸었다. 오늘 하루 우오즈미라는 남자와 그 주변에 대해 조사해 알게 된 내용을 간추려서 이야기했다.

"그 사람하고는 아직 연락이 닿지 않는 건가?" 마스다가 의심스럽다는 듯이 물었다. "그 전화번호를 쓰는 스낵바 여자가 우오즈미라는 남자에 대해 모른다는 것도 이상하군."

"그 명함이 어디 쓰레기통 같은 데서 주워온 것이 아니라면 그렇지."

"설마 진심으로 그런 소리를 하는 건 아니겠지?"

오우메 가도와 만나는 교차로 바로 앞에서 교통사고 처리가 한창이라 택시는 속도를 더욱 낮췄다. 경찰관 여럿과 구경꾼들이 보이고, 휴지를 구겨놓은 듯한 사고 차량이 인도에 올라앉아 있었다. 우리가 타고 있는 택시나 내 블루버드도 저 휴지와 거의 같은 재료와 구조로 되어 있다.

"사실은……." 마스다가 무겁게 입을 열었다. "그 뒤에 그 우오즈미라는 사람이 딱 한 번 더 당신 사무실을 찾아왔었어."

"무슨 소리지?"

"아, 굳이 숨기려던 건 아니야. 당신이 그 메모로 연락을 하기만 하면 그 일도 본인 입을 통해 들을 수 있을 테니까, 내 부정확한 정보는 필요도 없을 테고 번거로워질 뿐이라고 생각한 거지…… 그리고 사무실 앞 벤치에서 잔 게 실은 조금 더 되었지, 그러니까 보름 이상 되었어, 그런 문제도 있어서 말하기 힘들었던 거야."

"그건 신경 쓰지 마. 우오즈미라는 남자가 사무실을 찾아왔을 때 얘기나 해줘."

"그 사람이 가부토 신사에 나타나 메모를 건네고 간 게 한 달쯤 전인데, 그 뒤로 보름 지났을 무렵이었던 것 같아."

"그러면 보름 전쯤이라는 소리로군."

마스다는 고개를 끄덕였다. "밤 10시쯤이었어. 감기 기운이 좀 있어서 여느 때보다 좀 일찍 당신 사무실로 가서 누웠지. 그런데 누군가 계단을 올라오는 발소리와 이야기 나누는 소리가 들리더군."

"이야기하는 소리? 한 명이 아니었나?"

"그래. 나는 그 목소리를 듣고 틀림없이 건물 입주자나 비슷한 사람일 거라고 생각했지. 들키면 귀찮아질 것 같아서 숨을 죽이고 가만히 있었어. 그런데 계단을 올라온 두 사람은 층계가 끝나는 부분에 멈춰서서 당신 사무실을 살펴보더군. 아마 나하고 마찬가지로 밖에서 봤을 때 사무실 창에서 불빛이 흘러나오지는 않지만 다른 방이 있을지도 모른다는 생각에 2층까지 확인하러 온 게 아닐까? 그 명함을 맡긴 우오즈미란 남자가 아쉽다는 듯이 '역시 아무도 없군'이라고 해서 그렇게 생각했어."

신호 때문에 멈춰 있던 택시가 드디어 야마테 거리에서 왼쪽으로 꺾어 오우메 가도로 접어들어 속도를 올렸다.

"우오즈미였다면 약속을 지키기 위해 잠복까지 하고 있다는 걸 알리지 그랬어. 그랬다면 사례금을 더 받을 수 있었을지도 모르잖아."

"아니, 일단 겁을 먹고 움츠러드니까 그 남자라는 걸 알면서도 도저히 나설 마음이 들지 않더군. 게다가 함께 있는 다른 남자가 어떤 사람인지도 모르니까 말이야…… 바보 같은 소리지만 우리는 상대편 머릿수가 우리보다 많을 때 본능적으로 경계하게 되어 있어. 흔히 일어나는 폭행사건에서도 놈들은 늘 여럿이 공격해오지. 혼자일 때는 얌전한 보통 사람이 두세 명으로 머릿수가 늘어나면 까닭 없이 폭력적이 되어버리는 건 대체 왜일까?"

"누구나 다 그렇게 되는 건 아니야."

"그야 그렇지만…… 서로 믿지 않는 사람들끼리 모였으니 함께 나쁜 짓을 저지르며 공범 관계나마 맺으려는 걸까?"

"이야기가 엉뚱한 곳으로 새는군. 함께 온 사람은 남자라고 했지?"

"그래. 우오즈미라는 사람은 그 남자를 분명히 '감독'이라고 불렀다니까."

"감독……이라고? 어떤 사람이었지?"

"그걸 모르겠어. 전혀 기억이 나지 않아. 우오즈미 뒤에 있어서 보이지 않았던가? 아니야, 아마 그 남자가 계단을 다 올라오지 않은 상태였기 때문에 내가 누운 위치에서는 보이지 않았을 거야. 하지만 목소리는 틀림없이 남자였어."

"어떤 이야기를 했는지 기억하나?"

"두 사람이 거기 머문 게 워낙 잠깐이라서. 감독이라고 불린 남자가 '이렇게 후진 사무실을 쓰는 탐정 따위에게 조사를 시켜서 십 년도 더 지난 일을 알아낼 수 있겠나?' 하고 화난 목소리로 말한 걸 기억해. 미안, 후진 사무실이라는 건 그 사람이 한 말이야."

"그래서?"

"우오즈미가 분명히, '큰 탐정회사를 찾아가본 적도 있지만 이야기를 꺼내고 싶은 기분이 들지 않았다'라는 식으로 대답했을 거야. 두 사람은 내려가는 중인지 계단 아래쪽에서 들려왔지. 그랬더니 상대방이 '누나 문제로 계속 끙끙거리며 고민하지 마'라고 하더군. 그게 마지막으로 들은 말이었기 때문에 또렷하게 기억해."

"누나 문제……?"

택시가 신주쿠 경찰서 부근에 이르렀을 때 왼쪽으로 꺾으라고 요구해 최대한 가부토 신사에 가까운 곳에서 내렸다. 요금을 내고 운전기사에게 건넬 말을 찾는 사이에 자동문이 닫히더니 택시는 부리나케 떠나버렸다.

신사로 가면서 나는 그가 끌려갔다는 소식을 조직원에게 얻어맞은 젊은 노숙자에게 들었다고 얘기했다.

"그 사람 부상 상태가 좋지 않으면 내 사무실로 와서 얘기해. 간단한 구급상자도 있고, 상황에 따라서는 응급실 의사에게 가는 게 좋겠지."

"알았어. 하지만 아마 지금쯤이면 받은 돈으로 술을 마시고 코를 골며 뻗어 있을걸."

신사 입구의 도리이 옆 외등 불빛에 시계를 비춰보니 자정이 넘은 시각이었다. 나는 헤어지면서 말했다.

"내일 아침 10시에 잊지 말고 전화해."

마스다는 쓴웃음을 지으며 신전 쪽으로 사라졌다. 그와 젊은 노숙자는 오늘 밤 각자 맛본 공포 체험을 안주 삼아 밤이 새도록 이야기를 나누리라. 그 이야기 속에서는 나도 하시즈메나 사가라, 젊은 노숙자를 때린 조직원들과 같은 부류에 지나지 않을 것이다.

7

누가 책상 위에 놓아둔 재떨이나 문손잡이를 훔쳐가지는 않았지만, 낡은 건물 안의 사무실에 있자니 뼛속까지 추위가 스미는 것 같아 석유난로를 켰다. 작년 1월 이후로 처음 불을 붙인 터라 한동안 먼지 타는 냄새가 났다.

책상 맨 아래 서랍을 열어, 도쿄를 비우기 전에 쓰던 낡은 수첩을 꺼냈다. 수첩을 뒤적여 누군가의 전화번호를 찾았다. 팔 년 전에 적어 둔 번호라 찾느라 조금 애를 먹었다. 이미 자정이 지난 시각이었지만 상대가 올빼미형 인간이었다는 사실을 떠올리며 다이얼을 돌렸다. 익숙한 호출음만 되풀이될 뿐 아무도 받지 않았다. 한 번 더 수첩을 펼쳐, 그 번호 아래 나란히 적힌 다른 번호를 돌렸다. 그쪽은 바로 신호가 떨어졌다.

"예, '사우스 이스트'입니다만 오늘 영업은 이미 끝났습니다." 귀에 익은 여성 목소리였다.

"밤늦게 실례지만, 다쓰미 레이코 씨, 혹은 사에키 레이코 씨인가요?"

"예? 예, 사에키 레이코입니다만 누구신지요?"

"와타나베 탐정사무소 사와자키입니다. 기억하십니까?"

"아, 사와자키 씨. 물론 기억하고말고요. 오래간만입니다. 벌써 여러 해 흘렀죠? 잘 지내세요?"

"예, 부모님은 건강하신가요?"

"아버지는 여전히 바둑 두러 기원에 다니시는데, 어머니는 연세 탓에 금방 피로를 느끼셔서 제가 다시 가게를 거들고 있어요. 그 사람에게 볼일이 있어서 전화하신 거죠?"

"예. 댁으로 먼저 전화를 드렸는데 받지 않더군요."

"그 사람 여기 있어요. 이 시간에는 늘 여기 오거든요. 가게 정리를 끝내고 함께 나가려던 중이었죠. 그 사람 바꿔드릴게요."

바로 사에키 나오키가 전화를 받았다.

"오래간만입니다. 그 사건 뒤로 처음인가요? 아, 한 번 취재 전화로 폐를 끼친 적이 있었군요. 그보다 그때 구해주서서 고맙다는 인사를 드려야 하는데."

팔 년 전, 도지사 저격사건에 말려든 사에키의 실종 건을 그의 전처 의뢰로 조사했었다. 그때 감금된 사에키 나오키를 구출한 일이 있는데, 그 이야기를 하는 것이다.

"그거야 내 일이니까. 자네 르포라이터 사업은 잘되나?"

"예, 요즘 들어서 겨우 스스로도 만족할 만한 일들을 하게 되었네요. 5월에는 두번째 책이 나올 예정입니다. 요즘 문제가 되고 있는 '의료과실 소송'에 관한 재미없는 논픽션인데, 잡지 연재 때부터 평가가 그럭저럭 괜찮아서 나름대로 자신 있게 내놓는 작품입니다."

"그거 잘되었군."

"고맙습니다. 그런데 이런 시간에 전화를 주시다니, 제가 대체 뭘 알아봐드리면 되는 거죠?"

나는 쓴웃음을 지었다. "아니, 조사까지 해야 할 정도는 아닌데. 자네 야구계에 대해 잘 아나?"

오늘 하루 우오즈미라는 사내와 접촉하려다 얻은 단서는 '하자마 스포츠 플라자'의 가와시마 히로타카의 사고사, 야구를 좋아하는 손님이 모이는 스낵바 '더그아웃', 감독이라고 불리는 사내, 이것뿐이었다.

"신문기자로 일하던 시절에는 스포츠 관계 취재도 꽤 했지만, 잘 안다고 할 수야 없죠. 그래도 제가 아는 정통한 사람 몇 명은 소개할 수 있습니다.”

“그렇게 해주면 도움이 되겠어. 다만 프로야구 공식 기록이라거나 유명한 선수 관련 정보에 빠삭한 타입이 아니라, 우리가 이름도 기억하지 못할 무명 선수…… 그것도 프로나 아마추어 가리지 않고, 그런 선수에 대해 잘 알 만한 사람이 있겠나?”

“흐음, 분명히 다들 공식 기록 같은 것에 관해서는 걸어다니는 사전인 사람들이긴 한데. 그중 방금 말씀하신 것처럼 아무도 모르는 마이너한 지식으로 주위를 놀라게 하는 사람이 하나 있으니 딱 어울릴지도 모르겠군요.”

“그거 다행이군.”

“지금 바로 연락을 해보죠. 늦게까지 일하는 친구들이라 아직 괜찮을 겁니다. 사무실로 직접 전화하라고 해도 됩니까?”

나는 괜찮다고 대답하고 사무실 전화번호를 알려주었다.

“그 사람과 연락이 안 될 경우에는 바로 전화를 드리죠. 효도라는 성을 쓰는 스포츠 전문 자유기고가인데 제게는 대선배지만 뭐든 편하게 물어보세요. 만약 오늘 밤 연락이 안 되더라도 내일은 분명히 연결될 겁니다.”

나는 잘 부탁한다고 말했다.

“조금 전에 집사람이 말씀드린 것 같은데, 밤 10시 이후에는 대개 여기 와 있으니까 일이 정리되면 꼭 한번 놀러오세요.”

나는 그러겠다고 대답했다.

“달리 제가 뭐 도움이 될 만한 일은 없겠습니까?”

야구 건만으로도 충분하다고 대답하려다 그만두었다. “자네 혹시

마스다 게이조라는 남자에 대해 짐작 가는 바가 없나? 나이는 오십대 후반쯤인데."

사에키가 잠시 생각에 잠겼다가 입을 열었다. "성의 '마스'는 나무 목木 변의 좀 어려운 되 승桝 자를 쓰고, 이름은 편지에 쓰는 배계拜啓라고 할 때의 계에 석 삼三 자를 씁니까?"

"맞아."

"동명이인일 수도 있으니, 그 사람이 지금 어떻게 사는지에 따라 아는 사람일 수도 있고 모르는 사람일 수도 있습니다만."

"노숙자야." 내가 대답했다.

"요즘 표현으로는 홈리스로군요. 그렇다면 아마 제가 아는 마스다 게이조가 틀림없을 겁니다. 아니, 알기는 해도 안면이 있는 건 아니지만, 그 사람이 홈리스가 되기 전에 무슨 일을 했었는지는 좀 안다는 이야깁니다."

'누구 하나라도 가까운 사람이 노숙자 생활을 하면 충분히 안다고 생각하기 때문이겠지.'

마스다 게이조는 자신의 신상에 대해 묻지 않는 내게 이렇게 말했다. 남의 말 의심하기로는 둘째가라면 서러울 전문가인 탐정이란 인종은 신상에 대해서라면 당사자 입이 아니라 제삼자에게서 나온 객관적인 이야기를 듣고 싶어한다.

"마스다 게이조는 꽤 유명한 건축가였습니다. 순수한 학자 타입이었기 때문에 단게, 이소자키, 구로카와처럼 널리 알려진 건축가들에 비해 일반적인 지명도야 낮겠지만, 전문가 사이에서는 상당히 높은 평가를 받았죠. 그즈음에는 '일본 건축가 베스트10'에 꼽힐 정도의 인물이었어요. 그렇지만 1980년대 초반 건축 호황기에 재능 있는 건축가들이 계속 배출되면서, 화려한 건축물을 짓거나 퍼포먼스적인 홍보를 하지 못한 마스다 게이조의 건축은 따지자면 전통적이고 보수적이면서도, 참신함이 결여된 타입으로 받아들여져 좀 시대에 뒤처졌다는 느낌이었습니다. 그렇지만 '도쿄 조형미술대학' 건축과 교수였으니 학벌도 좋고 제자도 많아 학술적인 면에서는 그 바닥의 스타 건축가도 도저히 따라가지 못할 정도로 세력을 지녔었죠."

"그런데 어쩌다 노숙자가 됐지?"

"요즘 말로 하면 '섹슈얼 허래스먼트'라는 거였죠. 십 년쯤 전 일이기 때문에 그때는 이런 표현도 쓰지 않았을 텐데 상아탑에서 일어난 스캔들이라 일단 주간지 같은 매체가 요란을 떨었습니다. 요즘 같으면 더 시끄러웠겠지만. 그런데 사건이 표면화되기도 전에 그 사람이 바로 교수직을 내놓은 데다, 성희롱을 당했다고 주장하는 여학생이 그다지 신뢰할 만한 여성이 아니라는 이야기도 있었죠. 그 직후 잡혀 있던 학장 선거에 얽힌 음모설이 흘러나오기도 했지만, 결국 마스다 게이조가 고소당하지도 않아 사건은 용두사미로 끝났습니다."

"대학을 그만둘 정도의 사건은 아닌 것 같은데."

"그렇죠. 본인은 성희롱 쪽은 완전히 누명이고, 사직은 그 일과 아무런 관계도 없다고 주장했습니다. 그때까지 자기가 지은 대형 건축물…… 그러니까 공공기관이나 홀, 기념관, 호텔, 은행 같은 건물을 가리킬 텐데, 그의 표현에 따르면 '밤에는 수위밖에 없는' 그런 겉치레뿐인 공허한 건물만 설계하는 일에 넌더리가 났기 때문에, 이제부터는 의식주를 위한 공간인 일반인의 주택을 짓는 일에 전념하고 싶다고 사직 이유를 설명했죠. 권위주의적인 건축계에 대한 반발이 있던 때라 호의적인 반응도 나왔었고요."

사에키가 전자 라이터로 담배에 불을 붙이는 소리가 수화기를 통해 들려왔다. 나도 덩달아 담배로 손을 뻗었지만 그만두었다.

"그 뒤로 몇 년은 그 사람 이름을 들을 일이 없었죠. 그런데 갑자기 다시 주간지에 '그 사람은 지금'이란 기사로 등장했어요. 홈리스 생활을 하는 모습이 목격되었던 거죠. 기사에 따르면 일반 주택을 설계하기에는 그의 재능이나 설계비가 너무 컸던 모양이더군요. 전문적으로 집을 지어 파는 기업과 제휴를 하기도 했지만 그 사람의 이상주의 때문에 실패했다는 식의 이야기도 실렸어요. 흐지부지됐던 대학교수 시절 스캔들도 실제로는 꽤 마이너스로 작용했던 것 같고요. 그런 매체가 늘 그러듯 그 사람 가정이 깨졌다는 이야기도 흥밋거리 삼아 다뤘던 것 같은데 자세한 내용은 기억이 나지 않네요. 하여간 맨 마지막에 기자가 마스다 겐조로부터 직접 딴 코멘트라며 '나는 지붕이 있는 모든 건축을 부정한다'라는 말을 실었더군요. 그 사람의 실패까지 아카데믹한 표현으로 되어 있는 게 묘하게 익살맞았지만, 왠지 저는 웃을 수가 없었습니다."

사에키는 잠시 침묵한 뒤에 덧붙였다. "예전 그 사건으로 사와자키 씨를 만나기 전 일이고, 당시 무슨 일을 해도 잘 풀리지 않아 제가 심정적으로 공감하는 면이 있었던 건지도 모르죠."

"그 사람이 틀림없는 것 같군."

"그 사람이 관계된 사건입니까?" 사에키가 물었다.

"아니, 그는 의뢰인과 연결해주는 파이프 역할에 지나지 않네."

"제 설명이 좀 도움이 되었나요?"

나는 크게 도움이 되었다고 대답했다. 사에키 나오키는 효도라는 스포츠 자유기고가에게 연락하겠다고 했다. 내가 사례를 하겠다고 하자 사에키는 한사코 거절했지만, 효도에게는 비즈니스로서 합당한 사례를 요구하라고 전하겠다는 약속을 받아냈다. 그는 다시 만날 날을 기다리겠다며 전화를 끊었다.

8

노숙자 마스다와 헤어진 지도 삼십 분이나 지났으니, 다친 젊은 노숙자를 이리 데리고 올 것 같지는 않았다. 담배를 피우면서 오늘 일어났던 일을 되돌아보고 내일 할 일의 순서를 생각할 참이었다. 하지만 그 일들을 업무라고 부르기는 난처했다. 아직 의뢰인을 만난다는 첫 관문마저 통과하지 못한 상태였다. 의뢰인을 찾아내지 못하는 탐정은 주인 잃은 개나 마찬가지라, 떠돌이 개보다도 안 좋은 상황이었다.

책상 위의 전화기가 울려 집어 들었다.

"사와자키 씨? 사에키한테 부탁을 받고 전화한 효도예요."

쉰 목소리라 제법 나이가 있는 사람 같았지만, 곧바로 성별이 구분되지 않는 목소리와 말투였다. 사에키 나오키는 소개할 스포츠 자유기고가가 남자인지 여자인지는 말하지 않았다.

나는 그렇다고 대답하고, 늦은 시간에 미안하다고 사과했다.

"익숙해서 괜찮아요. 야구에 관한 질문을 하시죠." 무뚝뚝한 말투였다. 아마 여자일 것이다.

"우오즈미 아키라. 물고기 어魚에 살 주住, 창의대● 할 때의 창彰자 인가? 그런 이름의 남자에 대해 알고 싶은데."

잠시 기다리다가 효도가 물었다. "그것뿐?"

"확실한 건 이름뿐이군요."

"현역 프로야구 선수 가운데는 없네. 잠깐 기다려요."

수화기를 통해 컴퓨터 키보드를 두드리는 소리가 들리고, 잠시 뒤 말을 이었다. "과거 선수 가운데도 없어. 적어도 1군에 등록된 적이 있는 선수 가운데는 그런 사람이 없는 게 확실해요. 태평양전쟁 이전 선수도 알아볼까요?"

"아. 그럴 필요는 없고. 그 남자는 나이가 서른 전후니까."

"대학이나 사회인 야구에도 우오즈미라는 성을 쓰는 선수는 바로 기억나는 바가 없는데, 고교야구라면……."

고교야구도 틀림없이 야구다. 말하자면, 예전에 고교야구 선수였던 사람이 당시의 감독과 함께 내 사무실을 방문하려고 했다…… 그럴 가능성도 있을 법했다.

"고교야구라면 우오즈미라는 선수가 기억이 납니까?"

"확실하지 않지만. 어쨌든 우승한 학교나 우승을 다툰 고등학교 레 귤러 멤버 가운데 우오즈미 아키라라는 선수는 없었어요. 프로나 대 학에 가서 활약한 선수도 없는 것 같고."

다시 키보드를 두드리는 소리가 들려왔다.

●　　1868년에 쇼군의 경호를 목적으로 만들어진 부대.

"역시 없군. 하지만 우오즈미라는 이름은 뭔가 기억 한구석에……
아, 맞다. 고시엔 대회 출전 경험이 있는 연기자나 연예인인가요?"

"흐음. 하지만 나는 그런 녀석들은 잘 모르는데."

"……아닌가? 우오즈미라. 연예인 가운데는 그런 사람이 없지. 게
다가 내 기억 속에 남은 이미지로는 별로 좋은 인상이 아닌 것 같으
니, 어쩌면 고교야구 관련 불상사와 관계있는 이름 아닐까요? 가끔
신문을 떠들썩하게 만드는 녀석들이 있죠. 야구부 안에서 폭행사건이
일어났다느니, 수학여행 갔다가 집단 절도로 출장 정지를 먹었다느니
하는 기사…… 그렇지만 그런 기사에는 학교 이름만 나오지 선수 이
름은 떠오르지 않는데."

한동안 전화기 양쪽에서 침묵이 흘렀다. 우오즈미라는 이름 하나
만 단서로 삼아서는 그 분야 전문가도 힘에 겨운 모양이다.

"하지만 우오즈미 아키라라는 이름이 뭔가 어두운 이미지로 기억
한구석에 걸려 있기는 한데."

"힌트가 될지는 모르겠지만, 그 우오즈미라는 남자가 예전에 고교
야구 선수였다 치고, 당시 감독에게 '누나 문제로 계속 끙끙거리며 고
민하지 마'라는 꾸지람을 들었다면?"

"앗? 그래, 그런가? 그런 단서는 빨리 이야기해줘야지. 그 말을 듣
고 생각났어요. 잠깐 기다려요."

다시 키보드 두드리는 소리가 시작되더니 이번에는 제법 길게 끌
었다.

"이거다. 필요하면 메모해요."

나는 메모 준비를 마치고 계속하라고 했다.

"쇼와 57년, 그러니까 1982년 여름 고시엔 대회니까 십일 년 전인가? 도쿄 서부지역 대표로 출전한 '미타카 상업고등학교' 3학년 학생 가운데 외야수를 맡은 3번 타자 우오즈미 아키라라는 선수가 있어요. 당시 열여덟 살이었으니 지금은 스물여덟이나 아홉 살이 되었겠네. 미타카 상고는 투타 균형을 갖춘 팀으로, 우승도 노릴 만한 실력이라 적어도 4강 진입은 확실할 것으로 예상됐죠. 그런데 대회 직전에 에이스인 모리와키 선수가 교통사고를 당해 중상을 입었어요. 게다가 불펜투수까지 어깨가 망가져 이제 1차전 통과도 절망적이라는 상황이 되어버렸어요. 결국 1학년 때 잠깐 투수를 한 경험이 있는 우오즈미가 급히 마운드에 오르게 되었죠. 그런데 이게 의외로, 컨트롤이 뛰어난 슬라이더와 의표를 찌르는 엄청난 슬로볼을 무기 삼아 세 시합 연속 완투승을 거두고 순식간에 8강에 올라간 거예요. 3번을 쳤는데, 세 시합에서 12타수 5안타에 4타점이나 올리는 대활약을 했죠. 여기까지는 됐어요?"

"대충." 내가 대꾸했다.

"준결승에서는 가장 강력한 우승 후보였던 'PL 학원'과 맞붙게 되었는데, 혹시나 하는 기대도 있었지만 구세주의 건투는 거기까지였죠. 우오즈미 투수는 중반까지 7점을 내주고 녹아웃되어 준결승 진출은 하지 못했어요. 그래도 내 기억에 이긴 PL 학원보다 진 미타카 상고에 보낸 박수가 몇 배 더 컸어요…… 이걸로 끝났다면 고시엔 대회 역사에 남을 정도는 아니라도 우오즈미 선수의 고교 수준을 뛰어넘는 기교와, 에이스 결장이라는 불운에도 굴하지 않고 꿋꿋하게 싸운 팀의 의지에 누구나 아낌없는 찬사를 보냈을 테지만, 안타깝게도 그렇게 되지 않았어요. 어때요, 그쪽도 조금은 생각나요?”

그 시절 미타카 상고의 놀라운 성적에 대한 야구팬들의 지나친 열광은 분명히 내 기억에도 남아 있었지만, 어쨌거나 나는 다음 이야기를 하라고 재촉했다.

“시합이 끝나고 로커룸을 정리하는데, 우오즈미 선수의 가방을 대신 옮기던 1학년 선수가 지퍼를 제대로 닫지 않은 채 부주의하게 들어올리는 바람에 안에 있던 물건들이 쏟아졌죠. 그런데 거기서 백만 엔짜리 돈 다발이 다섯 개나 튀어나온 겁니다. 난리가 났죠. 우오즈미 선수는 고교야구 선수로서는 있어서는 안 될 승부조작 혐의를 받았고, 효고 현 경찰과 고교야구연맹이 사건의 진상 규명에 나섰어요. 경찰은 그 전부터 지역 폭력단이 관련된 고교야구 대상의 스포츠 도박을 비밀리에 수사해왔고, 꽤나 확실한 정보를 바탕으로 대규모 야구 도박 움직임이 있다는 사실을 파악하고 있었던 겁니다. 일설에 따르면 4강 결승 진출 팀과 우승 팀을 모두 맞히는 방식의 도박이었던 모양입니다. 에이스가 교통사고를 당해 일단 대상에 오르지 못하던 미타카 상고가 우오즈미 선수의 호투에 힘입어 4강에라도 진출하는 날이면 억 엔 단위의 손해를 입는 조직도 나올 거라는 소문이 돌았죠. 그런 배경이 있었기 때문에 우오즈미 선수에 대한 조사는 고교야구연맹의 협력 아래 효고 현 경찰에 의해 비공개로 신중하게 진행되었어요.”

사에키와 통화할 때부터 수화기를 들고 있던 왼손이 저려서 오른손으로 바꿔들었다.

“과연 승부조작은 있었는가……”

효도는 자기가 쓴 기사 제목을 낭독하는 투로 말했다. 직접 사건을 추적하는 듯한 흥분을 맛보고 있으리라.

"우오즈미 선수의 진술에 따르자면, 시합 시작 직전에 알 수 없는 사람이 전화로 시합에 지라며 승부조작을 요구했다고 합니다. 대가로 오백만 엔과 함께 우오즈미가 전부터 가고 싶어하던 프로구단 '한신 타이거즈'가 반드시 드래프트로 지명할 거라는 믿기 힘든 약속까지 슬쩍 거론했지만, 우오즈미는 단호하게 거절했다고 말했죠. 전화를 건 사람은 오백만 엔을 이미 가방에 넣어 지불을 마쳤으니, 만약 지시를 어기고 승리투수가 되면 준결승 이전에 우오즈미의 전부나 마찬가지인 왼팔이 왼쪽 어깨에 붙어 있을지 장담 못 한다는 협박을 끝으로 전화를 끊었어요. 우오즈미는 처음에 감독에게 털어놓고 의논할까도 싶었지만 그러면 시합에 나갈 수 없게 될 거라고 생각한 모양이에요. 어쨌거나 자기는 전력투구하면 그만이고, 가방 속 돈은 나중에 돌려주면 될 거라고 생각해 결국 아무한테도 이야기하지 않고 마운드에 올랐답니다. 자기가 패한 것은 실력으로 한 수 위인 PL 학원의 강타선에 얻어맞았기 때문이지 승부조작은 결코 없었다고 주장했어요. ……열여덟 살 어린애치고는 똑똑하군요."

효도는 코를 훌쩍이는 소리를 내고, 한 차례 기침을 한 다음 말을 이었다. "조사 결과 우오즈미 선수의 주장이 대체로 인정되어, 그는 보고를 제대로 하지 않은 점에 대해 엄중히 경고를 받기는 했지만 결백한 것으로 판정이 났죠. 다만 지나치게 신중을 기한 효고 현 경찰과 고교야구연맹은 조사 결과를 발표하기까지 일주일이라는 긴 시간을 쓰고 말았어요. 아마도 어느 폭력단을 도박 관련 혐의로 궁지에 몰아

넣으려던 오사카 경찰이 강력하게 요청했던 모양이에요."

있을 수 없는 일은 아니다. 경찰의 '눈'은 늘 보다 큰 범죄에 초점을 맞추는 구조로 되어 있다. 그래서 사소한 범죄는 물론, 죄가 없는 사람마저도 그 시스템에 봉사하게 되어 있다. 다만 범죄의 대소를 재는 그들의 기준은 형량의 많고 적음뿐이라서, 예를 들면 정치가의 뇌물 수수죄 따위에는 거의 관심을 보이지 않는 것이다.

"조사가 진행되는 일주일 동안, 우오즈미 선수는 증인으로서의 신변 안전이나 매스컴의 취재 공세로부터 보호하기 위해 거의 격리 상태에 있었죠. 그래서 수사 발표가 나오기 전까지 언론 보도나 대중의 반응은 정황상 우오즈미 선수가 승부조작에 개입한 것이 틀림없다는 쪽으로 흘러갔어요. 실제로 일부 스포츠신문은 그렇게 써대기도 했고요."

효도는 한숨을 푹 내쉬고 나서 말을 이었다. "그런 상황에서 비극이 일어났어요. 우오즈미 선수의 무죄가 발표되기 전날 밤, 그 선수의 누나가 투신자살을 하고 말았죠."

승부조작 의혹 건은 내 기억 한구석에도 남아 있었지만, 그 선수의 누나가 자살한 일은 딱히 기억이 나지 않았다. 젊은 아가씨의 자살이란 인류 오만 년의 지혜를 애써 모아본들 막을 방법이 없을 것이다. 나는 오륙 년 전에 곧 자살하겠다는 열여섯 살짜리 꼬마 아가씨로부터 잘못 걸려온 전화를 받아 끔찍한 꼴을 당했던 기억을 떠올렸다.

효도는 덤덤한 말투로 덧붙였다. "스포츠신문이나 주간지는 그 일주일 사이에 우오즈미의 누나가 근무하던 회사에서 해고되었다느니, 사귀던 애인에게 이별을 통보받았다느니, 있는 일 없는 일 모두 써댄 모양이군요. 하지만 그런 내용에 대한 진위 여부는 내가 가진 순수한 스포츠 데이터로는 확인할 길이 없으니 양해하세요.”

“덕분에 우오즈미 선수에 대해 많이 알게 되었군요. 내친 김에 한 가지 더 알고 싶은 게 있는데, 그 사람 주변에 가와시마 히로타카라는 인물은 없나요?”

나는 그 이름을 한자로 어떻게 쓰는지 알려주었다.

다시 키보드 소리가 들렸다.

“가와시마는…… 팀 동료 가운데는 없고…… 같은 해에 고시엔 대회에 출전한 선수 가운데도 없군요.”

그건 이미 알고 있는 사실이다. 두 사람은 세대가 다르다. 우오즈미는 이십대 후반이고 가와시마는 마흔한 살이었다.

“미타카 상고의 감독 이름은?”

“어디 보자, 가와시마는 아니에요. 후지사키 겐지로. 등나무 등藤 자에 가와사키川崎의 그 ‘사키’, 그리고 겐지로는 아마 다미야 겐지로●와 똑같이 쓸 겁니다…… 미타카 상고 졸업 후 ‘호세이 대학’, 사회인 야구단 ‘센바이가나가와’를 거쳐 1980년에 미타카 상고 감독에 취임했어요. 그때 스물아홉이었으니까…… 이제 마흔이나 마흔한 살인가?”

나이는 비슷했지만 그가 아니었다. 그래도 짧은 시간에 이만한 수확이면 다행으로 여겨야만 했다.

효도에게 정보를 제공해주어 고맙다고 인사하고, 그녀에게 지불할 사례금의 액수와 지불 방법을 확인한 뒤 전화를 끊었다. 아마 ‘그녀’일 거라고 생각한다. 물론, 필요한 정보를 제공해주는 프로라면 남자

●　1928-2010, 유명한 야구 선수이자 감독.

건 여자건 성별은 아무 상관없다.

우오즈미라는 남자가 의뢰하려는 것이 십일 년 전 누나의 자살과 관계된 조사라면 매우 바람직하지 못한 상황이다. 자살 원인 규명은 어떤 결과가 나와도 의뢰인이 만족하는 경우가 없다고들 한다. 자살 원인은 대개 자살한 본인밖에, 아니 자살한 그 사람조차 잘 모른다. 어제오늘 자살한 경우만 해도 그러한데, 하물며 십일 년이나 된 자살이라면 도저히 탐정이 감당할 수 있는 일이 아니다. 차라리 오소레잔[•]의 무당을 고용하는 편이 낫다. 정신이 제대로 박힌 탐정이라면 그런 종류의 조사는 결코 받아들이지 않으리라.

나는 집으로 돌아가 잠을 자기로 했다.

9

이튿째 되는 날 아침, 나는 이 도시에 사는 천이백만 가운데 한 명이 된 기분으로 잠에서 깼다. 하룻밤 만에 벌써 있을 곳으로 돌아왔다는 안도감에 젖어 있는 나의 변화가 놀라웠다. 감성이 유연한 덕분이라고 스스로를 다독이면서 침대에서 기어나왔지만, 세수하고 커피를 거의 다 마셨을 무렵에는 오히려 감성이 잦아들어 둔해진 것이라고 생각이 바뀌었다.

집을 나설 때까지만 해도 곧장 사무실로 가서 자살 따위와는 인연

• 죽은 사람의 영혼이 간다는 산.

없는 평범한 의뢰인을 받는 데 전념할 작정이었다. 사백 일 만에 탐정으로 복귀했으니 번듯한 업무를 골라야 했다. 그런데 '자살 따위와는 인연 없는 평범한 의뢰인'이란 어떤 사람일까. 사람을 두 종류로 가르기 좋아하는 녀석들이라면 '누군가를 자살에 몰아넣고도 깨닫지 못하거나, 깨닫는다 하더라도 아무렇지도 않게 지낼 수 있는 인간'이라고 말할 것이다.

잠이 덜 깬 상태에서 자신에게 절도 있는 행동을 명령하는 심리는, 그 지시에 따를 수 없기 때문이라는 통념이 있다. 내가 집에서 나왔을 때는 오전 7시가 조금 지난 시각이었다. 여느 때처럼 10시까지 사무실에 도착하려면 9시에 집에서 나와도 충분한데 말이다.

지하철 도자이 선을 타기 위해 오치아이 역까지 조금 걸었다. 거세기는 하지만 봄소식이 담긴 바람을 맞으며 걸으니 기분이 좋았다. 나카노에서 주오 선으로 갈아탔다. 오기쿠보에서 오래간만에 살인적인 통근 러시를 겪었더니, 벗어나고서는 안도의 한숨이 흘러나왔다. 남쪽 출구로 나왔을 때는 발이 절로 택시 정류장 쪽을 향했다. 우오즈미가 남긴 메모의 전화번호로 연결된 '더그아웃'이라는 스낵바도 이 근처일 테지만, 이런 시간에 찾아가봐야 헛걸음할 게 틀림없었다.

개기름이 번들거리는 운전기사는 이 시간에 역에서 주택가로 가자는 승객이라면 밤새 진탕 놀고 아침에 귀가하는 것이려니 짐작하고 부럽다는 듯이 말을 건네더니만, 잘 풀리지 않는 자기 연애에 대해 멋대로 떠들어댔다. 굳이 바로잡아야 할 오해도 아니고 해서, 나는 살짝 내린 창문으로 들어오는 바람소리에 귀를 기울였다. 스기나미 구 미야마에 4초메에 있는 '후지미 장'을 발견하고 택시에서 내렸을 때는

8시가 되려면 좀 더 기다려야 하는 시각이었다.

후지미 장은 지은 지 십 년은 넘은 크림색 2층 건물이었다. 외벽에는 모르타르를 발라놓았다. 큰길에서 콘크리트 블록이 깔린 골목으로 5, 6미터쯤 들어간 곳에 있다. 최근 새로 칠한 듯한 외벽의 산뜻한 크림색 모르타르가 오히려 건물이 얼마나 낡았는지를 강조하고 있었다. 외관으로 보아 아마 2DK나 1K짜리 독신자용 연립주택일 것이다.

우오즈미가 남긴 메모와 같은 서툰 글씨로 쓴 문패가 2층 가장 안쪽 문에 붙어 있었다. 문 아래쪽 신문 투입구에서 사흘 치쯤 되어 보이는 〈마이니치 신문〉이 삐져나와 있었다.

어젯밤 가와시마 히로타카를 문상하러 갔다가 방명록에서 우오즈미의 주소를 발견한 뒤 바로 이리 찾아왔다고 해도 본인을 만날 수는 없었겠다. 아니, 꼭 그렇게만 생각할 수는 없다. 신문 투입구에 여러 날 치를 방치해 집에 없는 척 빚쟁이를 따돌리는 사람도 있으니까.

문을 노크했다. 응답이 없었다. 다시 세게 두드려보았지만 결과는 마찬가지였다. 신문의 날짜를 확인하려고 허리를 굽혔을 때 느닷없이 옆집 문이 열려 깜짝 놀랐다.

"그 집은 이삼 일 들어오지 않네요." 위아래로 트레이닝복에 조깅화를 신은 이십대 후반 남자였다. "무슨 일이지? 어제도 밤늦게 누가 찾아왔었고, 오 분 전에도 누가 문을 두드리던데. 예전에는 우오즈미 씨 찾아오는 손님이 거의 없었거든요."

"찾아온 게 사내 둘이었나?"

"그랬죠." 남자는 자기 집 문에 등을 기대고 신발끈을 묶으며 말했다. "어젯밤 두 사람이 문 앞에서 소곤소곤 이야기 나누는 걸 목욕탕

갈 때 얼핏 봤는데, 코트를 입은 분위기 별로인 남자들이었어요. 조금 전에 온 둘은 세수하느라 보지 못했고 목소리도 못 들었지만, 이 연립 주택의 낡은 계단이 울린 소리로 보아 혼자는 아니었어요. 어제 그 두 사람이 다시 온 건지도 모르죠.”

깊은 밤, 그리고 이른 아침에 이인조로 누군가의 집을 방문하는 코트 입은 남자들은 그리 많지 않다. 방문을 받는 쪽에서 별로 반갑지 않은 이일 가능성이 높다.

신발끈을 다 묶고도 무슨 까닭인지 꾸물거리는 젊은이에게 내가 물었다. “우오즈미 씨에 대해 좀 묻고 싶은 게 있는데.”

“어떤 걸요? 그래도 이웃인데, 그 사람에게 폐가 될 일이라면 곤란해요.”

별로 난처한 표정이 아니었다. 수다를 좋아하는 성격이 빤히 드러났다.

“그런 걱정할 필요 없어. 가능한 만큼만 대답해줘도 되니까.”

“함께 조깅하면서?”

내가 쓴웃음을 지었다. “한바탕 뛰기 전에 아침식사를 함께 하는 건 어떻겠나?”

“한바탕 뛴 다음에 아침을 먹는 건?”

나는 손목시계를 보았다. “지금 8시 정각이군. 8시 반 정도까지라면 기다리지.”

“그래요, 오늘은 코스를 반으로 줄일 테니까. 여기서 기다릴 겁니까?”

“아니, 어디 조용히 있을 만한 적당한 데를 아나?”

그는 바로 대답했다. “그럼 히토미 가도에서 오른쪽으로 꺾으면 나오는 '에투알'이란 카페에서 8시 반에."

트레이닝복 차림의 남자는 목에 걸친 수건 양쪽 끝을 두 손으로 움켜쥐고 힘차게 계단을 뛰어내려갔다. 이름 묻는 걸 깜빡했지만 삼십 분 뒤면 다시 만날 수 있을 터였다.

두 사내가 세번째로 찾아왔을 때 마주치지 않도록 얼른 철수해야 했다. 하지만 이런 상태로는 두 시간이나 일찍 집을 나선 보람이 없다. 한 번 더 문을 두드리며 소리쳤다. "우오즈미 씨, 와타나베 탐정사무소에서 나온 사와자키라는 사람입니다. 안 계십니까?"

역시 아무런 반응도 없었다. 신문 날짜를 확인하니 오늘 것까지 사흘 치였다. 우오즈미 아키라가 집에 없으면 남길 생각이었던 쪽지는 다시 생각할 필요가 있었다. 다른 사람, 특히 코트 차림의 이인조가 볼 경우를 생각해보았다. 아무리 생각해도 바람직하지 못한 결과가 될 것 같았다. 하지만 의뢰인 없이 일을 계속하는 어리석은 짓은 피하고 싶었다. 나는 윗옷 주머니에서 명함을 한 장 꺼내 오늘 자 신문에 끼어 있는 광고지 안쪽으로, 밖에서 보이지 않을 정도로 밀어넣었다. 명함을 넣으면서 문손잡이를 살짝 돌려보았다.

손잡이가 아무런 저항도 없이 돌아가고 문이 열렸다. 재빨리 안으로 들어가 등 뒤로 문을 잠갔다. 싸구려 천으로 만든 얇은 커튼 덕분에 실내는 어둠에 적응할 필요가 없을 정도로 밝았다. 현관 입구 옆에 있는 주방에는 작은 냉장고와 최소한의 주방용품밖에 없었다. 구두를 벗고 들어가 칸막이 판자문이 열려 있는 왼쪽의 작은 침실을 들여다보았다. 넓이는 두 평 남짓해 보였다. 침대 말고는 윗미닫이틀에 걸어둔 옷가지가 몇 벌 있을 뿐이었다. 다른 방으로 통하는 안쪽 유리문을

열자 세 평쯤 되는 방 한가운데 고타쓰가 오도카니 놓여 있었다. 무서
우리만치 아무것도 없는 방이었다.

고타쓰 위에 뭔가 흩어져 있는 것을 발견하고 다가갔다. 쓰다 만 이
력서가 몇 통 있고, 그 옆에 증명사진이 적어도 대여섯 장은 놓여 있
었다. 모두 같은 사진인데 서른 살쯤 되는 짧은 머리 남자가 뭔가 골
똘한 표정으로 이쪽을 보고 있었다. 이력서의 이름 칸에 우오즈미라
는 성이 적힌 걸로 보아 아직 만나지 못한 의뢰인 후보임이 틀림없는
듯했다. 사진을 한 장 집어 윗옷 주머니에 넣었다. 집 안을 다시 한 번
둘러보았지만 전화기는 어디에도 없었다. 노숙자인 마스다에게 맡긴
쪽지의 연락처는 역시 누가 대신 받아주기로 한 전화번호였던 모양
이다. 더 얻을 것이 없다고 포기하고 현관으로 돌아갔다. 구두를 신고
밖으로 나와 얼른 문 앞을 떠났다.

서두르기는 했지만 조깅하러 나간 이웃 남자의 문을 곁눈질할 여유
는 있었다. 오사와 료지라는 명패와 'V&S 미디어 기획에 용무가 있으
신 분은 아래층 1호실로'라는 플라스틱 안내판이 함께 걸려 있었다.

철제 계단을 내려가기 시작했을 때 큰길에서 골목으로 들어오는
코트 차림의 두 사내가 눈에 들어왔다. 나는 태연한 표정으로 계단을
내려와 두 남자의 옆을 스쳐지나려고 했다.

"잠깐 실례." 어두운 남색 코트를 입은 나이 든 남자가 나를 불러 세
웠다. "이 연립주택에 사는 분이오?"

제법 그럴 듯한 형사의 얼굴을 한 중년 남자로, 만성 수면부족이 혈
색 좋지 않은 얼굴에 그대로 드러났다.

"아뇨, 아는 사람을 만나러 왔을 뿐인데, 왜 그럽니까?" 나는 의아하

다는 표정을 지으며 둘을 번갈아 바라보았다.

젊은 남자 쪽은 진짜 형사라고 해도 도무지 형사답지 않은 타입이었다. 지하철 역 같은 곳에서 지나가는 사람을 붙잡고 꼬드겨 비싼 물건을 파는 일을 시키면 좋은 실적을 거둘 만큼 단정한 외모를 지닌 젊은이였다. 요즘 텔레비전 드라마에는 믿을 수 없을 정도로 예쁘장한 젊은 형사들이 등장하는데, 이 남자가 형사라면 실제로 그렇게 될 날도 그리 멀지 않다는 생각이 들었다.

"누구를 만나러 온 겁니까?" 나이 든 남자가 물었다.

젊은 남자가 베이지색 코트 안에 손을 넣더니 검은색 수첩을 꺼내 아주 잠깐 보여주었다.

"수사중이니 양해 바랍니다."

경찰수첩은 빼앗기지 않도록 얼핏 보여주고 재빨리 거두어들여야 한다고 수첩 어딘가에 적혀 있는 게 틀림없다.

"3호실에 사는 오사와를. 조깅하러 나가기 전인 줄 알았더니 한 걸음 늦었네요."

"……그러십니까? 괜찮다면 만약을 위해 성함을 좀."

"사와자키." 거짓말은 적을수록 좋다.

나이 든 형사는 이쯤에서 마무리할 모양인데, 젊은 형사가 한 번 더 확인하려 들었다. "신분증 같은 것 있습니까?"

"미안하지만 면허증은 차 안에 있어서." 거짓말을 아끼는 데도 한계가 있다. 이번에는 거짓말이었다.

"감사……." 나이 든 형사는 휙 돌아서더니 성가시다는 듯이 계단 쪽으로 향했다. 젊은 형사가 미국 형사영화라도 보고 배운 듯이 건성으로 거수경례하고 파트너의 뒤를 따랐다.

나는 큰길로 나올 때까지 바닥에 깔린 콘크리트 블록이 몇 개인지 헤아리는 일에 정신을 집중했다. 전부 열세 개였다.

10

오사와 료지가 말한 카페 에투알은 출근 전에 모닝세트로 아침을 때우려는 직장인 손님이 좌석의 반 이상을 채우고 있었다. 나는 파리 시내 풍경이 담긴 액자를 몇 개 걸어놓은 벽 앞쪽 자리에 앉았다. 손님이 많아 잠시 기다렸더니 주인의 딸 같기도 하고, 그저 아르바이트생인 듯도 한 젊은 점원이 카운터 안쪽에서 나와 주문을 받기에 커피를 시켰다.

담배를 피우며 우오즈미의 집에 형사들이 나타난 이유를 생각했다. 어림짐작으로 몇 가지 답이 떠올랐지만, 그들은 어떤 경우에든 '정당한' 이유를 갖춘다는 사실을 떠올리고 생각을 멈췄다. 팔을 뻗어 하나 건너 옆자리에 앉았던 직장인이 두고 간 신문을 집었다. 형사가 등장한 가장 단순하고 명쾌한 이유를 알려주는 기사가 신문 3면 구석에 실려 있었다.

하치오지에 있는 골프장 뒤편에서 추락사한 가와시마 히로타카에 관한 추적 기사였다. 하치오지 경찰서는, 가와시마가 골프장에서 뒷산 이나리 신사로 향한 직후에 클럽 안내창구에서 가와시마를 찾았던, 덩치 큰 삼십대 초반의 남자를 찾고 있었다. 사고사로 여겼던 가와시마의 사인에 대해 더 자세하게 조사중이라는 내용도 적혀 있었다.

커피가 먼저 나오고 8시 반쯤 되면 오사와 료지가 나타날 거라 짐작했는데 예상과 달리 순서가 바뀌었다. 오사와에게는 동행이 있었다. 마찬가지로 조깅복 차림을 한 스무 살 정도의 여성이었다. 오사와가 나와의 아침식사를 조깅 후로 미룬 까닭은 달리기 습관을 지키기 위해서만은 아니었을지도 모른다. 여자는 오사와와 함께 카페 안으로 들어왔지만 카운터 앞의 빈자리에 앉아 점원 아가씨와 친한 듯이 대화를 나누기 시작했다. 오사와는 내 쪽으로 다가와 맞은편에 앉았다.

"많이 기다렸죠?" 이마에 땀이 맺히긴 했지만 삼십 분 내내 달리기만 한 것 같지는 않았다.

주문한 커피가 나왔다. 오사와에게 뭐든 주문하라고 하자 그는 모닝세트를 시켰다. 주문서를 종업원에게 건네며 카운터에 앉은 여성 몫도 함께 계산해달라고 부탁했다.

"괜찮겠습니까?" 오사와는 수건 끄트머리로 땀을 닦으며 말했다. "월말엔 늘 돈이 떨어져서 저야 고맙습니다만."

"무슨 일을 하나?"

"대학은 나왔는데, 뭐 그렇습니다. 이런저런 아르바이트나 하면서 속 편하게 지내다 보니, 이제 곧 서른 살이 되는데 결혼도 못 하는 처지죠."

나는 집에 있는 유통기한이 지난 인스턴트커피와는 비교도 할 수 없을 정도로 맛있는 커피를, 그 커피 값을 경비로 처리할 수 있는 날이 오기를 기도하며 마셨다.

"연립주택 1층에 무슨 미디어 기획이라는 이름으로 방을 빌려 쓰는 모양이던데?"

"그거요? 몇 넌 전까지는 그게 돈 열리는 나무였죠." 오사와는 얼굴을 바싹 붙이며 목소리를 죽였다. "이건 비밀인데요, 외국영화나 공연 비디오 복사로 돈을 꽤 벌었어요. 시판되지 않아서 구하기 힘든 옛날 영화나 록그룹 콘서트 라이브 같은 걸 찾는 팬이 많죠. 물론 불법이지만. 그런데 저작권이라는 게 점점 까다로워져서요. 저도 경찰에 잡힐 위험을 감수하면서까지 계속할 마음은 없었는데 그런 걱정을 하기도 전에 주문이 팍 줄었습니다. 일본인은 본질적으로 준법정신이 충만한 걸까요? 저는 꼬박꼬박 비싼 비용을 중간업자에게 뜯기는 구조가 훨씬 더 범죄적이라고 생각하는데요."

"이젠 그만둔 건가?"

"사업이 안 돼요. 요즘엔 자칫하면 방세 낼 돈도 모자랄 정도죠. 방에 가득한 장비와 소스는 팔아봤자 별로 돈도 되지 않고. 골칫거리예요."

"장 가뱅이 나오는 정식 발매되지 않은 영화도 있나?"

"있어요. 아마 대여섯 편은 될 텐데. 최근에 발매된 것이 있을지도 모르지만…… 자막이 없어도 괜찮다면 두세 편 더 있고요."

도쿄에 없었던 사백 일 동안 알게 된 이에게 빚을 졌는데, 옛날 영화 팬이었다. 장 가뱅의 발매되지 않은 영화를 모으던 그가 '도쿄라면 구할 수 있을 텐데'라고 말한 것이 떠올랐다.

"그걸 전부 복사해줘."

오사와는 갑자기 미간을 찡그렸다. "설마 저작권협회 같은 데서 단속 나온 건 아니죠?"

"괜한 걱정 할 필요 없어. 나는 옆집에 사는 우오즈미 아키라에 대해 듣고 싶을 뿐이야. 이 주문은 그 사례를 겸한 거라 여기고."

"그래요? 그렇다면 아주 싸게 해드리겠지만 삼만 엔 정도 들 겁니다. 그리고 열흘이나 보름쯤 시간을 줘야 하고요."

"깎아주면 사례가 되지 않지."

"그건 괜찮아요. 하지만 절대로 어디서 복사했다는 이야기만 퍼지지 않도록 해주세요. 며칠 전에도 기치조지에 있는 복사본 가게가 단속에 걸려서 저는 요즘 절대로 안전한 단골하고만 거래하거든요."

오사와가 시킨 모닝세트가 나왔다. 나도 커피를 한 잔 더 달라고 하고 토스트를 추가했다. 점원이 물러간 뒤에 나는 오사와에게 우오즈미에 관해 묻는 이유를 설명했다. 밝히기 곤란한 내용 외에는 모두 사실대로 이야기했다. 오사와는 특별히 의심하는 것 같지도 않고, 그렇다고 그닥 신뢰하는 눈치도 아니었다. 말하자면 그런 건 내가 알 바 아니라는 태도로 보였다. 나는 질문을 시작했다.

"우오즈미 아키라는 언제부터 알았나?"

"그 사람이 후지미 장에 들어온 게…… 삼 년쯤 전인가? 2월 초였는데 무척 추운 계절이었으니 이제 삼 년 막 지난 것 같군요." 오사와는 토스트를 베어물고 커피를 마시며 말을 이었다. "계단 쪽에서 처음 그 사람을 만났을 때 입주할 거라며 인사하기에, 거들어주겠다고 했더니 짐이 아무것도 없어서 괜찮다고 했었죠. 괜히 사양하느라 그러는 줄 알았는데 나중에 이부자리와 고타쓰 말고는 짐이 거의 없다는 걸 알고 세상에 이렇게 단출하게 사는 사람도 있구나 하고 놀랐던 기억이 나네요."

"우오즈미 방에 들어가볼 만큼 친했군."

“예, 뭐. 이사 오고 처음 일 년쯤은 꽤 왕래가 있었죠. 그쪽이 겨우 두 살 위인데도 다른 세상 사람 같은 구석이 있어서, 대화가 통하는 것 같기도 하고 아닌 것 같기도 하고, 그래서 친해지지는 않았지만 특별히 싫다는 느낌도 들지 않았달까요……? 왕래라고 해봐야 일주일에 한두 차례 대중목욕탕이나 식당에서 만나면 그쪽 방이나 내 방에 와서 캔맥주나 주스 같은 걸 마시면서 잡담을 나누는 정도였지만요.”

오사와는 삶은 달걀 껍데기를 벗기면서 덧붙였다. “그 사람 방에도 나중에 냉장고 같은 게 들어오기는 했지만, 여전히 합숙소처럼 썰렁한 방이죠.”

내가 주문한 토스트가 나왔다. 나는 한 장만 집고, 나머지는 오사와에게 권했다.

“그 연립주택으로 이사한 무슨 이유라도 있었을까?”

“그건 확실해요. 어머니가 요 앞 다카이도에 있는 ‘쇼후카이 병원’에 입원해서 간병 때문에 이사했다고 했으니까요. 어쨌든 어머니는 끔찍하게 모시더라고요. 오래 당뇨병을 앓았다는데, 심장 쪽까지 나빠져서 심근경색으로 돌아가시기 전까지 그 사람 생활은 완전히 어머니 간병을 중심으로 돌아갔죠. 오래 사시지 못할 것 같다고 했지만 꼬박 삼 년에 걸친 투병 생활이었는데, 용케 그렇게 잘 모시더라고요. 늘 병세가 나빠졌다가 다시 좀 나아지는 상태가 반복된 모양인데, 일인실은 아니었던 것 같고 그때마다 병원 복도 소파에서 이틀이고 사흘이고 쪽잠을 자며 간병한 모양입니다.”

오사와는 물을 쭉 들이켜더니 더 달라는 듯이 점원을 향해 잔을 흔들었다. 점원이 와서 둘의 잔에 물을 따르고 갔다.

"어머니가 돌아가신 게 언제지?"

"올 1월이죠. 1월 중순이던가?"

우오즈미가 내 사무실을 찾아오기 직전에 그의 어머니가 세상을 떠났다는 이야기다.

"우오즈미가 자기 아버지 얘기는 안 했나?"

오사와는 잠깐 생각한 뒤 대답했다. "아버지 얘기를 한 적은 없어요. 아버지는 물론이고 어머니를 제외한 다른 가족에 대해서도. 그래서 저는 그냥 가족이 어머니뿐인 모양이라고 생각했는데. 그러고 보니 아버지가 있는지 물어보지도 않았네요."

"우오즈미는 생활을 어떻게 했지? 무슨 일이든 했을 텐데."

"여러 가지 아르바이트를 한 것 같아요. 낮에는 가능한 한 병원에 있으려고 밤에 하는 일을. 병세에 따라서 옆에서 꼼짝도 못 하게 될 때도 있으니까 그리 오래 하지는 못하고 여기 그만두고, 다음에는 저기로 옮기는 그런 식이었습니다. 한번은 제가 하는 복사 일을 도와준 적도 있지만……." 오사와가 말끝을 흐렸다.

"왜? 불편한 문제라도 있었나?"

"아뇨. 그런 정도는 알고 있을 거라고 생각했는데, 내 사업이 불법이라는 얘기를 들은 순간 안색이 좀 변하는 것 같더라고요. 그 뒤로 다시는 거들지 않았고, 저도 부탁하지 않게 되었죠. 그런 걸 까다롭게 따질 처지가 아니라고 생각했는데…… 그게 일 년쯤 전 일이었는데, 그 뒤로는 사이가 좀 벌어진 느낌이 들어 예전만큼 대화를 나누거나 하지는 않게 되었죠."

"그런 문제에 결벽증이 있는 사람인가?"

"그럴지도 모르고, 어쩌면 오히려 그런 일에는 일체 엮이고 싶지 않을 정도로 안 좋은 처지일지도……."

"그런 생각이 들 만한 일이라도 있었나?"

"아뇨, 그런 일은 없습니다. 내 생각이 좀 지나쳤나? 가만히 생각해보면 사실 제가 그 사람에 대해 잘 모르는 것 같네요."

"그런데 그쪽은 전화가 없는 것 같던데, 전화를 대신 받아주거나 한 적은 없나?"

오사와가 약간 몸을 슬쩍 움츠렸다. "……그게, 전화 문제로 좀 갈등이 있었죠. 아, 특별히 숨길 생각은 없었는데."

"무슨 이야기지?"

"이사 오고 얼마 지나서 그 사람이 내 전화번호를 써도 되겠느냐고 해서 가볍게 생각하고 오케이 했죠. 처음에는 별일 없었는데, 점점 걸려오는 전화가 많아지더니 한밤중에 자다가 깨는 일까지 몇 차례 생겨 그만 발끈해서는 한마디했어요."

"전화를 걸어온 상대는 누군지 기억하나?"

"대개 어머니가 입원한 병원에서 오는 연락과 아르바이트하는 곳에서 온 전화였어요. 그러고 나서 미안하다는 생각이 들어 낮에 걸려오는 전화는 괜찮다고 했지만 그 뒤로는 거의 오지 않더라고요. 그리고 그 무렵에 저애와……." 오사와는 돌아보지는 않고 고개만 까딱해서 카운터에 앉은 여자를 가리켰다. "사귀기 시작해서 자연히 그 사람에게 신경쓸 시간이 없어지는 바람에 점점 소원해진 게 사실이죠."

오사와가 이번에는 고개를 돌려 여자를 손짓해 불렀다. 여자는 고개를 끄덕이더니 이쪽으로 다가왔다. 이제 가게 안에 직장인들은 거의 보이지 않았다. 나도 슬슬 이야기를 마무리해야 할 시점이었다.

"요 이삼 일은 집에 돌아오지 않아서 못 봤다고 했지?"

"그렇습니다."

여자가 오사와 옆 빈자리에 앉았다. 짧은 머리에 화장기가 없고 건강한 느낌이 드는 아가씨인데, 솔직히 말하자면 오사와는 여자 때문에 아침마다 조깅을 나가는 것처럼 보였다. 오사와가 여자에게도 확인했다.

"우오즈미 씨가 이삼 일 전부터 집에 돌아오지 않았지?"

"아니, 나랑 어제 9시쯤 네 연립주택 계단에서 스쳤는데."

"정말?"

여자는 내게 살짝 고개를 숙인 뒤 오사와 쪽으로 시선을 돌렸다. "네가 마작 하우스에서 나한테 전화를 걸어서, 너희 집에 얼은 위스키가 있으니까 그걸 챙기고 안주거리도 좀 사서 놀러오라고 했잖아? 그게 8시쯤이었으니까, 그 뒤에 샤워하고 장을 보고 갔으니 아마 9시쯤일 거야."

"그 사람 어땠어?"

"내 발소리에 좀 놀란 것 같았어. 문을 열고 나오자마자 서둘러 계단 쪽으로 달려왔거든. 그제야 겨우 날 알아봤는지 '안녕하세요' 하고 인사했는데…… 정장용 가방을 들고 있었던 것 같았어."

"그 단벌 정장을 입고?"

"그래."

오사와가 내게 설명했다. "그 사람이 가지고 있는 딱 한 벌뿐인 정장 얘기예요. 삼 년 전부터 정장이라고는 입사면접 볼 때 흔히들 입는 어두운 남색인 것밖에 본 적이 없어서요. 요즘 젊은이치고 그렇게 옷에 신경 안 쓰는 사람도 드물지 않나……? 아 참, 올 1월에 오래간만에 그 정장을 입은 모습을 집 문 앞에서 보았는데 어쩐 일로 차려입었느냐고 물었더니 어머니가 간밤에 세상을 뜨셨다고 하더군요."

정장은 오늘 오후 가와시마 히로타카의 장례식에 참석하기 위한 것이었을까?

오사와는 내가 처음에 들려준 전후사정을 떠올리며 내게 물었다.

"그런데 우오즈미 씨는 무슨 조사를 의뢰하려고 한 걸까요?"

"나도 그게 궁금해."

오사와의 애인이 앞에 있어서 우리는 잠시 자질구레한 대화를 나누었다. 오사와에게 명함을 건네고 우오즈미가 돌아오면 내게 연락을 달라고 부탁했다. 오사와의 애인이 잠깐 화장실에 간 틈에 나는 만 엔짜리 두 장과 오천 엔짜리 한 장을 오사와에게 건네면서, 카페 음식값을 계산하고 남은 돈은 장 가뱅 비디오의 선금으로 치고, 나머지 금액은 보름 뒤에 테이프를 받을 때 청구하라고 했다.

카페에서 나오니 밖에는 여전히 바람이 거세게 불고 있었다. 나는 오기쿠보로 돌아가지 않고 전철 이노카시라 선 구가야마 역까지 걸었다. 그리고 메이다이마에 역에서 게이오 선으로 갈아타고 신주쿠로 돌아왔다. 의뢰인을 만나기도 전에 비용이 계속 불어나기만 하니 나도 점점 오기가 발동했다.

사무실에 들어오자마자 창문을 열고 환기를 했다. 센 바람에 나부끼는 먼지가 들어오지 않도록 살짝만 열었는데도 책상 위가 버석버석해졌다. 창문을 닫으려고 일어서려는데 전화벨이 울렸다. 10시에 걸라고 한 마스다의 전화였다. 나는 세이와카이 조직원에게 얻어맞은 노숙자의 상태를 물었다. 찢어진 입술과 부은 턱은 어젯밤 이후로 더 심해지지는 않았고, 통증도 가라앉았으니 괜찮을 거라는 대답이었다.

"보여줄 게 있어." 내가 말했다. "이리 와줄 수 있겠나?"

"바람이 심해서 도심 쪽 고층빌딩 지하도에 있는 아무도 모르는 곳으로 대피했는데. 꼭 만나야 한다면 나가겠지만 시간이 좀 걸리겠네."

"거기서 '호텔 센트리 하얏트' 앞 육교는 가까운가?"

"공원 쪽으로 건너가는 육교 말이지?"

"맞아."

"그쪽 사무실보다야 훨씬 가깝지."

"호텔 쪽 육교 아래서 십 분 뒤에 만나기로 하지. 나는 차를 가지고 가겠어."

"시계가 없는데 어떻게 십 분을 재지?"

"천천히 육백까지 세는 건 어떻겠나?"

전화를 끊었다. 책상 서랍 여기저기를 뒤져 찾은 것을 주머니에 넣어두었던 우오즈미의 증명사진과 함께 챙겼다. 약속한 시간에 늦지 않도록 서둘러 사무실을 나왔다.

주차장에서 블루버드를 꺼내 세무서 길 쪽으로 돌아 나루코자카 아래서 오우메 가도로 나왔다. 나루코텐진 신사 아래 교차로에서 신호를 받아 우회전해 고층빌딩이 빽빽하게 늘어선 구역으로 들어갔다. '도쿄 힐튼호텔' 앞을 지나 다음 블록으로 들어가자 센트리 하얏트 앞에 세워둔 셔틀버스 저편으로 목적지인 육교가 보였다. 마스다가 가드레일에 걸터앉아 담배를 피우고 있었다. 블루버드 속도를 떨어뜨리고 보도 쪽으로 다가가 마스다 옆에 차를 댔다. 마스다는 짧아진 담배를 손가락으로 눌러 끄고는 가드레일을 넘어 차도로 내려섰다. 조수석 쪽 창을 내리자 그는 바람에 모자가 날아가지 않도록 신경 쓰면서 얼굴을 디밀었다.

"뭘 보면 되지?" 그가 물었다.

나는 윗옷 주머니에서 사진 세 장을 꺼내 그에게 건넸다. "누구 아는 사람 있나?"

마스다는 하나씩 보고 그중 한 장만 뽑아 내게 돌려주었다.

"이게 내게 말을 전해달라고 부탁한 우오즈미라는 남자야. 우오즈미지?"

틀림없이 우오즈미의 증명사진이었다. 나는 고개를 끄덕였다.

"나머지 두 사람은 모르겠네. 누구지?"

"아무도 아니야." 나는 나머지 두 장의 사진을 받아 주머니에 넣었다.

"흐음…… 그런가?" 마스다가 빈정거리듯 웃으며 말했다. "한 장만 보여주면 이런 일이 성가셔진 내가 아무 사진이나 보고도 우오즈미라고 할까봐 다른 걸 더 보여준 거로군."

"그런 이유도 있지만 한 장만 보여주면 묘하게 자신이 없어지기도 하거든. 기억 속의 남자와 사진 속 남자는 자세도 다르고, 표정이나

각도에 따라 얼굴 생김새가 바뀌는 사람도 있지. 하지만 사진 세 장 가운데 어느 게 제일 닮았느냐고 물으면 대개 자신 있게 대답하지.”

마스다는 알겠다는 듯이 고개를 끄덕였다. “볼일은 이제 끝났나?”

“오후에는 어제 말한 가와시마라는 사람 장례식을 구경하러 갈 작정이야. 거기서 우오즈미를 만날 수 있을지도 모르겠군. 만나면 나한테는 의뢰인이 생기는 거고······.”

“난 중개료를 받을 수 있겠군.”

“그렇지.” 나는 윗옷 주머니에서 천 엔짜리 지폐를 한 장 꺼내 마스다에게 건넸다. “이건 그것과 별도야. 담뱃값이라도 해.”

돈을 건넬 때 천 엔 지폐 이외에 ‘어색한’ 뭔가가 함께 전달되었다. 나는 무의식적으로 어제까지 알던 노숙자와는 다른 인간을 마스다에게서 본 것이 틀림없다.

“자네······ 나에 대해 조사했군.” 마스다의 표정이 여태 본 적이 없을 만큼 어두워졌다.

“불만인가?” 내가 퉁명스럽게 대꾸했다.

“우오즈미의 메시지를 떠맡고 돈을 받았을 때부터 뭔가를 얻기 위해서는 희생이 따르기 마련이라는 것을 생각했어야지.”

“아니, 내 과거가 알려지는 것 따위는 별 상관없어.” 그는 언짢은 목소리로 말했다. “다만, 아무리 그래도 섭섭하지.”

“상관없는 것과 섭섭하다는 건 의미가 달라.”

“······그런가?” 그는 창에서 몸을 빼더니 좌우를 살폈다. 자기가 서 있는 위치를 확인하는 듯한 동작이었다. “그렇다면 섭섭한 건 취소하고 상관없는 것으로만 해두지.”

"다음에 만나는 건 아마 맡겨둔 면허증을 돌려줄 때일 거야. 내 얼굴 따위는 더 볼 일 없을 테니까."

창을 올리고 기어를 넣어 차를 출발시켰다.

지금 1시에 있을 가와시마 히로타카의 장례식으로 가기에는 시간이 좀 일렀다. 고층빌딩이 밀집한 구역을 한 바퀴 돌아 오우메 가도로 다시 나와 아침에 전철을 타고 갔던 오기쿠보 쪽으로 향했다. 이십 분도 걸리지 않아 아마누마 육교 앞에서 오기쿠보 역 남쪽 출구로 나가는 곁길로 들어갔다. 바로 다시 우회전해 기억 한구석에 어슴푸레 남아 있는 공원을 찾았다. 네다섯 블록을 달리니 이윽고 왼쪽에 '오타구로 공원' 정문이 보였다. 거기서 조금 더 가니 '오타구로 공원 남쪽'이라는 교차로가 나왔다. 전화번호부에서 알아낸 주소와 지도를 보며 이번에는 교차로에서 우회전했다. 곧 도로 오른쪽에 '오타구로 파크사이드 빌딩'이라는 옅은 청색 건물이 모습을 드러냈다. 파크사이드라고 하기에는 공원에서 좀 많이 떨어진 것 같지만, 아파트나 빌딩 이름의 과장은 이제 당연한 일이 되고 말았다. 어쩌면 빌딩 옥상에서 공원 녹지가 얼핏 보일지도 모를 일이다.

그대로 오기쿠보 역 쪽으로 달려 맨 처음 발견한 유료주차장에 블루버드를 넣고, 십 분 뒤에 빌딩 앞으로 돌아왔다. 이 건물 1층에는 체인형 약국과 부동산 중개사무소, 스포츠용품점이 있었고, 건물 왼쪽에 있는 바깥 계단으로 올라가는 2층에는 순서대로 스시집과 스낵바, 꼬치구이집, 그리고 스낵바가 한 집 더 있었다. 3층에서 5층까지는 아파트 식의 주거공간이었다. 부동산 중개사무소와 스포츠용품점 사이의 유리로 된 현관이 아파트로 들어가는 입구일 것이다.

'더그아웃'이라는 스낵바는 2층 가장 안쪽에 있었다. 오전 10시 반이 조금 지난 시각이라 셔터는 당연히 닫혀 있었다. 아래서 얼핏 보기에도 셔터나 간판이 오래됐다는 걸 쉽게 알 수 있었다. 어제 전화를 받은 여자는 올해 문을 열었다고 했는데 그렇게 보이지 않았다. 나는 1층 약국에서 담배를 사며 흰 가운을 입은 여성 점원에게 확인했다.

"아뇨, 제가 여기 근무한 게 작년 가을부터예요. 그때도 가게가 있었는데 그럴 리가요."

약국에 빨간색 공중전화가 있었지만 2층 더그아웃과 너무 가까워 건물 앞을 벗어나 다시 오기쿠보 쪽으로 걸어갔다. 아침에 불던 거센 바람은 이제 많이 수그러들었다. 두번째 교차로 부근에 빵집이 있고, 그 모퉁이에 녹색 공중전화가 있었다. 우오즈미의 연락처가 적힌 명함을 윗옷 주머니에서 꺼내, 이제 거의 외운 번호로 전화를 걸었다. 더그아웃 셔터 안쪽에 아무도 없다는 걸 확인해 손해 날 일은 없고, 아무도 없다는 걸 알고 나면 주변에 묻고 다니기 편해진다. 하지만 의외로 바로 전화를 받았다.

"예, '후지사키 스포츠용품점'입니다." 남자 목소리였다.

잠깐 당황했지만 바로 빌딩 1층에서 본 점포를 떠올렸다. 그렇군…… 그런 거였나?

"어제 오후에 몇 차례 전화했는데 아무도 받지 않던데요." 나는 말투를 살짝 바꾸어 말했다.

"정말 죄송합니다. 수요일은 정기휴일입니다."

"오늘은 여는 날이군요? 몇 시까지 하십니까?"

"저녁 6시까지 영업입니다."

나는 5시쯤 들르겠다고 하고 전화를 끊었다. 빵집에 들어가 단팥빵과 우유를 사서 선 채로 먹은 다음, 재떨이를 빌려 천천히 담배를 한 대 피웠다. 그리고 오타구로 파크사이드 빌딩으로 돌아와 후지사키 스포츠용품점 문을 밀었다.

어서 오십시오, 하며 나온 점원은 남자였다. 스무 살이 될까 말까 한 젊은이로, 키가 크고 체격도 좋다. 이런 계절인데도 피부가 알맞게 햇볕에 그을었다.

"후지사키 씨는?" 내가 물었다.

"아, 점장님은 잠깐 외출하셨습니다만⋯⋯." 점원이 난처한 표정을 지었다. 검은 스웨터 아래로는 어깨에서 팔꿈치 사이의 근육이, 어두운 남색 슬랙스 안에서는 잘 발달된 허벅지가 그대로 드러났다.

"가와시마 씨 장례식에 간 건가?" 내가 슬쩍 물었다.

"그렇습니다." 점원이 안도하는 표정을 지었다.

"그래서 제가 혼자 가게를 보고 있습니다. 아직 익숙하지가 않아서."

내가 전화를 건 사람인지 모르는 눈치였다.

"이런." 나는 계산대 옆에 선 점원 앞을 지나 안쪽 야구용품 코너로 다가가며 말했다. "후지사키 씨가 아직 있으면 함께 가자고 할 생각으로 왔는데, 혼자 갔나?"

"아뇨, 아주머니하고. 그리고⋯⋯."

"우오즈미도 함께?"

"그렇습니다. 우오즈미 선배도 아십니까?"

"알지. 아, 아주머니라면 그게⋯⋯."

"예. 더그아웃 사장님이요."

"그래. 이쪽에 오래간만에 왔더니 기억이 가물가물하군."

나는 선명한 파란색 글로브를 집어 들고 살폈다. 내가 어렸을 때 야구용품은 엄청나게 비싸 그저 동경만 하는 물건이었다. 가격표를 보니 품질이 고급이라 그렇겠지만 지금도 결코 만만치 않은 가격이었다.

"죄송합니다만, 누구신지 여쭤도 될까요? 그러지 않으면 나중에 감독님, 아니 점장님에게 야단맞을 것 같아서요."

"사와자키. 지지난 주였던가? 후지사키 씨와 우오즈미가 신주쿠에 있는 내 사무실을 찾아왔는데, 하필 내가 그때 자리에 없어서 만나지를 못했네."

점원은 내 이름을 두 차례 웅얼거렸다. 나는 글러브를 원래 자리에 두고 가게 안을 둘러보았다. 야구용품의 빛깔도 요즘 들어 화려해졌다고는 하지만 주변의 다른 스포츠용품에 비하면 수수한 편이었다. 벽 쪽에 마련된 스키용품 코너는 열대의 식물원이 잘못 들어선 것처럼 강렬했다.

후지사키 스포츠용품점의 어중간한 가게 넓이와 역에서 십여 분 거리인 점 등의 입지조건을 생각하면, 주인의 경력이나 부인의 스낵바가 끌어모으는 손님 없이는 그리 쉬운 장사가 아닐 듯하다.

"후지사키 씨는 미타카 상고 감독 일을 아직 하고 있나?"

"아뇨. 우리가 졸업하던 해에 퇴임하셨으니까 그게, 삼 년 전에 그만두신 거죠."

"자네도 미타카 상고 야구부 출신인가?"

"예, 그렇습니다."

"포지션은?"

“외야수요. 좌익수에 5번 타자였죠.”

“호오…… 고시엔 대회에는?”

“못 나갔습니다.” 점원의 표정이 흐려졌다. “우리는 2학년 여름에 지구대회 준결승까지 올라간 게 최고 성적이었죠.”

“그거 아쉽게 되었군.”

“우리 학교 고시엔 대회 출전은 1982년도 우오즈미 선배 때뿐이니까요.”

“그랬나? 뭐 고시엔에 나가는 것만이 능사는 아니지만. 그럼 자넨 지금은?”

“예. ‘와세다’ 야구부에 소속되어 있습니다.”

“프로를 목표로?”

“아뇨. 그 정도 실력이 아니라는 걸 저도 아니까요. 사회에 나갔을 때 학창시절에 야구를 한 게 도움이 되는 정도면 그걸로 그만이죠.” 점원은 진지한 표정으로 덧붙였다. “적어도 야구 때문에 인생에 그늘이 지는 일은 원치 않아요.”

“그건 우오즈미 이야기인가?”

“아니, 특별히 그런 얘기는 아니지만요…… 야구를 한 게 별로 플러스가 되지 않는 사람이 의외로 많죠.”

“자넨 우오즈미를 어떻게 생각하나?”

“글쎄요. 말씀드리기 곤란하지만…… 우오즈미 선배를 비극의 주인공처럼 이야기하는 사람도 있고, 모교가 애써 이룬 고시엔 대회 출전에 오점을 남겼다는 식으로 말하는 사람도 있습니다. 저는 양쪽 다 반대예요. 애당초 야구를 ‘구도球道’니 뭐니 하면서 너무 정신적 측면에 사로잡히는 것은 잘못이라고 생각해요. 야구는 적어도 하는 당사자에게는 단순한 기술의 문제여야 한다고 생각합니다. 우오즈미 선배도 그렇게 말했고요."

"우오즈미와 그런 이야기를 한 적이 있나?"

"예. 이건 선배가 늘 하는 말인데요, 스포츠에선 기량이 뛰어난 사람이 부족한 사람에게 이긴다, 이게 원칙이죠. 다만 승부의 세계다 보니 기량이 뒤지는 사람이 뛰어난 사람을 이기는 경우도 없지는 않죠. 하지만 그 확률은 기껏해야 10퍼센트나 20퍼센트에 지나지 않을 겁니다. 야구는 다른 스포츠보다 그 확률이 높아서, 그게 또 야구의 매력이기도 하고 어정쩡한 면이기도 하지만요…… 육상경기나 다른 구기종목에서는 기량이 떨어지는 사람이 뛰어난 사람을 이기는 걸 거의 생각할 수 없죠. 그렇지만 야구도 80퍼센트는 기량이 뛰어난 쪽이 이깁니다. 운동장 밖에 있는 사람들이야 이러니저러니 말해도 적어도 야구하는 당사자들에게는 기량을 갈고 닦는 것이 가장 중요하고, 유일한 관심사여야 한다고 생각해요. 선배도 그렇게 말씀하셨고, 저도 완전히 똑같은 생각이에요."

"흐음."

"그래서 우오즈미 선배는 만나면 늘 타격에 대해 어드바이스를 해주시죠. 작년 시즌에는 그립과 스탠스에 중대한 결함이 있다는 걸 지적해주셨고, 그걸 고친 덕분에 늘 스타팅 멤버에 들어가는 좋은 성적을 올릴 수 있었어요."

"그런가? 우오즈미가 원래 '야수'였지."

"예, 그렇습니다. 선배는 후배 투수들에게 절대로 어드바이스하려고 들지 않습니다. 자기는 투수로서는 짝퉁이었기 때문에 남을 가르칠 기술이 전혀 없다고…… 그런 면도 우오즈미 선배를 지지하는 파와 반대하는 파가 생기게 된 원인 가운데 하나이지만요.”

“자넨 지지파로군.”

“그렇습니다. 전 선배를 좋아하고, 존경합니다. 하지만 다른 사람들 눈에, 선배가 야구했던 게 플러스가 되지 않는 인생을 사는 것처럼 비쳐 그게 슬픕니다.”

“자넨 우오즈미가 그런 인생을 살고 있지 않다고 생각하는 건가?”

“……그게, 잘 모르겠네요.”

이 친구의 이야기를 듣다 보니 세상에는 플러스 인생과 마이너스 인생 두 가지밖에 존재하지 않는 것 같았다. 요즘은 나이를 먹을 만큼 먹은 어른들도 그렇게 생각한다. 그러지 않으면 인생의 ‘수지결산’이 복잡해져 자기가 앞으로 나아가고 있는지 뒤로 물러나고 있는 것인지 알 수 없게 되기 때문이다.

나는 손목시계를 보았다. “슬슬 가봐야겠군. 후지사키 씨와 우오즈미는 장례식에서 만날 수 있겠지만. 자네와 이야기할 수 있어서 기뻤네.”

나는 배트 진열장 옆 공 진열대에서 꺼낸 새하얀 공을 샀다. 일단 소년시절의 동경을 추억하며, 라고 해두자.

12

렌교지 정문 게시판에는 ‘금주의 말씀’이라며 붓 자국이 선명한 글

99

씨로 ‘자네 이 세상에 뭣하러 왔나?’라고 적혀 있었다. 딴에는 멋을 부린 모양이지만 시주를 받아 끼니를 잇는 처지에 입에 올릴 소리는 아니다. 무엇보다 말투에 품격이 없다. 차라리 가부키초 언저리에 진을 치고 있는 열일곱 살 불량소녀가 이런 소리를 한다면 훨씬 더 박력 있을 것 같다. 하기야 법인을 운영하는 종교인들은 이제 리조트 지역에 자리잡은 사치스러운 공원묘지에서부터 사찰음식을 파는 고급 요릿집까지 운영하는 어엿한 사업가다. 결국에는 그래봐야 ‘공원묘지’라 불리지만, 무덤을 ‘유택’이니 ‘분영’이니 하는 말로 바꾸어 불러가며 사람의 죽음을 저울에 재는 고풍스러운 비즈니스임에는 변함이 없었다.

정문 입구에는 ‘가와시마 상가 영결식장’이라는 꽤 큰 간판이 있었다. 블루버드를 몰고 그 앞을 지나 주차장 안내 화살표를 따라 계속 들어갔다. 모르타르를 바른 벽을 따라 왼쪽으로 돌아 사찰 터 동쪽으로 가보니 차도 양쪽에 꽤 넓은 공간이 나타났다. 몰론 이 절에서 운영하는 유료주차장이다.

“저쪽 동문으로 들어가면 전용 무료주차장에 자리가 남았을 거요.” 주차 담당 노인은 낡은 내 차를 보더니 그렇게 안내했다. 주차 안내소에서 10미터쯤 떨어진 지점에 회칠한 벽에 구리로 된 문이 달린 출입구가 있었다. 나는 블루버드를 몰고 그 출입구를 통해 들어갔다.

렌교지는 도쿄 주택가에 있는 절치고 터가 꽤 넓었다. 동쪽 문으로 들어가자 노인이 말한 무료주차장이 왼쪽에 있고, 오른쪽으로는 철근 콘크리트로 지은 3층짜리 거대한 납골당이 우뚝 서 있었다. 절 본당은 거기서 50미터쯤 더 들어간 곳에 있는데, 흙담 너머로 커다란 지붕이 보였다. 주차장에서 빈 공간을 찾으며 나는 절터가 넓은 이유에 대해 생각을 고쳐먹었다. 간단하게 말해, 예전에는 넓은 면적이 필요했던 묘지를 3층짜리 납골당으로 바꾼 덕분에 주차장으로 만들어 돈벌이를 할 여유 공간이 생긴 것이다.

예전에 죽은 이들이 안식을 취했을 것이 틀림없는 땅 한구석에서 늙은 블루버드가 안식을 취할 공간을 발견했다. 차에서 내려 시계를 보니 영결식이 시작될 1시까지는 아직 이십 분쯤 여유가 있었다. 오전에 불던 거센 바람은 이제 완전히 가라앉고, 머리 위에는 회색 구름이 깔려 있었다.

본당 흙담 쪽에서 중년 부인이 달려오는 모습이 시야에 들어왔다. 이미 영결식에 참석할 마음이 사라졌다. 안면도, 인연도 없는 고인을 위한 분향은 한 번이면 족하다 싶었고, 하치오지 경찰서의 두 형사들과 맞닥뜨리기 전에 처리해두어야 할 일이 있었다. 나는 주차된 차 사이를 누비며 걸었다. 내 차에서부터 헤아려 아홉번째로 주차된 밝은 회색 밴 차체에 '후지사키 스포츠용품'이라고 페인트로 써놓은 것을 발견했다. 하지만 여기서 얌전히 기다리고 있어서는 우오즈미를 만나게 될 거라 장담할 수 없다.

본당 쪽에서 달려온 상복을 입은 중년 부인이 구석진 곳에 주차되어 있는 왜건 운전자에게 사과하는 모습이 보였다. "정말 죄송합니다. 바로 빼겠습니다."

중년 부인의 차가 가로막아 왜건이 빠져나갈 수 없는 상태였다. 앞쪽 유료주차장과 달리 이쪽 공터는 포장이 안 된 진흙 바닥이어서 칸을 구분하는 경계선도 거의 지워져 있었다. 요령 없는 운전자가 대충 차를 대면 빠져나갈 수 없는 차가 더 늘어날 듯했다.

중년 부인은 핸드백에서 키를 찾느라 애를 먹고 있었다. 나는 그사이에 차가 빠지기를 기다리는 운전자에게 다가갔다. 나와 비슷한 나이에 지우개로 문지르면 지워질 듯한 콧수염을 기른 남자가 짜증이 난 얼굴을 차창 밖으로 내밀고 여성 쪽을 노려보고 있었다.

그에게 물었다. "내 차도 못 빼겠는데, 어디로 가야 차 주인을 찾을 수 있죠?"

"아, 댁도?" 콧수염 남자는 자기보다 훨씬 늦어질 남자가 나타나자 기분이 조금은 누그러진 모양이었다.

"본당 쪽 저 담장 오른쪽 문으로 들어가면 사무소가 있는데, 거기서 차 번호를 대면 방송으로 차 주인을 불러줘요."

나는 그에게 고맙다고 하고 후지사키 스포츠용품점의 밴 번호를 적어 본당 쪽으로 갔다. 등 뒤에서 엔진 소리가 나더니 이어서 클랙슨이 울렸다. 뒤를 돌아보니 겨우 움직이기 시작한 여성의 차가 새로 들어오는 차와 부딪칠 뻔해 오도 가도 못 하고 있었다.

흙담 끄트머리에 있는 출입문을 지나니 바로 오른쪽에 건물이 있었다. 콧수염을 기른 남자가 '사무소'라고 한 곳은 사무소事務所가 아니라 사무소寺務所였다. 본당에서는 이제 곧 시작될 영결식 준비가 다 끝난 듯했다.

나는 사무소 정면으로 돌아가 창구에 얼굴을 디밀고 용건을 이야기한 다음 밴의 차 번호를 적은 쪽지를 내밀었다.

"죄송합니다만 이제 곧 영결식이 시작되기 때문에 불러드릴 수 없습니다." 창구에 있던 젊은 중이 대답했다.

나는 그 옆에 앉아 있는 조금 더 나이가 든 중에게 말했다. "급한 환자가 있습니다."

그리고 이런 경우를 예상하고 준비했던 천 엔짜리 지폐를 차 번호가 적힌 쪽지 옆에 놓았다. "약소합니다만 시주를."

나이 든 중이 합장하며 "소중하게 쓰겠습니다"라고 했다. 합장은 내가 아니라 천 엔짜리 지폐를 향하고 있었다. 나이 든 중이 젊은 중을 돌아보았다. "아직 식이 시작되지는 않았으니 괜찮겠죠."

돈이면 안 되는 일이 없다지만 지폐가 이렇게 확실하게 윤활유 역할을 하는 곳도 보기 드물다. 나는 경내에 방송되는 후지사키의 차 번호와 "차량 이동 부탁합니다" 하는 안내 멘트를 들으며 서둘러 무료 주차장으로 돌아왔다.

블루버드 안으로 돌아와 기다리니 바로 흙담 출입문을 통해 나오는 사람이 보였다. 멀리서 보기에도 양복을 입은 덩치 큰 남자임을 알 수 있었지만 우오즈미인지 후지사키인지는 분간이 가지 않았다. 나는 후지사키 부부 가운데 한 사람이 나타나면 모르는 척하고 넘어갈 작정이었다. 남자가 점점 가까이 오자 어두운 남색 양복을 입은 서른 살 전후의 젊은이로, 증명사진 속 우오즈미 아키라임을 확인할 수 있었다. 이제야 의뢰인 후보와 만나게 된 것이다.

그때 흙담 출입문 쪽에서 남자 두 명이 나타나 우오즈미를 주시하는 것이 보였다. 한 사람은 베이지색 코트 차림이고, 또 한 사람은 무전기나 휴대전화 같은 것으로 누군가와 이야기를 나누는 듯했다. 나는 운전석 창문을 내려 아까 차로 들어왔던 동문 쪽을 살폈다. 검은색 차 한 대가 다른 차가 겨우 지나갈 수 있을 정도의 틈만 남기고 출구를 막듯이 세워져 있었다. 차 옆에 서 있는 남자와 창문으로 얼굴을 내밀고 있는 남자가 둘 다 우오즈미 쪽을 지켜보고 있는 듯했다. 우오즈미건 누구건 남자들이 있는 두 문을 지나지 않고서 이 절 밖으로 나가려면 주위의 담장을 타고 넘는 수밖에 길이 없었다.

우오즈미가 후지사키 스포츠용품점의 밴으로 다가오는 속도를 가늠해 천천히 블루버드를 출발시켰다. 그가 밴의 보닛 앞에서 왜 이 차를 옮겨야 하는지 이해되지 않아 주위를 둘러보는 동안 우오즈미의 등 뒤에 블루버드를 세웠다.

우오즈미 아키라는 무척 차분한 분위기를 풍겼다. 최근 서른여섯 시간 동안 간접적으로 얻은 그의 이미지는 실물과 달랐다. 지금 이 순간도 영문을 알 수 없는 상황에 놓인 셈인데 마치 그게 자기 인생에서 '늘' 접하는 일이라는 듯이 차분한 표정이었다. 수비수가 에러를 세 개나 범해 만루 위기에 몰렸지만, 타자를 계속 범타로 처리하며 점수를 내주지 않는 일에만 몰두하는 마운드의 투수 같았다.

"자넬 불러낸 사람은 날세."

우오즈미는 고개를 돌려 나와 내 차를 보았다. "아, 죄송합니다. 이미 차를 빼셨습니까?"

"우오즈미 맞지? 불러낸 까닭은 차를 빼기 위해서가 아니야."

"예? 그럼 대체……?"

우오즈미의 얼굴에 불안과 의문이 두 개의 파문처럼 천천히 퍼져 갔다. 가와시마의 사고 추적 기사가 암시하는 범죄에 그가 관련되었다면 당연한 반응이었다.

"경찰에서 나온 분입니까?" 우오즈미가 물었다.

"아니. 자네도 아는 사람이지. 신주쿠에 있는 와타나베 탐정사무소의 사와자키라고 하네."

"와타나베 탐정사무소라고요? 신주쿠 역 서쪽 출구 방향 오우메 가도에서 들어가면 나오는 그 허름한…… 아, 실례했습니다, 그 탐정사무소에 계신 분입니까?"

"그래. 그 허름한 탐정사무소의 탐정이지. 자네 의뢰 건은 가부토 신사에서 지내는 그 노숙자로부터 전달받았네."

"아, 맞아…… 그랬었지."

가물가물하다는 듯 기억을 떠올리는 모습이 아무래도 예감이 좋지 않았다. 하지만 기분 나쁘게 생각해봐야 헛일이다. 우리가 단둘이 이야기할 수 있는 시간은 별로 많지 않을 것이다.

"나를 고용해서 뭔가 조사할 작정이었을 텐데, 아직 그럴 마음이 있나?"

우오즈미는 곤혹스러운 표정을 지으며 고개를 숙이고 생각에 잠겼다.

흙담 출입문 쪽에 있던 두 남자가 산책이라도 하듯 이쪽을 향해 걸어왔다. 나는 고개를 돌려 뒤 유리창 너머로 동문 쪽을 살폈다. 차가 어느새 두 대로 늘었고, 차 밖에 나와 있는 사람도 두 명으로 늘었다.

"저는 일을 의뢰할 생각이었습니다." 우오즈미가 고개를 들고 말했다.

"분명히 조사를 부탁하고 싶은 일이 있었습니다. 오래 몸져누웠던 어머니가 돌아가시고 시간이 나기도 해서 십일 년 만에 내내 신경 쓰이던 문제를 조사해달라고……."

우오즈미가 입은 입사 면접용으로 보이는 정장은 오사와라는 이웃이 놀린 것처럼 분명 촌스러웠다. 하지만 몸에 걸친 옷과 무관하게 이 남자에게는 내면에서부터 풍겨나와 사람의 마음을 끌어당기는 무엇인가가 있었다. 오사와처럼 신중한 젊은이가 모든 일을 자기 머리로 들이받으며 살아가는 듯한 타입의 우오즈미와 친했다는 게 신기했는데, 수수께끼가 풀린 기분이 들었다.

"그래서 신사에 있는 그 사람에게 말을 전해달라고 부탁했고, 연락을 취하고 싶었습니다."

"알았네. 그럼 날 쓰겠다는 건가?"

"아뇨. 그러지 않겠습니다. 사정이 바뀌었습니다. 죄송합니다만 일을 부탁드릴 수 없게 되었습니다."

"비용 문제인가?"

"아뇨, 그렇지 않습니다."

"그럼 왜?"

"그건……." 우오즈미가 입을 다물었다.

흙담 출입문에 있던 남자들이 주차장까지 이르는 길 절반쯤에 다다랐다. 돌아보니 동문 쪽 둘도 이쪽으로 오고 있었다. 아마 두 팀의 남자들이 정확히 동시에 우오즈미가 있는 곳에 도착할 것이다. 두번째로 나타난 차는 이제 동쪽 문의 출입을 완전히 가로막는 위치로 이동했다. 그것은 우오즈미와 이야기를 나누는 차 안의 남자 즉 나도 그들에게 경계와 감시의 대상이 되었다는 이야기다.

"정말 죄송하지만, 어쨌든 사정이 바뀌어 조사를 부탁드릴 수 없게 되었습니다. 그래도 어쩌면 가까운 장래에 다시……."

"그런 공수표는 쓰지 말고. 시간이 없으니 짧게 묻지. 짧게 대답하게."

우오즈미는 내 기세에 눌렸는지 고개를 끄덕였다.

"가와시마 히로타카를 죽인 게 자넨가?"

"뭐라고요?" 우오즈미의 낯빛이 확 변했다. "말도 안 돼. 제가 왜 가와시마 선배를 죽인단 말인가요?"

"그날 골프장 안내창구로 가와시마를 만나러 간 게 자네지?"

"그건 저예요. 하지만 선배는 만나지 못했습니다. 그런데 어떻게 그런 내용을……?"

"간단하게 대답하라고 했을 텐데. 마지막으로 하나만 더 묻지. 자네는 내게 무얼 조사시키고 싶었던 건가?"

우오즈미는 내 얼굴을 물끄러미 바라보기만 할 뿐 입을 열려 들지 않았다. 선수 대기실 한쪽 구석에서 드러난 어깨의 맨살에 아이스 팩을 얹고 허공을 뚫어지게 바라보는 투수 같은, 타인이 함부로 접근할 수 없게 만드는 고집스러운 모습이었다. 우오즈미가 자기 시합에서 마운드를 내려오려고 하는 것인지, 아니면 자기 혼자 시합을 다 짊어지려는 것인지 표정만 봐서는 알 수 없었다. 어떻게 할 것인지 물어본다고 해서 문제가 해결될 리 없었고, 그걸 기어이 묻고야 마는 데퉁스러운 인간이 되고 싶지도 않았다. 기나긴 몇 초가 지나고 내게 주어진 시간은 끝이 났다.

네 남자가 우오즈미의 퇴로를 차단하며 전후좌우에서 포위망을 좁혀왔다. 우오즈미의 정면에서 다가오던 나이 든 남자가 앞으로 나서며 말했다. "우오즈미 아키라 씨죠? 하치오지 경찰서에서 나왔습니다. 좀 묻고 싶은 게 있는데 서까지 동행해주시기 바랍니다."

나는 우오즈미에게 슬쩍 손을 흔들어 보이고 블루버드를 출발시켰다. 흙담 출입문 쪽에서 온 코트 차림의 젊은 남자는 오늘 아침 우오즈미가 사는 연립주택 앞에서 만난 형사 중 한 명이었다. 내가 그를 알아채는 동시에 그도 나를 알아보았다. 젊은 형사는 반사적으로 블루버드 앞으로 뛰어들었다. 우오즈미와 내가 공범이거나 우오즈미를 도주시킬 의도가 있었다면 그는 치명적인 실수를 저지른 꼴이 되었으리라. 하지만 나는 그를 들이받지 않도록 급브레이크를 밟았다. 우오즈미는 말없이 우두커니 서 있었다.

젊은 형사는 블루버드 보닛 위에 엎어지다시피 하면서 나를 향해 검은색 가죽 수첩을 내밀었다. 경찰수첩 보여주기를 무척 좋아하는 녀석이다.

13

아무리 용의자에게 불리한 정황만 있더라도 증거가 없다면 체포할 수 없다. 체포할 증거가 있다면 영결식에 참석한 용의자를 멀찍이서 감시하거나 도주 우려가 생긴 다음에야 신병을 확보하려 드는 어설픈 행동을 취할 리 없다. 피해자의 장례식이라는 절호의 무대에서 벌어질 멋진 체포 드라마를 경찰이 손가락 물고 그냥 넘길 리 없다. 명백한 증거가 있다면 우오즈미 아키라가 후지사키 부부와 함께 렌교지 영결식장에 도착했을 때 수많은 사람들이 보는 가운데 연행했을 게 틀림없다. 결국 결정적인 증거는 없다는 이야기다.

무전기를 든 형사가 신호를 보내자 동문 쪽에 대기하던 잠복 경찰차가 급히 달려왔다. 그사이에 경찰수첩을 보여준 젊은 형사는 나이 든 형사에게 나에 대해 보고를 마쳤다. 나이 든 형사는 부하들에게 명령을 내려 우오즈미를 경찰차에 태우고 나를 차에서 끌어냈다. 우오즈미는 거의 저항 없이 경찰차 뒷좌석에 올라탔다. 나는 저항감이 적정온도 속의 미생물처럼 증식하는 것을 자각하면서도 블루버드에서 내렸다.

"하치오지 경찰서 홋타 경부보요." 나이 많은 형사가 내 앞으로 다가와 이름을 밝혔다. "엔도 형사의 보고에 따르면 당신은 오늘 아침 우오즈미 씨가 사는 연립주택에 나타나 우리 수사를 방해했다던데."

"그러지 않았소." 내가 대답했다.

엔도 형사는 상대를 위협하는 조류처럼 코트 앞섶을 쥐고 툭툭 털며 말했다. "이 자식, 거짓말해봐야 소용없어."

"내가 이야기하고 있잖아." 홋타 경부보는 앞으로 나서려는 부하를 제지했다. "당신은 우리 형사들 질문에 거짓으로 대답했어."

"하지 않았소. 누굴 찾아왔느냐고 묻기에 오사와란 남자를 방문한 거라고 대답했지. 그 연립주택 3호실에 사는 오사와 료지에게 확인해보시지."

오사와라면 그 정도 눈치는 있을 것이다. 없다면 비디오 복사 대금을 날리게 될 테니까.

"하지만 사실은 저기 있는 우오즈미 씨를 만나는 게 첫번째 목적이었을 텐데."

"아니. 오사와를 만나는 게 첫번째 목적이었지. 내친김에 이웃인 우오즈미의 집 문을 노크해보기는 했어. 내친김에 이야기하자면 계단 아래서 심호흡을 했지. 계단 중간에서는 재채기를 했고, 계단을 다 올라가서는 하품을 했을지도 몰라. 이런 걸 시시콜콜 다 이야기할 수는 없어서 첫번째 목적만 이야기한 거야. 형사들이 누구를 찾아왔느냐고 위협적으로 질문하지 않았거나, 우오즈미를 찾아왔느냐고 솔직하게 물었다면 나도 솔직하게 그렇다고 대답했을 텐데. 안타깝군."

훗타 경부보는 화가 머리끝까지 난 뒤쪽의 엔도 형사와는 달리 표정의 변화가 거의 없었다. "이름이 뭔가?"

"아침에 이 젊은 친구에게 말했어. 그 좋아하는 경찰수첩 어딘가에 메모했을 텐데."

훗타는 부하를 돌아보았다. 엔도는 대답하지 못하고 고개를 팩 돌려 외면했다. 동문에서 온 경찰차 조수석에 앉아 있는 형사가 창밖으로 얼굴을 내밀었다. 오늘 아침 엔도와 파트너였던 형사다.

"틀림없이 사와자키일 겁니다."

훗타가 고개를 끄덕이고 시선을 내게 되돌렸다. "사와자키 씨, 우오즈미 씨와 어떤 관계인지 알고 싶군. 하지만 조심해. 어떻게 대답하느냐에 따라 공무집행방해죄를 묻거나 우오즈미의 공범으로 간주할 가능성도 있네."

"우오즈미의 공범이라고?" 나는 일부러 큰 소리를 냈다. "당신들 우오즈미를 범죄자로 단정할 증거가 있나? 우오즈미가 체포됐어? 아니잖아? 아마 임의동행을 요구받았을 뿐이겠지. 임의동행하는 인물에게 공범이라니, 대체 무슨 범죄인지 물어봐도 되겠나?"

훗타 경부보를 비롯한 하치오지 경찰서 형사들의 눈빛이 매서워졌다. 하지만 바로 반격에 나서는 형사는 없었다.

나는 경찰차 뒷좌석에 앉아 있는 우오즈미에게 다가갔다.

"들은 그대로야. 임의동행이지. 자네가 원한다면 거기서 나와서 당당하게 가와시마 히로타카의 영결식에 참석할 수 있어."

우오즈미는 열려 있는 문 쪽으로 몸을 내밀며 말했다.

"아뇨. 이런 상황에서 선배 영결식에 가서 폐를 끼칠 수는 없죠. 그보다는 누가 영결식장에 있는 후지사키 감독님, 아니, 오기쿠보에 사는 후지사키 겐지로라는 분에게 제가 영결식장으로 돌아가지 못한 사정을 말씀드리고 이 키를 전해주실 수 없겠습니까?"

우오즈미는 크고 작은 열쇠 몇 개가 달린 키홀더를 윗옷 안주머니에서 꺼내 내밀었다. "제가 가지 않으면 걱정하실 테니까."

"안심하게. 바로 부하에게 지시할 테니까." 홋타 경부보는 엔도 형사를 돌아보며 눈짓으로 명령했다. "협조적인 시민에게는 우리도 가능한 한 도움을 아끼지 않지."

우오즈미에게서 열쇠를 받아든 엔도는 하찮은 역할을 떠맡게 된 원흉이 바로 나라는 표정으로 노려보더니 못마땅하다는 듯이 본당 쪽으로 갔다.

영결식이 시작되었음을 알리는 독경 소리가 엔도와 엇갈리듯 본당 쪽에서 흘러나왔다. 홋타가 손목시계를 보더니 영결식 진행까지 자기 책임하에 있다는 듯이 '예정대로군'이라고 말했다. 우오즈미도 독경 소리를 듣더니 본당 쪽을 바라보았다.

"일을 번거롭게 만들진 않겠지." 홋타는 나를 돌아보며 말했다. "아까는 말이 좀 지나쳤어. 하지만 이 오래된 블루버드가 도난차가 아니라 당신 소유라면 차 번호로 댁 신분을 파악할 수 있다는 사실은 잘 알겠지. 그렇다면 여기서 점잖게 우오즈미 씨와의 관계를 설명하고 경찰서까지 함께 가주면 좋겠는데."

나는 잠깐 생각한 뒤에 대답했다. "저 친구는 조금 전까지 내 의뢰인이 될 것인가 말 것인가에 관해 나와 의논하던 중이었어."

"의뢰인이라고? 호오, 그래……? 이거 수완이 참으로 뛰어나시군."

나를 보는 홋타의 눈빛이 변했다. 경찰은 특히 그렇지만 이 세상에 누구도 탐정을 이런 눈빛으로 보는 사람은 없다. 아마 '의뢰'라고 하니 변호사일 거라고 지레짐작한 모양이다.

우오즈미가 슬며시 고개를 숙였다. 뜻밖에도 웃음을 참고 있었다. 형사들은 눈치채지 못했다. 우오즈미를 성실하기만 하고 세상물정 모르는 청년으로 여긴 것은 섣부른 판단이었던 모양이다.

그때 경찰차의 무전 장비에서 호출음이 울렸다. 운전석 형사가 핸드마이크를 잡고 응답했다. "여기는 조후에 출동중인 홋타 팀입니다. 이상."

"여기는 본부, 수사과장이다. 홋타 경부보, 지금 듣고 있나?"

"예, 들립니다. 이상."

"하하하, 터무니없는 헛다리를 짚을 뻔했어. 우오즈미 아키라 연행은 즉각 중지하고 전원 철수하라. 알겠나? 가와시마 히로타카의 죽음은 완전한 사고사다."

형사들은 깜짝 놀라 서로 얼굴을 마주 보았다.

"아, 자네들 의견을 받아들여 용의자 연행을 영결식이 끝난 뒤로 미룬 게 다행이었어. 현장의 문제는 현장 인력이, 그게 내 철학이고, 결국 그 효과를 본 거지."

이미 상황이 진행되었다는 사실도 모르고 일방적으로 떠들어대는 상사의 목소리를 들으며 형사들은 우오즈미와 나를 제대로 보지도 못하고 곤혹스러워했다.

"잘 들어. 간단하게 상황을 설명한다. 방금 현장 주변에 사는 중학생 둘이 부모를 따라와 자수했어. 어젯밤에 가와시마의 아내가 남편 소지품이 분실되었다는 신고를 하는 바람에 사고에서 범죄 사건으로 수사 방향을 바꿨는데, 바로 그 소지품 때문이야. 가와시마가 지니고 있던 지갑과 현금, 카드 등을 꺼내간 녀석이 바로 이 두 중학생이었어. 십만 엔이 넘는 현금을 둘이 나누었다는데, 그걸로 산 게임 소프트웨어를 한 녀석이 어머니에게 들켜 추궁당하는 바람에 줄줄이 드러난 모양이야. 중학생들은 좀 더 조사해야겠지만 어쨌든 두 소년의 증언에 따르면 해부 결과 밝혀진 가와시마의 심장발작…… 협심증 발작은 이 중학생들의 시야에 들어오는 십여 미터쯤 떨어진 지점에서 일어났고, 그때 주위에 아무도 없었다는 거야. 가와시마는 절벽 위에 있는 난간 옆에서 발작을 일으켰는데, 고통을 이기지 못해 쓰러진 곳이 하필 그런 데라 난간을 타고 넘는 꼴이 된 거지. 그대로 절벽 아래로 떨어진 모양이야. 따라서 제삼자의 폭력에 의한 발작 가능성의 증거로 의심되던 가와시마의 전신타박상은 절벽에서 굴러떨어지며 생긴 것으로 보아도 되겠지. 그러니 우오즈미의 혐의나, 강도 혹은 살인 쪽에 대한 수사는 모두 중지. 여기까지는 알아들었나?"

"수다 좀 그치라고 저 멍청이에게 전달할 방법은 없나?" 홋타가 불쾌하다는 듯이 내뱉었다. 핸드마이크를 든 형사는 어깨를 으쓱했다.

무전이라서 저쪽이 통화 상태를 계속 유지하는 한 이쪽은 듣고 있을 수밖에 없을 것이다. 일방적으로 음성을 끊어버리면 본부의 지시를 놓칠 우려가 있다.

"소년들은……." 멍청이로 불린 수사과장이 말을 이었다. "처음에는 추락한 사람을 구하려고 절벽 아래로 내려간 모양인데, 가와시마는 이미 죽은 상태였던 모양이야. 그래서 점점 무서워지면서, 자기들이 의심받지나 않을까 고민하던 중에 바지 뒷주머니에서 삐져나온 지갑을 발견한 거지. 결국 유흥비를 마련하고 싶은 마음에, 내버려두면 자기들에 대해 아무도 모를 거라고 생각해서 그런 짓을 저지르게 되었다는군. 중학교 2학년과 1학년 두 녀석인데 아마 2학년 학생이 주범이고, 이번 일 말고도 전력이 있는 것 같아. 1학년은 종범從犯이겠지. 어쨌거나 우오즈미 아키라를 체포하는 실수를 저지르지 않아 다행이야. 하지만 소년범죄 수사라, 인권이니 가혹행위가 어쩌니 하며 시끄러운 놈들이 우르르 몰려들 테니까 얼른 서로 돌아오도록. 이상."

거의 아무 짝에도 쓸모없는 수사반이었지만 철수하는 모습만은 볼 만했다. 우오즈미를 정중하게 경찰차에서 내려주더니 경찰은 십 초 이내에 렌교지 경내에서 깨끗하게 모습을 감추었다. 나 따위는 애당초 여기 없었다는 듯한 취급이었다.

14

우오즈미 아키라와 나는 렌교지 주차장에 남겨져 본당에서 들려오는 독경 소리를 듣고 있었다. 인생에는 늘 뜻밖의 전개가 기다리기 마련이지만, 아무리 그렇대도 골탕을 먹었다고밖에 표현할 수 없는 한심한 장면이었다. 우리는 누가 먼저랄 것도 없이 웃었다. 어처구니없는 일을 당해도 웃음이 나는 경우가 있다. 경찰서에 끌려가야 한다는 불쾌감이 느닷없이 사라져서 느끼는 해방감 덕분인지도 몰랐다.

"까먹기 전에 말씀드려야겠군요." 우오즈미가 진지한 표정을 지으며 말했다. "그 가부토 신사에서 제 말을 전해달라고 부탁한 사람에게 사례해야 한다는 게 기억이 나서요."

우오즈미는 윗옷 주머니를 뒤지며 덧붙였다. "그리고 사와자키 씨에게도 지금까지의 경비는 지불해야겠죠."

"제대로 계산해보기 전에는 액수를 알 수 없어. 언제든 괜찮으니 사무실에 들르게."

우오즈미는 한쪽 눈썹을 살짝 추어올리며 생각에 잠겼다. 지금 어느 정도 넉넉한 액수를 지불하고 마무리하는 방법을 검토중이리라. 검토를 마친 그는 올바른 결론을 내놓았다.

"……그렇게 하겠습니다."

나는 윗옷 주머니에서 담배를 꺼냈다. 우오즈미에게도 권했지만 그는 피우지 않는다고 거절했다. 하나 남은 종이성냥으로 조심스럽게 담배에 불을 붙였다.

우오즈미가 본당 쪽을 보며 말했다. "번거로운 문제는 일으키지 않고 넘어갈 것 같고, 모처럼 여기까지 왔으니 선배 영결식에 가보고 싶습니다만……."

"그렇군. 늦었을 테지만 그 전에 두세 가지 묻고 싶군."

"그러시죠."

나는 그간 품었던 몇 가지 의문을 머릿속에서 정리했다. 이제 와서 확인해봤자 별 의미 없다는 생각은 들었지만 이렇게 어정쩡하게 진행된 일이라도, 아니 어중간하기 때문에, 이 일이 끝났음을 납득하기 위한 절차가 필요했는지도 모른다.

"가와시마 히로타카와 그 골프장에서 만나기로 약속했었나?"

"그렇습니다. 그 뒷산에 있는 이나리 신사에서 골프장 반대편으로 내려가면 바로 하자마 스포츠의 하청업체인 골프가방 제조공장이 나오는데, 선배가 거기 취직을 도와주는 중이었죠."

우오즈미의 말투는 너무도 순박했다. 우오즈미 입장에서도, 자칫하면 경찰에 체포되었을지도 모를 요 며칠의 경위를 누군가에게 털어놓으며 마음을 정리할 필요가 있었으리라.

내가 질문을 이어갔다. "가와시마는 뒷산에서 기다렸는데 자네는 왜 골프장 안내창구로 갔나?"

"선배와 이나리 신사 앞에서 4시에 만나기로 약속했었죠. 5시가 지나도 선배가 나타나지 않아 골프장에 들러 물어본 겁니다. 가와시마 선배가 시간관념이 좀 느슨한 편이라 바람을 맞은 적이 몇 차례 있어서 그때도 선배가 약속을 까먹고 그냥 갔나 싶었죠. 그걸 확인하려고 안내창구에 들렀던 겁니다. 그랬더니 방금 이나리 신사 쪽으로 가셨다고 하더군요. 그래서 저도 서둘러 되돌아갔던 거죠. 선배는 골프장 내부의 지름길로 가셨던 모양이에요. 그래서 저하고 마주치지 않았겠죠. 이나리 신사로 돌아와서 삼십 분쯤 더 기다리다가 혹시나 싶어 가방공장에 들렀는데 이미 문을 닫은 뒤였어요."

우오즈미는 독경 소리가 나는 쪽을 보며 덧붙였다.

"그때 선배는 이미 발작을 일으켜 절벽 아래로 굴러떨어진 상태였던 거겠죠."

나는 블루버드 문을 열고 좌석에 엉덩이를 얹은 다음 재떨이를 떼어내 담뱃재를 털었다.

"경찰이 자네가 골프장 안내창구를 찾아온 남자라는 사실을 알아낸 건 그 공장과 관계가 있었기 때문이겠군."

"그럴지도 모르겠네요. 이력서는 선배를 통해 미리 공장에 제출한 상태였습니다. 게다가 그날 저녁에 선배와 함께 공장 책임자를 만나 면접을 치를 예정이었으니까요." 우오즈미는 뭔가 기억을 더듬는 표정을 지었다. "어쩌면……."

"어쩌면?"

"어제저녁에 선배 상가에 들렀을 때 형수님과 친척분께 골프장에서 만나기로 약속했는데 만나지 못했다는 얘기를 했어요. 그게 경찰 귀에 들어갔을지도 모르겠네요. 문상하는 동안 선배 회사 사람들이 지갑 같은 걸 도둑맞은 모양이라고 수군대는 것도 들었는데, 그때 이런 상황이면 나도 조사를 받게 될지 모르겠다는 생각을 했습니다. 알지도 못하는 일 때문에 경찰 조사를 받는 건 정말 싫어서…… 그래서 어젯밤부터 내내 마음이 진정되지 않았어요."

고등학교 때 승부조작 혐의로 조사받은 일을 내가 알고 있는지 확인하는 듯한 말투로 느껴졌다.

"한 가지 더 묻고 싶은 건, 아마 더그아웃 사장이 후지사키 씨 부인일 텐데, 자네가 남긴 전화번호로 걸었을 때 우오즈미라는 사람은 모른다고 하더군. 그건 왜지?"

"죄송합니다." 우오즈미는 큰 덩치가 반으로 줄어든 것처럼 몸을 움츠렸다. "그 얘기는 아까 여기 오는 도중에 사모님한테 들었는데, 역시 그 전화였군요. 메시지 전달을 부탁할 때 후지사키 스포츠와 더그아웃이 같은 전화번호를 사용한다는 점을 깜박했어요. 그때는 제가 후지사키 스포츠에서 아르바이트를 했기 때문에 전화가 오면 저나 감독님이 받을 거라고 생각했습니다."

우오즈미는 조금 머뭇거린 뒤 말을 이었다. "사실은 작년 말쯤부터 저는 2층 더그아웃에 출입이 금지된 처지예요. 그 가게는 미타카 상고 야구부 출신이나 관계자가 모이는 곳이기도 한데, 제게는 옛날에 좀 사정이……." 우오즈미는 내 표정을 살피더니 바로 눈치챘다. "그 내용도 이미 알고 계시겠죠?"

"알지." 내가 대꾸했다.

"그래서 저를 싫어하는 단골손님도 많아서, 두세 차례 가게에서 말다툼이 벌어졌고 싸움으로 번질 뻔했던 적이 있어서…… 아니, 제가 싸운 건 아니고 저를 싫어하는 사람들과 저를 변호해주는 사람들이 말다툼을 벌인 건데 그런 일이 몇 차례 일어나다 보니 사모님께서 가게에 오지 말라고 하셨습니다."

"아무리 그래도 모른다고 하는 건 좀 심하군."

"죄송합니다. 제가 설명을 더 정확하게 했어야 하는 건데…… 사모님도 그때는 이미 제가 탐정을 써서 조사하겠다는 마음이 없어졌다는 걸 알고 계셨기 때문에, 그래서 그렇게 대답하신 것 같네요. 여기 오는 도중에도 그 얘기가 나왔는데, 사모님께서 어차피 거절할 일이라면 그렇게 해야 상대방이 빨리 포기할 거라고 말씀하시자 감독님이 몰상식하게 전화를 받았다고 야단치는 바람에 말다툼이 벌어졌어요.”

“포기가 빠르지 못한 놈이라 미안하군.”

“정말 죄송합니다. 제가 제대로 전달하지 못한 게 잘못이죠.”

“나를 고용할 생각이 없어진 건 왜지?”

우오즈미의 표정이 굳어졌다. “대답을 꼭 해야 하는 건가요?”

“그럴 의무는 없지.”

우오즈미는 잠시 내 얼굴을 바라본 뒤 이렇게 물었다. “제가 말씀드리지 않으면 직접 조사하실 건가요?”

“어째서 내가 그럴 거라고 생각하나? 그렇게 대단한 일인가?”

“아뇨, 설마.” 우오즈미가 쓴웃음을 지었다. “큰일은 아니에요. 아까도 말씀드렸듯이 어머니께서 돌아가셔서 시간이 나기도 했고, 십일 년 만에 그동안 마음에 걸리던 문제를 알아보려고 했던 거죠…… 그런데 열흘쯤 전에 어머니 유품을 정리하다가 제게 남긴 예금과 유언 비슷한 편지를 발견했습니다. 편지에는 제가 십일 년 전 사건에 계속 얽매어 있는 것이 한탄스럽다, 하루라도 빨리 벗어나기를 바란다고 적혀 있었죠. 어머니의 유언을 거스를 수는 없잖아요.”

나는 자동차 재떨이에 담배를 껐다. 윗옷 주머니에서 우오즈미의 증명사진을 꺼내 주인에게 건넸다.

“오늘 아침에 자네 방에서 슬쩍 가지고 나온 거야. 난 이제 필요 없어졌는데, 취직자리를 알아봐줄 선배가 없어졌으니 자네에게 필요할 테지.”

나는 블루버드에 올라탔다.

"사와자키 씨, 아까 어떤 조사를 의뢰하고 싶었냐고 물으셨죠? 이제 대답하지 않아도 되는 건가요?"

대답해야만 한다는 답을 듣고 싶다는 말투였다.

"자네가 그럴 의무는 없지."

우오즈미 아키라가 의뢰하려던 일이 예상대로 누나의 자살에 관한 조사라면, 나는 탐정 업무가 세상을 떠난 사람의 마음속을 조사하는 데 얼마나 어울리지 않는지 설명해야만 했다. 그런 의뢰가 대체로 얻은 것 없이 끝난다는 점도 그에게 설명했어야 하리라. 설사 우오즈미의 의뢰가 탐정이 감당할 만한 종류의 조사였다고 하더라도, 우리는 여전히 첫번째 관문도 통과하지 못한 상태였다.

"그런 건 자네가 내 의뢰인이 된다는 걸 전제로 했을 때의 이야기지. 의뢰인도 아닌 사람한테서 그런 이야기를 들어봐야 무슨 소용 있겠나?"

우오즈미는 고속촬영 영상처럼 천천히 고개를 끄덕이고, 천천히 내게서 시선을 돌렸다.

"하나만 더 묻고 싶군. 자네는 왜 내 사무실을 택했지?"

"미타카 시의원인 구사나기 씨를 아시죠?"

고개를 끄덕였다. 사 년 전쯤 구사나기의 선거운동이 한창일 때 한 소년의 실종사건을 조사하면서 그와 협력한 적이 있었다. 그러고 보니 이제 임기가 다 되어 구사나기는 곧 선거철을 맞을 것이다.

"고시엔 대회에서 일어난 말썽 때문에 제가 조사를 받았을 때 도쿄에서 제일 먼저 달려와준 사람이 구사나기 씨였습니다. 청소년보호위원을 맡고 계셔서 저와 경찰, 고교야구연맹 사이에서 애를 써주셨죠.

제가 승부조작을 하지 않았다는 사실은 결국 저 외에는 누구도 모르는 일이었지만, 하지 않았다는 증거가 없어도 했다는 증거 역시 없는 이상 죄가 없는 거라 주장하며 궁지에 몰린 저를 구해주셨어요.”

“그 사람이라면 자진해서 자네 상담에 응했을 법하군.”

“예, 그 뒤로 만나면 늘 ‘힘들 때는 언제든 의논하러 오라’고 해주셨죠. 마지막으로 만난 게 분명히 작년 여름이었을 겁니다. 그때 ‘만약에 나 같은 처지에 있는 사람과는 의논할 수 없는 고민이 있다면 이 사람을 만나봐라’ 하며 사와자키 씨의 이름과 신주쿠 사무실을 알려주셨죠.”

“그랬나? 내가 묻고 싶었던 건 그 정도야.”

“다음 주에 사무실로 찾아뵙겠습니다.”

우오즈미는 그렇게 말하고 서둘러 본당 쪽으로 갔다. 나는 시동을 걸고 기어를 넣은 다음 블루버드의 핸들을 틀었다. 동문으로 가는 통로를 지나다 잠깐 차를 세우고 뒤를 돌아보니 출입구에서 나온 엔도 형사와 우오즈미가 서서 이야기를 나누는 모습이 보였다. 몇 분 전만 해도 자기 경찰서로 연행하려던 남자에게 동료들이 자기를 두고 가버린 사정을 들어야만 하는 젊은 형사가 약간 측은했다.

엔도는 우오즈미와 헤어지더니 동문을 향해 달려왔다. 문 밖에서 동료 형사들이 자기를 기다릴 것으로 기대한 모양이었다. 그는 블루버드 옆을 지날 때 나를 발견하고 화난 듯이 흘겨보았다. 멍청한 인간은 자기가 어처구니없는 상황에 처한 것이 늘 남 탓이라고 생각한다. 다시 차를 출발시켜 동문을 지나 오른쪽으로 꺾어져 보도를 터벅터벅 걷는 엔도에게 곧장 다가갔다.

"조후 역까지 타고 갈 텐가?"

내가 말을 건네자 그는 아까와는 전혀 다른 사람처럼 웃으며 블루버드에 올라탔다.

그런 재빠른 감정 변화 역시 지하철 세일즈에 딱 어울리겠다고 생각했지만, 직업을 바꿔보라고 권할 만한 친절은 내게 없었다.

조후 역까지 가는 동안 그는 가와시마 히로타카의 죽음이 단순한 사고였다고 하더라도 자기들의 수사에 비난받을 만한 오류가 없었다는 주장을 구구하게 늘어놓았다. 그를 태운 것이 후회됐다.

"……그래도 우오즈미 아키라의 의붓누나가 자살했고, 죽은 가와시마 히로타카가 그 즈음에 우오즈미의 누나와 친밀한 관계였다는 얘기를 들었을 때는 범죄사건이 틀림없다는 확신이 들었는데."

조후 역 앞에서 내리면서 엔도 형사가 한 그 말이 내 귓전에 맴돌며 떠나지 않았다.

15

그다음 주에는 달이 바뀌어 3월이 되었다. 매일 아침 10시에 사무실에 나갔다가 저녁 8시에 사무실을 나섰다. 오전에는 내내 신문을 읽고, 낮에는 오다케 히데오 9단이 쓴 《정석의 발상》을 읽고, 늦은 오후에는 지저분한 사무실 벽에 얼룩이 그려놓은 난해한 상형문자를 읽으며 보냈다.

가와시마 히로타카의 영결식에서 돌아온 날 밤, 노숙자 마스다 게

이조는 10시에 전화한 뒤 바로 사무실에 나타났다. 그는 내가 전해주는 우오즈미의 사례금과 면허증을 받아들더니 마치 수갑이라도 푸는 표정으로 책상 위에 전화카드를 올려놓았다. 그리고 동료인 젊은 노숙자의 상처는 걱정하지 않아도 된다는 말 외에 다른 이야기는 전혀 하지 않고 사무실을 나갔다. 그 뒤로는 이 사무실이 다른 차원으로 공간이동이라도 했는지 아무도 오지 않았다.

신문을 읽어도 이제는 내가 어떤 세상에서 살고 있는지 알 수 없었다. '사실의 객관적 보도'라는 막다른 골목에 몰려 기자들이 무슨 생각을 하는지 도무지 알 수 없게 되었다. 뉴욕에 있는 '세계무역센터'에서 폭탄 테러*가 일어나 사상자가 천 명을 넘었다. 호후 시의 은행에서는 전기를 차단하고 점검하러 온 척 가장한 엽총강도가 경륜 매출액 육천사백만 엔을 탈취했다. 최초의 외국인 요코즈나**가 등장한 새로운 스모 순위가 발표되었다. 돌아온 나가시마 시게오 감독이 개막전에서 첫 지휘봉을 잡았다. 궁내청은 덴노天皇의 장남이 다음 달 12일에 약혼한다고 발표했다. 국회에서는 감세에 관한 여당과 야당 사이의 협의가 결렬되어 심의가 전면적으로 중단되었다. 기사는 살벌했지만 우스꽝스러운 짓이거나, 미숙하거나, 저속하거나, 코미디거나 혹은 그 되풀이였다.

오후 시간은 더 더디게 흘렀다. 나는 《정석의 발상》을 쭉쭉 읽어 나갔다. 우선 정석이란 무엇인가. 정석은 바둑에 있어서 형세와 흐름을 좌우할 수 있는 보물이 가득한 창고 같은 것이다. 정석에는 수순이 있

---

*   1993년 2월 26일.
**   스모의 최고 등급.

고, 제대로 마무리를 지어야 하며, 정석이 반드시 절대적이지는 않다는 사실 등등을 배웠다. 그리고 정석을 둔 뒤에 주의해야 할 점과 각 정석이 지닌 성격과 방향에 대해 더 깊이 이야기하고, 나아가 실전을 예로 들어 정석의 활용법을 설명했다. 나는 이 책을 끝낸 뒤에 바로 이어 읽으려고 오다케 9단의 '바둑 비법 직접 전수 시리즈' 두번째 책인 《포석의 창조》도 사두었다. 이런 책들은 좀 더 느긋하게 곱씹으며 읽지 않으면 아무것도 배울 수 없다는 것은 알고 있지만, 저자의 시원스러운 기풍과 활기 넘치는 매력에 이끌려 서둘러 읽고 말았다. 그렇다고 내게 꺾어야 할 바둑 적수가 있는 것도 아닌데.

밖에서 가볍게 저녁식사를 마치고 사무실로 돌아온 뒤로는 지저분한 사무실 벽의 얼룩을 노려보며 시간을 보냈다. 간단하게 이야기하자면 할 일이 아무것도 없었다. 월요일부터 수요일까지 그런 상태가 이어졌다. 그 기간에는 찾아오는 이 하나 없고 전화도 한 통 없었다. 사백 일 동안의 부재가 영세한 비즈니스에 끼친 마이너스는 예상을 훨씬 넘어섰다.

목요일 오전까지는 나도 평정을 유지했다. 10시에 주차장에 블루버드를 세우고 건물 입구의 우편함에서 신문을 꺼내 우편물이나 그 밖에 다른 무엇인가가 있는지 확인했다. '다른 무엇인가'란 뭐지, 탐정? 넌 아직 와타나베의 메시지가 적힌 '종이비행기'를 기대하는 건가? 나는 나 자신을 조롱했다. 사무실에 도착해 블라인드를 올리고, 창문을 연 다음 책상 앞 의자에 걸터앉아 신문을 펼친다. 이것이 판에 박힌 아침 일과였다.

목요일 기사 가운데 눈길을 끄는 내용은 '전 프로야구 투수 에나쓰

유타카가 각성제를 지니고 있다가 체포되었다'는 소식이었다. 우오즈미처럼 야구 인생 거의 초입에 좌절하는 것과 에나쓰처럼 영광의 순간을 누린 뒤에 좌절하는 것, 어느 쪽이 더 불행한 일일까, 하는 생각이 들었다. 하지만 아무 의미 없는 고민이다. 실패한 당사자에게는 앞을 가로막은 장애물에 걸려 넘어지면 잠자코 일어나 다시 한 번 달리는 길 외에 방법이 없다. 불행이니 어쩌니 하는 생각이 드는 것은 남의 일일 때뿐이다.

목요일 저녁, 나는《정석의 발상》을 마쳤다. 내 인내는 한계에 이르러, 차분하게 두번째 책인《포석의 창조》를 펼쳐들 여유가 없는 상태였다. 와타나베 탐정사무소가 다시 문을 열었다는 신문 광고를 내야 할지 고민했다. 책 대신 메모지를 앞에 두고 진지하게 광고를 위한 문구를 적어보려는 참이었다.

누가 사무실 문을 노크했다. 스스로 생각하기에도 놀라울 정도로 '들어오세요'라고 힘차게 소리쳤다. 끼적이다 만 메모지를 뜯어내 휴지통에 던져넣었다. 말만 할 수 있다면 그 어떤 생물이건 대환영이라는 심정이었다.

신주쿠 경찰서의 니시고리 경부가 문을 열고 들어왔다. 무슨 일로 왔건 반갑지 않은 방문객이었다.

"실례하겠네."

니시고리는 성큼성큼 걸어들어와 손님용 의자에 걸터앉았다. 오년 전에 만난 것이 마지막이었다. 겉으로 보기에는 별로 변화가 없었다. 나이는 예순 살이 되려면 조금 모자랐고, 키는 175센티미터가 조금 안 되었으며, 몸무게는 80킬로그램에서 조금 빠지지만, 인간으로

서의 품격은 부족한 바 없었다. 경관에게 인간으로서의 품격을 요구하는 것은 잘못이다. 변함없이 무뚝뚝한 얼굴 아래로는 허름하고 쭈글쭈글한 넥타이가 여전히 매달려 있었다.

"실례는, 무슨." 내가 대꾸했다.

그는 사무실 안을 샅샅이 둘러본 뒤에 입을 열었다. "여긴 전에 비해 차마 눈 뜨고 볼 수 없을 지경으로 초라해졌더군."

"언제 여기 몰래 들어왔었나?"

"멍청한 소리 마. 아주 오래전 일을 말하는 거야."

그러고 보니 내가 이 사무실에 처음 출근할 무렵에는 니시고리가 이따금 와타나베를 만나러 왔다. 하지만 니시고리는 이내 이곳에 나타나지 않게 되었다. 그는 경찰관이나 전직 경찰관 외의 인간이 있는 곳에서는 이야기할 수 없는 화제를 잔뜩 지니고 있기 때문이다.

"옛날을 추억하는 게 목적이라면 남에게 방해가 되지 않는 곳에서 하시지."

"어디 갔었나?" 니시고리가 불쑥 물었다.

요 며칠 사이가 아니라 사백 일 동안 어디 갔었느냐는 질문이다. 나는 저녁 햇살을 가리는 블라인드의 각도를 조절하고 자리로 돌아왔다.

"대답해." 니시고리가 다그쳤다.

"그럴 의무는 없어."

며칠 전에 우오즈미 아키라를 상대로 몇 차례 리허설을 했던 대사였다. 대사는 같지만 입장은 그 반대가 되었다.

니시고리는 짙은 회색 양복의 주름진 윗옷 주머니에서 담배를 꺼내 일회용 라이터로 불을 붙였다. 담배가 '롱 피스'에서 '피스 라이트'

로 바뀌었다.

"설마 너, 변호사 자격이라도 딴 건 아니겠지?"

나는 쓴웃음을 지었다. 니시고리가 나를 만나러 온 까닭은 하치오지 경찰서에서 온 연락 때문이었다.

"……그럴 리가 없지. 네까짓 게 그런 걸 간단하게 딸 수 있겠어? 요즘은 변호사를 사칭해서 부당이득을 취하고 다니나?"

"의뢰인이라는 단어를 썼을 뿐인데 변호사라고 지레짐작해버리는 형사가 형사를 사칭한 게 아니라 진짜 형사라는 사실이 더 문제 아닌가?"

"흥! 자기 눈앞에 있는 게 멍청한 사립탐정이라는 걸 이 세상 누가 바로 알아차릴 수 있겠나? 그걸 빤히 알면서 그런 단어를 썼으니 명백한 변호사 사칭이야."

"어지간히 하시지." 내가 대꾸했다. "그런 하찮은 문제로 이런 곳까지 걸음을 하셨다는 건가?"

니시고리는 엉거주춤 일어서서 책상 위에 있던 W자 모양의 재떨이를 끌어당기더니 담배를 때리듯 재를 털었다.

"이 재떨이는 와타나베가 이 사무실을 차렸을 때 내가 축하 선물로 가져온 거야. 알고 있었나? 나는 그 양반이 경비회사 같은 번듯한 일을 시작하는 줄 알았으니까. 그런데 탐정사무소를 내서 어처구니가 없었어."

"형식적인 축하라고들 하지. 이렇게 쓰기 불편한 재떨이는 없을 거야. 가져가고 싶으면 언제든 가져가."

"네가 뭔데 그런 소릴 해? 돌려받고 싶어지면 와타나베 본인에게 직접 돌려받을 거야!"

"그런 소린 와타나베를 잡은 뒤에 하시지."

"그래서 제일 먼저 물었잖아. 일 년 넘게 어딜 갔었나?"

일 년 넘게라니. 세이와카이의 하시즈메보다 정보가 조금 더 정확했다.

"간사이 쪽에." 나는 하시즈메 일당에게 한 것과 똑같은 대답을 했다.

니시고리는 내 설명 따위는 제대로 듣지도 않았다. 증거가 없는 용의자를 다루듯 조심스러운 손길로 담배를 껐다.

"거짓말. 넌 작년 1월 하순에 시코쿠 지방 마쓰야마에 있었어. 2월에는 오키나와로 날아갔지. 3월 초에는 규슈 구마모토에 있었고. 간사이에서 직업을 바꾸려고 했다는 소리를 누가 믿겠나?"

나는 웃었다. 동요를 감추기 위해서였다. "내가 지명수배라도 되었던 건가? 세금 낭비는 그만하는 게 좋을 텐데. 어차피 삼 개월이면 놓칠 정도의 감시 능력밖에 없으면서. 가르쳐주지. 3월 하순에 구마모토에서 오사카로 옮겼고, 그 뒤로 간사이 지방에서 한 걸음도 나가지 않았어."

"그건 구마모토에서 '간사이가 아닌 어딘가'로 이동했다는 소리로군. 거기서 뭘 했지?"

"못 믿겠으면 직접 조사해보시지."

니시고리의 눈이 날카로워졌다. "네가 와타나베를 찾아다녔다는 것은 알고 있어. 찾아냈나?"

"난 와타나베에게 볼일 없어. 여전히 하시즈메와 발상이 똑같군."

"그 멍청한 놈을 벌써 만났나?"

"새 폭력단법 따위 웃기지도 않는다고 핏대를 올리더군. 직업 좀 바꾸려고 움직이는 날 감시하는 데 힘쓰지 말고 폭력배 단속이나 제대로 하는 게 어떨까?"

"흥. 그놈들은 발버둥질하고 있을 뿐이야. 조만간 싹 사라지게 될걸."

"야쿠자 없는 세상은 경찰 없는 세상보다 더 상상하기 힘들어."

니시고리가 의자에서 일어나 왼쪽 벽에 놓인 로커로 다가갔다. 그는 내 반응을 견제하려는 듯이 한 차례 돌아보았다. 나는 책상 위에 있는 담배를 꺼내 불을 붙였다.

니시고리가 왼쪽 로커 손잡이를 잡고 돌렸다. 잠겨 있었다. "열쇠 내놔."

나는 책상 서랍을 열어 와타나베가 쓰던 그 로커의 열쇠와 사무실 문 열쇠를 함께 묶어둔 키홀더를 찾아 니시고리에게 던저주었다. 그는 열쇠로 로커를 열었다.

"와타나베가 실종된 뒤로 사용하지 않았지." 내가 말했다.

니시고리가 이번에는 오른쪽에 있는, 잠기지 않은 로커를 열었다. 걸려 있는 코트 따위를 밀치고 안쪽 선반에 놓인 낡은 검정 숄더백을 꺼냈다. 나를 돌아보며 불만 있느냐고 묻는 표정을 지었다. 나는 꼼짝 않고 계속 담배를 피웠다. 니시고리는 이쪽으로 돌아와 백을 책상 위에 얹고 지퍼를 연 다음 내용물을 확인했다. 도쿄로 돌아온 날 밤에 집으로 가져가지 않았던 여행용 세면도구 따위의 쓸모없는 물건들이 조금 들어 있을 뿐이었다.

니시고리는 지퍼를 닫고 말했다. "이건 내가 맡아두지."

나는 담배연기를 내뿜으며 말했다. "내가 도쿄에 돌아오기 전에는 그 백이 저 안에 없었다는 걸 어떻게 알지?"

"호오, 그런가? 그럼 더 뒤져볼 가치가 있겠군."

"경찰에 신고해서 지금 내가 사는 연립주택에 빈집털이가 들었다고 신고해보는 것도 재미있겠군. 당신이 여기 있다는 건 당신 부하가 내 집을 뒤지고 있다는 뜻일 테니까."

니시고리는 손목시계로 시간을 확인했다.

"난 반대할 이유가 전혀 없지만 순찰하는 경찰들을 너무 고생시키지 마."

우리는 서로의 눈 안을 들여다보듯 몇 초간 노려보았다. 누군가 건물 계단을 올라오는 발소리가 들려왔다.

"아, 자네에게 고맙다는 말을 해야 하는데 깜빡했군." 니시고리가 빈정거리듯 말했다. 그는 숄더백을 어깨에 걸치더니 문 쪽으로 걸어갔다. "자네가 와타나베를 발견했다면 이리로 돌아오는 바보짓은 하지 않았을 거라는 게 모든 부하들의 의견이었는데, 나는 그 반대쪽에 내기를 걸었지. 당분간 점심은 공짜로 얻어먹게 생겼어."

니시고리는 문을 열고 밖으로 나갔다.

16

복도를 걸어 점점 멀어지는 발소리와 이쪽으로 다가오는 발소리가 겹치더니 우오즈미 아키라가 입구에 모습을 드러냈다. 지난주에 렌교지에서 만났을 때는 거북해 보이는 정장 차림이었는데 오늘은 큰 체격에 잘 어울리는 검정 모직점퍼에 청바지를 입었다. 이 사무실을 찾아오는 사람은 정도의 차이는 있어도 자기가 어울리지 않는 곳에 있다는 표정을 짓기 마련인데, 우오즈미는 그런 기색도 없이 지난주에 만났을 때보다 훨씬 편해 보였다.

"손님이 계셨습니까?" 우오즈미가 문을 잡은 채 물었다.

"성질머리 고약한 채권자 비슷한 인간이야. 이쪽 기억에는 빚진 게 아무것도 없는데 저쪽은 받을 빚이 있다고 여기지."

나는 재떨이를 원래 자리로 돌려놓고 담배를 껐다. "괜찮으니 들어오게."

우오즈미는 문을 닫고 책상 쪽으로 걸어왔다. 그때 다가오는 우오즈미의 모습에 묘한 기시감이 들었다. 이런 장면을 어디선가 본 적이 있는 것 같았지만 이 책상에 앉아 손님을 맞이한 게 몇백 번인지 헤아릴 수 없을 정도다. 내 머릿속을 스친 것은 구도가 살짝 다른 광경이었는데 기시감은 눈 깜빡할 사이에 사라져버렸다.

"늦어서 죄송합니다. 더 일찍 올 생각이었는데 새로 시작한 아르바이트가 늦게 끝나서."

우오즈미에게 손님용 의자에 앉으라고 권했다. 그를 찾아낼 때까지 든 경비에 마스다에게 준 사례금을 더한 액수를 적어 준비했던 계산서를 책상 위의 파일에서 꺼내 건넸다. 그는 총액만 확인하고 바로 돈을 지불했다.

"괜찮다면 술 한잔하러 가시지 않겠어요?"

우오즈미의 말꼬리는 확실한 의문형이었다. 그런 식으로 술을 권하면 거절할 사람은 없을 거라고 믿는 술꾼의 말투는 아니었다. 나는 손목시계를 보았다. 오후 6시가 조금 지난 시각이었다.

"8시까지는 근무라서 여기를 비울 수가 없어. 미안하군."

"죄송합니다. 그런 줄도 모르고." 우오즈미는 거절당해 오히려 안심이 된다는 듯한 표정을 지었다. "저도 별로 술 생각이 나는 건 아니었지만……."

우오즈미가 의자에서 일어나려고 했다.

"그냥 가라는 소리는 아니야." 내가 말했다. "책상 앞에 앉아서 해야 할 일이나, 손님이 오기로 한 약속은 없어. 바쁘지 않다면 굳이 서둘러 돌아갈 것 없어."

나는 내 귀를 의심했다. 십 년 이상 누구에게도 이런 식으로 말한 기억이 없기 때문이다.

우오즈미는 다시 의자에 앉아 사무실 안을 둘러보았다. "지난번에는 '허름한' 사무실이라고 해놓고 이런 소리를 하면 화내실지도 모르지만…… 이 사무실은 왠지 마음이 차분해지네요."

방금 전 느낀 기시감의 수수께끼가 풀렸다. 십구 년 전이다. 내가 처음 이 사무실을 찾아왔을 때 받은 인상도 우오즈미의 표현과 똑같았다. 이런 살풍경한 장소에서만 마음이 차분해지는 인간이 있다고 해도 이상할 일은 없으리라. 그때는 내가 사무실 입구에 서 있었고 이 책상에 앉아 있던 사람은 와타나베였다. 구도가 뒤집힌 기시감인 셈이다. 와타나베는 주위에 있는 종이를 모두 비행기로 접어버리는 버릇이 있었다. 다 접은 종이비행기를 그가 날린 순간 내가 문을 열었던 것이다. 종이비행기는 우리 사이의 공간을 천천히 두 차례 선회한 뒤 내 발치에 착륙했다.

그때 나는 딱 우오즈미와 같은 나이였고, 와타나베는 지금 내 나이와 거의 비슷했다.

"아무것도 없으니 그렇겠지." 내가 말했다. "자네 방과 마찬가지로. 여긴 자네 방만은 못하지만."

우오즈미가 미소를 지었다. "제 방을 보셨지요. 너무 심하죠? 어머니 간병하면서 눈이나 붙이려고 임시로 마련한 잠자리라 불필요한 물건은 사들이지 않았는데 그런 생활에 익숙해지고 말아서 특별히 불편하지도 않아요…… 이제는 다른 곳으로 이사하고 싶은 마음도 없어졌네요."

나는 담배에 불을 붙이고 환기를 위해 손을 뻗어 뒤쪽 창문을 살짝 열었다. 이른 봄 해질녘의 싸늘한 미풍이 흘러들었다.

"자네를 찾는 동안에 자연히 여러 정보가 내 귀에 들어왔다는 건 알고 있겠지."

"예."

"아무도 자네 아버지에 대해 이야기하지 않은 건 왜지? 이웃인 오사와 료지도 자네 아버지에 대해서는 전혀 들어본 적이 없다던데."

우오즈미의 얼굴에 그늘이 졌다. "아버지 이야기는 될 수 있으면 하고 싶지 않았기 때문에 아는 사람이 적을 겁니다. 아버지는…… 말하자면 죽은 거나 마찬가지인 분이죠. 적어도 어머니 간병에는 아무런 도움도 되지 않았습니다. 제 친어머니도 제가 초등학교 들어가기 직전에 병으로 돌아가셨는데……."

"그럼 간병해드린 어머니는?"

"아버지가 재혼하신 분이죠."

"세상을 떠난 누나는?"

"어머니가 데려왔죠. 아버지나 어머니나 자식이 딸린 재혼이었습니다. 제가 초등학교 3학년, 유키 누나가 4학년 때였죠. 누나라고는 해도 구 개월밖에 차이가 나지 않아서 늘 친구처럼 지냈는데……."

"죽은 거나 마찬가지라면, 아버지는 아직 살아있는 거로군."

"예, 살아계실 겁니다…… 아버지를 마지막으로 본 게 삼 년 전인데, 어머니가 병으로 입원했다는 소식을 알려드리러 갔을 때죠. 그 뒤로 시간이 많이 흘러 살아계실 거라고밖에 할 수 없네요. 알코올 외에는 전혀 관심이 없는 사람이라 어머니가 병이 났다는 이야기에도 아무런 반응을 보이지 않았습니다…… 하기야 아버지와 어머니는 누나가 죽고 얼마 뒤에 이혼했으니, 아버지 입장에서는 어머니가 병으로 죽건 말건 자기 알 바 아니라는 생각이겠죠."

"알코올 외에 관심이 없는 사람이라니, 그냥 말 그대로의 뜻인가?"

"예. 하지만 '알코올의존증'이란 뜻은 아니에요. 아, 의학적으로는 이미 충분히 알코올의존증인 상태일지도 모르겠지만 낮에는 제대로 일을 하고 남들에게 폐를 끼치지는 않습니다. 다만 저녁 7시쯤부터 자기 전까지 텔레비전을 보면서 계속해서 홀짝홀짝 일본술 대여섯 홉이나 위스키 반 병 정도를 마시죠. 근 십 년 넘게 아마 하루도 거른 적이 없을 거예요. 낮에 일하는 것도 다 술을 마시기 위해서라는 투죠. 그저 그 습관을 유지하려고 살아 있는 것 같아요. 그것만은 이웃에 불이 나건 전처가 장례식을 치르건 포기할 마음이 없는 모양입니다."

우오즈미는 입술을 깨물었다. 그리고 굳은 표정으로 덧붙였다. "아버지가 그렇게 된 것이 자랑스러워하던 아들이 고시엔 대회에서 승부조작 의심을 받으며 시합에서 패하고 눈에 넣어도 아프지 않을 만큼 귀여워하던 의붓딸이 자살해버렸기 때문이라 저는 불평할 자격이 없습니다.”

우오즈미의 아버지를 술에 절어 사는 인생으로 몰아넣은 것은 역시 과거의 비극이었을까? 파트너였던 와타나베가 술에 손을 댔을 때, 나는 그를 덮친 가족의 비극 말고 다른 이유를 생각해본 적이 없었다.

“아버지한테서 술병을 빼앗으려는 노력은 해보았나?”

우오즈미는 입을 찡그리며 말했다. “그런 사람들한테서 억지로 술병을 빼앗는다고 해봐야 아무 소용없다는 걸 모르세요?”

그런 것을 물은 게 아니었다. 술꾼이 술을 입에 대기 위해서는 ‘그날의’ 구실이 필요할 것이다. 우오즈미의 아버지가 십일 년 뒤인 지금도 술을 마시지 않고는 견디지 못하는 이유를 누군가가 확인해야 했다.

“공연한 걸 물은 모양이군.”

우오즈미는 살짝 고개를 저을 뿐이었다. 담배를 끄고 손을 뻗어 뒤쪽 창문을 닫았다.

“자네도 술을 잘 마시나?”

“아뇨, 거의 마시지 않습니다. ……가끔 마시면 과음을 하게 돼서 요즘은 마시는 일이 더 줄었죠.”

우오즈미는 겸연쩍은 듯이 슬쩍 웃었다. 그리고 잠시 침묵이 이어졌다. 더는 할 이야기가 없었다.

“그럼 오늘은 이만 가보겠습니다.”

“그래?” 내가 말했다. ‘의뢰인이 될 마음이 없으면 다시는 여기에 얼굴을 내밀지 마'라는 말은 하지 않았다. 해야만 했다.

십구 년 전 어느 날, 와타나베는 내게 '탐정이 될 마음이 없다면 다시는 여기에 얼굴을 내밀지 마'라고 했다.

우오즈미는 문을 열고 사무실을 나가더니 조용히 문을 닫았다. 나는 멀어지는 발소리를 들었다. 계단을 내려가는 그의 발소리가 들리지 않을 때까지 귀를 기울였다. 감상적인 기분 때문은 아니었다. 그가 들으면 곤란할 전화를 걸기 위해서였다.

윗옷 주머니에서 수첩을 꺼내 뒤적여 번호를 찾아냈다. 전화를 걸자 상대방은 바로 받았다.

"여보세요. 소분토 문구점입니다."

"구사나기 씨 부탁합니다."

"사장님은 지금 외출중입니다. 급한 용건이면 휴대전화를 가지고 계시니 전화를 드리라고 할까요?"

"그래요? 나는 신주쿠에 있는 사와자키라는 사람입니다. 급한 볼일은 아니지만 연락 부탁한다고 전해주세요." 나는 사무실 전화번호를 불러주었다.

전화를 끊은 뒤, 아직 저녁을 먹지 않았다는 사실이 떠올라 갑자기 배가 고파졌다. 식사를 먼저 하는 게 나았을 텐데, 하고 후회하는데 바로 전화벨이 울렸다.

"사와자키 탐정?" 대뜸 구사나기 이치로의 시원시원한 목소리가 들려왔다.

나는 그렇다고 대답하고 오래간만이라고 했다.

"아, 나야말로. 그 사건 이후 처음이군. 자네가 반길 것 같지 않아서 이후에 인사를 하지 않았는데 실례는 아니었는지 모르겠군. 그런데 다음 달이 선거라니, 벌써 그 뒤로 사 년이나 지났다는 건가? 시간 참 빨리 가."

구사나기에게 그 뒤로 어떻게 지냈느냐고 물었다. 그 당시 지역 조직폭력단에 감금되었던 소년은 열아홉 살이라 아직 선거권이 없지만 올해는 선거유세 차량 운전을 맡겠다며 의욕을 보이고 있고, 선거대책본부 본부장을 맡았다가 결정적인 순간에 그를 배신했던 유사가 형기를 마치고 출소했는데, 이번 선거에서도 그에게 같은 역할을 맡겨 복귀시키겠다고 선언하자 주위 사람들이 크게 놀라 눈이 휘둥그레졌다는 얘기를 유쾌하다는 듯이 들려줬다.

"아, 나만 지껄여서 미안. 그때가 그리워져서 말이야. 자네가 그냥 안부전화 했을 리는 없고, 틀림없이 뭔가 용건이 있겠군. 뭔가 내가 할 수 있는 역할이 있다면…… 아니, 이거 완전히 의원 말투가 붙었구만."

우리는 전화기를 든 채로 함께 웃었다.

"우오즈미 아키라 때문에." 내가 말했다.

"그런가? 역시…… 사실은 내 멋대로 자네를 소개한 사람이 몇 명 있는데, 전화를 받았을 때 왠지 직감적으로 우오즈미 군 때문일 거라는 느낌이 들었어. 역시 자네에게 상담하러 갔군."

"이십 일쯤 전에는 그럴 마음이었던 모양인데, 지금은 그럴 생각이 없대. 좀 복잡하게 얽힌 상황인데 잠깐 이야기해도 괜찮을까?"

구사나기가 괜찮다고 하기에 나는 지금까지의 경과를 간략하게 설명했다.

"우오즈미가 내 의뢰인이 되지는 않았어. 내겐 그가 의뢰하고 싶어했던 문제를 멋대로 조사할 권리도, 의무도 없지…… 하지만 아무래도 그 친구가 마음에 걸린단 말이지."

"그 청년에게는 왠지 다른 사람으로 하여금 그런 마음이 들게 만드는 면이 있는 모양이야. 그렇다고 미덥지 않은 젊은이라는 이야기는 아닌데…… 보시다시피 체격도 훌륭하고 고시엔 대회에서 느닷없이 마운드에 끌려나가 보여준 능력도 대단했지. 옛날 우리식 야구라면 몰라도 요즘 같은 프로야구에서부터 고교야구까지, 아니 소년야구에 이르기까지 '관리 야구' 전성시대에 타자로 삼 년을 연습해온 선수가 갑자기 마운드에 올라가 승리투수가 되다니. 지금도 믿어지지 않아. 그리고 그런 사건에 휘말려서 겨우 열일고여덟 나이에 역경을 홀로 헤쳐나왔지. 가정환경이 어렵지만 그런 사정도 거의 내색하지 않고. 언제 봐도 예의 바르고 차분한 좋은 청년이야. 그런데 어떤 이유에서인지 내가 신경써주지 않으면 안 될 것 같은 기분이 들게 만들어."

"우오즈미에 관해 확인하고 싶은 게 좀 있는데, 아는 게 있다면 가르쳐줘."

구사나기는 잠시 침묵하며 생각에 잠겼다. 제법 긴 시간이었다.

"……이러면 어떨까? 그러니까 내가 자네 의뢰인이 되어 우오즈미와 우오즈미가 안고 있는 문제에 대해 조사를 부탁하는 건?"

이번엔 내가 고민할 차례였다. 꼼수이기는 하지만 이럴 때 선택할 수 있는 합리적이고 유효한 방법이었다. 간단하게 말하자면 우오즈미 아키라가 안고 있는 문제를 해결하는 것이 중요하지, 명목 따위는 어떻든 상관없는 일이었다.

"대단히 고마운 제안이기는 하지만 그런 식으로 의뢰를 받을 수는 없지. 왜냐고 물어도 설명하기가 쉽지 않은데, 간단히 말해서 동일한 조사에 두 사람의 의뢰인을 둘 수는 없기 때문이야. 우오즈미 아키라는 의뢰인이 아니니 상관없지 않느냐고 할 수도 있겠지만, 굳이 설명하자면 그게 이유야."

"분명 거절당할 줄 알았어. 자네는 사 년 전과 마찬가지로 여전하군. 할 수 없지. 그 제안은 포기하지. 내가 알고 있는 내용이라면 대답하겠네."

"우오즈미 아키라가 나를 고용해서 조사하려던 내용은 자기 누나가 왜 자살했는지, 그 진상에 관해서일까?"

"추측으로 대답하자면 예스인데, 내가 멋대로 대변할 수 있는 문제가 아니니까…… 다만 우오즈미가 그 사건 뒤로 쭉 누나의 자살에 의문을 품어왔다는 점만은 확실해."

"그건 누나의 죽음이 자살이 아니라 타살이나 사고라는 의미인가? 아니면 자살이 틀림없지만 우오즈미의 승부조작 사건이 원인은 아니라는 의미일까?"

구사나기가 잠시 생각한 뒤 대답했다. "그 점에 대해 우오즈미 군에게 확실하게 확인한 사람은 나를 포함해서 아무도 없을 거야. 우오즈미는 늘 '누나가 그런 문제로 자살할 리가 없다'고 했지. 우리는 그의 그런 말에 대해 침묵하거나, 기껏해야 '하지만 그런 소리는 해봐야……'리며 우물거릴 수밖에 없어. 자네처럼 대뜸 자살이 아니라는 거냐, 달리 원인이 있었다는 거냐고 되묻기는 꺼려져. 경찰 조사에서도 자살로 결론이 난 건 '명백한 사실'이니까. 결국 이야기를 계속하면 우오즈미 누나의 자살 원인이 그의 승부조작 의혹 때문인지 아닌지를 우오즈미와 제대로 따질 수밖에 없게 돼. 그건 너무나도 가혹한 일이라서."

"자살이 명백한 사실인가?"

"안타깝지만 그렇다네. 우오즈미의 누나도 그때 겨우 열아홉 살이었기 때문에 나는 청소년보호위원 자격으로 경찰로부터 전후사정을 들을 기회가 있었지. 그런데 자살이라는 점에서는 의문의 여지가 없었네. 우오즈미 앞으로 누나가 직접 남긴 유서가 아파트 방에서 발견되었지. 게다가 밤 11시에 아파트 6층 베란다를 타고 넘어 뛰어내리는 장면을 목격한 증인이 셋이나 있어. 증언에 따르면 사고는 물론, 타살 가능성도 전혀 없었다는 게 확실해. 베란다에 있던 사람은 우오즈미의 누나뿐이었고, 스스로 누구의 강제나 도움도 없이 뛰어내리는 모습이 목격됐어. 눈 깜빡할 사이에 일어난 일이라 바로 맞은편 건물에서 보고 있던 목격자들이 소리를 지를 틈조차 없었다더군."

"그런데도 우오즈미는 '누나가 그런 문제로 자살할 리가 없다'고 하는 건가?"

"분명히 이치에 맞지 않는 이야기라고 생각해. 하지만 열일고여덟 먹은 소년이 누나의 자살 원인이 자기에게 있다는 사실을 그렇게 쉽게 받아들일 수 있을까? 게다가 그게 정말로 자기 과실이라면 체념할 수 있을지도 모르지만 그 친구는 '누명'이었어. 그리고 우오즈미는 그 일로 어렸을 때부터 꿈꿨던 야구 선수의 길도 끊겨버렸고…… 제삼자가 보기에는 확실히 앞뒤가 맞지 않지만, 누나의 죽음이 우오즈미의 마음에 일종의 '트라우마'로 깊은 상처를 남긴 채 오늘에 이르렀다고 해도 누가 뭐라고 탓할 수 없는 일 아닐까?"

구사나기의 의견을 이해 못 할 바는 아니었다. 그렇다면 우오즈미 아키라에게 필요한 것은 심리학이나 정신분석을 통한 카운슬링이지 탐정이 아니다.

우오즈미의 누나에 관해 물어보려고 했지만 구사나기는 그녀의 생전 모습에 관해서는 거의 아무것도 몰랐다. 뭔가 정보가 있다 해도, 별 볼 일 없는 중년 남자가 열아홉 살에 스스로 목숨을 끊은 어린 아가씨의 마음속을 들여다봐야 변변한 성과가 있을 리 없다는 것이 구사나기와 내 결론이었다.

나는 고맙다는 인사를 하고 전화를 끊은 뒤, 통화하는 동안 어디론가 사라져버린 식욕을 되찾으러 나섰다.

집에 돌아와 니시고리의 부하들이 남긴 수색 흔적을 찾아보았는데, 역시 프로다운 솜씨였다. 와타나베와 접촉한 증거를 찾아내려고 했을 테지만 아무리 숙련된 프로라고 해도 존재하지 않는 것을 발견할 수는 없는 법이다.

17

이튿날 아침부터 오후까지 나는 전에 업무상 접촉했던 흥신소와 탐정사무소를 찾아다녔다. 도쿄에 돌아왔다는 사실을 알리고 하청으로 돌릴 만한 일이 있으면 연락을 달라고 부탁하러 다닌 것이다. 어지간하면 전화로 끝낼 일이지만 오래 도쿄를 비웠기 때문에 전화만으로는 부족하겠다는 생각이 들었다. 실제로 어느 사무실에서나 과거의 망령이라도 나타난 듯이 대하며 내가 도쿄로 돌아왔다는 사실을 고분고분 믿어주는 사람은 없었다. 일 년 남짓한 사이에 어느 사무소나 낯익은 직원이 절반으로 줄었다. 거품경제의 붕괴와 불황으로 다들 업무량이 절반으로 줄어든 상태였다.

이케부쿠로 역 서쪽 출구에서 사이쿄 선을 따라 칠팔 분 걸으면 나오는 흥신소에서는, 업무량이 줄어든 만큼 인원도 줄인 덕분에 겨우 답보 상태의 수익은 유지하고 있지만 외주를 줄 만한 업무는 어중간한 것뿐이라고 했다. 내게 맡겼던 일은 전에도 다 어중간한 것뿐이었으니, 잘 부탁한다고 이야기하고 물러났다. 나올 때 와타나베에게 예전에 신세를 졌다는 소장이 와타나베의 소식을 건성으로 묻기에 건성으로 대답했다.

도쿄 역 부근 가야바초 뒷골목에 있는, 조사원이 다섯 명뿐인 탐정 사무소에도 불황의 영향은 마찬가지였다. 이 사무소는 오사카와 규슈 하카타에도 같은 규모의 지사를 두고 서로 연락을 취하며 출장을 왔거나 가족과 떨어져 홀로 근무지에서 생활하는 직장인들의 품행과 근무 상태를 조사하는 일이 전문이었다. 나보다 나이가 많고 간사이 사투리를 쓰는 주임은 요즘 출장이나 홀로 근무지에 와서 지내는 사람들이 줄어들었고, 그나마 문란한 생활을 할 만한 기력도 없어지고 그런 조사를 맡기려는 움직임도 거의 없어서 '못 해먹겠다'고 했다. 이 사무소에는 오히려 내가 직접 손댈 수 없는 간사이나 규슈 쪽 조사를 부탁하는 입장이었기 때문에 주임이 '우리 쪽에 줄 만한 짭짤한 일거리가 없느냐'고 선수를 쳤다.

맨 나중에 들른 에비스의 흥신소가 세 군데 중 그나마 가장 가능성이 있어 보였다. 이케부쿠로에 있는 흥신소와 마찬가지로 일찌감치 인원 삭감을 단행한 것은 좋았는데 급여가 높은 베테랑 소장을 자르려고 든 것이 애당초 실수의 시발이었다. 그 소장이 자기 손으로 키워온, 전체 직원의 절반에 해당하는 후배들을 데리고 퇴사해버려 남아 있는 직원만으로는 업무를 감당하기 힘들다는 사치스러운 고민을 안고 있었다. 처음 보는 인사 책임자가 정식으로 입사해서 9시 출근을 엄수하는 조건을 말하기에 조금 생각해보겠다고 하고 돌아왔다. 일을 할 만한 사람을 그렇게 쉽게 모을 수 없을 터이니 입사하지 않아도 일이 내게 돌아올 거라고 예상했던 것이다.

니시신주쿠에 있는 사무실로 돌아온 것은 오후 3시가 지나서였다. 책상에 앉아 신문을 펼치니 바둑 10단전 제1국의 결과, '오다케의 공격, 서전을 승리로 장식하다'라는 제목이 눈에 들어왔다. 어제 기사를 통해 방콕에서 제1국이 시작되었다는 사실은 알고 있었지만 니시고리 경부와 우오즈미의 방문 때문에 머릿속에서 완전히 지워졌던 것이다. 다케미야 마사키 10단과 도전자인 오다케 9단이 일본 전통의 상 차림을 한 사진이 실려 있었다. 결국 일본 시간으로는 8시 20분에 백돌을 든 오다케 9단이 260수만에 9집 반을 이겼다는 소식이었다. 쓰고 남은 시간은 다케미야 10단이 이 분, 오다케 9단이 두 시간 남짓이었다. 여느 때와 마찬가지 스타일이었다. 시간이 이렇게 많이 남았는데 지면 두 번 진 기분이 든다는 대국자가 있었다. 10단전은 다섯 차례 승부를 겨뤄야 하지만 먼저 1승을 거둔 오다케 9단이 십이년 만에 10단 타이틀에 한 걸음 다가간 셈이다.

5시 직전에 전화벨이 울렸다. 수화기를 들고 와타나베 탐정사무소라고 대꾸했지만 전화를 건 사람은 말없이 바로 전화를 끊어버렸다. 잘못 걸려온 전화인 모양이다.

6시에 식사를 하러 나갔다가 7시가 되기 조금 전에 사무실로 돌아왔다. 낮에 전철을 타고 흥신소를 돌아다녔기 때문인지 어제보다는 식욕이 좀 있었다. 7시가 되기 직전에 다시 전화벨이 울렸다. 이번에도 상대방은 말 한마디 없이 수화기를 내려놓았다. 잘못 걸려온 전화가 아니라면 장난전화이리라. 만약 세번째로 걸려온다면 나도 묵언수행을 하는 수밖에. 그런 전화를 거는 사람들은 피해자들이 자기가 예상한 반응을 보여주지 않으면 재미를 느끼지 못한다. 아무렇게나 고른 전화번호로 거는 게 아니라 나를 점찍어 악질적으로 전화를 하는 거라면 조금 성가신 일이다.

두번째 전화를 끊고 얼마 지나지 않아 계단을 올라오는 발소리가 들렸다. 발소리는 이윽고 복도를 지나 사무실 문 쪽으로 다가왔다. 요즘은 사람들 발소리에 유난히 귀 기울이게 되는 듯하다. 니시고리 경감도 아니고, 우오즈미나 노숙자 마스다의 발소리도 아니라는 건 쉽게 알 수 있었다. 하이힐 소리였기 때문이다. 문을 노크하는 소리에 들어오라고 대꾸했다.

눈이 휘둥그레질 만큼 아름다운 여성이었다. 틀림없이 지난 십구년 동안 이 사무실에 나타난 여자 가운데 가장 아름다울 것이다. 삼십대 중반쯤 되는 나이라 어리다고는 할 수 없을 테지만 그 나이가 아니면 볼 수 없는 미모였다. '일본 사람 같지 않다'는 요즘 흔한 표현도 부족할 정도로 또렷한 이목구비에, 약간 짙은 화장이 오히려 어울리는 인상이었다. 자연스럽게 뒤로 묶은 긴 머리카락과 간소하고 세련된 블루그레이 정장, 목에 두른 남색 스카프가 등 뒤 복도의 어둠에 녹아들어 흰 얼굴이 더 돋보였다. 근심 어린 눈은 상대방의 말을 기다리는 듯했지만, 표현을 잘못 선택하면 즉시 차갑게 얼어붙고 말 것 같은 눈매였다.

나는 멋없이 "들어오세요"라고 반복했다. 의자에서 일어나 여자가 문을 닫는 모습을 지켜보고 있자니, 문을 닫는 것은 내가 해야 할 일이 아니었나 싶은 생각이 들었다. 상대가 매력이 있건 없건 그런 수고는 남자가 떠맡아야 한다고 믿는 서양인의 관습은, 십여 년에 한 번을 제외하면 틀림없이 모두 기만적인 행위가 틀림없다.

여자는 약간 큰 키에 날씬한 몸매와는 달리 가슴과 엉덩이가 풍만했다. 쭉 뻗은 다리에 신은 검은 하이힐은 나중에 돌아갈 때 이 방의 먼지 분량을 측정할 수 있을 정도로 완벽하게 닦여 있었다. 여자는 방 한가운데로 걸어와 내가 권한 손님용 의자 옆에서 어깨에 살짝 걸쳤던 얇은 회색 트렌치코트를 벗어 어두운 남색 핸드백과 함께 무릎 위에 얹으며 걸터앉았다. 손님용 의자가 이만큼 낡고 지저분하게 보인 적은 없었지만, 여자는 전혀 신경 쓰지 않는 듯했다.

나도 내 의자로 돌아와 물었다. "무슨 용건입니까?"

"뭘 좀 조사해주셨으면 하는데……." 여자는 약간 잠긴 목소리로 두세 차례 헛기침을 하며 어두운 남색 스카프를 여몄다. "날이 풀렸는데도 그만 감기에 걸려서, 미안합니다."

여자는 백에서 길쭉한 패키지에 담긴 외국산 담배와 까르띠에 라이터를 꺼냈다.

"그래도 담배는 못 참겠어요."

나는 니시고리가 선물했다는 W자 모양의 재떨이를 휴지통에 비운 다음 책상 위 여자 가까운 쪽에 놓았다.

여자는 우아한 손놀림으로 담배에 불을 붙였다.

"부탁드리려는 조사에 대해 이야기하기 전에 당신에 관해 질문을 좀 해도 괜찮을까요?"

"그러시죠. 하지만 손님 물음에 내가 거짓으로 대답하더라도 그걸 밝혀낼 길이 없을 텐데요. 그렇다면 시간 낭비죠."

여자는 기분 상한 기색도 없이 오히려 내 말을 재미있어했다. "거짓 말을 밝혀낼 수 있는지 어떤지 시험해보는 것도 괜찮지 않겠어요?"

나는 미소를 지으며 고개를 끄덕였다. 또 '그러시죠'라고 대답하는 건 내키지 않았기 때문이다.

"이 세상에 정의라는 게 존재한다고 생각하세요?"

"미안합니다. 뭐가 존재한다고요?" 그 멍청한 질문, 혹은 사람을 멍청이로 여기는 질문은 제대로 들렸다.

"정의요." 여자는 물러서지 않고 되풀이했다.

멍청한 질문이라는 의견은 철회한다. 나는 여자의 속셈을 모를 뿐이었다.

"존재하지 않겠죠."

"어머, 거짓말을 하는군요."

여자는 담배 연기를 내 얼굴에 뿜었다. 담배가 아니라 거기 가미된 특유의 향기가 났다.

"정의가 있다고 믿고 싶은 사람이 있다면, '그 사람의 그러한 마음'

이 존재한다고는 말할 수 있겠죠. 그것 말고 이 세상에 정의라는 이름으로 부를 수 있는 것은 없어요. 나는 정의가 있다고 믿고 싶은 사람이 아니니, 거짓말이 아닙니다."

"그럼 왜 탐정 일을 하고 계시죠?"

"직업이니까. 먹고살기 위해서."

"이번에는 진짜 거짓말이네…… 그렇죠?"

여자가 비로소 내 얼굴을 똑바로 바라보았다. 낯익은 얼굴이라는 느낌이 들었다. 미인이란 아무래도 일정 유형에 속할 수밖에 없으니, 영화나 텔레비전에 나오는 누군가를 닮았을지도 모른다. 아니면 이 여성도 그런 일을 하는 걸까? 도쿄를 비운 사이에 텔레비전을 조금 볼 기회가 있었지만 애당초 그런 쪽에 어두운 나로서는 잘 알 수 없었다.

"설마, 손님은 그 나이에 영화나 소설에 나오는 탐정과 저를 혼동하시는 건 아니겠죠?"

"그 나이라니, 말씀 한번 잘하시네."

"실례. 하지만 이 사무실을 찾아오셨으니 여기가 아기 볼기짝처럼 '때 묻지 않은' 일을 하는 데가 아니라는 사실은 아시겠죠?"

"자기 자신을 나쁘게 드러내고 싶어하는 취미가 있군요."

여자는 목소리가 갈라지자 '헛'기침을 했다. 5밀리미터쯤 짧아졌을 뿐인 담배를 재떨이에 끄고 말을 이었다. "당신이 그런 탐정들처럼 돈벌이에 눈이 먼 사람은 아니라는 이야기를 들었어요."

"누가 그런 소리를 했죠? 손님은 왜 내 사무소를 선택한 겁니까?"

"당신에게 붙잡힌 범인이 추천해주었다고 하면 어떨까요? 아니면 당신은 누구 소개가 없으면 조사를 받아들이지 않는 건가요?”

“그렇진 않아요.” 나는 책상 위에 있는 담배를 한 개비 꺼내 불을 붙였다.

“용건으로 들어가죠.” 여자가 말했다. “제 애인이 바람을 피우는지 조사해주셨으면 해요.”

용건을 일찍 이야기했다면 피차 시간 낭비는 없었을 텐데.

“안타깝게도 그런 조사는 받아들일 수 없습니다.”

“어머머, 여기가 ‘때 묻지 않은’ 일을 하는 곳이 아니라고 한 사람은 당신이에요, 사와자키 씨.”

이 여자 틀림없이 어디선가 본 적이 있다. 게다가 내 성을 알고 있다. 이 사무실에 처음 오는 사람은 대개 내가 와타나베인 줄 안다.

“내가 입맛에 맞는 일을 고르는 건 아닙니다. 이 사무소에는 탐정이 나 혼자뿐이죠. 바람을 피우는지 조사하려면 적어도 인원이 두 명은 있어야 제대로 할 수 있습니다. 그것도 조사 대상이 일반 직장인이거나 본인 가게를 지닌 자영업자처럼 하루에 삼분의 일은 여러 사람이 보는 곳에서 지내는 사람일 경우죠. 더 자유로운 생활을 하는, 예를 들어 금리 생활자라거나 예술가, 여자의 기둥서방 같은 사람이 조사 대상일 경우에는 최소 셋은 필요해지죠. 엉성하고 칠칠치 못한 바람 둥이라면 몰라도, 바람을 피운다는 사실을 요령 있게 숨기는 상대라 면 그만큼 인원을 더 투입하지 않으면 제대로 된 조사 결과를 보장할 수 없어요. 그게 거절 이유입니다.”

“하지만 그렇게 빡빡하게 생각하지 않아도…….”

“지금 놀리시는 겁니까? 외도 조사를 의뢰하면서 조사 결과가 부정확해도 괜찮다는 의뢰인은 아직 한 번도 본 적이 없어요.”

“아뇨, 그런 게…….” 여자는 제대로 대답하지 못하고 진땀을 흘렸다. 핸드백에서 손수건을 꺼내 이마를 닦고 목에 감은 스카프를 풀렸다. 뭔가 말을 하려고 침을 삼키는 바로 그 순간, 여자치고는 유난히 큰 울대가 꿈틀 오르내렸다.

“이제 어지간한 연극은 접도록 하지.” 내가 말했다. “네 이름이 틀림없이 기요세 다쿠미였지?”

그 여자, 아니 손님용 의자에 앉은 인물은 흠칫하며 온몸이 경직되었다. 하지만 이내 깊은 한숨을 내쉬며 긴장을 풀었다.

“실력 있는 탐정이라는 소문과 달리 눈치가 느리시군요.” 목소리가 한 옥타브 정도 내려갔다. 오 년 전에 마카베 사야카라는 소녀 유괴사건에 휘말렸을 때 전화로 몇 번이나 들었던 그 ‘종범’의 목소리가 되살아났다.

“알아보지 못했어.” 내가 대꾸했다. “자네 방에서 본 사진은 좀 덜 섹시한 모습이었는데…… 그 뒤에 어떻게 지냈나?”

“글쎄. 분명히 그 직후에 그토록 바라던 여자가 되는 수술을 해줄 나라로 날아갔고, 그 뒤에는 파리와 뉴욕에서 생활한 게 각각 이 년씩인가? 작년 가을에 마카베 씨가 ‘가석방’으로 나왔다는 이야기를 듣고 주위가 조용해지기를 기다렸다가 지난주에 인사하러 귀국했죠.”

마카베는 사야카라는 소녀의 아버지였다.

“벌써 그렇게 되었나……?” 나는 담배를 재떨이에 끄고 물었다. “요시히코라는 소년은 어떻게 지내지?”

“어디서나 흔히 볼 수 있는 스무 살짜리 고민 많은 젊은이로 성장

했죠. 마카베 씨가 출소할 때까지는 친아버지인 가이 교수 댁에서 지낸 모양인데 지금은 마카베 씨 집으로 돌아와 조금만 더 기다리면 나올 어머니를 기다리고 있어요. 하기야 컴퓨터 그래픽을 이용한 모던 판화 같은 데 정신이 팔려 부모 걱정은 별로 하지도 않는 것 같지만."

"친아버지는 음악가이고, 길러준 아버지는 소설가에, 아들은 판화가라는 건가? 그런 핏줄인가 보군."

"마카베 씨는 당신을 만나는 게 위험하지 않겠느냐고 했지만 요시히코는 만나보는 게 낫겠다며 권하더군요."

나는 스무 살이 된 요시히코가 왜 그런 말을 했는지 이해가 되지 않았다.

기요세는 웃으며 말을 이었다.

"요시히코에게 '사실은 네가 만나고 싶은 거지?' 하고 물었더니 '그는 그런 거 싫어하는 사람이야'라고 하던데."

나는 화제를 바꾸었다. "요시히코의 아버지는 어떻게 지내나?"

"새로운 필명으로 다시 조금씩 집필 활동을 시작했대요. 그 사건의 경위를 수기 형식으로 써달라는 얼빠진 출판사들이 많았던 모양이지만 그것만은 단호하게 거부했다고."

"넌 이미 쓰고 있는 거 아닌가?"

"내가요? 말도 안 돼. 의외로 그쪽 방면에 어둡군요. 여자가 된다는 건 머릿속에 든 것이나 완력, 재산의 많고 적음으로 다투는 걸 숙명처럼 여기는 어리석은 남자들 세상과 작별한다는 거예요. 이런 이야기를 하면 어떤 페미니스트들은 화낼 수도 있지만. 난 지금 이 겉모습 그대로의 나로 살아갈 작정이에요. 곰팡내나고 케케묵고 땀냄새나는 글쓰기 따위는 다신 하지 않을 거예요."

나는 의자에 등을 기대며 그녀, 아니 그, 아니 그녀에 대해 다시 생각했다. "넌 그러니까 100퍼센트 여자가 된 건가……? 왠지 얼빠진 질문 같군. 나도 질문의 의미를 잘 모르겠지만."

"어떻게 보여요?"

"120퍼센트 여자로 보이는군."

"그래요? 당신에게만 가르쳐드리죠. 마음만은 200퍼센트 여자지만 실제로는 90퍼센트 여자라고 해야 할까?"

나는 내 상상력의 한계를 느끼며 일단 고개를 끄덕였다.

"조금 전에 하던, 애인이 바람을 피운다는 이야기 말이야."

"아, 그건 새빨간 거짓말은 아니지만 여기 찾아온 첫번째 목적은 당신을 만나는 일이었어요. 그 바람둥이 자식은 뉴욕에 있으니까 신경 끄세요."

"왜 나를 만나러?"

"글쎄. 마카베 씨와 내가 온갖 지혜를 다 짜내서 세운 계획을 간파한 남자를 만나보고 싶었기 때문?"

"그래서?"

"평범한 남자라서 좀 실망했다고나 할까요?"

나는 쓴웃음을 지었다. 90퍼센트짜리 여자는 의자에서 일어나 코트 소매에 팔을 꿰었다.

"슬슬 실례해야겠네요. 요시히코에게 전할 말 없어요?"

나는 잠깐 생각한 뒤 대꾸했다. "없어."

"당신은 그런 거 싫어하는 사람이었죠." 그녀는 할 수 없다는 듯이 어깨를 으쓱했다.

"아까 말없이 전화를 두 번이나 끊은 것도 너였나?"

"미안해요. 처음엔 당신이 있는지 확인하기 위해서. 두번째는 여기 올 용기를 내기 위해서였어요."

"이제 체포당할 염려는 없나?"

"사건의 진상은 밝혀졌고 마카베 씨가 나는 완전한 종범이라고 증언한 덕분에 경찰도 내겐 흥미를 잃은 모양이네요. 게다가 다음 주에는 다시 뉴욕으로 돌아갈 거고, 여권에는 전혀 다른 사람으로 되어 있으니까."

"위조인가?"

"이게 위조라면 이 세상에 진짜 여권 따윈 존재하지 않을걸요."

기요세는 문 앞까지 가서 돌아보았다.

"그럼 안녕."

"에이즈 조심해." 내가 말했다.

그녀는 요염하게 웃으며 "고마워요"라고 대꾸하고 문을 나갔다.

18

다음 주 월요일부터 사흘 동안 니시신주쿠의 사무실을 비웠다. 예상대로 에비스에 있는 흥신소가 일거리를 주었다. 그 일은 '플라밍고'

라는 카페와 그 맞은편에 있는 '마이즈루야 본점'이라는 오래된 화과자 가게에서 의뢰한 건으로, 카페의 수상한 손님을 감시하는 일이었다. 플라밍고는 마이즈루야 주인의 차남이 하는 카페였다.

수상한 손님이란 사십대 중반의 온순해 보이는 자그마한 남자인데, 보름쯤 전부터 플라밍고에 계속 들렀다. 남자는 매일 오후 1시부터 맞은편 마이즈루야가 문을 닫는 저녁 7시까지 창가 테이블에 가만히 앉아 꼼짝도 않고 마이즈루야를 뚫어지게 바라보았다. 플라밍고로서는 하루에 이천 엔이나 매출을 올려주는 좋은 고객이기 때문에 굳이 손님을 잃는 짓은 하고 싶지 않았지만, 그냥 놔두기에는 약간 꺼림칙했다. 마이즈루야에는 모두 다섯 명의 젊은 여종업원이 있기 때문에 그중 누군가를 지켜보는 것이라고 생각됐지만 종업원들은 아무도 그 자그마한 남자를 알지 못했다. 남자도 마이즈루야가 문을 닫은 뒤에 퇴근하는 여종업원에게 접근하려는 눈치는 보이지 않았다.

플라밍고 경영자와 에비스에 있는 흥신소 소장이 대학시절 친구라서 만약을 위해 조사하는 편이 낫겠다는 결정을 내렸다. 흥신소가 남자의 신분에 대해 조사해본 결과, 특별히 수상한 사람은 아니었지만 최근 불확실한 용도로 오천만 엔쯤 되는 큰돈을 날렸다는 신빙성 있는 소문이 확인되었다. 게다가 마이즈루야에서 세 집 건너에는 '교와 은행' 나카메구로 지점이 있어서 혹시 은행 강도를 목적으로 사전답사를 하는 게 아닌가 싶은 의심도 들었다. 하지만 흥신소의 감시가 시작된 지 일주일이 지나도 그 남자는 아무런 행동도 취하려 들지 않았다.

내가 교대한 때는 그다음 단계였다. 월요일부터 수요일까지 감시를 이어가다가 아무 일도 없으면 감시를 중단할 예정이었다. 나는 플라밍고에 주방 배관공사를 하러 온 일꾼으로 위장해 가게에 들어가 주방에서 작업하는 척하며 그 남자를 감시했다. 첫날과 둘째 날은 아무런 변화도 없었는데 셋째 날 오후 5시쯤 남자가 느닷없이 계산을 마치고 뛰어나갔다. 나도 뒤따라 가게를 나섰다. 남자는 맞은편에 있는 마이즈루야로 뛰어들더니 비슷한 연배의 남자에게 달려들어 '내 돈 내놔'라고 큰 소리로 악을 써댔다. 치고받는 어린애들처럼 엉겨붙은 두 사람을 겨우 떼놓고 나는 마이즈루야 점원에게 경찰을 부르라고 말했다.

카페에서 뛰어나간 남자는 자기 돈 오천만 엔을 가로챈 사기꾼이 지나가는 말로 '나카메구로에 있는 마이즈루야라는 가게에서 만드는 아시베노타즈란 화과자 맛은 일본 최고다'라고 얘기한 것을 기억하고 이십 일 이상 잠복해 사기꾼을 잡은 것이다. 하지만 돈은 사기꾼이 빚을 갚고 유흥비로 탕진해 오분의 일밖에 남지 않았다고 했다. 경찰서에서 진술하고 흥신소에서 보고서를 작성한 다음 니시신주쿠의 사무실로 돌아온 것은 수요일 오후 8시 반 무렵이었다.

우오즈미가 캔맥주를 들고 사무실 앞 벤치에 앉아 있었다. 내가 문을 여는 사이, 그는 고단한 듯이 일어나 몸을 앞뒤로 흔들었다. 눈 주위가 빨갛고, 혀가 꼬여 발음도 제대로 못 하면서 방금 전에 왔다고 말했다. 그는 내 오른쪽 어깨를 상대로 이야기하고 있었다. 시선을 마주치고 싶지 않은 건지, 마주치고 싶어도 그러지 못하는 건지 알 수 없었다. 사무실 조명을 켜고 고개를 기울여 안으로 들어오라는 신호를 보냈다. 우오즈미는 벤치 위에 놓아둔 여섯 개들이 캔맥주팩과 '요도바시 카메라'라고 인쇄된 종이봉투를 들고 내 뒤를 따랐다.

사무실 문을 닫고 작업복을 비롯해 갈아입을 옷이 든 비닐봉지를 로커에 넣은 다음, 창문을 살짝 열고 책상 앞 의자에 앉았다. 우오즈미는 오른손에는 마시던 캔맥주, 왼손에는 나머지 맥주팩과 종이봉투를 든 채로 멍하니 손님용 의자 옆에 서 있었다. 내가 의자를 가리키자 그는 그제야 걸터앉았고, 책상을 가리키자 맥주를 책상에 올려놓았다.

"주차장에 차가 있어서 분명히 사무실로 돌아오실 거라고 생각하고 기다렸습니다." 우오즈미는 한마디씩 확인하듯 또박또박 말했다.

우오즈미의 판단은 틀렸다. 내가 퇴근한 뒤에도 블루버드는 주차장에 남아 있을 것이다. 하지만 나는 그 실수를 바로잡지 않았다. 그걸 바로잡는 일은 오늘과 같은 우오즈미의 방문을 인정하게 되는 꼴이며, 나아가 다음 기회도 인정하는 셈이 되기 때문이다.

"목이 마르군. 맥주를 마셔도 될까?"

우오즈미는 공범처럼 웃으며 하나를 꺼내 내게 건넸다. 국산 맥주 같기는 한데 요즘은 상품명이나 라벨이 정신없이 바뀌는 터라 낯설었다. 맥주를 따서 한 모금 마셨다. 공복이었다는 사실을 깨달았다. 입안에 맥주의 쓴맛이 남았다. 나는 윗옷 주머니에서 담배를 꺼내 불을 붙였다.

우오즈미는 책상 위에 놓인 요도바시 카메라 종이봉투를 내 쪽으로 디밀었다. "이건 오사와가 전해달라고 부탁한 비디오테이프예요. 다 해서 일곱 개 들었답니다."

"그런가……?" 벌써 보름 가까이 지났다.

"치러야 할 잔금이 있을 텐데."

우오즈미가 금액을 얘기하더니 자기가 대신 줬다고 했다. 영수증은 발행할 수 없다고 했다는 말을 덧붙였다. 나는 그 금액을 우오즈미에게 주고, 비디오테이프를 전달해주어 고맙다고 했다.

우리는 잠시 창밖에서 들리는 자동차 소음에 귀를 기울이며 입을 다물고 있었다. 나는 맥주를 한 모금 더 마시고 담배연기를 뿜었다. 우오즈미는 내가 돌아온 뒤로 맥주에 입을 대지 않았다. 손에 들고 있던 맥주 깡통을 자기가 대체 왜 이런 걸 들고 있었는지 모르겠다는 표정으로 바라보며 책상 위에 얹었다.

"오사와가 오래간만에 한잔 사겠다고 해서 근처 스낵바에서 마셨어요. 다녀가신 뒤로 호기심이 동했는지 이것저것 묻더군요. 하지만 아무래도 자기 애인을 기다리는 동안 시간을 때우려는 것 같아서 적당히 상대하다가 핑계를 대고 빠져나온 거죠…… 그 뒤에 아마 제가 더그아웃에 갔던 모양이에요."

"출입금지라고 했잖아?"

"제가 그런 이야기까지 했던가요? 오늘은 수요일이라 아래층 스포츠용품점이 정기휴일이거든요. 사모님 대신 감독님이 바에 나와 계셔서 가도 괜찮은 날이죠. 저와 마주치고 싶지 않은 녀석들은 수요일 이른 시간에는 얼굴을 내밀지 않으려고 신경 쓰는가 보더라고요. 하지만 9시쯤에는 사모님이 가게에 나오시니까 저는 그 전에 철수하죠."

"일반인들보다 곱절은 힘이 좋을 사내들이 여자 한 명의 눈을 피해 소곤거리는 꼴이군. 전 감독의 부인과 선수라는 건 어머니와 아들 같은 관계일 거라고 생각했는데, 꼭 그렇지만은 않은 모양이지."

"그때만 해도 감독님은 독신이었고, 결혼하신 지 이제 이삼 년이니까요. 사모님과 세상을 떠난 유키 누나는 고등학교 때까지 줄곧 친구 사이였기 때문에 그 뒤로 저를 좋은 얼굴로 대해주지 않아요.”

“그러면 남편인 후지사키 감독과는 나이 차이가 꽤 나겠군.”

“예. 저보다 한 살 위인 서른 살이고, 감독님은 작년에 마흔이 되셨다고 했으니 열한 살 차이가 나는 건가요? 누나도 살아있었다면 이제 서른인가……?”

우오즈미의 시선이 허공에 뜬 채로 정지했다. 서른 살이 된 누나의 모습을 머릿속에 그려보는 표정이었다. 아까보다는 술이 깬 듯싶었지만, 아직 눈의 초점이 맞지 않을 뿐인지도 모른다.

우오즈미는 책상 위에 얹어둔 캔맥주를 집어 들고 잠시 무게를 재듯 들고 있다가 입에 대지 않고 다시 책상 위에 내려놓았다.

“이상하게 들릴지 모르겠는데요, 저 같은 사람도 탐정이 될 수 있습니까?”

나는 담배를 재떨이에 끄고 나서 대답했다. “될 수 없을 거야.”

“어째서요?” 그는 눈썹을 찡그리며 물었다. 우오즈미로서는 보기 드물게 감정이 드러난 목소리였다.

“탐정이라는 게 그렇게 어려운 일인가요?”

“그런 건 아니고. 어느 쪽인가 하면 빠른 공에 익숙한 타자를 느린 공으로 처리하는 것 같은 일이야. 자네가 주무기로 삼는 투구지.”

우오즈미가 씁쓸하게 웃으며 말했다. “그런 것까지 조사하셨어요? 이제 옛날이야기죠. 아니, 그런데 왜 저는 탐정이 될 수 없다는 거죠?”

“탐정이 될 수 있는 사람은 남의 트러블을 밥보다 더 좋아하는 사람이야. 자네처럼 십일 년 동안 자기 자신의 트러블에 파묻혀 살아서야 스스로에게 지불할 조사비만으로도 파산하고 말걸."

"흐음. 제 문제도 정리되지 않았는데 남의 문제를 다룰 수야 없지 않느냐는 말씀인가요? 하지만 탐정이 남의 트러블을 좋아하다니, 그렇게 야비한 성격으로는 보이지 않는데요."

"내 성격은 밖에서 보이지 않는 면이 많지. 게다가 업무라는 이름이 붙으면 어떤 일이건 우선 자기 성격을 억누르는 일부터 시작하는 거 아니겠어?"

"무엇을 물어보건 늘 딱 어울리는 답변이 준비되어 있군요."

우오즈미가 이번에는 어울리지 않게 빈정거리는 투로 말했다. 이것도 알코올의 효용인 걸까? 알코올이 진심을 이끌어낸다고 하는 사람도 있고, 술만 먹으면 사람이 변한다는 이도 있다. 하지만 애초에 지니지 않은 것이 겉으로 드러날 리는 없다. 내 경험에 비추어 보면 술을 마시지 않은 멀쩡한 상태일 때는 잘 숨기고 있다고 생각하는 사람은 본인뿐이다.

"자네 질문이 시시하기 때문이지. 그런 질문에는 언제든 원하는 대로 옳은 답을 찾을 수 있네. 하지만 진짜 질문에는 쉽게 대답할 수 없지. 아마 답보다 질문 자체에 더 중요한 의미가 담겨 있을 테니까⋯⋯ 잘난 척하는 건 아니야. 이 세상에서 우리 탐정만큼 시시한 질문으로 하루하루를 보내는 인종도 없으니 직업상 아는 거지."

우오즈미는 두통이라도 나는지 고개를 좌우로 크게 돌렸다. 목덜미를 주먹으로 두드리면서 작은 목소리로 말했다. "멍청이에다 머리까지 돌지 않으니 어쩔 도리가 없구나⋯⋯ 술 같은 것은 마시지 말아야 했어."

"술을 탓해봐야 무슨 뾰족한 수가 나올 리 없지. 자네는 이 사무실에 들어올 때 친구를 만나러 온 건지, 탐정을 만나러 온 건지 스스로도 알지 못해서 혼란스러운 거야. 난 누군가의 친구이자 동시에 탐정일 수는 없네. 이제 슬슬 분간을 할 때도 되지 않았나?"

"대화 내용이 자칫하면 제가 술주정이라도 부리게 될 것 같군요. 그런 이야기는 다음 기회에 해주시지 않겠어요? 제가 술이 깼을 때."

"다음 기회는 없어." 내가 말했다. 마음먹은 대로 싸늘한 말투였다.

우오즈미는 그날 처음 내 눈을 똑바로 보았다. "그러죠. 저처럼 갈팡질팡하는 풋내기가 사와자키 씨와 친구가 될 수 있을지는 모르겠지만, 그래도 다른 사람보다 마음이 자연스럽게 열리는 걸 느낀단 말입니다. 제가 고용하지도 않은 주제에 당신을 내 탐정으로 여기는 짓을 하는 건 아니라고요."

"그럼 자네 문제에 대해 의논하는 걸 왜 그토록 두려워하고 있지?"

"제가요? 전 두려워하는 것 아무것도 없어요."

"자네는 십일 년 전 사건을 아직도 똑바로 바라보지 못하고 있어."

"그래요? 저는 그렇게 생각하지 않는데요. 진짜로 무슨 일이 일어났는지도 모르는데, 이해할 수 없는 문제도 억지로 받아들여야만 그게 똑바로 보는 겁니까?"

"그러면 외면하지 않고 제대로 바라볼 수 있다는 거지?"

"물론이죠." 말과 달리 우오즈미의 얼굴에는 불안한 기색이 떠올랐다.

"십일 년 전 여름." 나는 어떤 식으로 말을 꺼내야 좋을지 몰라 결국 발단부터 순서대로 짚어가며 이야기를 하기로 했다. "우오즈미 아키라라는 고교야구 투수가 승부조작 유혹을 받았어."

"잠깐만요. 정말 그런 식으로 시작할 작정이세요?" 우오즈미가 반발했다.

나는 무시하고 말을 이었다. "우오즈미 선수는 거절했지. 하지만 시합은 승부조작을 하려던 쪽이 원하던 대로 졌어. 그리고 우오즈미의 가방에서 오백만 엔 돈뭉치가 쏟아졌고."

우오즈미는 의자에서 일어나 미소를 지으며 말했다. "그만두세요. 그런 이야기를 이제 와서 다시 꺼내봐야……"

"입 다물고 거기 앉아." 내가 단호하게 말했다. "아니면 지금 당장 이 사무실에서 나가. 그리고 다시는 여기 오지 마."

우오즈미의 얼굴에서 미소가 사라졌다. 속이 좋지 않은지 가슴 쪽에 손을 대고 계속 마른침을 삼켰다. 이윽고 자기 내부에서 들려오는 위험신호에 귀를 기울이듯이 눈을 감으며 몸을 쭉 펴고 호흡을 가다듬었다. 이 젊은이는 간단하게 주저앉지 않았다. 체력이 너무나도 좋기 때문이다. 우오즈미는 크게 심호흡하고 천천히 어깨의 힘을 뺐다. 지금부터 투구동작에 들어가는 거라면 나는 타자석을 벗어날 타이밍을 잡아야 했다.

"……좋아요. 그 어리석은 녀석 이야기를 계속해보시죠." 우오즈미가 의자로 돌아왔다.

"우오즈미 선수의 가방에서 다섯 개의 돈뭉치가 나와 승부조작 혐의에 대한 조사가 진행되었지. 일주일 뒤 우오즈미 선수의 혐의는 풀렸어. 하지만 그 전날 누나가 자살했지. 누나는 아파트 6층 베란다에서 뛰어내렸어."

우오즈미는 눈썹 하나 까딱하지 않고 귀를 기울였다.

"목격자의 증언에 따르면 그건 명백한 자살이고, 사고나 타살일 가능성은 전혀 없었어. 하지만 우오즈미 선수는 '누나가 그런 문제로 자살할 리가 없다'는 말을 십일 년 동안 계속하고 있지…… 이건 어떻게 된 거지?"

"그건, 제가 유키는, 아니 누나는 자살 같은 걸 할 사람이 아니라는 사실을 알기 때문이죠."

"그건 자살한 사람 주위에 있으면서도 그 사람을 전혀 이해하지 못했던 녀석들이 꼭 뒤늦게 하는 소리지. 하지만 당사자인 자네가 그런 소리를 입 밖에 내는 데는 아무도 모르는 더 확실한 이유가 있을 거야."

우오즈미의 얼굴에 점점 더 불안한 기색이 퍼져갔다. "아니, 지금 무슨 소릴 하고 싶은 겁니까?"

"자네가 십일 년 동안 하루도 잊을 수 없었던 '그 어떤 일'. 그리고 지금 우리 관심을 그로부터 멀어지게 하고 싶은 '그 어떤 일'."

내가 이미 눈치챘다는 사실을 깨닫고 우오즈미는 깜짝 놀랐다. 그리고 그렇게 하면 내가 한 말을 지울 수 있기라도 한 듯이 집요하게 고개를 저었다.

나는 아랑곳하지 않고 말했다. "승부조작 이야기를 가지고 온 사람은 네 누나였어."

우오즈미는 숨을 크게 헐떡이며 토할 것 같은지 한 손으로 입을 누르고 사무실을 뛰쳐나갔다.

19

사무실을 나와 야마테 길 쪽으로 가다가 처음으로 눈에 띈 식사 가능한 음식점에 들어가 늦은 저녁을 먹었다. 이미 10시 반이 지난 시각이었지만 바로 집에 들어갈 기분이 아니어서 다시 사무실로 돌아왔다. 들어와보니 요령 없는 탐정이 의뢰인을 구하지 못한 터라 사무실은 여느 때와 다를 바 없었다. 나는 담배를 한 개비 피우고 퇴근할 작정으로 의자에 걸터앉았다. 책상 위에는 미지근해진 캔맥주 주위에 물이 약간 고여 있었다. 문득 우오즈미 아키라 생각이 났다. 그의 누나가 승부조작 사건 피해자가 아니라 가해자 쪽이었다면 십일 년 전에 일어난 사건들은 '다른 모습'을 지니고 있다는 이야기가 된다.

피곤한 하청 일을 마무리했기 때문인지 갑자기 잠에 빠져들고 말았다. 스스로를 질타해봤자 이미 젊지 않은 몸은 정직했다. 난생 처음 보는 커다란 흥신소에서 나보다 열두 살 이상 어린 인사 담당자가 이력서를 제출해달라며 내 이름을 계속 불렀다. 이게 꿈이라는 걸 어렴풋이 알면서도 나는 그 남자와 얼굴을 마주하기 두려웠다. 확실치는 않지만 사람들에게 알리고 싶지 않은 이력을 지닌 나는, 다른 흥신소 직원들과 달리 초등학교 때 쓰던 것처럼 엉성한 나무 책상에 엎드려 나를 부르는 소리를 못 듣는 척하고 있었다.

퍼뜩 잠에서 깼다. 나를 부르는 목소리가 꿈이 아닌 현실 속에서도 들린다는 사실을 깨닫는 데 몇 초가 걸렸다. 무슨 일에나 반사신경이 무뎌졌다.

"사와자키 씨! 사와자키 씨! 안에 있지? 대답해줘, 사와자키 씨!"

의자에서 일어나 문 쪽으로 가다가 그 목소리가 반대편 창문 쪽에서 들려온다는 걸 깨달았다. 나는 창 쪽으로 돌아와 얼른 블라인드를 올리고 창문을 열었다. 창 아래 어두컴컴한 주차장 쪽을 신경써서 보니 마스다 게이조가 내 블루버드 옆에 서 있었다.

"큰일 났어. 어서 좀 나와. 그 우오즈미라는 청년이 크게 다쳤단 말이야!"

마스다의 이마에 맺힌 땀이 사무실 조명을 받아 반짝였다.

"우오즈미는 어디 있지?"

"가부토 신사 입구 도리이 쪽에. 머리를 다쳐서 피가 나."

"구급차는 불렀나?"

"아니, 아직. 그 친구가 당신을 불러달라고 고집을 부려서."

"그래, 알았어. 당신은 이리 올라와서 구급차를 불러. 난 신사로 갈 테니까."

나는 마스다의 대답은 기다리지도 않고 사무실을 뛰쳐나갔다. 복도를 지나 계단을 달려 내려갈 때 마스다와 마주쳤다. 서로 눈만 맞추었을 뿐 이야기는 나누지 않았다. 마스다가 두툼한 코트 자락을 펄럭이며 계단을 뛰어올라가는 모습을 확인하고 신사를 향해 전속력으로 달렸다.

건물 앞 큰길을 20미터쯤 달려 신사 입구로 향하는 옆길로 꺾었을 때 어둠 탓에 잠깐 공황상태에 빠졌다. 길을 잘못 들었다고 생각한 것이다. 아까 사무실에서 꾸던 꿈속으로 되돌아가는 느낌이 엄습했다. 하지만 기억을 믿고 계속 달려가니 길 건너편에 신사로 가는 입구가 보였다. 얼른 길을 건너려는데 자동차 불빛과 경적 소리, 급브레이크를 밟는 소리가 한꺼번에 들려왔다. 멈추지 않고 그대로 계속 달려 길을 건넜다. 녹색 택시와 운전기사의 욕설이 아슬아슬하게 등 뒤를 스쳐갔다. 신사 입구에서 도리이까지 십여 미터의 참배로를 단숨에 달려갔다.

우오즈미는 신사 도리이 오른쪽 기둥 옆에 쓰러져 있었다. 마스다가 세이와카이 폭력단원에게 끌려갈 때 얽혀들었던 노숙자가 우오즈미 곁을 지키고 있었다. 그는 우오즈미의 머리 아래로 오른팔을 넣어 받치며 왼손에 든 수건으로 우오즈미의 왼쪽 머리 부분을 꼭 누르고 있었다. 외등 불빛으로도 피에 젖은 새빨간 수건이 보였다. 그 색과 반대로 우오즈미의 얼굴은 핏기를 잃었다.

나는 두 사람 곁으로 달려갔다.

"어떤가?"

"피가 멈추지 않아요!" 젊은 노숙자가 울먹이는 목소리로 말했다. 그의 입술에 났던 상처는 거의 사라졌고, 턱에 생겼던 멍은 희미하게 남아 있을 뿐이었다.

"마스다가 구급차를 불렀어. 조금만 참아." 나는 두 사람에게 말했다. 그 둘은 한 생명체인 것만 같았다. 어느 한쪽이 숨이 끊어지면 다른 한 사람도 생명이 위태로울 것처럼 불안해 보였다.

"왔어요?" 우오즈미가 짜내는 듯한 목소리로 말하며 감았던 눈을 떴다.

"괜찮아?" 내가 물었다. 이런 경우라면 누구나 하는 빤한 말이다.

"아뇨……." 우오즈미는 오른쪽 어깨를 세우려고 했지만 머리에 심한 통증을 느끼고 얼굴을 일그러뜨렸다.

"움직이지 마." 내가 말했다. 나는 윗옷을 벗어 둥글게 말아 우오즈미의 오른쪽 어깨와 노숙자의 팔을 떠받칠 수 있도록 밀어넣었다.

우오즈미가 안간힘을 다해 오른손을 자기 점퍼 품에 넣더니 안주머니를 더듬었다.

"무리하지 마. 가만히 있어."

우오즈미는 주머니에서 엽서만 한 반투명 비닐에 든 것을 꺼내 내게 내밀었다.

"이건 뭔가?" 그걸 받아들고 물었다. 비닐 속 내용물이 예금통장이라는 사실을 바로 알 수 있었다. 한쪽이 불룩한 것은 검은 도장 케이스 때문이었다.

"조사를, 해……주세요." 우오즈미가 고통스러운 목소리로, 하지만 한마디씩 또박또박 말했다.

나는 고개를 끄덕였다. 우오즈미가 창백한 입술에 희미한 미소를 지었다. 그의 눈이 감기려고 했다. 자기 의지는 아닌 듯했다.

"누구 짓이지?"

"아뇨……." 우오즈미는 눈을 살짝 떴다. "뒤에서, 갑자기, 당해서, 누군지…… 몰라요."

우오즈미가 정신을 잃자 머리가 축 늘어졌다.

"이, 이봐. 괜찮아?" 젊은 노숙자가 깜짝 놀라 떨리는 목소리로 말했다.

"설마 죽은 건 아닐 테지?"

"진정해. 사람은 그리 쉽게 죽지 않아." 내가 말했다.

"아저씬 뭐 하는 거지? 왜 이리 안 와?"

"허둥대지 마. 다친 사람 몸이 흔들리잖아."

나는 우오즈미가 맡긴 통장과 도장을 바지 주머니에 넣었다.

그 뒤로 일 초가 한없이 길게 느껴졌다. 일 초마다 바로 앞에 있는 우오즈미의 목숨이 깎여나간다는 생각만 들었다. 하지만 실제로는 구급차 사이렌이 들리기까지 십 분, 아니 오 분도 걸리지 않았으리라.

참배로 건너편 큰길에서 사이렌 소리가 가까워지더니 스피커를 통해 구급대원의 목소리가 들려왔다. 마스다가 그들을 안내하는 게 틀림없었다. 구급차의 불빛이 한 차례 참배로를 환하게 비추더니 다시 캄캄해졌다. 곧 구급차가 후진해서 참배로로 들어오는 모습이 보였다. 마스다도 구급차와 함께 돌아왔다.

헬멧에 흰 가운을 입고 조수석에서 뛰어내린 구급대원이 우오즈미에게 달려왔다. 구급용 의료 가방을 품에 안고 있었다. 그는 우리에게 질문을 하려다가 우오즈미의 옆머리 부분 출혈을 보더니 바로 응급지혈에 착수했다. 대원 두 명이 들것을 가져와 재빨리 우오즈미를 싣고 고정했다.

"이거 중상이네. 두개골 골절 우려도 있어. 제일 가까운 '도쿄 의대병원'으로 가."

우오즈미를 태운 들것은 구급차 뒷문을 통해 신중하게 차 안으로 옮겨졌다. 구급 가방을 든 대원은 조수석으로 서둘러 돌아갔다.

"신고하신 분은 타세요. 두 명까지 탈 수 있습니다." 들것을 담당했던 대원 가운데 한 사람이 말했다.

나는 마스다에게 먼저 타라고 신호를 보내고 벗어두었던 상의를 집어 들었다. 주머니에서 돈을 약간 꺼내 피에 젖은 수건을 들고 멍하니 서 있는 젊은 노숙자에게 쥐어주며 작은 목소리로 말했다. "다친 사람과 내가 나눈 '이야기'는 잊어."

내가 구급차에 올라타자 뒷문이 닫히더니 차는 사이렌 소리와 함께 출발했다. 구급차 안에서 듣는 사이렌 소리는 평소 길거리에서 듣던 소리와는 느낌이 전혀 달랐다. 오히려 작게 들리는데도 마음을 송두리째 뒤흔드는 울림이었다. 나와 관계없는 타인의 불행에는 거의 신경 쓰지 않았다는 증거였다.

20

구급차는 오우메 가도로 나오자 일단 신주쿠 역 고가 쪽으로 향했다. 경찰서 앞에서 막무가내로 다른 차들의 흐름을 가로막더니 거침없이 유턴했다. 반대 차선을 200미터쯤 달려 거대한 도쿄 의대병원 건물에 도착했다. 오는 동안 두 명의 구급대원은 우오즈미가 최대한 차의 진동을 받지 않도록 부축했다. 구급차는 병원 현관을 지나 속도를 낮춰 건물 모퉁이를 돌더니 뒤편 구급환자 전용 입구로 갔다. 거기에는 연락을 받은 병원 의사와 간호사가 대기하고 있었다. 구급차 뒷문이 열리고 우오즈미는 들것에 실린 채 밀차로 옮겨졌다. 콧수염이 난 의사기 우오즈미의 눈꺼풀을 뒤집어 양쪽 눈을 들여다보고는 바로 '서둘러!'라고 날카롭게 소리쳤다. 간호사와 구급대원 들이 우오즈미를 태운 밀차를 병원 안으로 옮겼다.

마스다와 내가 구급차에서 내리자 조수석에서 내린 구급대원이

다가왔다. 의료상자 대신에 이번에는 서류철 같은 것을 손에 들고 있었다.

"따라오세요." 그는 우리를 병원 안으로 안내하더니 업무용 대형 엘리베이터 중 하나에 태웠다. 올라가는 또 다른 엘리베이터에는 틀림없이 우오즈미가 타고 있으리라. 우리는 3층에서 내렸다. 우오즈미를 태운 밀차와 의사들이 복도 끝 수술실로 빨려들어가는 모습이 보였다.

"바로 수술이 시작될 겁니다. 두 분은 이쪽으로 오시죠." 구급대원은 우리를 오른쪽 로비 같은 곳으로 안내했다. "출동일지에 적어야 하기 때문에 몇 가지 여쭙겠습니다."

다친 사람의 성명, 나이, 주소, 신고한 사람의 성명, 신고 시각, 다칠 당시 상황, 그리고 발견했을 때의 상황 등을 구급대원이 차근차근 물었다. 마스다가 대답해야 할 부분은 마스다가 하고, 내가 아는 내용은 내가 대답했다.

"그러면 그 사람이 다칠 때 상황은 모르시는군요?"

"그렇습니다." 마스다가 대답했다. "신사에 있는 샘물에서 손을 씻은 다음 담배를 피우는데 도리이 쪽에서 갑자기 남자가 크게 외치는 소리와 싸우는 소리가 들렸습니다. 조심조심 다가가보니 그 청년이 피를 흘리며 쓰러져 있었죠."

마스다가 나를 돌아보며 덧붙였다. "그 사람 옆으로 달려갔을 때는 다치게 한 듯한 사람은 전혀 보이지 않았어요."

구급대원은 마스다의 꾀죄죄한 옷차림이나 겉모습이 그의 또박또박한 말투와 어울리지 않아 당황한 표정이었다.

우리가 질문에 대답하는 동안에도 의사와 간호사가 수술실로 가는 복도를 쉴 새 없이 오가며 수술에 필요한 의료기구를 옮기고 있었다. 조금 전에 아래층에 대기했던 사십대로 보이는 콧수염 의사가 우리를 보더니 진녹색 수술복 같은 것을 걸치며 로비 쪽으로 다가왔다.

"급히 수술에 들어갑니다. 좌측 두부의 두개골에 함몰이 보이고 경막외혈종이나 뇌좌상의 염려도 있으니 될 수 있으면 빨리 머리를 열어 조치를 취해야 할 것 같습니다. 따라오신 분 가운데 가족은 안 계신가요?"

"아뇨. 이분들은 환자가 사고를 당한 현장에 우연히 있던 분들이라서."

"그래요? 그럼 어쩔 수 없군요. 우리 판단에 따라 수술을 시작하겠습니다."

"그 친구 아버지가 있는데, 연락처를 몰라요." 내가 말했다. "하지만 알 만한 곳이 있으니 연락을 취해보죠."

"부탁합니다." 의사가 말했다. "아마 수술에 시간이 꽤 걸릴 겁니다. 수술 뒤에 가족 되시는 분과 이런저런 의논을 해야 할 일이 생길지도 모르니까요…… 그럼 부탁드리겠습니다."

의사는 잰걸음으로 수술실로 갔다. 구급대원도 들어왔던 길을 되돌아갔다.

수술실로 가는 복도 모퉁이 '간호사 스테이션' 오른편 안쪽에 화장실이 있고, 그 입구에 공중전화가 보였다. 나는 마스다에게 기다리라고 말하고 전화기 쪽으로 갔다.

수화기를 들기 전에 시간을 확인하니 자정까지 오륙 분밖에 남지 않았다. 수첩에서 그 명함을 꺼내 번호를 확인하고 오기쿠보에 있는 더그아웃으로 전화를 걸었다. 후지사키 부인인 듯한 목소리가 전화를 받았다.

"후지사키 씨 계십니까?" 내가 물었다.

"……계신데요. 어디신가요?"

목소리만으로는 아직 내가 누군지 모를 텐데도 후지사키 부인의 목소리에는 바로 수상쩍게 여기는 기색이 드러났다. 내가 죽은 가와시마 히로타카의 이름을 사칭했을 때 놀랐던 기억이 아직도 머릿속에 남아 있기 때문이 틀림없다.

"사와자키입니다."

"아, 그 탐정이로군요. 당신 그 아무 소용도 없는 일을 일주일, 열흘 계속해서 조사비인지 뭔지를 아직 어린애 같은 우오즈미한테서 우려내는 짓은 그만둬요." 약간 술기운이 느껴지는 말투였다.

"무슨 말씀인지 모르겠군요." 내가 대꾸했다.

우오즈미는 주위 사람들이 나를 고용해서 조사를 시킨 걸로 생각하도록 행동했던 걸까? '어린애 같은' 사람은 때로 대담한 수법을 구사한다.

"우오즈미가 나를 고용한 건 겨우 십오 분 전입니다."

"순 거짓말만!" 전화 속 목소리가 멀어지더니 누군가와 이야기하는 소리가 들렸다. "아, 그 탐정이야? 됐어, 내가 이야기할 테니까."

수화기를 차지하기 위해 다투는 듯한 소리가 들렸다.

"전화 바꿨습니다. 후지사키입니다만……."

"사와자키입니다."

"아, 우오즈미한테 당신 이야기를 들었습니다. 그애는 지금 여기 없는데요……."

"알고 있습니다. 우오즈미가 다쳐서 구급차로 병원에 실려왔습니다."

"뭐라고요? 대체 어쩌다?"

"자세한 이야기를 할 시간이 없습니다. 후지사키 씨, 우오즈미 아버지 연락처를 아십니까?"

"예? 아, 물론 우오즈미가 원래 살던 주소니까 알아보면 바로 알 수 있죠. 그런데, 그렇게 심하게 다쳤나요?"

"머리를 다쳐서 이미 응급수술에 들어갔을 겁니다."

전화 저편에서 후지사키가 숨을 죽였다. "알겠습니다. 제가 바로 연락해보겠습니다. 하지만 우오즈미 아버지는, 그러니까 그게……."

"전처의 병문안도, 장례식에도 가지 않은 사람."

"그, 그렇습니다. 연락을 취해도 움직일지 어떨지……."

"어쨌든 연락을 부탁드리죠. 병원은 신주쿠 역 서쪽 출구 신주쿠 경찰서 옆에 있는 도쿄 의대병원인데, 아십니까?"

"예, 압니다. 저도 바로 병원으로 가죠. 괜찮겠습니까?"

"물론이죠. 다만 감독님만 오시고 전에 선수였던 사람이나 응원단으로 활동했던 사람들에게는 비밀로 해주세요."

"알겠습니다."

전화를 끊었다. 나는 로비의 인조가죽 벤치에 걸터앉은 마스다 쪽으로 갔다.

"그 친구 살아날까?" 마스다가 걱정스러운 듯이 물었다.

"그러면 좋겠는데." 나는 마스다 옆에 앉았다.

"그 친구와 이야기는 해봤나?"

"우오즈미 아키라는 내 의뢰인이야."

"……이제야 겨우. 내가 자네를 만나서 처음 그 친구 이야기를 한 게 언제였지?"

나는 윗옷 주머니에서 담배를 꺼냈다. 아까 쿠션 대신 윗옷으로 우오즈미와 젊은 노숙자를 받쳐준 바람에 담뱃갑이 찌그러졌다. 마스다에게도 권했더니 그는 안 된다는 듯이 손을 저으며 등 뒤의 벽을 가리켰다. 보나마나 틀림없이 '금연' 표시일 것이다.

"보름쯤 지났지."

"그런가……? 한 몇 달 된 기분이야."

"한 가지 부탁이 있는데." 내가 말했다.

"뭔데? 말해."

"내일 아침, 날이 밝은 뒤에 현장 주변을 조사해서 우오즈미를 공격하는 데 사용한 흉기가 있나 찾아봐주지 않겠나? 다친 상태로 보면 아마 피가 많이 묻었을 거야. 그렇다면 부근에 버리고 갔을 가능성이 커."

"좋아. 해보겠어."

간호사 스테이션 저편에 있는 일반 승객용 엘리베이터 문이 열리고 두 사람의 제복경찰관이 나왔다. 그들은 우리가 상해사건 관계자라는 사실을 확인하더니 아까 응급대원과 거의 같은 순서로 사건 상황에 대해 물었다. 차이라면 구급대원이 우오즈미가 어떻게 해서 부상을 당했는가에 관심을 가지고 있었다면 경찰은 누가 어떻게 피해자를 공격했는지에 관심을 보였다. 우리는 그들이 기대한 정보를 제공할 수 없었다.

경찰관은 피해자와 우리가 어떤 관계인지 물었다. 마스다는 사건 현장 근처인 신사에서 한 차례 만나 술을 얻어 마신 적이 있어서 이름을 아는 정도라고 대답했다. 나는 마스다와 아는 사이인데, 그가 사건 현장 근처에 있는 내 사무실로 다친 사람이 있다고 알리러 와서 전화로 구급차를 부르도록 하고 그다음에 병원으로 옮기는 일을 거들었다고 대답했다. 마스다는 내 대답을 말없이 듣고 있었다. 내가 거짓말을 한 것은 아니었다. 사실을 모두 이야기하지 않았을 뿐이다.

나는 아까 전화할 때 썼던 명함을 주머니에서 꺼내 이번에는 거짓말을 했다.

"다친 사람이 의식을 잃기 전에 이 전화번호로 후지사키라는 사람에게 연락해달라고 해서 걸었는데 바로 이리 오겠다고 했죠."

"그 후지사키라는 사람은?" 턱이 튀어나온 나이 든 경찰관이 명함을 흘끗 보며 물었다.

"고등학교 선배쯤 되는 모양이던데. 오기쿠보에서 온다니 그리 오래 걸리지는 않겠죠."

경찰관은 내 윗옷 어깻죽지 부분을 뚫어지게 바라보았다.

"당신 상의에 묻은 게 피요?"

나는 그가 손가락으로 가리키는 부분을 보았다. 분명히 검붉은 얼룩이 있었다.

"구급차를 기다리는 동안 둘둘 말아서 다친 사람 등 밑에 쿠션 대신 밀어넣었는데 그때 묻은 모양이로군."

경찰관은 그게 사실인지 어떤지 확인하려는 듯이 마스다를 보았다. 마스다가 고개를 끄덕이자 그제야 납득한 듯했다.

경찰은 우리 이름과 연락처를 확인했다. 마스다가 밤이면 늘 가부토 신사에 있다고 대답하자 두 경찰관은 얼굴을 마주 보고 쓴웃음을

지었다. 초로의 노숙자와 알고 지낸다는 한가한 중년 남자를 번듯한
시민이라고 생각하지 않는다는 사실이 태도에 숨김없이 드러났다.

"요즘 이런 강도사건이 신주쿠 역 서쪽 출구 일대에서도 자주 일어
났지. 이달 들어 벌서 세 건째인가?"

"예전 동쪽 출구나 가부키초에 비하면 조용한 편이기는 하지만."

그들의 말투로 보아 노숙자의 또 다른 지인이 퍽치기를 당해 부상
을 입은 것으로 보이는 이 사건을 전혀 중요하게 여기지 않는 듯했다.
흉악한 범죄가 급증하는 신주쿠에서 이런 늦은 시간에 시민이 머리
를 강타당한 정도로 놀라서야 경찰 노릇도 하기 힘들 것이다.

두 경찰관은 서로 의논해 나이 든 쪽이 병원 의사들에게서 상황을
듣고, 젊은 쪽이 사건 현장 수색을 맡기로 결정했다. 나이 든 경찰은
간호사들을 웃길 천박한 농담이라도 궁리하는 표정으로 간호사 스테
이션 쪽으로 갔다. 다리 부분만 길게 늘여놓은 것처럼 키가 큰 젊은
경찰은 부러운 듯이 동료를 지켜보면서 우리 둘 중 누구든 현장에 함
께 가자고 했다. 마스다는 자기가 사정을 자세히 안다면서 일어서서
경찰과 함께 엘리베이터 쪽으로 갔다.

나는 마스다와 경찰관이 탄 엘리베이터가 닫히기를 기다렸다가 화
장실로 갔다. 비어 있는 칸으로 들어가 문을 닫고, 우오즈미가 맡긴
비닐 속 통장을 꺼내 살폈다. 우오즈미의 새어머니인 듯한 마쓰나가
도시에 씨 명의의 보통예금 통장이었다. 잔액은 이천팔백만 엔 남짓.
그때 통장 낱장 사이에 끼워져 있던 뭔가가 떨어졌다. 접은 쪽지 같았
다. 쪽지를 펼쳐보니 노가쿠* 입장권 같았다. 날짜는 이달 12일 금요
일이었다. 모레 하는 공연 입장권이라는 이야기다. '오쓰키류 3월 정

기공연'이라는 제목 이외에 '후나벤케이●● 등의 공연 목록과 오쓰키 우콘이라는 출연자 이름 등이 찍혀 있었다. 하지만 우오즈미 아키라 와 노가쿠라니, 마치 여우에게 홀린 기분이었다.

그 정도만 살피고 표는 내 수첩에 끼워 통장과 따로 주머니에 넣었 다. 그리고 소변을 본 뒤 화장실을 나왔다. 간호사 스테이션을 살폈지 만 경찰관은 보이지 않았다. 나는 링거액을 준비하는 젊은 간호사에 게 물었다.

"수술에 최소한 한 시간 이상 걸릴 거라고 했더니 일단 경찰서로 돌아가겠다더군요. 새벽 1시쯤 다시 오겠다고 하셨습니다."

"그래요? 우오즈미 아키라의 수술 경과를 아십니까?"

"아뇨, 저는…… 하지만 아까 수간호사님이 조치가 빨랐기 때문에 생명에 위험은 없을 거라고 하셨습니다."

승객용 엘리베이터 문이 열리고 나타난 남자가 곧바로 간호사 스 테이션을 향해 다가왔다.

"저는 구급차로 여기 들어온 우오즈미 아키라의 지인으로 후지사 키라는 사람……."

운동을 상당히 많이 하던 사람이 운동량이 줄자 비만이 된 듯한 체 격으로, 여전히 근육이 탄탄해 보이는 키 큰 남자였다. 마흔한 살치고 는 이르게 앞머리가 완전히 벗어졌고, 그 아래로는 선수가 번트에 실 패해도 환히게 웃을 듯이 온화한 얼굴이 있었다. 전직 스포츠맨답게 흰 폴로셔츠와 슬랙스 위에 죽은 가와시마 히로타카가 근무하던 '하

자마 스포츠 플라자'의 로고가 들어간 점퍼를 입고 있었다.

나는 간호사를 제지하며 사와자키라고 통성명을 했다. 그를 벤치로 안내해 그때까지의 경과를 간략하게 들려주었다.

"우오즈미의 아버지와는 연락이 닿았나요?"

"그게, 전화를 걸기는 했는데 연결되지는 않았습니다. '이 전화번호는 고객의 사정으로 지금 통화를 할 수 없습니다'라는 메시지만 나오더군요. 전화요금이 밀려서 끊겼겠죠. 제가 직접 알리러 갈까 했지만 오늘 밤은 너무 늦었고 이쪽 사정이 걱정되어서…… 내일 아침 일찍 알리러 갈 생각입니다만."

"아버지는 어디 삽니까?"

"미타카 역 근처인데, 미타카 시 니혼 무선에서 바로입니다."

나는 고개를 끄덕이고 윗옷 주머니에서 우오즈미의 새어머니 명의로 된 통장을 꺼냈다.

"이건 구급차를 기다리는 동안에 우오즈미 아키라가 맡긴 겁니다. 새어머니가 남긴 유산인 모양입니다. 우오즈미는 이 통장에 있는 돈으로 내게 '어떤 건'에 대한 조사를 의뢰했죠."

"어떤 건이라니, 그게?"

"이야기할 수는 없지만 당신이라면 대략 짐작이 갈 겁니다."

"예, 뭐…… 그런데 우오즈미가 당신에게 조사를 의뢰한 지 이제 꽤 되지 않았습니까?"

"그런 척 했을 뿐 실제로 의뢰를 한 건 그가 중상을 입은 뒤입니다."

"그렇다면, 그 녀석은, 그러니까……."

"자기를 미끼로 삼았던 건지도 모르죠. 만약 그렇다면 상대는 멋지게 걸려든 셈이 되고.”

“상대방이 누군지 아십니까?”

“그걸 말하기 전에 의식을 잃었죠.” 나는 사실과 다르게 말했다. “우오즈미가 회복하기 전에는 알 수 없습니다.”

“그런가요……?”

“이 통장을 맡아주시면 좋겠군요. 당장 그 친구 수술비용이나 치료비가 필요할 테니까. 그리고 우오즈미의 대리인으로서 내 조사에서 필요에 따라 발생하는 요금을 지불해주세요. 아마 우오즈미가 의식이 돌아오기 전에 실제로 청구할 일은 없을 테지만.”

“그건 상관없습니다만…… 하지만.”

“이게 우오즈미의 뜻이라고 생각해서 부탁하는 겁니다만, 받아들이지 못하겠다면 억지로 강요할 수는 없죠.”

“아뇨, 그건 아니고요. 물론 저도 우오즈미의 뜻을 존중합니다.”

나는 예금통장이 든 비닐을 후지사키에게 건넸다.

“그럼 잘 보관하겠습니다.” 그가 통장을 점퍼 안주머니에 넣었다.

“또 한 가지 의논할 게 있군요.” 내가 말했다. “사실은 통장에 대해서나 우오즈미가 의뢰한 조사에 대해서나 경찰에는 전혀 이야기하지 않았습니다. 그리고 그 밖에도 몇 가지, 우오즈미 아키라와 제 관계에 대해 경찰에 이야기하지 않았습니다.”

나는 그 부분에 대해서도 설명했다.

“그러니 나서서 거짓말할 필요는 없지만 경찰이 뭔가 물으면 그 선에서 답변해주시면 좋겠군요. 이유는 의뢰받은 조사에 지장이 없도록 하기 위해서일 뿐입니다.”

“……그래요? 알겠습니다. 저도 할 수 있는 만큼은 해보도록 하죠.”

나는 시계를 보았다. 나이 든 경찰관이 돌아오겠다고 한 새벽 1시가 가까웠다. 그 전에 나는 병원을 나가고 싶었다.

“그럼 우오즈미 아키라 아버지의 정확한 주소를 알려주시죠.”

나는 이제야 탐정으로 복귀한 기분이 들었다.

21

도심에서 멀어질수록 교통량이 두드러지게 줄어들었다. 병원에서 나와 블루버드를 가지러 사무실에 들렀다 오우메 가도와 이쓰카이치 가도를 거쳐 차를 몰았다. 우오즈미 아키라의 아버지인 우오즈미 효가 사는 집은 미타카 시 시모렌자쿠 6초메의 ‘기치조지 거리’에서 서쪽으로 꺾어져 들어간 곳에 있었다. 큰길 동쪽 일대에는 후지사키가 길을 찾을 때 기준으로 삼으라고 알려준 니혼 무선 미타카 공장 터가 펼쳐져 있었다. 근처에 있는 보육원 철망 울타리 옆에 차를 세웠을 때는 오전 2시쯤이었다.

집은 2층짜리 낡은 목조건물이었는데, 그 주위를 가슴 높이의 벽돌 담장이 둘러싸고 있었다. 벽돌은 녹색 이끼로 덮였고, 담장과 건물 사이에 서 있는 나무 몇 그루는 여러 해 손질을 하지 않은 듯했다. 정면에는 철창으로 된 문짝이 달려 있었다. 문설주에 검은색으로 우오즈미라고 적은 색 바랜 나무 문패가 걸려 있었다. 그 옆에 있는 우편함 명패에는 세대주인 우오즈미 효의 이름만 남아 있었다. 그의 이름 아래 병으로 죽은 전처 도시에, 자살한 딸 유키, 집을 나간 아들 아키라의 이름이 검은 줄로 지워져 있는데, 햇빛과 빗물에 색이 바래 들여다봐야 겨우 읽을 수 있을 정도였다. 그게 이 가족의 붕괴 기록인 양 참혹한 느낌을 주었다.

철창 사이로 손을 넣어 손잡이가 달린 잠금장치를 풀자 문은 쉽게 열렸다. 잡초가 무성한 한 평쯤 되는 앞마당을 지나 현관문으로 갔다. 젖빛 유리를 끼운 문 옆쪽에 달린 초인종을 누르고 잠시 기다렸지만 아무런 반응도 없었다. 다시 누르고 조금 더 오래 기다렸지만 마찬가지였다. 초인종 자체가 눌리는 느낌이 전혀 없었고 안에서는 희미한 소리조차 들리지 않았다. 아마 초인종이 고장 난 모양이었다.

현관 왼쪽으로 나무가 심긴 뜰로 통하는 낡은 나무 문짝이 있었다. 손잡이가 달린 빗장을 움직여 여러 해 손질을 하지 않은 듯한 나무문을 힘겹게 열자 몇 미터 앞에 있는 닫힌 유리문으로 불빛이 새어나오는 게 보였다. 커튼을 비추는 불빛의 밝기와 빛깔이 계속해서 바뀌며 희미하게 음악도 들려왔다. 누가 텔레비전을 보고 있는 것이다.

나무문 안으로 들어갔다. 무릎 높이까지 잡초가 무성해서 뜰 안쪽으로는 누구도 들어갈 수 없을 것 같았다. 나무문을 따라 유리문에 손이 닿을 만한 곳까지 겨우 다가가 유리문을 몇 차례 두드렸다. 한동안 아무런 반응도 없었다. 다시 두드리려고 하자 커튼에 검은 그림자가 일어서는 모습이 비쳤다. 그림자는 유리창으로 다가와 커튼을 살짝 들춰 이쪽을 한참 바라보았다. 이윽고 커튼이 유리창 한 장만큼 열렸다. 유타카 같은 잠옷을 걸친 예순 살쯤 되어 보이는 남자였다. 나이에 비해 키가 크고 다부진 체격이었다. 그는 내게 자기 모습을 보여주기 위해 커튼을 연 게 아니었다. 현관 쪽을 손가락으로 가리키며 내게 뜰에서 나가라고 지시하고 있었다. 나는 현관으로 돌아왔다.

현관에 바로 불이 들어오고 아까 그 그림자가 젖빛 유리를 끼운 문을 열었다. 문이 도어체인 길이인 10센티미터 정도 열리고 그 틈새로 우오즈미 아키라의 아버지로 보이는 사내가 나를 노려보았다.

"뭐 하는 거요, 이런 시간에?"

남자의 목소리는 묘하게 끈적거리는 느낌이었고, 분노가 담겨 있었다. 부어오른 눈가는 검붉었다. 아마 술을 마시고 기분 좋게 자던 중인데 내가 깨웠으리라.

"우오즈미 아키라의 부친이시죠? 늦게 죄송하지만 급한 용무가 있어서 찾아왔습니다."

우오즈미 효는 아들 이름을 듣고도 표정 변화가 거의 없었다.

"그 녀석이 무슨 짓을 했는지 모르지만 그 녀석은 그 녀석이고 난 나야. 내겐 아무 책임도 없어. 얼른 돌아가쇼."

그는 거칠게 문을 닫았다. 십일 년 전에 아들이 승부조작 의혹을 받았을 때도 이 남자는 이런 태도로 이런 말을 내뱉지 않았을까? 사람은 당황하면 늘 같은 식의 반응을 보이기 마련이다. 그는 일단 닫았던 문을 다시 열고 내가 가지 않았다는 사실을 확인했다.

"이렇게 밤늦게 내 집 안을 멋대로 어슬렁거리는 건 참을 수 없어. 좋아, 경찰에 연락할 테니까 거기 그대로 기다려."

"그렇게 해주시죠. 그러는 게 일 처리가 더 빠를 테니까."

그는 잠깐 당황한 표정을 지었다. 속이 메슥거리는지 풀어헤친 잠옷 옷깃 안으로 손을 집어넣고 쥐어뜯는 시늉을 했다. 더욱 화가 치미는 모양이었다.

"좋아, 그쪽이 원한다면 진짜 전화하겠어." 그는 발소리를 쿵쿵 울리며 현관에서 멀어져갔다.

나는 윗옷 주머니에서 담배를 꺼내 불을 붙이고 기다렸다. 일 분도 지나지 않아 다시 비틀거리는 발소리가 나더니 우오즈미 효가 돌아왔다.

"경찰이 곧 올 거야. 주거침입으로 고소하겠어."

입에서 턱까지 젖은 자국이 있었다. 아마 부엌에 가서 물이라도 마시고 온 모양이다. 어쩌면 술일지도 모른다.

"어지간히 하시죠. 이 집 전화가 불통이라는 건 알고 있으니까. 내 이야기를 들어봐요." 내가 말했다.

"뭐라고? 당신, 여기 전화를 했었나?"

"전화한 사람은 후지사키 감독입니다. 후지사키 겐지로는 기억하실 텐데."

그는 비틀거리는 몸을 추스르려는 듯이 두세 차례 고개를 끄덕였다. 생각보다 중대한 일이 일어났다는 사실을 깨달은 표정이었다.

"감독 대신 내가 왔습니다. 오늘 밤에 당신 아들이 신주쿠에서 누군가에게 습격을 받아 중상을 입었어요. 난 그걸 알리러 온 거요."

"아키라가 중상이라고?"

"문 좀 여시죠. 나도 피곤합니다. 이렇게 계속 문틈으로 핏발 선 당신 눈을 보고 있으니 최면에 걸릴 것 같군요."

그는 문을 일단 닫았다가 도어체인을 풀고 다시 열었다. "중상이라니, 그게 무슨 소리지?"

그는 맨발로 현관 바닥에 서 있었다. 내가 문 안으로 들어가자 그는 뒤로 물러서 마루 위로 올라갔다.

나는 문을 닫고 입을 열었다. "아드님은 머리를 맞아 신주쿠 병원으로 실려 가서 응급수술을 받고 있습니다. 간호사가 생명에는 지장이 없을 거라고 했지만 섣불리 짐작할 수 없는 상태일 겁니다."

"이게 무슨 일인가……." 우오즈미 효는 몸에 힘이 쭉 빠진 듯이 비틀거리며 2층으로 올라가는 계단 난간에 몸을 기댔다.

"괜찮습니까?" 내가 물었다.

우오즈미 효는 고개를 끄덕이며 난간을 움켜쥔 채로 몸을 돌려 계단 제일 아래 칸에 걸터앉았다. 흰머리가 섞인 머리카락은 빗질을 하지 않아 부스스했다. 넓은 이마와 튀어나온 광대뼈 부근이 아들과 닮았지만 아들에 비해 묘하게 붉은 기운을 띤 피부와 처진 입 언저리는 아버지의 현재 생활 상태를 그대로 드러내고 있었다.

"그 녀석도 참 운이 없는 놈이로군…… 그런데 대체 누가 그런 짓을?"

"재떨이를 빌릴 수 있을까요?" 내가 물었다.

그는 신발장 위에 있는 네모난 도자기 그릇을 가리키며 그걸 대신 쓰라고 했다. 잔뜩 녹이 슨 꽃꽂이용 침봉과 여러 해 쌓인 먼지가 담긴 꽃 그릇에 나는 담뱃재를 털었다.

"아들을 그 지경으로 만든 게 누군지, 아버님도 짚이는 구석이 없으십니까?"

그는 고개를 저었다. "부자지간이라고는 해도 아키라와는 이미 오륙 년이나 만나지 못했으니 그애가 어떻게 살고 있는지도 몰라."

"마지막으로 만난 게 삼 년 전 아닙니까? 헤어진 부인인 마쓰나가 도시에 씨의 병을 알리러 왔을 텐데요."

"그랬던가……?" 그는 내 얼굴을 물끄러미 바라보았다.

"그런데 당신은 어떻게 그런 것까지 알고 있지? 대체 누구요?"

"사와자키. 직업은 탐정. 당신 아들에게 고용되어 어떤 조사를 하고 있죠."

"탐정이라고? 아키라가 탐정을 고용해서 무얼 조사한다는 거요?"

"그건 말할 수 없습니다." 나는 '상투적인' 대답을 했다. 상대의 반응을 보기 위해서였다.

"흥. 대답하지 않아도 알겠어. 어차피 누나인 유키 문제를 조사해달라고 했을 테지. 그 녀석은 대체 언제 정신을 차리려는지."

그는 목이 마른 걸 달래듯 울대뼈 주위를 쓰다듬었다.

"당신도 조사할 가치가 없다고 생각하는 겁니까?"

"난 십 년도 지난 옛날 사건은 될 수 있으면 하루라도 빨리 잊고 싶을 뿐이오."

"잊을 수 있었습니까?" 나는 꽃 그릇에 담배를 끄고 물었다. "그래 보이지는 않는데요."

그가 눈을 치켜뜨며 나를 노려보았다. "그렇게 간단하게 잊을 수 있겠나? 이 집안이 그 사건을 고비로 언덕에서 굴러떨어지듯 엉망이 되어버렸는데."

담뱃불이 먼지를 태우는 냄새가 나서 담배를 다시 껐다.

"아들이 승부조작 의혹을 받은 일이나 딸이 투신자살한 일을 말하는 겁니까?"

"그래. 하지만 그것만이 아니야. 그 사건의 피해자가 두 아이들뿐이라고 생각하나? 말도 안 되지. 나나 집사람, 헤어진 그 여자도 마찬가지로 괴로움을 겪었지. 아니, 가장 큰 피해자는 집사람 도시에였을지도 몰라."

그는 현관문 밖의 어둠을 노려보았다.

"그날은 도시에도 미타카 상고를 응원하기 위해 이 지역 응원단과 함께 고시엔 구장까지 갔었지. 상대가 강적인 PL 학원이었으니 질 걸 각오하고, 잘 싸웠다고 칭찬해주며 아들과 함께 신칸센을 타고 돌아올 생각이었네. 그런데 시합이 끝난 뒤에 미타카 상고 관계자 가운데 아들과 아키라와 감독, 야구부장은 함께 돌아갈 수 없게 되었다는 이야기를 들었지…… 아키라에게 승부조작 혐의가 있다고 하더군. 신칸센을 타고 돌아오는 세 시간이 그야말로 지옥의 바늘방석에 앉은 심정이었지. 도시에는 도쿄 역 플랫폼에서 쓰러져 바로 입원할 정도로 충격이 컸어. 원래 당뇨를 앓고 있었는데 그 증상이 눈으로 나타나 거의 망막박리가 일어날 지경이었네. 그런데 수술 뒤 안정을 취해야 하는 상황에서 이번에는 딸이 자살을…… 그런데도 실명을 하지 않은 게 오히려 신기하지."

그가 다시 나를 바라보았다. "미안하지만 담배 한 대 얻을까? 끊은 지 몇 해 되는데, 그때 일을 떠올리니 갑자기 피우고 싶군."

나는 담배를 꺼내 그에게 건네고 불을 붙여주었다.

"딸 유키도 근무하던 회사에 있을 수 없게 되어 죽기 전에 사표를 냈지만, 나도 이십오 년이나 근무하던 전기기계 제조회사를 그만둘 수밖에 없었지. 그야 그럴 수밖에 없잖아? 아키라가 고시엔 대회 출전이 결정되었을 때나 8강에 올라갔을 때나 회사가 들썩거리도록 응원해주었는데 그런 끔찍한 결과가 나오다니. 개중에는 아내의 병이나 딸의 자살까지 당연하다는 놈도 있었지. 차라리 아키라가 승부조작을 했다면 나았을 거요. 그렇다면 우리만 움츠리고 있으면 되는 거였으니까. 그런데 일주일이나 지난 뒤에 아들이 결백하다는 판정이 났잖아? 그러자 이제 회사에서는 내 얼굴을 제대로 쳐다볼 수 있는 놈이 아무도 없게 된 거야. 말을 거는 놈도 없었지. 다들 면목 없다는 표정으로 슬금슬금 피해 다녔어. 그런 회사에서 어떻게 일을 할 수 있겠나? 내가 사표를 냈을 때 그걸 받아든 상사가 그렇지 않아도 위에서 지시가 내려와 원만하게 퇴사해달라고 말을 꺼낼 예정이었다고 하더군. 나는 그때까지 사표는 자기 선에서 맡아둘 테니 나가지 말라고 만류할 줄 알았지만 그건 나 혼자 생각이었어."

그는 눈시울을 적시며 마른 웃음소리를 냈다. 웃음이 멈추기도 전에 담배연기에 목이 메어 기침을 했다.

"영광 뒤의 굴욕이로군요." 내가 말했다. "내가 아는 흥신소 직원 가운데 한 명은 아주 음험하고 삐뚤어진 성격이라 주위 사람들 누구나 자신이 잘못되기를 바란다고 믿는 남자였어요. 그 친구가 예전에 고시엔 대회에 나갔던 적이 있다더군요. 2점 차이로 승리를 눈앞에 둔 9회 말이었답니다. 투아웃에 만루 위기에서 투수가 타자를 3루 앞 뜬 공으로 잡았을 때 3루 수비를 맡고 있던 그 친구가 그만 공을 떨어뜨리고 말았답니다. 게다가 홈에 터무니없는 악송구를 해 역전패를 당했대요. 야구에는 실책이 따르기 마련이지만 열일고여덟 살밖에 안 된 소년이 그런 실책을 저지르는 걸 전국이 주목하고 텔레비전 중계로 지켜본다는 것이 어떤 건가 싶습니다. 자랑스럽게 입장 행진을 할 때는 자기가, 혹은 자기 아들이 그런 비참한 주인공이 되리라고는 아무도 생각하지 않겠죠.”

“하지만 실수를 한 고시엔 대회 출전 선수가 모두 삐뚤어진 사람이 되는 건 아니지.”

“그렇죠. 우승한 학교 선수나 멋진 플레이를 보인 선수가 모두 훌륭한 사람이 된다고도 할 수 없고.”

“실수를 한 경우와 승부조작 누명을 쓴 경우는 하늘과 땅 차이야.”

나는 고개를 끄덕였다. “하지만 당신 아들은 그 시합 문제로 징징거리는 소리를 하지는 않았습니다. 그 친구는 자기가 피해자라는 의식이 없더군요. 누나의 자살에 의문을 품고 있을 뿐이지. 누나가 자기 때문에 자살했는지 아닌지, 누나의 죽음에 진짜 책임이 있는지 없는지, 그걸 확인하려는 거죠. 하지만 누구도 그의 손을 잡아주려고 하지 않았어요…… 세상 사람들도, 감독도, 자기 아버지마저도.”

나는 현관문을 열고 나가려고 했다.

“잠깐만.” 우오즈미 효가 말했다. “아키라가 입원한 병원이 어디지? 그걸 가르쳐주지 않았잖소.”

“아들 병문안을 갈 생각입니까? 아까부터 늘어놓은 그 말들은 하기 싫은 일을 피해 여기서 술이나 마시기 위한 구실이 아니었나요?”

“설마…….” 그는 옷깃을 여몄다. “당신 이야기에 따르면 아키라의 수술이나 치료에 비용이 꽤 들 거 아냐. 내가 날품팔이로 하루하루 살아가고 있지만 여차하면 이 집이나 땅을 담보로 그애 치료비 정도는 댈 수 있어.”

"비용 문제는 병원에 있는 후지사키 감독과 의논하는 게 나을 겁니다." 나는 현관문을 다시 닫았다. "수술을 담당한 의사가 수술 뒤에 가족과 상담할 일이 있을 거라고 했습니다."

"……알았소. 병원으로 가도록 하지."

그는 계단에서 천천히 일어나 꽃 그릇에 담배를 껐다. 아까 처음 봤을 때에 비해 술이 조금은 깬 모양이었다.

"그리고 인사가 늦었지만, 내 아들이 여러 모로 신세를 졌다니 미안하오."

"병원은 신주쿠에 있는 도쿄 의대병원인데, 어차피 신주쿠로 돌아가야 하니 차로 데려다드리죠."

"그렇게 해주면 고맙겠구려. 얼른 옷을 갈아입고 나오겠소."

그는 안쪽으로 이어진 복도를 향해 움직였다.

"물을 한 잔 얻어 마실 수 있으면 좋겠는데요." 내가 부탁했다.

"아, 차도 한잔 대접하지 못하고. 가지고 오겠소."

"아, 졸음을 쫓기 위해 세수도 하고 싶은데."

"그럼 들어와요."

그가 복도 안쪽의 오른쪽 유리문을 열고 조명 스위치를 켜더니 '여기'라고 했다. 그리고 자기는 맞은편 장지문을 열고 왼쪽 방으로 들어갔다.

나는 구두를 벗고 마루로 올라가, 복도를 지나 주방으로 들어갔다. 초로의 홀아비가 혼자 사는 집 부엌이라 어질러져 있었지만, '알코올 의존증'인 사람들처럼 형편없이 난잡하지는 않았다. 오히려 내가 사는 집 주방보다 잘 정돈되어 있었다. 나는 수도꼭지를 틀어 물이 나오게 하고 컵을 찾는 '척'하며 '다른 것'을 찾았다. 주방 안쪽에 있는 욕실이나 그 주변에서는 찾을 수 없었다. 주방에서 마루가 끝나고 밖으로 나가는 문 쪽에 다다미 한 장 넓이의 공간이 있었는데 거기 세탁기가 보였다.

고개를 돌려 우오즈미 효가 있는 방 쪽에 귀를 기울였다. 들리는 소리가 내 행동이 의심을 살 우려가 없을 정도로 멀었다. 세탁기 뚜껑을 열고 안에 든 옷가지를 끄집어냈다. 베이지색 작업복 상하의와 흰색 와이셔츠였다. 재빨리 펼쳐보니 작업복과 와이셔츠의 오른쪽 소매와 바지 무릎 부근에 검게 말라붙은 많은 양의 핏자국이 남아 있었다.

옷들을 다시 세탁기 안에 넣고 뚜껑을 닫은 다음 틀어놓은 수도꼭지로 돌아와 찬물을 얼굴에 끼얹었다.

22

블루버드를 몰아 이쓰카이치 가도로 돌아와 간파치 길과 교차하는 다카이도 육교 밑을 지나 한동안 달리다 보니 비가 내리기 시작했다. 우오즈미 효는 긴장한 자세를 풀지 않고 조수석에 앉아 있었다. 틀림없이 이렇게 늦은 밤에 차를 타는 것이나, 가족 걱정을 하는 것이 오래간만인 듯했다. 회색 니트 셔츠 위에 걸친 허름하고 칙칙한 남색 합성섬유 양복은 십일 년 전 사건 이전에 산 게 아닐까 하는 생각이 들었다. 가슴이나 소매 부분이 약간 헐렁해 나이에 비해 큰 덩치인데도 쭈그러들어 보였다.

와이퍼를 작동시키자 그는 일기예보가 맞았다고 중얼거렸다. 담배를 꺼내 권했지만 이번에는 거절했다. 나는 대시보드에서 라이터를 찾아 담배에 불을 붙였다. 우회전하여 오우메 가도로 접어들면서 빗발이 거세졌다.

"아들이 부탁했다는 조사 말인데." 우오즈미 효가 입을 열었다. 말을 잇기까지는 잠시 시간이 걸렸다. 속도가 느린 대형 화물트럭을 추월하는 동안 울부짖는 듯한 트럭 엔진소리와 빗소리 때문에 대화하기 힘들었기 때문이기도 했다. 화물트럭이 뒤로 멀어지고 조용해지자 그가 다시 입을 열었다.

"……아, 내가 반대하는 건 아니오. 반대할 권리도 없을 테지만. 그런데 조사는 잘 진행되고 있는 거요?"

"미안하지만 아까도 이야기했는데 난 떠벌리고 다니기 위해 당신 아들로부터 보수를 받는 게 아닙니다. 그보다 그 친구가 부담하는 비용을 낭비하지 않고 조사를 진행하기 위해 사건 당시에 대해 좀 묻고 싶은 게 있는데요."

우오즈미 효는 잠깐 생각에 잠겼다가 고개를 끄덕였다. "그럽시다. 내가 대답할 수 있는 질문이라면…… 어차피 떠올리고 싶지 않아도 생각나는 과거의 망령 같은 일들뿐이니."

나는 오늘 너무 많이 맛도 느껴지지 않는 담배를 재떨이에 끄면서 무엇을 질문하면 좋을지 생각했다. 차는 고엔지의 간나나 거리 교차로에 있는 육교 아래를 지났다.

"유키라는 따님이 자살한 아파트는 어디 있었습니까?"

"지유가오카. 정확하게 이야기하자면 도큐 오이마치 선 구혼부쓰

역 쪽이오. 이렇게 말하면 딸아이는 못마땅한 표정을 지었소. '우리는 가오카라고 부르는데 아빠는 도저히 무리일 거야'라며 웃었지. 어린 새가 날개를 파닥거리듯 즐거워하며 이사하던 날이 기억나는군."

어린 새가 반드시 사랑스러운 작은 새로 자라는 것만은 아니다.

"따님이 그 사건 때문에 그만두었다는 일은 뭐였죠?"

"유키는 '뤼미에르 화장품'이라는 새로 생긴 회사에 들어갔소. 본사가 프랑스에 있는 외국계 회사였지. 일본에서는 한 대형 백화점이 자금을 대고 있었는데, 사장 이하 중역이 모두 여성인 신세대 회사였소. 그 회사에서 채용공고가 났을 때 딸은 경리 부문에 지원했는데, 아비가 이런 말 하면 우습겠지만 유키는 무척 예쁜 아이였기 때문에 모델 판매원 쪽으로 채용하겠다는 말을 들었다더군. 그쪽이 급여가 더 많았던 모양인데도 딸이 미타카 상고 출신이라 가능하면 특기를 살려 경리 일을 하고 싶다고 고집을 부렸지. 그런 면이 오히려 중역들 마음에 들어 합격했고 그해 4월부터 근무하기 시작했으니 얼마 근무하지 않은 셈이오."

스기야마 공원 옆의 신호등이 빨간색으로 바뀌는 바람에 나는 블루버드를 세웠다.

"열아홉 살 아가씨가 혼자 아파트에 살 수 있었다는 게 난 얼른 이해가 되지 않는데. 십일 년 전 일이니 요즘과는 사정이 많이 달랐겠군요."

"지유가오카에 있는 아파트는 회사 사택 같은 거였소. 아파트는 방금 얘기한 대형 백화점 소유였고 1층에는 뤼미에르 화장품 지점이 있었는데, 3층부터 그 위로는 일반 임대 아파트라 빈집 몇 칸을 사택 대신 사용했던 모양이오. 대개는 모델 판매원들이 한 집에 두 명씩 살았다는데, 딸은 아카사카미쓰케에 있는 본사에 근무해서 출근 시간이 다르기 때문에 혼자 지냈다고 들었소."

경리가 특기였던 열아홉 유키는 야구 도박이나 승부조작에 얽히면 어떤 결말이 날지는 계산하지 못했다. 그들의 인생에서 '나쁜 길'이란 멈출 수도, 돌아갈 수도 없는 고속도로처럼 위험한 길이다. 그 길 어디에도 빨간 신호등이나 노란 신호등은 설치되어 있지 않았다. 신호가 파란색으로 바뀌어 나는 차를 출발시켰다.

"그렇다면 따님은 이미 그만둔 화장품 회사 사택에서 자살했다는 이야기가 되는군요."

"유키와 마지막으로 통화했을 때 듣기로는, 보살펴주던 상사 한 분과 그만두는 문제를 의논했는데, 아파트에서 나가겠다고 했더니 회사를 그만두더라도 아파트는 그달 말까지 써도 괜찮다고 했다더군. 유키 입장에서는 편치 않아 바로 집으로 돌아와도 괜찮겠느냐고 물었는데. 막 그런 이야기가 오가던 중에 그만."

"그 전화는 언제 걸려온 거죠?"

"아마 그날 전날, 아니면 이틀 전이었을 텐데 정확히 어느 쪽인지는 도무지 생각이 나지 않네."

"그때는 특별히 이상한 느낌이 들지 않았나요?"

"집사람이나 아키라한테도 그런 추궁을 당하기는 했지만 난 아무런 낌새도 느끼지 못했고…… 내 딸이 설마 그런 생각을 하고 있었을 줄은……."

그가 무릎에 놓인 두 주먹에 힘을 주자 관절 부분이 하얘졌다.

"아키라에 대한 조사 결과가 나오기까지 그 며칠 동안 우린 차라리 죽는 게 낫겠다는 심정이었으니까……."

신주쿠 쪽에서 오는 반대 차선만큼은 아니지만 조금씩 교통량이 늘어났다. 대시보드에 있는 시계를 보니 9시 15분처럼 보였지만 실제로는 2시 45분을 막 지난 시각이었다. 분침이 반쯤 부러져 시침처럼 보이기 때문이다.

"아드님한테 걸려온 승부조작을 주문하는 전화 말입니다. 그 전화에 대해 본인에게 뭔가 들은 이야기가 있나요?"

"아키라가 고시엔에서 돌아왔을 때 물었소. 하지만 녀석이 그 얘기가 나오면 아주 기분 나빠해서 말다툼이 되었지. 나는 어째서 감독이나 대회 관계자에게 이야기하지 않았느냐고 잔소리를 하고, 그애는 시합에 나갈 수 없게 되는 게 싫었기 때문이라고만 하니. 그래도 아키라가 한 이야기들을 바탕으로 추측하자면, 당시에도 스포츠신문에 기사가 나왔는데 간사이 사투리를 쓰는 조직폭력배 같은 남자였던 모양이오."

"그 뒤로 사건 수사는 구체적인 성과를 거두지 못한 겁니까?"

"그 뒤고 뭐고 당시에도 범인을 찾아낼 가능성은 없을 거라고들 했었지. 간사이 지역 폭력단 가운데 고교야구를 대상으로 한 도박에 손을 대지 않는 놈들을 찾는 게 훨씬 어려울 거라고도 했고. 그 가운데 대부분은 미타카 상고가 지지 않으면 큰 손해를 입을 처지였다는 거요. 어처구니없는 얘기지. 그쪽 경찰은 아예 그 사건이 확실히 간사이 지역 폭력단에 의한 도박 범죄라고 한정지을 수 없다며 책임을 회피하는 발언까지 하는 지경이었소."

나카노 경찰서 조금 못 미친 곳에서 야간 도로공사에 걸렸다. 신주쿠 방면은 1차선을 제외하고 통행이 금지되어 병원에 도착하려면 좀 늦어질 것 같았다. 나는 질문 내용을 바꾸었다.

"가와시마 히로타카라는 남자를 압니까?"

우오즈미 효는 고개를 갸웃거렸다. 들어본 적 있는 이름인데 누군지 기억이 나지 않는다는 표정이었다.

"하자마 스포츠 플라자라는 스포츠용품 제조판매회사에 다니는 사람인데."

"아아, 그 사람? 아키라의 야구부 선배였던 것 같은데…… 감독인 후지사키와 동기였을 거요."

"그 사람이 지난달 말에 죽었다는 건 압니까?"

"아니, 몰랐소. 보시다시피 내 생활이 내내 그런 식이었으니. 그런 걸 알 도리가 없지 않겠소? 하지만 그 사람은 아직 마흔 정도밖에 안 됐을 텐데. 어쩌다가 그런?"

"사고였죠. 골프를 친 뒤에 협심증 발작을 일으킨 모양입니다."

"그런가……? 알 수 없는 일이로군. 나처럼 죽어도 아무도 신경 쓰지 않을 늙은이는 이렇게 살아있는데…… 가와시마라는 친구는 쾌활하고 밝아서 뭐랄까, 무난한 젊은이였던 기억이 나는데."

"당시 가와시마가 세상을 떠난 유키 씨와 사귀었다는 이야기를 들었는데 정말입니까?"

우오즈미 효는 살짝 웃음을 흘렸다. 그의 얼굴에 당시의 기억을 더듬는 표정이 떠올랐다.

"그게 사실이라면, 아니, 그러니까 두 사람이 진지하게 사귀는 사이였다는 의미라면 아버지인 내가 알 리 없겠지. 그런 교제는 아버지 모르게 하기 마련이니까. 하지만 내가 딸이 그 친구와 사귄다는 사실을 알고 있었으니 그건 적어도 유키가 아직 어린애들 수준의 교제 범위를 넘지 않았다는 증거가 되겠지."

"사귄 건 맞군요."

"그랬지…… 분명히 처음엔 후지사키 감독과 결혼한 노리코…… 그애는 유키하고 초등학교 때부터 친하게 지낸 친구이고 기치조지 역 부근에 있는 빌딩 주인 딸이었는데, 노리코가 그 가와시마라는 아키라 선배와 친해진 게 두 사람이 만나게 된 계기였을걸. 두 사람의 교제가 남들 눈에 띌까봐 가와시마의 동기인 후지사키 감독과 노리코의 친구인 유키를 끌어들여 그룹 교제처럼 되었다고 유키가 이야기했었지. 그런데 노리코는 바로 후지사키 감독 쪽으로 마음이 기울었고, 차인 꼴이 된 가와시마를 측은하게 여겨 유키가 대신 상대해주고 있을 뿐이라고 했어. 어쨌거나 자기가 후지사키 감독이나 가와시마와 어울리게 되면 동생인 아키라가 야구부 안에서 난처해진다는 정도는 유키도 알기 때문에 교제라고 해봤자 별거 아닌 정도였던 모양일세. 유키도 화장품 회사에서 업무를 제대로 할 수 있게 되기까지는 그렇게 편하게 놀러 다닐 수 있는 형편이 아니었을 테고."

"후지사키 감독이 그 노리코라는 아가씨와 결혼한 건 바로 그 직후입니까?"

"아니, 한참 지나서였지." 우오즈미 효의 목소리가 낮아졌다. 말을 잇기까지 꽤 시간이 걸렸다. "삼 년인가 사 년쯤 지나서였을 걸세. 노리코도 그때는 아직 유키와 마찬가지로 열아홉 살이었으니까 결혼하기에는 좀 이르지 않았을까……?"

그의 목소리는 더욱 낮아졌다. 말하기가 편치 않은 모양이었다.

"그 무렵 난 기치조지 역 부근 백화점이나 호텔에서 청소 일을 하고 있었지. 그런데 도큐 백화점인가 어딘가에 있는 결혼식장에서 우연히 그날 후지사키 감독과 가와시마라는 남자가 합동결혼식을 올린다는 간판을 보고 만 걸세. 그때는 도저히 견딜 수 없어서…… 그 자리에서 도망쳐 결국 그날 일을 하지 않고 말았지."

우오즈미 효는 고개를 돌려 빗물이 흘러내리는 차창 쪽을 바라보았다.

블루버드는 나카노사카우에 교차로를 지나 신주쿠로 접어들었다. 나루코텐진시타 교차로에서 우회전해 '도쿄 힐튼호텔'을 우회하여 도쿄 의대병원에 도착했다. 나는 야간 출입구 앞에 차를 세우고 우오즈미 효에게 아들의 수술실이 있는 구역으로 찾아가는 방법을 알려주었다.

"당신은 돌아갈 거요?" 그가 물었다.

"여기 있어봤자, 당신 아들에게 도움 될 일이 전혀 없어요. 일찍 자고 일찍 일어나서 조사에 전념할 작정입니다."

"그런가? 그럼." 그는 자동차 문을 열려고 했다.

"내리기 전에 오른쪽 팔을 좀 보여주시면 좋겠군요."

"엥? 왜?" 그는 의아하다는 표정이었지만 손목시계라도 보듯이 양복 오른쪽 소매를 걷어올렸다. 거기서 자기도 모르는 뭔가를 발견하게 될지도 모른다는 듯이. 팔에는 아무런 상처도 없었다.

"그럼 세탁기에 든 옷에는 왜 핏자국이 묻었죠?"

"그건, 어제 공사 현장에서 뒷정리하다가 손가락을 다친 동료를 치료할 때 묻은 건데…… 그런데 대체 왜 내 세탁기 안을 들여다봤지?”

그는 그렇게 묻자마자 그 이유를 알아챘다. “당신, 설마 내가 아들을 그렇게 만들었다고……?”

그는 말을 잇지 못하고 멍한 눈으로 나를 바라보았다. 그 눈에는 분노라고도 할 수 없고, 슬픔이라고도 할 수 없는 빛이 담겨 있었다. 그는 문을 열고 차 밖으로 내려섰다. 비를 맞으며 두세 걸음 휘적휘적 병원 야간 출입구 쪽으로 걸어가다가 불쑥 멈추더니 되돌아왔다. 그는 허리를 굽히더니 내게 항의하는 목소리로 말했다.

“내가 한심한 아비인 건 맞지만 당신은 지나친 오해를 하고 있어. 대체 내가 왜 아키라에게 그런 짓을 하겠나?”

오해할 만한 재료가 내 머릿속에는 아직 축적되어 있지 않았다.

“당신 아들이 나를 조사하라고 고용했죠. 보수를 받고 뭔가를 조사한다는 건 이런 겁니다.”

“아키라가 터무니없는 인간을 고용했군.”

상처를 입은 우오즈미 효는 내게서 등을 돌리더니 병상에 누운 아들이 있는 거대한 건물 안으로 무거운 발걸음을 옮겼다.

나는 병원을 나와 사무실로 돌아왔다. 외과병동의 간호사 스테이션에 전화를 걸어 후지사키 겐지로를 바꿔달라고 했다. 병원에서 경찰관들과 얼굴을 마주치고 싶지 않았기 때문이다. 후지사키는 전화를 받더니 우오즈미의 아버지를 데리고 와주어 고맙다고 인사했다. 나는 우오즈미의 수술 경과를 물었다. 후지사키는 삼십 분쯤 전에 끝난 수술이 성공적이었고, 필요한 모든 조치를 취해 이제 생명에는 지장이 없다, 라는 담당의사의 말을 전해주었다. 앞으로 의식이 회복되기를 기다리며 후유증에 대한 검사와 수술 후 치료에 전념해야 한다는 이야기였다. 나는 내일 될 수 있으면 일찍 병원에 들르겠다고 하고 전화를 끊었다.

이어서 전화응답서비스로 전화를 걸었다.

"여보세요, 여기는 전화 서비스 T·A·S입니다." 귀에 익은 여성 오퍼레이터의 허스키한 목소리가 들려왔다.

"와타나베 탐정사무소 사와자키인데, 오래간만이군."

"어머, 안녕하세요? 이제 돌아오셨군요. 고객 리스트에 다시 이름이 올라와 언제 이야기 나눌 수 있을지 고대하고 있었어요."

"나야말로. 술도 너무 많이 마시고, 일도 지나치게 많이 하고, 또 지나치게 노는 남편은 잘 지내시나?"

"잘 지내는 모양이에요, 저랑 헤어진 뒤로는."

이렇게 해서 가정이라고 불리던 것이 또 하나 이 세상에서 사라져버렸다.

"그런가? 이혼하게 된 경위를 들려줘도 좋고, 내게 들어온 메시지를 읽어줘도 좋아. 난 이래 봬도 남의 이야기를 잘 들어주는 편이거든."

상대가 살짝 웃었다. "메시지 쪽으로 하죠. 어제 11시 정각에 니시고리 님께서 '만나고 싶다'라고 메시지를 남겼습니다. 그리고 오늘 2시 조금 지나서 마스다 게이조 님이 '찾는 것은 아직 발견되지 않았다. 내일 아침 날이 밝으면 다시 찾아보겠다'고 했습니다. 이상입니다."

나는 고맙다는 말을 하고 전화를 끊은 뒤, 집으로 돌아가 잤다. 그곳은 가정이라고 부를 만한 장소가 아니었다.

23

이튿날 아침, 9시에 도쿄 힐튼호텔 로비에서 시의회 의원인 구사나기 이치로를 만났다. 그곳이 만날 만한 장소 중 도쿄 의대병원에서 가장 가까웠기 때문이다. 약속한 시간으로부터 한 시간 전쯤 구사나기의 집으로 전화를 걸었을 때 그는 아직 우오즈미가 중상을 입었다는 사실을 모르고 있었다. 나는 어젯밤 일을 자세히 이야기했다. 그리고 내 힘으로는 도저히 어떻게 해볼 수 없는 '어떤 건'에 대해 그의 협조를 부탁했다. 그는 흔쾌히 받아들였고, 도쿄 의대병원으로 우오즈미 아키라를 보러 가기 전에 나와 만날 짬을 냈던 것이다.

"날이 갰군. 예나 지금이나 자네는 별로 변하지 않았구만. 나는 보다시피."

구사나기는 작은 키에 다부진 체격으로 사 년 전에 비해 약간 두꺼워진 허리둘레에 손을 얹고 웃었다. 그에 비해 표정은 예전보다 오히려 젊어 보였다. 시의원이라는 일이 체질에 맞거나, 선거가 눈앞에 닥쳤기 때문이리라.

"우오즈미 군 일은 참 안타깝군." 그가 내 앞 소파에 앉아 말했다. "이런 상황이 되고 보니 우오즈미가 했던 이야기나, 무슨 생각을 하고 있었는지에 대해 조금 더 주의를 기울였어야 했다는 생각이 드는군. 이제 와서 이런 소리를 해봐야 무슨 소용이겠냐만."

나는 고개를 끄덕였다. 이른 시간이라 프런트 주변에 체크아웃 하는 투숙객들이 눈에 띄었지만 로비 소파에 앉아 있는 사람은 별로 없었다. 조금 떨어진 소파에서 산책이라도 하고 온 모양인지 나이 많은 손님이 졸고 있었다. 그 바로 옆 소파에는 옅은 파란색 모자를 쓴 삼십대 엄마와 흰옷을 입은 서너 살짜리 여자아이가 함께 앉아 있었다.

"우오즈미 유키의 자살에 관한 경찰 조서를 볼 수 있을까?" 나는 바로 용건을 꺼냈다.

"아마 입수할 수 있을걸세." 구사나기가 대꾸했다. "그때 쓰던 수첩을 뒤져보고 우오즈미 군 누나의 자살에 대한 조사를 담당한 사람이 다마가와 경찰서 사사오카라는 형사라는 걸 알아냈네. 나도 그 형사를 한번 만나서 이야기를 들은 적이 있지. 그 형사가 지금 메구로 경찰서에 있다는군. 미타카 경찰서 형사과장이 친구처럼 막역한 사이라 알아봐준걸세. 청소년 자살 문제에 관한 자료로 당시 조서를 열람하고 싶다고 했더니, 형사과장이 사사오카 형사에게 연락을 취해 내 이름을 밝히고 허가를 받아주었지. 다마가와 경찰서에서 조서를 찾아 형사과장 친구에게 보내주기로 되어 있네."

구사나기는 짙은 남색 더블 블레이저 앞섶을 열고 숨을 내쉬었다.

"번거로운 방법이지만 자칫 누가 중간에 틀거나 하면 열람할 수 없게 될 수도 있고, 괜히 시간을 잡아먹게 되기도 하니 신중한 방법을 택했네."

"그래야겠지." 나는 동의했다.

구사나기가 손목시계를 보았다. "미타카 경찰서로 전화를 해봐야겠군."

그는 소파에서 일어나 출입구 옆 안내창구로 가서 전화가 어디 있는지 물었다. 안내창구 오른쪽 뒤편에 있는 움푹 들어간 부분에 전화실이 있었다. 구사나기는 내게 손짓하고 그 안으로 들어갔다.

소파에 앉은 어머니와 딸 쪽을 보니 어머니는 누구와 만나기로 약속을 했는지 손목시계와 호텔 입구 쪽을 번갈아 살피고 있었다. 소녀는 가까운 쪽 소파에서 졸고 있는 노인의 머리가 앞뒤로 크게 흔들리는 모습을 바라보느라 반쯤 최면에 걸린 듯했다.

약 삼 분 뒤, 구사나기가 전화실에서 나왔다. 그는 내 쪽으로 돌아와 조서는 미타카 경찰서에 도착했다고 말하더니 바로 프런트로 향했다. 프런트에 가서는 대리석 카운터 안쪽의 나이 든 직원을 손짓해 불렀다. 구사나기가 뭔가를 부탁하는 듯했지만 상대방은 떨떠름한 표정이었다. 나는 담배에 불을 붙이고 기다리기로 했다.

구사나기가 갑자기 내게 들릴 만큼 큰 목소리로 말했다. "그러면 방을 잡겠네. 적당한 빈방이 없다면 여기 최고급 방이라도 상관없어. 하지만 사정이 급하다는데 팩스 좀 받는 정도로 방까지 잡아야 한다니, 힐튼호텔 서비스에 문제가 있는 것 아닌가."

"급한 용무이신지 몰라서 이런 실례를……." 호텔 직원이 고개를 숙이며 얼른 태도를 바꾸었다. 그는 카운터 안쪽에 쌓아놓은 카드 비슷한 것을 한 장 뽑아 구사나기에게 건넸다. "여기 저희 호텔 팩스 번호가 인쇄되어 있습니다."

구사나기는 카드를 받으며 자기 명함을 건넸다. "구사나기 앞으로 올 테니 부탁하네. 나는 로비에 있겠네."

그는 다시 전화실로 가서 팩스 번호를 알려준 뒤 로비에 있는 내 쪽으로 돌아왔다.

"바로 보낼 거야." 그가 자리에 앉으며 말했다. "다만 원칙적으로는 경찰서 내부에서만 열람해야 하는 문서이니 받은 팩스는 저녁때까지 형사부장에게 반납해야 하네."

"한번 훑어볼 수 있으면 돼."

"어디서 복사를 좀 할까?" 그가 주위를 두리번거렸다.

나는 담뱃재를 소파 옆에 있는 원통형 철제 재떨이에 끄고 말했다. "그것도 금지되어 있을걸. 언제 누구한테 주머니 안에 무엇이 있는지 조사를 당할지 모르는 게 내 직업이야. 그런 복사본을 가지고 있는 건 별로 현명한 짓이 아니지. 십오 분 정도만 시간을 줘. 그러면 충분해."

"그래? 그럼 난 일단 우오즈미 군 병문안을 다녀오겠네. 11시에 시청에서 사람 만날 일도 있어서." 그는 자리에서 일어나며 덧붙였다. "사실은 함께 가서 우오즈미 군의 부친과 후지사키 군에게 자네에 대해 설명하고 조사에 협력하도록 부탁할 생각이었는데……."

"그럴 필요는 없어." 내가 대꾸했다. "우리가 아는 사이라는 것과 우오즈미 군에게 나를 소개한 사람이 당신이란 사실은 당분간 덮어두었으면 좋겠어."

"그건 왜지……?"

"서로 통한다는 사실을 알게 된 순간 우리 둘 다에게 모두 입을 굳게 다물 테니까."

"그렇다면 자네는 병원에 있는 사람들도 조사 대상으로 삼고 있다는 이야기인가?"

"꼭 그렇지는 않지만, 그들이 내놓을지도 모를 실마리를 이쪽에서 거부할 필요는 없지."

"그렇군. 좋았어. 자네 말대로 하세."

구사나기는 일어서서 잠시 생각에 잠겼다. "……그렇다면 나는 우오즈미 군이 다친 걸 어떻게 알게 되었는지 설명할 방법을 궁리해두어야겠군. 경찰한테 들었다고 할까, 신문기자한테 들었다고 할까……? 뭐, 어떻게든 둘러댈 수 있겠지. 늦어도 10시에는 이리 돌아올 작정이야."

구사나기는 프런트 직원에게 팩스가 도착하면 로비에 있는 내게 전달하라고 지시하고 호텔을 나섰다.

나는 담배를 다 피운 뒤 잠시 흰옷 입은 소녀를 보았다. 소녀는 꾸벅꾸벅 조는 노인에게 흥미를 잃고 로비 여기저기를 탐험하고 있었다. 옅은 파란색 모자를 쓴 어머니는 손목시계와 소녀, 그리고 로비 입구를 계속 번갈아 바라봤다. 오 분쯤 지나자 내 앞으로 호텔 제복을 입은 젊은 여성이 다가왔다.

"구사나기 고객님 앞으로 온 팩스를 가져왔습니다."

나는 고맙다고 인사하며 받아들었다. 여직원은 새침한 표정이라 팩스 내용을 훔쳐보았는지 어떤지 알 수 없었다. 팩스는 주간지 비슷한 크기로, 예닐곱 장쯤 되었다. 맨 첫 장에 사건 개요가 서식에 따라 기입되어 있었다.

우오즈미 유키는 1982년 8월 24일 밤, 10시 5분부터 11시 5분 사이에 자살한 것으로 되어 있었다. 현장은 본인의 주소지와 같은 세타가야 구 오쿠자와 6초메에 있는 '오쿠자와 TK맨션'이란 아파트였다. 살고 있던 6층 603호실 베란다에서 아파트 앞뜰로 떨어져 즉사한 것으로 보고 있었다. 발견한 사람은 지나가던 사람과 맞은편에 사는 아파트 주민('별도 항목 참조'라고 되어 있었다) 및 아파트 관리인, 그리고 몇이 더 있었다. 경찰 및 소방서 구급대에 신고한 사람도 같은 아파트 관리인이라고 적혀 있었다. 시체의 신원 확인은 아버지인 우오즈미 효와 본인의 직장 여성 상사가 했다. 나는 윗옷 주머니에서 수첩을 꺼내 필요하다고 생각되는 내용을 메모했다.

다음 페이지는 시체 '해부 소견'이었다. 사인은 두개골 골절과 경추 골절 및 전신 타박상이라고 적혀 있었다. 그 밖에도 외상이나 시체 각 부분에 대한 전문가의 상세한 검사 결과가 기록되어 있었지만 무슨 내용인지 파악할 수 없었다. 한 가지 눈길을 끈 점은 우오즈미 유키가 임신 칠 주 내지 팔 주(이 개월이 조금 안 되거나 조금 지났을 것이라는 주석이 달려 있었다)라는 진단 기록이었다. 우오즈미 유키가 임신중이었다는 사실은 처음 알았다. 어쨌거나 진단 결과 타살이나 사고사의 근거가 될 만한 외상 및 의학적·생화학적 소견은 전혀 없다고 적혀 있었다.

다음 페이지는 목격자 세 사람의 증언이었다. 목격자는 맞은편 아파트에 사는 여성과 그 옆에 있는 주상복합건물 바깥 계단에 있던 행인, 그리고 오쿠자와 TK맨션에서 약 30미터 떨어진 전신주 위에서 야간 공사를 하던 '도쿄 전력' 직원이었다. 세 사람의 증언을 비교하면 세밀한 부분에서 조금 차이가 나거나 보지 못한 부분이 있기는 했지만 가장 중요한 사실, 그때 베란다에는 우오즈미 유키 외에 아무도 없었고, 스스로 가슴 높이의 베란다 난간에 기어올라 그 위에 걸터앉더니 머뭇거리지 않고 뛰어내렸다는 점에서는 거의 완전하게 일치했다. 나는 세 사람의 이름과 주소, 그리고 증언의 차이점 등을 가능한 한 꼼꼼하게 메모했다.

흰옷을 입은 소녀가 내 바로 옆에 서서 팩스를 들여다보았다.

"아저씨, 무슨 공부해?"

"공부가 아니라 일하는 거란다."

"뭐 읽는 건데?"

"경찰 서류."

"경찰? 도둑놈 잡는 경찰 아저씨?"

"그렇지."

"아저씨 경찰이야?"

"아니, 그렇지 않아."

"그럼 도둑……님?"

"그런 비슷한 사람이겠구나."

옅은 파란색 모자를 쓴 어머니가 아저씨를 방해하면 안 된다면서 소녀를 불렀다. 소녀는 어머니에게 쪼르르 달려가더니 귓속말로 방금 내게 들은 최신 정보를 보고했다. 어머니가 쓴웃음을 지으며 내게 살짝 고개를 숙였다.

다시 팩스를 보았다. 다음 페이지는 유키가 우오즈미 아키라에게 남긴 유서로 보이는 글(이라고 적혀 있었다)의 복사본이었다.

네게는 정말 미안한데 결심한 대로 하겠어. 너무도 괴롭고 무서운 일이지만 결정한 이상 끝까지 해낼 용기가 날 거라 생각해. 네가 나 같은 건 상관하지 않고 꿋꿋하게 살아가주기를 바라.

난 네가 고시엔에 가는 게 불길했어. 널 비난하는 사람도 있을지 모르지만 그게 잘못이라는 걸 나는 알아. 시간이 흐르면 그런 것도 잊히겠지.

하지만 네가 마지막에 한 말이 마음에 걸려서

내용은 거기서 끊어졌다. 이런 편지가 흔히 그렇듯이, 글을 쓴 본인만 이해할 수 있는 내용이었다. 갈겨쓴 글씨에서도 불안정한 심리가 엿보였다. 페이지 아래 부분에 약식 필적감정 결과가 첨부되어 있었다. 우오즈미 유키가 쓴 글씨가 틀림없다는 증명이었다. 자세히 보니 유서를 복사한 지면 전체에 마치 금이 간 것 같은 선이 가로세로로 어지러이 나 있었다. 그 이유에 대해 따로 설명이 붙어 있었다.

우오즈미 유키가 몸을 던진 아파트는 언제든 이사할 수 있도록 짐을 다 꾸리고 뒷정리까지 깨끗하게 마친 상태였다. 애당초 사택인 만큼 세간이 갖추어져 있었고, 유키가 그곳에 산 지 다섯 달도 되지 않았기 때문에 짐은 많지 않았다. 문제의 유서는 쓰다말고 버리려고 잘게 찢은 듯했다. 그 상태로 골판지상자를 가득 채운 이사 쓰레기 안에 버려져 있던 것을 찾아 복원했다는 설명이 적혀 있었다.

팩스 마지막 장은 다마가와 경찰서 사사오카 형사(담당 수사관)가 기록한 최종 보고였다. 그는 세 목격자의 증언을 제일 먼저 내세우고, 둘째로 '유서로 보이는 글'의 내용과 거기에 맞아떨어지는 우오즈미 아키라의 승부조작 사건을 방증으로 삼아 우오즈미 유키가 처했던 곤란한 상황을 서술한 다음, 셋째로 임신 사실과 아이의 아버지가 누군지 쉽게 알아낼 수 없다는 사실을 주목해야 할 참고 사항으로 들며, 이 죽음을 자살이라고 결론지었다. 왼쪽 끄트머리 칸에 찍힌 경찰서장을 비롯한 네 사람의 도장이 그 결론이 승인받았음을 표시하고 있었다.

나는 유키가 마지막으로 남긴 글을 수첩에 옮겨적고, 팩스를 한데 모아 접어두었다. 그리고 담배에 불을 붙였다.

담배를 다 피운 지 십 분도 지나지 않아 호텔 정문으로 구사나기 이치로가 들어왔다. 굳은 표정에 불안한 기분이 들었다.

"아직 의식을 회복하지 못했다더군." 그가 무거운 목소리로 말하며 소파에 앉았다. "담당의사가 수술은 성공적이었다고 하지만 말이야. 자세한 건 검사를 해봐야 알 수 있는 모양이네. 의식 회복이 좀 늦어지고 있을 뿐이라지만 경우에 따라서는 그게 다소 길어지는 상황도 각오해야 한다는군."

그는 넥타이를 느슨히 하며 한숨을 푹 내쉬었다. "물론 그건 최악의 경우고, 아마 며칠 안으로 의식이 돌아올 거라고 담당의사가 그러는데……."

나는 고개를 끄덕였다. 그리고 접어두었던 팩스를 구사나기에게 돌려주었다.

"어땠어?" 그가 물었다. "뭔가 이번 사건과 연관이 있을 법한 내용이 나왔나?"

"아직 모르겠어. 꽤 잘 만들어진 조서야. 하지만 안타깝게도 이 수사관은 처음부터 자살로 단정했던 것 같다는 느낌이 들어."

"그래?" 구사나기는 손에 든 팩스를 비난하는 눈으로 바라보았다. "그러면 정당한 수사가 이루어졌다고 할 수 없지 않은가?"

나는 고개를 저었다. "그렇지는 않아. 원래 자살이라는 게 여러 사람이 보는 가운데 한다면 몰라도, 목격자가 없는 상황에서 이루어지는 평범한 상황일 때는 섣불리 단정지을 수 없지. 의심하자면 얼마든지 할 수 있어. 그래서 자살, 타살, 사고 가운데 어느 한쪽이라고 단정하기 힘든 사건에서 경찰이 자살이나 사고 가능성을 배제하고 사건으로 보고 수사에 착수하기 위해서는 상당한 의문점이 있어야 하지…… 예를 들어 사망자를 죽일 만한 명백한 동기를 지닌 인물이 존재한다거나, 위조된 유서라거나, 자살치고는 지나치리만큼 부자연스러운 죽음이라거나…….”

“우오즈미 유키에게는 그런 또렷한 의문점이 없었을 텐데.”

“그렇지. 조서를 읽으면 알 수 있지만 목격자 증언에 사소한 모순이 없지는 않아. 그 사람들 기억이 완벽하지는 않을 테니까. 증언에서는 흔히 보이는 차이지. 그에 비해 자살이라는 사실을 긍정할 재료로는 ‘여러 사람이 보는 가운데’라고까지 할 수는 없겠지만 우오즈미 유키가 혼자 베란다에서 뛰어내리는 장면을 ‘세 명이나 되는 사람’이 목격했지. 경찰은 이런 사실만으로도 자살로 단정하기에 충분하다고 보고 있어. 당시 조사는 이 세 목격자에게 의심할 만한 모순이 없는지를 확인한 정도였겠지.”

“그만한 모순은 발견되지 않은 거로군.” 구사나기는 팩스 뭉치를 흔들었다.

“그렇다면 이 세 목격자의 증언이 거의 의심 없이 받아들여졌다, 그건가?”

“적어도 그 조서에는 세 증인을 의심한 흔적이 없어. 간단하게 이야기하면 우오즈미 유키가 베란다에서 스스로 뛰어내렸다는 사실을 세 명이 증언했으니 틀림없이 자살일 수밖에 없다, 라는 결론이지.”

“그러니까, 처음부터 결론을 내려놓고 시작했다는 이야기를 하고 싶은 건가?” 구사나기는 팩스 꾸러미를 반으로 접어 윗옷 주머니에 넣었다.

"거기서부터 조사를 시작해야겠어." 내가 말했다.

24

느닷없이 봄기운 완연한 경박한 분위기가 전철 안에 흘러넘쳤다. 3월 중순의 도쿄치고는 기온이 올라간 모양이었다. 입시도 끝나고 봄방학이 가까운 탓인지 학생들의 요란한 목소리가 그러지 않아도 소란스러운 전철 안을 가득 메웠다. 신문에서는 체포된 가네마루라는 국회의원의 비밀 창고에서 삼십육억 엔이 나왔다고 요란을 떨었다. 폭력단원이 번듯한 직업을 갖겠다면서 권총과 실탄을 JR역 사물함에 버렸고, '통일교회'에서 합동결혼식을 올린 전 올림픽 출전 선수가 행방을 감추었고, 졸업논문을 제때 내지 못했다면서 자살한 학생에게 졸업장이 발송되었다. 봄은 대체로 사람 뇌의 나사를 느슨하게 푸는 모양이다.

시부야에서 도요코 선을 타고 지유가오카 역에서 내렸다. 우오즈미 효가 딸이 살던 아파트는 이웃 역인 구혼부쓰에서 더 가깝다고 얘기한 게 생각났지만 갈아타는 수고와 기다리는 시간을 생각하면 지유가오카에서 내리는 편이 더 나았다. 지유가오카에 와본 게 언제인지 잘 기억이 나지 않았다. 아마 이십여 년 전에 한두 번 들렀으리라. 일로 오기는 처음이다. 틀림없이 '자유의 언덕'이라는 뜻인 멍청한 동네 이름 때문이리라. 이런 이름을 지닌 동네에 사는 사람은 탐정 따윈 고용하지 않는다.

오래전에 왔을 때는 '제법'이라고 느꼈던 역 앞 번화가도 새로 지은 역과 환승역 주변의 깔끔한 거리에 비하면 묘하게 지저분한 느낌이 들었다. 로터리를 따라 무성한 수양버들 가로수도 지저분한 모습을 감추기 위해 심은 듯 보였다. 상점가를 지나 버스가 다니는 길로 나와 도큐 오이마치 선 건널목을 건너 오쿠자와 6초메로 향했다.

오쿠자와 TK맨션은 오쿠자와 6초메 버스정류장 앞에 있는 도도로키 거리에서 오른쪽으로 꺾어져 조금 더 간 곳에 있었다. 우오즈미 효가 말한 대로, 도로 쪽 1층 왼편에 뤼미에르 화장품이 보였다. 햇볕에 그을린 반라의 젊은 여성을 내세운 커다란 여름용 광고 포스터가 양옆 쇼윈도에 붙어 있었다. 그 현관 가운데에 유리로 된 자동문이 있고, 안쪽에 안내 데스크가 보였다. 이곳은 화장품을 팔기 위한 매장이 아니라 도매 업무를 보거나 판매원들이 모이는 영업소인 듯했다.

뤼미에르 화장품 옆에 아파트로 들어가는 입구가 보였다. 오른쪽에는 'TK 부동산'과 '스노우화이트'란 이름의 세탁소가 나란히 붙어 있었다. 건물 앞에는 차를 세울 수 있을 만큼의 공간이 있었지만, 적갈색 벽돌을 깔아 포장을 하고 벽돌 화단에 꽃나무를 심어 사람이 다닐 수 있게 해놓아 차가 진입할 수 없었다. 그곳이 다마가와 경찰서 조서에 '앞뜰'이라고 적힌 장소이며, 거기 어딘가에 우오즈미 유키가 떨어진 게 틀림없었다.

나는 7층짜리 건물을 올려다보았다. 앞뜰과는 달리 베이지색 벽돌로 지은 건물이었다. 건물에 바짝 붙어 서서 올려다보니, 겹겹이 층을 이룬 각 층의 베란다 난간 부분만 보였다. 길을 사이에 둔 맞은편 아파트로 눈길을 돌렸다. '팰리스 지유가오카'라는 아파트인데 흰색 타일을 붙인 건물이었다. 한 층에 두 가구뿐이라 연필처럼 좁고 뾰족한 아파트였다. 베란다가 아니라 큼직한 창이 도로 쪽으로 난 까닭은 북향이기 때문이리라. 이 아파트에 목격자 가운데 한 명인 여성이 살았다. 조서에는 주소가 '팰리스 지유가오카 702호'로 적혀 있었다.

팰리스 지유가오카 오른쪽 옆은 잘 자란 정원수가 가득한 단독주택으로, 돌로 된 단 위에 번듯한 쓰이지●를 쌓아 에워쌌다. 어림잡아 지은 지 최소 이십 년은 된 주택이었다. 그렇다면 팰리스 지유가오카 왼쪽 옆에 있는 5층짜리 주상복합건물이 또 다른 목격자가 있던 곳이 틀림없으리라. 분명히 건물 왼쪽에 각 층으로 통하는 바깥 계단이 있었다. 두번째 목격자는 바깥 계단 어딘가에 있었다고 조서에 적혀 있었다.

세번째 목격자인 도쿄 전력 직원이 올라가 있었다는 전신주를 찾아보았다. 내가 선 위치에서만 해도 가능성이 있는 전신주가 두세 개나 되어 어느 것인지 알 수 없었다.

대략 사전조사를 마치고 길을 건너 팰리스 지유가오카 정면 출입구로 다가갔다. 입구 왼쪽에 '테디 베어'라는 카페가 있었다. 간판 옆 포스터를 보니 아시가라 산에서 가져온 천연수로 끓였다는 커피를 간판 메뉴로 내세우는 모양이다. 나는 아파트 현관으로 들어가 곧바로 우편함 쪽으로 갔다. 702호 우편함에는 목격자인 아키바 도모코와 성이 같은 아키바 이치로라고 인쇄된 낡은 이름표가 꽂혀 있었다. 십일 년이라는 긴 세월이 흐른 까닭에 품었던 불안의 '삼분의 일'이

●　　진흙을 발라 굳히고 그 위에 기와를 얹은 담장.

해소되는 기분이었다. 엘리베이터에 타고 7층 버튼을 눌렀다. 손목시계로 확인하니 막 11시 20분이 되려는 참이었다.

702호실에는 먼저 온 손님이 있었다. 엘리베이터에서 내리자 작업복을 입은 젊은 남자가 염화비닐 파이프를 전용 톱으로 자르는 게 보여 뭔가 공사중임을 알았다. 702호실의 철제문이 열려 있고, 안쪽에서도 작업하는 소리가 들려왔다. 나는 돌아가려다가 목격자가 지금도 살고 있는지 확인하고 약속만이라도 잡아두는 편이 낫겠다고 생각했다. 나 같은 직업을 가진 사람은 상대방이 문을 열게 만들기도 쉽지 않은데, 지금은 그 문이 열려 있다. 나는 문 옆 벽에 달린 초인종을 눌렀다.

여자 목소리가 응답했다. 잠시 기다리자 올리브색 스웨터와 같은 색 슬랙스를 입은 사십대 후반의 여성이 현관으로 나왔다. 현관도 염화비닐 파이프를 자른 토막이나 공구, 튼튼해 보이는 작업화 등으로 어질러져 있었다. 여자는 초인종을 누른 사람이 공사 관계자인 줄 알았는지 나를 보고 살짝 놀란 표정을 지었다.

"아키바 도모코 씨 계십니까?"

"전데요……?"

나는 현관에 어질러진 공구들을 가리키며 말했다. "바쁘신 모양이군요."

"예, 욕실을 새로 바꾸느라 변기며 세면대의 낡은 배관까지……."

안쪽에서 전동공구를 쓰는 큰 소리가 나서 아키바 도모코의 말끄트머리가 들리지 않았다. 그녀는 작업화 옆에 놓인 올리브색 샌들을 신고 문 앞까지 나왔다.

"무슨 일로 오셨나요?"

"실은 좀 오래된 일인데, 십일 년 전 맞은편에 있는 오쿠자와 TK맨
션에서 투신자살한 우오즈미 유키 씨 문제로 좀 여쭤보고 싶은 게 있
습니다."

"아아, 그 일이요……? 정말 오래된 얘기네요. 벌써 십일 년이나 지
났나?" 아키바 도모코는 아득한 곳을 바라보는 눈을 했다. 수상하게
여기는 표정도 함께 떠올랐다.

"그래, 무슨 문제가 있나요? 이제 와서?"

"그때 일들에 대해 묻고 싶습니다."

"누구시죠?"

나는 윗옷 주머니에서 명함을 꺼내 아키바 도모코에게 건넸다.

"사와자키 씨인가요? 탐정이시네요? 경찰관은 아닌 거죠?"

나는 고개를 끄덕였다. 아키바 도모코의 얼굴에 안도하는 기색이
스쳤다. 하지만 경찰을 꺼린다고 꼭 뭔가 숨기는 사람이라고 판단할
수는 없다.

"다마가와 경찰서 사사오카 형사에게 당시 수사에 대해 들었습니
다." 사실을 조금 꾸며서 말했다. 보고서 내용을 알고 있다는 뜻에서
는 거짓말이 아니었다.

"아, 그 도호쿠 지방 사투리를 쓰는 젊은 형사. 사사오카 씨라고 했
었죠. 하지만 그 형사에게 이야기한 것 외에는 더 할 말이 없는데요."

"그래도 괜찮습니다. 그냥 당시 기억을 떠올려 한 번 더 이야기해주
시면 됩니다."

"그래요……?" 아키바 도모코는 공사하는 소리가 나는 자기 집 쪽

을 돌아보았다.

"시간이 나실 때를 정해주시면 그때 다시 찾아뵙죠."

"아뇨, 제가 여기 있어봐야 아무런 도움도 안 되고, 공사가 끝날 때까지 텔레비전도 볼 수 없어서 따분하던 참이었으니까……."

"어디 이야기할 만한 곳이 있을까요? 1층 카페라도 괜찮습니다만."

"곧 점심시간이잖아요? 그럼 공사하는 분들이 드실 차를 준비해놓고 갈 테니 옆 건물에 있는 '던힐'이란 카페에서 기다리시겠어요? 1층에 있는 테디 베어는 주인아주머니하고 사이가 좀 틀어져 곤란해요. 이십 분쯤 뒤에 제가 던힐로 갈게요."

"부탁드리겠습니다." 나는 당부하고 엘리베이터로 갔다.

밤이면 가라오케 스낵바로 바뀔 것 같은 던힐이란 찻집은 바로 이웃한 주상복합건물 2층에 있었다. 나는 던힐로 가기 전에 콘크리트로 된 바깥 계단을 1층부터 차례로 올라가면서 층계참에서 비스듬히 맞은편에 있는 오쿠자와 TK맨션을 바라보았다. 제일 꼭대기 층인 5층에 이르렀을 때 드디어 TK맨션 6층 베란다가 보였다. 조서에 있던 또 한 명의 목격자가 남긴 증언은 틀림없이 이 5층에서 본 목격담이어야 한다. 조서에는 목격자가 '행인'으로 적혀 있었다. 그는 밤 11시 전후에 5층에 있는 세입자 가운데 누군가를 찾아가던 중이었거나, 어디선가 나오던 길이었을 것이다. 나는 혹시나 싶어 5층에 있는 가게 네 군데의 이름을 수첩에 적었다. 그사이 바뀌었을 가능성도 있지만, 어쩔 수 없는 노릇이다. 나는 2층으로 내려와 던힐 안으로 들어갔다.

가게는 예상했던 그대로였다. 기껏 영국 스타일로 꾸민 그럭저럭 차분한 실내 분위기를 안쪽 스테이지에 부자연스럽게 들어선 가라오케 세트가 망치고 있었다. 경영자의 취향도 고객의 기호 앞에선 꺾일 수밖에 없었으리라. 학창시절 음악 수업 이후로 사람들 앞에서 노래한 적 없는 인간에게 무대 장비란 보기만 해도 다른 차원의 세계에 잘못 들어온 기분이 들게 하는 것들이었다. 가게 내부를 반으로 가른 카운터 쪽을 피해 칸막이가 있는 오른쪽 자리에 앉았다. 카운터 안쪽의 마르고 창백한 얼굴을 한 주인이 싫은 표정을 지었다. 조금 있으면 동행이 올 거라고 하자 말없이 고개를 끄덕였다. 손님은 제일 안쪽 칸막이 자리에 있는 남녀 한 쌍과 카운터에 앉은 남자 한 명뿐이었다.

커피를 시키고 담배를 피우며 삼십 분쯤 기다리자 아키바 도모코가 나타났다. 처음에는 아키바 도모코인 줄 몰랐다. 정성들여 화장을 한 데다 제법 번듯한 외출복으로 갈아입었기 때문이다. 아키바 도모코는 내 맞은편에 앉더니 주인에게 '늘 시키는 거' 하고 주문했다.

"내친김에 점심식사로 할까요?"

"그러죠." 내가 대답했다.

아키바 도모코는 '늘 시키는 거' 하고 되풀이했다. 그리고 손에 든 작은 백에서 '마일드세븐 라이트'와 일회용 라이터를 꺼내 불을 붙였다.

"그런데 꽤나 오래된 일을 조사하네요. 그런 건 조사해서 뭐 하려고요?"

"저도 자세한 내용은 듣지 못했지만 어느 시의원이 의회에 보고하기 위해 청소년 자살에 관한 조사를 하고 있어서요."

나는 아키바 도모코의 긴장을 풀기 위해 대수롭지 않은 관청 일을 거들고 있다는 투로 말했다. 믿어줄지 어떨지는 알 수 없었다.

"그래…… 어떤 이야기를 하면 될까요?"

"당시 경찰 조서에 따라 묻겠습니다. 괜찮을까요?" 나는 주머니에서 수첩을 꺼냈다.

"아무래도 십 년 넘게 지난 일이라 기억을 더듬으며 대답하게 될 거예요." 아키바 도모코는 담배연기를 내뿜고 어서 물으라는 듯이 의자에 등을 기댔다.

나는 수첩 페이지를 넘겼다.

"그날 밤은 며칠째 계속된 열대야여서 잠이 오지 않아 바깥 공기라도 쐬려고 침실 창문을 열었다고 하셨군요?"

"네, 그래요. 정말 더운 여름이었죠."

"그런데 맞은편 TK맨션 6층에 있는 603호 베란다에서도 누가 바람을 쐬는 모습이 보였다."

"네."

졸린 표정을 한 여종업원이 아키바 도모코가 '늘 시키는' 맥주를 가져왔다. 나는 커피를 한 잔 더 주문했다.

"신경 쓰지 말고 드세요." 내가 말했다.

"저만 마시기 미안하네요." 아키바 도모코는 맥주잔에 입을 대며 말했다.

수첩을 들여다보던 나는 시선을 들어 물었다. "우오즈미 유키라는 아가씨를 전부터 아셨습니까?"

"이름은 몰랐지만 낮에 베란다에 빨래를 너는 모습을 여러 번 봐서 얼굴은 아는 정도였죠. 젊고 호감 가는 아가씨였어요. 길에서 만나면 살짝 고개를 숙일 정도로 예의 바른 편이었고요."

"맞은편은 6층이고 댁은 7층이면 조금 내려다보는 위치인가요?"

"아주 조금. TK맨션 1층은 회사 같은 게 있어서 천장이 높지 않을까요? 맞은편 7층은 약간 올려다보는 느낌이 드니 아무래도 6층 쪽이 비슷한 높이 같은데요."

나는 다시 수첩을 들여다보았다. "우오즈미 유키가 그때 입었던 옷이나 표정은 잘 기억나지 않는다고 답변하셨네요?"

"그래요. 그쪽도 더워서 바람을 쐬고 있을 거라고만 생각했기 때문에 옷차림이나 표정까지 신경 쓰지 않았죠. 제가 남자였다면 그 아가씨가 정장을 입었는지, 잠옷 차림이었는지 똑똑히 기억했겠지만요."

아키바 도모코가 동의를 구하듯 웃었다. 억지웃음이라는 걸 감추며 나도 웃었다. 아키바 도모코는 담배를 재떨이에 끄고 남은 맥주를 마저 들이켰다. 나는 빈 잔에 맥주를 따라주며 질문을 이어갔다.

"그리고 그 아가씨가 베란다 콘크리트 난간으로 올라갔다?"

"네, 갑자기. 그런데도 나는 그 아가씨가 뭘 하려는 건지 모르고 그저 멍하니 바라만 봤죠."

"그 아가씨가 난간 위에 올라앉은 채로 머리에서 헤어밴드 같은 것을 풀고는 머리카락이 자연스럽게 흩어지도록 한두 차례 고개를 저었다고 했는데, 그건 확실하게는 기억나지 않는다고 대답했군요."

"그랬죠…… 그야 설마 그 아가씨가 뛰어내려 자살할 거라고는 생각도 못 했으니까요. 분명히 그때 다른 데를 보느라 제가 못 봤을 거예요."

"그리고 아가씨가 말을 걸 틈도 없이 뛰어내렸다."

"그랬죠. 그 순간 나도 마찬가지로 어디 높은 데서 떨어지는 듯한 무서운 착각이 들어서……."

"그 아가씨가 바닥에 떨어질 때 난 소리를 기억합니까?"

"예? 아뇨. 말도 안 돼. 저는 무슨 일이 일어났는지 파악하지 못한 채로 멍하니 침대에 주저앉아 있었어요. 사실은 그런 소리가 났을지도 모르지만 아래쪽이 시끌시끌해지고 구급차 사이렌 소리가 들려올 때까지 창밖으로 아래를 살피기는커녕 창문에 가까이 갈 수도 없었으니까."

아키바 도모코는 잔을 들어 맥주를 마시려다 사레가 들리고 말았다. 얼른 가방에서 손수건을 꺼내더니 입을 가리고 기침을 했다.

아키바 도모코의 기침이 가라앉기를 기다렸다. "당신이 목격한 바를 증언한 것은 이튿날 다마가와 경찰서 경관들이 아파트를 집집마다 돌며 탐문 수사를 할 때였죠?"

"네, 그거야 다른 사람들도 그 아가씨가 자살했다는 걸 다 알고 있을 거라고 생각해서 굳이 늦은 시간에 증언하러 경찰을 찾아갈 생각은 하지 못했죠. 그날 밤에는 저도 신경이 잔뜩 예민해졌는지 아침이 다 되어서야 겨우 잠을 이룰 수 있었으니까요…… 그래서 점심때쯤 순경이 초인종을 누르는 바람에 잠에서 깼습니다."

종업원이 아키바 도모코가 주문한 또 다른 '늘 시키는 거'인 스파게티와 함께 내 커피를 가져왔다.

"잠깐 쉬죠." 내가 말했다. "자, 식사하세요."

나는 커피를 한 모금 마시고 주머니에서 담배를 꺼내 한 개비 입에 물었다. 그리고 아키바 도모코가 스파게티에 손을 대기를 기다렸다가 천천히 담배에 불을 붙였다.

25

담배를 다 피우고 자리에서 일어나 입구 쪽 계산대 옆에 있는 핑크색 전화를 빌려 쓰러 갔다. 전화기 옆에 놓인 대나무 바구니에 던힐 담뱃갑 디자인을 본뜬 홍보용 종이성냥이 담겨 있기에 하나 집어 들었다. 전화응답서비스로 전화를 걸었다. 젊은 남자 오퍼레이터가 두 건의 메시지가 있다고 했다.

"하나는 오전 10시 5분에 마스다 게이조 님이 '찾는 물건은 아직 발견 못 했다. 관계가 있는지 어떤지는 모르겠지만 약간 마음에 걸리는 담배꽁초를 발견했다'라고 하셨습니다. 다른 한 건은 12시 오 분 전에 니시고리 님이 '만나자'라고 하셨습니다. 이상입니다."

마스다에게는 우오즈미 아키라를 때린 흉기를 찾아보라고 부탁했다. 담배꽁초가 무엇을 의미하는지 이해할 수 없었다. 나는 고맙다는 인사를 하고 수화기를 내려놓았다. 그리고 바로 다시 집어 들어 도쿄의대병원 간호사 스테이션으로 전화를 걸었다.

"우오즈미 씨는 아주 순조롭게 회복하고 계십니다…… 그런데 안타깝게도 아직은 의식이 돌아오지 않았습니다."

나는 미안하지만 후지사키 감독을 바꿔달라고 부탁했다. 저녁이나 되어야 병원에 들를 수 있겠다고 알릴 작정이었다. 하지만 전화를 받은 간호사가 후지사키가 누군지 모르는 모양이라 포기하고 말았다. 고맙다는 인사를 남긴 뒤 전화를 끊었다.

자리에 돌아와 아키바 도모코에게 천천히 식사하라고 말했다. 집어 온 종이성냥으로 세번째 담배에 불을 붙이고 수첩에 적힌 내용을 훑어보았다.

　세 사람의 증언을 청취했던 시간을 다시 확인했다. 아키바 도모코의 증언은 분명 그 이튿날 경찰관의 탐문을 기초로 한 것이었다. 전신주 야간공사 작업중에 투신자살을 목격했다는 전력회사 직원의 증언은 공사가 모두 끝난 뒤인 이튿날 아침 이른 시간에 확보되었다. 비스듬히 맞은편인 주상복합 건물 바깥 계단에 있었다는 목격자의 증언이 세 사람 가운데 가장 빨랐다. 현장에 달려온 경찰관에게 자진해서 증언했다고 적혀 있었다. 조서에서 순서가 거꾸로 되어 있었던 까닭은 증언자들의 거주지가 자살 현장이나 다마카와 경찰서에서 가까운 순서에 따라 정리했기 때문인지도 모른다.

　나는 커피를 마시며 다시 세 사람의 증언이 지닌 특징을 비교해보았다. 힐튼호텔에서 처음 팩스를 훑어볼 때부터 막연하게 마음에 걸렸던 점이 증언한 본인을 직접 만나니 일정한 의미를 드러내기 시작했다. 담배연기 저편에서 희미하게나마 한 가지 의혹이 떠올랐다. 만약 그 의혹이 표적에 적중했다면 아키바 도모코의 증언이 지닌 특징과 딱 들어맞는 셈이 된다.

　아키바 도모코는 스파게티가 반쯤 남은 상태에서 포크를 내려놓았다. "그때 일을 떠올리니 식욕이 없어져서…… 미안합니다."

　아키바 도모코는 잔에 남은 맥주를 마시고 종이 냅킨으로 입 언저리를 닦았다.

　"하지만 바닥에 떨어진 우오즈미 유키의 시체를 보신 건 아니죠?"

　"그야 그렇지만 그 아가씨가 떨어지는 장면을 직접 보았으니……."

　"그 아가씨가 뛰어내리는 장면을 목격한 사람도 아키바 씨는 아니죠." 내가 단정적인 말투로 대꾸했다.

"뭐예요? 내가 거짓말을 한다는 건가요?"

나는 잠자코 아키바 도모코의 눈을 노려보았다. 그녀는 시선을 피했다. 하지만 바로 되돌려 도전적인 눈빛으로 나를 바라보았다. 아키바 도모코의 가슴에 분노가 가득 차오르는 모습이 내게도 고스란히 보였다. 그 분노에 정당한 근거가 있는지는 의심스럽다. 나는 아키바 도모코를 관찰하면서 천천히 담뱃불을 껐다. 그러자 그녀는 내게 저항이라도 하듯 담배 한 개비를 꺼내 물고 라이터로 불을 붙였다. 담배 끄트머리가 파르르 떨렸다.

"그럼 대체 누가 봤다는 거죠?"

"당신 남편은 아닐 테고. 남편은 그날 밤 출장이라 집에 없었다고 조서에 적혀 있더군요."

"그럼 누가 봤다는 거예요?"

아키바 도모코가 다시 물었다. 하지만 먼저보다 기운이 빠진 목소리였다.

"우오즈미 유키가 뛰어내리는 모습을 실제로 목격하고, 그걸 당신에게 이야기해준 인물이겠지요. 그 사람은 우오즈미 유키가 베란다 난간에 기어올라 그 위에 앉는 자세를 취하더니 뛰어내렸다고 당신에게 말했겠죠. 하지만 그 아가씨의 복장이나 난간 위에 앉아서 헤어밴드를 풀었다는 얘기까지는 하지 않았어요. 사람이 뛰어내렸다는 사실에 비하면 그런 사소한 부분은 별것 아니니까요. 그렇게 자세한 부분까지 대답할 수 있었던 사람은 실제로 뛰어내리는 모습을 목격했던 전력회사 직원입니다. 당신 방에서 실제로 투신자살 장면을 목격한 사람이라면 그 전력회사 직원과 마찬가지로 자기 기억을 더듬어 그런 자세한 부분까지 대답할 수 있었겠죠. 하지만 당신은 그 인물이 들려준 내용 외에는 대답할 수 없었던 겁니다."

아키바 도모코는 조급하게 담배를 빨아대며 내 이야기를 듣고 있었다. 반론은 하지 않았다.

"당신이 그 인물로부터 듣지 못한 내용은 잘 기억이 나지 않는다고 대답하고, 다른 목격자와 차이가 나는 증언을 하지 않았기 때문에 경찰은 당신 증언에 특별히 의심을 품지 않았죠. 경찰의 첫번째 관심은 뛰어내린 행동이 자살이냐 아니냐를 판단하는 문제였으니까, 세 목격자의 증언이 자살로 일치하는 이상 그런 세세한 부분까지는 문제 삼지 않았던 겁니다. 아마 그 이튿날 경찰관이 당신 집으로 탐문하러 찾아왔을 때 어떤 이유에서인지는 모르지만 아키바 씨는 '난데없이' 자기가 투신하는 장면을 목격했다고 말한 것 아닙니까?"

"무슨 증거 있어요……?"

나는 테이블 위에 놓인 계산서를 집어 들었다. "하룻밤 천천히 생각해보세요. 내가 알고 싶은 내용은 실제로 목격한 사람이 누구냐는 것뿐이에요. 그 사람만 가르쳐주면 당신 증언이 다른 사람으로부터 '전해들은 이야기'였다는 사실은 외부에 알려질 일 없을 겁니다."

나는 일어서서 두 손으로 테이블을 짚고 아키바 도모코 쪽으로 얼굴을 디밀었다. "하지만 계속 숨기려고 든다면 내 의문을 보고하지 않을 수 없겠죠."

공황상태에 빠진 아키바 도모코를 그 자리에 남겨둔 채로 계산을 마치고 밖으로 나왔다.

건물 바깥 계단 층계참에 이르렀을 때 아키바 도모코가 내게 달려왔다.

"비밀은 절대 지켜줄 거죠?" 아키바 도모코는 헐떡거리며 하소연하듯 말했다.

"그럴 작정입니다." 내가 대답했다.

아키바 도모코는 층계참 난간 쪽으로 다가와 큰길을 사이에 두고 비스듬히 맞은편에 있는 오쿠자와 TK맨션을 쳐다보았다.

"당신 말대로 뛰어내리는 장면을 목격한 사람은 어떤 남자였어요. 그때 난 막 샤워를 하던 중이었죠. 내가 욕실에서 나오자 그 남자가 창백한 표정으로 창가에 서 있더군요. 그리고 끔찍한 장면을 봤다고 했어요. 그 이야기를 듣고 투신자살이 있었다는 사실을 알았어요."

아키바 도모코의 옆얼굴에는 아파트 문 앞에서 처음 만났을 때 보았던, 어지간해서는 동요하지 않는 중년 여성의 정색을 한 표정이 돌아오고 있었다.

"그 남자가 누구죠?" 내가 물었다.

아키바 도모코는 허공을 바라보며 질문에 대답하지 않고 넘어갈 구실을 찾기 위해 안간힘을 썼다. 하지만 노력은 보람이 없었다.

"당신이 알고 있는 대로 그날 밤 남편은 출장으로 집을 비웠을 거예요. 난 숨통이 트인 심정이라 시부야에 나가 쇼핑도 하고, 영화도 보았죠. 〈채털리 부인의 사랑〉이란 영화였어요. 〈엠마뉴엘 부인〉의 여배우가 주인공으로 나온 영화인데, 그런 건 사실 별로 관심 없었지만요. 영화관에서 나오니 소나기인지 비가 마구 쏟아지더군요. 그때 어디선가 그 남자가 나타나 우산을 씌워주었어요. 그러더니 '괜찮다면 차라도, 식사라도, 술이라도 함께하지 않겠습니까?'라며 영화 대사 같은 소리를 했죠. 그래서 그만 얼떨결에 차를 마시고, 식사를 하고, 술도 마시고…… 정신을 차리니 결국은 집에까지 데려오고 말았던 거예요."

"그 남자 이름은?"

"가노. 성만 알아요." 아키바 도모코는 화가 난 목소리로 말했다. "가노라고 했지만 나중에 생각해보니 한자로 '狩野'인지, '加納'인지, 아니면 '叶'인지도 확인하지 않았더군요."

"가노가 진짜 성이라면 말이죠."

"……그렇죠."

"간사이에 사는 가족과 떨어져 여기 와 있다는 것과 나이는 나보다 조금 아래라는 정도? 술을 마실 때까지는 꽤 로맨틱한 분위기였는데 막상 데리고 와보니 서로 왠지 어색해서 얼른 끝내자는 분위기였어요. 피차 하룻밤 함께 보내고 말자는 눈치가 빤했고…… 그런 분위기 아시죠? 그때 투신자살 소동이 일어난 거예요. 누가 어디서 보고 있는지 모르니 주위가 조용해지기를 기다렸다가 새벽 3시 조금 지나서 그 사람은 아파트를 빠져나갔죠. 그때까지 둘 다 제정신이 아니었어요."

"그런 남자를 자기 집으로 데리고 오는 건 좀 부자연스럽지 않은가요?"

"남편이 의심이 많아서 출장을 가더라도 11시 전후로 꼭 전화를 걸기 때문에 돌아오지 않으면 곤란했죠. 그런 습관은 지금도 변함이 없어요. 난 이렇게 쭈그렁바가지가 되었는데도."

"이번 질문에는 잘 생각해서 대답하셨으면 합니다. 대부분의 남자는 그런 경우 호텔로 가거나, 독신이라면 자기 집으로 데리고 가는 게 보통이라고 생각하는데, 그 남자는 당신 아파트로 가는 것에 반대하지는 않았나요?"

"……그러지 않았어요."

"그러면, 그 남자가 아키바 씨 집으로 가고 싶다는 말은?"

"그러지는 않았던 것 같아요. 십 년 이상 지난 일이라 그렇게까지 또렷하게 기억하지는 못하지만, 내가 우리 집에 가자고 하자 바로 따라나섰던 걸로 기억하는데…… 그런데 그 사람이 우리 집으로 가고 싶어했다니, 그건 무슨 뜻이죠?"

머리는 제법 돌아가는 여자였다. 이런 문제에서 여자의 감각은 남자보다 몇 배나 예민하다. 아키바 도모코는 남자를 끌어당기는 자신의 능력이 의문시되고 있다는 사실을 바로 눈치챘다.

"설마 그 남자가 처음부터 그 자살을 목격할 속셈으로 우리 집에 온 거라는 소리는 아니겠죠? 그 사람이 자살과 관계가 있는 남자라는 말인가요?"

"내가 묻고 있는 게 바로 그겁니다."

"하지만 대체 무엇 때문에? 게다가 내가 아무런 증언도 하지 않는다면……." 아키바 도모코는 거기서 입을 다물었다.

"하지만 증언했죠." 내가 말했다. "철부지 이십대도 아니니 당신도 무슨 이야기인지 알 겁니다. 그 남자가 당신과 섹스를 즐기기 위해 아파트에 온 건지, 아니면 그 방 창문을 통해 뭔가를 보았다고 이야기하기 위해 온 것인지."

아키바 도모코는 내 얼굴을 뚫어지게 쏘아보며 십여 초 동안 생각에 잠겼다.

"……모르겠군요. 그때 바로 그런 질문을 받았다면 대답할 수 있었을지 모르지만…… 그 남자에 대한 기억은 이제 희미해진 아득한 옛일인걸요. 그보다는 실제로는 보지 못했어도 그 아가씨가 베란다에서 떨어지는 모습이 훨씬 더 또렷하게 눈앞에 떠오르네요."

나는 과거의 비밀을 이야기해주어 고맙다는 인사를 하고 뭔가 달리 기억이 나는 게 있다면 아까 건넨 명함으로 연락해달라고 말하고 먼저 계단을 내려가기 시작했다.

"잔인한 직업이군요." 아키바 도모코가 내 등에 대고 말했다.

나는 돌아보지 않았다. 걸음도 멈추지 않았다. 아무런 대꾸도 않고 계단을 계속 내려갔다. 세 목격자의 증언 가운데 하나가 의혹의 빛을 띠기 시작했다. 우오즈미 유키의 죽음을 자살로 단정짓게 만든 증언 가운데 하나였다.

26

찾아간 주소지에 편의점 훼미리마트가 들어선 모습을 보았을 때 두번째 목격자에게 지난 십일 년이라는 세월이 그리 평탄치 않았을 수 있겠다는 예감이 들었다. 지유가오카에서 도큐 오이마치 선을 타고 후타코타마가와엔 역*에서 신타마가와 선**으로 갈아타, 산겐자야

---

*   2000년 후타코타마가와 역으로 공식명칭이 변경됨.
**   현재는 덴엔토시 선.

역에서 내렸다. 버스를 이용하면 더 빠를 것 같았지만 분초를 다투는 일도 아니라 오래간만에 교외를 달리는 전철을 탔다. 경찰 조서에 따르면 전신주 위에서 투신 장면을 목격한 전력회사 직원은 세타가야 구 산겐자야 역에서 걸어 십여 분 거리에 살고 있을 텐데, 그 주소에 커다란 유리창을 붙인 신식 '만물상점'이 들어선 것이다.

벌써부터 냉방을 틀어놓은 상점 안은 점심시간이 지나서인지 손님이 거의 없었다. 학생으로 보이는 점원이 함께 온 여고생 둘에게 아이스크림 값을 받기를 기다리다가 계산대 쪽으로 다가갔다.

"이 가게가 생기기 전에 여기 살던 나카무타 요시오라는 사람을 찾아왔는데."

종업원은 고개를 꼬았다. "글쎄요. 저는 지난달부터 근무해서 그런 건 모릅니다. 점장님이라면 아실지 모르겠네요."

"점장님은?"

"잠깐만요……." 종업원은 계산대 뒤에 있는 문을 흘끔 보고 말했다. "점장님은 배달하러 나가셨는데 아마 삼십 분쯤 뒤면 돌아오실 겁니다."

점원의 태도로 보아 점장은 안쪽 방에서 오후 휴식을 취하고 있는 모양이었지만 더 말해봐야 소용없는 노릇이다. 낮잠 자는 걸 억지로 깨워 기분 상한 상태에서 답변을 들어봐야 좋을 것 없다. 2시 15분이었다. 나는 3시에 다시 들르겠다고 하고 가게를 나왔다.

오후 휴식시간이라 문을 닫으려는 메밀국수집에 겨우 들어가 늦은 점심을 때웠다. 구석 테이블에서 식사를 시작한 가게 주인 내외와 함께 이미 죽은 배우가 두세 명 나오는 재방송 텔레비전 시대극의 빤한

클라이맥스에 넌더리를 치며 시간을 죽이고, 3시 조금 전에 편의점으로 다시 갔다.

점장은 삼십대 중반에 살짝 비만인 남자로, 냉방이 잘되는 가게 안에서도 이마에 살짝 땀을 흘리고 있었다. 나카무타 요시오는 그때 당시 마흔세 살로 지금은 쉰서넛은 됐을 테니 이 남자는 틀림없이 아니다. 이런 가게는 땅의 소유주를 가게 주인으로 삼고, 상호와 상품관리 시스템 등을 대여하는 공동경영, 프랜차이즈라고 하던가 하는 방식인 경우도 있다고 들었다. 그러니 나카무타 요시오가 가게 주인일지도 모른다는 한 가닥 희망을 품었지만, 일은 그리 쉽게 풀리지 않았다.

"이 가게가 생기기 전에 여기 살던 나카무타 요시오라는 사람을 찾아왔는데요." 젊은 점원에게 물었던 것과 똑같은 질문을 반복했다.

"아, 들었습니다. 아르바이트하는 친구가 말하더군요. 하지만 저도 개점 당시에는 여기 근무하지 않았기 때문에 그런 내용은 잘 모릅니다."

"나카무타라는 사람이 이 땅 주인은 아니겠죠?"

"예, 그렇지 않을 겁니다. 그랬다면 매달 임대료를 지불하는 일도 제가 했을 텐데, 여기는 다른 점포와 달리 토지도 우리가 소유하고 있어서 그럴 필요가 없거든요."

"그런가요?"

나카무타 요시오에 관해서는 아무래도 불안의 '삼분의 일'이 적중한 것 같다는 느낌이 들었다.

점장이 손목시계를 보았다. "괜찮으시다면 3시에 정기보고 때문에 본부와 전화 통화를 하는데, 문의해볼까요? 물론 사정을 아는 사람이 있어야 답을 듣겠지만요."

그렇게 해달라고 부탁했다.

"점포 업무를 먼저 처리해야 하니 시간이 좀 걸리기는 할 겁니다."

나는 그동안 살 물건을 고르고 있을 테니 괜찮다고 대답했다. 그제야 점장의 눈빛이 손님을 대하는 분위기로 바뀌었다. 점장은 상품 점검을 하던 좀전의 아르바이트 점원에게 계산대를 맡기고 문 안쪽 방으로 사라졌다. 나는 병원에서 우오즈미 아키라를 간병하는 그의 아버지나 후지사키 감독을 위해 바로 먹을 수 있는 음식과 주간지를 넉넉하게 여러 권 사서 비닐을 씌운 종이봉투에 담았다.

흥신소 탐정 가운데 일할 때면 늘 이런 종이봉투를 들고 다니는 이가 있다. 그 사람 말에 따르면 대체로 사람들은 맨손인 남자는 경계하지만 종이봉투를 들고 있으면 좋은 사람으로 여긴다고 한다. 게다가 정보에 비용을 지불하는 습관이 부족한 이 나라에서는 탐정이 조사를 할 때 사례를 주고받는 일이 거의 없지만, 그 탐정의 경험에 따르면, 종이봉투를 들고 있으면 대부분의 사람이 봉투 안에 자기가 사례로 받을 뭔가가 들어 있을 거라는 생각에 훨씬 더 많은 정보를 제공하게 된다는 거다. 진짜인지 거짓인지 알 수 없지만 오늘 내가 하는 일에 효과가 있다면 일석'삼'조의 쇼핑을 한 셈이 되리라.

쇼핑을 마치고 잠시 기다리자 점장이 계산대 쪽으로 돌아왔다. "본부에 물어봤는데, 손님이 말씀하셨던…… 누구라고 하셨죠?"

"나카무타 요시오."

"안타깝게도 그분에 대해서는 모르지만, 이 땅은 산겐자야 역 부근에 있는 '마루신 상사'라는 곳을 통해 구입했다고 합니다. 그러니 그쪽에 문의하시면 원래 소유자에 대해 알 수 있을 텐데요. 이게 마루신 상사의 주소와 전화번호입니다."

점장한테서 메모를 받아들고 인사한 뒤 가게를 나왔다.

'산겐자야 중앙극장'이라는 영화관 근처에서 주소지를 바로 찾지 못해 전화를 걸어보기로 했다. '나카미치 거리'로 돌아와 오는 길에 보았던 공중전화 박스 쪽으로 가보니 그 뒤에 가려 보이지도 않을 만큼 좁은 마루신 상사 입구가 보였다. 가로 한 칸, 세로 두 칸쯤 되는 낡은 목조 사무실인데, 아까 편의점에서 토지 구입 이야기를 듣지 않았다면 여기서 거래가 이루어졌으리라고는 믿을 수 없을 정도로 아주 작은 부동산중개소였다. 나는 부동산 매물 정보가 잔뜩 붙은, 뻑뻑한 유리문을 열었다.

나이가 지긋한 노인이 사무실 한복판에 놓인 책상 위에 신문을 펼쳐놓고 읽고 있었다. 노인은 성가시다는 표정으로 고개를 들더니 흘러내린 돋보기안경 너머로 나를 빤히 바라보았다.

"신문 구독하라고 온 거라면 소용없네. 난 사십 년 동안 〈도쿄 신문〉만 봤으니까. 이유는 단 하나. 싸기 때문이지." 노인은 내가 들고 있는 종이봉투를 흘끔 보더니 그렇게 말했다.

신문 구독을 권유하러 온 사람으로 착각한 것이 이 종이봉투 덕분인지 아닌지는 알 수 없었다.

"〈도쿄 신문〉보다 싸다면야 어떤 신문이건 받아볼 테지만 야구나 프로레슬링 관련 시시껄렁한 제목이 떡하니 박혀 있는 신문이라면 사절일세."

"신문 구독을 권유하러 온 게 아닙니다." 내가 대꾸했다.

"손님이셔? 그럼 마음에 들 물건은 전혀 없을 거요. 내 마음에 드는 게 하나도 없으니 손님 마음에 들 리가 없지.”

나는 사무실 안으로 들어가 물었다. “어르신이 취급하셨던 메이지 약학대학 근처 편의점 터에 대해 기억하십니까?”

“아니, 그런 실례되는 소리 말게. 난 사십 년 동안 이 장사를 하고 있지만 내 손을 거쳐 판 땅은 단 한 평짜리도 잊지 않았어.”

“그거 다행이군요. 전에 그곳에 살던 나카무타 요시오라는 사람을 만나고 싶은데, 지금 어디 사는지 아십니까?”

노인은 흥미가 당긴다는 표정으로 자리에서 일어났다. 내게 유리 문을 닫으라고 하더니, 양철 재떨이가 놓인 싸구려 테이블을 사이에 두고 허름한 접이식 의자 두 개가 놓여 있는 고객 상담석을 손가락으로 가리켰다.

“나카무타의 아들에게 무슨 볼일이 있나?”

우리는 테이블을 사이에 두고 양쪽 의자에 걸터앉았다.

“나카무타 씨의 부친을 아십니까?”

“알지. 불알친구야. ‘산겐자야三軒茶屋’라는 동네 이름의 유래가 아직 남아 있던 시절부터 친구라는 게 우리 아버지 대 사람들이 입버릇처럼 하던 허풍이니까. 어쨌든 아주 오래된 친구였어.”

“동네 이름이라뇨?”

“빤하잖아? 차茶를 파는 가게가 세 집 있었단 뜻이지. 별로 재미도 없는 이름이야.”

‘지유가오카’보다는 훨씬 낫다고 생각했지만 말은 하지 않았다.

“그럼, 나카무타 씨 가족은 아직 이 근처에 살고 있습니까?”

“요시오 아버지는 죽었어. 전사했지. 어렸을 때부터 지독하게 운이 없는 녀석이었어. 그저 죽기 위해 전쟁터에 나간 꼴이었지. 아내와 요시오를 남겨두고서."

나는 노인의 페이스에 맞추어 이야기를 진행하기로 했다. 윗옷 주머니에서 담배를 꺼내 노인에게도 권했다. 그는 당연하다는 듯이 한 개비 뽑더니 책상 위에서 짧은 담뱃대를 집어 들어 거기 꽂고는 입에 물었다. 나는 성냥을 그어 노인의 담배와 내 담배에 불을 붙였다.

"그런데 그 친구 아내도 남편 못지않게 팔자가 사나운 여자였지. 과부가 혼자 힘으로 요시오를 키워 도쿄 전력 같은 번듯한 회사에 취직시켜 이제 좀 편하게 살 수 있겠구나 싶자마자 죽어버렸으니까. 그런데 요시오에게 무슨 볼일이 있는지 아직 듣지 못했군."

"십 년도 더 지난 일인데, 나카무타 씨가 어떤 사건의 목격자로 경찰의 증인이 된 적이 있습니다. 저는 그 사건을 다시 조사하는 일을 하고요. 나카무타 요시오 씨에게 당시 이야기를 다시 한 번 묻고 싶은 겁니다."

"경찰의 증인이라고? 그런 일이 있었나? 설마 경찰에 끌려가거나 하는 건 아닐 테지?"

"아닙니다. 전에 그런 일도 있었습니까?"

"아니, 그만한 배짱이 있는 애는 아니었지. 경륜에 빠지거나 복권에 정신이 팔리기도 하고, 거짓말하고 회사에 나가지 않기도 하고, 변변치 못한 녀석이었어. 자기 어머니 생전에는 효성이 지극한 아이였는데 어머니가 죽은 뒤에는 인생의 목표를 잃은 듯이 사람이 싹 변하더군."

노인은 담배로 재떨이 가장자리를 쓰다듬듯이 재를 털었다. "결혼해서 아들이 하나 생긴 뒤로는 그런 버릇도 고치는가 싶었는데 아들이 자라면서 더욱 심해졌지. 자기가 아버지를 잘 모르니 아들을 어떻게 대해야 좋을지 알 수 없다고 술에 취해 푸념을 늘어놓은 적도 있었다네."

나는 담배를 재떨이에 끄고 말했다. "제 용건은 그 사람이 당시에 했던 증언을 확인하는 것뿐이라 폐가 될 일은 없을 겁니다. 지금 어디 사는지 아신다면 주소를 가르쳐주실 수 없겠습니까? 필요하다면 본인의 허락을 받은 다음에 알려주셔도 좋습니다만."

"그건 무리일세."

노인은 딱 잘라 말했다.

"요시오는 십 년쯤 전에 집을 나가 행방불명 상태야. '증발'한 거지."

"그게 정확하게 언제입니까?"

"어디 보자…… 요시오의 아내가 암으로 세상을 떠난 게 내 마누라가 죽은 해였으니 오 년 전인 1988년일 테고. 요시오의 외아들인 하지메가 부모가 모두 없어서 그 땅을 처분하고 싶다고 하더군. 그게 요시오가 실종된 지 만 칠 년이 지나서 사망자로 여겨져 토지 매각이 가능해진 1989년이니, 거꾸로 계산하면…… 1982년이 되나? 그래, 1982년 가을에는 이미 요시오가 그 전력회사를 그만두고 겨울이 오기 전에 어디론가 사라졌을 거야."

1982년 여름에는 우오즈미 아키라가 고시엔 대회에 출전했다.

"그렇다면 나카무타 요시오 씨의 아들 주소는 가르쳐주실 수 있겠습니까?"

문이 열렸을 때 나는 그만 집을 잘못 찾은 게 아닌가 싶었다. 밤색

머리에 눈이 녹색인 외국인 여성이 나왔기 때문이다.

"나카무타 하지메 씨 집 아닙니까?" 내가 당황해서 물었다.

"맞습니다. 짐은 일하러 나갔습니다." 여자는 억양이 특이하지만 또렷한 일본어로 대답했다.

"짐?" 내가 되물었다.

"아, 미안합니다. 하지메입니다. 그는 일이 5시에 끝나기 때문에 이제 곧 돌아올 겁니다."

손목시계로 시간을 보니 4시 20분이었다. 마루신 상사 노인이 가르쳐준 나카무타 하지메의 주소는 산겐자야 역에서 동쪽으로 걸어서 십 분도 안 걸리는 시모우마의 도립주택이었다. 노인은 나카무타 하지메가 대학에서 사무를 본다고 기억하고 있었다. 나는 여자에게 그의 직장을 물었다.

"아주 가깝습니다. '쇼와 여대'입니다. 5시에 일이 끝나면 오 분 뒤면 집에 도착합니다."

"만약 괜찮다면 부군께 연락해서 5시 이후에 대학 근처 어디서 만날 수 있는지 물어봐주시겠습니까?"

"아, 좋습니다. 당신, 이름은?"

"사와자키입니다. 부군의 아버님 문제로 잠깐 말씀을 나누고 싶다고 전해주십시오."

"사와자키 씨? 그 사람 파더 이야기라고요? 잠깐 기다리세요."

여자는 안으로 들어갔다. 곧 영어에 이따금 일본어가 섞인 여자 목소리가 들렸다. 통화를 짧게 끝내고 여자가 바로 돌아왔다.

"오케이. 짐은 산겐자야 역으로 가는 중간에 있는 라이온스 맨션 앞

‘쓰리시노부’라는 가게로 5시 10분에 오라고 했습니다. 오케이?”

나는 ‘생큐’라고 말하고 도립주택을 나왔다.

화과자가게 한쪽 구석에 꾸며놓은 ‘쓰리시노부’라는 일본식 찻집에서 삼십 분쯤 기다렸다. 나카무타 하지메는 약속 시간보다 몇 분 일찍 나타났다. 나 말고는 손님이 중년 여성 한 쌍뿐이라 나를 금방 알아보았다. 나카무타 하지메는 외국 여성을 아내로 삼을 만큼 키가 꽤 컸지만 밋밋한 전형적인 동양인 얼굴이었다. 그게 오히려 서양 여성에게는 이국적인 매력인지도 모를 일이다. 서른 안팎으로 보였고, 여대 사무원답게 깔끔한 복장에 얇은 서류가방을 들고 있었다.

“아버지는 작년 말에 세상을 떠나셨습니다.” 그는 인사를 마치자 선수를 치듯 말했다.

“입원하셨던 아타미에 있는 병원에서 연락이 와서 달려갔을 때는 간이 이미 손을 쓸 수 없는 상태였는데, 일주일도 지나지 않아 숨을 거두셨죠.”

전통의상을 입은 여종업원이 커피를 가져와서 대화가 중단되었다. 그는 커피에 각설탕을 두 개 넣고 저은 다음 한 모금을 마시고 말을 이었다.

“아버지 문제로 하실 말씀이 있다고 들었는데, 혹시 아버지 생사가 문제가 되는 일이라면 사망을 확인할 수 있는 증명서가 집에 있으니 보여드리겠습니다.”

“아, 그럴 필요는 없어요. 아버님이 십일 년 전에 어떤 여성이 자살하는 광경을 목격했던 일은 기억하십니까?”

“예, 그런 일이 있었죠. 그게 분명 제가 대학입시에 떨어져서 재수를 하고 있을 때일 겁니다.”

“아버님께서는 그 일이 있고 나서 반년도 되지 않아 회사를 그만두고 집을 나가셨다던데, 그런 행동과 자살을 목격한 일 사이에 뭔가 관계가 있었던 것은 아닙니까?”

“글쎄요…… 그렇게 생각해본 적은 한 번도 없는데요. 전신주 위에서 일을 하고 있을 때 아주 가까운 곳에서 여자가 투신자살을 하는 바람에 큰 충격을 받으셨는지 여러 차례 얘기하셨죠. 하지만 그 뒷일은 워낙 흐리멍덩한 양반이라 생긴 일이지 자살 사건하고는 직접 관계가 없을 거라고 생각합니다.”

“집안의 가장이 실종되었는데 생활은 어렵지 않았나요?”

“아뇨. 그 정도는 아니었습니다. 어머니가 돌아가신 뒤에는 그만두었지만, 산겐자야 거리에 할머니 대부터 하던 식료품과 잡화 가게가 있다 보니 끼니 걱정은 없었으니까요. 경륜 같은 데에 돈을 써댄 아버지가 증발하고 난 뒤에는 경제적으로 오히려 나아졌을 겁니다.”

“아버지가 회사를 그만둔 이유는 알고 있나요?”

“좀전에 이야기했듯이 워낙 흐리멍덩한 생각밖에 없는 양반이라…… 주변 사람들은 경륜으로 크게 돈을 땄거나, 복권에 당첨되어 큰돈이 손에 들어온 게 아니냐고 멋대로 떠들기는 했지만요.”

“그게 사실 아닌가요?”

“아뇨. 정확한 내용은 몰라요. 원래 아버지와 이야기를 잘 나누지 않았고, 저는 지긋지긋한 재수 생활을 하던 중이라 입을 여는 일이 거의 없었으니까요.”

"돌아가실 때도 별 말이 없으셨나요?"

"아버지는 몸이 아프다며 고통을 호소하거나 구질구질하게 사과를 할 뿐이었죠. 부자지간이라 불쌍하다는 마음이 들기는 했습니다만…… 그래서 연락을 받고 마지막 순간에 곁에서 돌볼 수 있었던 건 다행이라고 생각합니다."

나카무타 하지메는 코를 훌쩍거리더니 멋쩍은 듯이 커피잔으로 손을 뻗다가 문득 멈췄다.

"그러고 보니…… 아버지가 돌아가신 날에 위독한 상태에서 헛소리처럼 몇 차례나 '이 이야기만은 해두어야겠다'고 거듭 말하던 게 기억이 나는군요."

"무슨 말을 했습니까?" 나는 목소리를 잔뜩 낮추고 물었다.

"아뇨, 결국은 그 말만 하고 아무런 이야기도 못한 채 숨을 거두고 말았습니다."

우리는 그 뒤로도 한참 고인에 대한 이야기를 나누었지만 관계가 있을 만한 내용은 전혀 나오지 않았다. 나는 아버지 이야기를 들려주어 고맙다고 인사하고, 계산서를 집어 들며 일어섰다.

두번째 목격자인 나카무타 요시오의 증언이 사실인지 거짓인지 확인할 방법은 사라졌다.

27

7시가 되기 조금 전에 우오즈미 아키라가 입원한 신주쿠의 도쿄 의대병원에 도착했다. 저녁 어둠에 싸인 건물은 묘하게 조용해 나른한 분위기가 감돌았다. 저녁식사 시간이 지난 시각이라 로비나 복도에는 환자와 간호사들의 모습이 별로 보이지 않았다. 그 대신 엘리베이터나 로비를 오가는 문병객들이 눈에 띄었다. 어느 얼굴이나 환자 앞에서는 보일 수 없을 심기 불편한 표정을 하고 있었다. '웃기고 있네. 나야말로 침대에 누워 있고 싶어'라는 듯한 표정이었다. 외과병동에도 병원인 이상 당연히 죽음에 대한 공포의 그림자가 떠돌았지만, 내과병동과 비교하면 뭔가 차라리 포기했기 때문에 지닐 수 있는 밝은 면이 있었다.

로비에 있는 인조가죽 벤치에 가와시마 히로타카의 장례식 날 후지사키 스포츠용품점에서 가게를 보던 와세다 대학 야구부 학생이 앉아 있었다. 후지사키는 보이지 않았다. 학생은 나를 보자 벤치에서 일어섰다.

"수고하십니다." 그가 말했다. "그때 감독님 가게에서 뵈었던 가지와라입니다."

나는 쇼핑한 물건이 든 종이봉투를 건네며 물었다. "우오즈미는 좀 어떤가?"

"의식이 아직 돌아오지 않았다고 합니다. 수술은 잘되었고, 경과도 좋다고 하지만요……."

"병실은 정해졌나?"

"아뇨, 집중치료실에 있는 상태에서 아버님이 잠깐 얼굴을 보았을 뿐이랍니다. 아직 면회는 할 수 없는 상태라고 들었습니다."

"그런가? 후지사키 씨는 집에 들어가셨나?"

"피치 못할 사정이 생겨서 저하고 교대하고 가게로 돌아가셨습니다. 6시에 가게 문을 닫고 다시 오겠다고 하셨습니다. 오늘 밤에는 제가 있을 테니 푹 쉬시라고 했지만 우오즈미 선배가 의식을 되찾을 때까지는 마음을 놓을 수가 없다고……."

같은 벤치에서 좀 떨어져 앉은 전통의상 차림의 사십대 초반쯤 돼 보이는 여자가 내 얼굴을 잠시 바라보다가 고개를 돌렸다. 뒤로 묶은 수수한 머리 모양이 무늬가 없는 어두운 남색 옷차림과 잘 어울렸다.

"아버님은?" 내가 가지와라에게 물었다.

"담당의사에게 앞으로 치료가 어떻게 이루어지는지 설명을 들으러 가셨습니다."

"그래? 그럼 나는 내일 다시 들르도록 하지."

가지와라에게 뒷일을 부탁한다고 이야기하고 엘리베이터 쪽으로 갔다. 마침 열려 있던 엘리베이터로 들어서자 벤치에 앉아 있던 여자가 뒤따라 들어왔다.

"1층으로 내려가는데, 괜찮습니까?"

"예……."

여자가 머뭇거리며 물었다. "저어, 사와자키 씨죠?"

"그렇습니다만." 나는 1층 버튼을 누르고 여자를 돌아보았다.

"저는 따지자면 아키라 고모뻘 되는 사람인데, 신조 게이코라고 합니다. 아키라가 신세를 지고 있다는 이야기를 그애 아버지로부터 들었습니다. 말이 고모지, 올케가 아키라 아버지와 이혼하는 바람에 고모라고 이야기할 처지도 못 되지만요…… 제 오빠가 마쓰나가 도시에 씨와 결혼해서 유키를 낳았는데, 오빠는 유키가 여섯 살 때 돌아가셨죠. 그러니 제가 유키 고모인 것은 틀림없습니다. 올케인 도시에 씨가 우오즈미 씨와 재혼하면서 아키라가 유키의 동생이 되었으니 아키라에게도 고모뻘인 셈이죠…… 설명하기 복잡하군요."

엘리베이터가 1층에 도착해 문이 열렸다.

"오빠가 유키 씨 어머니의 전남편이라는 말씀인가요?"

"그렇습니다."

위층에서 엘리베이터 버튼을 누른 사람이 있는지 문이 닫히려고 했다. 나는 먼저 내려 문을 손으로 막고 신조 게이코라는 여성이 내리기를 기다렸다.

"고마워요…… 아키라가 다쳤다는 이야기가 오늘 신문에 실렸다고 어느 분이 알려주어 깜짝 놀라 달려왔습니다."

신주쿠로 돌아올 때 전철역에서 산 석간신문에도 역시 기사가 몇 줄 실려 있었다. 고시엔 대회 출전 선수였던 사람이 습격을 받아 중상을 입었다는 짧은 기사였다. 십일 년 전의 승부조작 의혹 문제는 언급되지 않았다. 쓰고는 싶었을 테지만 그 내용까지 싣기엔 지면이 모자랐을 것이다.

우리는 1층 현관 쪽으로 걸어갔다.

"우오즈미 군 아버지에게 제가 무슨 일을 하는 사람인지 들으셨습니까?"

"예."

"그럼 제가 우오즈미 군으로부터 의뢰를 받아 어떤 조사를 하고 있다는 사실도 아시겠군요."

"예, 들었습니다."

우리는 로비 한쪽에 마련된 흡연구역 앞에서 멈춰섰다.

"바쁘신가요?" 내가 물었다.

"아뇨, 그렇지는 않습니다. 8시에 여기서 나갈 예정인데, 다시 올라가서 아키라 아버지에게 인사는 하고 가야겠군."

"그럼 여쭙고 싶은 게 좀 있는데."

"그러시죠. 저라도 도움이 된다면야."

흡연구역에는 목발을 짚은 고등학생쯤 되는 환자와 여고생인 듯한 문병객으로 이루어진 한 쌍과, 병실을 빠져나와 담배를 피우는 중년 환자 한 명이 있을 뿐이었다. 우리는 다른 이들과 조금 떨어진 곳을 골라 인조가죽을 댄 긴 의자에 걸터앉았다.

"유키 씨의 친아버지는 언제 돌아가셨습니까?"

"오빠는 1969년 겨울에 북알프스•를 홀로 등반하다가 조난당해 세상을 떠났습니다. 도쿄 도에 있는 사립대 조교수가 된 지 얼마 되지 않았던 서른한 살 때였죠. 오빠가 열 살 위였으니 저는 스물한 살이었어요. 학생운동이 격렬해지던 무렵이라 오빠는 학교와 학생들 사이에서 지칠 대로 지친 상태였던 모양이에요. 오빠의 등산 경험과 실력에 비하면 무모한 등반 계획이었기 때문에 죽을 생각으로 산에 오른 거라는 오빠 친구들 얘기도 있었지만, 하나뿐인 딸 유키를 무척 예뻐했기 때문에 그럴 리가 없다고 생각했죠. 오빠는 살아 내려올 수 없다는 걸 깨닫고 동사하기 전에 가족과 친구들 앞으로 간단한 유서 같은 것을 써서 남겼어요. 그 젊은 나이에 죽는다는 사실을 아쉬워하는 내용

•　　일본 중부 산악지방에 있는 산맥.

이었죠. 동생인 내게도 학생운동 같은 건 그만두고, 만약에 자기에게 무슨 일이 생기면 유키에게 언니처럼 대해주라고 적혀 있었습니다."

"오빠의 충고에 따른 건가요?"

"학생운동 말인가요? 아뇨…… 그게, 저는 이미 그때 학생운동이고 대학이고 다 그만둔 상태였으니까요. 미술대학 선배의 도움으로 전통의상 문양 디자인 일을 하는 회사에 들어가 수습사원 비슷한 일을 시작한 상태였어요."

나는 여자의 전통복장을 바라보았다. "그것도 직접 디자인하신 겁니까?"

신조 게이코가 미소를 지었다.

"아니에요. 혹시 유명한 디자이너들 패션쇼에서 본 것 같은 특별한 옷을 생각하셨다면 전혀 차원이 다릅니다. 저는 여자들의 필수품으로 꾸준히 팔리는 실용적인 전통의상 업계에 종사하기 때문에, 큰 수입은 올리지 못하지만 경기가 호황이냐 불황이냐에 크게 영향 받지 않아 훨씬 더 안정적이랍니다."

"유키 씨의 언니 역할은 어떠셨습니까?"

"제가 할 수 있는 만큼은 한 셈입니다. 오빠가 돌아가셨을 때는 아직 아버지가 경제적으로 여유가 있었기 때문에 며느리와 손녀의 생활을 도왔던 모양이에요. 그러다 삼 년쯤 지나서 아버지도 정년퇴직해 이전만큼은 여유롭지 않게 되었죠. 그 무렵부터 아버지를 대신해서 제가 유키 모녀를 도왔어요. 그래봤자 다달이 몇 푼 안 되는 금액이었고, 이 년도 채 안 되는 기간이었죠. 유키가 열한 살 때 올케는 우오즈미 씨와 재혼해서 다시 행복한 가정을 꾸렸어요."

"그 뒤에는?"

"우오즈미 씨 집안하고는 그 뒤로 계속 친척처럼 지냈죠. 저는 그때 지가사키에 살았는데 유키가 여름방학은 물론이고 다른 쉬는 날에도 자주 놀러와 자고 갔어요. 새로 생긴 자랑스러운 동생을 데리고."

"우오즈미 군 말인가요?"

"예. 아키라가 중학교에 올라간 뒤로는 제 누나와 함께 다니는 게 멋쩍었던지, 야구 연습이 바빠서였는지 전혀 놀러오지 않아 무척 섭섭했지만요."

"그럼 유키 씨의 언니 역할은 그 뒤로도 계속되었군요."

"저는 그랬다고 생각합니다."

"십일 년 전 그 사건이 일어났을 때도?"

신조 게이코는 조금 머뭇거린 뒤 대답했다. "예. 저는 그랬다고 생각합니다만……."

"우오즈미 군이 승부조작 혐의를 받아 문제가 되었을 때 유키 씨를 만나거나 이야기를 나눈 적이 있습니까?"

"그게 어떻게 된 영문인지 그 며칠 동안만은 완전히 공백 상태였어요. 그 무렵엔 아키라가 고시엔 대회에 나가게 됐고, 취직이 결정된 유키도 평소보다 나눌 이야기가 많은지 자주 전화했고, 만나러 오기도 했죠. 그런데 그때만은 연락이 없었어요. 저도 걱정이 되어 두 번쯤 아파트로 전화를 걸었지만 통화는 하지 못했습니다. 그러다가 그만 그런 끔찍한……." 신조 게이코는 짙은 남색 손가방에서 흰 손수건을 꺼내 눈물이 고인 눈가를 닦았다.

"그때 제가 이사를 하고 일도 바빠서 유키와 시간을 충분히 가지지 못한 것이 지금도 너무 후회스럽습니다."

"유키 씨가 왜 자살했는지 짚이는 부분은 없습니까? 동생의 승부조작 문제를 제외하고요."

신조 게이코의 표정이 흐려졌다. "전혀 없고, 상상도 가지 않습니다. 다만 유키가 자살했다는 이야기를 들었을 때 어쩔 수 없이 먼저 세상을 떠난 오빠 생각이 나더군요. 저도 여태까지 살면서 고통스러운 경험을 해보았지만 저처럼 태어날 때부터 낙천적인 성격이 아닌 사람은 고통이 몇 배 더 커지면 죽음을 떠올리게 되는지도 모른다는 생각이 들었습니다…… 게다가 여자는 약한 존재니까요."

"일단 마음만 먹으면 여성이 강하다고도 하죠."

"그렇죠." 신조 게이코는 살짝 미소를 지었다. "강한 게 약한 거고, 약한 게 강한 거니까요."

"우오즈미 군이 유키 씨는 자살할 리가 없다고 생각해왔다는 건 아시죠?"

신조 게이코가 고개를 끄덕였다. "유키가 죽은 뒤에 아키라가 잠깐 이성을 잃고 그런 이야기를 하는 걸 들었어요. 겨우 열일곱, 열여덟 살인 소년이 그런 누명을 뒤집어쓰고 어처구니없는 일을 겪은 직후라서 무리도 아니라는 생각이 들었죠. 하지만…… 그 뒤로 여러 해 지난 뒤에 만났을 때도 같은 소리를 하기에 조금 걱정이 됐어요."

"그게 자살이 아니었다는 생각은 하지 않으시는군요."

신조 게이코는 고개를 숙이고 거의 들리지 않을 정도로 작은 목소리로 말했다. "사실은 저도 잘 모르겠습니다. 유키가 자살한 게 아니었다면 저도 구원받은 기분이 들 수 있을까요……?"

신조 게이코가 불쑥 고개를 들었다. "하지만 그렇게 되면 실제로는 더 무서운 일이 벌어진 셈이 되니 그것도 견딜 수 없는 일이겠네요."

우리는 잠시 말없이 서로 얼굴만 바라보고 있었다. 나는 주머니에서 담배를 꺼냈다. 빈 갑이었다. 바로 옆 벽에 자동판매기가 있었다.

"실례. 잠깐 담배 좀 사겠습니다."

우오즈미 부자에게 유키는 피가 섞이지 않은 딸이고 누나다. 유키의 어머니가 죽은 지금은 이 신조 게이코라는 여성이 유키와 가장 가까운 핏줄인 셈이다. 나는 유키가 죽기 직전에 품고 있던 두 가지 '비밀'에 대해 신조 게이코에게 물을 필요가 있었다. 탐정이라는 직업은 남의 기분을 쾌적하게 해주기 위해 존재하지 않는다. 대개 그 반대다.

자동판매기에는 필터 없는 피스가 없어서 '피스 라이트'를 샀다. 나는 필터를 뜯어낸 다음 불을 붙였다.

비밀 중 하나인 유키의 승부조작 관여에 대해서는 말을 꺼낼 수 없었다. 그걸 입 밖에 내지 않는 것이 우오즈미 아키라의 의뢰에 담긴 암묵적 조건이었기 때문은 아니었다. 이틀 전이라면 그런 조건 따위 틀림없이 무시했을 것이다. 하지만 지금은 상황이 변했다. 내가 그 조건을 위반하더라도 의뢰인은 단 한마디도 항의할 수 없는 의식불명 상태로 이 건물 위층에 누워 있다. 그런 상태에서는 위반할 수 없었다. 나는 다른 비밀에 대해 물었다.

"유키 씨가 죽었을 때 임신중이었다는 사실은 혹시 알고 계셨습니까?"

신조 게이코는 어깨를 축 늘어뜨리며 고개를 끄덕였다. "그 이야기는 유키가 죽고 일 년 가까이 지난 뒤에야 들었습니다. 아키라의 아버지가 알려줬는데 아마 일주기 추도식 때였을 겁니다.”

“아기 아버지가 누군지 아십니까?”

“아뇨.”

“누군지 짐작이 가는 사람은 없나요?”

“아뇨. 그런 상대가 있었다는 사실조차 몰랐어요. 유키가 고등학교를 졸업한 지 반년 될까 말까 할 때였으니까 그런 것은 나중 일이라고만 생각했었고…… 저 나름대로는 언니 역할을 한다고 하면서도 실제로는 유키에 대해 아무것도 몰랐다는 사실을 뼈저리게 깨달았죠.”

일부러 탄식하는 모습은 아니었다. 슬픈 사실에 대해 냉정하게 이야기하는 듯했다.

더 질문할 내용이 없었다.

“또 뭔가 묻고 싶은 것이 생겼을 때를 위해 연락처를 알려주실 수 있습니까?”

신조 게이코는 손가방에서 명함을 한 장 꺼내 뒷면에 집 주소와 전화번호를 적어주었다. 근무하는 곳 주소는 주오 구의 교바시였고, 집은 나카노 구에 있는 사기노미야였다. 나도 내 명함을 건네고 달리 뭔가 생각이 나면 전화를 달라고 부탁했다. 우리는 자리에서 일어나 흡연구역을 나왔다.

“한 가지만 가르쳐주시겠습니까?” 내가 입을 열었다. 갑자기 생각이 났던 것이다. “유키 씨의 묘는 어디 있습니까?”

“스기나미 구에 있는 에이후쿠지永福寺에 있습니다. 우리 증조부 때부터 내려오는 묘가 거기 있죠. 당시 묘 이야기가 나왔을 때 제가 부탁해서 오빠 옆에 자리를 마련했죠. 아키라의 아버지도 그렇게 어린 나이에 죽어 아는 이가 아무도 없는 우오즈미 가문 묘에 들어가느니 친아버지 곁에 잠드는 게 낫겠다며 양해해주어서……."

"그럼 유키 씨 어머니는?"

"함께 있습니다. 올 1월에 도시에 씨가 세상을 떠났을 때 아키라가 의논하러 찾아와 원래 가족인 세 사람이 함께 있도록 할 수 없겠느냐고 해서 그렇게 하기로 했습니다."

내가 고맙다는 말을 하고 가려는데 신조 게이코가 뭔가 미진한 표정으로 나를 바라보았다.

"왜 그러시죠?" 내가 물었다.

"유키 묘 이야기를 하다가 생각났는데, 사실은 그 뒤로 십 년 동안 매년 누군가 잊지 않고 기일마다 꽃을 바치더군요."

"호오……."

"그렇지만 어떤 분인지 전혀 모릅니다."

"우오즈미 군이나 아버지도 아닌가요?"

"몇 차례 함께 성묘한 적이 있는데 두 사람도 무척 이상하게 여기던걸요."

"말씀하시는 걸로 보아 누가 꽃을 바치는 건지 조사해보신 것 같은데요."

"조사라뇨. 그렇게 거창한 건 아닙니다. 절에 계신 분에게 물어봤지만 전혀 모르더군요. 몇 년 전에 조금 이른 시간에 출발해 누가 꽃을 바치는지 확인하려고 기다려봤는데 소용이 없었죠."

"꽃을 가져온 게 배달하는 사람이었나요?"

"그렇습니다."

"꽃집은 주문한 사람이 이름을 밝히지 않았다고 대답했을 테고요?"

젊디젊은 여성의 자살에 그런 사연쯤 있다고 해도 이상할 일이 아니겠지만 그게 십 년이나 이어지고 있다면 이상한 정도를 넘어선 것으로 보였다.

나는 신조 게이코에게 인사를 건네고 병원 현관으로 걸음을 옮겼다. 밖으로 나와 찬바람을 맞으며 중얼거렸다. 언젠가 알게 될 날이 오겠지.

나는 신조 게이코가 기혼자인지 아닌지 묻지 않았다. 그 여자도 그런 이야기는 하지 않았다. 그것도 언젠가 알게 될 날이 오리라.

28

마스다 게이조와 함께 온 젊은 노숙자는 가부토 신사 본전 오른쪽 돌로 된 울타리에 앉아 있었다. 해가 완전히 지고 나니 두 노숙자의 껴입은 옷차림이 부러울 정도로 기온이 떨어졌다. 낮에는 봄날처럼 화창했는데 다시 겨울로 돌아간 듯 뼛속까지 스며드는 추위였다. 나는 마스다에게 전화응답서비스를 통해 남긴 메시지는 들었지만 조사할 일이 있어서 하루 종일 돌아다니느라 늦었다고 사과했다.

"신경 쓰지 마." 마스다가 말했다. "우리 시간은 당신들 시간과 나브니까."

이쪽 시간이 더 열등하다는 소리로 들렸다.

두 사람은 우오즈미 아키라가 어떤지 물었다. 젊은 노숙자는 어젯밤 우오즈미의 머리 상처를 눌러준 인연도 있고, 또래이기도 해서 마음이 쓰이는 모양이었다. 내가 수술 결과와 함께 의식이 아직 돌아오지 않았다고 알려주자 그는 컵에 담아 파는 술을 맛없다는 듯이 입으로 가져갔다.

"그 우오즈미란 청년을 습격할 때 사용된 흉기로 보이는 것은 발견되지 않았어."

마스다가 마음을 추스르는 듯한 말투로 이야기했다.

"습격한 범인이 도리이 옆 현장에서 도망친 방향으로 꽤 넓은 범위를 두 차례나 뒤졌지만 헛수고였지. 처음에는 그런 목적으로 사용할 만한 도구를 망치라거나 스패너, 야구 방망이 같은 것이라고 생각하고 찾아보았지만 두번째는 다른 흉기일 수도 있다고 생각해 범위를 더 넓혀 적당한 크기의 돌이나 벽돌, 막대기 같은 것까지 신경써 살펴봤는데 그럴듯한 게 보이지 않더군. 알아? 이 도시에는 길바닥에 굴러다니는 돌멩이도 거의 없다니까."

나는 고개를 끄덕였다. "할 수 없지."

"그렇지만 우리는 전문가가 아니니까 뭔가 빠뜨린 게 있을지도 몰라. 그래도 뭐 둘이서 시간을 잔뜩 들여 뒤졌으니 이게 한계라고 봐야겠지."

"메시지로는 약간 마음에 걸리는 담배꽁초를 발견했다고 했잖아?"

"그건 이 친구가 발견했어." 마스다가 젊은 노숙자 쪽을 고갯짓으로 가리켰다.

"이 친구는 담배꽁초 줍는 일이라면 근방에서 따라올 사람이 없는 전문가니까."

젊은 노숙자가 제대로 돌지도 않는 혀로 설명을 덧붙였다. "3센티미터 이하 꽁초는 대상에서 제외. 내가 줍는 건 반 이상 남은 장초뿐이죠."

"지금도 둘이서 이야기하던 중이었는데, 발견했을 때는 대단한 단서를 발견한 기분이 들어 신바람이 났지만…… 시간이 지나면서 점점 자신이 없어지더군. 우오즈미라는 청년을 습격한 범인이 버린 담배꽁초라고 단정하기에는 아무래도 억지스러워서."

마스다가 자신 없는 표정으로 말했다.

"직접 볼까?" 내가 말했다.

"그렇게 알고, 어쨌든 안내할 테니까 살펴봐." 마스다는 돌 울타리에서 일어섰지만 젊은 노숙자는 그냥 앉아 있었다.

"나는 여기 있을게요. 우리 두 사람이 함께 달라붙어 다니면 너무 눈에 띄니까."

"그럼 내 짐을 부탁해." 마스다가 말했다.

마스다와 나는 신사 도리이 쪽으로 향했다. 나는 윗옷 옆 주머니에 불룩하게 튀어나온 피스 라이트가 떠올라 꺼내서 뒤를 향해 젊은 노숙자에게 던져주었다. 내가 피울 담배로는 여기 오는 도중에 필터 없는 피스를 사두었다.

마스다는 도리이 옆을 지날 때 우오즈미가 쓰러져 있던 곳을 바라보며 눈썹을 찌푸렸다. "어떤 이유인지는 모르지만 끔찍한 일이야. 직업이 탐정이니 폭력을 휘두르는 장면은 여러 번 보았겠지."

"그렇지 않아. 내가 아는 사람 가운데 그 정도 폭력을 휘두를 인간은 없어."

짧은 참배로를 지나 큰길로 나오자 마스다가 일단 걸음을 멈췄다.

"당신이 시킨 대로 흉기를 찾으면서 처음에는 사건이 일어난 현장을 중심으로 뒤졌지. 하지만 아무것도 나오지 않아 조금 궁리를 했어…… 습격한 범인은 우오즈미 아키라가 당신 사무실로 찾아가는 길 어디선가 접촉했겠지. 습격 현장은 가부토 신사 부근이지만 그 전에 우오즈미 아키라를 숨어서 기다리거나 미행했을 거라고 가정하면 범인의 출발 지점은 당신 사무실이 아닐까 하는 생각이 들더군."

"그렇겠군. 계속해봐."

"그래서 두번째로 흉기를 찾아 나섰을 때는 여기서 당신 사무실 쪽으로 범위를 넓혀갔어."

마스다는 그렇게 말하고 내 사무실 방향으로 걷기 시작했다. 어젯밤 그가 우오즈미 아키라가 다쳤다는 소식을 알려주었을 때 내가 달려왔던 길을 거꾸로 더듬어 가는 셈이다. 내가 택시에 치일 뻔했던 길을 건너 어두워서 길을 잘못 들어선 줄 알았던 골목으로 들어가 사무실이 있는 빌딩 앞 큰길로 나왔다. 20미터쯤 앞에 사무실이 있는 낡은 건물 일부가 보였다. 오가는 차들이 몇 대 있었지만 8시를 넘긴 시각이라 행인은 거의 없었다. 마스다가 다시 걸음을 멈췄다.

"다음에 생각한 것은 당신 사무실이 있는 건물 입구로 드나드는 사람을 지켜볼 수 있고, 또 당신 사무실 창문에 불빛이 들어왔는지 확인할 수 있는 장소가 있는지였어. 게다가 들키지 않을 만한 곳이어야 하지. 그러려면 아무 데서나 지켜볼 수는 없으니 위치가 상당히 한정되더군."

그는 다시 걷기 시작하며 앞쪽으로 손을 흔들었다. "저 부근을 전부 확인해봤어. 당신 사무실이 있는 건물 건너편에 약국이 있잖아? 거기서 건물 두 개를 더 지나면 바로 앞에 공터가 있더군. 아마 곧 건축공사가 시작될 테지만. 거기 자재를 쌓아놓은 곳 말고는 마땅한 장소가 없더군."

우리는 공터 앞에 이르렀다. 일주일 전까지는 분명히 백 평쯤 되는 공터였지만 지금은 도로와 접한 부분에 높이 2미터쯤 되는 말뚝을 대여섯 개 박고 거기에 파란 비닐시트를 쳐서 가려놓은 건설 현장으로 변해 있었다.

"들어갈 수 있나?" 내가 물었다.

"괜찮아. 아직 터를 닦는 단계라서. 이 비닐시트는 방범용이라기보다 방진용. 먼지가 너무 날리지 않도록 쳐놓았을 뿐이야. 별 효과는 없겠지만 주변에 체면은 차려야 하니까."

예전에 건축 전문가였으니 틀림없으리라. 마스다는 맞붙여놓은 두 장의 비닐시트 경계 아랫부분을 잡더니 걷어올렸다.

"이런." 마스다가 중얼거렸다. "이렇게 어두워서야 살펴보기 힘들겠네. 이곳을 발견했을 때는 오늘 아침 5시쯤이라 지금보다 더 환했는데."

"손전등을 가져오지."

나는 급히 도로를 가로질러 사무실 건물 주차장으로 갔다. 블루버드 대시보드에서 손전등을 꺼내 다시 건축 현장으로 돌아왔다.

마스다는 들추고 있던 비닐시트 안으로 내가 늘어서자 기다렸다는 듯이 원래 상태대로 해놓았다. 어둡기는 했지만 아직 손전등을 켤 정도는 아니었다. 마스다가 앞장서서 사무실 건물에 가까운 오른쪽 구석에 자리잡은 콘크리트 믹서 쪽으로 다가갔다. 그늘진 쪽을 보니 일주일 전만 해도 무성했던 잡초는 온데간데없고 한복판에 세워둔 롤러차 너머로 벌써 흙바닥이 고르게 정리되어 있었다. 마스다는 자갈과 모래더미 사이를 지나 콘크리트 믹서 뒤로 나를 안내했다.

"어때? 여기 숨어서 비닐시트를 슬쩍 들추면 당신 사무실이 있는 건물 출입구가 잘 보이지. 각도가 좋지 않아서 사무실 창문이 완전히 보이지는 않지만 적어도 불이 켜져 있는지 어떤지는 쉽게 알 수 있을 거야. 여기라면 들킬 염려도 없을 테고 말이야."

마스다는 자기가 서 있던 곳을 내게 양보해 직접 확인하게 했다. 말 그대로였다.

내가 돌아서기를 기다렸다가 그가 말했다. "불을 켜고 콘크리트 믹서 받침대 아래, 이 부분을 보게."

마스다는 허리를 구부리고 약간 튀어나온 받침대 아래를 가리켰다. 나는 최대한 비닐시트 밖으로 불빛이 새나가지 않도록 조심하면서 손전등을 켰다. 받침대 아래에 높이가 50센티미터쯤 되는 용도를 알 수 없는 양철 상자가 비스듬히 놓여 있었다. 그 상자 옆면에 길이가 30센티미터에 폭이 2센티미터쯤 되는 길쭉한 판자가 튀어나와 있었다. 그 위에 갈색 필터가 달린 담배꽁초 네 개가 세로로 나란히 놓여 있었다.

모두 4, 5센티미터쯤 되는 길이로, 마스다와 어울리는 젊은 노숙자가 말했던 '장초'였다. 콘크리트 믹서 받침대가 우산 역할을 한 모양이다. 언제 피운 담배인지는 모르지만 적어도 어젯밤 내린 비에 젖은 흔적은 보이지 않았다. 양철 상자 측면 여기저기에 담뱃불을 비벼끈 흔적이 남아 있었다. 꽁초 네 개 모두 같은 상표의 담배인 듯했고, 갈색 필터 바로 위로는 가느다란 금빛 선이 두 줄 있었다. 그 가운데 두 개는 금빛 줄무늬 옆에 'BARCLAY'라고 찍힌 같은 색 글자가 보였다. 외국 담배인 모양인데 내가 아는 상표는 아니었다. 요즘은 담배 종류가 국산과 외제 모두 상당히 많아진 데다 내가 담배 상표를 그다지 잘 아는 편도 아니었다.

"바클레이라고 읽는 것 같군." 내가 말했다.

"아, 꽁초 줍기 전문가가 말하기를 미국산 담배인데 피우는 사람이 많지는 않지만, 그렇다고 그렇게 보기 드문 담배는 아니래. 자동판매기에서도 판다니까."

그때 바로 옆 큰길 쪽에서 차가 멈추는 소리가 났다. 나는 반사적으로 손전등을 껐다.

"무슨 일이지?"

마스다가 놀란 목소리로 말했다.

나는 조용히 하라는 손짓을 했다. 자동차 문을 여닫는 소리가 나더니 곧이어 발소리가 들려왔다. 두 사람의 발소리가 이쪽으로 다가왔다. 우리는 콘크리트 믹서 뒤에서 몸을 웅크렸다. 파란 비닐시트를 들추는 소리가 나더니 도로 쪽 불빛이 안으로 스며들었다. 사람 그림자 때문에 불빛이 흔들렸다. 옆에 있는 마스다가 긴장하는 게 느껴졌다.

"여기가 다이호 건설 공사 현장 가운데…… 그러니까 일곱번째 체크포인트야. 다음 주부터 경비 스케줄에 포함되니 기억해둬."

"조금 전에 차를 세우기 전에 왼쪽에서 얼핏 불빛이 보인 것 같던데, 괜찮습니까?"

"그래? 나는 못 봤는데. 아마 건너편 건물 불빛이 반사된 거겠지."

"안쪽을 살펴볼까요?"

"그럴 필요 없어. 계약은 오늘부터가 아니라 다음 주부터야. 자재가 본격적으로 들어오는 것도 다음 주부터라고 하니까 아직은 괜찮을 거야. 그리고 오늘 밤에 뭔가 도난 사고가 일어나면 경비 수준을 한 단계 올릴지도 몰라. 그러면 우리 회사로서는 플러스지."

"……하긴, 그렇군요."

"다이호 건설은 인색한 회사야. 오늘 경비를 의뢰하겠다고 왔으니 다음 주부터 경비를 시작할 필요 없이 그냥 오늘부터 하는 걸로 계약하면 될 걸 가지고. 안 그래?"

비닐시트를 내리는 소리가 나더니 발소리가 멀어지고 이어 차 문을 여닫는 소리가 났다. 차가 출발하는 소리가 들리자 마스다가 한숨을 폭 내쉬었다. 잠시 기다렸다가 손전등을 다시 켰다.

담배 필터 끝부분을 살펴보니 바깥쪽 갈색 종이와 흰 필터의 경계에 공기구멍 같은 것이 일정한 간격으로 네 군데 뚫려 있었다. 요즘엔 '건강한' 흡연을 위해 담배 필터를 이러저러하게 변형하기도 하고, 니코틴이나 타르를 줄인 담배도 늘어났다. 건강을 생각한다면 아예 담배를 피우지 않아야 마땅하다. 하지만 건강한 일흔 살 노인이 되었을 때 대체 무얼 해야 좋을까 생각해보면 담배를 피우는 일 이외에는 별다른 수가 떠오르지 않는다.

다시 자세히 보니 네 개의 꽁초 모두 정확하게 필터 한가운데 부분에 잇자국이 깊게 나 있었다. 하지만 담배를 피울 때 필터를 깨무는 버릇을 가진 사람은 의외로 많다.

손전등으로 내가 선 지점 바닥을 비추었다. 구두의 감촉으로 짐작했던 대로 땅바닥은 무슨 기름 때문에 미끄러지기 쉬운 상태였다. 기름이 불빛을 반사해 특유의 빛깔을 띠었다. 그러고 보니 이곳이 공터였을 때 이 부근에 드럼통이 몇 개 놓여 있던 것이 기억났다. 비가 내린 뒤에 이런 상태라면 오기 전에는 기름이 더 많았을 것이다. 그래서 담배를 피운 사람이 땅바닥에 담배를 버리지 않았는지도 모른다. 이정도 기름으로는 불이 붙지 않는다 해도 몸을 숨기고 있는 처지라면 위험한 짓은 하고 싶지 않은 법이다. 하지만 단순히 담배꽁초를 가지런히 늘어놓는 버릇이 있는 공사 관계자가 한 일일지도 모른다. 재떨이에 꽁초를 하나씩 가지런히 늘어놓는 사람도 있다.

"단서가 될까?" 마스다가 물었다. "이게 그 우오즈미라는 청년을 습격한 범인이 피운 담배일까?"

"그럴 수도 있지. 하지만 이 콘크리트 믹서를 운전하는 사람이 피운 담배일 가능성도 있고, 부근 중학생 짓일 수도 있어. 잠깐 이걸로 꽁초 쪽을 비춰봐."

나는 손전등을 마스다에게 건넸다. 윗옷 주머니에서 담뱃갑을 꺼내 셀로판지를 벗겨냈다. 네 개의 꽁초 가운데 두 개를 필터 부분을 건드리지 않도록 조심해 안에 넣고 셀로판지를 잘 접었다. 그리고 꽁초 하나를 더 주워 담뱃갑 안에 담은 다음 주머니에 넣었다.

우리는 적의 비밀기지에서 전리품을 훔치던 어릴 때처럼 입을 다물고 들어왔던 경로를 되짚어 나왔다. 마스다가 손전등을 내게 돌린 뒤 파란 비닐시트를 젖히려는 순간, 나는 그의 팔을 잡았다. "잠깐만."

도로 쪽에서 차 엔진 소리와 사람 목소리가 들린 듯했다. 나는 발소리를 죽이고 다시 꽁초가 있던 콘크리트 믹서 뒤로 돌아갔다. 마스다도 내 뒤를 따랐다. 우리는 아까 숨어 있던 곳에서 비닐시트를 살짝 들추고 도로 쪽 상황을 살폈다.

사무실 건물 주차장에 차 앞부분만 집어넣은 순찰차 한 대가 서 있었다. 경찰관 둘이 내 블루버드 옆에 서서 뭔가 이야기를 나누는데 내용은 들리지 않았다. 두 사람은 불이 켜지지 않은 내 사무실을 올려다보고 다시 이야기를 나누었다. 단순한 순찰이 아니라는 뜻이다. 두 사람은 건물 정면 쪽으로 돌아가더니 함께 계단을 올랐다. 거리가 멀고 어두워서 또렷하게 보이지는 않았지만 우오즈미 아키라가 습격당한 사건을 담당한 두 경찰관으로 보였다.

마스다를 돌아보며 말했다. "경찰이 건물 안에 있는 동안 신사로 돌아가."

"당신은 괜찮겠나?" 마스다가 걱정스러운 듯이 물었다. "저 경찰관들이 대체 왜 왔지?"

"아무도 참석하고 싶지 않아 할 파티에 초대할 작정이겠지. 나중에 봐."

29

새로 지은 신주쿠 경찰서 안에 들어오기는 처음이었다. 바뀐 경찰서 내부는 보기에 조금 나아지기는 했지만 내게 신주쿠 경찰서 취조실은 어디까지나 취조실일 뿐이었다. 마지막으로 거기 들어갔던 게 언제인지 정확하게는 기억이 나지 않았다. 경찰서 취조실에는 시간의 흐름을 알 만한 게 아무것도 없다. 폭력의 흔적—육체만이 아니라 정신까지도 포함해서—을 지우기 위해서인지 사방 벽은 툭하면 새로 칠을 해 정겹게 여길 만한 얼룩 하나 찾아볼 수 없다. 사람의 눈길을 끌 만한 물건은 전혀 없었다. 여기 들어오는 사람은 취조하는 쪽이나 받는 쪽이나 일단 인간임을 포기하게 되어 있으니 그럴 만도 하다.

내 사무실을 찾아왔던 두 경찰관은 우오즈미 아키라가 부상당한 사건 때문에 병원에서 만났던 경찰이었다. 턱이 튀어나온 나이든 경찰이 어두컴컴한 사무실 앞 복도에서 얼굴을 마주하고 물어볼 게 있다며 신주쿠 경찰서로 가자고 했다. 다리가 긴 젊은 경찰관은 내가 저항이라도 해주면 한바탕 땀 좀 빼며 경찰학교에서 배운 내용을 현장에서 실습할 수 있을 텐데 하는 표정으로 나를 바라보았다.

"함께 가지." 내가 대답했다. "수사과 니시고리 경부가 보자고 했는데 마침 잘되었군."

두 경찰관은 뜻밖의 대답에 놀라 서로 얼굴을 마주 보았다.

"경부님이 대체 무슨 용건으로?" 나이 많은 경찰관의 당황한 목소리가 복도에 힘없이 울렸다.

"그 이유를 당신들이 캐물었다는 사실은 경부에게 비밀로 하지."

두 경찰관은 갑자기 말이 없어지더니, 서로의 의기소침해진 모습을 외면하며 나를 신주쿠 경찰서 4층에 있는 수사과 취조실로 연행했다.

오륙 분 지나고 좀 더 기다려야 하나 싶어 담배에 불을 붙이자마자 마치 그게 신호라는 듯이 내 또래의 사복형사가 검은색 서류철을 손에 들고 안으로 들어왔다. 깔끔하게 이발한 머리에는 흰머리가 꽤 섞여 있었지만 동안이라서 나이에 비해 늙어 보이지 않는 형사였다. 신주쿠 경찰서 형사는 니시고리 말고도 몇 명 더 알지만 이 남자는 처음이었다. 나를 연행한 두 경찰관도 형사와 함께 취조실로 들어왔다. 형사는 젊은 경찰관에게 재떨이를 가지고 오라고 하더니 내 맞은편 의자에 앉았다.

"사와자키 씨, 맞죠? 니시신주쿠에서 탐정사무실을 운영하신다더군요."

나는 고개를 끄덕였다. 젊은 경찰이 스테인리스 재떨이를 들고 왔지만 조금 늦었다. 길어진 내 담뱃재가 재떨이 몇 센티미터 앞에서 떨어지고 말았다. 나이보다 젊어 보이는 형사가 재떨이를 들어 책상 끄트머리에 댄 다음 검은색 서류철을 빗자루 삼아 재를 쓸어 담았다. 책상 위에 허연 자국이 남았다.

젊은 경찰은 문 앞으로 가 서고, 나이든 경찰은 내가 볼 수 없는 뒤쪽 어딘가로 이동했다. 피의자나 참고인을 불안하게 만드는 상투적인 배치였다.

"난 어젯밤에 일어난 우오즈미 아키라 부상 사건을 맡은 다루미 형사요."

나는 고개를 한 번 더 끄덕였다. 다루미라고 이름을 밝힌 형사는 책상 위에 남은 담뱃재 흔적이 신경에 거슬리는지 서류철을 부채처럼 휘저어 날려버렸다. 그래도 들러붙어 떨어지지 않는 재를 자기 손바닥으로 닦아냈다. 그제야 마음이 놓이는지 서류철을 책상 위에 내려놓았다.

"피해자와 어떤 관계인지 가르쳐주시겠습니까?"

나는 질문에 대답하지 않고 담배만 계속 피웠다. 담뱃재를 한 번 더 재떨이 밖에 떨어뜨리고 싶은 충동이 강하게 일었다.

다루미 형사는 검은색 서류철을 손가락으로 두드리며 말했다. "당신은 여기 두 경찰관의 질문에 대해, 주소 불명에 무직인 또 다른 신고자 마스다 게이조와의 관계만 알리고 피해자인 우오즈미 아키라와는 어제 우연히 알게 된 사이인 것처럼 대답했는데……."

"나는 모르는 사이라고도 하지 않았고, 우연히 알게 되었다고도 하지 않았소."

"그렇게 말하지는 않았더라도, 저들이 그렇게 착각하도록 만들었죠."

"그러지 않았소. 가령 내가 그렇게 처신했다고 해도 조서를 정확하게 받는 일에 신경을 쓰지 않고 간호사들과 노닥거리는 게 더 낫겠다고 생각하는 경찰관이 아니라면 그런 착각을 할 일은 없었을 거요."

다루미 형사가 두 부하를 매서운 눈으로 노려보았다. 제대로 보이지는 않았지만 두 사람이 안절부절못하는 기척이 느껴졌다.

"누가 우오즈미 아키라가 어젯밤 사건 이전부터 나하고 관계가 있었다고 한 거요?"

"그런 건…… 당신에게 알려줄 필요가 없지."

"좋아. 그렇다면 나도 당신들에게 알려달라고 하지 않겠어. 하지만 말이야, 그다지 의욕도 없는 경찰관들이 어젯밤 폭력사건은 신주쿠에서 밤이면 늘 일어나는 일이겠거니 하고 있었을 텐데, '그놈'은 대체 왜 '발견자 가운데 한 명은 피해자와 아는 사이고, 게다가 탐정이다'라는 쓸데없는 사실을 알려주었을까? 그 속셈이 뭔지 확인해봤나?"

나는 추측을 섞어 말하며 다루미 형사의 반응을 살폈다. 그는 떨떠름한 표정으로 내 이야기를 듣고 있었다. 내 추측이 크게 어긋나지는 않았던 모양이다. 나는 담배를 끄고 말을 이었다.

"날 연행해서 캐묻느니 '그놈'의 진의를 확인하는 편이 수사에 훨씬 도움이 되지 않겠어? 어쩌면 내가 우오즈미 아키라로부터 의뢰를 받아 진행하고 있는 조사를 방해하기 위해서라고 솔직하게 대답해줄지도 모르잖아. 내친김에 우오즈미 아키라를 습격한 건 자기라고 털어놓을지도 모르고."

"그건……." 다루미는 시무룩한 얼굴로 말을 끝맺지 못했다.

"익명으로 한 신고라는 건가?"

다루미 형사가 입술을 깨물었다. 대답이나 마찬가지였다. 그는 질문의 창끝을 다른 쪽으로 돌렸다.

"그보다 당신이 피해자로부터 의뢰받은 조사가 어떤 내용인지 듣고 싶군. 당신이 협조적인 시민이라면 그런 사실을 어젯밤에 경찰관들에게 이야기했어야지."

"그 질문에는 대답할 수 없어."

"설마, 비밀을 지켜야 할 의무를 들먹이려는 건 아닐 테지. 당신 같은 사립탐정에게는 그럴 의무도, 따라서 그럴 권리도 없다는 사실을 모를 리 없을 텐데."

"왜 다들 의무와 권리만 떠들어대지? 난 내 일을 할 뿐이야. 의뢰인의 비밀을 발설하는 건 탐정 간판을 내리겠다는 짓이나 마찬가지지."

"계속 그렇게 뻣뻣하게 나올 수 있을까? 우리로서는 당신 윗옷에 묻은 피해자 혈흔을 문제 삼을 수도 있어."

"불가능해. 그게 피해자 혈흔이라는 사실도, 그리고 그게 묻은 이유도 이미 이야기했으니까. 그건 그 조서에 적혀 있을 텐데."

나는 손을 뻗어 다루미 형사 앞에 놓인 서류철을 가리켰다. 그는 서류철을 빼앗기지 않으려는 듯이 검정 표지를 손으로 눌렀다. 퍽이나 고지식한 형사다.

"오호…… 그런 내용은 조서에 언급되지 않았나? 익명의 신고가 들어온 뒤에 말로 한 사후보고였다는 거로군."

나는 등 뒤에 있는 나이든 경찰관을 돌아보았다. 그는 화가 난 표정을 숨기려고도 않고 혀를 찼다.

"이제 와서 그런 걸 문제 삼아봤자 어젯밤에 조사할 때 빠뜨린 게 있다는 사실만 드러날 뿐이야. 내가 어제 윗옷을 처분했다면 경찰은 웃음거리가 되겠지."

다루미 형사는 안절부절못하고 손목시계를 들여다보며 시간을 확인했다. 그리고 누가 마감을 정해놓기라도 한 듯이 급한 말투로 물었다. "어쨌든 우리는 상황을 복잡하게 만들 생각은 없어. 우리 입장에서는 당신이 하고 있다는 조사가……."

"내 입장에서는 내가 하고 있는 조사가 어젯밤 상해사건 수사를 방해하게 될 거라고는 생각하지 않아. 난 우오즈미 아키라를 공격한 범인을 찾고 있는 게 아니야. 하지만 내 조사 과정에서 얻는 단서 가운데 당신들에게 알려야 할 내용이 있다면 반드시 통보하지."

"우리가 당신에게 다짐을 받고 싶었던 게 그거요. 약속을 깬다면 조용히 넘어가지는 않을 거야."

이런 정도로 마무리되는 걸 보면 역시 경찰은 어젯밤 상해사건을 신주쿠 역 서쪽 출구 부근에서 툭하면 일어나는 강도사건 가운데 하나로 보고 있는 것인가?

책상 위에 내놓았던 담뱃갑에서 셀로판지로 싼 꽁초 두 개를 꺼내 다루미에게 건넸다. "이게 첫번째 단서지."

나는 꽁초의 출처와 가지고 오게 된 근거를 간략하게 설명했다. 우오즈미 아키라가 습격당한 사건과는 아무 관계가 없을 수도 있다는 이야기를 포함해서.

다루미 형사는 셀로판지에 싸인 꽁초를 젊은 형사에게 주면서 바로 감식반에 보내라고 명령했다. 다루미 형사는 쓸모 있는 무엇인가가 자기 손에 들어오기만 하면 여태 숨기고 있었다는 사실 따위는 신경 쓰지 않는 타입의 인간이었다. 대부분의 사람들이 그렇지만, 형사로는 그닥 어울리지 않는 타입이었다.

"한 번 더 이야기하겠네." 그가 말했다. "방금 한 약속을 어기는 일이 생기면 수사를 방해한 것으로 간주하고 그에 따라 대처할걸세."

다루미는 검은색 서류철을 쥐고 일어나 두 경찰관과 함께 취조실을 나갔다. 나가면서 그가 문 밖에 있는 누군가에게 고개를 숙이는 모습이 보였다.

니시고리 경부가 그 문으로 들어왔다. 불쾌함을 넘어선 무표정한 얼굴로 지쳤다는 듯이 다루미 형사가 방금 일어난 자리에 앉았다. 수사를 지휘하는 경찰관이 밤 9시에 이런 상태인 까닭은 틀림없이 해결하지 못한 사건이 잔뜩 쌓여 있기 때문이리라. 환갑이 되려면 몇 해 남았을 테니 아직 폭삭 늙었다고 할 나이는 아니다. 그는 내 사무실에 나타났을 때와 같은 짙은 회색 양복의 윗옷 주머니에서 담배를 꺼내 일회용 라이터로 불을 붙였다.

"일 년 넘게 도쿄를 떠나 있었는데도 돌아오자마자 또 살금살금 도둑고양이처럼 일을 시작했나?"

나는 잠자코 흘려들었다.

"너 같은 녀석은 '큰돈'이 생겨도 어떻게 써야 좋을지 모를 테지."

나는 그 말도 잠자코 흘려들었다. 그가 무슨 말을 하려는 것인지 빤했기 때문이다.

"내 부하들 의견에 따르면 네가 도쿄에 돌아와 다시 탐정 일을 시작한 게 큰돈을 손에 넣었다는 사실을 감추기 위해서일 거라는데, 그건 아니겠지. 넌 근본적으로 도둑고양이처럼 남을 엿보는 일을 좋아해. 그렇지?"

나는 세번째로 잠자코 흘려들었다. 이제 슬슬 서론이 끝날 때가 되었다. 니시고리는 목구멍까지 튀어나온 소리를 마음에 간직하고 있을 느긋한 사람이 아니었다.

"네 숄더백 안쪽 바닥 가까운 부분에서 와타나베의 지문이 딱 하나 나왔어."

니시고리는 담배 연기 너머에서 표정 하나 바꾸지 않고 내 반응을 살피고 있었다.

"원래 와타나베가 쓰던 가방인데, 그 사람 지문이 묻어 있는 게 그리 이상한가?"

"이상해. 그게 와타나베 가방이라면 그 사람 지문이 여기저기 더 묻어 있지 않았겠나? 그건 자네가 일부러 시간을 들여 지문을 지웠기 때문이겠지. 그런데 손이 잘 닿지 않는 곳에 묻은 지문 하나를 놓친 거고."

"가방은 와타나베가 쓰던 거였어. 나는 깨끗한 걸 좋아하니까 가방

청소를 했지. 당신이 기를 쓰고 찾아낸 지문으로 대체 무엇을 증명할 수 있다는 거지?"

니시고리의 입술 끝에 희미한 미소가 떠올랐다.

"지문이 하나 더 나왔어. 세면도구 주머니 안에 있던 전기면도기에도 와타나베의 지문 일부가 있더군."

"와타나베가 쓰던 전기면도기에 와타나베의 지문이 남아 있는 게 그렇게 신기한 일인가?"

"웃기지 마. 와타나베가 자취를 감춘 뒤로 십삼 년 동안 네가 썼는데 그렇게 매끈매끈한 플라스틱 표면에 어떻게 옛날 주인 지문이 남아 있다는 건가?"

"누가 십삼 년 동안 내가 썼대? 이번에 도쿄를 떠날 때 와타나베의 전기면도기가 기억이 나서 가지고 갔어. 몇 번 쓰지도 않았다니까."

니시고리가 슬쩍 미소를 지었다. "그렇다면 왜 면도기 안에 네 수염만 남아 있는 거지?"

"내가 깔끔한 걸 좋아한다고 했잖아. 철저하게 청소했기 때문이지. 그래도 수염이 한두 가닥은 남았을지도 모르지만 남아 있지 않을 수도 있어."

"멍청한 녀석이로군. 넌 그 전기면도기가 구 년 전에 나온 제품이란 걸 모르나? 구 년 전에 이 세상에 나온 제품을 그보다 사오 년 앞서 실종된 와타나베가 어떻게 네게 남기고 갈 수 있다는 거지? 작작 해. 그 지문은 최근에 네가 와타나베를 만났다는 결정적인 증거야."

"……생각났어. 와타나베의 전기면도기가 그때 바로 망가져서 나중에 다시 산 거야. 아주 비슷하게 생긴 걸 샀는데 내가 착각했네."

"그 전기면도기에 와타나베의 지문이 묻어 있으니 그가 실종된 뒤에도 만났다는 사실을 인정해야겠지?"

"인정할 수 없어. 와타나베가 팔 년 전에 내가 자리를 비웠을 때 사무실 열쇠를 돌려주러 왔었지. 도지사 저격사건에 관계된 사에키라는 자유기고가의 실종에 대해 조사하던 때였어. 의뢰인이었던 사에키 부인이 사무실에서 와타나베와 대면했으니까 그 여자가 증언해줄 거야. 그때 나는 만나지 못했지만 와타나베가 책상 서랍에 들어 있던 그 전기면도기를 꺼내서 지저분하게 자란 수염을 깎은 거야. 어때, 앞뒤가 맞잖아?"

니시고리의 얼굴에서 미소가 사라지고 두 눈에 분노가 서렸다. 하지만 뜻밖에 그런 표정이 오래가지는 않았다. 그는 마음을 가라앉히려는 듯 천천히 담배를 껐다. "사와자키, 자네 이제 몇 살이지?"

나이를 묻고 있지만 대답을 기대하는 것 같지는 않았다.

"나는 쉰여덟 살이야. 그렇다면 와타나베는 이미 예순일곱 살이 되었다는 이야기지. 알고 있었나? 계속 지금처럼 살 순 없을 거야. 이제 술도 제대로 못 마시겠지. 그렇지 않다면 이미 폐인이 되어 있을 거야."

니시고리의 말투에는 여느 때와 다른 울림이 있었다. 아마 일 때문에 지쳤을 뿐이리라.

"잘 들어. 이번에는 쓸데없는 군더더기 다 빼고 이야기하지. 솔직하게 말해서 내가 와타나베를 배려해줄 수 있는 건 앞으로 일이 년뿐이야. 지금이라면 아직은 어떻게든 방법을 찾을 수 있어. 너도 알 테지만 십삼 년 전에 일어난 와타나베 사건 수사는 경찰 내부에서 극비로 진행됐어. 그래서 독이 잔뜩 올라 사건 해결에 제대로 힘을 기울인 사람은 그 사건의 책임을 져야 할 위치에 있던 당시 본부장과 그 반대 세력뿐이었어. 본부장파는 자기 보호를 위해서, 반대파는 상대의 약점을 잡기 위해서였지. 나는 와타나베가 그 어느 쪽에도 이용당하지 않도록 내 손으로 빨리 해결하고 싶었어…… 하지만 이제는 그 두 파벌에서도 요령 있는 녀석들만 살아남아 꽤 높은 지위를 차지했지. 지금은 그런 사건이 있었다는 사실을 들추고 싶어하는 놈은 아무도 없어. 그래서 지금이라면 와타나베 문제도 내 재량으로 아주 조용히 정리할 수 있지. 일이 년 뒤에는 모르겠군. 나도 그때쯤에는 창가 자리로 밀려나 나이 어린 상사들이 기분 상할 만한 일은 전혀 할 수 없게 될 테지.”

니시고리는 말을 끊고 내가 이야기를 듣고 있는지 확인했다. 책상 위에 내놓은 담배로 손을 뻗었다가 잠깐 생각하더니 멋쩍은 표정을 지으며 내 쪽으로 디밀었다. 서로 알게 된 뒤로 처음 권하는 담배였다. 나는 거절하고 내 담배에 불을 붙였다. 니시고리는 거절당해 마음이 놓인다는 표정으로 자기 담배에 불을 붙였다.

“그러니 와타나베가 어디 있는지 안다면 가르쳐줘. 아니, 네가 알고 있다는 건 다 알아. 와타나베를 위한다면 그렇게 하는 게 제일 좋은 해결 방법 아니겠나? 나이를 먹으면 주의력도 현저하게 떨어지지. 네가 일 년쯤 추적해서 그를 찾아낼 수 있었다는 건 와타나베도 도주 본능이 꽤 둔해졌다는 증거일 테지. 세이와카이 녀석들에게 붙잡히면 돌이킬 수 없어. 그놈들은 그 사건을 결코 잊지 않았으니 말이야.”

“조건은 뭔가?” 내가 물었다.

“그때 가로챈 각성제 3킬로그램과 일억 엔에서 남은 돈을 되돌려

줄 것. 그것뿐이야. 그렇게 하면 아주 가벼운 처벌만 받고 넘어갈 수 있네. 세이와카이로부터 보호해주는 걸 포함해서, 그가 여생을 평온하게 보내게 해줄 수 있어. 이 모든 게 네 노력 여하에 달렸지."

나는 잠시 생각한 뒤 대답했다. "나는 지금 와타나베가 어디 있는지 몰라. 하지만 어쩌면 곧 알아낼 수 있을지도 모르겠군."

니시고리는 반론을 펼치려다가 그만두었다. 그리고 내 말을 믿지 않으면서도 고개를 끄덕였다.

"만약 와타나베가 어디 있는지 알게 되면 지금 들은 말을 전하고 나머지 판단은 와타나베 본인에게 맡기겠어."

니시고리는 받아들일 수 없다는 표정이었지만 애써 참으며 내 제안에 대해 머리를 굴렸다.

"그러니까, 와타나베가 어디 있는지는 알고 있다는 이야기지?"

"아니, 모른다고 했잖아."

"좋아, 일단 그렇게 하기로 하지. 그런데 언제까지 알아낼 수 있겠나?"

"아마도 지금 다루는 일이 해결될 전망이 보일 때쯤."

"틀림없겠지? 이번 기회를 놓치면 너나 와타나베나 후회할 거야."

마지막으로 윽박지른 말이 세이와카이의 하시즈메가 한 것과 똑같다는 사실은 굳이 지적하지 않았다. 솔직히 말해서 신주쿠 경찰서로 연행되었을 때는 이곳 유치장에서 며칠 썩을 각오를 했었다. 우오즈미 아키라가 의뢰한 조사 작업에 지장이 없도록 하기 위해서는 니시고리의 계산에 따르는, 말썽을 일으키지 않는 이런 대응 외에는 방법이 없었다. 나는 재떨이에 담배를 끄고 일어섰다.

"날 보자고 했던 용건은 그게 전부인가?"

니시고리는 평소와 마찬가지로 심기가 불편한 목소리를 되찾았다.

"내 생각이 바뀌기 전에 얼른 꺼져."

30

세번째 목격자는 우오즈미 유키가 자살한 현장에서 가장 먼 세타가야 구 교도에 살고 있었다. 오다큐 선 교도 역에서 걸어서 칠 분쯤 걸리는 주소지에 도착한 것은 이틀날 오전 10시가 지나서였다. 1층에 '나카노 레코드'라는 간판이 걸린 3층짜리 작은 건물이었다. 2층과 3층은 베란다에 널어놓은 빨래로 보아 레코드 가게의 살림집 같았다. 건물 구조로 볼 때 주인 말고 다른 입주자가 함께 사는 것 같지는 않았다. 목격자의 성이 '나카노'가 아니라는 사실이 내 마음을 무겁게 만들었다.

레코드 가게는 이제 막 문을 연 상태였다. 홍보용 음악을 틀어두지 않은 상태라 다행이었다. 레코드 가게라고는 해도 이미 LP판은 팔지 않고, 컵받침처럼 생긴 CD라는 물건이 주된 상품이었다. 벽이 온통 음악가와 가수 포스터로 장식되어 있는데, 죄다 분장과 화장을 잔뜩 한 어린 소년소녀의 괴이한 얼굴이었다. 안쪽 화장실 문에 붙어 있는 빛바랜 '미소라 히바리 대전집' 포스터를 빼면 내가 이름을 아는 가수는 전혀 없었다. 어린애들을 상대로 과자를 파는 가게에 들어온 기분이었다.

안쪽 계산대에 환갑은 지나지 않은 듯한 말쑥한 차림의 자그마한 여주인이 서 있고, 그 옆 둥근 목제 의자에 환갑을 넘긴 흰머리의 남편이 앉아 있었다. 두 사람은 차를 마시고 있었다. 과자가게에 술 취한 사내가 들어온 꼴이었으리라. 두 사람은 내가 손님이 아니라는 사실을 바로 알아차렸다.

"에바라 나오토라는 사람을 찾아왔습니다만." 내가 말했다.

두 사람은 무척 놀란 표정을 지었다. 술 취한 사내가 아니라 깡패라도 쳐들어왔다는 듯한 반응이었다. 부인 쪽이 찻잔을 내려놓고 당찬 목소리로 대답했다. "그런 사람 여기 없어요."

이 나라 경찰이 꾸미는 조서는 실수가 거의 없다. 나는 부부가 쓸데없는 불안을 느끼지 않도록 미소를 지으며 말했다. "지금은 여기 없다, 그런 뜻인가요?"

"그렇소." 남편 쪽이 생각하기도 싫다는 투로 대꾸했다.

아내가 설명했다. "에바라는 딸인 하루코의 전남편이죠. 두 사람은 이혼했어요. 이제 에바라는 여기 없습니다."

"이혼은 언제 했습니까?"

아내는 남편에게 묻듯이 그를 바라보았다.

"1985년이지. 팔 년 전이로군."

우오즈미 유키가 자살하고 삼 년이 지났을 때다.

"에바라 씨가 어디 사는지 아십니까?"

이번에는 남편이 묻듯이 아내를 바라보았다.

"아뇨. 우린 몰라요. 딸이라면 헤어질 무렵의 주소 정도는 기억하고 있을지 모르지만."

"따님은 어디 살죠?"

"여기서 우리하고 함께 지냅니다." 아내 쪽이 손가락으로 위를 가리켰다. "지금은 집에 없습니다. 애를 학교에 데려다주고 오다큐에 있는 문화센터에 영어회화를 하러 갈 시간이라서. 오후에는 가게에 나옵니다만."

"시간은 많이 빼앗지 않을 테니 에바라 씨에 대해 조금 묻고 싶은 게 있다고 전해주실 수 있겠습니까?"

부부는 얼굴을 마주 보았다. "대체 무슨……?" 두 사람이 동시에 물었다.

아내가 대표로 나서 먼저 말을 이었다. "무슨 일로 에바라를 찾으시죠? 이젠 완전히 남남이기는 하지만 그래도 그쪽에 폐가 되는 일이라면 곤란하죠."

뒷부분은 그다지 진심으로 들리지 않았다.

"십일 년 전에 에바라 씨는 어떤 사건을 목격해 증인이 되었죠. 그 문제로 좀 묻고 싶은 게 있습니다."

"그래, 그런 일도 있었지…… 둘이 결혼한 지 얼마 되지 않았을 무렵이던가?"

"그게 왜요?" 아내 쪽이 물었다. 호기심이 묻어나는 목소리였다.

"그 증언이 거짓말이었을 가능성이 있어서요. 저는 어느 시의원의 요청으로 그 사건을 다시 조사하는 사람입니다."

"아, 그래요?" 아내가 남편에게 말했다. "이분, 아침 일찍부터 찾아오셨는데 하루코를 만나게 해드리지?"

남편은 고개를 끄덕였다. 아내의 말에 고분고분 따른다. 가정의 의

사결정권은 여자들이 쥐고 있는 모양이었다.

"딸은 11시 45분에 수업 끝나고 점심때면 돌아오니 그때 다시 오세요."

딸의 이름은 나카노 하루코였다. 딸은 호기심이 자기 부모만큼 왕성하지 않았다. 나는 건물 뒤에 있는 계단을 올라 3층 입구에 서서 이야기하는 정도로밖에 환영받지 못했다.

"이게 이혼할 때 전남편의 주소입니다."

나카노 하루코는 미리 준비해두었던 메모를 내게 건넸다. 네리마구 히카와다이 쪽 주소가 적혀 있었다.

"어머니한테 이야기를 들으셨을 테지만 에바라 씨가 목격자로 증언했을 때의 일은 기억하십니까?"

"기억이 잘 나지 않아요. 그런 일도 있었던가 하는 정도라…… 우린 그 뒤로 이런저런 문제가 많았기 때문에."

"에바라 씨가 그 늦은 시간에 지유가오카에 있었던 이유는 직장 일 때문이었나요?"

"아뇨, 허구한 날 빠져 있던 마작 때문이었어요. 직장은 이치가야에 있는 레코드 회사였으니까요."

"놀러 가기에는 회사에서나 여기서나 좀 먼 거리로군요."

"학창시절부터 단골로 드나들던 마작하우스였나봐요. 그 사람은 게이오 대학 출신인데, 히요시 캠퍼스에서 수업을 듣던 1, 2학년 때부터였죠."

"그렇군요. 결혼은 언제 했습니까?"

"1980년이니 결혼생활은 겨우 오 년 했네요. 헤어진 지 팔 년이나 지났는데도 그 오 년은 정말 길었던 것 같아요."

처음에는 꺼리는 태도를 보이던 나카노 하루코가 조금씩 말이 길어지며 경계심을 풀었다.

"자녀분은?"

"하나뿐이에요. 딸이죠. 벌써 초등학교 5학년입니다."

"실례가 안 된다면 이혼하신 이유를 여쭤도 괜찮을까요?"

"빤한 이유죠. 여자 문제도 있고, 술버릇도 나쁘고, 낭비벽도 있어서…… 하지만 그 사람 자체에 문제가 있었어요. 스스로 좀 정신을 차렸다면 저도 어느 정도는 눈감고 넘어갔을 겁니다. 그 사람은 음악을 만드는 현장에서 일하고 싶어 취직했는데, 입사하자마자 느닷없이 영업 쪽에 배치되어 결국 거기서 주저앉고 말았어요. 저와 만나고 결혼하게 된 것도 영업 때문에 우리 가게에 들렀던 일이 계기였죠. 그 사람은 내심 만들어져 나온 음악을 팔기만 하는 일이 창피해서 견딜 수 없었나봐요. 그러니 제가 설 자리가 없죠. 그 사람은 그런 상황에서 도망치기 위해 술과 여자에 빠졌습니다. 그래서 정나미가 떨어졌죠."

"재혼은?"

"이제 남자라면 넌더리가 나요. 특히 남편이란 존재는."

나는 에바라의 주소를 알려주고, 시간을 내주어 고맙다는 인사를 하고 계단을 내려가려고 했다.

"잠깐만요." 나카노 하루코가 불러 세웠다. "그 주소는 이혼할 즈음에 그 사람이 살던 주소가 맞지만 지금은 찾아가봐야 거기 없을 거예요."

신세한탄을 들어준 덕분에 헛걸음을 하지 않게 된 모양이었다.

"레코드 회사도 몇 년 전엔가 그만두었다고 하고……."

"그럼 에바라 씨를 만나려면 어떻게 해야 할까요?"

"보름쯤 전에 그 사람이 다니던 회사 후배 영업사원이 가게에 들러서 알려준 소문인데, 확실한 내용은 아니에요."

"괜찮습니다. 단서가 전혀 없는 것보다야."

"시모기타자와 역 남쪽 출구에 재즈 라이브하우스 '러시 라이프'라는 곳이 있는데, 거기 주인이 그 사람 대학시절부터 알고 지내던 사람이라 아마 그리 굴러 들어가 그 여자가 하는—아, 주인이 여자라고 하더군요— 가게를 돕고 있는 모양이랍니다."

러시 라이프라는 재즈하우스는 찾기가 만만치 않았다. 시모기타자와 역 남쪽 출구 상점가의 완만한 언덕길 중간에서 왼쪽으로 꺾어져 들어가 버스가 다니는 길 사이에 있다는데, 젊은이들을 붙들고 위치를 물어보았지만 가게를 아는 사람이 아무도 없었다. 이십대 젊은이에게 재즈에 대해 묻고 답을 바란 것이 착오였다.

오후 1시가 지난 시각이라 마침 눈에 들어온 메밀국수 가게에서 점심을 때우고 전화번호부를 뒤져보니 러시 라이프가 떡하니 실려 있었다. 이런 가게는 전화번호부에 없을 거라고 지레짐작한 것도 착오였다.

전화번호부에 나온 주소로 찾아가니 콘크리트가 그대로 드러난 외벽에 파란색 작은 네온사인 간판을 내건 가게가 바로 나타났다. 네온에 아직 불이 들어오지 않은 데다 이런 가게를 대낮에 방문해봐야 셔터가 내려진 입구가 기다릴 뿐일 거라고 생각했는데, 이것도 착오였다.

방음효과를 위해 두툼한 인조가죽을 씌운 문을 열자 재즈 연주가 들려왔다. 내부는 어두컴컴했지만 오른쪽에 휴대품 보관소가 보였고 왼쪽으로 화장실 입구가 있었다. 정면 안쪽에 입구와 똑같은 문이 하나 더 있었다. 그 문을 여니 음악소리가 더 커졌다. 나는 안으로 들어가 문을 닫았다.

구석 쪽 무대에서 오인조 밴드가 연주하는 중이었다. 가게 안에 가득 들어찬 테이블과 의자에는 손님이라곤 없었고, 제일 앞 테이블 옆에 사자 갈기 같은 머리에 빨간 코트를 걸친 여자가 서 있었다. 여자는 내가 문을 열었을 때 이쪽을 돌아보기는 했지만 바로 연주 리듬에 맞추어 다시 몸을 흔들기 시작했다. 여자는 무척 긴 담배를 입에 물고 있었다. 왼쪽 바에 카운터가 있고 러닝셔츠 차림에 보디빌더 같은 체격을 한 사내가 안쪽에서 개점 준비를 하고 있었다. 그 사내도 내가 들어온 것을 보았지만, 얌전히 문 앞에 서 있자 다시 자기 할 일을 했다. 가게 안에 다른 사람은 없었다. 연주가 한동안 이어지다가 끝났다.

피아노를 연주하던 남자가 의자에서 일어나 빨간 코트를 걸친 여자에게 "어때요?"라고 물었다. 무슨 테스트 같은 걸 한 모양이었다. 여자는 바로 대꾸하지 않고 담배를 옆 테이블 위에 놓인 재떨이에 껐다. 그리고 나를 바라보았다.

"무슨 일로 오셨죠?"

여자로부터 두 테이블 떨어진 곳에서 누군가가 벌떡 일어나는 모습이 보였다. 연주중에는 좌석에 누워 듣고 있었던 모양이다.

"손님이시면 지금은 오디션 중이니 영업 시작하는 7시에 와주세요."

"여기 에바라 나오토라는 사람이 있다는 이야기를 듣고 찾아왔습니다만."

여자와 보디빌더처럼 생긴 사내가 좌석에서 일어난 남자 쪽을 바라보았다.

"에바라는 난데?"

"묻고 싶은 게 있는데 십 분쯤 시간을 내줄 수 있겠습니까?"

"상관없지만 할 일을 마치고 해도 괜찮을까?"

"그러시지. 아마 오 분도 걸리지 않을 거야." 내가 대답했다.

"그럼 네 의견을 들어볼까?" 빨간 코트 여자가 에바라에게 말했다. 에바라의 전처가 말한 이 가게 주인인 모양이다.

"전혀 못 쓰겠어." 에바라가 무대 위에 선 남자들에게 말했다. "이도 아니고 저도 아니야. 이렇다 할 결점이 없다는 게 어떤 의미에서는 최악이야."

"그런 식으로 말하지 마. 결점이 없다면 좋은 연주라는 얘기잖아?"

"여자들은 늘 그래. 있어, 결점은 있어. 하지만 말이야, 저 사람들이 그걸 결점이라고 생각하지 않으면 지적해봐야 아무 소용없다니까."

"얘기해봐."

"꼭 듣고 싶습니다." 피아노를 연주한 사내가 말했다.

"그렇다면 말하지. 리더의 피아노가 허비 행콕, 칙 코리아, 키스 자렛 라인을 따르고 있는 건 알겠지만 그런 정도밖에 소화해내지 못한다면 그건 소화불량이야. 건반 오른쪽에서 왼쪽까지 열 손가락으로 마구 두드리기만 해서야 대체 뭐가 당신들이 들려주고 싶은 '곡'인지 알 수가 없지. 소리를 좀 작게 낼 수는 없는 건가?”

피아니스트가 표현을 조심스럽게 골라 대꾸했다. “하지만 요즘에는 그렇게 연주하면 테크닉이 부족하다고 여기지 않습니까?”

“그러니까 결점이라고 생각하지 않는다는 소리야. ‘말도 안 되는 테크닉’의 시대라서? 그게 테크닉이 엄청나다는 뜻인 줄 아나? 어처구니없을 정도로 테크닉밖에 없다는 의미야.”

“그러면 어떻게 하라는 말이야?” 여주인이 말했다.

“무조건 윽박지르기만 하면 젊은 사람들이 납득하겠어? 얘들이 하고 싶은 게 뭔지 이해한 다음에 어드바이스를 해야지. 그렇지 않으면 아무 의미도 없어.”

“난 그렇게 친절하지 않으니까. 베이스 맡은 친구, 자넨 왜 그렇게 흐물흐물 끔찍한 소리밖에 못 내지? 마이크하고 앰프에만 의존하기 때문이야. 그렇게 해서는 일렉트릭 베이스나 쳐. 우드 베이스가 내는 소리는 더 아름답고 유연하면서도 날카롭고 게다가 중후해야 해. 손가락으로 쓰다듬는 게 아니라 손목 스냅을 살려서 두드리듯 연주하는 거지. 베이스 소리가 그렇게 불안정하니 피아노를 비롯한 프런트의 연주가 볼품없는 소리가 되고 말잖아.”

“그렇지만 요즘 베이스는 다들 그렇게 연주하잖아?”

“다들 그렇게 하니까 그걸로 됐다고? 안전제일이라는 소리밖에 안 되잖아?”

“너 애들한테 무슨 원한이라도 있어?”

“많지. 한심한 연주를 거의 한 시간 가까이 듣게 만들었으니까. 드럼은 대체 뭐야? 리듬은 늦고, 소리는 너무 크고, 브레이크 센스는 없고. 프런트의 색소폰과 트럼펫은 결점을 따지기 전에 문제가 있어. 재즈 이전의 문제야. 여기는 아마추어 학생 밴드가 출연하는 가게가 아니란 말이야. 소프라노 색소폰에다 테너 색소폰, 거기다 플루트까지 악기를 세 개나 연주하면 놀랄 거라고 생각해? 천만에. 하나라도 확실하게 마스터해. 트럼펫이 제일 심했어. 넌 마일스 데이비스가 아니야. 악기를 제대로 위를 향하게 하고 부는 것부터 시작해. 잔뜩 겉멋이 들어 웅크리고 불어대니 소리가 다 네 발아래로 떨어지지. 객석 뒤에서도 들리게 소리를 내란 말이야. 이봐, 저 친구 트럼펫 부는 소리가 거기까지 들렸어?”

에바라는 내게 묻는 모양이었다. 나는 입을 다물고 있었다. 물론 트럼펫 소리가 들리기는 했지만 내 대답을 기다릴 사람은 아무도 없었다.

“이제 그만 좀 해!” 여주인이 대들듯이 소리쳤다. “여기서 나가. 네겐 젊은 뮤지션을 키우겠다는 마음이 전혀 없어. 그런 사람 의견은 듣고 싶지 않아. 당장 여기서 나가!”

에바라 나오토와 나는 시모기타자와 역 쪽으로 조금 걸어가 결혼식장 건물 1층에 있는 한적한 레스토랑으로 들어갔다. 에바라는 맥주를, 나는 커피를 시켰다.

“또렷하게 기억하지. 바로 앞에서 사람이 투신자살하는 걸 본 경험은 그 전에도 없었고, 앞으로도 없을 테니까.”

조서에 따르면 에바라는 서른여섯 살이지만 훨씬 나이가 많은 내게도 또래를 대하듯 편한 말투로 이야기했다. 그게 자연스러운 타입의 남자였다.

“지유가오카에는 마작을 하러 갔다고 하던데.”

“맞아. 그날 밤도 패가 딱딱 붙지 않아서 교대할 녀석이 나타났기에 그 핑계로 먼저 일어섰어. 어슬렁어슬렁 밖으로 나왔는데 느닷없이 하늘에서 여자가 떨어진 거야.”

에바라는 컵에 남은 맥주를 들이켰다. 러시 라이프에서도 알코올을 한 모양인데, 술을 마셔도 얼굴에 전혀 표가 나지 않는 체질인 모양이다. 그는 내 그런 시선을 예민하게 느꼈다.

“뭐 걱정할 거 없어. 아무리 마셔도 말은 제대로 할 수 있으니까. 아까 가게에서 있었던 소란 때문에 좀 놀랐겠네. 그건 다 연극이야. 그게 내 역할이거든. 내가 녀석들을 철저하게 까면 그 여자가 부드럽게 위로하고 북돋워주는 거지. 그러면 녀석들은 다른 가게보다 훨씬 싼 출연료를 받고도 연주를 해줘. 그 녀석들 연주 실력은 수준 이상이었어. 싸게 쓰려고 둘이 짜고 연극한 거지.”

“그랬군.” 나는 인스턴트 맛이 나는 커피를 한 모금 마셨다. “나도 솔직하게 묻지. 자네가 목격한 그 장면이 자살이 아니었을 가능성은 없나?”

그는 바로 대답했다. “그럴 가능성은 없어. 누가 그 아가씨를 떠밀지 않았느냐는 건가? 그건 말도 안 돼. 하지만…….”

에바라는 아무도 없는 레스토랑 안을 의미심장하게 둘러보더니 목소리를 낮추고 말했다.

“비밀을 하나 가르쳐줄까? 오프 더 레코드야. 그날 밤 그 투신자살을 목격하고 내가 알려서 마작하우스에 있던 녀석들이 달려왔고, 인근 주민들에 행인들까지 몰려들어 법석이었어. 사람들한테 내가 목격한 걸 흥분해서 얘기하고 있는데 갑자기 어디선가 남자 둘이 나타나 나를 아무도 없는 으슥한 곳으로 슬쩍 데리고 가더라고."

"누구였는데?" 나는 흥분을 억누르며 물었다.

"그게 아직도 수수께끼야. 처음에는 출동한 형사인 줄 알았는데 그게 아니었어. 형사치고는 옷이 고급이었고 품격이 있었지. 나이는 둘 다 사십대 중반쯤일까? 신문기자인 모양이라고 생각했더니 그도 아니었고. 그 사람들은 자기들이 그 아가씨가 뛰어내린 아파트 주인이라고 했어."

"호오……."

"그 사람들이 내게 그건 틀림없는 투신자살이지 아파트 결함 때문에 일어난 사고라거나 살인 같은 게 아니라는 사실을 목격한 모양이니 그 점을 경찰에 적극적으로 증언해주면 좋겠다고 하더군."

"어떤 조건으로?"

에바라는 고르지 않은 치열을 드러내며 웃었다.

"그거야 그쪽에서 제시한 거지 내가 그런 요구를 했을 리 없잖아? 오해하지 말았으면 좋겠어."

나는 어서 말하라고 고개를 끄덕여 재촉했다. 에바라는 컵에 맥주를 따랐지만 입에 대기도 전에 말을 이었다.

"그렇게 해주면 당장 이십만 엔, 증언한 뒤에 추가로 팔십만 엔을 주겠다고 하더군. 백만 엔이야. 그리디니 명함이라도 좋으니까 이름과 송금할 곳을 알려달라고 했어."

"자넨 상대방 이름을 묻거나 명함을 받지는 않았나?"

"지금 생각하면 그렇지만 말이야, 막상 눈앞에 현찰 이십만 엔이 보이면 어지간해서는 상대방에게 그런 걸 캐물을 수 없어. 일단 그 사람들이 바로 앞에 있는 아파트 주인이라고 했으니까.”

“그런가?”

“그래. 게다가 내가 거짓 증언을 해야 하는 것도 아니잖아. 본 사실을 그대로 이야기하면 백만 엔이 손에 들어오니 그런 기회를 놓칠 수 있겠어? 내가 잠시 머뭇거리자 그럼 누군가 다른 목격자를 찾겠다는 투로 기분 나쁘게 이야기하더군.”

“부자연스럽다고 생각하지는 않았나? 그런 일에 백만 엔이나 주겠다니.”

“나중에 생각해보니 그렇더군. 하지만 당시에는 그 사람들이 날보고 아파트나 호텔 같은 걸 경영해본 적이 없어 모를 테지만 건물 결함이라거나 살인 같은 나쁜 소문을 미리 방지할 수 있다면 그런 정도의 금액은 아무것도 아니라고 했거든.”

에바라는 맥주를 한 모금 마시더니 맛없다는 듯이 잔을 테이블에 내려놓았다.

“나는 마작하우스에 빚이 꽤 쌓여 있었어. 당시에 같이 살던 마누라에게 들통 나기 직전이었으니, 결국은 그 제안에 넘어갔지.”

“잔금 팔십만 엔은?”

“경찰에 증언하고 나서 딱 일주일 뒤에 전액 깔끔하게 보내주더군.”

“그 사람들은 아파트 주인이 아니었지?”

“맞아.”

“그렇다면 백만 엔은 적다는 기분이 드는걸?”

“뭐 그렇지. 백만 엔은 아무것도 아니라고 한 건 그 사람들이었으니까. 아파트 주인은 만나보니 전혀 다른 사람이었어. 주머니가 허전해지면 생각나는 게 그 두 사람이었지. 나는 궁리했어. 백만 엔을 주면서까지 확실하게 자살인 걸로 만들어두고 싶었다는 건 자살한 아가씨 주변에 있는, 경찰 수사가 진행되면 난처해질 처지인 사람이 아닐까 하고 말이야. 그 아파트나 인근 주민을 꽤 뒤지고 다녔는데 그 두 사람은 다시 보지 못했지."

"그 사람들 인상을 이야기해줘."

"글쎄…… 단정하고 품격 있는 사십대 중반의, 신사인 척하는 남자들이라는 기억밖에 없군. 그때는 으슥한 곳으로 끌려간 데다, 사실 나는 오로지 만 엔짜리 지폐에 찍힌 내 모교 설립자 얼굴에만 눈이 팔려서…… 하지만 다시 만나게 되면 틀림없이 알아볼 수 있을 거야."

나는 식은 커피를 마시며 물었다. "또 한 가지 묻고 싶은 게 있네. 자네는 그 마작하우스를 나온 뒤 어디로 갈 작정이었나?"

"가긴 어딜 가? 돈도 없고, 배는 고프고, 계속되는 열대야라 푹푹 찌니 집으로 돌아가 잠이나 잘 생각이었지. 그런 건 왜 묻지?"

"그 건물 5층에 무슨 가게가 입주해 있었는지 기억하나?"

"내가 어떻게 알아. 난 마작하우스가 있는 3층 위로는 한 번도 올라간 적이 없어. 마작하우스를 나와 3층 계단 부근까지 왔을 때 마침 딱 그 투신자살을 목격했어."

"수수께끼의 인물 둘까지 등장했으니 그 아가씨의 죽음을 자살이라고만 볼 수는 없었겠군."

"그렇지 않아. 난 위증하지 않았어."

"위증했다는 이야기는 아니야. 하지만 마작하우스가 있는 건물 3층

계단에서는 그 여자가 뛰어내리는 모습은 보였겠지만 베란다 안쪽까지는 안 보여. 그 아가씨 뒤에 무엇이 있는지 볼 수 없었으니 그 아가씨가 완전히 자기 의지만으로 뛰어내렸는지 어떤지 단정할 수 없었을 텐데. 그 광경을 제대로 보기 위해서는 적어도 그 건물 꼭대기층인 5층에 있어야 했지.”

“하지만 그 아가씨는 베란다 위에 걸터앉아서 살짝 머리카락을 만지는가 싶더니 ‘훌쩍’ 뛰어내렸어.”

“그때 그 여자 뒤에 누가 있었는지 없었는지 자넨 모르잖아.”

“그야 그렇지만…… 하지만 나 말고도 목격자가 두 명 더 있어. 그 사람들도 모두 자살이었다고 증언했잖아.”

“어제 그 목격자 두 명도 자네와 마찬가지로 조사해보았네. 양쪽 증언에서도 완전하다고 믿기 힘든 의문점이 나왔지.”

“그럼 자살이 아니라 타살이었다는 건가?”

“살인이라는 증거는 아직 아무것도 없어. 하지만 자살이라고 주장한 세 가지 증언 모두 모호한 것이 되고 말았어.”

에바라 나오토의 몸에 소름이 돋았다.

“그럼 내가 만났던 그 두 남자는 대체 뭐 하는 놈들이었지?”

나도 그걸 알고 싶었다.

31

오후 5시가 지나서 일단 사무실로 돌아왔다. 병원 간호사 스테이션에 전화해보니 우오즈미 아키라가 오전에 잠깐 의식을 회복했었다고 한다. 후지사키 감독을 바꿔달라고 부탁해 상태를 물으니 아직 의식이 혼란스러운 상태라 단편적인 말밖에 하지 못하는 모양이고 면회는 여전히 금지라고 했다. 마음은 병원으로 가고 싶었지만 탐정의 업무 목록에 의뢰인의 침대 옆에서 마음을 졸이는 일은 포함되어 있지 않다. 나는 주차장으로 내려가 블루버드를 몰고 나와 할 수 있는 일에 전념하기로 했다.

분쿄 구 세키구치는 신주쿠에서 엎어지면 코 닿을 거리라고 할 만큼 가까운 곳이었지만 평소 거의 갈 일이 없던 동네였다. 오쓰키 노가쿠 공연장은 진잔소● 동쪽, 도쿄 주교좌 성 마리아 대성당 동남쪽인 세키구치 3초메에 있었다. 나는 주차장에 차를 세운 뒤, 노송나무 숲에 둘러싸여 잘 보이지 않는 옅은 노란색 육각형 건물로 향했다. 공연이 시작되는 6시가 가까웠기 때문에 공연장으로 가는 사람들이 많았다. 그중 팔 할은 중년 이상의 여성이었다. 전통의상을 차려입은 유한부인도 꽤 보였지만 대체로 평범한 가정주부로 보이는 여성들이 서너 명씩 무리를 이루고 있었다. 부채나 노가쿠 대본 따위를 들고 있는 것을 보니 아마 이들이 전통예술이 명맥을 유지하는 바탕이 되는 회원들인 모양이었다. 쉽게 달아오르고 쉽게 식는다는 소리를 듣는 일본인 가운데 열전도율이 가장 낮은 사람들이리라.

폭이 넓은 돌계단을 오르자 검은 자갈을 깐 보도가 정면에 있는 육각형 건물로 가는 길과 왼쪽에 있는 3층 빌딩으로 가는 길로 나뉘어

●　유명한 연회 시설.

있었다. 3층 건물 옥상에는 '오쓰키 회관'이란 간판이 보였다. 나는 다른 손님들과 함께 정면에 있는 육각형 건물 입구로 향했다. 밖은 아직 환했지만 입구 양옆 문설주에는 벌써부터 큼직한 등롱 한 쌍이 불을 밝히고 있었다. 등롱은 키가 2미터쯤 되고 세 개의 육각형 무늬 안에 마름모꼴 문장을 그려넣은 것이었다. 정면 입구 위에는 '오쓰키 노가쿠 공연장'이라는 금속판이 걸려 있었는데, 그 양쪽 끄트머리에는 의외로 일장기와 '성조기'가 새겨져 있었다.

나는 우오즈미 아키라가 준 예금통장에서 나온 입장권을 윗옷 주머니에서 꺼내 입구에서 제시했다. 접수 담당자가 티켓 반쪽과 함께 팸플릿을 주었다. 한가운데 여자 가면이 있고 주변을 금박으로 장식한 호화로운 표지의 팸플릿이었는데 '오쓰키류 정기 공연 노'라는 제목이 적혀 있었다.

공연장 안으로 들어선 순간 나무 향이 코를 찔렀다. 철근콘크리트로 지은 현대 건물이지만 내부 장식에 노송나무를 많이 사용했기 때문이었다. 그래서 입장료를 만 엔씩이나 받는군, 하는 생각이 들었지만 내 돈 주고 산 입장권도 아니었다.

로비 한가운데 동상 두 개가 나란히 놓여 있었다. 그 뒤에도 일장기와 성조기를 엇갈려 세워두었다. 동상은 상반신뿐인 흉상으로, 양복차림인 왼쪽 동상에는 '시조 오쓰키 우쿄하루타카'라고 적혀 있고, 전통의상 차림인 오른쪽 동상에는 '개조 오쓰키 우콘하루시게'라고 되어 있었다. 두 사람은 1920년대에 세상을 떠났는데, 둘 다 훤한 이마에 튀어나온 광대뼈 사이로 사람을 쏘아보는 듯한 눈을 하고 있어 동상만 봐서는 거의 같은 사람처럼 보였다.

버저가 울렸다. 공연이 시작되는 6시까지 오 분 남았다는 안내였다. 로비에 있던 관객들은 공연장 입구 쪽으로 이동하기 시작했다. 문은 여러 개였다. 공연장 안은 객석 쪽이 환했는데도 시선은 절로 어둠 속에 위풍당당하게 서 있는 맞배지붕 아래 무대를 향했다. 입장권에 적힌 번호를 보고 내 자리를 찾았다. 객석 중간에서 약간 뒤, 무대를 향해 왼쪽으로 난 통로 옆 좌석이었다. 무대 안쪽에서 왼쪽 벽까지 뻗은 복도 같은 것이 보였다. '하시가카리'●라고 하는 모양인데, 나중에 팸플릿을 훑어보고 나서야 알게 되었다.

객석을 둘러보니 역시 중년 즈음의 여성이 압도적으로 많았다. 게다가 로비에서도 보았던 외국인들이 공연장 여기저기에 자리를 잡고 앉아 있었다. 노가쿠가 국제적으로 높은 평가를 받은 예술이라고 하지만, 아무리 그래도 외국인이 너무 많다는 생각이 들었다. 관광코스인 탓인지도 모른다. 하지만 그들은 노에 대해 아무것도 아는 게 없는 나에 비해 훨씬 차분한 태도와 기대감 가득한 표정으로 무대를 주시하고 있었다. 나는 아무런 의미도 없는 단서를 쫓고 있는 기분이 들기 시작했다.

잠시 기다리니 다시 부저가 낮게 울렸다. 웅성거리던 객석이 조용해지기를 바라는 듯 공연장 전체가 어두워지고, 무대 앞쪽에만 조명이 비쳤다. 관람석 가까운 무대 정면에 두 남녀가 서 있었다.

"오래 기다리셨습니다." 젊은 여성이 마이크를 들고 말했다. 수수한 옷차림의 풋내기 학자처럼 보이는 여성이었다.

●　　노 공연에서 배우들이 지나다니는 통로.

"지금부터 오쓰키류 3월 정기공연을 시작하겠습니다. 공연에 들어가기에 앞서 '국제 노가쿠 연구소' 소장이며 캘리포니아 대학 교수이고, 호세이 대학 노가쿠 연구소 객원교수이자, 오쓰키류 노의 시조이신 오쓰키 우쿄하루타카의 증손자인 오쓰키 하루오 선생님, 해리 어윈 오쓰키 교수님의 말씀을 듣기로 하겠습니다."

"여러분, 안녕하십니까? 방금 소개받은 오쓰키 하루오입니다."

생김새나 체격, 말투도 모두 틀림없이 일본인으로 보이는 오십대의 로맨스그레이 남성이었다.

두 사람은 무대 바로 앞쪽 자리로 오르내릴 수 있는 나무 계단 왼쪽에 걸터앉아 이야기하기 시작했다.

"오늘, 3월 12일은 오쓰키류 노가 확립된 지 딱 이십칠 년째 되는 기념일이기도 하니 먼저 그 역사와 연혁에 관해 선생님께 한 말씀 부탁드리겠습니다."

"오쓰키류는 메이지 40년, 1907년에 시조로 불리는 오쓰키 우쿄하루타카와 개조로 불리는 오쓰키 우콘하루시게 형제가 일으키셨습니다. 원래 두 분은 간제류라고 하는 유파에 소속된 장래가 촉망되던 신예 노가쿠사能樂師였죠. 그런데 그해에 간제류에서 '세키데라코마치' '우바스테'와 함께 노가쿠 수련에 있어서 비장의 곡으로 손꼽히는 '히가키'를 간제 종가•의 허락을 받지 않고, 그것도 대담하게 새로 해석하고 대폭 수정하여 공연했다가 즉각 파문을 당했습니다."

"그때 우쿄, 우콘 형제는 미리 잡혀 있던 미국 초청 공연을 떠났지

• 일본어로 [소케], 일본의 전통예술이나 옛 무술 등을 정통으로 계승한 가계나 그 가계의 당주를 말함.

요?”

“그렇습니다. 그리고 미국 열두 개 도시에서 공연하여 절찬을 받았죠. 두 분은 망명한 셈 치고 미국에 머무르기로 결심했습니다. 그리고 미국 연극계를 중심으로 한 여러 문화단체와 일본 교포사회의 절대적 지지를 바탕으로 미국과 유럽에 노가쿠를 소개하고 보급하는 데 온 힘을 기울였던 겁니다. 세월이 흘러 쇼와 2년, 1927년에 우콘하루시게의 아들인 무네시게는 계속 미국에 머물다가는 자기들의 기예가 고갈될 것을 염려하여 아들인 주자부로와 함께 다시 일본으로 건너옵니다. 이때 무네시게는 서른두 살, 주자부로는 일곱 살이었습니다.”

“쇼와 2년이라고 하면 일본도 시국이 점점 어수선해지기 시작하던 무렵이로군요.”

“예. 무네시게, 시게사부로 부자는 쓰키야마 아무개라고 이름을 바꾸고 호쇼류에서 칠 년, 그리고 다시 간제류로 돌아와 십일 년의 수련을 쌓았습니다.”

“왠지 다른 유파의 기예를 몰래 빼낸 것처럼 들리는군요.”

“아뇨, 그렇지 않습니다. 이름을 바꾼 까닭은 노가쿠 세계에서 나름대로 예의를 지키기 위한 방편이었습니다. 호쇼류나 간제류나 오쓰키의 재능을 아까워하여, 빤히 알면서도 이들 부자를 맞아들였던 거죠. 특히 노가쿠 연구의 일인자인 노가미 도요이치로 선생님의 노력은 대단했다고 들었습니다.”

“미국에 남은 우쿄하루타카는 어떻게 되었습니까? 선생님에게 증조부가 되시는데.”

“예, 미국에서 노가쿠 보급에 힘을 기울였습니다만 안타깝게도 노가쿠를 후대에 물려주지 못하셨습니다." 그는 처음으로 외국인처럼 어깨를 으쓱하며 쓴웃음을 지었다.

"여러분도 모두 아시다시피 불효막심한 아들 다카오, 즉 제 조부인 택 오쓰키가 등장하는 거죠."

"어머." 여성이 먼저 웃음을 흘리자 공연장 안에 잔물결처럼 웃음이 퍼졌다.

"그분은 노의 재능을 타고나지 못했습니다만, 돈 버는 재주는 대단했습니다. 기업가와 투자자로서 재능을 발휘해, 도박꾼에 가까운 대담함에 행운까지 겹쳐 일본 교포로서는 믿을 수 없을 정도로 엄청난 재산을 모았습니다. 제 아버지인 아키오는 노에 대한 정열과 부친 택 오쓰키의 재능을 균형 있게 이어받았죠. 부친의 사업을 이어받아 비즈니스에도 정성을 기울였지만, 번 돈을 노가쿠를 위해 아낌없이 썼습니다…… 한편, 이건 매우 안타까운 일이고 당시 일본 노가쿠계의 어려운 상황을 상징하는 것이기도 합니다만 노가쿠에 관한 귀중한 사료나 문헌, 나아가 가면, 의상 등으로 대표되는 더할 나위 없이 귀중한 문화유산이 해외로 흘러나가는 어려운 시대에 이러한 자료들을 최대한 사들였다는 것이 그의 최대 공로일 겁니다. 덕분에 저는 어렸을 때부터 그러한 귀중한 문화유산에 둘러싸여 자랄 수 있었습니다. 때로는 아버지 회사의 일 년치 수익을 가면 하나 구입하는 데 썼던 적도 있다고 들었습니다. 그렇게 구한 자료들을 구입과 동시에 아버지가 설립한 '국제 노가쿠 연구회'에 기증했죠. 그러다 보니 나중에 아버지는 회사 경영권을 박탈당하게 되어 이름뿐인 명예회장으로 물러났고, 저도 부잣집 아들에서 직접 생계를 해결하며 캘리포니아 대학에서 노가쿠를 전공하는 가난한 학생이 되었던 겁니다.”

공연장에 다시 웃음소리가 울려 퍼졌다. 외국인은 이어폰을 통해 동시통역된 설명을 듣는지, 일본인보다 조금 늦게 웃음소리를 냈다. 교수가 하는 이야기를 듣고 보니 공연장에 외국인 관객이 많은 이유와 로비에 일장기와 함께 성조기가 걸려 있는 이유를 알 수 있었다.

“제 가족 이야기는 이만하고, 오쓰키 부자 이야기로 돌아갑시다. 아버지인 무네시게는 간제류의 중진 가운데 한 사람으로 생애를 마쳤습니다. 하지만 주자부로의 뒤를 이은 우콘시게타카는 ‘노가쿠 협회’의 추천을 얻어 1966년 3월 12일에 일본에서 비로소 오쓰키류를 일으킬 수 있었던 겁니다.”

“1966년이면 패전 이후 경제 부흥이 한창이던 때로군요. 현재 선생님께서 소장을 맡고 계시는 국제 노가쿠 연구소가 지닌 귀중한 문화유산 가운데 제아미●가 남긴 책 일부를 비롯한 문헌, 사료 등이 캘리포니아 대학 내 연구소 본부에 보관되어 있지만, 공연에 필요한 가면, 의상 등은 모두 이 오쓰키 노가쿠 공연장 옆에 세운 오쓰키 회관의 연구소 분소로 옮겨졌지요?”

“그렇습니다. 오늘 밤 공연에서도 그 귀중한 문화유산 가운데 일부를 감상할 수 있을 겁니다.”

“미국에 건너간 우콘하루타카를 1대라고 하고, 우콘하루시게를 2대, 그리고 아비지 무네시게를 3대라고 하면 현재 종가인 우콘시게타카는 4대째가 되는 셈이군요. 그리고 종가에 있어서 쇼와 58년 즉

●　　1363-1443, 무로마치 시대 초기의 예능인.

1983년은 특히 잊을 수 없는 해가 되었지요?"

"예, 그렇습니다." 교수는 활짝 웃으며 말했다. "1983년 5월에 비장의 곡 '히가키' 연기를 비롯한 몇 가지가 중요무형문화재, 이른바 '인간문화재'로 지정되었습니다. 이건 대단한 명예입니다."

그는 명예라는 말을 새삼 일본어가 아닌 단어처럼 발음했다. 일본인은 명예라는 단어의 의미를 모른다고 생각하는 듯한 말투였다.

"평소에는 선생님에게 프로그램 해설을 부탁드립니다만, 오늘은 노의 '가게쓰', 교겐*의 '쓰키미자토', 그리고 노의 '후나벤케이' 등 모두 여러분께도 익숙한 공연이므로 해설은 가지고 계신 팸플릿으로 대신하려고 합니다."

무대 왼쪽 하시가카리 안쪽의 하양, 파랑, 빨강, 노랑, 검정으로 칠해진 오색 휘장 안에서 피리, 소고, 장구 등의 소리가 들려오는가 싶더니 이내 그쳤다.

"그럼 마지막으로 오늘의 가장 큰 볼거리는 뭘까요?"

"먼저 '후나벤케이'에서 전반부의 시즈카 고젠과 후반부의 다이라노 도모모리를 연기할 올해로 일흔셋 되시는 종가와 또 한 사람 종가의 손자이며 아역인 미나모토노 요시쓰네를 연기할 시게키 군……아니, 지난달 제 증조부 이름을 물려받아 2대 우쿄가 된 우쿄 군이죠. 이제 겨우 여덟 살인 소년이지만 이미 재능의 편린이 느껴지는 그의 연기를 눈여겨보시기 바랍니다."

"오쓰키 선생님, 오늘도 대단히 감사했습니다."

* 노와 마찬가지로 일본 전통예능의 하나.

두 사람은 일어서서 인사하고, 관객의 박수를 받으며 퇴장했다. 객석이 더 어두워지더니 바로 이어서 무대 전체에 뿌연 조명이 비쳤다. 휘장 한쪽 자락이 열리고, 피리, 소고, 장구를 든 세 사람이 무늬가 새겨진 하카마⁎⁎를 입고 등장해 하시가카리를 지나 무대 뒤편에 제각각 자리를 잡았다. 소고와 장구는 접이식 걸상에 앉고, 피리만 바닥에 정좌했다. 동시에 무대 뒤편 오른쪽에 난 작은 출입구로 들어온 열 명쯤 되는 하카마 차림의 사내들이 무대의 네 기둥 오른쪽 바깥으로 튀어나온 베란다 같은 곳에 두 줄로 나란히 자리를 잡았다. 그들은 객석을 정면으로 보지 않고 하시가카리 쪽을 보고 앉았다. 그 가운데 두 명은 무대 왼쪽 안, 하시가카리 쪽에 바짝 다가앉았다. 아까 받은 팸플릿의 출연자 명단을 보니 그 두 명이 '고켄⁎⁎⁎'이고, 나머지 여덟 명은 '지우타이⁎⁎⁎⁎'인 모양이었다.

이윽고 한층 날카롭고 큰 피리 소리가 공연장 안에 흐르더니 승려 분장을 한 인물과 교겐사狂言師 분장을 한 인물이 무대에 등장하면서 '가게쓰'의 막이 올랐다. 노라는 것은 다른 연극처럼 막이 열리기 전에 모든 준비를 다 갖추고 시작하는 게 아니라 아무것도 없는 텅빈 무대에서 시작해 준비 과정까지 관객에게 그대로 보여주는 모양이다.

난생처음 노가쿠를 구경하면서 점점 이게 우오즈미 아키라의 의뢰와 아무런 관계도 없다는 확신이 들기 시작했다.

'가게쓰'라는 노는 여행하는 승려가 벚꽃 철에 교토에 있는 기요미

⁎⁎　　허리에서 발목까지 덮는 주름 잡힌 일본 하의.
⁎⁎⁎　노에서 연기자의 의상이나 소도구 준비를 거드는 역할을 하는 보조자.
⁎⁎⁎⁎　합창단 같은 역할을 하는 사람.

즈데라라는 절에 들렀다가 거기서 일곱 살에 덴구•에게 붙잡혀간 자기 아들과 재회한다는 줄거리로, 그 아들인 가게쓰가 부르는 노래와 춤이 중심이었다. 팸플릿에는 오쓰키류의 노가 보여주는 새로운 모습 가운데 하나는, 에도시대에 격식과 중후함을 강조하기 위해 지나치게 길어졌던 공연을 원래대로 돌려 속도를 높인 점이라는 해설이 있었다. 하지만 '가게쓰'가 끝날 때까지는 사십오 분 넘는 시간이 걸렸다. 가면이 지닌 멋, 의상의 아름다움, 절제된 춤 동작, 노래의 울림 등은 문외한인 내게도 범상치 않은 느낌을 주었지만 감상에 익숙하지 않은 사람에게는 역시 지루했다. 솔직하게 이야기하면 후반부에는 졸음과 싸우느라 힘들었다.

휴식시간에 로비에서 담배를 피우며 나는 이 입장권이 우오즈미 아키라의 새어머니 통장에 들어 있었다는 사실을 기억해냈다. 노가쿠 감상은 아마 마쓰나가 도시에의 취미였을 것이다. 미리 납부한 회비가 있거나 해서 죽은 뒤에도 입장권이 보내졌고, 그게 통장과 함께 우오즈미에게 남겨졌던 것 아닐까?

교겐 '쓰키미자토'에서는 앞을 보지 못하면서도 달구경을 즐기는 장님과 그를 흥미롭게 여긴 사내가 사이좋게 술을 마시고 노래하며 춤추다가 헤어진다. 후반부에는 장난기가 발동한 사내가 다른 사람인 척하며 장님을 밀어넘어뜨린 뒤 욕설을 퍼붓고 간다. 그러자 장님이 '방금 그 녀석은 아까 그이에 비하면 한심한 녀석이다'라고 탄식하고 재채기를 하며 쓸쓸히 돌아간다는 줄거리다.

•   얼굴이 붉고 코가 크며 하늘을 날아다니는 신통력이 있다는 상상 속 괴물.

‘가게쓰’에 비해 이해하기 쉽고 재미있을 뿐만 아니라 공연 시간도 짧아 나 같은 문외한도 감상하기 편했다.

언젠가 교겐을 노 이상의 예술이라고 추켜세운 기사를 읽었던 기억이 떠올랐지만, 교겐은 어디까지나 노와 함께 비교하며 봐야 할 것 같다. 노가 장중하다면 교겐은 경쾌하고 재치가 있다. 교겐만 따로 떼어내 공연하면 이만큼 재미있지는 않을 것이다. 그러니 그 기사는 평소 웃을 일이 없는 학자들의 과대평가에 불과하리라. 교겐에 그만한 힘이 있다고 하면 전성기에 이미 독립된 공연으로 발달했을 것이다. 노는 환상적이며 그에 비해 교겐은 현실적이라는 지적을 하는 이도 있다. 앞이 보이지 않는 장님이 사이좋게 술을 나누어 마신 상대를 그렇게 못 알아챌 리 없다. 맹인의 청각이나 후각을 우습게 여겨서는 안 된다. 교겐도 노와 마찬가지로 단순한 리얼리즘이 아니다. 둘 다 환상의 앞면과 뒷면을 지닌 것이다. 그런 생각을 하다 보니 ‘쓰키미자토’가 끝났다. 나는 내친김에 공연을 끝까지 보고 가기로 마음먹었다.

‘후나벤케이’는 역사를 소재로 삼았기 때문에 ‘가게쓰’보다 이해하기 쉬웠다. 형인 요리토모에게 쫓기는 신세가 된 요시쓰네와 그 부하들이 다이모쓰 포구에 도착한다. 1장에서는 벤케이의 충고에 따라 도읍으로 돌아가게 된 시즈카 고젠이 요시쓰네와 작별의 춤을 춘다. 2장에서는 시즈카 고젠으로 분장했던 연기자가 이번에는 다이라노 도모모리의 원혼으로 나와 배를 탄 요시쓰네 일행을 바다 밑바닥에 가라앉히려고 습격한다는 내용이다. 여기서 일인이역을 하는 사람이 일흔세 살 된 오쓰키류의 종가, 오쓰키 우콘이었다. 정靜과 동動의 멋진 대비였다. 특히 도모모리의 원혼은 길고 검은 머리를 흐트러뜨리고, 해설에 따르면 '아야카시'라 불리는 가면을 쓰고 긴 칼을 들고 빠른 장단에 맞추어 펄쩍펄쩍 뛰면서 어지러이 춤을 춘다. 그 대목에서는 나도 모르는 사이에 몸속에 흐르는 일본인의 피가 끓어오르는 흥분을 느꼈다. 피리, 소고, 장구에 큰북까지 가세한, 네 명의 악사가 연주하는 음악이 수십 명으로 편성된 관현악 오케스트라보다 강력하고, 전기로 증폭된 록 음악보다 격렬하게 내 피를 용솟음치게 만드는 것은 경이로운 일이었다.

도모모리의 원혼과 맞서는 요시쓰네 역은 공연 시작 전에 소개됐던 대로 여덟 살 소년이 연기했다. 분명히 자세도 당당하고, '그때 요시쓰네는 전혀 허둥대지 않고'라는 식으로 스스로 '실황 중계'를 하는 목소리도 늠름했지만, 재능을 떠나 어디서나 볼 수 있는 평범한 소년처럼 보이는 모습이 마음에 들었다. 하시가카리를 오가며 두세 차례 습격을 반복하던 도모모리의 원혼도 이윽고 벤케이가 오대명왕[•]에게 바친 기도 때문에 파도 속으로 사라지게 된다.

느닷없는 생각이지만, 십일 년 전에 죽은 누나의 망령 때문에 괴로워하는 우오즈미 아키라가 어린 요시쓰네의 모습에 겹쳐 보였다. 예측할 수 없는 전개를 보이기 시작한 이 사건의 진상은 일흔세 살 명인이 춤추는 도모모리의 원혼 가면처럼 '괴이함'으로 가득 찬 듯했다. 게다가 나는 벤케이처럼 법력이나 기량도 지니지 못했다.

정적에 휩싸여 문득 고개를 드니 어느새 아무도 없고 텅 빈 무대만 남아 있었다.

<hr>

• 불교에서 이야기하는 다섯 명왕.

32

불현듯 휠체어를 탄 여자가 나타나 오쓰키 노가쿠 공연장 로비로 나온 내게 말을 걸었다. "실례합니다만, 우오즈미 씨인가요?"

삼십대 후반으로 보이는 여성은 피부가 희고 자그마했다. 가느다란 검은 테 안경 안쪽에서 진지해 보이는 눈이 나를 바라보았다. 남색 블레이저와 스커트에 짙은 남색 구두는 분명 여성스러운 선택이지만, 옆구리 쪽에 놓인 갈색 서류봉투는 크고 실용적으로 보여 여성이 지니고 다닐 만한 물건으로 보이지 않았다.

여자의 질문에 대해 가타부타 대답도 없이 되물었다. "누구시죠?"

"저는 오쓰키류 종가와 '오쓰키카이', 그리고 이 공연장의 모든 법률 관련 문제에 대한 고문을 맡은 야지마 변호사사무실 소속 사쿠마라고 합니다."

여성은 큼직한 서류봉투 안에서 명함을 꺼내 한 장을 내게 내밀었다. 그러고는 내밀기만 했을 뿐 주려고 하지는 않은 채로 말을 이었다. "우오즈미 씨는 아직 서른 살이 되지 않았을 테니 당신은 우오즈미 씨가 아니죠?"

내가 누군지 밝히지 않으면 명함을 주지 않을 셈인 모양이었다.

"우오즈미 아키라와 오쓰키류의 노 공연 사이에는 변호사가 개입해야 할 여지가 있는 모양입니다. 그런 사실을 알게 된 것만으로도 여기 온 보람이 있군요."

사쿠마라는 여성 변호사는 표정이 변했다. 변호사는 어떤 경우에도 자기가 상대보다 우위에 있다고 여기는 인종이다. 그렇게 하지 않으면 해먹을 수 없는 직업이기 때문이다. '나는 당신보다 이 세상을 열 배쯤 잘 알고 있죠. 그러니 마음 놓고 무슨 일이든 상담하세요.' 그들이 '세상'이라고 부르는 것은 그저 법률에 지나지 않는다. 그들은 자신의 우위가 인정되지 않으면 때로 그저 법을 잘 알 뿐인 예의 없는 인간으로 전락하고 만다. 사쿠마는 바로 그 갈림길까지 갔다가 되돌아왔다.

"우오즈미 씨는 왜 오지 않은 거죠? 공연 시작 전에 삼십 분쯤 이야기를 나눌 예정이었는데 안내창구로 오지 않았습니다."

"사고를 당했기 때문에 오지 못한 겁니다."

사쿠마는 고개를 약간 옆으로 기울인 채로 끄덕였다. 우오즈미가 사고를 당했다는 사실을 알고 있었는지 어떤지 구분이 가지 않았다.

"혹시 약속한 시간에 오지 못했을지도 모른다는 생각에 보냈던 표의 좌석을 확인했죠. 그랬더니 당신이 앉아 있더군요. 그래서 말을 건넨 건데…… 그렇다면 당신을 우오즈미 씨 대리인으로 여기고 이야기를 진행해도 괜찮은 거죠?"

"그러시죠." 내가 대꾸했다.

사쿠마가 이번에는 명함을 내게 건넸다. 그 명함을 받아들었다. 사쿠마는 내가 명함을 줄 거라고 믿고 기다리는 눈치였다. 나는 무시하고 받은 명함만 주머니에 집어넣었다.

"성함이?" 사쿠마가 참을성 있게 물었다. 자기 죄를 스스로 무겁게 만드는 피의자를 대하는 표정이었다.

"사와자키입니다."

"우오즈미 씨와 어떤 관계죠?"

"그 사람에게 의뢰를 받아 어떤 일을 조사하고 있습니다."

사쿠마는 하치오지 경찰서 형사와 달리 나를 자기 동업자로 착각하지는 않았다. 사람들이 이럴 때 대부분 그러듯 무슨 조사냐고 반사적으로 묻지도 않았다. 답을 들을 수 없다는 사실을 알기 때문이다.

"……아하, 그러세요?" 사쿠마는 상대방이 숨기는 것을 결코 놓치지 않겠다는 듯이, 그러기 위해 상당한 수련을 쌓은 이의 시선으로 나를 바라보았다.

나는 짐짓 가벼운 말투로 대꾸했다. "늘 그렇게 탐색하는 눈으로 상대를 관찰하면 빤히 보여 쉽게 발견할 수 있는 평범한 사실도 놓치고 말죠."

사쿠마는 쓴웃음을 지으며 안경을 살짝 만졌다. 안경을 쓰는 사람들은 무슨 내용이건 자기 눈에 관한 이야기는 다 안경 탓으로 여기려 든다.

"충고 고맙군요. 하지만 당신은 이해가 얽히지 않으면 노 공연 같은 것에 시간을 쓸 타입으로 보이지 않는다는 사실은 놓치지 않았어요."

"빗나가지는 않은 것 같군요."

"그리고 당신은 우오즈미 씨를 대리한다고는 하지만, 자기가 왜 이런 곳에 있어야 하는지 잘 모르는 모양이군요."

"그것도 맞습니다."

"경찰에서 나온 분이신가?"

'경찰'이라는 말을 입에 올렸을 때, 사쿠마가 민사 전문 변호사라는 사실을 눈치챘다. 형사사건 전문 변호사라면 사쿠마처럼 그 단어에 혐오감을 담아 말하지는 않기 때문이다.

“이번엔 빗나갔군.” 나는 몸을 앞으로 굽혀 여자의 얼굴을 들여다보았다. “우오즈미 아키라가 사고를 당했다는 사실은 이미 알고 있군요.”

“우리 사무실은 변호사 다섯 명 말고도 스태프 넷이 함께 움직이는 법률사무소예요. 우리가 다루는 일에 관계된 이름이 신문 지상이나 텔레비전 뉴스에 나오면 놓치지 않죠.”

그런 실수를 무척이나 싫어하는 성격인 모양이었다. 그들은 우오즈미 아키라가 오늘 이곳에 나타나지 못한다는 사실을 이미 알고 있었다.

“우오즈미 씨가 우리에게 어떤 이야기를 했었는지 알고 계십니까?”

“오쓰키류와 관계된 누군가에게 십일 년 전의 일 때문에 묻고 싶은 게 있다고.”

“그래요. 그건 아시는군요…… 하지만 상당히 모호한 이야기였기 때문에 우리로서는 신중하게 대처하고 있죠.”

“모호한 이야기?”

“우오즈미 씨는 십일 년 전에 누님을 잃었다고 하더군요. 그 누나가 세상을 떠나기 얼마 전에 또래 여성과 친구가 되었다는 말을 했다는 겁니다. 이름은 듣지 못했지만 자기들과 자란 세계가 전혀 다른 ‘노이에모토●의 딸이라더라’ 하는 이야기는 들은 기억이 있다고 했죠. 그렇게 막연한 이유로 오쓰키 가문에 서른 살쯤 된 딸이 있다면 만나게 해달라며 일방적으로 면담을 요구 했습니다. 선뜻 그럽시다, 하고 받아들일 수는 없는 노릇이죠. 그렇지 않아요?”

●　　한 유파의 정통을 잇는 집이나 그 주인. '종가'와 같은 뜻으로 쓰임.

"누나가 어떻게 죽었는지는 들었군요?"

"예. 들었습니다. 그리고 우리 쪽에서도 약간 조사를 했죠. 우오즈미 씨는 누님의 자살에 얽힌 의혹에 대해 알아보고 있다는데, 동정이 가기도 하고 협조를 아낄 생각도 없었지만 아무리 그래도 너무 느닷없는 내용이라 우리 사무실이 중간에 서게 된 겁니다."

사쿠마 변호사는 바로 옆 소파를 가리키며 앉아서 이야기하자고 했다. 친절을 베풀려는 게 아니라 휠체어에 앉은 자기를 위에서 내려다보는 시선이 불쾌하다는 투였다. 나는 소파에 앉아 옆에 놓인 재떨이를 확인하고 담배에 불을 붙였다. 사쿠마도 서류가방에서 담배를 꺼내 불을 붙였다. 낯선 외국산 담배였는데 '바클레이'는 아니었다. 사쿠마 뒤의 노송나무 벽에 걸린 추시계가 9시 반이 조금 지난 시각을 가리키고 있었다.

"그러면 오쓰키류에 우오즈미가 말한 나이에 해당하는 여성이 있다는 이야기로군요."

"예, 뭐…… 하지만 '노의 종가'라면 오쓰키류 말고도 중요한 유파가 다섯이고 종가는 열 곳이나 되죠. 그 밖에 비중이 낮은 이런저런 가문까지 합치면 서른 곳이 훨씬 넘을 테니까요."

"우오즈미는 오쓰키류 말고 다른 유파에도 그런 문의를 했다던가요?"

"예, 몇 군데 했답니다. 그 가운데 몇 곳에는 조건에 맞는 사람이 없었고, 몇몇 여성과는 전화 통화를 했는데 누나를 모른다는 답변을 들었다고 하더군요."

"그쪽 여성도 우오즈미와 전화 통화 정도는 해줄 수 있지 않았나요?"

사쿠마는 고개를 저었다. "다른 유파라면 몰라도 오쓰키 가문은 그런 전화를 직접 받는 일이 없어요. 그래서 우리가 대기하는 거죠. 하지만 우오즈미 씨가 간절히 알고 싶어하는 것 같아서 제가 오늘 만나서 이야기를 들어보고 우오즈미 씨의 물음에 대답할 만한 내용이 있다면 협력할 작정이었죠."

나는 담뱃재를 원통형 스테인리스 재떨이에 떨었다. 재떨이가 휠체어에 앉은 사쿠마에게서 멀기에 조금 밀어주었다.

"그분은 우오즈미의 누나에 대해 어떤 식으로 이야기하던 가요?"

"누님 이름이 유키 씨라고 하던데, 그런 아가씨는 모른다고 하더군요. 십일 년 전인 1982년 여름이면 자기는 미국에 사는 친척이 소개한 교포와 약혼하게 되어 미국으로 가기 직전이었으니, 그 준비 때문에 도저히 그럴 여유가 없었다고 합니다."

"그분이 종가의 따님이신가요? 아니면 조카나 손녀뻘 되는 분인가요? 아까 무대에 올랐던 일흔셋 되신 분이 이에모토라면 나이 차이가 많이 나는 것 같은데."

사쿠마 변호사는 잠시 머뭇거리다가 그런 태도는 오히려 의혹을 불러일으킬 거라고 판단한 듯했다. "오쓰키류에서는 이에모토라고 하지 않고 대대로 종가라고 부릅니다만, 종가의 작은 따님인 유리 씨입니다."

"교포와 약혼했다면 아까 공연장에서 해설을 하던 오쓰키 하루오라는 교수를 말하는 건가요?"

"아뇨. 오쓰키 교수는 큰따님인 마유미 씨의 부군입니다. 유리 씨의 부군은 아드님인 시게키가 태어난 직후에 미국에서 교통사고로 타계

하셨죠. 시게키가 오늘 무대에 아들 역할로 나온 우쿄 군이고요.”

“종가에는 아드님이 없습니까?”

“예. 사실 두 따님 사이에 아들이 하나 있기는 했는데 아주 어려서 세상을 떠났다고 합니다.”

“노의 이에모토가 차려야 할 격식이 어떤 건지 난 모르지만 말씀을 들어보니 뭐가 됐든 고문변호사가 등장해야 할 일 같지는 않은 데…… 당사자끼리 잠깐 전화 통화를 하면 끝날 일에 무척 뻣뻣하게 나오는군요.”

“사와자키 씨, 그건 이 세계에 대해 모르기 때문에 하시는 말씀이에요. 텔레비전 같은 데서 요란을 떠는 연예계와 비교하면 점잖고 조용한 세계라고 생각할지 모르지만, 뭐라 해도 노는 일찍이 공연의 선두 주자이며 그 인기는 어떤 면에서는 가부키 세계보다 더합니다. 오십 대, 육십대인 할머니 팬들이 얼마나 교태를 부리는지 상상도 못 하실 거예요. 우리가 이런 일에 대해 장벽을 매우 높게 세우는 건 결코 허풍이 아닙니다.”

사쿠마는 담배를 재떨이에 끄며 덧붙였다. “한 가지 예를 들죠. 분장실 입구에서 말을 건넸는데 대꾸해주지 않았다는 이유만으로, 쇼와 시대의 명인이라는 말까지 들었던 다른 유파의 한 종가에게 이십 년 이상 면도칼이 든 협박장을 보낸 집요한 팬이 있을 정도니까요.”

“……그 정도인가요?” 나도 재떨이에 담배를 껐다.

그때 로비 한구석이 소란스러워졌다. 아마도 건물 왼편 안쪽에 있을 분장실로 가는 복도 부근인 것 같았다. 열 명쯤 되는 사람들이 나타나 담소하며 천천히 로비를 가로질러 정면 입구 쪽으로 걸어갔다.

그들 한가운데서 걷고 있는 전통의상을 입은 노인이 아마 종가인 오쓰키 우콘이리라. 상황과 분위기로 보아 그런 생각이 들었지만 무대에서는 가면을 쓴 모습만 봤기 때문에 알 수 없었다. 그 노인과 해설역을 맡았던 오쓰키 하루오라는 교수 사이에 있는 소년이 오쓰키 우쿄로 소개된 종가의 손자인 듯했다.

운동복에 반바지 차림이라 아까 무대에서 보여주었던 요시쓰네의 이미지와는 연결이 되지 않았다. 그 주변을 후원자로 보이는 중역 스타일의 부부, 예술가 타입으로 보이는 남녀, 신문사 문화부 선임기자 분위기를 풍기는 무리들이 둘러싸고 있었다. 그 무리 안에는 적어도 서른 살 아래로 보이는 여성은 한 명도 없었다.

사쿠마 변호사는 내 시선을 보고 생각을 읽어냈다. "작은 따님인 유리 씨는 이런 곳에 거의 얼굴을 내밀지 않죠. 언니인 마유미 씨와는 대조적으로 나이에 비해 무척 수수하고 사교적이지 않으니까요."

나는 고개를 끄덕이며 물었다. "저 사람은?"

"아, 한가운데 있는 분은 종가인 오쓰키 우콘입니다. 이쪽 관련 일을 한 지 삼 년이 되지만 저도 아직 저분과 이야기를 나눈 적이 없죠."

일행은 차를 기다리는지 중앙 입구 부근에 잠시 모여 있었다. 일행 가운데 오십대로 보이는 오동통한 남자가 사쿠마 변호사를 발견하고 다가왔다.

"사쿠마 선생님, 이렇게 늦게까지 뭘 하고 계십니까?"

검정에 가까운 짙은 회색 양복에 밝은 뿔테 안경이 두드러져 보이는 남자였다. 얼핏 보기에는 회사 중역 같기도 하고 골동품 감정가 같기도 했다.

사쿠마 변호사가 설명했다. "전에 종가 따님에게 두세 차례 면담을 요청했던 우오즈미 씨란 분 문제로……."

"아, 아까 약속한 시간에 나타나지 않았다고 하더니."

"네, 그런 줄 알았는데 그 뒤에 이분이 대신 나온 사와자키 씨라는 걸 알게 되었습니다."

사쿠마는 나를 돌아보고 그 남자를 소개했다. "이쪽은 노가쿠 공연장과 오쓰키카이 이사장으로 계시는……."

"이스루기입니다. 한자는 돌 '석'자에 움직일 '동'자를 쓰죠." 남자는 무수히 반복해온 익숙한 말투로 설명하고 사쿠마 변호사의 휠체어 뒤로 돌아가 내 맞은편 소파에 앉았다. "우오즈미 씨는 요즘 보기 드물게 누나를 생각하는 청년 같더군요."

빈정거리는 말투는 아니었다.

"사적인 이야기를 해서 죄송합니다만…… 사실은 제 형도 자살했기 때문에 우오즈미 씨의 심정은 잘 이해합니다. 다섯 살 위였던 형인데 전쟁이 끝나고 얼마 지나지 않아 1948년에 스무 살이라는 나이에 세상을 떠났습니다. 몸이 약해 병치레로 고생하다 목숨을 끊었으니, 주변 사람들은 별다른 설명 없이 납득했죠. 하지만 그렇게 간단한 문제로 사람이 스스로 목숨을 끊거나 하지는 않을 겁니다. 우오즈미 씨 누님의 경우와는 사정이 다를지도 모르겠지만, 뒤에 남겨진 동생의 심정은 마찬가지일 겁니다. 저야 속물이라 계속 형의 죽음에 얽매인 채로 살아갈 수는 없다고 생각해 이런 인생을 꾸려가고 있습니다만, 우오즈미 씨처럼 십 년 넘게 누나의 죽음을 마음에 간직한 채 사는 청년을 보면 솔직히 부럽다는 생각도 듭니다……."

그는 안경을 벗어 무게를 재는 시늉을 했다. "하지만 이사회 여러분이나 사쿠마 선생님 같은 전문가들은 저처럼 감상적으로 접근하면 문제를 제대로 해결하지 못한다고 나무라셨죠. 신중하게 대응하면 되고 오쓰키 가문에 폐를 끼칠 일도 없는 게 사실이니, 이번만은 가능한 한 우오즈미 씨의 요청을 받아들여달라고 설득해 사쿠마 선생님께 이번 건의 처리를 일임한 겁니다. 그렇죠?"

사쿠마 변호사가 고개를 끄덕였다. 정면 입구 부근에 있던 종가 일행이 노가쿠 공연장을 나가는 모습이 보였다.

나는 잠깐 생각한 뒤 대꾸했다. "신문에는 자세하게 보도되지 않았지만, 우오즈미 아키라는 어떤 사람에게 습격을 받아 한때 위독했을 정도로 중상을 입었습니다."

사쿠마 변호사와 이스루기 이사장은 놀란 표정으로 마주 보았다.

"범인은 아직 잡히지 않았습니다. 습격을 받은 이유는 우오즈미가 십일 년 전 누나의 죽음에 대한 진상을 조사하려고 했기 때문일 수도 있죠. 경찰은 아직 사건을 거기까지 좁히지 않았고, 툭하면 일어나는 신주쿠의 폭력사건이라는 쪽으로 기울어진 모양입니다. 하지만 우오즈미 아키라가 누이 죽음의 진상을 밝히려고 뭔가 구체적인 실마리를 잡으려 했다는 사실이 드러나면, 움직이지 않으려던 경찰도 수사에 착수할 겁니다. 예를 들어 우오즈미의 누나가 죽기 직전에 그녀 앞에 나타났다가 죽은 뒤에 자취를 감춘 인물의 존재라거나."

변호사가 항의했다. "하지만 조금 전에도 이야기했듯이 오쓰키 가문의 아가씨는 우오즈미 씨 누나를 만난 적이 없어요."

"저는 경찰 수사가 무관한 집안에까지 미치기를 바라지 않아요. 이쪽에는 마침 당신 같은 전문가가 있으니 오쓰키 가문의 따님이 우오즈미 아키라의 누나하고는 아무런 관계도 없었다는 사실을 '납득 가능하게' 증명하면 번거로운 일은 전혀 없을 겁니다.

"증명이라뇨. 이미 십일 년이나 지난 옛날 일이에요. 아무리 결혼을 앞둔 오쓰키 가문의 규중처녀라고 하더라도 집에 틀어박혀 꼼짝도 하지 않을 리는 없어요."

"증명할 수 없다면요?" 이스루기 이사장이 물었다. 안경을 다시 쓴 상태였다.

"아가씨를 직접 만나야겠죠."

"뭐 그게 가장 빠른 해결책이겠군요." 그는 쓴웃음을 지으며 말을 이었다.

"다만 그런 식으로 오쓰키 가문을 번거롭게 만들면 이사회나 고문 변호사는 대체 무엇을 하고 있냐는 소리가 나올 겁니다. 그러니 이 문제는 우리가 제대로 조사한 다음에 사쿠마 선생 쪽에서 연락을 드리기로 합시다. 사와자키 씨라고 하셨죠? 연락처를 알려주시죠."

나는 윗옷 주머니에서 명함을 한 장 꺼내 이스루기 이사장에게 건넸다.

"와타나베 탐정사무소에 계시는군요." 이스루기는 명함을 사쿠마 변호사에게 넘겼다.

"탐정이었군요. 어쩐지 말씀하시는 게 아마추어와는 좀 다르다 했더니." 사쿠마는 내 얼굴을 새삼 다시 쳐다보았다. 그 눈빛에는 분명히 모멸의 빛이 섞여 있었다.

"그럼 연락 기다리죠." 나는 소파에서 일어나 정면 입구 쪽으로 향했다.

오쓰키류 종가 일행의 모습은 찾아볼 수 없었다. 뒤를 돌아보니 이스루기 이사장이 "차까지 모셔다 드리죠"라며 사쿠마 변호사의 휠체어를 미는 모습이 눈에 들어왔다. 우오즈미 아키라는 휠체어는커녕 병원 침대에서 의식도 제대로 되찾지 못하는 상태였지만 딱 하나 의미 있을 만한 단서를 남겼던 것이다. 나는 노송나무 숲으로 둘러싸인 앞뜰의 자갈을 밟으며 오쓰키 노가쿠 공연장을 떠났다.

니시신주쿠에 있는 사무실로 돌아와 전화응답서비스에 연락하니 허스키한 목소리의 여성 오퍼레이터가 들어온 메시지가 있다고 알려주었다.

"16시 30분과 한 시간쯤 전인 21시 15분에 '펠리스 지유가오카'의 아키바 도모코 님이 '마음에 걸리는 정보가 있으니 연락 주세요'라고 메시지 남겼습니다. 두번째는 '오늘 밤에는 남편이 집을 비우니 몇 시든 괜찮아요'라고 하셨습니다. 이상."

나는 오퍼레이터에게 아키바 도모코가 단순한 증인에 불과하다고 설명하고 싶은 충동이 일었다. 하지만 고맙다는 말만 남기고 전화를 끊었다.

33

금요일 밤이라 도로가 혼잡했다. 지름길만 골라 달려 11시 15분쯤 지유가오카에 도착했다. 간선도로를 탄 것보다 빨리 도착했는지 어떤지는 신만이 아실 터이다. '팰리스 지유가오카' 주차장의 '12'라는 번호가 적힌 공간에 블루버드를 세우고 잠시 기다리니 약속했던 대로 도모코가 아파트 출입문에서 나타나 내 차 운전석 쪽으로 쪼르르 달려왔다. 이 여자는 자신의 증언이 하룻밤을 함께한 남자로부터 '전해 들은 이야기' 즉 전문증거*에 지나지 않는다는 사실을 들켰을 때 보였던 동요로부터는 완전히 벗어난 듯했다. 밝은 녹색 계열의 원피스 차림으로, 어제만큼 멋을 부리지는 않았지만 이런 시간에 맞은편 아파트를 방문한 평범한 주부치고는 화려한 복장이었다.

"삼십 분쯤 전에 방에 불이 켜졌으니 스가 씨 부부가 들어와 있을 거예요. 바로 찾아가보죠."

내가 차에서 내리면서 물었다. "그쪽에 연락을 했다고는 해도 이렇게 늦은 시간에 괜찮겠어요?"

"괜찮아요. 스가 씨 부부는 다이칸야마에서 골동 가구와 장식품 장사를 하는데, 가게를 오후부터 열기 때문에 두 사람 다 늦게까지 자지 않는 편이에요. 저랑 이 부근 노래방에서 밤에 자주 어울리는 사이거든요."

우리는 팰리스 지유가오카 밖으로 걸어 나와 도도리키 길을 건너 오쿠자와 TK맨션 현관으로 들어섰다. 늦은 시간이라 뤼미에르 화장품이나 다른 입주 점포는 셔터를 내린 상태였다. 엘리베이터를 타고 6층으로 올라갔다. 엘리베이터에서 내리자 서늘한 밤공기가 몸을 감

---

*   경험한 사실을 직접 법원에 진술하지 않고 다른 형태로 간접적으로 보고하는 것.

썼다. 현관이 늘어선 복도를 걸었다. 가슴 높이인 콘크리트 난간 너머로 지유가오카 역 주변 불빛이 내려다보였다.

스가 부부는 605호에 살고 있었다. 우오즈미 유키는 두 집 앞인 603호에 살았다. 603호실 앞을 지날 때 철제문에 달린 명판을 보았다. 이름이 적히지 않은 흰 플라스틱판이 끼워져 있었다.

"여기가 그 아가씨 집이었죠." 아키바 도모코는 누가 들을까봐 조심하듯 작은 목소리로 말했다.

"지금은 누가 살죠?"

"뤼미에르 화장품 남자사원 숙소였던 때도 있고 창고 대신 쓰기도 하는 모양인데 요즘 젊은 애들이 귀신이 어쩌니 저주가 어쩌니 하면서 잘 들어오려고 하지 않는대요. 베란다에 내거는 빨래를 보면 요 십 년 동안 반쯤은 비어 있는 것 같아요. 우리 남편은 집세만 싸게 해주면 입주하고 싶다고 하지만."

605호 앞에 도착하자 도모코가 문 옆에 있는 초인종을 눌렀다. 명패에는 '스가'라는 성 아래 '앤티크 스가'라는 가게 이름도 함께 적혀 있었다. 기다릴 틈도 없이 거의 바로 잠금장치를 푸는 소리가 들리더니 문이 열렸다. 예순 살쯤 되어 보이는 흰머리가 섞인 단발머리 여성이 서 있었다.

"어머, 도모코 씨. 의외로 일찍 왔네. 전화로는 자정 지나서 올지도 모른다고 했잖아요? 우리 바깥양반은 친구들이 마작을 하자고 해서 거기 갔는데, 괜찮겠어요? 어차피 '그 일'은 그 양반이나 나나 아는 내용이 똑같으니까."

"그렇죠. 아, 이분이 낮에 이야기한 사와자키 씨예요."

우리는 간단한 인사를 나누었다. 중국풍 실내복 상하의에 손톱에는 은빛 매니큐어, 손목에서 소리를 내는 팔찌 등의 모든 장식품이 자기 남편을 바깥양반이라고 부르는 초로의 단발머리 여성에게 딱 어울렸다.

"자, 들어오세요. 늘 어수선한 집이지만."

아키바 도모코와 나는 안으로 들어가 거실로 안내되었다. 말과는 달리 깔끔하게 정돈된 방이었다. 인테리어는 모두 세일하는 대형 가구점에서 금방 사 온 듯한 평범한 디자인의 가구로 통일되어 있었다. 골동품 가구들만 잔뜩 있는 방이었다고 해도 마음이 편치 않았을 테지만, 골동품은 비즈니스일 뿐이라고 이렇게까지 칼로 베듯 구분하는 것도 약간 흥이 깨는 느낌이었다.

우리는 거실 구석에 놓인 응접용 소파로 안내되어 앉았다. 바로 옆에 있는 커다란 유리창 너머로 우오즈미 유키가 떨어진 것과 같은 베란다가 있을 테지만 푸른빛이 도는 회색 커튼에 가려져 아무것도 보이지 않았다.

"맥주 괜찮겠어요?" 스가 부인이 주방 쪽에서 물었다. 아키바 도모코가 상관없다고 대답했다.

부인은 내온 맥주를 컵에 따르고 내 맞은편 소파에 앉았다. 운전을 해야 하니 나는 딱 한 잔만 하기로 했다. 부인이 커피나 주스를 내오겠다고 했지만 괜찮다고 사양했다. 방 어디에도 재떨이가 보이지 않았고, 아키바 도모코도 피울 기색이 보이지 않아 담배는 포기하기로 했다.

"그 아가씨의 자살에 대해 조사하는 탐정이라면서요?" 부인이 물었다.

"낮에 차를 마시다가 도모코한테 듣고 깜짝 놀랐어요. 그게 자살이 아닐지도 모른다고요?"

벌써 타살이라고 넘겨짚는 말투였다. 아직 아무런 증거도 없지만 일단 내버려두기로 했다. 굳이 상대방이 이야기하기 힘들어질 상황을 만들 필요는 없었다.

"그럴 가능성이 있는 것 같습니다." 내가 대답했다.

"그때는 틀림없는 자살로 처리되었을 거예요. 고교야구 선수인 동생이 승부조작 사건에 얽혀 있었고……. 그리고 도모코 씨의 증언을 들어봐도, 이건 물론 여자들끼리만 아는 비밀이지만, 하루 함께 지냈던 남자가 목격한 내용이었다는 충격적인 고백을 들었을 때도 그게 자살이 아닐 거라는 생각은 전혀 못 했죠."

아키바 도모코는 창피하게 여기는 기색도 없이 동의했다. 남자는 자기 비밀이 알려지면 수치심이 더욱 커지는데 여자는 그 순간부터 수치심이 줄어들기도 하는 모양이다.

"게다가 도모코 씨 말고 자살이라고 증언한 사람이 몇 명 더 있었잖아요?"

스가 부인은 나이에 어울리게 무척 신중했다. 상대가 기대하는 정보를 드러내기 전에 무대를 깔끔하게 정리할 작정이다.

나는 다른 두 목격자의 증언에도 의문점이 발견되어 우오즈미 유키의 죽음을 간단하게 자살로 단정하기는 어려워졌다는 사실을 간략하게 설명했다.

스가 부인은 고개를 끄덕였다. "……그렇다면 그 아가씨가 자살했다고 단정할 수 없겠군요."

"그렇겠죠." 아키바 도모코는 이야기가 오늘 밤 모임의 출발 지점에 이르기를 도저히 기다릴 수 없다는 투로 말했다. "그래서 낮에 아주머니가 했던 '그 이야기'가 어쩌면 아주 중요한 문제가 아닐까 하는 생각이 들었어요. 그래서 사와자키 씨에게 연락을 해서 들으러 오시게 했죠."

"정말로 그렇게 중요한 문제일까?" 스가 부인은 기분이 우쭐한 모양인지 코를 벌름거렸다. 그렇지만 무슨 진귀한 골동품이라도 찾아냈을 때처럼, 오히려 목소리를 낮추며 말했다.

"도모코 씨가 낮에 그 아가씨는 자살이 아니었을지도 모른다는 이야기를 꺼냈을 때 그 일이 머릿속에 퍼뜩 떠올랐어요. 십일 년이나 지났는데 마치 어제 일처럼."

스가 부인은 맥주잔을 들어 한 모금 마시더니 마치 맥주 기포 안에 그때의 기억이 있기라도 하다는듯 불빛에 비추었다. "그게 아마 그 아가씨가 뛰어내리기 이틀 전이었을 거예요. 나는 아래 주차장에서 차 조수석에 앉아 우리 바깥양반이 깜빡 잊고 나온 중요한 상품을 가지고 내려오기를 기다리고 있었죠. 아까 가게에서 출발하기 전에 옛날 장부를 뒤져봤더니 그 물건을 납품한 날짜가 그해 8월 22일로 적혀 있더군요."

"틀림없이 그 사고가 나기 이틀 전이네요." 내가 대꾸했다.

"역시. 하여간 내가 조수석에서 기다리는데 차 뒤쪽에서 그 죽은 아가씨 목소리가 들려왔어요. 내가 차에 있다는 걸 눈치채지 못한 모양이더군요. 그 아가씨는 무척 흥분한 목소리로 맡긴 아파트 여벌 열쇠를 돌려달라고 부탁하고 있었어요."

"이 아파트 603호 열쇠 말입니까?"

"그럴 거예요."

"상대방은 누구였죠?"

"오토바이를 탄 젊은이였죠."

"아는 사람입니까?"

스가 부인은 고개를 저으려다 멈추고 끄덕였다. 어떻게 대답해야
좋을지 망설이는 모양이었다.

"처음 보는 남자였습니까?" 다시 물었다.

"아뇨. 이 아파트에서 몇 차례 본 젊은이였어요. 그 사람이 오토바
이를 주차장에 허락도 받지 않고 주차하곤 해서 우리는 물론 다른 입
주자에게도 폐를 끼쳤죠."

"하지만 이 아파트 주민은 아니었다는 말씀인가요?"

"예. 관리인이 그 사람은 우리 아파트 입주자가 아니라고 했으니 틀
림없어요. 우리 바깥양반이 문제 제기를 했더니 관리인이 자기도 한
차례 주의를 줬는데 대답도 하지 않고 도망쳐버렸다고 했죠."

"그럼 죽은 우오즈미 유키라는 아가씨와 이야기 나누는 장면을 목
격하기 전에도 이 아파트에 드나들던 남자로군요."

"그렇죠."

"언제부터인지 압니까?"

"우리가 처음으로 그 오토바이 때문에 불편했던 게 5월 말이었을
거예요. 연휴 끝 무렵에 바깥양반과 둘이서 상하이와 홍콩, 한국으로
상품을 사들일 겸 여행을 갔다가 돌아와보니 우리 주차 공간 한복판

에 그 오토바이를 떡하니 세워뒀더라고요.”

“우오즈미 유키가 죽은 게 8월이니 두 달 이상 드나들었다는 말씀이네요.”

“그렇죠.”

“여벌 열쇠 이야기로 보아 그 오토바이 주인은 우오즈미 유키의 집에 드나들었다는 말이 되는군요.”

“그걸 잘 모르겠어요. 그때까지는 그 두 사람이 함께 있는 모습을 본 적이 없었고, 그 젊은이를 이 아파트 6층에서 본 적도 없었기 때문에 두 사람이 그런 이야기를 하는 광경을 봤을 때는 솔직히 좀 의외였어요. 그게, 그 아가씨 인상이 회사 기숙사나 마찬가지인 집에 그런 남자를 들일 사람으로 보이지 않았거든요…….”

“여벌 열쇠를 돌려달라는 그 아가씨에게 남자는 뭐라고 하던가요?”

“아무런 대꾸도 하지 않고 말없이 오토바이에 걸터앉아 있었을 뿐이에요. 그 아가씨는 곧 이 아파트에서 나가야 하니 열쇠를 돌려달라고 다시 말하더군요. 그때는 아직 그 아가씨 동생이 승부조작 사건으로 신문을 떠들썩하게 만든 고시엔 대회 출전 선수라는 사실은 몰랐거든요. 모처럼만에 인사도 나누고 지내던 아가씨인데 이 아파트에서 나가게 되어 섭섭하다는 생각을 한 기억이 나는군요. 그러고 있는데 두고 나온 물건을 가지고 바깥양반이 주차장으로 돌아왔어요. 두 사람은 누가 불쑥 나타나자 깜짝 놀란 모양이더군요. 오토바이 탄 젊은이는 얼른 시동을 걸더니 쏜살같이 주차장을 빠져나갔죠. 그 아가씨는 측은하게도 주차장에 버려진 꼴이었어요. 그때 우리 바깥양반이 ‘저 두 사람이 아는 사이였나?’ 하고 물었던 기억이 나니, 역시 그 이

전에는 둘을 연결할 만한 일이 없었던 거죠.”

“그 뒤에는?”

“아가씨가 죽은 뒤를 말하는 건가요?”

“예.”

“아마 그 남자나 오토바이를 다시 본 적이 없을 거예요.” 스가 부인은 맥주잔을 들여다보며 단호하게 덧붙였다. “그래요. 다시는 보지 못했어요.”

부인이 잔에 든 맥주를 마시자 아카바 도모코가 더 따라주고 나를 돌아보며 말했다. “저어, 아주머니 이야기를 들어보면 아무래도 그 오토바이 탄 남자가 사건과 관계가 없지는 않겠죠?”

나는 고개를 끄덕였다. 적어도 우오즈미 유키가 베란다에서 떨어진 시점에 603호 열쇠가 어디 있었는지 제대로 확인해야 할 필요가 있을지도 모른다.

“그 젊은이 인상이나 특징을 기억합니까?” 스가 부인에게 물었다.

“그게 말이에요, 제가 아까부터 오토바이를 탄 젊은이라거나, 그 남자라고 표현했잖아요? 그런데 우리 바깥양반이 어느 날 ‘저 녀석 진짜 남자인가? 여자 아냐?’ 하고 물은 적이 있어요. 저도 남자치고는 좀 선이 가늘다는 느낌이 들었거든요. 하지만 남자인지 여자인지 모르겠네요. 우리가 아파트 주차장이나 엘리베이터에서 그 사람을 우연히 마주친 건 모두 밤중이었고, 늘 헬멧을 쓰고 있었죠. 게다가 오토바이 타는 사람들이 흔히 입는 검은색 가죽옷을 입고 있었고. 그런 차림을 하고 있으면 괜스레 남자로 여기게 되죠. 하지만 남자라는 증거가 있느냐고 묻는다면 자신이 없네요.”

"그 사건은 8월에 일어났는데, 그 여름에도 가죽옷을 입었던가요?"

"아뇨. 날이 더워진 뒤로는 청바지에 청재킷을 입었어요. 상의는 소매를 잘라낸 느낌이었던가? 그런 차림을 했을 때도 남자인지 여자인지 확실하게 알 수 없었지만요."

"말하는 걸 들어본 적은 없나요?"

"없어요, 한 번도."

"헬멧을 썼다고 해도 얼굴을 볼 수 있지 않아요?"

"가까이서 얼굴을 본 적은 없는 것 같아요. 엘리베이터를 함께 탔을 때는 왠지 무서운 기분이 들어서 등지고 서 있었으니까요."

"머리카락은 헬멧 때문에 못 보셨겠군요."

"그랬죠."

"체격은?"

"여자라면 좀 큰 덩치고, 남자라면 좀 자그마한 편 아니었나? 그러니까 160에서 170센티미터 사이? 그리고 글래머 여성이었다거나 근육이나 골격이 다부진 남자였다면 남자인지 여자인지 모를 리가 없었을 테니까 틀림없이 보통 키에 날씬한 체형이었겠죠."

스가 부인으로부터 그 이상은 오토바이를 탄 인물의 특징을 알아낼 수 없었다.

아키바 도모코가 맥주 때문에 눈언저리가 빨갛게 물든 채로 말했다. "남자인지 여자인지도 모르다니, 그야말로 텔레비전 드라마 범인처럼 수상해지네."

스가 부인이 오토바이를 탄 젊은이라고 했을 때 내 머리에 제일 먼저 떠오른 것은 우오즈미 유키가 임신한 상태였다는 검시 결과였다.

그 젊은이가 여자였을지도 모른다는 이야기가 나왔을 때는 세 시간 쯤 전에 들은 '오쓰키 종가의 따님'이란 말이 머릿속에 떠올랐다. 하지만 오토바이를 타던 인물은 그 어느 쪽과도 아무런 관계가 없는 사람일지도 모른다. 제아무리 그 사람을 잘 안다고 해도 열아홉 살 아가씨의 교제 범위란 쉽게 한정 지을 수 없다.

질문 방향을 살짝 틀었다. "그 남자, 혹은 여자가 우오즈미 유키와 아는 사이라는 사실에 뜻밖이라는 느낌을 받았다고 하셨는데, 우오즈미 유키 말고 이 아파트에서 그 인물과 접촉이 있었던 걸로 보이는 주민은 없었나요?"

"그걸 모르겠어요. 다른 사람과 함께 있는 모습을 본 기억이 없네요."

"이 아파트 주민 가운데 오토바이를 타고 다니는 사람은 없습니까?"

"없어요. 여기가 입주 기준이 꽤 까다로워서 그런 사람은 받지 않고, 애당초 젊은 사람이 몇 안 돼요. 그 아가씨나 뤼미에르 화장품 판매 여직원들은 사택 입주자라서 예외지만."

"조금 전에 말씀하신 아파트 관리인은 그 인물에 대해 알지도 모르겠군요."

"글쎄요. 우리 다음에도 다른 입주자 자리에 오토바이를 멋대로 세우곤 해서 문제를 삼은 적은 있는 모양인데, 얼마 지나서는 주차장 끄트머리에 있는 쓰레기장 옆에 제대로 주차했다고 하니 그 뒤에 관리인과 이야기를 했을지도 모르죠."

손목시계를 확인했다. 이미 자정이 지난 시각이라 내일이라도 다시 들러 관리인을 만나보기로 했다.

호기심과 맥주의 취기 때문에 살짝 흥분한 듯한 두 여성에게 나는 우오즈미 유키의 동생이 누나의 죽음을 조사하려다가 어떤 봉변을 당했는지 이야기해주었다.

"그건 이 사건의 진상이 드러나게 되면 살인도 서슴지 않을 인물이 존재할 가능성이 있다는 뜻이죠. 그러니 앞으로 그 아가씨 죽음이 자살이 아니었을지도 모른다는 얘기를 다른 사람에게 퍼뜨리지 않도록 하세요. 그리고 오토바이를 타던 인물이 이번 사건과 관계가 있다면 그 위험한 인물의 소재가 이 아파트와 아주 가까울 수도 있을 테니까요."

두 여자의 얼큰하게 취한 얼굴에서 핏기가 싹 가셨다. 하지만 이 정도 위협으로 두 사람의 입을 완전히 봉쇄할 수 있을 거라는 생각은 하지 않았다.

나는 이야기를 들려주어 고맙다는 인사를 하고 스가 부부의 집을 나서기로 했다. 부인은 아키바 도모코를 붙들어두려고 했지만 그녀가 혼자 돌아가기 무섭다면서 내게 마중을 부탁해 일단 함께 아파트를 나왔다.

나는 아키바 도모코와 함께 팰리스 지유가오카의 엘리베이터 앞까지 가 스가 부인의 이야기를 듣고 바로 연락을 해주어 고맙다고 인사했다. 아키바 도모코는 엘리베이터가 내려오기를 기다리는 동안 담배에 불을 붙이는 내 옆얼굴을 물끄러미 바라보았다.

"그 다친 동생은 회복될까요?"

"지금으로서는 아무것도 알 수 없죠. 나는 의사가 아니니까."

"당신은 탐정이잖아요?"

나는 그녀가 무슨 이야기를 하고 싶은 건지 이해하지 못한 채로 고개를 끄덕였다.

“그 아가씨를 죽인 범인이 있다면 잡아주세요.”

아키바 도모코가 단호한 목소리로 그렇게 말하기에 다시 고개를 끄덕였다.

“그리고 그날 밤 내가 아파트에 데려온 남자의 목적이 그 아가씨가 뛰어내리는 모습을 보았다고 말하기 위해서였는지 어떤지도 밝혀줘요.”

십일 년 전 그날 밤, 자기에게 그 남자를 끌어당길 만한 매력이 있었는지 어떤지, 그걸 확인하지 않고는 견디지 못하겠다는 여자의 마음에 두려움을 느끼며 나는 세번째로 고개를 끄덕였다.

아키바 도모코는 잘 가라는 인사를 남기고 내 담배연기와 함께 엘리베이터 안으로 빨려들어갔다.

34

간파치 거리를 북쪽으로 달려 오기쿠보로 향했다. 가와미나미 교차로에서 우회전 신호를 받아 오타구로 파크사이드힐 앞에 도착했을 때는 1시가 되기 직전이었다. 1층 후지사키 스포츠용품점은 셔터가 내려져 있었다. 2층에 있는 스낵바 더그아웃도 간판 불빛은 이미 꺼졌지만 전에 왔을 때 내려져 있던 셔터는 가슴 높이까지 반쯤 열려 있었다.

블루버드를 길에 세우고 건물 왼쪽에 있는 2층으로 통하는 바깥계단을 올라갔다. 더그아웃 앞까지 가서 셔터 안쪽의 장식이 된 흰색

문을 몇 차례 두드렸다. 더그아웃이라는 명판 아래 '시합중에는 선수, 스태프, 관계자, 무좀 외에 출입금지'라는 글이 붙어 있었다. 단순한 농담 같기도 하고 단골이 아닌 가게 사정을 잘 모르는 손님을 은근히 거절하는 것 같기도 했다.

문이 몇 센티미터 열리더니 누구냐고 묻는 남자 목소리가 들렸다. 후지사키 감독 같았다. 후지사키 부인을 만나 이야기를 들어볼 요량으로 찾아왔는데 기대가 어긋났다.

"사와자키입니다." 내가 대꾸했다.

"아, 조금 전에 가게 문을 닫았습니다. 아까 병원에서 돌아왔거든요. 들어오시죠."

문이 활짝 열렸다. 후지사키가 머리를 조심하라고 말했다. 허리를 구부리고 셔터 아래를 지나 가게로 들어갔다. 후지사키는 병원에서 처음 만났을 때와 같은 점퍼 차림이었다. 가게 안은 조명을 줄여두었는지 어두컴컴해 눈이 익숙해지기까지 시간이 좀 걸렸다.

열 평이 채 안 되는 공간에 왼쪽이 카운터석, 오른쪽이 박스석으로 되어 있는 평범한 스낵바였다. 유별난 점은 가게 여기저기에 야구 관련 용품과 사진이 장식 삼아 전시된 모습이었다. 그렇다고는 해도 특정 프로야구 팀을 열광적으로 응원하는 팀 컬러 일색인 가게와 달리 OB들이 야구부에서 보낸 고교시절을 그리워하며 향수에 젖을 법한 분위기였다. 특히 박스석 벽면을 가득 채운 미타카 상고 야구부의 연도별 선수 단체사진을 보면 나처럼 관계없는 사람은 실수로 야구부 방에 잘못 들어온 기분이 들 것이다.

"카운터에 앉으시죠." 후지사키가 말했다. "이쪽이 집사람인 노리코입니다."

카운터 안에서 설거지를 하던 여성이 손길을 멈추고 이쪽을 바라보았다. 이런 시간에 대체 누가 찾아온 걸까, 하는 수상쩍다는 표정이었다. 내가 누군지 알면 전화 이상으로 혐오감을 드러낼 게 틀림없다. 우오즈미 유키와 동갑인 소꿉친구라고 하니 서른 살이리라. 가게 조명 아래서는 조금 더 젊게 보이지만 밖에서 짙은 화장을 지우고 보면 서른대여섯 살로 보일지도 모른다. 올린 머리에 어울리는 와인색 실크 블라우스가 앞치마에 반쯤 가려진 상태였다. 전형적인 스낵바 마담 느낌이라 우오즈미 아키라의 아버지가 이야기하던 부잣집 딸의 모습은 이미 찾아볼 수 없었다.

"신조 씨 부인과는 병원에서 만났다면서요?" 후지사키는 손을 빙글 돌려 내 주의를 박스석 쪽으로 이끌었다.

우오즈미 유키의 고모 즉 유키의 어머니인 도시에의 전남편 여동생이라는 신조 게이코가 쉰 살쯤 된 남자와 함께 제일 안쪽 박스석에 앉아 있었다. 오늘은 전통의상 차림이 아니라 거무스름한 스웨터 위에 베이지색 재킷을 걸친 모습이었다. 테이블에는 맥주잔 두 개가 놓여 있었다.

"부군과 함께 오셨습니다." 후지사키가 소개했다. "이쪽은 우오즈미가 여러모로 신세를 지고 있는 사와자키 씨입니다."

우리는 인사를 나누었다. 신조 게이코는 친밀감이 느껴지는 미소를 살짝 지었고, 남편은 형식적인 미소만 지었다.

"화제의 인물이 드디어 등장했네." 후지사키 노리코가 가시 돋친 목소리로 말했다.

“전화 통화할 때 상상했던 모습 그대로야. 탐정이란 직업은 죽은 사람 이름을 사칭하는 몰상식한 전화를 걸거나, 몰상식한 시간에 남을 찾아오지 않으면 할 수 없는 비즈니스인가?”

“노리코, 그만두지 못하겠어?” 후지사키가 낮지만 힘찬 목소리로 꾸짖었다. 하지만 보아하니 두 사람은 그런 대화 방식이 익숙한지 흥분한 기색을 보이지 않았다.

후지사키는 내 쪽을 돌아보더니 자기 아내가 내뱉은 말이 내게 닿기 전에 앞지르려는 듯 빠른 말투로 이야기했다. “병원 담당의사 말이, 우오즈미는 의식이 돌아와 이제 생명에 지장은 없으니, 앞으로는 충분한 휴식을 취하면서 혼란스러운 의식이 정상으로 돌아오기를 천천히 기다리면 된다더군요. 그래서 내내 붙어 계시던 아버님을 쉬게 해드리라기에 아까 신조 씨 차에 태워 집까지 모셔다드리고 왔습니다.”

후지사키는 술잔이 놓인 카운터 자기 자리에 앉더니 말을 이었다. “연락이 되지 않던 우오즈미 아버님 집 전화는 그 뒤에 바로 요금을 냈기 때문에 급한 경우에는 언제든 연락할 수 있게 되었습니다.”

나는 고개를 끄덕였다. “우오즈미는 면회했습니까?”

“아뇨. 아버님만 아주 잠깐 얼굴을 보셨을 뿐이죠.”

“상태는 어떻답니까?”

“머리에 붕대를 감아놓은 데다 얼굴 전체가 부어오른 상태라 마치 다른 사람 같다고…… 아직 말을 할 수 없어서 그러는지 내내 자기 아버지 쪽을 바라보고 있었다더군요.”

“아버님은 사건이 일어난 날 밤 이후로 뵌 적이 없는데 괜찮은가요?”

“괜찮습니다만 의사가 역시 나이가 있으니 무리하지 않도록 하라더군요. 우오즈미가 좋아지는 상태라서 그렇겠지만 본인은 전혀 피곤하지 않다고 합니다. 병원에 온 뒤로 술을 한 방울도 입에 대지 않아 오히려 몸이 좋아졌다고 농담하실 정도니까요."

"남자들은 정말 한심하다니까." 후지사키 노리코가 옆에서 끼어들었다.

"방금 술을 끊어서 건강해졌다고 했다가 돌아서면 술을 마신 덕분에 건강해졌다고 하지. 건강에도 일일이 이유가 있으니, 남자들은 여자들처럼 살라고 하면 하루도 못 살 거야. 안 그래요, 게이코 씨?"

"……그렇죠." 신조 게이코는 순순히 동의했다.

"그만해." 후지사키가 자기 아내에게 말했다. "설거지 얼른 마치고 사와자키 씨에게 뭐 마실 것 좀 만들어드려."

"어머, 이 탐정 나리를 손님으로 모시라는 거예요?"

"아니, 당신 정말!" 후지사키가 언성을 높이며 카운터 의자에서 벌떡 일어섰다.

"잠깐만요." 내가 후지사키를 말렸다.

"저는 손님으로 여기 온 게 아니니 신경 쓰지 마세요."

"그럴 수야 없죠." 후지사키는 아내 쪽을 돌아보고 말했다.

"사와자키 씨는 우오즈미에게 생명의 은인이나 마찬가지인 분이야."

"그러셔? 비싼 돈 받고 신변 하나 안전하게 지켜주지 못하는 게 무슨 탐정이야?"

"그게 아니라고 했잖아. 우오즈미가 사와자키 씨를 고용한 건 습격을 당한 다음이라니까."

"아닙니다. 의뢰인의 생명을 구한 건 내가 아니에요. 그리고 우오즈미가 습격당한 일에 대한 책임은 제게도 얼마간 있을지 모릅니다.”

나는 노리코에게 말했다. “비난받아도 어쩔 수 없는 일이지만 오늘은 두세 가지 묻고 싶은 게 있어서 찾아왔습니다.”

노리코는 닦던 잔을 개수대에 거칠게 내려놓았다. “내가 왜 당신 일을 도와야 하는 건지 모르겠군요.”

“부인이 나에 대해 별로 좋은 인상을 갖고 있지 않다는 건 충분히 압니다. 나를 우오즈미가 고용한 것도 내키지 않을 테고요. 하지만 우오즈미가 그런 사고를 당한 것은 명백한 사실이니 그 원인을 찾는 일에 협력해주실 수는 없겠습니까?”

“그렇지만 경찰은 이번 일을 신주쿠에서 늘 일어나는 폭행 사고로 보고 있지 않나?” 노리코는 앞치마에 손을 닦으며 말했다.

부드럽게 이야기해서는 결판이 나지 않을 것 같아 나는 방법을 바꾸기로 했다. “우오즈미의 누나가 자살했을 때도 경찰이 그런 식으로 결론을 냈으니 그대로 믿은 겁니까? 아니면 친한 친구였던 당신은 우오즈미의 누나가 자살해도 이상할 게 없는 아가씨라고 생각했던 겁니까?”

“뭐라고요?” 노리코의 얼굴이 분노로 일그러졌다.

“저는 유키가 자살 따위와는 상관없이 누구보다 밝고 야무진 아이였다는 걸 잘 알아요. 그런 유키지만 동생이 승부조작에 얽히기도 했고, 회사에 계속 다니기 힘든 상황이었죠. 또 그 무렵 우리 또래 여자애가 안고 있던 이런저런 고민들을 생각하면……..”

“예를 들자면 임신 같은 것 말입니까?”

“헉! 아니, 그런 것까지 조사했어요?”

"아키라 누나가 임신을 했었나?" 후지사키는 처음 듣는 이야기인지 깜짝 놀란 표정을 지었다.

신조 게이코의 남편도 마찬가지로 놀랐다. "어떻게 그런 걸 알아냈죠?"

"경찰 검시 소견입니다." 내가 대꾸했다.

여성들만 알고 있었던 모양이다.

"당신도 알았나?" 후지사키가 아내에게 물었다.

"예, 유키가 죽은 지 여러 해 지난 뒤였지만 게이코 씨가 살짝 일러 주었죠. 여기저기 퍼뜨릴 일은 아니라서 당신에게도 얘기하지 않았어요. 이미 지난 일이고……."

"저는 일주기 때 유키 아버지한테 들었어요." 신조 게이코가 자기 남편에게 말했다.

"노리코와 마찬가지 심정으로 피붙이의 그런 일을 남자에게 이야기하고 싶지는 않았기 때문에."

'유키의 명예를 위해서'였다면서 후지사키 노리코는 싸늘한 시선으로 나를 바라보았다.

"이런 사람들이 하는 일이란 결국 남의 비밀이나 캐내며 돈을 버는 것일 뿐이지."

내 직업에 대한 노리코의 의견은 무시하고 대꾸했다. "대체 누가 유키의 임신이 불명예라고 합니까? 당신들은 우오즈미 유키가 불명예스러운 임신을 했고, 동생도 불명예스러운 의혹을 받게 되자 불명예스러운 자살을 했다고 단정하고 있군요. 대체 어디에 그런 증거가 있죠? 사실 유키는 누구에게도 부끄러울 일이 없는 임신을 했고, 동생

사건도 창피하게 여길 내용이 아무것도 없으며 —실제로 승부조작 의혹은 다 풀렸고요— 나아가 그 죽음은 자살이 아닐지도 모른다. 이런 식으로 생각하는 건 아마 내 의뢰인뿐일 겁니다. 만약 그렇다면 유키는 죽은 뒤에도 모욕을 당하는 꼴 아닙니까? 그것도 가장 가까운 사람들로부터."

두 쌍의 부부는 서로 마주 보며 한동안 말이 없었다.

이윽고 후지사키 노리코가 입을 열었다.

"부끄러울 게 없는 임신이라면 왜 친구인 내게 이야기하지 않는 거죠?"

"부끄러울 게 없어도 유키 스스로는 불명예라고 느꼈을지 모르죠. 결혼도 하지 않은 아가씨였으니 그럴 수도 있을 겁니다."

"결국 그런 셈이죠. 무엇보다 부끄럽지 않은 임신이었다면 왜 상대 남자가 나타나지 않죠?"

"그 남자는 아무것도 모를지 모르죠. 그런 일은 남자에게 이야기하기 좀 꺼려진다고 하지 않습니까?"

"어떻게 그럴 수 있죠? 정말로 좋아하는 사람의 아기를 가졌다면 누구에게도 부끄러워할 필요가 없고, 하루도 잠자코 있지 못할 거예요."

"그런가요?" 내가 말했다. 나는 후지사키 노리코로부터 시선을 거두고 다른 세 사람을 차례로 바라보았다. 다들 피로에 절은 얼굴이었다. 나는 말투를 부드럽게 바꾸어 말했다.

"저는 우오즈미 유키의 죽음을 애도하는 여러분의 마음에 문제가 있다고 트집을 잡으러 온 게 아닙니다. 그때 상황에서는 당신들처럼 반응하는 게 오히려 당연하고, 의뢰인의 반응이 더 부자연스러운 걸

지도 모르죠. 하지만 십일 년이라는 오랜 세월이 흐른 지금까지 우오즈미가 그렇게 믿으며 살고 있다는 사실은 그리 간단하게 무시할 일은 아닙니다. 당신들 또한 적어도 한 번은 그게 자살이 아니었을지 모른다고 생각했을 겁니다."

"물론 그랬죠." 후지사키 노리코가 사람들의 마음을 대변하듯 말했다.

"그렇다면 그렇게 생각하며 십일 년을 살아온 의뢰인을 조금이나마 도와주고 싶은 마음이 들지 않습니까?"

"하지만 아키라는 자기 때문에 유키가 죽었을지도 모른다는 생각에, 그 양심의 가책 때문에……."

"우오즈미 아키라를 그 정도밖에 안 되는 남자로 잘못 보고 있다면 누나인 우오즈미 유키에 대한 마음도 뻔히 보이는군요."

"뭐요? 멋대로 지껄이지 말아요. 우리가 서로 얼마나 믿는 사이였는지 알지도 못하면서!"

후지사키가 자기 아내에게 뭔가 말하려고 했지만 나는 그의 팔을 잡아 제지하며 말했다. "서로 믿는 사이인데 유키가 당신과 한마디 의논도 하지 않고 그 건물 6층에서 뛰어내렸다고요?"

"그만! 그런 이야기를 들으면 내가 얼마나 괴로운지……."

"괴로워하면서도 당신은 의뢰인과 달리 친구를 위해 아무 일도 하지 않고 오히려 의뢰인을 방해했을 뿐이죠."

"그야 아키라나 내가 어떻게든 해보겠다고 마음먹어봐야, 십일 년 전 일을 어떻게 조사할 수 있다는 거죠?"

"우오즈미나 당신은 불가능해도 저는 그 사건의 진상을 은폐하고 있는 무엇인가를 찾아낼 수 있을지도 모릅니다."

"흥. 분명히 가능하겠죠. 비싼 돈을 받았으니. 잘해보세요. 하지만 그래봤자 죽은 유키는 돌아오지 않아요."

"그런 진부한 대사는 어디서 배웠습니까? 분명히 죽은 사람은 다시 돌아오지 못할 겁니다. 하지만 그건 죽는다는 것이 어떤 건지 아는 사람이나 할 말이죠. 당신은 죽음이 어떤 건지 모릅니다."

"그럼 당신은 안다는 거예요? 사람이 죽는다는 게 어떤 건지?"

"한 가지 확실한 게 있습니다. 사람은 죽으면 살아남은 사람의 추억 속에서 살아갈 수밖에 없습니다. 친한 친구나 가족, 혹은 다른 누군가가 저 녀석은 자살했을 거야, 라고 멋대로 납득하고 말면 도저히 어쩔 도리가 없어지죠."

후지사키 노리코는 입술을 꼭 깨물고 내 얼굴을 뚫어지게 쏘아보았다. 나는 그때 믿을 만한 협력자를 잃고 있다는 사실을 깨달았다.

35

연출이 길을 잘못 든 싸구려 연극무대처럼 등장인물들은 일제히 움직임을 멈추고 바로 앞에 놓인 소도구에 도움을 청했다. 후지사키는 카운터에 놓인 술잔에, 신조 부부는 테이블 위에 있는 맥주잔에, 그리고 후지사키 노리코는 개수대 안에 있는 진에. 내 앞에는 아무것도 없었다.

이 가게를 찾아온 것이 경솔한 짓이었다는 후회가 들기 시작했다. 후지사키 노리코 같은 여자를 만나려면 더 세심하게 주의를 기울여야 했다. 이런 타입은 상황에 따라 그때그때 자신의 모습을 연기하는 '여배우'가 되어버리기 때문이다. 그걸 피할 상황을 마련하지 못한 내 실수다. 적어도 관객이 없는 곳에서 만나는 정도로는 머리를 써야 했다. 하지만 일단 시작된 이 빤한 연극에서 평화를 어지럽히는 악역을 맡은 나로서는 막을 내릴 수도 없으니 마지막까지 지켜보는 수밖에 없을 듯했다.

"노리코 씨, 심정은 잘 알아요." 박스석에 앉은 신조 게이코가 침묵을 깼다. "유키가 그렇게 죽었을 때 충격받은 건 나도 마찬가지였으니까요……."

신조 게이코가 시선을 내 쪽으로 옮겼다. "사와자키 씨, 당신과 아키라 같은 남자들은 이해할 수 없을지 모르지만 여자에게는 가까운 사람이 죽었을 때 그게 어떤 죽음이건 간에 그 슬픔을 견뎌내고, 그것을 받아들이는 일이 먼저예요. 오랜 세월이 지나 겨우 유키의 죽음을 받아들이게 되었는데 아키라가 그 사건을 다시 들추기 시작했으니 설사 그게 올바른 일이었다고 하더라도 쉽게 동조할 수 없는 거죠. 노리코 씨도 틀림없이 이런 심정일 겁니다."

"여자들만 그런 건 아닙니다." 신조 게이코의 남편이 처음으로 내 얼굴을 똑바로 바라보며 말했다. "저나 후지사키 씨도 사실은 마찬가지 심정이죠."

그는 나이에 비해 좀 더 젊은 사람들이 입을 법한 녹색 계열의 체크무늬 점퍼 주머니에서 담배를 꺼내 티타늄으로 마감한 파란색 지포 라이터로 불을 붙였다. '세븐스타'거나 그 비슷한 담배였지 '바클레이'는 아니었다.

그는 담배연기를 내뿜고 절실함이 묻어나는 목소리로 이야기하기 시작했다. "우리 부부는 애가 없고, 제가 형제도 없어서 조카가 없었습니다. 제게도 유키나 아키라가 가장 가까운 아이들이었죠. 그래서 유키가 죽었을 때는 정말 괴로웠습니다…… 저는 아키라가 원하는 것이라면 내 자식에게 해주듯 무엇이든 돕고 싶은 심정입니다. 그렇지만 우리가 어떻게 생각하건 유키의 자살에는 여러 목격자의 증언이 있고……."

"목격자는 세 사람입니다." 내가 말했다.

"그런가요? 하지만 한 명이라고 하더라도 유키가 자살하는 장면을 목격한 사람이 있다면 우리로서는 어찌 해볼 도리가 없는 거 아닙니까? 무엇보다 그 일이 있은 지 십일 년이나 지났어요. 그 사람들이 어디 사는지도 모르잖습니까?"

"그 목격자들을 막 만나고 왔습니다."

네 사람의 시선이 내게 쏠렸다. 긴 시간을 낭비한 끝에 드디어 이 가게를 찾아온 목적의 '들머리'에 도달한 듯했다.

"첫 증인은 여성이었죠. 그 여자는 우오즈미 유키가 뛰어내리는 모습을 자기 눈으로 직접 목격한 게 아니었습니다. 그날 밤 자기 집에 데려왔던 낯선 남자가 본 장면을 전해 듣고 증언했을 뿐이었죠. 게다가 그 남자는 어디 사는 누군지도 모르는 사람이었다고 하고요."

후지사키 부부와 신조 부부의 얼굴에 증인이 수상하지 않느냐는 표정이 떠오르는 것을 확인하고 나는 말을 이었다.

"두번째 증인은 이미 사망했습니다. 그 사람은 증언한 직후에 회사를 그만두고 가족까지 버린 채 증발했죠. 회사를 그만둔 까닭은 어디선가 큰돈이 들어왔기 때문이라는 소문도 있었고요. 하지만 그 사람은 이미 죽었기 때문에 목격 증언이 진짜인지 가짜인지 이젠 확인할 방법이 없습니다."

네 사람 가운데 후지사키 노리코의 반응이 가장 빠르고 컸다. 익숙하지 않은 것을 배척하려는 경향도 강하지만 일단 자기 마음속에 의심이 일면 그게 퍼지는 속도도 빨랐다. 성격 탓도 있겠지만 틀림없이 여기 있는 사람들 가운데 가장 젊기 때문이리라.

"마지막 증인은 애당초 우오즈미 유키가 뛰어내린 것이 자살인지 아닌지 제대로 확인할 수는 없는 위치에 있었습니다. 그런데 수상한 두 인물이 나타나 자살이라고 증언하면 큰돈을 주겠다고 했죠. 증인은 그 제안을 받아들였는데, 자기 딴에는 자살이라고 믿고 있으니 위증한 건 아닌 셈입니다. 하지만 사실은 그에게 그 판단을 할 자격이 없었죠. 지금은 그 사람도 자살과 그 두 인물에 대해 강한 의혹을 품고 있어요."

"그 둘은 대체 누구죠?" 후지사키 노리코가 물었다.

"아직 모릅니다."

나는 두 인물이 돈과 거짓으로 교묘하게 조종해 자살이라는 증언을 하게 만든 경위를 간략하게 이야기했다.

"형편없는 증인이네." 후지사키 노리코가 경멸하는 투로 내뱉었다.

"그 사람뿐만 아니라 첫번째 여성도, 그리고 다른 증인도 마찬가지예요."

"그렇다면 이제는 그게 자살이었다고 증언할 수 있는 사람이 한 명도 없는 셈이로군요." 신조 게이코의 남편이 내가 하려던 말을 했다.

나는 고개를 끄덕이고 윗옷 주머니에서 담배를 꺼냈다. 후지사키가 거의 무의식적으로 카운터 구석에 쌓아두었던 재떨이를 꺼내 내 앞에 놓았다. 야구장의 홈베이스 모양을 한 흰 도자기 재떨이였다.

"그렇지만……." 후지사키는 말하기 난처한 듯이 머뭇거렸다. "자살이라는 증거가 없어진 것은 확실하지만 그렇다고 자살이 아니라는 뚜렷한 증거가 나온 건 아니로군요."

"그렇습니다." 내가 대꾸했다. "그런 증거가 있다면 이런 시간에 여러분께 폐를 끼칠 필요도 없고 경찰이 이미 재수사를 개시했겠죠."

나는 담배에 불을 붙이고 나서 말을 이었다. "아키라군의 의뢰에 대한 내 조사는 겨우 출발점에 섰을 뿐입니다. 지금까지 해온 조사를 통해 알게 된 몇 가지 사실에 대해 후지사키 부인에게 좀 묻고 싶은 게 생겨서 찾아왔는데 다른 분들도 함께 들어주시죠."

후지사키 노리코는 카운터 안에서 입구 쪽으로 가더니 계산대와 카운터 사이의 칸막이가 있는 곳에서 앞치마를 벗으며 나왔다. 그리고 남편과 가까운 쪽에 있는 박스석에 걸터앉았다.

내 자리에서는 네 사람이 거의 한눈에 들어왔다.

"이건 유키 씨가 살던 아파트 주민 가운데 한 명으로부터 얻은 정보입니다. 그 사건이 일어나기 두 달 전부터 그 아파트에 드나드는 오토바이를 탄 젊은이가 있었다고 하는데……."

나는 여기까지 말하고 잠깐 뜸을 들이며 네 사람의 반응을 기다렸다. 아무도 짚이는 구석이 없는 모양이었다.

"유키 씨가 죽기 이틀 전에 그 젊은이에게 아파트 여벌 열쇠를 돌려달라고 사정하는 모습을 아파트 주민이 목격했습니다. 그럴 만한 젊은이는 없었습니까?"

네 사람의 표정은 역시 부정적이었다.

"그 열쇠를 돌려받았나요?" 신조 게이코가 물었다.

"아뇨. 그 자리에서는 돌려받는 모습을 목격하지 못했다고 합니다."

신조 게이코의 남편이 아내의 뒤를 이어 질문했다. "그러면 사건이 났던 날 밤에 그 집에 드나든 인물이 있었을지도 모른다는 거로군요."

나는 재떨이에 담뱃재를 떨고 다시 후지사키 노리코에게 물었다. "짚이는 사람이 없습니까?"

노리코는 고개를 저었다. 유키한테서 "남자친구가 생겼다는 이야기는 한 번도 듣지 못했기 때문에 도무지 믿을 수가 없네요. 아까 이야기한 임신 문제도 그렇지만 유키가 아파트 열쇠를 그런 남자에게 맡겼다니⋯⋯."

"나는 '젊은이'라고 했습니다. 그 사람이 오토바이를 타고 다녔기 때문에 오토바이 운전자들이 흔히 입는 가죽옷이나 청바지 차림을 보고 젊은이라고 한 것이지, 반드시 젊은 남자라고 단정할 수는 없습니다."

그래도 후지사키 노리코는 고개를 저었다. "짚이는 구석이 없네요."

"세상을 떠난 하자마 스포츠 플라자의 가와시마 히로타카 씨는 오토바이를 타지 않았습니까?"

후지사키 노리코는 살짝 쓴웃음을 지으며 대답했다. "아, 그 무렵에 대한 소문을 누군가로부터 들은 거죠? 두 사람이 '사이가 좋았다'는. 하지만 그건 오해예요. 저하고 남편은 언젠가는 결혼할 생각으로 사귀었고, 유키는 저하고 늘 함께 다녔죠. 가와시마 씨도 남편과 늘 함께 다녔기 때문에 결과적으로 둘이 한 쌍으로 보이기는 했지만 전혀 그런 사이가 아니었어요. 적어도 유키는 그랬죠. 그러니 유키가 아파트 열쇠를 가와시마 씨에게 맡기는 일을 절대로 없었을 겁니다. 그리고 당신도 가와시마 씨가 오토바이를 타는 모습은 본 적 없죠?"

후지사키 노리코는 자기 남편에게 물었다.

"그렇지." 후지사키가 대답했다. "가와시마와는 중학교 때부터 삼십 년 가까이 사귀었지만 그 친구가 오토바이를 타는 모습은 한 번도 본 적이 없습니다. 적어도 가와시마는 확실히 오토바이 같은 건 가지고 있지 않았습니다."

나는 신조 부부 쪽으로 시선을 옮겼다.

"우리도 그럴 만한 사람이 짐작이 가지 않네요." 신조 게이코가 말했다.

그러자 남편이 중얼거리듯 말했다. "그 남자가 애 아버지라는 이야기가 되나?"

신조 게이코가 맞장구치듯이 이어받았다. "그 사람이 유키 묘에 매년 꽃을 바치는 걸까?"

후지사키 노리코가 말했다. "그 꽃 이야기를 아키라한테 들었을 때는 유키에게도 그렇게 그리워해주는 사람이 한 명은 있구나 하는 생각을 했는데…… 그런 로맨틱한 경우가 아닐지도 모르는 거네."

"어쩌면 그 남자가 유키의 죽음을 책임져야 할 '장본인'일지도 모를 일이지." 신조 게이코의 남편이 나를 돌아보며 물었다. "그렇지 않습니까?"

"아직 모르겠습니다." 내가 대답했다. "게다가 아파트 주민의 증언에 따르면 오토바이를 타던 사람이 여성일지도 모르겠다는 증언도 있었죠."

네 사람은 이야기의 방향이 180도 바뀌자 깜짝 놀랐다.

"오토바이를 타던 사람이 목격된 범위 안에서 늘 헬멧을 쓰고 있었고 목격자들 앞에서는 거의 말을 하지 않았기 때문에 남자다 여자다 확정할 수 없습니다. 당시 유키 씨와 친했던 여성 가운데는 짚이는 사람이 없습니까?"

네 사람의 얼굴을 보니 이번에도 짚이는 구석이 없는 모양이었다.

"저는 '이래 봬도' 오토바이 운전을 못 해요. 게이코 씨는 자전거도 무리 아닌가요? 만약 우리를 의심하고 있다면 참고하세요."

후지사키 노리코의 말투에서 아까 같은 가시는 느껴지지 않았다.

신조 게이코가 미소를 지으며 말했다. "자전거는 탈 수 있지만 오토바이는 못 타죠."

나는 담배를 재떨이에 끄고 말했다. "이건 의뢰인인 우오즈미 씨가 한 이야기인데, 유키 씨가 죽기 얼마 전에 본인에게서 또래 여성과 친구가 되었다는 말을 들었다고 합니다. 이름은 듣지 못했는데 자기들과는 전혀 다른 세계에서 자랐다고 했다더군요. 기억에 노를 하는 종가의 따님인 모양이라고 들었다고 했습니다. 그런 여성도 짚이는 사람이 없나요?"

"노라고요? 그 전통공연 노 말입니까?"

"그렇습니다."

"그 아가씨가 혹시 오토바이를 타는 여성인 건가요?" 후지사키가 물었다.

"그럴지도 모르고, 다른 여성일지도 모릅니다."

"생각나는 게 있는데요." 후지사키 노리코가 두 손으로 자기 이마를 감싸듯이 만지며 말했다.

"언제 어디였는지는 확실하게 기억하지는 못하지만 저하고 유키가 무슨 통로 같은 곳을 함께 걸을 때였는데…… 그래요, 우리와 비슷한 나이의 여자가 그 통로 펜스에 기대어 물끄러미 우리를 바라보고 있었어요."

후지사키 노리코는 두 손 사이로 얼굴을 내밀고 기억을 떠올리려는 듯이 눈을 가늘게 뜬 채로 허공을 바라보았다. 하지만 도망치는 기억을 붙잡으려고 바로 다시 두 손에 이마를 파묻었다.

"아뇨, 우리라기보다는 유키를 보고 있었어요. 저하고 유키는 그 여자 옆을 지나서 계속 걸어갔는데, 갑자기 유키가 '잠깐만' 하더니 그 여자에게 달려갔었죠. 그리고 두세 마디 이야기를 나누고 바로 내 쪽으로 돌아왔어요."

후지사키 노리코는 다시 얼굴을 들고 말을 이었다. "제가 누구냐고 물었더니 유키는 아무도 아니라고만 했어요. 그리고 아주 기분 나빠했죠. 그래서 저도 기분이 상했는데 마음이 풀려 이야기를 나누게 되기까지 꽤 시간이 걸렸을 거예요. 어디였는지는 생각나지 않지만 그 사건이 일어나기 오래 전은 아니었을 거예요. 어린애 같은 이야기지만 겨우 열아홉 살이었으니까요. 그 당시에 우리는 서로에게 남자친구가 생기는 것은 전혀 신경 쓰지 않았죠. 오히려 대환영이었어요. 하지만 자기보다 더 친한 여자 친구를 만드는 건 절대로 용서할 수 없다고 생각했죠. 한동안 그 여자가 마음에 걸려 견디기 힘들었던 기억도 나네요."

"그 여자 얼굴 기억합니까?"

"아주 예쁜 애였죠. 제가 멋대로 만들어낸 인상이라면 남아 있는데…… 안타깝게도 실제 얼굴은 전혀 기억이 나지 않아요."

"옷차림은?"

"……모르겠네요. 뭔가 청바지에 청재킷을 입고 있었던 것 같기도 한데, 이런 기억도 조금 전에 오토바이 이야기를 들었기 때문에 연상되는 듯한 느낌이라서 자신이 없네요. 더 차분하게 생각해보면 뭔가 기억이 떠오를지도 모르겠지만."

"그때는 연락을 주십시오." 내가 부탁했다.

그 뒤로 한동안 잡담에 가까운 대화가 오갔다. 더그아웃을 방문한 내 소기의 목적은 이미 이루었다. 후지사키가 자기 아내에게 내게 줄 마실 것을 만들라고 재촉하는 것을 보고 나는 그만 일어나기로 했다.

새벽 2시가 조금 지난 시각이었다. 신조 부부도 나와 함께 가게를 나오기로 했다.

가게 밖까지 배웅하러 나온 후지사키가 내게 말했다. "아내가 심한 소리를 했는데 부디 기분 상하지 않으셨으면 좋겠습니다."

"그럴 일 없습니다. 당신은 아내의 겉모습에 숨겨진 속마음을 깨닫는데 얼마나 걸렸습니까?"

"예? 아, 뭐 좀……." 후지사키는 멋쩍은 듯이 웃었다. 나는 잘 자라고 인사하고 신조 부부 뒤를 따랐다.

뒷골목 주차장에 차를 세워둔 신조 부부와 건물 앞에서 헤어져 길 건너편에 세워둔 블루버드에 올라탔다. 두세 차례 시동이 걸리지 않아 애를 먹고 있는데 신조 게이코의 남편이 운전석 창을 두드렸다. 아내는 조금 앞쪽 보도에서 이쪽을 바라보며 자기 남편을 기다리고 있었다. 나는 뻑뻑한 창을 끙끙거리며 내렸다.

그는 명함집에서 꺼낸 명함을 내게 내밀었다. 이런 늦은 시간에 새삼 인사할 필요까지는 없을 텐데, 하는 생각이 들었는데 그가 뜻밖의 말을 꺼냈다.

"다른 사람들이 없는 곳에서 꼭 하고 싶은 이야기가 있습니다. 내일 제가 연락을 드리죠."

나도 명함을 건네자 그는 서둘러 자기 아내 쪽으로 달려갔다.

36

우오즈미 유키가 살던 오쿠자와 TK맨션 관리인을 만난 것은 다음 날인 토요일 오후가 다 돼서였다. 오전에 가보니 1층 엘리베이터 앞 관리사무소에는 아무도 없었다. 나는 앤티크 스가의 스가 부인이 알려준 관리인 부부의 살림집인 2층 200호로 걸음을 옮겼다. 바람기 있어 보이는 관리인의 아내는 남편이 TK부동산 그룹에서 보내준 여행 때문에 이즈의 시모다에 갔고, 12시쯤 집에 도착할 예정이라고 알려주었다. 자기는 감기 때문에 가지 못했다며 아쉬운 표정을 지었다. 사건 무렵의 이야기를 물어보려고 했지만 관리인과 사 년 전에 재혼했기 때문에 우오즈미 유키의 자살에 대해서는 아무것도 몰랐다. 나는 지유가오카 역 근처 카페에서 시간을 때우다가 12시 반에 다시 TK맨션으로 돌아왔다.

관리인 이가라시 무쓰오는 안내창구를 겸하는 두 평쯤 되는 관리 사무소에서 나를 기다리고 있었다. 작은 안내창 옆에 '용무가 있는 분은 버튼을 누르세요'라고 적힌 인터폰이 놓인 걸로 보아 늘 사무실에 있는 것 같지는 않고, 오전 중에는 대개 아무도 없는 상태이리라.

"집사람에게 들었는데 1982년에 일어난 투신자살을 조사한다면서요?" 그는 작은 창을 통해 내 얼굴을 점검하듯 빤히 바라보았다.

나는 그렇다고 하고 잠깐 시간을 내달라고 부탁했다.

"안 될 거야 없지만 벌써 십 년 이상 지난 일이라 거의 잊고 지냈는데." 이가라시는 그렇게 말하며 머리를 긁었다. 오십대 후반으로, 짧게 깎은 머리카락은 반백이었다. 금속 테 안경 너머로 눈이 날카롭게 빛났다. 왼쪽 뺨에서 턱 끝에 걸쳐 긴 상처가 있어 조금 젊었다면 '저쪽 동네' 사람으로 착각할 법했다. 이 아파트를 대형 전철회사의 계열사가 운영하고 있다는 사실을 감안하면 단순히 그렇게 보일 뿐이지 얼굴에 난 상처가 폭력사건 때문에 생긴 것은 아니리라. 그렇지만 점 잖기만 해서는 해내기 쉽지 않은 아파트 관리인 자리에는 오히려 안성맞춤인 인상이었다.

"어쨌든 여기 입주자에게 폐가 될 만한 질문에는 일체 대답할 수 없소."

"입주자에게 폐가 될 만한 내용이 무엇인지 알고 있다면 기필코 캐묻고 싶은데, 뭔가 있습니까?"

이가라시는 안경 너머로 눈을 부라리려다가 내 말을 농담이라고 여겼는지 표정을 누그러뜨렸다.

"그쪽 입구로 들어오쇼."

빌딩 뒤로 가는 통로 쪽 철제문을 열고 관리사무실 안으로 들어갔다. 짙은 남색 양복에 넥타이를 매지 않은 이가라시는 무척 작은 사무용 책상 앞에 앉아 있었다. 빌려 입은 듯 보이는 양복은 여행에서 돌아와 아직 갈아입지 않은 모양이다. 그는 사무실 구석의 사물함 옆에 세워둔 접이식 의자를 들고 오라고 했다. 나는 이가라시의 책상 옆에 의자를 가져다놓고 앉았다.

책상과 사물함, 의자 두 개 외에는 싸구려 액자에 든 사진 두 장이 벽 두 면에 각각 걸려 있을 뿐이었다. 사진은 아마추어치고는 꽤 잘 찍은 컬러 풍경사진이었다. 한 장은 어느 산속 폭포 사진이었고, 다른 한 장은 어딘지 모를 도시의 야경이었다. 오전에 방문했던 2층 살림집 현관에도 비슷한 분위기의 풍경사진이 걸려 있었다. 그 사진은 가마쿠라 부근에 있는 절을 찍은 것이었다.

"카메라가 내 유일한 취미요." 그는 내 시선을 읽고 약간 자랑스럽다는 듯이 말했다.

"좋군요. 여러 곳을 여행하는 것 같아 부럽습니다만, 아파트 관리 업무에 지장은 없나요?"

"그래도 토요일, 일요일은 쉬어야지, 안 그러면 이 일을 할 수가 없죠."

나는 본론으로 들어가기로 했다. "오전에 들러서 부인께 조금 설명을 드렸지만."

"마누라는 무사태평이라 무슨 일이건 요령이 없어서. 전처는 인물이 떨어지기는 해도 내가 일을 하지 않아도 될 만큼 생활력이 있었죠. 얼굴이 반반한 여자는 그만큼 뺄질거려요…… 그런데 대체 무슨 까닭에 그런 옛날 일을 조사하는 거요?"

책상 위에 내가 오전에 그의 아내에게 건넨 명함이 놓여 있었다.

"603호 베란다에서 뛰어내린 우오즈미 유키의 사인에 대해 친동생과 출신지인 미타카 시 시의원이 의문을 품고 재조사를 의뢰했습니다. 다마가와 경찰서에서 그때 작성된 조서를 읽고 그걸 바탕으로 조사를 진행하는 중이지요."

조금 왜곡한 부분도 있지만 기본적으로 거짓말은 아니었다.

"그 아가씨 동생이라면 틀림없이 그해에 고교야구 투수로 승부조작을 했다던 녀석 아니오?"

"기억력이 좋은 것 같아 마음이 놓이는군요. 하지만 동생은 금방 승부조작 의혹을 벗었죠."

"그랬나……? 그렇지만 그 아가씨가 뛰어내린 건 자살이 틀림없었을 텐데. 분명히 목격자 증언도 나왔던 것 같고."

"맞습니다. 하지만 나로서는 재조사를 의뢰받은 이상 다시 하나하나 꼼꼼히 조사해야만 하죠."

"고생깨나 하겠군. 그만큼 수입도 짭짤하실 테지?"

나는 고개를 살짝 기울이고 예스다 노다 파악할 수 없을 반응을 보였다. 하지만 이가라시는 '희망적'으로 '예스'라고 받아들였다. 그는 시간 때우기나 친절한 마음씨 때문에 나를 상대하는 게 아니었다.

"그래서, 내게 대체 무얼 물어보고 싶다는 거요?"

나는 질문의 순서를 계산한 뒤에 묻기 시작했다. "그런 일이 있었다는 걸 알게 된 게 언제죠?"

"투신한 직후였소." 그는 같은 이야기를 여러 차례 반복한 듯이 유창하게 대답했다.

"딱 11시가 되었을 때 베란다에 담배를 피우려고 나갔지. 전처는 죽을 때까지 천식이 심해서 그 사람이 거실에 있을 때는 옆에서 담배를 피우지 않으려고 했던 거요. 보던 텔레비전 프로그램이 끝나자 갑자기 담배 생각이 나기도 했고, 매일 밤 푹푹 쪄서 잠깐 바깥 공기도 쐴 겸 베란다로 나갔더니 아파트 앞마당 쪽이 이미 소란스러운 상태더군. 서둘러 아래로 내려가 무슨 일인가 확인하고 경찰과 구급차, 그리고 우리 회사에 전화를 했죠."

그는 책상 위에 있는 전화기를 가리켰다.

"회사에?" 내가 물었다.

"그렇소. 그런 경우에는 TK부동산 총무부 당직자에게 보고하게 되어 있거든."

"흐음. 적합한 사람들이 달려와 회사에 불리하지 않도록 적합하게 대처하겠다는 건가요?"

"뭐 그런 셈이오."

"그날 밤에도 누가 달려왔나요?" 나는 세번째 목격자 에바라 나오토에게 거금을 주고 증언을 하게 만든 남자들을 머릿속에 떠올리며 물었다.

"아니오. 아무 짝에도 쓸모없는 평사원이 잠도 덜 깬 눈을 하고 2시 조금 지난 시각에 어슬렁어슬렁 나타났을 뿐이지. 높은 양반은 이튿날 아침이 되어서야 얼굴을 내밀더니 전후 사정을 듣고 바로 돌아가 버렸소."

나는 담배를 꺼내 이가라시에게도 권했다.

"여기라면 다른 사람 신경 쓰지 않고 피울 수 있을 테죠?"

"2층이 금연이라는 사실도 알고 있나보지? 전처는 내가 방에서 담배를 피우지 않으면 고맙게 여겼는데 지금 같이 사는 마누라는 그렇게 하는 게 당연하다는 얼굴이니. 그런데 피스 담배는 오래간만이로군. 십오 년 전 영업 쪽에 근무할 때는 나도 맹렬 사원이라 이 담배를 빨며 부지런히 돌아다녔는데."

이가라시는 담배를 한 개비 뽑았다. 나는 양쪽 담배에 불을 붙이고 나서 물었다.

"그런데 어째서 아파트 관리인이 되었죠?"

"동료가 운전하는 차를 타고 가다가 사고가 났는데, 그때 부상을 입은 오른손에 후유증이 있어서 글씨 쓰기가 무척 힘들어졌지. 사진 찍는 취미도 재활 삼아 시작한 거요. 회사에서는 총무 쪽 일을 권했지만 손이 자유롭지 못한 상태니 일을 제대로 할 수 없을 테고, 어차피 크게 출세하지도 못하겠다 싶어 관리인 일을 시켜달라고 했죠."

이가라시는 책상 구석에서 스테인리스 재떨이를 꺼내 자신과 나 사이에 놓았다. 재떨이 안에 들어 있던 현상을 마친 빈 필름통은 꺼내서 책상 구석 쪽으로 굴렸다.

나는 질문을 계속했다. "경찰과 회사에 연락한 다음에는 어떻게 했죠?"

"아파트 앞마당으로 돌아가 뛰어내린 사람이 603호에 사는 우오즈미라는 아가씨임을 확인했죠."

"바로 알아볼 수 있었나요?"

"물론이지. 시체를 보니 속이 거북했지만 엄청나게 많이 흘러나온

핏속에 쓰러져 있던 사람은 그 아가씨가 틀림없었소. 뛰어내린 위치
만 봐도 2층인 203호에서부터 7층인 703호 가운데 어느 집 베란다
라는 사실을 쉽게 알 수 있었고, 603호 말고는 우오즈미라는 아가씨
처럼 젊은 사람이 없었지. 게다가 그 아가씨가 입고 있던 밝은 녹색
줄무늬 셔츠와 짧은 바지도 여름에 자주 보던 옷차림이었으니까. 그
래서 다시 여기 관리사무실로 돌아와 입주자 명부를 뒤졌소. 보증인
인 아버지와 화장품회사 상사에게 전화를 걸어 사고를 알려야 했으
니까."

이가라시는 담배 연기 때문에 잠깐 기침을 하더니, 역시 피스는 독
한 담배라면서 재떨이에 껐다.

"경찰이 도착했을 때, 6층의 그 아가씨 방으로 안내했겠군요."

"아, 그랬죠."

"관리인용 마스터키로?"

"맞아요."

"603호 문은 닫혀 있었나요?"

그는 거의 즉시 대답했다.

"닫혀 있었죠. 내가 마스터키로 열었으니까."

"잘 생각해보세요. 문이 열려 있는 상태 아니었나요?"

"아니, 틀림없이 잠겨 있었소. 내가 문을 열고 경찰들을 안으로 들
어가게 했으니까 틀림없지."

"그래요? 방 안은 완전히 이사 준비가 끝난 상태였죠?"

그는 눈이 휘둥그레졌다. "그런 자세한 내용까지 알고 있소? 그래
요, 깨끗하게 정돈된 방을 보고 깜짝 놀랐소. 그 아가씨가 이미 뤼미

에르 화장품을 그만둔 상태고 며칠 안으로 이사할 예정이었다는 사
실은 나중에 회사 상사로부터 들어서 알았으니까. 그 집을 계약한 건
뤼미에르 화장품이었기 때문에 해약할 필요는 없었겠지만 그래도 아
파트를 나간다면 이 관리사무실에 인사는 한마디하러 들러야 하는
거 아니겠어요?"

"그 아가씨는 나가지 않았죠. 나가기 전에 죽은 겁니다."

"……뭐, 하기야 그렇기는 하지만."

좁은 사무실 안에 담배연기가 가득 찼다. 이가라시는 내가 들어올
때 닫았던 작은 창을 다시 열었다. 나는 재떨이에 담배를 껐다.

"603호실 열쇠는 방 안에 있었나요?"

"아, 그렇소. 거실 테이블 위에 떡하니 놓여 있었죠. 이사라고는 해
도 테이블 같은 가구는 뤼미에르 소유니까."

"테이블 위에 열쇠는 몇 개 있었죠?"

"엥? 아, 여벌 열쇠 말인가? 하나뿐이었소."

"여기 열쇠는 원래 몇 개죠?"

"마스터키 말고 두 개 있는데, 둘 다 입주자에게 주게 되어 있소.
하지만 603호실과 2층의 205호실, 206호실은 뤼미에르 화장품이
임대했기 때문에 마스터키 외에 열쇠 두 개는 그쪽에서 관리하고 있
지. 그래서 경찰 조사가 끝난 단계에서 집에 있던 열쇠 하나를 뤼미
에르에 전달하고 그걸로 그만이었죠. 여벌 열쇠는 뤼미에르에서 보
관하고 있을 거라고 생각했고 그쪽에서도 이렇다 할 이야기가 전혀
없었으니까."

"그런가요?"

그 문제는 필요에 따라 뤼미에르 화장품에 있는 누군가에게 확인해야만 할 것 같았다. 하지만 우오즈미 유키가 오토바이를 타던 인물에게 건넨 여벌 열쇠는 새로 만든 복사본일지도 모른다.

이가라시는 윗옷 주머니를 뒤져 '캐빈 마일드'라는 담배를 꺼냈다.

"한번 순한 담배로 바꾸면 피스처럼 독한 녀석은 다시 못 피우겠구만."

이가라시가 자기 일회용 라이터로 담배에 불을 붙이기를 기다렸다가 질문을 이어갔다. "그 사건이 일어나기 조금 전 일인데, 이 아파트 입주자도 아니면서 오토바이를 타고 자주 드나들던 젊은이가 있었던 걸 기억합니까?"

"오토바이라고? 아니, 그런 젊은이는 이 아파트에는…… 아파트 입주자는 아니라고요? 아, 그러고 보니 그런 녀석이 있어서 성가셨던 일이 있긴 했지."

"기억하는군요?"

"맞아, 틀림없이 있었어. 그게 그때였던가? 차가 없는 주차 공간에 함부로 오토바이를 세워서 민원이 자주 들어왔거든."

"그래서요?"

"그래서요라니?"

"그런 일이 한동안 계속되다가 결국 오토바이는 주차장 끄트머리에 있는 쓰레기장 옆에 세워두게 되었다고 하던데."

"맞아. 그랬었지. 아, 용케 그런 것까지 조사했군요."

"당신이 그렇게 지시했기 때문이 아닌가요?"

"아뇨, 내가 그런 건 아닌데. 내가 잔소리를 하려고 몇 번이나 쫓아갔지만 그때마다 오토바이를 타고 쏜살같이 도망치는 바람에 손을 쓸 수 없었소. 쓰레기장 쪽에 세우게 된 뒤로는 접수되는 불평이 없었지만, 화가 났던 상태라 한번 야단을 쳐야겠다고 벼르고 있었지. 하지만 전처가 괜히 잔소리를 했다가 분풀이 삼아 다시 주차장에 오토바이를 세울지도 모르고, 입주자와 아는 사이일 텐데 껄끄러워지면 골치 아프니 모르는 척하라고 하더군요."

"그러면 그 젊은이하고 이야기를 나눈 적은 없었나요?"

"없소. 한 번도."

"그 젊은이가 남자였는지 여자였는지는 압니까?"

이가라시는 어처구니없다는 표정으로 내 얼굴을 바라보았다.

"마치 그때쯤 이 아파트에서 모든 걸 다 지켜본 사람처럼 이야기하는군. 맞소, 난 여자일 거라고 생각했는데 마누라는 남자가 아니겠느냐고 하더군요. 사실 내가 잔소리하지 않은 데는, 여자 주제에 오토바이를 타고 돌아다니는 또라이 같은 계집아이에게 설교해봤자 아무 소용없겠다는 생각도 있었소. 하지만 남자였는지 여자였는지는 알 수야 없었지."

"그 젊은이가 이 아파트의 누구를 찾아왔던 건지 압니까?" 어떤 대답이 나올지 예상이 되었지만 혹시나 싶어 물었다.

"그걸 알면 애초에 그 사람에게 불만을 털어놓았겠지."

"아파트 주민과 이야기하는 모습을 본 적은 없나요?"

"한 번도 없소. 그 사람을 본 게 다 합쳐야 네댓 번밖에 안 되니까. 세워져 있는 오토바이는 자주 보여서 화가 났지만."

나는 마지막 기대의 끈이나 마찬가지인 질문을 던졌다. "오토바이 등록번호를 적어두었겠군요?"

"엥? ……그런가? 그러고 보니 그렇군. 주민들 진정이 계속 들어오면 입주자를 한 집씩 일일이 찾아다니며 그 사람이 어느 집에 드나드는지 찾아내거나, 안 되면 경찰에 신고라도 해야겠다 싶어 분명히 넘버를 확인하고 적어두기는 했는데…… 그러다가 대략 문제가 일단락되어 그 메모를 어디에 두었는지…… 어쨌든 이미 십일 년이나 지난 일이라서."

그는 책상 위를 쓱 둘러보았지만 바로 고개를 저었다. "아니, 여기는 아니지. 번호를 적은 게 밤늦게 오토바이 소음이 나서 주차장으로 살피러 갔던 때였던 것 같으니 메모는 집으로 가지고 갔을 거요. 그렇지만 아마 벌써 버리지 않았을까? 한동안 보관했을지는 몰라도…… 특히 지금 같이 사는 집사람은 뭐든 버리는 성격이라서."

"그 번호는 매우 중요하니 꼭 찾아봐주면 좋겠군요. 찾아내기만 한다면 그만한 사례를 할 테니까요."

"그래요?" 그는 담배를 재떨이에 끄며 말했다. 이제야 이야기가 관심을 보일 말한 부분에 이르렀다는 표정이었다.

"그렇다면 최대한 찾아보겠는데…… 그런데 그 오토바이가 603호 아가씨 투신자살과 무슨 관계가 있는 거요?"

"그 오토바이를 탄 사람이 죽은 아가씨와 이야기를 나누는 모습이 목격되었죠."

"흐음. 그런가?" 이가라시의 안경 안쪽 눈이 호기심으로 빛났다.

"한 가지만 충고해두겠습니다." 내가 단호하게 말했다. "내 의뢰인인 우오즈미라는 아가씨의 동생은 사실 이 사건의 재조사를 시작한 뒤에 누군가에게 습격을 받아 거의 죽을 뻔한 중상을 입었죠. 사람을 죽여서라도 재조사를 저지하려는 인간이 있을지 모른다는 겁니다. 그러니 오토바이 넘버나 그 외에 뭔가 단서를 발견하더라도 내게 알리기 전에는 절대 섣불리 행동하지 마시기 바랍니다. 자칫하면 아주 위험해질 수도 있으니까요."

이가라시는 다소 겁먹은 표정을 지었다. "……알겠소. 먼저 당신에게 알리지. 서둘러야 할 일이요?"

"빠르면 빠를수록 좋죠. 될 수 있으면 내일, 일요일 밤까지 부탁합니다."

"찾아보죠. 그런데 사례가 있다는 말은 믿어도 되겠소?"

"얼마를 원하시죠?"

"글쎄. 이삼만 엔은 되어야…… 요즘은 불경기라. 유일한 취미인 사진을 찍으려고 필름을 사는 데도 마누라 잔소리를 들어야 한다니까."

"오토바이 넘버를 찾아내면 오만 엔, 찾아내지 못하더라도 삼만 엔 드리죠. 여러 가지 대답에 대한 사례입니다. 괜찮죠?"

이가라시는 고개를 끄덕였다. 그는 맹렬히 뛰어다니던 영업사원 시절로 돌아간 듯이 당장 더 나은 수입에 대해 머리를 굴리는 표정이었다.

"미리 말해두겠는데 '엉터리 정보'로 오만 엔을 뜯어낼 생각은 하지 마쇼."

그는 얼른 고개를 한 차례 끄덕였다.

나는 연락을 위한 명함을 이가라시에게 건네고 그의 사무실과 집 전화번호를 물어 수첩에 적었다.

37

점심식사를 마치고 2시에 사무실로 돌아왔다. 이튿날 돌이켜보면 무엇을 먹었는지 생각나지 않을 만큼 평범하고 인상적이지 않은 식사였다. 전화응답서비스에 전화를 해봤지만 남자 오퍼레이터가 무뚝뚝한 목소리로 아무런 연락도 오지 않았다고 답했다. 북한이 'NPT(핵확산방지조약)' 탈퇴 성명을 발표했다는 신문 1면 기사를 읽는데 책상 위에 놓인 전화가 울렸다. 이번 일을 진행하며 명함을 여기저기 건넸기 때문에 수화기를 들면서도 누가 건 전화인지 짐작이 가지 않았다.

"와타나베 탐정사무소 사와자키 씨입니까?" 어렴풋이 기억이 나는 목소리였지만 누군지 알 수 없었다. 나는 그렇다고 대답했다.

"저는 도쿄 의대 뇌신경외과 의사인 아와즈라고 합니다."

우오즈미 아키라를 구급차에 싣고 간 날 밤 만났던 콧수염 난 사십 대 담당의인 모양이었다.

"갑자기 연락드려 죄송하지만 환자인 우오즈미 아키라 씨 일로 드릴 말씀이 있으니 될 수 있으면 빨리 병원으로 와주실 수 없겠습니까?"

"가겠습니다." 내가 대답했다.

"사무실이 니시신주쿠라고 들었는데, 지금 바로 오시겠습니까?"

그러겠다고 대답했다.

"3시에 5층 식원식낭 입구에서 기다리겠습니다. 제가 가운에 명찰을 달고 있습니다만……."

"그날 밤 우오즈미를 수술한 수염 기른 선생님이신가요?"

"그렇습니다."

"그때 뵈어서 얼굴을 압니다."

"그러세요……? 그럼 3시에 뵙죠."

전화를 끊었다. 우오즈미가 어떤 상태인지 묻고 싶었지만 어차피 한 시간 뒤면 알 수 있을 터였다.

병원에 도착해 엘리베이터를 타고 바로 5층으로 올라갔다. 3층 외과병동은 그냥 지나쳤기 때문에 누가 우오즈미를 병문안하러 와 있었다고 하더라도 마주칠 일은 없었다. 아와즈 의사는 직원전용 식당 입구에서 기다리고 있었다. 오른손으로 노란색 플라스틱 칩 두 개를 만지작거리고 있었다.

"아, 그러셨군요…… 환자와 함께 구급차로 오셨던 분이 맞군요. 커피 어떻습니까?"

나는 고개를 끄덕이고 아와즈와 함께 식당으로 들어갔다. 입구에는 직원 및 학생 전용 식당이라고 또박또박 적혀 있었다. 그는 아는 의사나 간호사들과 인사를 나누며 식당 구석 쪽의 사람이 없는 곳으로 나를 안내했다.

우리가 자리에 앉자 조금 떨어진 곳에 있던 직원 가운데 고등학생처럼 보이는 앳된 간호사가 자리에서 일어나 다가왔다.

"주문은……?"

간호사는 말을 하다가 아와즈의 손에 있는 노란색 칩을 보았다.

"커피 시키실 건가요? 제가 가지고 오겠습니다."

아와즈는 고맙다면서 식권으로 쓰이는 칩을 건넸다. 간호사는 셀프 서비스 카운터 쪽으로 갔다.

아와즈를 지난번에 보았을 때는 수술모자에 마스크로 턱을 가리고 있었다. 게다가 우오즈미의 생사를 믿고 맡겨야 할 의사라 생각해서인지 수술에 적합한 연배로 여겼는데, 이제 보니 삼십대 후반쯤 되어 보였다.

"우오즈미 씨의 경과는 무척 양호합니다." 아와즈가 말했다. 마른 체구에 어울리지 않게 굵직하고 자신감 넘치는 목소리였다.

젊은 의사들은 대개 의학 외에는 학교 수업시간에 배운 것 말고 아무것도 모르는 게 아닐까 싶은 불안감을 주는데 아와즈는 그런 허약한 남자가 아니었다. 의사 가운을 입지 않았다면 아마 유기농 채소를 재배하거나, 팔리지 않는 도자기를 구울 법한 흙냄새 나는 남자였다. 테이블 위에서 깍지를 낀 두 손은 마디가 굵고 억세면서도 동작이 아주 매끄러웠다. 그런 손이라면 우오즈미 아키라의 머리를 갈랐다가 잘 치료해 원래대로 돌려놓을 수 있을 듯했다.

"환자는 시간이 지나면 완전히 원래 상태를 회복할 수 있을 겁니다…… 마음이 쓰이는 점은 환자의 정신 상태죠."

"기억에 문제라도 있다는 말씀입니까?"

"아뇨, 그게 아니고……." 의사가 말을 흐렸다.

"환자를 돌보는 후지사키 씨 말씀으로는 의식에 약간 혼란이 있다고 하던데."

"저희도 어젯밤까지는 그렇게 진단했습니다. 환자가 회복이 매우 빠르기 때문에 오늘 수술 뒤로 처음 본격적인 문진을 실시했죠. 그 결과에 따르면 환자는 의식을 완전히 되찾았고, 게다가 기억도 거의 손상을 입지 않은 것 같습니다."

“그래요……?”

간호사가 커피를 들고 왔다. 내가 고맙다는 인사를 하는 사이 대화가 잠깐 중단되었다.

“대개 피해가 아주 적을 경우에도 ‘역행성 건망증’이라고 해서 사고를 당하기 직전 기억이 또렷하지 않은 경우는 많습니다만, 이 환자는 아무래도 모든 것을 또렷하게 기억하는 듯합니다.” 아와즈는 커피에 크림을 넣고 저으며 말했다.

“그게 좋지 않은 현상인가요?”

“그럴 리가요. 이보다 좋을 수 없죠.”

그는 커피를 한 모금 마시고 말을 이었다. “뭐 머리를 세게 얻어맞았을 때의 후유증은 수술 뒤 일정 기간 경과 후에 나타나는 경우도 있어서 낙관할 수만은 없지만, 지금 단계에서 의식이나 기억에 아무런 손상도 입지 않았다는 사실은 그 정도 피해와 수술을 놓고 볼 때 매우 좋은 상태라고 해도 될 겁니다.”

나는 살짝 마음이 놓였다. “……그렇다면 대체 뭐가 문제입니까?”

“그러니까, 환자가 어젯밤까지 의식적으로 자기 상태를 나쁘게 보이려고 꾸몄다는 생각이 든다는 겁니다. 일부러 의식이 혼탁한 것처럼 행동한 모양이에요. 바로 그 점이 마음에 걸립니다.”

“그래요?”

“대개 그런 상태인 환자는 비유하자면 엄마에게 매달리는 어린애 같은 상태라 우리에게 완전히 의지하죠. 의식이 혼란스러운 척할 여유가 없습니다. 오히려 병세가 그리 나쁘지 않다는 사실을 자기 자신에게나 우리에게 증명하고 싶어하기 마련이고, 우리가 환자의 기억에 대해 물으면 기억하는 것은 어떻게든 떠올려서 다 대답하려고 합니다. 그게 때로 지나쳐서 실제로는 체험하지 않은 엉터리 기억까지 이야기를 하는, 결과적으로 의식이 혼탁하거나 기억에 착오가 있다는 사실을 자진해서 드러내는 증세를 보이기도 합니다."

"우오즈미가 기억을 하면서도 왜 기억이 나지 않는 척하는 겁니까?"

"왜 그러는지 사정 이야기를 선생님께 들을 수 있을지도 모르겠다고 생각했는데요."

나는 커피를 마셨다. 재떨이가 보이지 않아 담배는 포기했다.

"어째서 저죠? 선생님은 사고가 있던 날 밤에 저를 만난 걸 잊은 모양인데, 어떻게 제게 연락을 하신 겁니까?"

"환자가 원했으니까요. 우오즈미 씨는 오늘 문진 때 자기 의식이나 기억이 정상이라는 사실을 이야기하고 사와자키 씨를 급히 만나게 해달라고 했습니다. 다른 사람은 아무도 만나고 싶지 않다고도 했고요. 하지만……."

"하지만 경찰의 요청이 있어서 망설여진다는 말씀이로군요. 그 경찰은 신주쿠 경찰서 다루미 형사인가요?"

"그렇습니다. 그 형사를 아십니까?"

나는 고개를 끄덕였다. "우리는 서로 상대방의 수사나 조사를 방해하지 않고 사건 해결을 위해 협력하기로 했습니다."

"그 형사가 '환자로부터 사건 당시 상황을 들을 수 있게 되면 바로 연락하라. 우리가 만나기 전에는 아버지 외에 누구도 만나게 하지 말라'고 했습니다."

"경찰 입장에서는 당연한 요청이겠죠. 하지만 법적으로 우오즈미 아키라는 그 상해사건의 단순한 피해자에 지나지 않습니다. 체포된 것도 아니고, 형사소추를 받은 사람도 아닙니다. 지금 단계에서는 사건 피해자나 참고인으로 소환된 것도 아니겠죠. 그러니 환자는 자기가 만나고 싶은 사람을 누구든 거리낌 없이 만날 수 있습니다. 의학적으로 환자의 치료에 지장이 없다는 의사 선생님의 허락만 있다면요.”

“그야 그렇습니다만……”

“만나서 이야기할 수는 있겠죠?”

“예, 뭐. 오 분이나 십 분 정도라면. 하지만 당연히 환자에게 쇼크가 갈 만한 이야기는 절대 하시면 안 됩니다.”

“환자의 희망사항을 들어주는 게 마음을 안정시킬 수 있어 치료에 도움이 되지 않겠습니까?”

아와즈는 쓴웃음을 지었다. “그렇기는 하지만……”

“이건 제 입장만 생각해서 드리는 말씀이 아닙니다. 저도 선생님에게 말씀드리고 싶은 것이 있습니다.”

나는 아와즈가 진지한 표정으로 돌아오기를 기다렸다가 말을 이었다. “우오즈미 아키라가 그런 습격을 받은 것은 제게 의뢰한 어떤 조사 때문이라고 생각합니다. 그리고 그가 유별난 태도를 보이며 선생님을 곤혹스럽게 만들고 있는 것도 그 일과 무관하지는 않다고 생각합니다.”

잠깐 뜸을 들인 뒤 지난 십일 년간 우오즈미 아키라를 둘러싸고 일어난 사건의 개요를 아와즈에게 들려주었다. 구체적으로 관계자 이름까지 댈 필요는 없었다. 자세하게 이야기하면 문제가 있을 법한 부분은 사건 줄거리를 이해할 수 있을 정도까지만 설명했다. 나는 미지근하게 식은 커피를 들이켜고 나서 말을 이었다.

"우오즈미 아키라는 사고를 당하기 직전에 그런 상황에 놓여 있었던 겁니다. 그래서 그는 자기가 입은 부상보다 제 조사 결과 쪽이 더 신경이 쓰일 수밖에 없었겠죠."

"……그럴지도 모르겠군요. 그러면 지금까지 조사한 결과를 환자에게 알려도 크게 쇼크를 받을 일이나 심하게 실망할 내용은 없다고 자신하십니까?"

"아마도…… 그리고 선생님도 이미 짐작하셨겠지만 이 조사의 행방이 우오즈미 아키라와 제가 의심하고 있는 쪽으로 더 접근하게 된다면…… 그러니까 그 친구 누나의 죽음이 자살이 아니었다는 쪽으로 기울어지게 되면 누군가 우오즈미 아키라의 목숨을 노리는 위험한 상황은 여전히 계속될 거라는 이야기입니다."

"그렇겠군요."

"우리 조사를 저지하려는 사람은 앞으로 더 예측하기 힘든 행동으로 나올지도 모릅니다."

"그건 무슨 말씀이신가요?"

"예를 들어 우오즈미 아키라의 누나가 죽은 사건에 관한 단서나 정보를 쥔 인물이 어딘가에 있다고 합시다. 제가 그 인물을 만나게 되면 사건의 진상이 밝혀질지도 모르죠. 그렇다면 우오즈미를 습격한 인물에게는 단서를 쥔 사람도 제거해야 할 존재가 되는 셈입니다. 게다가 그 사람은 자기가 그런 상황에 처했다는 사실을 전혀 모를 우려도 있고요."

"……흐음. 그거 큰일이로군요."

"그래서 저는 우오즈미 아키라를 만나 경찰의 조사를 받아들이라고 권하려는 겁니다. 십일 년 전 사건과 이번 사건의 상관관계를 경찰에 설명하고 그에 따른 수사가 진행될 수 있도록 요청해야 합니다. 하지만 의뢰인의 허락 없이 내 생각만으로 그런 사실을 경찰에 알릴 수는 없죠."

우오즈미 아키라는 병원 3층 '집중치료실' 옆 작은 방에 있었다. 아와즈 의사를 따라 집중치료실을 가로지를 때 당장이라도 죽을 듯이 신음하는 몇몇 환자의 병상 옆을 지나야만 했다. 작은 방 입구에서 아와즈 의사는 비교적 경과가 좋아 야간에 저런 신음소리에 잠을 이루지 못할 정도로 의식이 회복된 환자를 이 방으로 옮긴다고 설명해주었다.

작은 방에는 병상이 네 개 있었다. 그 가운데 두 개가 흰 칸막이 커튼으로 둘러싸였고 나머지 침대 둘은 비어 있었다. 우오즈미는 왼쪽 구석 병상에 누워 있었다. 그쪽 칸막이 커튼으로 다가간 아와즈는 다른 한쪽 커튼을 가리키며 그 환자는 아직 이야기를 들을 수 있는 상태가 아니니 신경쓸 필요 없다고 했다.

아와즈는 커튼을 열고 나를 안으로 안내했다. 그는 침대에 누운 우오즈미가 나를 알아보는 모습을 확인하고 창가 벽에 세워두었던 접이식 의자를 내게 건넨 뒤 커튼 밖으로 나갔다.

"딱 십 분입니다." 아와즈는 그렇게 말하더니 커튼을 닫고 사라졌다.

나는 적당한 위치에 의자를 놓고 걸터앉았다.

"죄송합니다." 우오즈미가 사과했다. 목소리가 약간 갈라졌다. 누워 있는 사람 특유의 몸 깊은 곳에서 울려나오는 낮은 목소리였다. 나를 부른 것에 대한 사과인지, 내게 의뢰한 조사 때문에 사과를 하는 것인지, 아니면 자기가 습격을 받아 부상을 당한 일 때문인지 알 수 없었다. 그 모두에 대한 사과인 것 같기도 했다. 후지사키는 얼굴이 꽤 부었다고 했는데 이제 부기는 많이 빠진 상태였지만 아직 안색이 머리에 감은 흰 붕대처럼 창백했다.

"죽다 살아난 기분은 어떤가?"

"오래간만에 맞이하는 기분 좋은 오후 같은 느낌이에요…… 지금이 오후라면 말이지요."

나는 고개를 끄덕였다. "이제 곧 4시가 되겠지. 시간이 없어서 의뢰받은 조사에 대한 이야기부터 하겠네."

"그러시죠." 그가 대꾸했다.

나는 사흘간 조사한 내용의 개요를 순서에 따라 설명했다. 내게 주었던 통장을 후지사키 감독에게 맡긴 일, 아버지인 우오즈미 효를 찾아가 병원으로 데리고 온 일, 시의회 의원인 구사나기 이치로의 도움으로 사건 당시에 작성된 경찰 조서를 읽은 일, 세 증인에 대한 이야기, 오쓰키류의 노 공연을 대신 관람하고 고문변호사와 오쓰키카이 이사장을 만났던 일, 오쿠자와 TK맨션에 드나들던 오토바이 탄 인물에 대한 이야기, 유키의 고모인 신조 게이코 부부를 만난 일, 스낵바 더그아웃에서 후지사키 부인을 비롯한 사람들을 만났던 이야기 등을 될수록 간결하게 설명했다. 이 설명만으로도 아와즈 의사와 약속한 시간의 절반을 소비했다.

"지금까지 한 이야기를 듣고 뭔가 마음에 걸리는 건 없나?"

그는 내 수사 보고를 통해 자기가 오랜 세월 품어온 의혹이 조금씩 구체적인 형태를 드러내자 약간 흥분되는 모양이었다.

"놀랍군요…… 제가 조사했을 때는 몇 년이 걸려도 그렇게까지……."

나는 그의 말을 가로막았다. "없다면 내 쪽에서 좀 묻고 싶은 게 있어."

"그러세요." 그가 대꾸했다.

"그날 밤에도 물었던 내용인데, 습격한 게 누군지 여전히 모르겠나?"

"그렇습니다." 우오즈미 아키라는 분하다는 듯이 대답했다.

"그때 그렇게 멍하니 있지만 않았어도 더 중요한 단서를 잡았을 텐데……."

"어쩔 수 없지. 그 덕분에 나는 할 일이 생겼고. 그보다 이 조사가 누나의 죽음의 진상에 다가가는 중이라면 자네 신변은 지금도 여전히 위험한 상태라는 사실은 알고 있겠지?"

그는 고개를 끄덕였다. "사와자키 씨도 그 위험한 일에 말려든 셈이로군요."

"나는 괜찮아. 그게 내 일이고 위험하다는 사실을 잘 알고 있으니까. 그런데 말이야, 그런 위험이 자신에게 다가왔다는 사실을 모르는 사람이 어딘가에 있을지도 모른다는 게 문제야. 즉 그 사건의 진상을 밝힐 단서를 쥔 사람이 어딘가에 있고, 자네를 덮친 범인이 그 단서를 없애기 위해 그 사람을 해칠지도 모른다는 이야기지."

"그렇군요. 말씀을 듣고서야 저도 그렇겠다는 생각이 들었습니다. 그런데 그런 일을 막으려면 어떻게 해야 하죠?"

"경찰이 자네 이야기를 듣고 싶어한다는 걸 알고 있겠지? 자네가 습격당한 일이 십일 년 전 그 사건과 깊은 관계가 있는 것 같다고 가능한 한 자세하게 경찰에 설명해야 하네. 의뢰인인 자네가 허락한다면 나도 이야기할 작정이야. 혼자서 그런 주장을 하면 쉽게 움직이지 않을 경찰이라도 둘이서 이야기하면 무시할 수는 없을 테니까.”

“하지만…… 그 이야기를 하려면, 누나 이야기를…….” 우오즈미 아키라의 안색이 갑자기 건강을 되찾은 사람처럼 발그레해졌다. 반짝이는 눈으로 내 얼굴을 빤히 바라보았다. 그가 나를 만나고 싶어했던 가장 큰 이유는 바로 그것이었다.

내가 목소리를 낮추고 말했다. “누나가 승부조작 시합을 해달라고 부탁한 것 말이지?”

그는 숨을 죽이고 내 다음 이야기를 기다렸다.

“걱정하지 마. 그 문제는 입 밖에 낸 적 없고, 누구 귀에도 들어가지 않았어. 절대로.”

우오즈미는 휴, 하고 소리가 날 정도로 한숨을 내쉬었다. 발그레해졌던 얼굴이 천천히 다시 창백해졌다.

나는 설득하듯 말했다. “그 문제는 건드리지 않고서도 경찰에 사정 이야기를 할 수 있을 거야.”

우오즈미가 잠깐 생각하더니 말했다. “아마, 가능하겠죠.”

“그렇지만 말이야, 자네는 어디까지나 누나를 그 사건의 피해자라는 입장에 두고 싶어하는 것 같은데, 우리가 진행하는 조사에 따라 누나에게 어떤 불리한 사실이 드러나더라도 이상할 게 없어. 그건 알고 있을 테지?”

우오즈미는 고개를 끄덕였지만, 입 밖으로 나온 말은 달랐다. “그런 일 절대 없을 거예요. 사와자키 씨는 유키가, 누나가 어떤 사람이었는지 몰라서 그래요."

"조금은 알아. 동생에게 승부조작을 부추긴 여자고, 자네도 알다시피 미혼인 상태에서 임신했던 여자야. 지금은 오토바이를 타고 다니는 인물에게 아파트 여벌 열쇠를 주었던 여자라는 사실도 알고."

우오즈미는 누운 채로 나를 외면했다. "그래서요? 누나에 대해 뭘 안다는 거죠?"

내게 주어진 시간은 얼마 남지 않았다. 이런 일로 입씨름이나 할 때가 아니었다.

"누나가 승부조작을 부탁했을 때의 이야기를 들어봐야겠어."

"……그러시죠." 그는 나를 외면한 채로 대꾸했다.

"누나가 언제, 어디서 그런 연락을 했지?"

"시합 당일 아침, 고시엔구장 근처에 우리가 숙소로 쓰던 여관으로 전화가 걸려왔습니다."

"승부조작을 하도록 자네를 부추기라고 시킨 사람이 누군지 누나가 말했나?"

"아뇨."

"이름까지는 대지 않았더라도 그런 사람이 배후에 있다는 사실은 얘기한 거 아닌가?"

"아니에요. 그런 이야기는 나오지 않았습니다."

"그럼 누나 자신이 그 승부조작을 통해 이익을 얻는 입장에 있었고, 승부조작을 부추긴 것이 누나 본인의 의지였을 수도 있겠군."

우오즈미가 다시 고개를 돌리더니 성난 목소리로 말했다.

"대체 누나가 어떻게 그런 일로 이익을 얻을 수 있다는 거죠? 틀림없이 누가 강요한 거 아니겠어요?"

"하지만 그게 누군지 누나는 밝히지 않았다?"

"예."

"그래서, 자넨 뭐라고 대답했지?"

"저는, 잠시 생각한 뒤…… 승부조작은 할 수 없다. 하지만 상대가 강호인 PL 학원이기 때문에 틀림없이 지게 될 거다. 그러니 걱정하지 않아도 된다고 했죠."

"누나가 그런 대답을 듣고 알았다고 했을 리는 없을 텐데."

"예. 부탁이니 제발 져달라고 울먹이며 부탁했어요."

"그래서?"

"조금 전에 한 대답을 반복했죠. 승부조작만은 절대로 할 수 없다, 하지만 분명히 질 테니까 쓸데없는 걱정은 하지 말라, 누가 그런 부탁을 했다면 내가 오케이 했다고 대답해두면 된다, 하지만 승부조작은 하지 않겠다고 하고 전화를 끊었습니다."

"승부조작 대가인 오백만 엔은?"

"누나하고 그런 얘기는 전혀 하지 않았어요. 제 가방에서 돈다발이 나왔을 때도 얼마나 들어 있는지 몰랐으니까요."

"한신타이거스가 드래프트에서 자네를 지명할 거라는 조건도 있었지?"

"그런 이야기는 스포츠 신문이 멋대로 지어내 쓴 겁니다. 누나하고 전화로 이야기한 내용은 방금 말씀드린 게 전부예요."

뒤에서 발소리가 들리더니 커튼이 열렸다. 아와즈 의사가 간호사를 따라 얼굴을 디밀었다. 간호사는 링거 용기와 주사기 등이 담긴 드레싱카트를 커튼 안으로 밀고 들어왔다.

"이제 시간 됐습니다. 환자에게 부담을 주면 안 됩니다."

나는 의자에서 일어나 우오즈미에게 말했다.

"의사 선생님과 의논해서 서둘러 경찰의 조사를 받도록 하게. 알겠지?"

우오즈미는 고개를 끄덕였다. 나는 아와즈에게 고맙다고 인사하고 진료해야 할 환자가 있다는 그를 남겨둔 채 집중치료실을 나왔다.

38

도쿄 의대병원을 나와 오우메 가도 동쪽으로 200미터쯤 걸으면 신주쿠 경찰서다. 나는 안내창구 안에 있는 경찰모를 쓰지 않은 삼십대 경관에게 수사3과 다루미 형사를 불러달라고 부탁했다. 다루미 형사는 지금 경찰서 안에 없다고 했다. 출구 쪽으로 가다가 돌아서서 다시 안내창구로 돌아갔다. 이번에는 니시고리 경부를 불러달라고 부탁했다. 안내 담당 경관은 수상쩍다는 표정을 지으며 카운터에서 엽서 크기의 용지 묶음을 꺼내 내밀었다.

"면회 신청서에 주소와 성함을 적어주시죠."

"왜죠?" 내가 물었다.

"규칙이니까."

"다루미 형사를 불러달라고 했을 때는 그러지 않았잖소?"

경관은 십이지장궤양이라도 앓는 듯이 갑자기 기분 상한 표정을 지으며 관자놀이에 핏대를 세웠다. 그들은 남을 나무라는 일에는 익숙하지만 그 반대 입장이 되는 데는 익숙하지 않기 때문에, 핀잔을 들었다고 느끼면 일반인보다 훨씬 예민하다. 그 밖의 감성은 대체로 더 둔하면서도.

"그때도 적었어야 하는데…… 뭐 깜빡했던 거지."

"니시고리에게 전화를 걸어 면회신청서가 필요한지 물어보지 그래? 그 사람이 화나면 얼마나 성가신지 여기 소속 경찰관이라면 알 텐데."

그는 나한테 받고 있는 불쾌감과 니시고리에게 당할지도 모를 불쾌감을 저울질했다. 내게 당하는 불쾌감은 지금 이 순간뿐이지만 니시고리에게 당할 불쾌감은 일생일대의 실수가 될지도 모를 일이다. 그는 내키지 않는다는 듯이 내선전화를 들며 물었다.

"성함이?"

"사와자키." 내가 대답했다.

"아, 수사과입니까? 니시고리 경부님을 부탁합니다…… 아, 그렇습니까? 감사합니다."

그는 전화를 끊고 심술궂게 웃으며 말했다. "경부님은 이미 퇴근하셨는데요."

경찰관이란 내가 만나고 싶을 때는 대체로 만날 수 없는 인종이다. 토요일이라 그런지도 모른다. 적어도 면회신청서 한 장은 절약했다. 세금 낭비를 막은 셈이다. 변변찮지만.

나는 신주쿠 경찰서를 나와 신도심 육교까지 200미터를 걸어 오우메 가도를 건넜다. 하늘에는 아까까지만 해도 없던 습기를 잔뜩 머금은 어두운 구름이 드리웠다. 봄이 오려는지, 겨울로 되돌아가려는 것인지 구분할 수 없는 3월 중순의 회색빛 구름이었다.

5시가 조금 지나 사무실로 돌아왔다. 전화응답서비스에 연락을 하려는데 전화벨이 울렸다.

"와타나베 탐정사무소입니까?"

신조 게이코의 남편인 신조 유스케의 목소리 같았다. 어젯밤에 받은 명함에는 그의 이름 외에 간판 같은 것을 만드는 곳으로 보이는 '신조 미술사'라는 회사 이름과 네리마 구 히가시오이즈미의 주소가 찍혀 있었다.

"사와자키입니다." 내가 대꾸했다.

"어젯밤에 더그아웃에서 만났던 신조입니다. 지금 시간을 내실 수 있나요?"

나는 괜찮다고 대답했다.

"이런 말씀 드리기 죄송하지만 전화로는 나누기 힘든 얘기라, 7시에 오이즈미 학원까지 와주실 수 있겠습니까? 제가 일 때문에 회사를 비울 수 없어서요."

나는 가겠다고 했다.

"위치는 세이부 이케부쿠로 선 오이즈미 학원 역 남쪽 출구에서 걸어서 대략 십 분쯤 걸리는 위치입니다만."

"명함에 적힌 주소로 가면 되겠습니까?"

"그렇습니다. 차로 오실 건가요?"

"그럴 생각입니다."

"그 시간이면 아마 간파치 거리는 피해서 오는 게 나을지도 모르겠
군요…… 그럼 잠시 후에 뵙죠."

수화기를 내려놓았다. 신조 유스케의 "다른 사람들이 없는 곳에서
당신에게 꼭 하고 싶은 이야기가 있습니다"라는 말이 무슨 뜻인지 추
측해보려 했지만 도무지 감을 잡을 수 없었다. 신조라는 남자에 대해
서 아무것도 아는 게 없었다.

오후 6시에 사무실을 출발해 블루버드를 몰고 오우메 가도를 서쪽
으로 달렸다. 아사가야를 지날 즈음 가랑비가 내리기 시작했다. 오기
쿠보 앞 시멘도 사거리에서 신호를 기다리면서 살펴보니 교차하는
간파치 거리 쪽 교통량이 그다지 많지 않아 보였다. 하지만 신조의 충
고에 따라 그냥 오우메 가도를 타고 달렸다. 비는 그치지도, 거세지지
도 않고 꾸준히 내렸고 주위는 어두워지기 시작했다. 미리 지도로 확
인한 모모이 4초메 교차로에서는 우회전 신호를 받아 북쪽으로 달렸
다. 세이부 신주쿠 선을 지나자 스기나미 구에서 네리마 구로 접어들
었다. 샤쿠지이 공원 연못 옆을 지나 샤쿠지이 중학교 모퉁이에서 왼
쪽으로 꺾어 세이부 차고 앞 버스 정류장이 있는 갈림길에서 우회전
해 후지 가도 북쪽에서 다시 오른쪽으로 꺾으니 목적지인 오이즈미
미나미 초등학교 앞이 나왔다.

그 뒤로는 전신주 같은 데 붙은 숫자와 지도를 번갈아 보면서 천천
히 차를 몰았다. 곧 잡목이 우거진 숲과 택지 사이에 낀, 페인트로 '신
조 미술사'라고 써놓은 간판이 걸린 2층 건물을 발견했다. 도로 건너
편에는 자동차 수리공장에서 나온 폐품을 쌓아두는 터가 펼쳐져 있

었다. 이 부근은 세이부 이케부쿠로 선과 세이부 신주쿠 선의 딱 중간 지점이라 개발의 파도가 제자리걸음을 하고 있는 듯했다.

흰 모르타르를 바른 건물은 2층에만 불이 켜져 있었다. 건물 앞에 차가 네 대쯤 들어가는 주차 공간이 있고, 금빛이 섞인 갈색 로렐과 때가 탄 흰색 소형 트럭이 서 있었다. 나는 블루버드를 트럭 옆에 세우고 차에서 내렸다. 트럭 차체에 검은 페인트로 써놓은 '신조 미술사'라는 글자가 반쯤 벗겨져 있었다. 여전히 비가 내렸지만 우산이 필요할 정도는 아니었다. 기온이 갑자기 떨어졌는지 살갗에 닿는 바깥 공기가 찼다.

1층 정면 입구의 셔터는 내려져 있었고, 그 옆에 목재 토막과 망가진 플라스틱 간판, 빈 페인트 통 같은 쓰레기가 쌓여 있었다. 어두워서 잘 보이지 않았지만 1층은 아마 작업장으로 쓰는 모양이었다. 나는 건물 왼쪽 바깥에 있는 철제 계단을 올라 불이 켜진 2층 사무실로 갔다.

회사 이름이 새겨진 젖빛 유리문을 열고 사무실 안으로 들어갔지만 안에는 아무도 없었다.

"계십니까?" 안에 대고 불러보았다.

대답이 없었다. L자 모양 카운터 안쪽에 사무용 책상이 네 개 가지런히 놓여 있을 뿐이다. 카운터 위에 엷게 쌓인 먼지만 봐도 이 회사가 제대로 돌아가지 않는다는 사실을 알 수 있었다. 카운터 앞 통로 끝에는 문에 '응접실'이라고 적힌 방이 보였다. 그 옆의 제일 구석진 방 문에 '사장실' 팻말이 있었다. 사장실은 문이 살짝 열리고 불이 켜져 있었다.

"신조 씨." 그쪽에 대고 다시 불러보았다.

역시 아무런 대답도 없었다. 약속한 7시까지는 아직 몇 분 남았다. 나는 뒤편 창가에 손님용 벤치와 재떨이가 있는 걸 보고 담배를 피우며 조금 기다리기로 했다. 담배를 찾으려 주머니를 뒤지며 벤치 쪽으로 막 걸어가려는데 1층 셔터 올리는 소리가 들렸다. 나는 1층 작업장에 있던 신조가 곧 계단을 통해 올라올 것으로 생각하고 꺼내던 담배를 도로 주머니에 넣었다. 그러고 나서 삼십 초가 흐르고, 또 일 분 가까이 기다렸지만 계단을 올라오는 이는 아무도 없었다. 귀를 기울이니 희미한 신음소리가 들렸다.

돌아서서 실내를 둘러보고 다시 카운터 쪽으로 다가가 사무실 안을 살폈다. 하지만 내 아드레날린 분비를 자극하는 원흉은 발견할 수 없었다.

"누구요?"

잠시 정적이 흐른 뒤 다시 신음소리가 들렸다. 아까보다 더 또렷했다. 틀림없이 사무실 안에서 들리는 소리다. 나는 카운터 앞 통로를 지나 응접실로 가서 문을 열었다. 방 안은 어두웠다. 안쪽 벽을 더듬어 스위치를 켰다. 불이 켜지자 방 한가운데 놓인 응접세트와 벽 쪽의 자료용 철제 선반이 눈에 들어왔다. 누가 있는 것 같지는 않았다.

다시 신음소리가 들렸다. 가냘픈 한숨소리 같았지만 안쪽 사장실에서 들려오는 소리가 틀림없었다. 카운터가 끝나는 부분을 지나 안쪽으로 들어가 곧장 사장실로 향했다. 20센티미터쯤 열린 문 틈새로 안을 들여다보았지만 좁은 시야 범위 안에서는 신음소리의 주인을 찾을 수 없었다.

"안에 누구 있습니까?" 내가 다시 소리쳤다.

내 물음에 대꾸하듯이 무슨 소리인지 알아들을 수 없는 짧은 신음소리가 들려왔다. 나는 문을 활짝 열고 실내로 들어갔다. 문 뒤에서 누가 공격해올지도 몰라 무의식적으로 수비 태세를 취했지만 헛수고였다. 안에는 해를 입힐 만한 사람이 없었다. 창문 앞에 놓인 큼직한 책상과 한복판에 놓인 응접세트, 그리고 왼쪽 벽에 있는 제도 테이블 등을 재빨리 훑어보았지만 아무도 없었다.

"으으…… 도와주세요." 신음소리의 주인은 책상과 응접세트 사이에 엎어져 있었다.

남자에게 달려가 상반신을 부축해 일으켰다. 신조 유스케였다. 어젯밤과 같은 녹색 체크무늬 점퍼 차림이라 바로 알아볼 수 있었다. 왼쪽 눈썹 언저리에 검붉게 변색된 멍이 있었고, 고통스러운 듯이 버둥거리며 목둘레에 감긴 화물용 로프를 필사적으로 벗겨내려 하고 있었다. 나는 재빨리 로프를 풀었다. 목을 졸린 자국이 검붉게 남았다. 군데군데 살갗이 벗겨졌다. 신조는 부족한 산소를 보충하려는 듯이 급히 숨을 들이쉬려다 오히려 더 고통스러운지 기침을 토했다.

"누구 짓이죠?" 내가 물었다.

신조는 헐떡거리며 눈물을 머금은 눈으로 나를 바라보았다. 하지만 눈의 초점이 맞지 않았다. 그는 스스로 몸을 조금씩 움직여 응접세트 소파에 등을 기댔다. 왼쪽 눈 위에 난 타박상이 부어오르기 시작해 차게 해줘야 할 것 같았다. 그보다 먼저 구급차를 불러야 할 상황이었다. 하지만 그 전에 확인하고 싶은 게 있었다.

"누구에게 당한 거죠?" 내가 다시 물었다.

신조가 내 질문의 뜻을 이해하는 데 몇 초가 걸렸다. 그러더니 천천히 고개를 저었다. 하지만 바로 현기증이 나는지 두 손으로 머리를 감싸안았다.

"모, 모르겠어요…… 낯선 남자…… 처음 보는 남자였습니다." 목을 졸려서인지 딴 사람처럼 잠긴 목소리였다.

"내가 누군지 알겠어요?"

신조는 고개를 드는 데도 많은 힘과 시간을 들여야만 했다. "당신은, 탐정…… 으음, 틀림없이, 사와자키 씨."

나는 몸을 일으켜 책상 위에 있는 전화기로 손을 뻗었다. "구급차를 부르죠. 그대로 가만히 있어요."

"괜찮습니다. 그럴 필요는 없고…… 잠시 쉬면 괜찮아질 것 같아요……."

"비보 같은 소리. 거울로 자기 상태를 보면 그런 말은 못 할 거요."

나는 119로 전화를 걸어 구급차를 보내달라고 요청했다. 신조 유스케의 이름과 회사 주소를 대고, 다친 상태를 묻는 질문에 간략하게 답한 다음 전화를 끊었다.

"잠깐 쉬면 내 발로 병원에 갈 수 있을 텐데……." 신조는 아픈지 연신 자기 목을 쓰다듬었다.

"어떤 상황에서 당했는지 기억이 납니까?"

"예…… 당신을 기다리는데, 그때가 분명히 6시 40분쯤이었는데, 화장실에 갔죠…… 다시 이 방에 돌아왔을 때 입구 문 뒤에 숨어 있던 남자가 느닷없이 스패너 같은 것을 치켜들고 있다가 후려쳤죠…… 기를 쓰고 피하려고 했는데……."

"왼쪽 눈 위에 난 상처가 그때 맞은 건가요?"

신조는 고개를 끄덕였다. "얻어맞고 바닥에 쓰러졌죠…… 그러고는 나를 올라탄 그 남자와 뒤엉켜 엎치락뒤치락하는 사이에 그쪽이 어느새 로프를 꺼내 내 목에 감았습니다…… 기를 쓰고 저항했지만 결국 숨을 쉬기 힘들어져 깜빡 의식을 잃었나봅니다…… 그때는 이제 틀림없이 죽는구나 하는 생각이 들었는데."

"남자 얼굴은 봤나요?"

"……봤습니다."

"모르는 남자였나요?"

"그래요. 한 번도 본 적이 없는 사람이었습니다."

"어떤 사람이었죠?"

"워낙 갑자기 당한 일이라…… 또렷하게 기억하지는 못합니다."

"나이는 어느 정도였죠?"

"아마 사십대쯤…… 당신과 비슷한 연배였던 것 같습니다."

"체격은?"

"그것도 아마, 당신과 비슷한 체구였죠."

나는 쓸쓸하게 웃었다. 하지만 웃고 있을 상황은 아니었다. 지금 이 순간 여기에 경찰이 동석했다면 내 두 손에 수갑이 채워졌을지도 모를 상황이다.

나는 신중하게 물었다. "그렇지만 나는 아니었죠?"

"엥? 아, 물론이죠. 그 남자는 입 주위에 짙은 수염을 기르고 있었어요."

"그게 가짜 수염이었다고 가정했을 때, 그걸 떼어낸 모습도 나하고는 다르죠?"

"얼굴이 전혀 다르죠. 피부가 더 검고 무섭게 보이는 얼굴이었습니다. 사와자키 씨가 아니었던 건 틀림없어요."

나는 아까 들렸던 1층의 셔터 내리는 소리가 떠올라 물었다. "여기 사무실에서 1층으로 직접 내려가는 방법이 있습니까?"

"예. 입구 막다른 곳에 있는 화장실 옆이 비상계단이죠."

신조를 덮친 남자는 그 계단을 통해 1층으로 내려가 내가 2층으로 올라온 사이에 셔터를 열고 도주했는지도 모른다. 셔터 소리를 들었을 때 바깥 계단으로 나가 확인했어야 했다.

"내가 왜 여기 있는지 알아요? 전화로 7시에 여기서 만나기로 한 약속은 기억합니까?"

신조는 오른손으로 목 아래 부분을 누르며 가슴이 답답하다는 표정을 지었다.

"그랬었나요? 분명히 어젯밤에 후지사키네 스낵바에서 당신을 만나기는 했는데."

"맞습니다. 그리고 헤어질 때 내게 할 이야기가 있다고 했죠."

"그랬나……? 당신이 그리 말한다면 분명히 그랬겠죠."

"그, 하고 싶다는 이야기가 뭐요?"

"그게 말입니다……."

신조는 소파에 팔을 걸치고 억지로 일어서려다가 또 현기증이 일어난 모양이다. 가까스로 소파에 쓰러지듯 앉았지만 이번에는 구역질을 했다. 손을 입으로 가져갈 틈도 없이 위 속에 들었던 내용물을 자기 무릎 위에 뿜어냈다. 그리고 의식을 잃은 듯이 소파에 쓰러졌다.

나는 토사물 때문에 기도가 막히지 않도록 모로 눕혔다. 구두를 벗기고 두 발을 소파 위에 올려놓았다. 더 질문하는 것은 위험하겠다는 생각이 들었다.

책상 위에 있는 전화를 다시 들어 110으로 걸었다. 바로 관할서 경찰이 전화를 받았다. 나는 사건을 신고하고 현장 위치를 알려준 뒤 전화를 끊었다.

담배를 무척이나 피우고 싶었지만 연기가 신조의 목 상태를 더욱 악화시킬 거라는 생각이 들어 사장실에서 나왔다. 그때 사무실 밖 철제 계단을 올라오는 발소리가 들렸다. 구급차 사이렌은 아직 들리지 않았다. 또 구급대원들은 계단을 저렇게 조용히 올라오지 않는다.

39

사무실 문을 열고 들어온 사람은 신조 게이코였다. 그녀는 나를 보고 깜짝 놀랐다. 순간 내가 누군지 잠시 생각이 나지 않은 모양이었다. 신조 게이코는 병원에서 처음 만났을 때처럼 전통의상 차림도 아니고 어젯밤처럼 캐주얼한 옷차림도 아니었다. 짙은 녹색 재킷과 스커트를 입은 직장인 차림이었다. 비슷한 색 숄더백을 어깨에 걸치고 있었다. 내가 누구인지 생각이 난 모양인데도 신조 게이코의 얼굴에 떠오른 의아한 표정은 지워지지 않았다.

"남편은 있나요?" 그녀가 물었다. 하지만 그 얼굴은 '어째서 당신이 여기 있죠?' 하고 묻는 표정이었다. 자기 남편이 여기서 나하고 만나기로 했던 사실을 몰랐다는 이야기다.

'다른 사람들이 없는 곳에서 당신에게 꼭 하고 싶은 이야기가 있습니다.' 신조 유스케는 어젯밤에 내게 그렇게 말했다. '다른 사람'에는 자기 아내도 포함되어 있었던 걸까?

그녀는 카운터 안으로 들어오더니 뒤쪽의 불 켜진 사장실에 신경을 쓰며 내 쪽으로 다가왔다.

나는 신조 게이코와 사장실 문 사이에 서서 말했다. "부군께선 사장실에 있습니다. 하지만 안에 들어가시기 전에 마음을 차분하게 하고 제 얘기를 들어주세요. 부군께서는 누군가에게 폭행을 당해 꽤 크게 다쳤습니다."

"옛? 정말이에요? 남편은 괜찮은가요?"

"생명에 지장은 없겠죠. 구급차를 불렀으니 곧 도착할 겁니다."

내가 비켜서자 신조 게이코는 허둥지둥 사장실로 뛰어 들어갔다. 나도 따라 들어갔다. 신조 게이코는 남편이 있는 소파 옆까지 달려가더니 조용히 누워 있는 남편을 보고 그냥 놔두는 분별력을 발휘했다. 하지만 잔뜩 부어오른 왼쪽 눈 위의 상처를 보고는 흠칫 놀랐다.

"대체 누가 이런 짓을?"

"부군께서 모르는 사람이라고 하더군요."

"언제예요, 이런 일을 당한 게?"

"정확하게는 모르지만 제가 7시에 만나기로 약속을 하고 여기 도착했을 때는 이미 습격을 당한 뒤였죠. 하지만 시간이 그리 많이 지나지는 않았을 겁니다."

신조 유스케가 우리 목소리를 듣고 깨어나 눈을 게슴츠레 뜨며 상반신을 일으키려고 했다.

"안 돼. 그냥 가만히 있어요. 구급차가 곧 올 테니까."

그는 아내를 알아보았다. "당신이야……? 잠깐 누워 있으면 괜찮을 거야…… 그런데 좀 춥네."

"괜찮아. 조금만 기다려." 신조 게이코는 숄더백을 테이블 위에 놓고 왼편 벽 쪽에 있는 제도 테이블 옆 붙박이 사물함 쪽으로 갔다. 사물함은 제도 테이블에 가려져 있었다. 그녀는 거기서 담요를 꺼내 남편에게 덮어주었다.

"다친 이마 부분을 차게 찜질을 해주는 게 좋을지도 모르겠군요." 내가 말했다.

"그렇겠네요."

신조 게이코는 내 옆을 지나 서둘러 사장실을 나가더니 사무실을 빠져나가 출입구 맞은편 화장실 문으로 들어갔다. 그리고 곧바로 젖은 물수건을 들고 돌아와 남편의 다친 이마 위에 살며시 물수건을 얹었다. 신조는 순간 살짝 신음을 흘렸지만 바로 기분 좋은 듯이 자기 손으로 물수건을 이마에 대고 눌렀다.

"부인께서도 여기서 부군을 만날 예정이었습니까?"

"아뇨. 오늘은 남편이 사기노미야에 있을 줄 알고 오후부터 여러 차례 전화를 했어요. 세금 신고 문제로 오늘 중으로 의논해야 할 일이 있었거든요…… 그런데 전화를 받지 않더군요. 두세 군데 갈 만한 곳에 연락을 해봐도 오지 않았다고 해서 걱정이 되었어요. 저는 호야에 있는 염색공장에 출장을 다녀오는 길이라 혹시 여기 있나 싶어 들러보았더니 아니나 다를까, 사무실에 불이 켜져 있더군요. 그래서 올라

온 거예요. 들르기를 잘했군요. 설마 이런 일이 있을 줄이야."

"부군께서 늘 여기서 일하시는 건 아닌가요?"

"네. 여기는 작년 말에 문을 닫았죠. 종업원을 줄여가며 애썼지만 불황이 점점 깊어져서 이런 작은 홍보 관련 미술이나 디자인 일은 계속 하기 어려웠습니다. 남편은 원래 영화미술을 전문으로 하던 사람인데, 칠 년쯤 전에 부업으로 이 회사를 세웠어요. 그런데 생각처럼 잘 풀리지는 않았죠."

구급차 사이렌 소리가 멀리서 들려왔다. 나보다 조금 늦게 그 소리를 들은 신조 게이코는 흠칫 긴장했다. 그 불길한 소리가 남편이 당한 재앙을 새삼 떠올리게 만들었던 모양이다.

"이게 아키라가 당한 일과 관계가 있을까요?"

"아직 모르지만 그럴 가능성도 있습니다."

"이런 일이 언제까지 계속되는 걸까요?"

신조 게이코의 목소리에 우오즈미 아키라에 대한 비난이 묻어 있는 듯했다. 이런 상황에서는 당연한 반응이었다.

"만약 내 의뢰인이 들쑤신 어딘가에 사건의 진상이 숨어 있다면, 밝혀질 때까지 계속될 겁니다. 어쩌면 그걸 밝혀내려는 사람이 포기할 때까지."

"그건 어떻든 밝혀내야만 하는 건가요?"

"나는 그 질문에 답할 자격이 없어요. 의뢰인에게 고용된 처지라서. 하지만 사건은 이미 우리만의 문제가 아닌 상태가 되었습니다. 설사 우리가 이 사건을 외면하려고 해도 경찰이 그렇게 놔두지 않을 겁니다."

점점 가까워지는 구급차의 사이렌 소리에 다른 사이렌 하나가 더 뒤따라왔다.

"사와자키 씨, 아까 남편과 7시에 약속이 있었다고 하셨는데 무슨 일로?"

"부군께서 할 말이 있다며 전화를 해왔습니다. 부인께서는 이야기를 듣지 못하셨나보군요."

"예, 몰랐습니다. 남편이 무슨 이야기를 했나요?"

"아뇨, 이런 상태라서 아무 이야기도 듣지 못했습니다. 일시적이겠지만 부군은 머리를 얻어맞은 충격 때문에 사고가 일어난 즈음의 기억이 또렷하지 않은 모양이에요. 부인께서는 부군이 무슨 이야기를 하려던 건지 짐작 가는 바가 없습니까?"

"아뇨, 아무것도. 이 양반은 그저 제 남편일 뿐이지 십일 년 전 그 사건과는 아무런 관계도 없는 사람이니까……라고 생각했거든요." 신조 게이코는 갑자기 확신이 없어진 목소리로 대답했다.

사이렌 소리가 가까워지기에 나는 사장실을 나가 사무실 입구 쪽으로 향했다. 문을 열고 바깥 계단 층계참으로 나가보니 구급차가 후지 가도 쪽에서 달려오는 모습이 보였다. 신조 미술사 간판을 발견했는지 속도를 떨어뜨리며 다가왔다. 구급차 바로 뒤에 순찰차가 뒤따르는 모습도 보였다. 그리고 20미터쯤 뒤처져서 마찬가지로 경광등을 깜빡이며 일반 승용차처럼 보이는 위장 순찰차가 따라왔다. 차량 세 대가 미리 리허설이라도 한 듯이 반듯하게 정렬해 건물 앞 도로에 주차했다.

여전히 내리는 비에 경광등 세 개가 뿜어내는 불빛이 비쳐 반짝반짝 빛났다. 지나가던 행인 둘도 얼굴에 붉은 빛을 받아 이제 막 구경꾼이라는 다른 생물로 변신하는 모습이었다. 그들은 '남의 불행'이라는 구경거리에서 계단 위에 선 남자가 어떤 역할을 하는지 파악하려는 듯이 멈춰서서 이쪽을 쳐다보았다.

신조 미술사 2층 사무실은 구급대원과 경찰관들로 완전히 점령당했다. 신조 유스케를 진찰한 구급대원은 로프에 졸린 목의 상처가 며칠간 통증이 있기는 해도 큰 걱정은 없겠다면서, 오히려 걱정이 되는 것은 왼쪽 눈 위에 난 타박상이라고 했다. 응급처치를 마치고 경찰의 현장 조사가 끝나면 가까운 병원에서 머리 검사를 위해 엑스레이 촬영을 할 예정이라고 했다.

구급대는 샤쿠지이 소방서에서, 경찰은 샤쿠지이 경찰서에서 나왔다. 샤쿠지이 경찰서에서 나온 히지카타 부장형사가 수사를 지휘했다. 삼십대 후반에 별로 형사답지 않은 말투를 쓰는 남자였는데, 간판집 사장이 습격당한 사건보다 내일부터 시작될 스모 춘계대회 쪽에 정신이 팔려 있는 듯했다. 히지카타는 나이 든 제복경찰관에게 새로운 요코즈나인 아케보노가 첫날 고무스비*인 고토시키와 맞붙는다는 이야기를 듣더니, 고토시키가 아케보노에게 이길 유일한 방법이라며 스모 자세를 잡아가면서 자세히 설명했다.

"그래서, 도둑맞은 물건이 있습니까?" 히지카타 형사의 말투는 신조를 공격한 남자가 처음 보는 사람이었다는 사실을 확인하고 나서

---

* 　스모 등급 가운데 하나.

는 사건을 좀도둑이 강도로 돌변한 사건쯤으로 여기는 느낌이었다.

신조 유스케가 소파에 누운 채로 여기에는 현금을 두지 않는다고 대답했다. 신조 게이코가 돈이 될 만한 물건이라고 해봐야 1층 작업장에 있는 각종 공구를 제외하면 아무것도 없을 거라고 덧붙였다. 1층 작업장은 제복경찰관 한 명이 이미 조사를 마친 상태였다. 셔터가 열려 있던 것 외에는 특별히 어지럽힌 흔적도 없다는 사실은 이미 확인되었다.

첫번째 발견자이자 사건 신고자인 나는 7시에 신조와 만날 약속이 있어 찾아왔다고 했더니 업무 관계자로 여겨진 모양이었다. 히지카타 형사는 내 주소와 이름을 묻고 여기 도착한 뒤에 일어난 일들을 꼼꼼하게 캐물었다. 진술에 대해 신조가 모두 동의했기 때문에 수사관들은 내게 아무런 의심도 품지 않은 듯했다. 하지만 형사들의 그런 태도만큼 못 믿을 것도 없다.

신조 유스케가 두통을 호소하자 히지카타 형사가 구체적인 질문은 내일 이후에 다시 하기로 하고 구급대원이 피해자를 병원으로 옮기도록 했다. 가까운 샤쿠지이다이에 있는 '구라나리 외과병원'에 환자를 맞을 준비를 갖추도록 미리 연락해두었다고 한다. 구급차는 아내인 신조 게이코를 함께 태우고 곧바로 출발했다. 그리고 순찰차를 타고 온 제복경찰관들이 조금 전 연락이 들어온 세이부 이케부쿠로선 건널목 사고 현장으로 이동하고 나자, 신조 미술사 사무실에 남은 사람은 히지카타 형사와 그의 동료인 도리고에 형사, 그리고 나뿐이었다.

"신주쿠 경찰서 다루미 형사에게 연락을 하면 좋겠군요."

두 형사는 경찰 특유의 눈짓을 주고받았다.

"왜 그러는지 설명해주시죠." 히지카타 형사가 흰 장갑을 벗으며 말했다.

"설마 그 다루미라는 형사가 친구라서 안부라도 전하겠다는 건 아니실 테고." 히지카타보다 나이는 많지만 부하로 보이는 도리고에 형사가 노골적으로 불쾌한 표정을 지으며 말했다.

"미리 말해두지만 뭔가 뒤가 켕기는 일이 있다면 아는 형사를 불러봤자 아무 소용없소."

그의 표정으로 미루어 짐작하자면 말과는 달리 이럴 때 형사 친구가 있으면 상당히 도움이 될 분위기다.

"그게 아니고." 내가 대꾸했다.

"사흘 전인 이번 주 수요일에 신주쿠 경찰서 관할지역 안에서 우오즈미 아키라라는 청년이 누군가로부터 습격을 받고 중상을 입었소. 다루미 형사는 그 사건 담당자고. 나는 피해자인 우오즈미로부터 의뢰를 받아 어떤 조사를 하고 있는 탐정이죠. 그 사건과 연관이 있을 법한 일에 대해서는 협력해달라는 다루미 형사 쪽의 요청이 있었고. 오늘 밤 여기서 습격을 당한 신조 유스케는 우오즈미 새어머니 전남편의 여동생되는 사람의 남편, 그러니까 좀 전 피해자의 아내인 신조 게이코가 우오즈미 아키라의 고모뻘인 셈이죠. 신조 유스케는 신주쿠 사건과 관계된 사람 가운데 한 명이라고 할 수 있고. 그래서 이 사건에 대해 신주쿠 경찰서 다루미 형사에게 알려야겠다고 생각하는 거요."

"흐음. 그렇게 된 겁니까?" 히지카타는 부드러운 표정을 되찾으며 말했다.

"최근 나흘간 두 건의 상해사건이 일어났는데 그 두 건이 연관이 있다는 거로군요?"

"연관됐을 가능성이 있죠."

"두 사건의 범인이 동일인물이라는 겁니까?"

"그럴 가능성도 있소. 그리고 더 중요한 사실은 두 사건의 범인이나 동기가 아직 밝혀지지 않은 이상 세번째 사건이 일어나지 말란 법은 없다는 점이오."

"좋습니다. 바로 연락해봅시다."

히지카타 형사는 도리고에 형사에게 샤쿠지이 경찰서 상관에게 연락할 것을 지시했다. 상사와 전화 연결이 되자 수화기를 받아들고 수사 상황을 간략하게 보고한 다음, 내 요청에 대해 설명했다.

"그러니 신주쿠 경찰서에서 관련 사건을 다루고 있는 다루미라는 담당자와 연락을 취해주십시오. 이쪽으로 전화를 하도록 지시해주실 수 있겠습니까?"

히지카타는 수첩에 적어둔 신조 미술사의 전화번호를 불러준 다음 전화를 끊었다.

다루미 형사는 내가 저녁에 신주쿠 경찰서에 들렀을 때 외출중이었으니 쉽게 연락이 될지 알 수 없었다. 도리고에 형사가 '탐정'이라는 희귀동물을 처음 보는 사람이라면 빼먹지 않을 두세 가지 질문을 해와 대충 대답하는 사이에 사장실 밖 사무실 전화벨이 울렸다. 히지카타 형사는 사장실 책상에서 연결 버튼을 눌러 전화를 당겨 받았다. 처음 대화를 나누는 형사들은 인사를 하느라 삼십 초쯤 소비했다.

"우리 과장님이 하신 말씀 들으셨죠……? 그렇습니까? 그럼 사와 자키라는 탐정을 아시는군요."

히지카타 형사는 잠시 잠자코 다루미 형사의 말을 들었다.

"그렇습니다. 사와자키 씨 말로는 오늘 밤 일어난 사건이 그쪽 관할 지역에서 일어난 상해사건과 관련이 있지 않은가 하고…… 예, 사와 자키 씨도 여기 있습니다…… 그렇습니다…… 아뇨, 이쪽은 아직 피해자로부터 본격적인 이야기를 듣지 못한 상태입니다…… 범행 시간은 아마 6시 반에서 7시 사이였을 겁니다. 이건 틀림없을 겁니다…… 예, 그건 약속드릴 수 있습니다…… 찾아뵙도록 하겠습니다."

히지카타는 상대방 이야기에 귀를 기울였다.

"예? 그렇습니까?" 그는 무척 놀란 목소리로 대꾸했다.

"거 참, 노고가 많습니다. ……아뇨, 어쨌든 그쪽과 이쪽은 사건 발생 건수가 차이가 나니까요. 알겠습니다…… 예, 이쪽 수사 경과를 자세하게 보고하겠습니다…… 알겠습니다. 그럼 잠깐 기다려주십시오." 히지카타는 송화구 부분을 쥐고 전화를 내게 건넸다. "다루미 형사가 할 말이 있답니다."

나는 수화기를 받아들었다. 히지카타와 도리고에를 등지고 서서 책상 왼쪽에 있는 제도 테이블 쪽으로 두세 걸음 다가갔다. "사와자키요, 전화 바꿨소."

"우오즈미 아키라의 고모, 그 이름이 뭐더라……."

"신조 게이코."

"그렇지. 그 여자 남편이 당했다고?"

"그래."

"왜 그 신조란 남자를 만난 건가?"

"내 조사와 관련해서 하고 싶은 이야기가 있다고 해서. 약속한 시간에 찾아오니 이미 당한 뒤였지."

"조사라는 게 십일 년 전에 일어난 우오즈미 아키라 누나의 자살 문제지?"

"호오, 우오즈미한테 들었군."

"도쿄 의대병원에서 돌아온 지 삼십 분밖에 안 됐어. 십일 년 전 사건에 대해서는 우오즈미 아키라한테 들었고."

"조금 더 일찍 사정 이야기를 하고 조치를 취했어야 하는 건데. 우오즈미를 습격한 범인이 오늘 신조 유스케를 덮친 거라면……."

"아니지. 그럴 리 없잖아?" 다루미 형사가 자신만만한 말투로 대꾸했다.

"그게 무슨 소리지?"

"우오즈미 아키라를 덮친 범인은 우리가 이미 체포했으니까."

"뭐야?"

"방금 말했잖아. 우오즈미 아키라를 공격한 남자는 오늘 저녁 6시에 신병을 확보했어."

"그게 누구지?"

"아, 당신에겐 이야기해도 괜찮겠군. 이와테 현 출신인데 일용직 노동자야. 이름은 구로이와 미쓰오."

다루미 형사의 말을 이해하는 데 약간 시간이 걸렸다. 바로 앞 제도 테이블에는 건물 도면 같은 것과 괴물의 얼굴처럼 보이는 데생이 놓여 있었다.

"구로이와 미쓰오? 그게 대체 누구지?"

"그냥 이리저리 계절 따라 일거리를 찾아 떠도는 마흔네 살 노동자야. 올해는 불황 때문에 일이 크게 줄어든 데다 정초에 팔을 크게 다쳐서 한 달 가까이 일을 못 한 모양이더군. 팔도 사람들과 싸우다 다친 거라 재해 보험금도 받을 수 없었지. 원래 술버릇이 좋지 않아 상해사건으로 여러 차례 체포된 경력이 있는 남자더군. 우오즈미 아키라가 습격당한 사건 전에 연이어 세 차례나 비슷한 상해사건이 신주쿠 변두리에서 일어났는데 그 가운데 한 건의 피해자가 공격을 당하기 직전에 범인 얼굴을 보았네. 그 인상이 구로이와와 흡사해서 계속 지켜봐왔지. 임의동행으로 데려다 취조했더니 우오즈미 사건이 일어난 니시신주쿠 일대에는 접근한 적도 없다고 거짓말을 하더군. 아니, 접근한 적이 없다는 사람 지문이 묻은 담배가 왜 현장 부근 공사장에서 발견되느냐고 다그쳤더니 구로이와가 의외로 순순히 범행을 인정하더군."

"그 담배?"

"그래. 당신이 주운 '바클레이'란 담배. 고맙게도 구로이와는 신문 도중에도 같은 담배를 피우더군. 일용직 노동자에게는 사치스러운 담배지."

"그럼 우오즈미를 덮친 동기는 뭐지?"

"당연히 금품을 노렸지. 그 전에 저지른 세 건에서는 피해자의 지갑이나 가방, 손목시계를 빼앗았어. 우오즈미 때는 누가 바로 달려오는 소리가 들려서 아무것도 훔치지 못하고 도망쳤다는군. 그런 짓은 실수입이 별로 크지 않아서 피해액이라고 해봐야 겨우 사십만 엔에서 오십만 엔 사이일 테지만."

제도 테이블의 건축 도면에는 '기라 저택 세트 No.2', 괴물의 얼굴에는 '여주인공의 침실 천장에 나타나는 원혼'이라고 적혀 있었다. 신조 유스케의 본업이 영화미술 쪽이라고 했던 신조 게이코의 말이 머릿속에 떠올랐다.

다루미 형사는 말을 이었다. "구로이와의 또 다른 동기는, 고향으로 돌아가야 할 시기가 지났는데도 돈을 제대로 모으지 못해 초조하고 분통이 터지는 상태였다는 거야. 그래서 무모한 범행을 저지르게 된 모양일세."

"우오즈미에게도 그 사람이 범인이라는 이야기를 했나?"

"일단 확인하기 위해서 구로이와의 얼굴 사진을 보여주었지. 하지만 그 친구는 공격을 당할 때 범인 얼굴을 보지 못해서 사진으로는 확인을 받지 못했네."

"우오즈미가 모르는 남자라고?"

"그러더군."

"하지만 아무리 그렇다고 해도 그 남자가 우오즈미를 덮친 동기가 단순한 강도 상해 이상일 가능성이 제로라는 건 아닐 테지?"

"글쎄. 당신이 조사하고 있는 십일 년 전 사건과 관련해서 누군가가 구로이와에게 우오즈미를 공격하라고 사주했을 가능성이 전혀 없지는 않겠지. 신조 게이코의 남편이 당한 걸 계산에 넣는다면 말이야."

"그 부분을 추궁해주면 좋겠군."

"알았어. 당신에겐 증거가 된 담배꽁초를 제공받은 빚이 있으니까 말이야. 하지만 미리 이야기해두는데, 내 직감으로 구로이와란 사내는 누가 그런 중요한 일을 부탁할 만한 인물이 아닌 것 같아."

"어쨌든 부탁하네. 히지카타 형사를 바꾸지."

나는 수화기를 히지카타에게 돌려주었다. 그들은 앞으로 협력 수사를 다짐하고 인사를 나눈 뒤 전화를 끊었다.

도리고에 형사가 신조 게이코한테 받은 열쇠로 신조 미술사의 문단속을 하고 나서 우리는 샤쿠지이 경찰서로 이동했다. 히지카타 형사가 작성한 조서에 내가 서명한 다음, 우리는 서로 조사하다가 알게 되는 내용이 있으면 협력하기로 약속했다. 그리고 히지카타와 함께 구라나리 외과병원으로 이동했다.

2층 병실 밖 벤치에 앉아 있던 신조 게이코에게 남편 상태가 어떤지 물어보았다. 엑스선 촬영 결과 타박상을 입은 신조 유스케의 뇌와 뼈에는 아무 이상이 없었다. 혹시 모르니 오늘 밤은 입원하기로 해서 이미 진정제를 맞고 잠이 들었다고 했다. 우리는 바로 병원에서 철수하기로 했다. 히지카타는 피해자 아내에게 내일 아침에 다시 들르겠다고 했고, 나는 신조 유스케가 이야기를 나눌 수 있을 정도로 회복되면 연락해달라고 부탁했다.

비는 여전히 거세지지도, 그치지도 않는 상태로 내리고 있었다. 10시 조금 전에 신주쿠에 도착할 때까지 블루버드의 엔진은 중요한 나사라도 하나 빠진 듯이 귀에 거슬리는 불협화음을 냈다. 이번 사건의 '불씨'가 된 우오즈미 아키라 상해사건이 뜻하지 않은 전개—의외의 결말이라고 해야 할까—를 보였기 때문에 내 머릿속에서도 아주 중요한 나사 하나가 빠진 것처럼 불쾌한 불협화음이 윙윙거리고 있었다.

40

사무실로 가던 길에 가부토 신사에 들러 마스다 게이조를 만나기로 했다. 그는 신전 아래 누워 있었지만 아직 잠이 들지는 않았다. 이름을 부르자 바로 밖으로 기어나왔다. 추운지 코트 옷깃을 세우고 어깨를 잔뜩 움츠린 모습이었다. 비는 신경 쓰일 정도는 아니었지만 공기가 차가웠기 때문에 우리는 바람을 피할 수 있는 정면 계단 쪽으로 가서 걸터앉았다.

"우오즈미 아키라를 해친 범인이 잡혔어."

나는 신주쿠 경찰서 다루미 형사로부터 들은 대로 구로이와라는 노동자가 체포된 경위를 전했다.

"그 담배꽁초가 결정적인 증거가 된 셈이군." 마스다는 무표정하게 말했다. 전혀 기뻐하는 표정이 아니었다. "……그렇다면 그 우오즈미라는 청년이 당신에게 조사를 의뢰한 일과 관련된 범행은 아니었다는 말인데. 말하자면 그 사람은 이 근처에 왔다가 우연히 강도 피해자가 된 셈인가?"

"구로이와라는 사람을 더 조사하지 않고서는 그렇게 단정할 수 없지. 하지만 아무래도 그런 모양이야."

"그렇다면 당신들이 하는 조사는 출발점부터 의심스러워진 거 아닌가? 우오즈미라는 친구가 습격당했기 때문에 그가 조사하려던 문제에 뭔가 숨은 이유가 있는 게 틀림없다고 생각한 걸 테지? 그런데 습격당한 사건이 그 조사와 무관하다면……."

"세 시간 전이라면 나도 그렇게 생각했겠지. 하지만 오늘 밤 새로운 상해사건이 일어났어. 십일 년 전 사건에는 역시 뭔가 숨겨진 비밀이 있고, 그게 밝혀지는 걸 막으려는 인간이 있다는 사실에는 여전히 변함이 없어."

마스다는 이번 일에 얽혀들었기 때문인지 직감이 작동하는 모양이었다. "다른 피해자가 나왔다고?"

"그래."

나는 신조 부부와 우오즈미 아키라의 관계를 설명하고, 신조 유스케라는 남자가 오늘 밤 습격당했다는 이야기를 해주었다.

"폭력이 폭력을 부른다더니, 정말이로군…… 그런 식이라면 그 우오즈미란 청년이나 당신이 조사하는 일이 과연 사람들에게 좋은 일인지 어떤지 알 수 없는 것 아닌가?"

"대체 누구를 말하는 거지, '사람들'이란? 우오즈미는 이웃돕기 사업을 시작한 게 아니야."

"하지만 실제로 우오즈미의 친척이 습격을 당하지 않았나? 우오즈미는 그런 사실을 알고도 조사를 계속하고 싶을까?"

"몰라. 하지만 자네 말대로 이번 일은 어떻게든 견뎌낸다고 해도, 다시 무슨 일이 터지면 조사를 단념하게 되겠지. 우오즈미는 틀림없이 십일 년 동안 그런 과정을 반복했을 거야."

"그렇게 되면 당신도 조사를 그만둘 건가?"

"그럴 수야 없지. 설사 우리가 조사를 그만둔다고 해도 상대방이 그걸 모르면 위험을 피할 수 없을 테니까."

"돌기 시작한 톱니바퀴는 이제 멈출 수 없다는 건가?"

나는 고개를 끄덕였다. "경찰도 신조 유스케를 습격한 범인을 계속 수사할 거야. 우리가 조사를 그만두어도 상황은 변하지 않지."

나는 윗옷 주머니에서 담배를 꺼내 마스다에게도 권했다. 그는 어쩐 일인지 필요 없다며 거절했다. 나는 눅눅해져 불이 잘 붙지 않는 종이성냥으로 간신히 담배에 불을 붙였다.

"우리가 발견한 담배꽁초가 그 청년을 습격한 노동자 체포에 도움이 되었다는 이야기도 별로 기분이 좋지는 않군. 왠지 동료를 배신한 기분이 들어. 그때는 우오즈미라는 청년을 죽이려 한 범인을 찾아낼 단서가 되면 좋겠다는 심정이었는데. 하지만 붙잡힌 남자가 집 떠나온 돈이 궁한 노동자라는 이야기를 듣고 나니."

"돈이 궁하면 남의 두개골도 깨는 그런 인간이 동료라는 건가?"

"아니, 그런 소리가 아니야. 폭력을 휘두르다니, 그건 말도 안 되지. 하지만 인간을 두 가지 종류로, 이 세상에 요령 있게 적응하는 사람과 그렇지 않은 사람으로 나눌 수 있다고 하면 우리는 함께 후자에 속할 거라는 말이야."

"지금쯤 경찰서 유치장에서 풀이 죽어 있을 남자를 동정하는 건 자유지만, 돈벌이를 위해 집을 떠난 노동자가 노숙자를 동료라고 생각해줄지 어떨지는 의문이로군."

마스다는 쓸쓸하게 웃었다. "당신은 가끔 정말 마음에 안 드는 인간이 되는군. 분명히 남들에게 자기가 그런 인간으로 비쳐지기를 바라는 걸 테지."

오늘 밤 마스다는 여태까지 보아왔던 그와는 어딘가 태도가 다른 것 같았다.

"그 젊은 친구는 어떤가?" 내가 물었다. "신전 아래에 없는 것 같던데. 어디 갔나?"

마스다는 코트 안주머니에서 '쇼트 호프'라는 담배와 일회용 라이터를 꺼내 불을 붙였다. 담배나 라이터나 여느 때처럼 길에서 주운 것으로 보이지 않았다. 돈을 내고 산 것처럼 깨끗했다. 마스다는 내 시선을 눈치채고 담배와 라이터를 얼른 주머니에 집어넣었다.

"그 친구는 오늘 점심때쯤 북쪽으로 여행을 떠나겠다며 여기서 나갔어."

"여행?"

"그 친구는 매년 벚꽃이 필 무렵이면 벚꽃과 함께 북쪽으로 방랑여행을 떠나는 습관이 있다더군. 올해는 내게도 함께 가지 않겠느냐고 권하긴 했지만."

"벚꽃이 피려면 아직 멀었는데."

"그렇지…… 아마 요즘 이런저런 일이 너무 많아서. 야쿠자 놈들에게 얻어맞기도 하고, 그 청년의 피투성이가 된 머리를 누르고 있기도 하고…… 게다가 자기가 발견한 담배꽁초가 범죄 증거로 사용되자 좀 후회하기 시작하는 것 같았어. 그 친구에게는 요 며칠간 연속해서 깜짝 놀랄 일들만 일어난 셈이지."

"그 친구는 이름은?"

"아니, 몰라. 이름을 밝힌 적이 없고 나도 묻지 않았어." 마스다가 갑자기 얼굴색을 바꾸며 물었다. "설마 경찰이 그를 수배하거나 하지는 않겠지?"

"그럴 리가. 경찰은 그 친구를 알지도 못해." 안도한 마스다는 표정을 되찾으며 말했다.

"그 친구는 요즘 평소보다 술을 곱절은 마셨어. 운동을 좀 해서 술 독을 빼지 않으면 몸이 견디지 못할 거라더군. 벚꽃은 좀 이르지만 그런 이유로 도쿄를 떠날 마음이 들었을 거야."

그 젊은 노숙자의 음주에는 나도 기여한 바 있다. 계단 앞 땅바닥에 담배를 끄며 말했다. "그것뿐만은 아니겠지."

"그것뿐만은 아니라니, 무슨 소린가?"

"그런 타입의 젊은이는 당신처럼 꼼꼼하게 돌봐주는 나이든 남자와 친해지면 스스로 그 곁을 떠나려고 하지 않아. 그가 당신을 두고 떠났다는 건 머지않아 당신이 그를 두고 여기를 떠날 거라고 느꼈기 때문이겠지."

"그럴 리가." 마스다가 묘하게 힘주어 부정했다.

내가 말을 이었다. "당신은 방금 인간을 두 종류로 나누고 자기를 세상에 적응하지 못하는 쪽에 넣으려고 했어. 그렇지만 당신은 사실 자기가 어느 쪽에 속하는지 모르는 거야. 모르기 때문에 그런 분류 방법을 들먹이며 자기 자신을 납득시키려 드는 게 아닌가. 진짜로 이 세상에 적응하지 못하는 인간은 그런 문제로 머리를 써가며 고민하지 않아. 그 노숙자처럼 위험한 곳이라고 느끼면 재빨리 몸을 피할 뿐이지."

"여기가 분명히 위험한 곳이기는 하지만……."

"아니, 그 친구는 야쿠자나 구급차 소동, 알코올을 위험하게 느낀 게 아니야. 노숙자는 같은 노숙자로부터 버림받는 것만큼 정신건강에 해가 되는 일이 없을 테지. 두 사람 사이에 무슨 일이 있었던 거지?"

"아니야. 아무 일도……." 마스다는 반론을 펼치려고 했지만 말을 잇지 못했다. "당신은 뭐든 다 아는 것처럼 이야기하는군."

"그 또래 남자의 마음을 헤아리기 위해 뭐든 다 알 필요까지는 없지. 대체 무슨 일이야?"

"그만 해. 당신 말이 맞아. 자꾸 묻지 말아줘." 그는 잠시 털어놓을까 어쩔까 망설이더니 결심한 듯이 입을 열었다. 지금까지와는 달리 신중한 말투였다.

"오늘 아침에 갑자기 집사람이 찾아왔어. 그 친구와 함께 신사를 출발해 신주쿠 역 방향으로 가고 있을 때였지. 참배로가 끝나는 부분 도로 건너편에서 집사람이 이쪽을 두리번거리며 서 있었지. 집사람을 본 게 분명 오 년 만일 거야. 그래도 첫눈에 아내인 줄 알았어. ……나는 잠시 걷다가 집사람의 모습이 보이지 않는 곳까지 갔을 때 그에게 '오늘은 좀 컨디션이 좋지 않아 신사로 돌아가겠다'고 했어. 그 친구가 걱정스러운 표정으로 '그럼 함께 돌아갈까' 하고 물었지만 괜찮다며 사양하고 나는 혼자 돌아왔지."

마스다는 내가 자기 이야기를 듣고 있는지 어떤지 불안한 듯이 이야기를 잠깐 중단하고 내 쪽을 보았다. 나는 두번째 담배에 불을 붙였다.

"그 담배와 라이터는 부인이 사준 건가?"

"아, 그래…… 적어도 내가 어떤 담배를 피웠는지는 기억한다는 이야기지." 마스다는 짧아진 담배를 바닥에 던지고는 밟아 껐다. 그러고 보니 마스다는 조금 전부터 자신을 '아타시ぁたし'가 아니라 '와타시ゎたし'라 부르고 있었다.

"아내 말로는 서른 살 먹은 딸이 다음 달에 결혼을 할 거래. 내 문제 때문에 결혼 상대도 좀체 생기지 않았던 모양인데, 내가 대학에 있던 마지막 해에 연구실 조수가 되었던 제자가 사정을 다 알면서도 딸을 아내로 맞이하기로 했다는군. 그 제자가 어느 대학 강사가 되면서 급하게 결혼 이야기가 나왔대. 집사람이 나보고 결혼식에 참석하라는군. 가까운 친인척과 친구들만 불러 조촐하게 식과 피로연을 치른다는데 참석하는 사람들은 내 사정을 다들 알고 있지. 아버지는 죽었다고 얼버무리고 넘어갈 수도 없으니 결혼식이 끝날 때까지만 집에 돌아와달라고 하더군. 하객들이 다들 사정을 알고 있다면 분명하게 '신부 아버지는 노숙자이기 때문에 오늘 참석하지 않았습니다'라고 소개하면 되는 게 아니냐고 했지. 집사람은 신랑 친인척이 참석한 자리에서 그런 무례를 저지를 수는 없다고 했어. 내가 절대로 참석하지 않겠다는데도 집사람은 참석하는 걸로 알고 준비를 할 테니 이달 중으로 꼭 들어오라고 하고 돌아갔네."

"결혼식에 참석하면 그만 아닌가? 그다음에 다시 노숙자로 돌아오면 되지."

"그렇게 간단하게 신부 아버지가 되고 노숙자가 되고 할 수 있는 줄 아나?"

"진짜 노숙자라면 가능하지. 당신은 한 번 저쪽으로 돌아가면 다시는 노숙자로 돌아올 수 없는 게 아닐까 싶어서 그게 불안할 뿐인 거지."

"그렇지 않아. 애당초 결혼식 따위가 어리석은 짓이지. 오로지 체면을 차리기 위해서 하는 그런 자리에 왜 내가 참석해야만 한다는 거지? 당신은 결혼식 같은 데 참석한 적이 없지? 그러니 그런 속 편한 소리를 할 테지."

"한 번 참석한 적이 있어."

"호오, 그거 뜻밖이로군. 아마 형제나 친구 결혼식일 테지? 설마 신랑으로 참석했다는 이야기는 아니겠지?"

나는 고개를 가로저었다. "신랑이 결혼 전에 사귀다 헤어진 여자한테서 협박장을 받았어. 그래서 신랑이 경비회사를 불렀고, 나는 그 회사에 임시로 고용되어 식에 참석했지. 결혼식은 아무 일도 없이 평온하게 끝이 났어. 나는 호텔 종업원 복장을 입어봐야 도무지 종업원으로 보이지 않았기 때문에 사복을 입은 채로 내내 병풍 뒤에 서 있었지. 어디에 있건 두 시간 가까이 버텨야 한다는 사실에는 변함이 없었지만."

"웃기는군." 마스다가 웃으며 말했다. "신부 아버지 자리와 병풍 뒤가 어떻게 같아?"

"신부 아버지 자리에 앉아 있건, 그 시간에 이 신사 마루 밑에서 토라져 자빠져 있건 마찬가지라는 이야기야."

"그런 뜻이었어? 그건 확실히 그렇군. 그렇지만 새삼스럽게 예복 따위를 걸치고⋯⋯."

"누가 예복을 입으라고 했나? 진짜 노숙자라면 지금 그 모습으로 참석하면 되지."

"말도 안 돼! 무슨 터무니없는 소리야. 아니, 지금 날 놀리는 거지? 그렇지? 아니면 진심이야?"

나는 그의 질문에 대답하지 않고 목만 따가울 뿐 맛은 없어진 담배를 껐다.

"……그렇지만 한번 생각해볼 여지는 있겠군." 마스다는 빈정거리는 듯한 미소를 지으며 말했다.

"지금 이 꼴로 식장에 가면 거기서 내게 예복을 입히겠지. 신부가 웨딩드레스를 예식장에서 갈아입고, 하객들도 식장에서 예복으로 갈아입기도 하니까. 뭐 세수하고 수염을 깎는 정도는 감수해야지. 신부도 화장을 하니까…… 그리고 결혼식과 피로연이 끝난 다음에 지금 이 옷으로 갈아입고 예식장에서 바로 이리 돌아오는 거야. 집사람에게 이런 방식이 싫다면 나를 결혼식에 끌어낼 생각은 하지 말라고 얘기할까?"

그는 다시 자신을 '아타시'로 부르기 시작했다.

"내가 상관할 바 아니지."

마스다가 다시 진지한 표정으로 말했다. "맞아. 결혼식에서 내 복장 따위는 아무 상관없지. 당신은 북쪽으로 여행을 떠난 그 친구가 내게 버림을 받기 전에 도망친 거라고 했는데 나는 그런 심술궂은 해석은 받아들일 수 없어. 내가 여기를 떠날지도 모른다는 느낌이 들게 한 건 맞을 거야. 하지만 그렇게 느꼈다면, 그가 여행을 떠난 이유는 내가 여기서 떠날 수 있게 해주기 위해서였겠지."

나는 계단에서 일어섰다. "그렇다고 해두지."

"……갈 텐가? 몇 시지?"

"이제 11시 다 됐네." 내가 대답했다.

"아 참. 하나 잊은 게 있군. 틀림없이 9시 전후였을 텐데, 당신 사무실 건물 앞에 검은색 대형 벤츠가 서 있는 걸 봤어. 뒷좌석에는 폭력단 사무실에 끌려갔을 때 본 덩치와 꼭 닮은 녀석이……."

"세이와카이의 사가라 말인가?"

"맞아. 그 사람 비슷한 남자가 앉아 있었어. 보자마자 깜짝 놀라 고개를 돌려버려서 확실하지는 않아도. 하지만 아주 많이 닮은 남자였던 건 틀림없어."

내가 니시고리 경부를 만나거나 신주쿠 경찰서에 드나들고 있으니, 이제 슬슬 사가라나 하시즈메가 얼굴을 디밀어도 이상할 게 없다. 나는 마스다 게이조에게 '잘 자'라고 말하고 가부토 신사를 떠났다. 하지만 그때 나는 '잘 가'라고 했어야 했다.

나는 누군가와 작별하며 '잘 가'란 말을 제대로 해본 적이 한 번도 없다. 그런 말을 적절하게 쓸 수 있는 사람은 대체 어떤 사람일까.

41

블루버드를 사무실 주차장에 세우고 여전히 가랑비가 내리는 밖으로 나왔다. 사무실 앞 도로와 주차장에는 마스다가 이야기한 벤츠는 없었다. 연일 밤늦게까지 뛰어다니다 보니 폭력단마저 남들처럼 일찍 잠자리에 드나 싶어 슬쩍 부아가 났지만, 오늘 밤만은 그들도 곯아떨어져 있기를 바랐다. 요 며칠간 수면부족이었던 탓에 시무실 계단을 오르는 것도 버겁게 느껴졌다. 돌아서서 집으로 가 눕고 싶었다. 이런 약한 소리가 나오는 것도 사십대 중반을 넘어선 나이 탓이리라. 나는 전화응답서비스를 체크할 생각으로 무거운 발을 끌며 사무실로 향했다.

문을 열고 열쇠를 주머니에 넣은 다음 조명 스위치에 손을 뻗었을 때 계단 쪽에서 발소리가 났다. 3층에서 내려온 사람이 이쪽으로 다가왔다. "사와자키 씨입니까?"

"그렇소만……."

남자는 걷는 속도를 거의 바꾸지 않고 내 쪽으로 다가왔다. 복도 조명이 어두워 잘 보이지 않았지만 아는 사람은 아니었다. 손에 검고 짧은 막대기 모양의 물건을 들고 있었다.

뒤에서 문 경첩이 삐꺽거리는 소리가 나 돌아보았다. 나보다 훨씬 덩치가 큰 사내가 복도 안쪽 화장실에서 나오더니 역시 내 쪽으로 다가왔다. 덩치 큰 남자였지만 세이와카이의 사가라 만큼 거구는 아니었다. 짙은 콧수염, 커다란 눈, 큼직한 코와 거뭇거뭇한 피부가 '걸프전' 때 겨우 눈에 익힌 아랍계처럼 보였다.

나는 다시 계단 쪽을 보았다. 3층에서 내려온 남자 뒤로 또 한 녀석이 보였다. 놈들은 적어도 세 명이다. 나는 뻗은 손에 닿은 스위치를 어떻게 할까 잠깐 고민했다. 환해지면 놈들의 얼굴을 확인할 수 있을지도 모르지만 나는 더욱 무방비 상태가 된다. 불을 켜지 않고 사무실 안으로 뛰어들어갔다.

방 한가운데 있는 손님용 의자를 집어 들고 바로 문 쪽으로 돌아갔다. 복도에 있던 녀석들이 문 앞으로 몰려들었다. 하지만 냉큼 안으로 들어오는 놈은 없었다.

"얌전히 구는 게 신상에 좋을 거야." 내 이름을 확인한 첫번째 사내가 말했다. 목소리가 살짝 떨렸지만 그것이 내가 유리하다는 증거는 되지 못했다. 피에 굶주려 폭력을 즐기는 인간의 목소리도 떨리기 마련이다. 그건 그들과 나 사이에 협상의 여지가 전혀 없다는 사실을 의미했다. 오히려 그 떨리는 목소리를 듣고서야 비로소 진짜 공포를 느꼈다.

창문 블라인드 틈새로 들어오는 희미한 불빛 덕분에 사무실 안은 사물의 형태가 어느 정도 보였다. 세 녀석 중 하나가 밖에서 손을 안으로 집어넣어 조명 스위치를 더듬었다. 나는 온 힘을 다해 의자로 그 팔을 찍었다. 으악, 하는 비명이 들리더니 바로 알아들을 수 없는 욕설이 이어졌다. 중국어 같다는 생각이 들었다. 의자가 완전히 부서져 내 손에는 다리 하나만 남았다. 그래도 아무것도 없는 것보다 나았다.

로커 안에 예전 파트너 와타나베가 사둔 야구 배트가 들어 있지만 꺼낼 여유가 없었다. 사무실 어딘가에 공구상자가 있고, 그 안에 쇠망치가 있을 텐데 공구상자가 어디 있는지 얼른 떠오르지 않았다. 나는 의자 다리만 쥔 채 재빨리 오른쪽 벽에 몸을 붙였다.

세 놈이 동시에 사무실 안으로 몰려들었다. 그 와중에 놈들 옆으로 빠져나갈 생각으로 나는 문을 향해 돌진했다. 유일한 탈출 기회였다. 하지만 재수 없게도 나와 가장 가까운 녀석이 방에 들어오자마자 들고 있던 손전등을 켰다. 그 바람에 내 움직임이 손전등 불빛에 잡혀 속셈을 들키고 말았다. 의자 다리로 손전등을 든 사내의 손목을 힘껏 후려쳤다. 손전등이 바닥에 떨어져 굴렀다. 그 불빛이 방 여기저기를 비추며 이리저리 굴렀다.

손전등을 떨어뜨린 녀석, 세번째로 나타난 중국어를 쓰는 사내가 손목 통증 때문에 움츠린 사이 나는 문을 향해 달렸다. 하지만 덩치 큰 아랍계 놈에게 어깻죽지를 잡혀 도로 방 안으로 끌려들어오고 말았다. 의자 다리를 녀석의 얼굴을 향해 찔렀지만 몸의 각도가 어정쩡해 헛손질에 그쳤다. 녀석은 공포와 분노가 뒤섞인 표정을 지으며 나를 힘껏 벽에 밀쳤다. 등 전체에 충격이 전해졌다. 턱을 앞으로 당겼기 때문에 간신히 뒤통수를 부딪치지 않을 수 있었다. 하지만 의자 다리를 놓치고 말았다.

눈앞에 일본어를 쓰는 첫번째 사내가 수비 자세를 갖추고 서 있었다. 그는 쥐고 있던 검은 가죽으로 싼 곤봉을 치켜들었다. "얌전히 굴지 않으니까 이런 꼴을 당하는 거야, 이 멍청한 새끼야!"

격투중에 쓸데없는 해설을 하는 짓은 잘못이다. 곤봉이 내리꽂히기 직전에 나는 놈의 오른쪽 무릎을 걷어찼다. 곤봉은 내 어깻죽지 부분을 스쳤고, 녀석은 무릎의 고통을 견디지 못하고 모로 쓰러졌다. 어깻죽지에 지독한 통증이 느껴졌다. 발아래 쓰러진 놈의 면상에 발길질을 한 방 먹여두는 게 옳았다. 하지만 오로지 탈출하자는 생각뿐이었기 때문에 놈의 머리를 뛰어넘어 문 쪽으로 달렸다.

중국어를 쓰는 녀석이 옆에서 내 허리에 달라붙었다. 나는 몸을 뒤틀며 놈을 바닥에 패대기쳤다. 하지만 그러는 사이에 달리던 방향에서 벗어나고 말았다. 비틀거리다가 반대편 로커 앞까지 갔다. 로커에 부딪히면서 돌아보니 아랍계 사내가 달려와 내 얼굴에 펀치를 넣었다. 손전등보다 천 배는 밝은 빛이 머릿속에서 번쩍였다.

나는 뒤로 돌린 오른손에 의식을 집중했다. 그 손은 로커 손잡이를 쥐고 있었다. 아랍계 사내의 펀치가 이번에는 내 복부에 꽂혔다. 호흡이 완전히 끊겼다. 하지만 내 오른손은 로커 손잡이를 신중하게 돌리고 있었다. 아랍계 사내의 세번째 주먹이 내 턱에 닿기 직전에 나는 로커 문을 열었다. 펀치의 기세 때문에 로커 안으로 벌렁 자빠졌다. 안쪽 옷걸이에 걸린 코트와 바닥에 놓인 가방 따위가 쿠션 역할을 해 큰 충격은 없었지만 상대방이 보기에는 녹아웃 당한 자세였다. 아랍계 사내는 후세인 대통령 못지않은 승리자의 표정으로 내 멱살을 잡고 넝마라도 다루듯이 나를 로커에서 끌어냈다. 내 왼손이 야구배트 손잡이에 닿았다.

아랍계 사내가 마무리 일격을 먹일 작정으로 오른손을 크게 뒤로 당겼을 때, 나는 왼손에 쥔 배트로 그의 옆머리를 후려쳤다. 제대로 힘을 주지는 못했지만 역시 야구 배트는 단단하다. 녀석은 욱, 하고 신음하며 자기 머리를 감싸쥐었다. 나는 반격을 해야 했지만 녀석에게 얻어맞은 세 방의 펀치 때문에 아직 숨을 쉴 수 없었다. 숨을 크게 들이쉬었지만 공기가 폐에 이르지 않았다. 눈앞이 캄캄해졌지만 어쩔 도리가 없었다. 중국어를 쓰는 녀석이 다가오는 모습이 보이는데 꼼짝도 할 수 없었다. 배트를 치켜들려고 했지만 움직일 수 없었다.

중국어를 쓰는 녀석은 내 배트를 빼앗으려고 달려들었다. 우리는 서로 배트를 빼앗으려고 엉겨붙은 채 쓰러졌다. 근접전에서는 도움이 되지 않으므로 배트를 놓았다. 그러자 마치 배트가 장애였다는 듯 폐 안으로 산소가 흘러 들어오는 느낌이 들었다. 상대가 배트를 잡으려 드는 틈을 노려 놈을 깔아뭉개며 위로 올라탔다.

그때 목덜미에 서늘한 바람이 스치는 기분이 들었다. 무릎 공격을 당했던 일본어 쓰는 녀석이 휘두른 곤봉이 내 머리를 스쳤다. 그게 마지막 기억이었다. 사무실 전체가 내 목을 짓누르는 게 아닌가 하는 생각이 들 정도의 충격을 받고 나는 어둠 속으로 가라앉았다.

　온통 흰색뿐인 방이었다. 천장과 벽, 내가 누운 침대도 흰색이었다. 그런데 왠지 방 안은 무척 어두웠다. 나만 검은색 가운 같은 것을 입고 침대에 묶여 있었다. 전화를 해야 한다. 그런 생각이 들어 몸부림을 쳤지만 꼼짝도 할 수 없었다.

　구석에 있는 흰 문이 열리더니 하얀 가운을 입은 의사로 보이는 남자가 내 침대 쪽으로 다가왔다. 그는 내 머리맡 의자에 앉아 '괜찮아. 걱정할 필요 없어'라고 말했다. 예전 파트너 와타나베였다. 나는 '전화를 해야 해'라고 말했다. 와타나베는 '누구에게?'라고 물었다. 내가 전화를 걸어야 할 사람은 와타나베였다. 하지만 내 머리맡에 있는 와타나베에게 그런 사실을 알리는 것은 매우 위험한 일이었다.

　나는 깊이를 알 수 없는 공포에 떨었다. 와타나베가 '괜찮아, 걱정할 필요 없어'라고 다시 말했다. 그가 가짜 와타나베라는 사실은 이미 눈치챘다. 나는 침대 위에서 계속 발버둥쳤다.

눈을 뜨니 주위가 캄캄했다. 나는 차갑게 젖은 콘크리트 바닥에 누워 있었다. 얼음으로 만든 칼날에 난도질당한 듯이 온몸이 쑤셨다. 살짝만 움직여도 통증은 곱절로 늘어나는 것 같다. 나는 죽어도 몸을 움직이지 않겠다고 마음먹었다. 하지만 고통을 느낀다는 것은 내가 아직 살아있다는 증거였다. 그런 사실을 깨닫고도 전혀 기쁘지 않았다.

　나는 분명히 전화응답서비스에 연락할 작정이었다. 애처롭게도 할 일을 떠올리자 몸이 반사적으로 일어났다. 아니나 다를까, 몸 여기저기에 극심한 통증이 느껴졌다. 하지만 통증이 아까보다 좀 누그러진 거 아닌가? 어떤 때라도 희망은 고개를 들기 마련이다. 하지만 그 희망이 너무나도 하찮다는 사실에 절망하고 만다.

윗몸을 일으키면서 어젯밤인가 오늘 밤이던가, 지금의 나와 마찬가지로 필사적으로 상반신을 일으키려는 누군가를 도와주었던 일이 떠올랐다. 그렇다. 습격당한 신조 유스케를 발견했을 때였다. 몸을 일으킨 신조 옆에 내가 있었듯이 지금 내 옆에도 누군가 있다는 사실을 깨달았다. 덩치가 엄청나게 큰 남자였다.

조금 떨어진 곳에 검은색 승용차의 차체가 보였는데, 그 보닛에 걸터앉은 키 큰 사내가 담배연기를 내뿜으며 말했다. "그 녀석이 아직 살고 싶긴 한 모양이군."

"괜찮은가, 사와자키?" 웅크리고 앉아 나를 완전히 덮어버릴 듯이 들여다보던 거한이 물었다. 세이와카이의 사가라였다.

그렇다면 담배를 피우는 키 큰 사내는 하시즈메가 틀림없을 것이다.

"네가 비켜준다면……." 입 안쪽으로 턱까지 아파서 목소리가 뜻대로 나오지 않았다. 하지만 오기로 말을 이었다. "환기가 잘되어 괜찮아질 거야."

"허세 부려봤자 소용없어." 사가라가 말했다.

"병원 치료를 받지 않으면 죽게 될걸. 꼴을 보아하니 얼굴뿐만 아니라 온몸이 멍투성이겠군."

"내버려둬, 사가라. 그 녀석은 옛날부터 그런 꼴을 당하는 걸 즐겼으니까. 지금보다 몇 배나 얻어맞고도 늙은 친구…… 아니, 자기를 배반한 늙은이가 어디 있는지 불지 않은 멍청이니까. 충고해봐야 아무

소용없어."

하시즈메가 기댄 벤츠 운전석에는 세이와카이 사무실에서 보았던 젊은 조직원도 있었다.

"너희, 나한테 무슨 짓을 한 거지?" 아니다…… 나를 덮친 세 녀석은 하시즈메 일당은 아니다.

"사와자키, 너 머리는 괜찮은 거야?" 사가라가 표정도 바꾸지 않고 물었다.

"무슨 일이 있었는지 기억 못 하나?"

"아…… 아니야. 생각이 좀 나는 것 같아…… 삼인조 괴한이 내 사무실을 덮쳤지…… 분명 가죽으로 감싼 곤봉 같은 걸로 목 뒤를 얻어맞았는데…… 거기까지밖에 기억이 나지 않는군."

"이 은혜 잊지 마." 하시즈메가 말했다.

"우리가 바로 네 생명의 은인이야. 제대로 감사하는 마음을 가져야 해." 그는 피우던 담배를 멀찍이 떨어진 물웅덩이로 던지며 기분 좋다는 듯이 웃었다.

비는 이미 그쳤다. 여기는 내 사무실 건물 주차장인 듯했다. 블루버드 뒷바퀴에 등을 기대고 지저분하게 빗물에 젖은 채로 쓰러져 있었다. 이런 상황을 파악하는 것만으로도 눈이 캄캄해지는 통증과 구역질을 느껴야만 했다. 하지만 계속 징징거리고 있을 수는 없었다. 나는 평소보다 열 배나 시간을 들여 윗옷과 바지 주머니를 뒤져 수첩과 키홀더, 약간의 현금 등이 무사하다는 사실을 확인했다. 구역질이 약간 가라앉자 사가라의 목소리가 들렸다.

"……네 사무실 창문으로 이상한 불빛이 보여서 무슨 일인가 싶었지. 잠시 상황을 살핀 뒤 형님을 차에 남겨두고 내가 건물 안에 들어 갔더니 세 놈이 너를 부둥켜안고 빌딩 입구에서 나오더군. 내가 '무슨 짓이냐!'라고 호통을 쳤지. 제일 작은 녀석은 바로 꽁무니를 빼며 중 국어 같은 알아먹을 수 없는 말로 소리를 지르더군. 체격이 제일 좋은 피부 검은 외국인이 내게 다가와 붙어보자는 식으로 굴더라고. 하지 만 다른 한 녀석이, 그 녀석이 우두머리인 일본인 같았는데, 내 얼굴 을 보더니 외국인을 붙들더군. 나를 아는 것 같았어. 어쨌든 세 놈이 너를 내버려두고 쏜살같이 사라졌지."

하시즈메가 이어서 말했다. "그리고 네가 행복한 꿈나라에서 돌아 올 때까지 우리가 그럭저럭 십 분 가까이 기다려주었다는 말씀이야. 우리는 네가 요즘 니시고리와 만나서 속닥거린다는 확실한 정보를 입수했어. 넌 의리파잖아? 이 빚을 어떻게 갚을 거야?"

"누가 도와달라고 했나?"

하시즈메가 벤츠 보닛에서 일어났다. "말 조심해. 난 말이야, 사가 라가 공연히 참견해서 짜증이 났다고. 누더기 쪼가리처럼 뻗은 멍청 이 옆에서 어슬렁거리는 것만 해도 구역질 나게 기분 나빠."

"그렇다면 얼른 집에 가서 자빠져 자. 너희가 쓸데없이 참견하지 않 았다면 난 지금쯤 조사중인 사건의 열쇠를 쥔 사람을 만났을 거야."

분명히 그랬을 가능성도 있다.

"큰소리치긴." 하시즈메가 말했다.

"지금쯤 틀림없이 어디 하수구에 처박힌 시체가 되어 있겠지."

분명히 그랬을 가능성도 있다.

"날 죽이는 게 놈들 목적이었다면 내 사무실에서 해치웠을걸."

"사무실에 시체를 내버려둘 얼빠진 녀석들이었다고, 그놈들이? 널 죽이고는 영원히 사람들 눈에 띄지 않을 곳에 처리해버릴 작정이었을 테지."

분명히 그랬을 가능성도 있다. 하지만 그렇다면 죽인 뒤에 옮기는 게 훨씬 편했을 것이다. 사무실에서 세 놈이 덤비던 모습과 사가라가 보았다는 건물 밖으로 옮겨졌을 때의 모습을 미루어 추측하면 그들은 나를 죽이지 않고 어디론가 데리고 갈 계획이었던 게 틀림없다. 어디로? 혹은 누구에게? 그런 생각을 하자니 목 뒤가 욱신욱신 쑤셨다. 만져보니 혹처럼 부어올라 있었다.

"다시 말해두지." 나는 비교적 덜 아픈 왼손으로 바닥을 짚고 몸을 일으켜 기를 쓰고 일어섰다. 온몸이 고통으로 부들부들 떨렸다. 하지만 어떻게든 일어나서 이야기를 이어가야만 한다. 힘없이 주저앉으려는 하반신을 질책하며 일어서 블루버드 차체에 몸을 기댔다. "난 너희에게 도와달라고 부탁한 적 없다."

사가라가 내 상태를 살피며 말했다. "서 있을 만한 몸 상태가 아니야. 병원에 가겠나?"

"누가 너희하고!" 나는 고함을 쳤다. 그리고 바로 고함친 것을 후회했다.

"넌 진심으로 내가 너 같은 놈 목숨을 구해줄 거라고 생각하나?" 하시즈메가 싸늘한 눈을 하고 말했다.

"정말 어수룩한 녀석이군. 난 말이야, 와타나베가 들고 튄 일억 엔이라는 돈과 그 물건을 이어줄 중요한 연결고리가 사라지는 걸 막았을 뿐이야. 네 놈이 언제 어디서 뒈지건 내가 알 바 아니야."

"그럼 너희 편의를 위해 내 업무를 방해했을 뿐이니 빚은 없겠군."
나는 블루버드에서 몸을 떼고 한 걸음씩 신중하게 내디뎠다.

온몸의 신경과 근육이 제각각 다른 방향으로 움직이는 듯해 쓰러지지 않고 앞을 향해 걷는다는 사실 자체가 기적에 가까웠다.

"흥, 예쁜 구석이라고는 눈곱만치도 없는 놈이로군." 하시즈메가 욕설을 해댔다.

내게는 첫번째 목표인 건물 입구까지가 10000미터쯤 떨어진 듯이 여겨졌다. 하시즈메에게 신경쓸 여유가 없었다.

"어디로 가는 거지?" 사가라가 물었다.

"사무실로 돌아갈 거야."

"멍청하긴! 그런 몸으로 계단을 올라갈 수 있을 것 같아? 사무실 같은 데는 가서 뭘 하려고?"

"전화를 해야 해."

"전화라면 우리 차에 있어."

나는 건물 출입구까지의 거리를 다시 계산했다. 아직도 9999미터쯤 남아 있었다. 걸음을 떼고 겨우 1미터밖에 나아가지 못했으니 계산이 맞을 것이다. 나는 걸음을 멈추고 뒤를 돌아보았다. 돌아보는 동작을 하는데도 복부에 난 타박상에 불이 붙은 듯 쑤셨다.

사가라가 벤츠 뒷문 쪽으로 가자 하시즈메는 그를 제지하더니 자기가 문을 열고 상반신을 차 안으로 디밀어 휴내전화를 꺼냈다.

나는 하시즈메가 얼마나 이죽거리고 욕을 할지 기대하며 기다렸다. 그는 아무 말도 없었다. 하시즈메는 4, 5미터 떨어진 거리에서 내 쪽으로 휴대전화를 획 던졌다. 언제였던가, 이 녀석이 탄환 적출 수술을 받은 지 얼마 되지 않았을 때 내가 녀석에게 돈뭉치를 패대기친 것에 대한 앙갚음이리라. 나는 온몸을 불에 덴 듯한 통증을 참으며 간신히 휴대전화를 받아냈다. 녀석들의 전화 따위 부서져도 상관없는데 왜 그 심한 통증을 맛보면서까지 바닥에 떨어지기 전에 받아내야만 하는지 스스로도 이해할 수 없었다.

하시즈메는 고통을 참는 나를 보며 만족스러운 듯이 웃었다. "너 같은 가난뱅이는 휴대전화를 처음 써보겠지. 거기 '통화' 버튼을 눌러."

전화응답서비스 번호를 기억해내는 데 이십 초가 걸렸다. 전화가 연결되자 나는 와타나베 탐정사무소의 사와자키라고 밝혔다. 목소리가 허스키한 그 여성 오퍼레이터였다.

"오늘 밤 9시 정각에 '오쿠자와 TK맨션'에 사는 이가라시 님이 '오토바이 번호는 찾아내지 못했지만 실마리가 될 만한 사진을 발견했다. 연락을 기다린다' 이상입니다."

"그런가? ……고마워."

"오늘 밤은 왠지 목소리가 이상하네요."

"거의 죽어가고 있지."

"일을 너무 많이 해서 그래요." 그녀는 나무라듯, 하지만 밝은 목소리로 말했다.

나는 전화를 끊고 윗옷 주머니에서 수첩을 꺼냈다. 거기서 이가라시의 집 전화번호를 찾아내 번호를 눌렀다. 상대가 전화를 받기까지는 약간 시간이 걸렸다.

"여보세요, 이가라시입니다." 자다 깨서 받는 목소리였다.

"와타나베 탐정사무소의 사와자키입니다만."

“아, 사와자키 씨.”

“메시지 들었습니다. 단서가 될 만한 사진을 발견했다고 하던데, 지금 그쪽으로 가도 됩니까?”

“지금 몇 시인가?”

나는 송화구 쪽을 막고 사가라에게 시간을 물었다.

“11시 45분.” 이가라시에게 시간을 알려주었다. “한 시간 이내에 그쪽에 도착할 수 있을 거요.”

“뭐, 괜찮겠지. 내일은 일요일이고 선잠이나마 두 시간쯤 눈을 붙였으니까. 아래 관리사무실에 있겠소.”

나는 전화를 끊고 하시즈메가 있는 벤츠 옆까지 천천히 걸어갔다. 그리고 벤츠 뒷좌석 문을 열었다. 하시즈메는 내가 전화기를 차 안에 돌려놓으려는 줄 알고 잠자코 보고만 있었다. 나는 차에 올라타 운전석에 앉은 젊은 조직원에게 말했다.

“행선지는 지유가오카.”

젊은 조직원은 제대로 대꾸도 하지 못하고 쓴웃음만 지었다. 하시즈메는 섬뜩한 느낌이 드는 옅은 미소를 지었고, 사가라는 웃음을 참고 있었다.

42

사가라가 어깨를 흔들어 깨웠을 때 나는 자고 있었는지, 의식을 잃었던 건지 분간할 수 없었다. 입안에는 아직도 찝찔한 피 맛이 남아 있었다. 쿡쿡 쑤시는 아픔과 묵직한 통증이 여전히 온몸을 휩싸고 있었다.

"지유가오카 역 앞을 지났어." 사가라가 말했다.

나는 내가 뭘 하는 중인지 기억을 더듬었다. 사무실 주차장을 출발했을 때는 하시즈메가 내 옆자리에 앉아 있었고, 사가라는 조수석에 있었다. 지금은 사가라가 내 옆에 있고 하시즈메는 보이지 않았다. 틀림없이 중간에 어디선가 내렸으리라. 창밖을 보니 벤츠는 도쿄 오이마치 선이 지나는 건널목을 넘어가고 있었다.

"300미터쯤 더 가면 도도로키 거리가 나올 거야. 거기서 우회전."

운전석에 앉은 젊은 조직원은 말없이 내 지시에 따라 도도로키 거리를 200미터쯤 더 달리다 신호에 걸렸다. 그는 속도를 살짝 줄이더니 좌우 도로에 차가 없는 걸 확인하고 액셀러레이터를 밟아 신호를 무시하고 사거리를 통과했다.

"이제 다 왔어." 내가 말했다. "오른쪽에 7층짜리 베이지색 아파트가 있어. 그 앞에 세워줘."

벤츠는 오쿠자와 TK맨션 맞은편 보도 쪽에 멈춰섰다. 아파트 1층 관리사무실에 불이 켜 있었다.

"미행은 없었나?" 내가 운전석에 앉은 조직원에게 물었다.

"걱정 마." 사가라가 대신 대답했다.

"이 차 속도를 따라 올 차는 없었어. 너를 덮친 녀석들이 따라붙은 기미는 없어."

시계를 보니 아직 12시 반도 되지 않았다. 젊은 조직원이 얼마나 터무니없게 차를 몰았는지 짐작이 갔다.

"난 저 아파트 관리인을 만나고 오겠어. 십오 분쯤 기다려."

사가라나 젊은 조직원이나 대꾸가 없었다. 택시처럼 부려먹었다고 화가 났는지도 모른다. 어쩌면 엄격한 새 폭력단법 때문에 새로운 비즈니스로 운송업이나 탐정업을 검토중인지도 모르고.

문을 열고 밖으로 나와 벤츠 뒤로 돌아 도로를 건넜다. 여전히 온몸이 쑤셨지만 사십 분쯤 눈을 붙인 덕분에 손과 발이 조금이나마 기운을 되찾은 기분이 들었다. 그래도 아파트 현관으로 들어가 관리사무실의 작은 안내창을 두드릴 때까지 걸린 시간이 멀쩡할 때보다 곱절은 더 걸렸다. 게다가 이런 식으로 '견학하는 사람'이 있는 환경에서 탐정 업무를 처리하기는 첫 경험이었다.

관리인인 이가라시가 작은 창을 열고 생각보다 일찍 왔다고 말했다. 나는 지난번에 왔을 때와 마찬가지로 건물 뒤로 나가는 통로 쪽 문을 통해 관리사무실 안으로 들어갔다.

이가라시는 짙은 남색 잠옷 위에 회색 작업용 점퍼를 걸치고 있었다. 자다 일어나서인지 짧은 머리카락 일부가 뻗쳐 있었다. 그는 물고 있던 담배에 불을 붙이고 나서 입을 열었다.

"전화로 이야기한 대로 역시 그 오토바이 번호는 찾을 수 없더군요. 내 손으로 그 메모를 버렸을지도 모르지만 설사 내가 보관해뒀어도 틀림없이 같이 사는 마누라가 버렸을 거요."

이가라시의 책상 옆에는 지난번 왔을 때 앉았던 의자가 그대로 있었다. 나는 거기 걸터앉았다. 등을 구부리자 얻어맞은 배가 찢어질 듯이 아팠다. 몸을 펴고 의자에 등을 기대어 심호흡을 했다.

"아니, 어떻게 된 일이오?" 이가라시가 물었다. "안색도 너무 창백하고 왼쪽 턱은 멍이 들어 시커멓게 부어올랐잖아?"

"별일 아닙니다. 그보다 찾아냈다는 단서를 보여주시죠."

이가라시가 머뭇거렸다. "설마 나까지 당신이 말한 그런 위험한 일에 말려드는 건 아닐 테지?"

"그럴 리 없어요. 조사가 늦어져서 내가 찾는 인물을 내버려두는 게 훨씬 더 위험할 거요."

"그런가……? 당신 말을 믿을 수밖에 없겠지." 이가라시는 담뱃재를 재떨이에 털었다.

"당신이 간 뒤에 바로 마누라와 함께 메모를 찾아봤소. 방 안을 죄다 뒤집어엎고 난리를 피웠지. 정리 정돈에 신경 쓰고 깔끔한 걸 좋아하는 마누라는 투덜거렸지만…… 내 취미가 카메라와 사진이라는 얘기는 지난번 왔을 때 했지? 내 방에 온통 사진 관련 책과 잡지, 네거 필름과 앨범이 잔뜩 있어서, 메모를 찾느라고 그걸 이리 치웠다가 저리 옮겼다가 했지. 근데 마누라가 메모 찾기에 지쳤는지 '사진을 이렇게 많이 찍으면서 그 오토바이도 한 번쯤 찍어두면 좋았을 텐데'라며 잔소리를 하더군. 그 말을 듣고 퍼뜩 생각이 났소. 십일 년 전이라면 내가 사진을 찍기 시작한 지 얼마 되지 않았을 때요. 분명히 첫번째 니콘 카메라를 사고 얼마 지나지 않았을 때였지. 좌우간 뭣이건 렌즈를 들이대 닥치는 대로 셔터를 누르던 기억이 나는구려."

"그 오토바이를 찍었나요?"

"아니, 안타깝게도 그런 기억은 없소. 하지만 무의식적으로 찍었을 수도 있고, 어쩌면 뭔가 다른 것을 찍으려다 우연히 오토바이가 프레임 안에 들어오지 말란 법도 없겠지. 그래서 메모 찾기는 마누라에게 맡기고 나는 앨범부터 뒤져봤는데.”

이가라시는 담배를 끄고는 작은 창 앞쪽 선반에 올려두었던 낡은 사진 앨범을 꺼내 책상 위에 내려놓았다. “이런 앨범이 칠십 권도 넘는다니까.”

“엄청난 양이로군요.” 나는 감탄했다는 투로 대꾸했다.

“그렇죠? 찍은 날자가 적혀 있으니 그해 여름인 걸 금방 알 수 있었는데, 아까도 말했듯이 닥치는 대로 찍던 무렵이었기 때문에 그 즈음 것만 해도 네 권이나 되더군. 이게 그 가운데 첫번째 앨범인데…….” 이가라시는 앨범 중간에 ‘후지칼라’ 네거티브 필름 봉투를 끼워둔 페이지를 펼쳤다.

“6월 초순이었죠. 그때 나고야에서 직장에 다니던 아들이 그 즈음에 구입한 도요타 코롤라도 보여주고, 결혼할 생각이라는 아가씨를 소개하겠다고 주말에 찾아왔을 때 찍은 사진이라오. 뭐 아들은 삼 년 뒤에 다른 아가씨랑 결혼했지만…….”

펼쳐진 페이지 대부분은 손가락으로 V자를 그리는 이십대 젊은이와 어색한 웃음을 짓는 젊은 아가씨 사진으로 채워져 있었다. 그 가운데 대여섯 장은 이 아파트 주차장에서 찍은 사진이었다. 사진을 보니 지은 지 얼마 되지 않는 십일 년 전 아파트 모습이 고스란히 느껴졌다. 하지만 찍힌 것은 흰색 코롤라와 그 소유권을 주장하는 듯한 포즈의 젊은이뿐, 어디에도 오토바이의 모습은 보이지 않았다.

“이 사진을 봐요.” 이가라시는 그 가운데 한 장을 가리켰다. 코롤라 옆에 이가라시 부부가 서 있는 사진이었다. 죽은 전처인 모양으로, 야윈 데다 건강이 좋지 않다는 느낌이 사진에도 그대로 드러났다.

"아들이 찍은 사진이라서 그간 자세히 보지 않았소. 전처 상태가 좋지 않았을 무렵이라서 보기 괴롭기도 하고……."

이가라시의 손가락은 주인공인 코롤라나 자기 부부가 아니라 사진 왼쪽 귀퉁이에 찍힌 아파트 출입구 부근을 가리키고 있었다. 관리사무실 문이 있는 통로를 똑바로 걸어가면 나오는 뒤편 주차장 출입구였다. 사진에는 그 출입구로 나가려는 두 사람이 찍혀 있었다. 초점이 맞지 않지만 둘 중 오른쪽 인물이 오토바이 운전자용 가죽옷 차림에 헬멧을 썼다는 걸 바로 알아볼 수 있었다.

"이게 그 오토바이를 탄 남자, 혹은 여자인가요?"

"그럴 거요. 오렌지색 헬멧은 기억이 나니까. 자신 있게 대답할 수는 없지만 지난번에도 말했듯이 이 아파트 안에서 이런 차림을 한 사람은 본 적이 없소."

나는 사진으로 시선을 돌리며 물었다. "그 옆에 있는 남자는 누구죠?"

헬멧을 쓴 인물 오른쪽에는 옅은 녹색 계통의 사파리 재킷을 걸친 남자가 찍혀 있었다. 머리카락은 약간 긴 편이고, 이마에 붉은 색 계열 반다나 같은 걸 둘렀지만 그리 젊지는 않은 듯했다. 옷차림은 어려 보이지만 적어도 서른은 넘은 남자였다.

"누구죠?" 내가 다시 물었다.

"밝혀도 이 사람에게 폐가 될 일은 없을 테죠?"

"이 아파트 주민이로군요?"

"……그렇소. 이 사람을 만나면 어쩔 작정이오?"

"빤히 아실 텐데. 오토바이를 탄 사람에 관해, 그 남자가 알고 있는 것을 캐물을 거요."

"하지만 그 사람은 이때 우연히 오토바이를 탄 사람과 함께 있었을 뿐이지 아무것도 모를 수도 있어요."

"그건 그 사람이 대답하겠죠."

"……어쩔 수 없군. 하지만 내가 가르쳐줬다는 이야기는 하지 말아요."

"그럴 작정입니다."

"사진 속 남자는 503호에 사는 이나오카 요시로란 사람이오."

503호라면 우오즈미 유키가 투신한 걸로 되어 있는 603호 바로 아래다. 나는 윗옷 주머니에서 수첩을 꺼내 이름을 적었다.

"나이는?"

"아마 마흔대여섯쯤일 거요."

"직업은?"

"음악가죠. 신시사이저라던가 하는 악기로 음악을 한다던데, 나야 잘 모르지만 마누라 말로는 꽤 유명하다더군. 종종 텔레비전 프로그램의 음악을 담당한다고 합디다."

"이 아파트 주민에게는 어울리지 않는 직업이지 않습니까? 여기는 더 건실한 직업의 사람들만 사는 곳 아니었나요?"

"그 사람 모친이 이 아파트가 들어섰을 때부터 주민이었죠. 지유가오카 역 앞에서 미용실을 하던 분이었는데 이 아파트에 입주하고 한 달쯤 지나서 갑자기 세상을 떠났어요. 환갑도 되지 않은 나이에 뇌일혈로 그만. 그래서 함께 살던 아들이 물려받은 거요. 그 투신자살이 있기 한 해 전이었죠."

"사람이 자주 죽는 아파트로군."

"듣기 거북한 소리는 하지 않았으면 좋겠소. 이나오카 요시로의 모친과 내 마누라, 그 아가씨. 이 세 사람 말고는 죽은 사람이 없으니까."

"이나오카는 독신입니까?"

"아, 칠팔 년 전에 결혼했소. 여자 쪽이 부잣집 딸이었는지 덴엔초후에 부모가 사준 번듯한 집이 있다던데. 결혼한 뒤로 503호는 그 사람 작업실로 쓰는 모양이더군요."

"그럼 이 시간에는 여기 없겠군요."

"글쎄, 일이 바쁜지 어떤지 몰라도, 여기 꽤 오래 머물러요. 그런 부부는 어떻게 사는지 모르겠어. 조금 전에 당신이 오기 전에 밖에 나가서 살펴봤는데 방에 불이 켜 있었소."

"덴엔초후 주소와 전화번호가 있을 텐데 가르쳐주시죠."

이가라시는 잠옷 주머니에서 쪽지 한 장을 꺼내들고 흔들었다. "자, 이제 약속한 사례를……."

"오토바이 번호를 찾지 못했으니 삼만 엔입니다."

"아니, 그 엄청난 분량의 사진 가운데 단서를 찾아냈잖소. 그리고 이나오카 요시로에게 물어보면 오토바이를 탄 사람 신분도 알 수 있을 테니까 내 생각에는 오만 엔을 받기에 충분하다고 생각하오만."

"이나오카와 오토바이를 탄 사람이 우연히 함께 찍혔을지도 모른다고 하지 않았습니까?"

이가라시가 쓸쓸하게 웃었다. 나는 윗옷 주머니에 손을 넣고 나서야 지금 그만한 돈을 지니고 있지 않다는 사실을 깨달았다.

"잠깐 기다리시죠. 바로 올 테니." 나는 관리사무소를 나와 현관 쪽으로 향했다. 통증이 여기 도착했을 때보다는 가라앉은 듯했다. 입구의 강화유리로 된 커다란 문밖에 사가라가 이쪽을 바라보며 서 있었다. 나는 손짓해 그를 불렀다. 그는 자기가 왜 이런 재주를 부려야 하는지 납득하지 못한 서커스의 맹수처럼 서글픈 표정으로 문을 열고 들어왔다. 나는 채찍을 휘두르는 맹수 조련사의 심정을 조금이나마 이해하게 되었다.

"오만 엔만 빌려줘."

"뭐야?"

"정보를 입수했는데 사례할 돈이 필요하군."

"됐어. 내가 가서 공짜로 처리해줄게."

나는 관리사무소로 가려는 사가라의 가슴에 손을 대고 제지했다. "그런 짓은 너희 구역에서나 해. 여기는 약속한 대가를 지불해야 하는 곳이야. 돈을 빌려줘."

사가라는 이해할 수 없다는 표정을 지으며 마지못해 바지 뒷주머니에서 가죽지갑을 꺼냈다. 내용물이 내게 보이지 않도록 가리며 오만 엔을 꺼냈지만 지갑 두께를 보면 남은 돈이 얼마 안 되는 듯했다.

"약속해. 하시즈메 형님에겐 절대 비밀이야."

"빚진 걸 떠벌리고 다니지는 않아."

"꼭 갚아." 사가라가 오만 엔을 건넸다.

나는 관리사무소로 돌아가 이가라시로부터 이나오카 요시로의 덴엔초후 주소가 적힌 쪽지를 받고 오만 엔을 주었다. "이만 엔 더 주는 건 이나오카라는 남자가 찍힌 이 사진 값입니다."

이가라시가 깜짝 놀랐다. "하지만 이걸 보여주면 내가 가르쳐주었다는 사실이 들통날 텐데?"

"이나오카에게 사진을 보여줄 필요는 없을 거요. 이걸 보여줘야만 오토바이를 탄 인물과의 관계를 이야기할 정도라면 그 사람 뒤가 구리다는 증거가 되겠죠. 그렇다면 당신 탓을 할 여유는 없을 겁니다."

이가라시는 그래도 머뭇거렸다. "이만 엔인가, 사진인가? 어느 쪽이죠?"

이가라시는 조심스럽게 앨범에서 사진을 꺼내 내게 건넸다. "현관 쪽에 있는 저 덩치 큰 남자는 누구죠?" 이가라시가 목소리를 낮추고 물었다.

짧은 설명으로는 어떻게 해도 이가라시를 곤혹스럽게 만들 뿐이라는 생각이 들어 나는 고개를 저으며 관리사무실을 나왔다.

43

엘리베이터에 올라 5층 버튼을 눌렀다. 사가라가 따라오겠다는 걸 말리느라 잠깐 시간을 허비했다. 지금 내가 만나려는 남자가 위험한 인물이 아니라고 단정할 수 없다는 사실을 내 표정에서 느낀 모양이었다. 하시즈메나 사가라가 나의 '안전'에 신경을 쓰는 이유는 물론 익히 알고 있다. 사가라는 삼십 분만 기다리겠다며 현관 밖으로 나갔다.

엘리베이터가 5층에 도착하고 문이 열렸다. 오토바이를 탄 인물에 대한 정보를 알려준 스가 부부의 집이 있는 6층과 거의 같았다. 이제 걸어도 통증을 그다지 느끼지 않게 되었지만, 바람이 불어 추웠다. 새벽 1시에 가까운 시각이었다. 하지만 관리인은 503호에 좀전까지 불이 켜 있었다고 했고, 음악가 가운데는 올빼미형 인간이 많을 것이다.

503호 문 앞에 도착했다. 문 안쪽에서 희미하게 록 스타일 음악이 들리고 문에서 조금 떨어진 창문으로는 뿌연 불빛이 보였다. 문 옆에 달린 초인종을 눌렀다. 잠시 기다렸지만 반응이 없어 다시 눌렀다. 그래도 아무런 대꾸가 없었다. 이번에는 다시 길게 눌렀다. 역시 아무런 반응도 없었다.

문을 열고 들어가 습격을 받고 쓰러진 사진 속 남자를 발견하는 내 모습이 머릿속에 그려졌다. 이번에는 시체일지도 모른다. 상상만으로도 끔찍했지만 있을 수 없는 일은 아니다. 문손잡이를 쥐고 살며시 돌려보았다. 문은 잠겨 있었다. 503호 주인은 자고 있거나 샤워를 하고 있거나 헤드폰을 쓰고 록 음악을 듣고 있거나 있으면서도 없는 척하고 있거나, 아니면 근처에 담배라도 사러 나갔는지도 모른다.

내 몸 상태와 맨션 밖에서 기다리는 '수행원'들을 배려해 내일 아침에 다시 오는 게 현명하겠다는 결론에 이르렀다. 통로를 되돌아 엘리베이터 앞으로 돌아왔다. 승강구 옆에 다리가 달린 재떨이가 놓여 있었다. 사무실에서 난투극을 벌인 뒤 처음으로 담배 생각이 났다. 윗옷 주머니에서 담배를 꺼내고 보니 누군가와 싸운 뒤에는 늘 그렇듯 담뱃갑이 납작하게 찌부러져 있었다. 담배를 피울 수 있을 정도로 온전하다면 내 몸도 큰 데미지를 입지는 않았다는 뜻이다. 종이성냥을 그어 불을 붙이자 오래간만에 온몸에 스며드는 담배 맛이 훌륭했다. 엘리베이터 버튼을 누르려다가 나는 불쑥 마음을 바꾸었다. 한 모금 피우고 나서 다시 503호 초인종을 눌러보기로 했다. 사가라는 삼십 분을 기다리겠다고 했으니까.

통로 쪽으로 몇 걸음 걷자 지유가오카 역 방향 야경이 내려다보였다. 주말 밤이라고 해도 늦은 시간이다 보니 거리는 차분했다. 멀리서 희미하게 들리던 록 스타일 음악이 문득 끊어졌다. 바람 때문일까 싶어 귀를 기울였지만 확실히 음악이 들리지 않았다. 이 아파트 어느 집에선가 문 잠금장치를 푸는 소리가 들렸다. 아파트 출입구는 보이지 않았지만 나는 통로에서 물러나 엘리베이터 쪽 콘크리트 벽 뒤로 몸을 숨겼다.

문이 열리는 소리가 나고 잠깐 정적이 흐른 뒤 이번에는 문이 닫히는 소리와 함께 잠그는 소리가 들렸다. 그리고 발소리가 이쪽으로 다가왔다. 나는 콘크리트 벽에 등을 딱 붙였다. 걸어오는 그 사람은 〈위 아 더 월드〉를 휘파람으로 불면서 내가 숨어 있다는 사실을 알아채지 못한 채 엘리베이터 앞으로 걸어갔다. 남자는 엘리베이터 버튼을 누르고 난 뒤에야 나를 발견했다.

"에구!" 그 사람은 정말 펄쩍 뛰어오르는 게 아닐까 싶을 정도로 놀랐다. 〈위 아 더 월드〉는 어디론가 사라져버렸다. "깜짝 놀랐잖아요." 그가 말했다.

고급 브랜드 제품답게 몸에 잘 맞는 화사한 연보라색 양복 차림에 옆구리에 루이뷔통 백을 끼고 있었다. 소매가 길어 손바닥을 반쯤 덮은 거치적거리는 꼴이 얼간이처럼 보이기는 했지만 그게 요즘 스타일인 모양이었다. 물기 어린 짧은 머리카락에 유행하는 옷을 입은 오동통한 이 사내에게서 십일 년 전 사진에서 본 긴 머리에 두건을 두르고 사파리 재킷을 걸친 호리호리한 남자는 떠올릴 수 없었다. 얼굴 윤곽은 비슷했지만 이가라시의 사진은 인상을 확인할 수 있을 만큼 초점이 또렷하지 않았다.

"503호 이나오카 요시로 씨가 아닙니까?" 내가 물었다.

"아뇨, 아닙니다. 그 사람은……." 남자는 503호 쪽을 가리키며 내 주의를 그쪽으로 돌렸다. 그때 남자 등 뒤에서 엘리베이터 문이 열렸다. 남자는 후다닥 엘리베이터 안으로 뛰어 들어갔다. 나도 엘리베이터를 향해 달렸지만 몸이 뜻대로 움직이지 않았다. 남자가 엘리베이터 안에서 조작 버튼을 두드리듯 여러 차례 누르자 문이 닫히기 시작했다. 닫히기 직전에 내 손이 간신히 문에 닿았지만 손가락 사이에 낀 담배 때문에 행동이 불편했다. 코앞에서 엘리베이터 문이 닫히더니 소리를 내며 내려가기 시작했다.

나는 엘리베이터와 대각선 방향에 있는 비상계단으로 뛰어내려갔다. 하지만 4층도 못 가서 복부 타박상이 쑤시고 현기증이 나서 추적을 단념해야 했다.

눈앞에 어른거리는 별이 사라질 때까지 휴식을 취한 다음 4층 재떨이에 담배를 끄고 버튼을 눌러 1층에 서 있는 엘리베이터를 불러올려 타고 내려갔다. 세 명의 괴한에게 습격당한 뒤 사가라 일당의 도움을 받았을 때는 느낄 틈이 없던 패배감이 한꺼번에 밀려오는 듯했다. 관리사무소의 불빛은 이미 꺼져 있었다. 현관에서 건물 밖으로 나가니 벤츠가 이쪽 보도 쪽에 서 있었다. 사가라가 차 바깥에 서서 나를 기다리고 있었다. "사냥감을 놓칠 정도라면 침대에 누워 있는 게 훨씬 나았을 텐데."

엘리베이터로 도망친 남자가 겁먹은 표정으로 잔뜩 움츠린 채 벤츠 뒷좌석에 앉아 있었다. 그럴 만도 한 것이 운전석에 앉은 젊은 조직원이 남자의 코앞에 둔탁한 광택이 나는 시커먼 자동권총 총구를 들이대고 있었다.

사가라가 표정도 바꾸지 않고 물었다. "엘리베이터에서 쏜살같이 뛰어나오는 걸 잡아두었는데, 네 사냥감이지? 아니면 내다 버리면 그만이고."

나는 대답 대신 뒷좌석에 앉은 남자 옆으로 올라탔다. 사가라가 조수석에 앉자마자 젊은 조직원은 차 문을 모두 잠가버렸다. 운전석에 앉은 조직원은 태연히 운전대에 두 손을 얹고 정면을 바라보고 있었다. 권총은 치웠다.

"신주쿠로 돌아갈까요?" 운전대를 잡은 조직원이 사가라에게 물었다.

"그래도 되겠나?" 사가라가 내게 물었다.

"천천히 운전해줘." 대꾸하고 나서 옆에 앉은 남자를 바라보았다. "이나오카 요시로지?"

남자는 창백한 얼굴에 말이 없었다. 벤츠가 조용히 출발했다. 나는 남자의 루이뷔통 가방을 빼앗아 사가라에게 건넸다.

"이러지 마. 백은 돌려줘! 그래, 내가 이나오카야. 하지만 그 여자 모델하고는 아무 일도 없었어. 식사를 함께 하기로 하고 디스코클럽에 춤을 추러 갔을 뿐이라는 건 너희도 알잖아!" 그는 비명에 가까운 목소리로 다급히 말했다. 사가라와 나는 얼굴을 마주 보았다.

"몰라." 나는 이나오카에게 말했다.

"그렇다면 그애가 거짓말을 한 거야. 디스코클럽에서 나온 뒤에는 차를 타고 시부야 역 옆까지 데려다주었을 뿐이라니까……."

"뭔가 착각한 모양이로군. 우리가 누군지 아나?"

이나오카의 얼굴에 공포감과는 별개로 의아해하는 표정이 떠올랐다. "그게, 그애 매니저한테서 지독한 협박 전화가 걸려온 지 채 십 분도 지나지 않았는데 당신이 아파트 초인종을 누르는 바람에……."

사가라가 조수석에서 말했다. "당신 틀림없이 꽃뱀한테 물린 거로군. 대체 얼마를 요구하는데? 원한다면 우리가 도와주지."

"엥? 그렇다면 당신들은 그 전화하곤 관계가 없습니까? 내가 요구받은 금액이 너무 커서 그런 돈은 지불할 수 없다고 하고 전화를 끊었는데…… 그래서 상대방이 화가 나 당신들을 보내 폭력으로, 아니 틀림없이 그런 줄로만 알았는데……."

"안에 있으면서도 없는 척하고, 나를 따돌리고 도망치려고 한 게 그 때문인가?"

이나오카가 고개를 끄덕였다.

"그건 오해야." 내가 말했다.

이나오카의 얼굴에서 의아한 표정은 사라졌다. 나는 사가라를 바라보며 말했다. "가방을 돌려줘."

사가라는 그냥 돌려주기는 아깝다는 표정을 지으며 가방을 이나오카에게 디밀었다.

"난 전혀 다른 볼일로 당신을 만나러 왔어. 모델이니 매니저니 꽃뱀이니 협박이니 하는 것들과는 아무 관계도 없는 일이야. 당신을 놀라게 만든 건 미안하군. 좀 진정이 되면 이야기해줘."

나는 정면을 바라보며 좌석에 등을 기댔다. 이나오카는 되찾은 가방을 만지작거리며 오히려 더욱 안절부절못하는 모습이었다. 하지만 처음에 보였던 잔뜩 겁먹은 태도는 많이 사라졌다.

벤츠는 지유가오카를 빠져나가 메구로 거리를 천천히 달려 가키노키자카 쪽으로 가고 있었다.

"그런데 이 차는 어디로 가는 겁니까?" 이나오카의 마음속에 자리 잡은 의심은 쉽게 사라지지 않는 모양이었다. "날 대체 어디로 데려가려는 거죠?"

사가라가 앞을 본 채 싸늘하게 말했다. "나하고 운전기사는 히가시나카노까지 간다. 네게 볼일이 있는 사람은 옆에 앉은 탐정님이시니 그쪽에 물어봐."

"탐정이라고요?" 이나오카가 나를 뚫어지게 바라보았다. "탐정이 대체 내게 무슨 볼일이 있죠?"

시간을 꽤 허비했지만 이제야 이나오카에게 뭔가 물을 만한 상황이 되었다. 어쨌거나 그가 아파트에서 편하게 대답하는 상태보다 지금이 답변을 받아내기 쉬울지도 모른다.

"십일 년 전 일에 대해 좀 묻고 싶은 게 있어."

"십일 년 전? 그렇게 오래된 일은 기억이 날지 어떨지 모르겠는데…… 그래도 괜찮다면 얼마든지 대답이야 해줄 수 있지만 아무리 그래도 십일 년 전이라니……."

"1982년이지. 자네 어머니가 뇌일혈로 돌아가신 이듬해야."

"아니, 그런 것까지 알고 있어요?" 그는 기분 나쁘다는 듯이 내 얼굴을 보았다. 표정이 자주 바뀌는 남자다.

"그해 5월쯤부터 여름에 걸쳐서 당신 아파트에 드나들던 젊은이가 있었을 거야. 늘 오토바이를 타고 다녔지."

이나오카의 얼굴이 갑자기 확 밝아졌다. "아아, 그거 말이로군요? 그 일이라면 기억하죠."

"그래, 잘 들어. 나는 정확한 정보가 필요해. 거짓말은 절대 하지 말아줘. 당신이 거짓말을 하고 있다는 사실을 알게 되면 나는 이 차에서 내릴 거야. 그다음은 앞좌석에 앉아 있는 두 분에게 맡기고. 둘이 어떤 방면에서 일하는 사람인지는 당신이 짐작하는 대로야."

이나오카는 웅크린 채로 고개를 숙였다. 감히 앞에 앉은 두 사람을 바라볼 배짱은 없는 듯했다.

"거짓말 않고 정확한 이야기를 해주기만 하면 내가 책임지고 당신을 안전하게 이 차에서 내릴 수 있도록 하겠어. 알겠나?"

이나오카는 고개를 두 차례 크게 끄덕이며 알았다고 했다.

"그 오토바이를 탄 사람은 남자야, 여자야? 어느 쪽이지?"

"남자…… 아니 남자 같은 여자였죠. 그러니까 기질이 남자 같은 여자였다는 이야깁니다."

여자라면 적어도 우오즈미가 임신했던 아이의 아버지는 아니었다는 소리다.

"이름은?"

"그게…… 그냥 '릴리'라고만 불러서요. 이름은 모르겠습니다. 이건 정말이에요. 다들 그렇게 불렀고 제게도 그렇게 부르라면서 본명은 가르쳐주지 않았죠."

"다들이라니, 누구누구지?"

"아, 그때 유행 따라 생겨났던 무용집단 애들인데, '암흑무도파'●의 아류쯤 되는 애들이었죠. 기억은 나지 않지만 궁리 끝에 지은 이름도 있었는데 몇 년 못 가 리더가 자금을 횡령해 자취를 감췄어요. 거기 연습실에서 처음 릴리를 만났습니다. 릴리는 신입단원 모집 광고를 보고 배워볼 생각으로 두세 차례 연습실에 견학하러 왔던 모양이에 요. 저는 지인이 그 무용집단의 음악을 담당할 마음이 없느냐고 해서 방문했고요. 그때는 음악 작업 의뢰가 별로 들어오지 않던 무렵이었 죠. 하지만 아무리 해도 저는 그 사람들의 지저분한 공동생활에 익숙 해지지 못했고, 이런 인간들을 위해 음악 일을 해봐야 내게 아무런 도 움도 되지 않겠다 싶어 이내 그만뒀어요. 어려운 시절이었지만 내 음 악에 대한 믿음이 있었던 거죠."

그는 잠시 추억에 잠긴 표정을 짓다가 다시 말을 이었다. "그즈음 연습실에서 집으로 돌아가려는 릴리와 우연히 마주쳐 근처 주차장까 지 걸으며 이야기를 나누게 됐죠. 릴리는 그 그룹의 남녀를 차별하는 사고방식이 마음에 들지 않는다고 분개했어요. 여자는 무도에서나 생 활에서, 심지어 섹스에서도 남자 아래에 있는 존재라는 것이 거기 리 더의 기본 정신이라고 하더군요. 릴리는 그날부터 그 사람들의 공동 생활에 동참할 작정이었던 모양인데 느닷없이 밥을 지어라, 빨래를 해라 하자 뛰쳐나온 모양이었어요. 그날 잠잘 곳이 궁하다기에 제 아 파트로 가자고 했죠. 그랬더니 선뜻 '그래' 하며 그 오토바이를 타고 제 차 뒤를 따라왔던 거예요. 그때부터 제 아파트를 드나들게 되었던

●　무용가 히지카타 다쓰미가 중심이 된 현대무용 또는 전위무용의 형식을 추종하는 그룹.

거고."

"그 여자 나이는?"

"그때 스무 살이라고 했었죠."

"본명은 몰라도 어디서 뭘 하는지는 물어본 적 있겠지?"

"아뇨, 릴리는 그렇게 캐묻는 걸 싫어해서 아무것도 알려주지 않았습니다."

벤츠는 간파치 거리의 가키노키자카 육교 아래를 빠져나가 천천히 메구로 방면을 향해 달렸다.

"누군지도 모르면서 한집에서 살았다는 건가?"

이나오카는 고개를 저으며 대답했다. "아마 오해하신 모양인데 분명히 말씀드리지만 저하고 릴리는 흔히 이야기하는 남녀 관계가 아니었어요. 아니, 처음 릴리를 데리고 올 때는 흑심이 있었죠. 그건 인정합니다. 저도 그때는 혼자였고 서른……세 살이었으니까요." 이나오카는 조금씩 자기 평소 말투를 되찾았다. 이런 이야기를 싫어하는 타입의 남자는 아닌 듯했다.

"첫날밤엔 이 여자야말로 하늘이 내려주신 동반자일지도 모르겠다는 생각이 들어 기대감에 가슴이 부풀었죠. 부드럽고 정열적인 시간이었습니다. 릴리의 반응이 좀 이상하다고 느끼기는 했지만, 아무튼 그날 밤에 만나서 바로 그런 관계가 됐으니 여자로서는 나름 마음의 동요도 있을 거라 생각하고는 피곤해 잠들어버렸죠. 그런데 다음 날 릴리가 한 첫마디가 '난 남자에게 아무 흥미도 없어. 어젯밤엔 재워준 대가로 참았지만, 앞으로 절대 내 몸에 손대지 마. 만약 이 약속을 지킬 수 없다면 지금 당장 여기서 나가겠어'라는 것이었습니다. 정말 깜짝 놀랐어요.”

“남자에게는 흥미가 없다고 했나?”

“예. 자기는 ‘레즈비언’이라고 분명하게 밝혔죠. 괜히 저 혼자 기를 쓴 셈입니다. 하지만 제가 이래 봬도 페미니스트예요. 그런 말을 들었다고 그럼 여기서 나가, 라고 할 수는 없잖아요. 달리 갈 데가 없으면 내 집에 있어도 돼, 라고 할 수밖에 없었죠. 물론 레즈비언이라는 것은 핑계고 함께 지내다 보면 릴리의 마음이 바뀔지도 모른다고 생각했습니다. 하지만 결국 마음이 바뀌지는 않았습니다. 첫날밤 이후로는 손도 못 잡게 했죠. 말하자면 제게 릴리는 성가신 식객 같은 존재였어요.”

“그래도 계속 드나들게 했잖아?”

“뭐, 릴리가 좀 유별난 여자애이기는 했지만 저는 왠지 그런 특이한 여자에게 끌리는 면이 있거든요. 제가 보기에 릴리는 응석받이로 자란 부잣집 딸이면서 일부러 특이한 여자인 척한다는 느낌이었습니다…… 어쨌거나 릴리는 스타일도 좋았고 꽤나 미인이라서 대화를 나누거나 같이 식사하러 다닐 때 즐거웠습니다. 음악이나 춤, 영화에 대한 이야기도 자주 했죠. 릴리가 우리 집에서 지낸 건 일주일에 사흘 정도였고 나머지는 어디에서 뭘 하는지 물어봐도 대답하지 않았습니다. 그래서 식객이라기보다 자주 놀러 오는 친구 같은 느낌이었죠.”

“그 여자가 당신 집 위층에 살던 우오즈미 유키와 알게 된 건 언제지?”

“역시 이야기가 그쪽으로 흐르는군요.” 이나오카가 예상했던 바라는 투로 말했다.

"글쎄요…… 아마 7월 중순쯤 아니었나? 갈아입을 옷이 든 혼다 로고가 새겨진 커다란 가방이 제 집에 있었는데 그걸 가지러 와서 6층에 사는 유키라는 애와 친구가 됐으니 그리 옮기겠다고 했어요."

"붙잡지 않았나?"

"붙잡아서 될 애가 아니죠."

"그런 큰 가방이 있었다면 그 여자의 신원을 알아낼 만한 물건, 예를 들면 운전면허증 같은 걸 봤을 수도 있을 텐데."

이나오카는 고개를 저었다. "그런 점에 대해서는 단단하게 방어막을 치더군요. 아마 될 수 있는 한 알리고 싶지 않았을 겁니다. 면허증 같은 건 오토바이 사물함에 넣어둔 모양이더군요. 싫다면서 사진도 한 장 찍으려 들지 않았을 정도니까…… 처음에는 저도 그런 게 신경 쓰였지만 결국 '내 여자'도 아닌데 릴리에 대해 자꾸 파고들어봐야 무슨 소용 있겠어요? 그런 의미에서 그 유키라는 친구가 생겨 제 집에서 떠날 때는, 서운한 마음이 없지는 않았지만 내심 홀가분했죠."

"그 뒤로 그 여자는 당신 집에 들르지 않았나?"

"아뇨, 유키라는 애가 없어서 그 집에 들어가지 못할 때 몇 차례 제 집에서 시간을 때우다 간 적이 있었죠. 그런데 그게 틀림없이 오봉• 무렵이었을 겁니다. 고향에 내려갈 때였나, 갔다가 돌아올 때였나 그랬는데, 오래간만에 엘리베이터에서 딱 마주쳤죠. 요새는 왜 안 오냐고 물었더니 유키라는 친구한테 여벌 열쇠를 받아서 그럴 필요가 없어졌다고 기쁘다는 듯이 말하더군요."

• 　우리나라의 추석 비슷한 일본 명절.

"8월 오봉?"

"그렇죠."

"오봉이 지나고 8월 24일에 우오즈미 유키가 베란다에서 뛰어내린 걸 알고 있나?"

"아, 물론이죠. 그때는 아파트 전체가 떠들썩했으니까요."

"그때 그 릴리라는 여자가 어디 있었는지 아나?"

"아뇨. 모르죠. 하지만 그 유키라는 애 집에는 없었을 겁니다. 왜냐 하면 아파트 주민들 틈에서 자살소동으로 관리인과 경찰이 6층 그 아 가씨 집에 들어가는 걸 보았는데 릴리에 대한 이야기는 그때는 물론 이고 그 뒤로도 나오지 않았거든요."

"그 일이 있고 나서 릴리라는 여자와 만났나?"

"못 만났어요. 하지만 사건 다음 날 밤에 딱 한 번 봤습니다."

"어디서?"

"아파트 주차장에서요. 그 일이 터진 다음 날 아침에 주차장 쓰레기 장 쪽에 릴리의 오토바이가 세워져 있는 걸 봤죠."

"그 여자가 오토바이를 주차장에 세워둔 채로 외출하는 일도 있었 나?"

"그야 있었죠. 릴리와 오토바이는 한 몸인 양 대체로 함께였지만, 가끔 오토바이를 두고 외출하는 일도 없진 않았어요."

"그래서?"

"오토바이가 거기 있다면 릴리가 돌아올 거라는 얘기죠. 게다가 만 약 유키라는 애가 투신자살을 했다는 사실을 릴리가 아직 모른다면 누가 수상하게 여기기 전에 옛정을 생각해 귀띔해주는 게 좋겠다고 생각해 걱정하며 기다렸어요. 그랬더니 새벽 1시 조금 지났을 무렵에 오토바이 엔진 소리가 들리더군요. 얼른 나와서 아래 주차장을 내려다보니 릴리가 오토바이를 타고 주차장에서 나가려는 중이었습니다. 제가 '릴리!' 하고 소리쳐 불렀지만, 뒤도 돌아보지 않고 사라졌어요. 오토바이 배기음 때문에 내 목소리가 들리지 않았을지도 모르지만…… 결국 그게 마지막으로 본 릴리의 모습이죠."

"여벌 열쇠를 맡길 정도의 사이였는데, 그 아가씨가 투신자살한 다음 날 밤 오토바이를 가지고 가버리고 그만이라는 건가?"

"뭐 릴리가 잘했달 수는 없겠지만, 동거인이라고 할 수도 없고 자살한 아가씨와 나 말고는 릴리에 대해 아는 사람도 없었죠. 나선다고 해서 환영받을 상황도 아니잖아요?"

이나오카는 내 대답을 기다리지 않고 덧붙였다. "그리고 좀 미안한 말이지만 자살한 아가씨와 굳이 자진해서 얽히고 싶은 마음이 들지 않는 거야 어쩔 수 없지 않나요? 릴리도 그때 스무 살쯤밖에 안 된 여자애였고……."

"얽히고 싶어하지 않았을 거라고 했는데, 릴리라는 여자가 우오즈미 유키의 죽음과 직접 관련이 있을지도 모른다는 생각은 하지 않았나?"

"엥? 그게 무슨 말이죠? 그 유키라는 아가씨는 자살한 겁니다. 안 그래요?"

우오즈미 유키가 자살했다는 주장에 의문이 있다는 사실은 아직 밝히지 않기로 했다. "당신도 죽은 아가씨에게 거의 동거하다시피 한 친구가 있다는 사실을 경찰에 알릴 필요가 없다고 생각한 건가?"

"뭐, 그런 셈이지만…… 그렇다면 경찰에 '그 유키라는 애가 자살한 것은 릴리라는 이상한 여자애한테도 책임이 있을지 모릅니다. 그리고 두 사람이 만난 데에는 제게도 책임이 있습니다' 하며 신고라도 해야 마땅했다는 겁니까? 그래봤자 경찰에게 비웃음이나 사고 자살한 아가씨 가족에게 욕이나 얻어먹지 않겠어요? 그건 어리석은 짓이죠."

이나오카가 가슴을 쭉 펴며 덧붙였다. "아, 만약 그게 자살이 아니라 살인사건이었다면 저도 분명히 나름대로 다르게 행동했을 테죠. 하지만 그건 자살이었단 말입니다."

이나오카가 말하는 어리석은 신고를 했다면 이 사건 관계자들의 십일 년 세월은 완전히 달라졌을지도 모른다. 하지만 지금 이나오카에게 그런 이야기를 해봐야 아무런 소용도 없다.

벤츠는 메구로의 오토리 신사에서 좌회전 신호를 받아 야마테 거리로 접어들어 북쪽 방향으로 천천히 달렸다.

"릴리라는 여자의 오토바이에 대해 기억나는 대로 말해줘." 나는 윗옷 주머니에서 수첩을 꺼냈다.

"으음…… 분명히 혼다에서 나오는 '실크로드'라는 250시시짜리 오토바이였어요. 그 인연으로 제가 〈실크로드 판타지〉라는 신시사이저 곡을 만들었죠. 그게 그다음 해에 어떤 기업의 텔레비전 광고 배경음악으로 채택돼서 저도 이 바닥에서 조금은 알려지게 됐죠. 릴리를 만나서 덕을 본 거라면 그 정도일까요?"

"오토바이 색은?"

"몸통 부분은 흰색이었고, 전체적으로 흰색과 검은색을 조합한 느낌이었어요."

나는 필요한 메모를 마치고 마지막으로 처음부터 하고 싶었던 질문을 했다. "오토바이 번호는 기억하나?"

"잠깐만요……." 이나오카는 눈을 가늘게 뜨고 뭔가를 열심히 기억해내려고 했다.

"그러니까 번호는, 분명히 '키[세]는 169센티미터에 2센티미터 모자라다'였어요."

"무슨 소리야?" 내가 물었다.

"그러니까 오토바이 번호가 '시나가와 세 1692'였죠. 키를 물어보았을 때였는지 오토바이 넘버를 물었을 때였는지 까먹었지만, 릴리의 키가 167센티미터였거든요. 그걸 오토바이 넘버 기억하는 데 써먹은 거죠."

나는 번호를 메모하면서 물었다. "키는 169센티미터에서 2센티미터 모자라다, 라?"

"예, 외우기 쉽잖아요."

그때 운전석에 앉은 젊은 조직원이 끼어들었다. "250시시라면 '경이륜'으로 분류되니까 시나가와 앞에 숫자 '1'이 붙지 않나?"

"아, 맞다. 분명히 1이라는 숫자가 붙었던 거 같긴 한데, 그게 경이륜이라는 의미였나?"

"그래, 125시시부터 250시시까지는 '차량검사'가 필요 없는 경이륜이지."

십오 분 전만 해도 권총을 들이댔던 남자와 그 앞에서 떨고 있던 남자가 나누는 대화라고는 생각할 수 없었다.

나는 이나오카 요시로가 원하는 대로 그를 나카메구로 역 택시 승강장 옆에 내려주었다. 이나오카는 택시로 덴엔초후에 있는 아내의 집으로 갈 거라고 했다. 이나오카는 아내와 장인에게 알리지 않는다면 무슨 일이든 협력하겠다고 했다.

이나오카를 내려줄 때 사가라는 꽃뱀 협박 건으로 곤란한 일이 있으면 상담에 응해주겠다며 전화번호를 적은 메모를 건넸다. 이나오카에게 협박하는 상대가 바뀔 뿐이라고 충고해주어야 했지만, 어차피 당할 협박이라면 사가라 일당에게 당하는 편이 조금 나을 거라고 생각했다. 그리고 그렇게 생각하는 스스로에게 놀랐다.

나는 사가라가 아파트 앞까지 데려다주겠다는 것을 거절하고 히가시나카노에 있는 세이와카이 사무실 100미터 앞에서 내리고는, 하시즈메에게 내 말을 전해달라고 부탁했다.

"네게는 남의 자유를 빼앗기 위해 권총을 뽑아드는 형편없는 부하밖에 없느냐고 하더라고 전해줘. 총을 맞아봤으니 겁이 나겠지만, 다음에는 적의 권총인지 자기 편 권총인지 모를 총알에 목숨을 잃을 거라고 해."

사가라는 화가 머리끝까지 나서 운전석에서 내리려는 젊은 조직원을 제지하고 벤츠를 출발시켰다. 나는 택시를 잡아타고 집으로 돌아가 옷을 입은 채로 침대에 쓰러졌다.

다음 날인 일요일은 거의 온종일 침대에 누워서 보냈다. 통증이 남은 몸을 달래며 계속 이번 사건에 대해 생각했다.

44

월요일 아침 10시에 니시신주쿠에 있는 사무실로 나가보니 토요일 밤에 습격한 녀석들에게 끌려나간 뒤로 사무실 문이 내내 열려 있었다는 사실을 깨달았다. 없어진 물건은 없었고, 아무것도 도둑맞지 않았다. 나는 난투극의 흔적을 정리하고 미나미 거리에 있는 중고 사무용품점에서 손님용 의자를 사다가 책상 앞에 놓았다. 이런 피해를 입어도 원래 상태로 되돌리는 데 별 힘이 들지 않는다는 것이 허름한 사무실의 장점이었다.

사온 의자가 편한지 앉아보면서 신주쿠 경찰서 다루미 형사에게 전화를 걸어 '릴리'의 오토바이 등록번호를 조사해달라고 부탁했다. 시나가와에 있는 관계기관까지 가서 정식으로 절차를 밟는 방법도 생각했지만, 오토바이의 주인이 바뀌거나 폐차되기라도 했다면 내가 필요한 대답을 얻지 못할 수도 있다. 경찰이라면 1982년 8월 당시의 소유주를 쉽게 알아낼 수 있을 것이다.

"그건 직권 남용이야." 다루미 형사가 뻣뻣하게 나왔다.

나는 우오즈미 아키라 상해사건의 유류품을 제공한 사람이 나라는 사실을 넌지시 일깨웠다.

다루미가 한 발 물러섰다. "그 오토바이 소유주는 어떤 이유 때문에 당신의 조사 대상에 오른 거지? 나도 당신 비즈니스를 공짜로 도울 순 없잖아?"

"그 오토바이를 타던 사람이 십일 년 전 우오즈미 유키 자살 사건에 얽힌 의혹을 풀 중요한 증인이 될 수도 있어."

"그 사건은 하치오지 경찰서가 자살이라고 판단했기 때문에 우리는 당신 의혹에 섣불리 동의할 수 없어. 하지만 샤쿠지이 경찰서 히지카타 형사가 담당하고 있는 신조 유스케 상해사건과 관련이 있다고 할 수도 있겠지?"

쓸쓸하게 웃으며 그렇다고 대답했다.

"그럼 오토바이 소유주에 대해 조사한 결과는 샤쿠지이 경찰서 쪽에 알려도 괜찮을 테지?"

"상관없어." 나는 말했다. "그렇지만 히지카타 형사는 아직 그런 증인이 존재한다는 사실을 모르니까 그에게는 오토바이 주인이 관련이 있다는 사실이 밝혀지면 그때 보고하겠다고 전해줘."

"……좋아. 하지만 내 판단만으로는 결정할 수 없으니 잠깐 기다려. 문제가 없다면 소유주를 알아보고 전화하지. 그 번호를 불러봐."

이나오카 요시로가 기억해낸 오토바이 등록번호와 1982년 8월이라는 시기를 알려주었다.

"니시신주쿠 사무실에 있지? 아마 삼십 분 안에 전화할 거야."

전화를 끊었다. 보고를 위해 니시고리 경부의 책상으로 가는 다루미 형사의 모습을 머릿속에 그리며 전화응답서비스를 연결했다. 들어온 메시지는 아무것도 없었다.

수화기를 내려놓고 새로 들인 손님용 의자에 합격점을 준 다음 책상 앞 내 의자로 갔다. 일요일과 오늘, 이틀 치 신문을 집으려는데 전화벨이 울렸다. 다루미 형사가 이렇게 빨리 전화할 리는 없었다.

"여보세요, 와타나베 탐정사무소입니까?"

귀에 익은 여자 목소리였다. 그렇다고 대답했다.

“사와자키 씨였죠?”

그렇다고 반복했다.

“야지마 변호사사무소의 사쿠마입니다. 지난주 금요일에 오쓰키 노가쿠 공연장에서 뵈었던.”

“기억합니다.”

“그 뒤로 우오즈미 아키라 씨의 용태는 어떻습니까?”

“순조롭게 회복하고 있답니다.”

“그렇습니까? 다행이네요.”

진심으로 하는 말 같았다.

“본론으로 들어가 우오즈미 씨의 대리인으로서 사와자키 씨가 요청하신 건에 대해 오쓰키류 종가와 오쓰키카이 이사회, 그리고 저희가 신중하게 검토한 결과 그쪽에서 품은 오해, 즉 우오즈미 씨의 누님과 오쓰키 유리 씨 사이에 왕래가 있었던 것 아닐까 하는 오해를 빨리 풀어드리는 편이 좋다는 결론에 도달했습니다. 따라서 저희 사무실에서 자리를 마련하기로 했습니다만 오실 수 있겠습니까?”

사쿠마 변호사의 말투가 미묘하게 금요일에 오쓰키 노가쿠 공연장에서 봤을 때보다 딱딱해져서 사무적인 느낌이 들었다. 주위에 상사들이 있기 때문이리라.

“가겠습니다. 공연히 번거롭게 해드렸군요.”

“아뇨, 그게 저희가 할 일이니까요. 오늘 오후 3시 괜찮습니까?”

“좋습니다.”

“야지마 변호사사무소는 분쿄 구 혼고 4초메에 있습니다만, 아십니까?”

윗옷 주머니에서 수첩을 꺼내 거기 끼워둔 사쿠마의 명함을 보면서 대답했다.

"금요일에 받은 명함에 주소가 적혀 있군요."

"네, 그렇습니다."

"오쓰키 유리 씨는 나오십니까?" 내가 물었다.

"아뇨, 유리 씨는 이른 봄부터 몸이 좋지 않은 상태라 참석할 수 없다고 합니다. 대신 언니인 마유미 씨와 이스루기 이사장이 참석하시기로 했습니다…… 이렇게는 만족스럽지 않은가요?"

"아뇨, 오쓰키 유리 씨가 우오즈미의 누나와 아무런 관계도 없다는 사실만 밝혀준다면 아무런 불만 없습니다."

사쿠마 변호사는 잠시 뜸을 들였다 말을 이었다. "그럼 3시에 기다리고 있겠습니다."

전화를 끊었다. 수화기를 내려놓지 않고 잠시 생각하다가 수첩을 뒤져 오기 변호사의 전화번호를 찾았다. 팔 년 전 도지사 저격사건에 얽힌 르포라이터 사에키 나오키의 실종사건 때 알게 된 변호사로, 그 뒤로도 서로 전문 분야의 지식이 필요할 때 몇 차례 연락을 주고받았다. 번호를 찾아서 눌렀다. 신호가 세 차례 울린 뒤 전화가 연결되었다.

"오기 법률 사무소입니다."

오기가 올드미스 여동생이라고 하던 여자 비서의 목소리 같았다.

"사와자키 탐정입니다. 오기 변호사 계십니까?"

"어머, 무척 오래간만이시네요."

"일 년 넘게 도쿄를 비웠거든요."

"그렇게 오래요? 대체 왜요? 하기야 대답해줄 사람도 아니니까. 오기 변호사를 바꿀게요."

내선전화를 연결하는 소리가 들렸다.

"아…… 탐정?" 졸다가 받은 듯한 오기의 목소리였다.

"근황 보고는 다음 기회에 하기로 하고, 야지마 변호사사무소라는 곳 알아?"

"혼고에 있는?"

"그래. 어떤 변호사사무소야?"

"어떤?"

"의뢰인이 법에 저촉되는 일을 해도 그걸 덮어주는 타입인가?"

"의뢰인이 부자야?"

"아마 꽤."

"그렇다면 그걸 덮어주지 않을 변호사는 일본에, 아니 이 세상 어디에도 없지. 그래도 야지마는 변호사를 다섯 명 이상 고용하고 있는 큰 사무소에다가 평판도 나쁘지 않은 모양이더군."

"사쿠마라는 여변호사는 아나?"

"……모르는데."

"휠체어를 탔어."

"몰라. 하지만 야지마가 그 여자 변호사를 고용한 이유는 알지. 변호사회가 소속 변호사 다섯 명 이상, 연 수입 일억 엔 이상인 사무소에서는 최소 한 명의 장애인을 고용하도록 장려하거든."

"왜지?"

"그래야 장애가 있는 변호사들이 길거리를 헤매지 않을 수 있지."

“진짜야?”

“농담이야. 하지만 숫자는 맞아. 요 며칠 전, 실명했다는 이유로 어떤 변호사사무소에서 해고당한 남자의 손해배상 소송을 다루었기 때문에 그쪽 통계를 파악하게 됐어. 장려 운운한 부분은 재판 때 내가 언성을 높여 연설할 때 주장한 내용이야. 야지마에 대해서 알아볼까?”

“아니, 급해. 직접 부딪히는 게 빠를 거야.”

“그럼 뭔가 그럴 듯한 이야기를 듣게 되면 알려주지. 그러면 되겠나?”

나는 고맙다고 하고 전화를 끊었다. 이렇다 할 정보는 얻지 못했지만 적어도 변호사라는 인종이 법률로 중무장한 괴물이 아니라 약점과 결점을 두루 지닌 평범한 사람들이라는 사실을 알게 되었다는 점은 수확이었다.

나는 다시 신문으로 손을 뻗어 지난 주말부터 실리기 시작한 바둑 10단전 도전자 결정전의 기보를 훑어보기 시작했다. 오다케 히데오 9단이 신예 오가타 8단을 물리친 제1국에서 흑돌을 잡은 오가타 8단의 모양 바둑에 반발해 오다케 9단이 하변을 공격하는 부분을 읽을 때 전화벨이 울렸다.

“다루미야. 그 번호 소유주를 알아냈어.”

“불러.” 책상 위 메모지를 끌어당기며 말했다.

“바바 신이치 남성, 1956년생, 서른일곱 살. 주소는 도시마 구 미나미나가사키로 되어 있어.”

“남자인가……?”

"남자면 이상한가?"

"아, 그런 건 아니야. 1982년 8월 당시 소유주가 그 남자라는 거지?"

"그래. 틀림없어. 1982년 3월 이후 지금까지 소유주 변경도 없고 폐차하지도 않았군."

"그래……? 그 남자 직업은 뭐지?"

"자가용 운전기사로 되어 있네."

"근무처는?"

"이 한자를 다이치쿠카이라고 읽어야 하나?"

"오쓰키카이야. 주소는 분쿄 구 세키구치일 테고?"

"맞아. 그렇다면 이 남자가 역시 네가 찾는 증인이겠군."

"아니, 조금 어긋난 것 같아. 하지만 틀림없이 그 남자는 어떤 여자가 중요한 증인이라는 사실을 증언해줄 거야. 이름과 주소를 한 번 더 불러줘."

다루미 형사가 다시 부르고 나는 받아적었다. 고맙다고 하고 전화를 끊으려는데 다루미가 기다리라고 말했다. 전화를 다른 쪽으로 돌리는 소리가 났다.

"사와자키?" 니시고리 경부의 퉁명스러운 목소리였다.

"넌 대체 언제까지 십 년도 더 지난 옛날 자살사건 따위를 주물럭거릴 거야?"

"결론이 날 때까지."

"그런 짓이나 하면서 업무를 하고 있다고 할 수 있나? 어린 아가씨 자살 같은 건 조사해봤자 십 년 전이 아니라 오늘 일어난 일이라도 진상을 밝혀내기가 만만찮을 텐데. 네가 어수룩한 의뢰인을 봉으로 삼아, 질질 끌면서 조사비를 뜯어내는 건 상관하지 않아. 하지만 그러면서 나하고 한 약속을 계속 미루려고 든다면 큰 오산이야."

"내가 무슨 약속을 했다는 거지?"

"뭐야? 지난번에 여기 왔을 때 일이 정리되면 와타나베가 있는 곳을 알려주겠다고 한 걸 잊었나?"

"그런 약속 한 기억 없어. 만약 와타나베가 있는 곳을 알게 되면 네 뜻을 전하고 그다음 판단은 와타나베에게 맡기겠다고 했을 뿐이야."

"그러니까 빨리 전하란 말이야."

"그 전에 와타나베가 있는 곳을 알아내야지."

"함부로 지껄이지 마! 넌 머릿속에 먹고 살 궁리밖에 없을 테지만 그러는 사이에 나이 든 와타나베는 헤어날 길 없는 궁지에 빠질지도 모른단 말이야."

"그러니까 생각이 나네. 넌 와타나베의 안전을 보장할 것처럼 말했는데, 왜 내가 신주쿠 경찰서에 불려 가면 꼭 세이와카이 하시즈메 일당이 내 주위에 어슬렁거리는 거지? 신주쿠 경찰서하고 세이와카이는 뒷문이 서로 연결되어 있는 거 아니야?"

전화가 끊어졌나 싶을 정도로 긴 침묵이 이어지다가 이윽고 니시고리가 전혀 다른 사람처럼 감정을 잔뜩 억누른 목소리로 말했다. "너 전에도 그런 소리를 지껄였지. 그 녀석 이름을 다른 경찰관 앞에서 입에 올릴 때는 그만한 각오를 해. 잘 들어. 툭하면 투신자살하는 어린 애들의 십일 년이나 지난 감상적인 추억여행을 따라다닐 여유가 있다면 나하고 한 약속을 지켜. 알겠어?"

니시고리는 일방적으로 전화를 끊었다. 그가 이토록 초조해하는 이유를 알 수 없었지만 어차피 이런 상황을 질질 끌고 가는 건 무리였다.

다시 전화벨이 울렸다. 다들 내가 여기 있다는 사실을 아는 듯한 날이었다. 수화기를 들자 더욱 불쾌한 목소리가 들려왔다. 신주쿠 경찰서와 세이와카이는 뒷문뿐만 아니라 전화 교환대도 함께 쓰는 모양이었다.

"사와자키? 나야." 하시즈메가 말했다. 틀림없이 자다 깬 목소리였다.

"뭐지?"

"아직 살아있나?"

"신경 쓰지 마. 죽더라도 너한테만은 문상을 받지 말라고 유서에 큼직하게 써둘 테니까."

"너 같은 놈 장례식을 누가 치러주겠나?"

"용건이 뭐야?"

"용건이 있는 건 너일 텐데. 토요일 밤에 널 덮친 녀석들에 대해 알고 싶지 않아?"

"말해."

"어, 그렇게야 할 수 없지. 그 전에 내가 알고 싶은 걸 가르쳐주셔야지."

"뭔데?"

"흥, 얼버무리지 마. 난 사가라가 아침 일찍 깨워서 기분이 별로야. 와타나베가 있는 곳을 대란 말이야."

나는 잠시 생각한 뒤에 말했다. "와타나베가 지난달 말에 있던 곳이라면 가르쳐줄 수 있지."

"뭐야? 정말인가? 지난달 말이면 보름 전이잖아! 이새끼, 너 설마…… 주둥이에서 나오는 대로 아무렇게나 지껄이면 정말 죽을 줄 알아."

나는 수첩을 뒤져 니시타마 군 미즈호초의 주소를 하시즈메가 받아적을 수 있도록 천천히 불러주었다.

"와타나베는 지난달 말에 틀림없이 거기 있었어. 하지만 그다음은 장담할 수 없어."

"좋아. 잘했어. 너도 이제 좀 말귀를 알아듣는군. 이번엔 내 차례야. 잘 들어…… 널 덮친 녀석 이름은 오와다 데쓰, 이쪽 출신인데 전에 와시오구미 조직원이었어. 나이는 서른일곱 살. '살인' 의뢰는 전화로 받았고, 그날 오후에 선금 삼십만이 그 자식 계좌에 들어갔다더군. 입금한 사람 이름은 가짜였어. 널 죽이면 나머지 삼백만을 주기로 약속했대. 겨우 삼백만 엔이야, 네 목숨은. 그런데 그다음이 좀 복잡해. 의뢰한 남자는 네 시체를 근처에 있는 이십사 시간 레스토랑 주차장으로 가지고 오라고 했다는군. 거기서 시체를 확인한 뒤에 돈을 지불하기로 되어 있었던 거지. 그런데 오와다 일당은 너를 산 채로 끌고 가기로 했던 거야. 네가 살인을 의뢰한 상대방이 누군지 알고 있을 가능성이 높으니 그걸 네 입을 통해 들은 다음에 널 죽이고 돈을 받아낼 작정이었던 모양이지. 상대방의 신원이 밝혀지면 안전보장도 가능하고 삼백만 엔뿐만 아니라 두 번 세 번 더 뜯어낼 수 있을지도 모르니까. 둘 다 아마추어 냄새가 나지만 그래도 여우와 너구리처럼 잔머리는 굴렸어. 그 너구리 덕분에 네가 아직 살아있는 거지."

"오와다는 어디서 잡혔지?"

"이봐 이봐. 잠꼬대 같은 소리 하지 마. 와시오구미는 우리 바닥이
야. 그쪽 애들도 나하고 사가라의 체면을 생각해서 그 정도 정보를 제
공해준 거지. 오와다를 경찰에 넘기면 그놈이 너를 죽이려고 했던 일
은 증거 불충분으로 쓰레기통에 들어가게 만들고 대신 와시오구미
조직에 대해 몽땅 불어버릴걸. 그럴 수는 없잖아. 뭐 너나 우리나 오
와다의 낯짝은 다시 볼 수 없을 거라고 생각하는 편이 정답일 거야."

"쓸데없는 짓을."

"그런 소리 나올 줄 알았어. 그럼 또 연락하지." 하시즈메도 일방적
으로 전화를 끊었다. 오와다 데쓰의 이름을 신주쿠 경찰서 다루미 형
사에게 알려줄까 생각했지만, 폭력단 담당인 '4과'의 메모지를 한 장
소비할 뿐 아무 변화도 없을 거라는 사실을 알고 있었다.

나는 로커 옆 파일박스 위에 있는 전화번호부 〈헬로 페이지〉를 책
상으로 가져와 오쓰키 우콘을 찾았다. 예상대로 그 이름으로 등록된
번호는 없었다.

나는 다시 전화응답서비스로 전화를 걸어 '번호 안내'를 부탁하고
오퍼레이터의 답변을 기다렸다. 며칠 전 세이와카이 조직사무실에
'불이 났다'라는 전화를 걸었을 때 사용한, 전화번호부에 실리지 않은
번호를 비싼 값에 알려주는 서비스였다.

"전화 바꿨습니다."

"와타나베 탐정사무소의 사와자키입니다. 오쓰키 우콘이라는 이름
으로 알아봐줬으면 좋겠는데."

나는 이름의 한자를 알려주었다.

잠시 기다리자 대답이 돌아왔다. "죄송합니다만, 그 성함으로는 등

록된 번호가 없습니다."

"그래요……? 잠깐 기다려요." 나는 오쓰키 노가쿠 공연장에서 노를 감상했을 때 받았던 팸플릿을 책상 서랍 안에서 찾아 종가인 오쓰키 우콘의 소개가 실린 페이지를 서둘러 훑어보았다. "……그럼 오쓰키 시게타카도 없고요?"

"그 성함도 없습니다. 이 오쓰키라는 한자로는 오쓰키 주자부로라는 이름으로 한 건 등록되어 있을 뿐입니다만."

"그겁니다." 내가 말했다. 2대째 우콘이니 시게타카니 하는 이름을 써도 결국 본명은 오쓰키 주자부로라는 이야기다. 그 이름으로 등록된 전화번호와 주소를 받아 적고 전화를 끊었다.

전화번호부를 치우기 전에 혹시나 싶어 오쓰키 주자부로를 찾아보니 비싼 요금을 내고 알아낸 전화번호와 주소가 떡하니 실려 있었다. 조사비용을 청구할 때 경비에 넣어야 할지 어째야 할지 크게 고민스러운 부분이다.

45

오쓰키 우콘, 즉 오쓰키 주자부로의 저택은 메지로다이에 있는 니혼 여자대학 근처, 한적한 지역인 메지로 거리 안쪽에 있었다. 정원수와 높은 담 너머로 이백 평 정도의 터에 들어선 빛바랜 3층짜리 회색 철근콘크리트 건물이 보였다. 출입구는 격자문이 달린 문 앞에 차 한 대를 바짝 댈 수 있을 만큼 살짝 안으로 들어간 정도였다. 차로 대문을 통과해 안으로 한참을 들어가는 대저택을 예상했는데 좀 의외였다. 아마 위용을 뽐내는 오쓰키 노가쿠 공연장이나 오쓰키 회관을 보고 내 멋대로 상상한 것이리라. 먹으로 써서 색이 바랬지만 ‘오쓰키’라는 문패가 없었다면 이곳이 내가 찾아온 집인지 아닌지 판단하기 힘들었을 것이다. 오토바이 주인인 바바 신이치란 운전기사가 모는 차는 700미터 남짓 떨어진 노가쿠 공연장이나 오쓰키 회관 쪽 차고에 있으리라. 아무래도 여기는 오쓰키 종가의 사택이라는 느낌이 강했다.

문패 아래에 달린 인터폰 버튼을 눌렀다. 사쿠마 변호사와 약속한 시간인 오후 3시까지 이십 분밖에 남지 않았지만 나는 애초에 혼고에 있다는 야지마 변호사사무소로 갈 생각이 없었다.

“네, 오쓰키 댁인데요?”

여자 목소리였지만 인터폰으로는 특징을 잡아내기 힘들다는 점을 경험을 통해 알고 있으므로 섣부른 추측은 하지 않았다.

“아, 야지마 변호사사무소에서 오늘 3시부터 있을 면담 건으로 몇 가지 확인해야 할 내용이 있어서 찾아왔습니다만…….” 최대한 법조인으로 여겨지도록 조심스럽게 말했지만, 내 귀에는 자신감을 잃은 사기꾼의 목소리처럼 들렸다.

“야지마 변호사사무소에서 오신 분인가요?”

마음속으로 ‘그렇지는 않’까지 중얼거린 뒤 ‘습니다’만 소리를 내어 말했다.

“잠깐 기다려주세요.”

상대는 그렇게 말하고 인터폰을 끊었다. 이 분쯤 기다렸다.

"여보세요?" 인터폰에서 다시 목소리가 들려와 나는 "예" 하고 대답했다.

"어르신께서는 3시까지 시게키 도련님 연습시간이라 끝날 때까지 잠시 기다려달라고 하셨습니다만, 괜찮으신지요?"

"예, 좋습니다."

"그럼 들어오세요."

나는 격자 미닫이문을 열고 저택 안으로 들어갔다. 손에는 법조인처럼 보이기 위해 준비한 큼직한 서류봉투를 들고 있었다. 3미터쯤 디딤돌을 밟으며 들어가자 곧 철골로 지은 건물 현관에 도착했다. 디딤돌 양옆에는 건물과 나란히 키 큰 노송나무가 두 그루씩 심어져 있었지만, 정원을 꾸몄다고 할 정도는 아니고 집 앞 길과 가까운 건물 2층의 창문을 가리기 위해 심은 듯했다.

현관에 도착하니 흔히 볼 수 있는 금빛이 도는 갈색 경금속 재질로 만든 문이 열려 있었다.

"어서 오세요." 인터폰을 받았던 여자가 나를 건물 안으로 맞아들였다. 쉰 살쯤 되어 보이는 점잖게 생긴 부인이었는데 작은 몸집에 사이즈가 살짝 안 맞는 짙은 남색 정장을 입고 있었다. 가사도우미로 보기에는 다소 사무적인 느낌이었지만 그렇다고 비서로 보기에는 좀 더 가정적인 느낌이 드는 부인이었다. 부인이 내 모습을 보고 살짝 눈살을 찌푸리는 듯했다. 자기가 예상했던 방문자의 이미지와는 조금 다른 모양이었다.

"들어오세요." 부인은 실내용 슬리퍼를 내주고 현관 로비에서 이어진 마루를 깐 복도를 지나 오른쪽 응접실 문을 열어주었다.

"곧 차를 내오겠습니다. 연습이 끝나는 3시까지 여기에서 기다려주세요."

나는 알았다고 하고 응접실로 들어갔다. 현관을 들어올 때부터 건물 위쪽에서 노래 소리가 희미하게 들려왔다. 네 평쯤 되는 서양식 응접실은 실내장식이나 응접세트나 모두 검소하고 흔히 볼 수 있는 것들이었다.

잠시 후 부인이 차를 내왔다. 부인은 쟁반을 만지작거리며 나를 상대해야 할지 말아야 할지 망설이는 눈치였다. 나는 종가를 뵙기 전에 준비할 것이 있다 말하고 서류봉투 안에 든 것을 꺼내기 시작했다. 그녀는 다행이라는 표정을 지으며 편히 기다리라고 이르고는 응접실을 나갔다.

삼십 초쯤 기다렸다. 나는 소파에서 일어나 응접실 문으로 다가갔다. 살짝 문을 열고 복도 좌우를 살폈다. 아무도 없었다. 응접실을 나가 현관 로비로 갔다. 속마음이야 어떻든 남들이 보기에는 이 저택 안을 돌아다녀도 수상하게 여기지 않도록 자연스럽게 걸었다.

로비 구석에 있는 2층으로 가는 계단을 올라갔다. 층계참을 지나서 오른쪽으로 꺾어진 계단을 다시 올라가자 2층이 나왔다. 들려오는 노래 소리가 조금 커졌다. 계단을 다 오르자 복도가 좌우로 갈라졌다. 왼쪽은 건물 안으로 이어지는데 어디로 통하는지 전혀 짐작이 가지 않았다. 오른쪽 복도는 길이가 5, 6미터밖에 되지 않고 맨 끝에 있는 창문으로 안을 들여다보지 못하게 심은 노송나무 가지가 보였다. 바로 앞에 있는 판자벽 안쪽 방은 폭이 복도를 따라 10미터 이상 되어 보이는데 노래는 그 안에서 들려오는 듯했다. 복도 끝에 난 창문 바로 옆에 문이 있는 것이 보였다. 나는 복도를 걸어가 그 문을 살짝 열었다.

안을 들여다보고 깜짝 놀랐다. 삼십 평은 됨직한 넓은 방 가운데 폭과 길이가 다다미 넉 장쯤 되는 노 공연을 위한 사각형 무대가 마련되어 있었다. 기둥 네 개도 천장까지 뻗었고 지우타이가 앉는 베란다 같은 부분과 하야시가타●의 자리인 무대 뒤편 공간도 제대로 마련되어 있었다. 없는 것이라면 무대 왼쪽 뒤로 비스듬하게 설치되어 있어야 할 하시가카리 뿐이었다. 그리고 무대 안쪽 판자벽에는 오래된 소나무 그림, 오른쪽 판자벽에는 어린 대나무 그림이 노가쿠 공연장과 똑같이 그려져 있었다. 건물 다른 부분을 모두 본 것은 아니니 추측에 지나지 않지만, 이 집의 건축비의 절반은 이 방에 들인 게 아닐까 하는 생각이 들었다. 무대 한가운데서 짙은 갈색 기모노에 하카마를 걸친 노인이 운동복에 청반바지 차림의 소년을 지도하고 있었다. 나는 방 안으로 들어가 무대 앞에 객석처럼 다다미 한 장을 간 곳에 앉아 문을 닫았다. 노인과 소년은 문이 닫힐 때 난 작은 소리에 아주 잠깐 내 쪽을 보았지만, 이내 연습에 몰두했다.

"꽃이 피면 알리라고 일러둔 산마을의…… 알려드리겠다고 약속한 산마을의…… 심부름꾼 와서, 말에 안장을 얹고…… 구라마야마 산에 핀 벚꽃……."

종가인 오쓰키 우콘은 노래를 부르며 춤을 췄다. 도저히 일흔세 살 먹은 노인이라고는 생각할 수 없을 만큼 기운 넘치는 목소리와 힘찬

● 노가쿠에서 장단을 맞추거나 흥을 돋우기 위해 피리와 북 등을 연주하는 사람.

448

움직임이었다. 소년도 여덟 살 어린이라고는 생각할 수 없을 만큼 진지한 눈빛으로 할아버지의 춤과 노래에 집중하고 있었다. 손에 든 부채나 발에 신은 흰 버선이 운동복이나 청바지와 대비되어 어색했다. 밝은 황갈색 운동복 가슴에 《이상한 나라의 앨리스》에 나오는 '체셔 고양이'의 씩 웃는 얼굴이 큼직하게 찍혀 있었다. 소년의 진지한 눈매와는 정반대로 본래의 어린이다운 산만함이 소년을 끊임없이 괴롭히는 듯했지만 소년은 필사적으로 버텼다. 그건 소년에게 놀러 가자고 유혹하고 있는 듯한 가슴팍 체셔의 눈에서 받은 잘못된 인상일지도 모른다.

'꽃이 피면 알리라고 일러둔 산 마을의……' 하는 대목은 시대극인 〈구라마텐구〉라는 영화에서 덴구 역을 맡은 아라시 간주로가 씩씩하게 부르면서 등장하는 것을 본 기억이 있었다. 연습중인 공연 제목은 '구라마텐구'인 걸까? 원래 노가쿠 '구라마텐구'는 구라마야마 산의 덴구가 수련중인 우시와카마루에게 병법의 비결을 전수하는 줄거리였던 걸로 기억한다.

종가는 한동안 노래를 부르고 춤을 추며 시범을 보였다.

"자, 앞 장면이 끝난 뒤 '어허, 샤나오●●의 차림새는'이라는 대목부터."

소년은 "예" 하고 대답하더니 무대 오른쪽에서 부채를 촤락 펼쳤다.

"어허, 샤나오의 차림새는 살갗 위에 내려앉은 옅은 빛깔 벚꽃 한 잎, 얇은 천으로 지은 히타타레●●●, 이슬 엮어 어깨에 걸치고, 흰 실로

●●　　우시와카마루의 다른 이름.
●●●　하카마와 함께 입는 무사의 예복 가운데 하나.

뜬 하라마키*에 흰 자루 달린 치도**를 들고……."

"잠깐." 종가는 엄격한 목소리로 말했다. "어제 한 말을 벌써 잊었느냐?"

종가가 소년 뒤로 와서 섰다. "거기 '이슬 엮어 어깨에 걸치고' 하는 부분부터 다시."

소년이 노래를 부르며 춤을 추려고 하자 종가는 소년의 두 팔을 세게 때려 팔의 높이를 교정했다. 소년을 얼굴을 찡그리면서도 계속 춤을 췄다.

"그렇지, 거기서 오른발부터. 느리다! 그렇게 하면 동작이 너무 커. 왜 그리 크게 도는 거냐? 기둥 쪽으로 가면 안 돼!"

어쨌거나 열심히 추는 소년의 뒤통수를 종가가 부채로 찰싹 때렸다. 소년은 엉겁결에 동작을 멈췄다.

"멍청한 녀석! 진짜 무대였다면 아래로 떨어졌을 거다! 왜 거기서 그리 크게 움직일 필요가 있단 말이냐?" 소년은 고개를 숙인 채 노인에게 야단을 맞았다. 가슴에 찍힌 체서 고양이가 한층 더 심술궂게 웃는 것처럼 보였다.

"자, '이슬 엮어 어깨에 걸치고'부터 다시 한 번!"

소년은 지시가 떨어지자 바로 부채를 펼치고 춤추기 시작했다. 눈에는 이미 눈물이 그렁그렁했다.

"그리고 '……흰 자루 달린 치도' 부분은 부채를 겨드랑이에 끼고, 옳지. 그리고 왼발. 이런 멍청이!"

---

*   배를 따듯하게 보호하기 위해 배에 두르는 천.
** 긴 자루 끝에 칼날이 달린 무기.

잘못 디딘 소년의 왼쪽 정강이를 때리는 부채 소리가 울려 퍼졌다. 눈물이 소년의 뺨을 타고 흘러내렸다. 소년의 마음은 아픔과 아쉬움과 분노로 마구 흐트러졌지만 그래도 부채를 쥔 손과 버선을 신은 발은 안무에 따라 계속 춤을 추려고 애썼다. 남의 눈에는 아동학대로 밖에 보이지 않았지만, 노가 지닌 모든 아름다움은 이렇게 하지 않으면 생겨나지 않는 것일지도 모른다.

연습은 몇 분 더 이어졌다. 흔히 아버지는 엄격하고 할아버지는 어리광을 받아주기 마련이라는데, 친손자를 이토록 사정없이 지도하는 할아버지의 모습이 평범하지 않아 보였다. 사쿠마 변호사가 이 소년의 아버지가 소년이 태어난 직후 미국에서 교통사고로 죽었다고 얘기한 것이 생각났다. 그렇다면 이 할아버지는 소년의 아버지 역할을 하고 있는 것이 틀림없다.

소년의 눈물이 마를 무렵 종가가 "오늘은 여기까지"라고 했다. 노인과 소년은 그 자리에서 무릎을 꿇고 앉아 마주 보았다. 소년이 큰 소리로 감사합니다, 하며 머리를 숙이자 노인도 함께 머리를 숙였다.

소년은 재빨리 무대를 내려와 내 앞을 지나 문으로 갔다. 소년은 내 앞에서 잠깐 걸음을 멈추고 내 얼굴을 보았다. 그 눈은 자신의 재주를 관객에게 보여주었다는 사실에 대한 자부심과 실수하고 눈물을 보인 것에 대한 아쉬움도 뒤섞여 반짝이고 있었다. 소년이 그만 눈물을 흘리고 만 것은 나 같은 낯선 사람이 있어서인지도 모른다.

"바보 멍청이." 소년이 작은 목소리로 내게 말했다.

"울보 째보." 나도 작은 목소리로 대꾸해주었다.

소년은 문을 열고 쳬셔 고양이와 함께 방을 나갔다.

오쓰키 우콘은 무대에 앉은 채 말했다. "오래 기다리셨소. 이런 곳까지 찾아오신 걸 보면 노에 관심이 있으신가?"

"아뇨, 노 공연을 본 건 이번이 두번째입니다."

"그렇소이까……? 하지만 몇 번을 봐야 이해할 수 있다는 기준은 없으니까. 우리 공연에 빠지지 않고 오시는 팬 가운데도 노의 재미 같은 건 전혀 이해하지 못하는 사람이 있소. 그리고 노는 일본의 전통예술이라고는 하지만 노 공연을 본 적 없는 일본인이 전체 국민의 90퍼센트 이상이라고 합디다. 그러니 사실 국민예술이라고 부르기도 우습지요. 선생은 그 고마운 10퍼센트에 해당하는군요." 종가는 자리에서 일어서려다 살짝 휘청거렸다.

"괜찮으십니까?"

종가는 쓴웃음을 지었다.

"사실 두 시간 가까이 되는 공연보다 저애를 한 시간 가르치기가 훨씬 힘들지. 아, 못마땅하다는 이야기는 아니오. 지금으로선 저 아이를 가르치는 일이 가장 큰 즐거움이니까."

그는 10센티미터 높이의 무대에서 내가 앉은 쪽으로 내려왔다. 칠십대 노인다운 조심성 있는 동작이었다.

"그건 그렇고, 당신은 야지마 사무소에서 3시에 열리는 회합에 참석해야 하지 않나? 묻고 싶은 게 있다던데, 아래 응접실에서 이야기하겠소?"

나는 고개를 저었다. "저는 야지마 변호사사무소에 갈 필요가 없고, 애초에 야지마 변호사사무소에서 온 게 아닙니다."

"야지마 변호사사무소에서 온 사람이 아니시라고?" 온화하지만 동시에 나이에 걸맞은 주름이 새겨진 노인의 얼굴에 수상해하는 표정이 떠올랐다.

"저는 탐정 일을 하는 사와자키라는 사람입니다."

"뭐라고?" 그는 풀썩 무릎을 꿇듯이 내 맞은편에 주저앉았다.

"그러면 자네가 3시 회합에 오기로 되어 있다는 그 사람인가?"

"그렇습니다."

"어째서 여기에 나타난 거지?"

"야지마 사무소의 변호사는 아직도 이 댁의 유리 씨와 우오즈미 유키라는 아가씨가 관계없었다고 주장하지만 저는 두 사람이 친했다는 확신을 이미 가지고 있습니다. 굳이 변호사에게 속으러 갈 마음은 없습니다."

"하지만……." 노인은 부채를 의미 없이 위아래로 흔들었다. 지금은 그것으로 때릴 상대가 없다.

"변호사사무소에 가봐야 시간 낭비입니다. 지유가오카에 있는 아파트 주민 가운데 한 명이 십일 년 전 여름에 이 댁 유리 씨가 두 달 가까운 기간 동안 종종 자기 집에서 묵었으며, 우오즈미 유키라는 아가씨가 사망하기 최소한 열흘 전부터 직전까지 유리 씨와 동거했다고 증언했습니다. 저는 그런 사실을 전제로 하고 말씀을 여쭈러 직접 찾아온 겁니다."

"대체 뭘 묻고 싶다는 건가?"

"우오즈미 유키의 죽음 전후에 유리 씨가 취한 행동에 대해서입니다."

"그러고 보면 그 시절 내 딸은 행실이 조금 문란한 데다 응석받이로 자란 스무 살 안팎의 무책임한 계집아이였던지라 세상 사람들에게 다소 폐를 끼쳤을지도 모르지만, 그렇다고 해서 당신 같은 사람에게 변호사사무소를 통해 변명하거나 이런 식으로 들이닥치는 일을 당할 이유는 없을 거요."

"실례지만 선생님은 그 당시 유리 씨의 행동을 낱낱이 알고 계십니까? 유리 씨나 다른 누군가로부터 별 문제 없다는 식으로 적당히 얼버무린 이야기를 들으신 건 아닌가요?"

종가는 발끈한 표정으로 말했다. "보다시피 내가 늙기는 했어도 오쓰키 가문의 주인이오. 딸의 행동에 대해서라면 부모로서 알아야 할 일은 모두 알고 있고, 이 집안에서 일어나는 일은 모두 내 결정에 따른 것이오."

스무 살 넘은 딸의 행동 가운데 부모로서 알아둬야 할 일이 있는지는 모르지만, 설사 있다고 하더라도 제대로 아는 부모는 거의 없을 것이다.

누군가 복도를 걸어오는 발소리가 들리고 문이 열렸다. 나는 고개를 돌려 그쪽을 보았다. 오쓰키 노가쿠 공연장에서 해설을 맡았던 오쓰키 하루오였다. 국제 노가쿠 연구소 소장이자 캘리포니아 대학 교수라는 남자로 이 종가의 장녀인 마유미의 남편이기도 했다.

"아, 아버님. 미국에서 오신 손님이 돌아가셔서 이제 변호사사무소 쪽으로 가려던 참입니다만, 미세스 사토가 변호사사무소에서 사람이 와 있다고 해서 찾고 있었습니다."

그는 나를 가리키며 말했다. "이 남자입니까?"

노가쿠 공연장에서 해설할 때처럼 긴장한 것은 아닐 텐데 일본인이 하는 일본어와는 살짝 달랐다.

"아니야, 이 사람은 변호사사무소에서 온 사람이 아니다. 이 사람이 그 문제의 사와자키란 탐정이야."

"엥? 당신이 왜 여기 왔죠?"

"이제 와서 그런 걸 물어야 아무 소용없지." 종가는 언짢다는 말투였다.

"이미 여기 와 있으니까. 야지마 변호사사무소 녀석들도 이 정도는 예상했어야 하는 건데. 비싼 고문료만 받아 챙기고 유사시에는 도움이 안 되는 것들이로군."

"당신이 일본의 마이크 해머인 셈이군. 무턱대로 들이미는 것도 그 탐정과 꼭 닮았지만 치안이 좋고, 예의를 중시하는 이 나라에서 당신이 취한 태도가 매우 비상식적이라는 것은 알고 있을 테지요."

"치안이 좋고, 예의를 중시하는 일본에서는 아파트 6층에서 떨어져 죽은 여성과 함께 지내던 사람이 이튿날 자기 오토바이를 몰래 빼내 자취를 감추는 일도 비상식적인 행동으로 간주하죠."

종가와 오쓰키 하루오는 무의식중에 서로 얼굴을 바라보았다.

"그건 자살이었소." 종가가 큰 소리로 말했다.

"설마 내 딸 유리가 그 아파트에서 뛰어내린 아가씨에게 무슨 짓이라도 했다는 거요?"

"무슨 말도 안 되는!" 오쓰키 하루오가 말했다. "분명 오해요. 그런 일은 있을 수 없소. 그건 자살이었으니까."

나는 두 사람의 흥분이 가라앉기를 기다려 우오즈미 유키의 죽음이 자살이라는 세 사람의 목격 증언이 매우 의심스러운 상황이 되었다는 이야기를 들려주었다.

"게다가 우오즈미 유키가 죽기 전후로 이 댁의 유리 씨가 비상식적이라고 할까, 도무지 이해할 수 없는 행동을 했다는 사실을 감안하면 경찰의 재수사 대상이 되기에 근거가 충분할 겁니다. 유리 씨가 '그 아파트에서 뛰어내린 아가씨에게 무슨 짓이라도 했다'라는 이야기는 제가 아니라 오쓰키 씨 쪽에서 하셨으니, 그렇지 않다면 그걸 증명하지 않을 경우 다음에 이 집을 방문할 사람은 유리 씨에 대한 소환장을 지닌 경찰관이 되겠지요."

장인과 사위는 사태가 난처해지자 풀이 죽었는지 한동안 서로 얼굴만 마주 보며 아무런 말도 하지 못했다. 이윽고 장인 쪽이 사위에게 힘없는 목소리로 말했다.

"이제 이미 우리가 감당할 수 없는 상황이 된 것 같군. 자네가 바로 야지마 사무소에 연락해."

46

오쓰키 가문 관계자들과 나는 4시가 조금 안 된 시각에 1층 응접실에 마주 앉았다. 종가, 오쓰키 하루오와 마유미 부부, 오쓰키카이의 이스루기 이사장, 야지마 변호사사무소의 사쿠마 변호사와 함께 야지마 소장도 직접 행차하셨다. 이스루기 이사장은 오쓰키 노가쿠 극장에서 사쿠마 변호사에게 소개받아서 알고 있었지만, 유리의 언니인 마유미와 야지마 변호사는 첫 대면이었다. 테이블을 둘러싸고 종가의 오른쪽에 하루오와 마유미 부부, 왼쪽에 변호사들, 맞은편에 이스루기와 내가 앉았다. 테이블 위에는 '미세스 사토'가 내온 찻잔이 가지런히 놓였다.

나는 한 번 더 참석자들에게 조사 결과를 들려주었다. 이번에는 법률 전문가들이 동석하고 있어서 좀 더 시간을 들여 정중하고 신중하게 설명했다. 이야기가 끝났을 때는 좀 전의 이스루기 이사장과 오쓰키 마유미의 '어째서 탐정이라는 수상쩍은 직업을 가진 남자가 말하는 대로 이리저리 끌려다녀야 하나?'라는 듯한 태도가 흔적을 감췄고, 종가의 침울한 표정이 모두에게 전염되었다.

변호사들은 대체로 곤혹스러워했다. 휠체어에 앉은 사쿠마 변호사가 종가에게 확인을 구했다. "유리 씨가 우오즈미 유키 씨와 친하게 지냈다는 건 사실이군요?"

종가는 망연자실한 표정으로 끄덕였다.

"유감이군요……." 야지마 소장이 비난하듯이 말했다. 그는 종가와 사쿠마 변호사 사이에서 몸을 소파에 깊숙이 묻고 있었다. 일흔세 살인 종가보다는 젊지만 이미 육십대 중반은 지난 듯했다. 탐스러운 은발에 금테 안경 안에서 옅은 색의 날카로운 눈이 반짝였다. 그는 마감이 고급스러운 어두운 녹색 스리피스 양복 윗옷 안주머니에서 하얀 손수건을 꺼내 나지도 않은 이마의 땀을 닦았다.

"이에모토." 야지마는 종가를 불렀다. "처음부터 그 점을 털어놓고 상담하셨으면 좋았을 텐데요. 사쿠마 군이나 저는 지금까지 따님인 유리 씨가 우오즈미 유키라는 여자와는 교류도, 면식도 없다고 하셔서 이 건은 상대에게 문제가 있다는 걸로 대응을 준비했습니다. 그런데 여기에서 갑자기 상대방이 옳다고 하시면…… 대응할 방법이 없습니다."

"그럼 어떻게 하면 좋겠소?" 종가가 지친 목소리로 말했다.

"여기에 있는 분들만으로는 유리 씨가 그 우오즈미 유키라는 여성의 죽음에 책임이 없다는 증명을 할 수 없는 이상, 탐정을 유리 씨와 만나게 하고 본인의 입으로 그 사실을 분명하게 들려줄 수밖에 없죠. 그래서 탐정이 납득할지는 다른 문제이지만 우리로서도 유리 씨의 이야기를 들은 다음에 증명하기 위해 조사를 다시 할 수밖에 방법이 없습니다. 다만 유리 씨의 건강 상태가 탐정과 면담할 수 있을 정도라면 말입니다."

"그런 무책임한 소리!" 이스루기 이사장이 거친 목소리로 말했다. "유리 씨의 건강 문제도 있지만 사와자키 씨에게는 일단 돌아가달라고 하고 우선 당신 쪽에서 유리 씨가 그 일에 책임이 없다는 것을 증명할 사항을 정리한 다음, 면담 일시를 정하는 것이 변호사가 할 일일 텐데요." 이스루기는 뿔테 안경을 벗어 상대를 향해 찌를 듯이 들이댔다.

"업무에 대해 지도까지 해주셔서 황송합니다만, 조금 전 사와자키 씨의 조사보고를 들으니 유리 씨에게 책임이 없다는 사실은 그리 쉽게 증명할 수 있을 것 같지는 않군요. 그렇다면 그에 맞서기 위해 최종적으로 법정으로 가게 되겠죠. 그래도 괜찮습니까?"

"야지마 씨는 우리 변호사가 아니라 여기 탐정 편 같은 말투로군요. 잘 들으세요. 그 아이의 죽음은 자살로 결론이 났어요. 당신들이 그것만 제대로 증명해주면 상대가 사와자키 씨든 법정이든 우리가 고민할 이유는 아무것도 없습니다."

"이사장님, 아까 사와자키 씨가 한 말을 제대로 들었습니까? 그 설명을 들은 상태에서는 우오즈미 유키의 죽음을 자살이라고 단정하기 위해 뛰어내린 베란다에서부터 시작해 모든 것을 확인해봐야만 합니다."

"아니, 그건 절대로……."

"이스루기 군, 그만하게." 종가가 말렸다. "토론을 계속해도 별 도리가 없어. 우리는 어쨌든 유리를 괴롭히는 것만은 원치 않는다는 거야." 종가는 나에게 시선을 옮겨 말했다. "즉, 그 아이가 죽게 된 일에 딸 유리가 아무 관련이 없다는 건 아버지인 내가 맹세하고 단언하오. 그러니까 부디 원만하게 해결하는 방법을 생각할 수 없을까…… 가령 금전적인 해결방법이라든가……."

"이에모토, 잠깐만요." 야지마 변호사가 말을 끊고 들어왔다. "그 이야기는 제가 하죠. 사와자키 씨, 이에모토가 말씀하시는 건 우리에게 조금 시간을 달라는 겁니다. 일단은 유리 씨의 건강이 당신과 면담할 수 있을 만큼 좋아질 때까지의 유예이고, 두번째는 우리 사무소에서 유리 씨에 관련된 의혹을 풀 조사를 진행하기 위한 유예입니다. 이건 도의적으로도 허락하실 수 있다고 생각합니다. 어쨌든 오쓰키 가문으로서는 그럼으로써 사와자키 씨가 입을 마이너스에 대해서는 당연히 손해배상을 할 것입니다."

"그 제안이라면 나도 대찬성입니다." 이스루기 이사장이 말했다.

내가 대답하려는 것을 막고 야지마 변호사는 말을 이었다. "아니, 부담스럽게 생각할 필요는 없습니다. 우리로서는 그러니까, 당신 대신에 경찰이 갑자기 찾아와 유리 씨의 건강이나 우리 조사를 엉망으로 만들어버리지 않는다는 점만 보장된다면 그걸로 충분합니다.”

나는 쓴웃음을 짓고 말했다. “나도 당신들과 마찬가지로 의뢰인이 있고, 마찬가지로 충분한 의뢰비를 받고 있으니 그런 돈은 받을 이유가 없습니다. 내 의뢰인은 누나의 죽음에 대한 의혹과 십일 년 동안이나 힘겨운 싸움을 하고 있습니다. 그걸 잊지 말아주십시오. 하지만 유리 씨의 건강을 해치는 것은 우리 목적은 아닙니다…… 하루만 기다리죠.”

종가와 딸 부부, 이스루기 이사장이 재빠르게 서로 마주 보았다. 그 얼굴에는 ‘하루의 유예’ 따위 인정할 수 없다는 표정이 떠올랐다. 그럼에도 눈빛으로 무언가를 서로 상의하려는 이유는 뭘까? 사흘의 유예 혹은 일주일의 유예라면 어떤 방책이 있다는 것일까? 누군가에게 한 번 더 나를 폭행하라고 사주하려는 걸까, 딸 유리를 내가 찾을 수 없는 곳으로 피신시키는 걸 생각하는 걸까…….

“마유미.” 종가가 장녀에게 말했다. “어때? 며칠 기다려준다면…….”

“안 돼요, 아버지. 유리에게 그런 부담을 줘야 한다면 이렇게 불쾌한 자리에 있을 필요 없잖아요?”

오쓰키 마유미는 불쾌감의 원흉인 내 얼굴을 노려보더니 눈을 내리떴다. 여자치고는 체격이 큰 편으로 풍만한 몸매를 미국 유한부인 풍의 밝은 블루 원피스로 감싸고 아버지와 남편 사이에 앉아 있었다. 뼈대 있는 집안 아가씨로 느긋하게 자란 여성처럼 보였는데, 사십대 중반쯤이니 동생인 유리와는 열 살 이상 차이가 난다. 둘 사이에 죽은 남자형제가 있다고 사쿠마 변호사가 이야기했던 것을 기억해냈다.

"시간이 좀 더 필요하다고 내가 부탁해보지." 남편인 오쓰키 하루오가 아내에게서 나에게로 시선을 옮겼다. "사와자키 씨. 실은 유리가 요즘에 약간 노이로제 기미가 있어요."

'유리'라고 부르는 그의 발음은 거의 '릴리'로 들렸다. 그 애칭을 붙인 것은 이 일본계 미국인 형부일지도 모른다.

"아버님과 아내는 이야기하기 거북한 일이니 내가 하죠. 우리 미국인은 그런 병에는 비교적 너그러워 특별한 일로 여기지 않으니까 말이죠…… 유리는 삼 개월쯤 전부터 감기에 걸려서 몸이 좋지 않은 데다, 아들 우쿄의 학교 성적과 아들이 노 배우로서 제대로 성장할 수 있을지 어떨지 등에 대한 이런저런 걱정으로 몸이 좀……."

그때 응접실 문이 느닷없이 열렸다. 기모노 차림의 날씬한 여성이 문 앞에 서 있었다.

"유리!" 아버지와 언니가 동시에 그녀의 이름을 불렀다.

이스루기 이사장도 오쓰키 하루오도 어리둥절한 표정으로 문 쪽을 바라보았다.

오쓰키 유리는 응접실로 들어와 종가 옆 소파가 비어 있는 것을 발견하고 거기 앉았다. 나이가 열 살 이상 많은 언니에 비하면 아직 젊고 아름다운 여성이었다. 풍만한 언니보다 날씬하고 민첩해 보이는 몸매에 이목구비가 더 뚜렷했다. 눈 아래가 희미하게 거뭇해져 있는데 화장으로 감춘 모양이다. 그 외에는 종가 쪽 사람들이 과도한 보호 아래 두려는 이유나, 형부가 말한 병색을 떠올리게 할 만한 흔적이 전혀 없었다. 하지만 노이로제라는 병이 꼭 밖으로 드러나는 것은 아니다. 그녀는 응접실에 있는 사람들을 천천히 둘러보다가 내게서 눈을 멈췄다.

"제가 오쓰키 유리입니다. 십일 년 전 일로 제게 묻고 싶은 것이 있다고 하셨는데 기억하는 것은 모두 답해드리겠습니다."

"유리, 괜찮아?" 언니가 불안한 목소리로 물었다.

"아가씨, 억지로 이런 일에 나설 필요는 없어요." 이스루기 이사장은 뿔테 안경을 다시 걸치고 다정하게 말했다.

오쓰키 유리는 그들의 말에 미소로 대답할 뿐 내게서 시선을 떼지 않았다.

"이제 됐어." 아버지가 말했다. "각오를 하고 여기에 왔을 테니 유리가 원하는 대로 하게 해주고 싶군."

나는 테이블 위에 놓아둔 서류봉투를 내려다보았다. 그 안에는 이 사건과 관계있는 서류는 아무것도 없었지만 나는 그것을 가리키며 말했다.

"1982년 8월에 당신은 우오즈미 유키라는 여자와 지유가오카에 있는 오쿠자와 TK맨션 603호에서 한동안 동거했었죠."

"네."

"우오즈미 유키가 그 8월 24일 밤 11시 전후에 아파트 베란다에서 추락사한 것은 알고 있습니까?"

"네."

"그때 당신은 어디에 있었습니까?"

"지유가오카에서 전철을 타고 바로 갈 수 있는 곳에 있는 친구 집이었습니다. 그 시각에는 그 집에서 돌아가던 중이었어요."

"그 친구는 그 사실을 증언할 수 있습니까?"

"아뇨, 못 해요. 오 년, 아니 육 년 전에 병으로 죽었거든요."

"호오…… 나중을 위해 그 사람의 증언을 확보해두는 것이 낫겠다는 생각은 하지 않았습니까? 나중이라는 건 오늘과 같은 날을 말하는 겁니다만."

"아뇨. 그리고 만약 그런 걸 생각했다고 해도 그 사람이 증언해줄 수는 없었습니다."

"왜입니까?"

"그 사람은 누군가의 부인으로, 저와는 특수한 관계였기 때문에 그 사실을 다른 사람에게 알리고 싶어하지 않았어요. 특히 남편에게는…… 그러니까 제가 그날 밤 그 사람과 함께 있었다는 사실을 증언해줄 수 없습니다."

"두 분의 관계를 아는 다른 사람은 없습니까?"

"있을 리 없어요."

"근처 주민이 그날 밤 그녀의 집에 드나드는 것을 목격했을지도 몰라요."

"그런 일은 없습니다. 저희는 거의 남의 눈을 피해 다녔으니까…… 그리고 그런 걸 알아보는 건 단호하게 거절하겠습니다. 오래전 일이긴 하지만 그 사람 남편에게 그 사실을 알리고 싶지 않으니까요. 그 부부의 이름은 절대로 알려드릴 수 없어요."

"당신이 우오즈미 유키의 추락사와 어떤 관계가 있는 것은 아닐까 하는 의혹이 있는데도 말입니까?"

그녀는 웃었다. "제가 유키를 밀어 떨어뜨리기라도 했다는 건가요?"

"밀어서 떨어뜨렸습니까?" 내가 되물었다.

사쿠마 변호사가 끼어들었다. "아가씨가 그런 질문에 대답할 필요는 없어요."

오쓰키 유리는 고맙다는 듯이 변호사에게 미소를 지어 보였다. "아뇨, 그런 짓은 하지 않았어요. 왜 제가 그런 짓을 하겠어요. 유키는 제가 가장 좋아했던 여자인데."

"애증은 동전의 앞뒤와 같다고 하는 사람도 있죠."

"우리는 그때 아직 그런 관계가 아니었습니다. 사이좋은 친구일 뿐이었죠."

"우오즈미 유키가 죽기 이틀 전에 당신은 그 아파트 주차장에서 여벌 열쇠를 돌려달라는 그녀의 말을 무시한 채 오토바이를 타고 사라졌습니다. 그래도 사이좋은 친구였다고 할 수 있습니까?"

"그런 일이?" 그녀는 고개를 갸우뚱하다가 기억났다는 듯이 끄덕였다. "……그래요. 그런 일이 있었을지도 모르겠네요. 그즈음 유키는 동생이 고시엔 고교야구 시합에서 문제가 될 만한 일을 일으켜서……."

"승부조작 의혹 말씀이시군요."

"네. 유키는 머릿속에 그 일뿐이어서 나 같은 건 안중에 없는 것 같았죠. 동생의 그 시합 바로 전 경기를 보러 저도 고시엔까지 갔습니다만 유키는 그때도 즐거워하지 않았어요. 그래서 저도 기분이 나빠졌죠. 저하고는 아무런 상의도 없이 갑자기 그 집을 나가라고 해서…… 물론 얹혀사는 제게 상의할 필요 없겠지만요. 저도 돌아갈 집이 없는 건 아니니까. 물론 여벌 열쇠는 그날 중에 유키에게 돌려줬습니다."

종가는 안타깝다는 듯이 말했다. "그때 바로 이 집으로 돌아왔다면 지금에 와서 이런 의심을 사지 않았을 텐데……."

나는 계속해서 질문했다. "그날 밤에는 몇 시쯤 아파트에 도착했습니까?"

"아마, 11시 반쯤이었을 거예요. 아파트 앞은 엄청나게 소란스러웠어요. 유키가 그런 짓을 저질렀다니, 도저히 믿을 수 없었습니다. 동생 일로 고민한다는 건 알았지만 그 정도일 거라고는 생각하지 못했어요…… 집을 비우고 친구 집에 간 걸 저도 매우 후회했습니다…… 하지만 이미 제가 할 수 있는 일은 아무것도 없고, 유키와 동거중이라고 알려봐야 일을 크게 만들 뿐이라고 생각해서 그냥 이 집으로 돌아와버렸어요. 다음 날 아침 아버지에게 털어놓고 이런저런 이야기를 했습니다만, 나서지 않기로 한 건 제 결정이었습니다."

"주차장에 뒀던 오토바이는?"

"다음 날 늦은 밤에 우리 운전기사인 바바 씨가 가지러 갔어요. 원래 오토바이도, 라이더 슈트, 헬멧도 모두 바바 씨 거였습니다. 몸집이 작은 바바 씨가 저와 체격이 비슷해서 가출할 때 슬쩍 빌려 갔었죠."

오쓰키 유리는 내 눈을 똑바로 보며 분명하게 대답했다. 이미 그녀가 우오즈미 유키를 죽인 사람이라는 생각은 들지 않았다.

"그럼 누군가 우오즈미 유키에게 위해를 가할 만한 동기가 있던 인물에 대해 짚이는 것은 없습니까?"

오쓰키 유리는 고개를 가로저었다. "아까도 말했습니다만, 저는 친한 사람에 대한 것을—당시에는 거의 여자뿐이었기 때문입니다만—그다지 다른 사람에게 알리고 싶지 않아서 저와 유키에 대한 이야기는 아무한테도 하지 않았을 겁니다. 아아, 제가 그 아파트에 간 계기

가 된 한 층 아래 503호에 살던 음악가 이나오카라는 사람은 별개이
지만요."

"우오즈미 유키가 누군가에게 협박당할 만한 일은 없었습니까?"

"그런 일은 없었던 거 같아요. 적어도 저는 모릅니다. 그런 일이 있
으면 내게 이야기했을 텐데……."

이런 질문을 아무리 계속해봐야 결정적으로 우오즈미 유키가 동생
에게 승부조작을 권한 장본인이라는 것을 숨긴 채로는 이렇다 할 단
서는 얻을 수 없을 것 같았다.

"추락사했을 때 그녀가 임신중이었다는 건 아십니까?"

"엣, 그런 일까지 알고 계세요? 그것도 유키의 고민이었던 같긴 하
지만, 제가 그 이야기를 꺼내면 매우 싫어했어요. 그래서……."

"아이의 아빠가 누구인지는 듣지 못했습니까?"

"네, 말해주지 않았어요."

"그 아이가 임신중이었군." 종가가 동정심을 담은 목소리로 말했다.
"측은하게도……."

이스루기 이사장이 헛기침하고 손목시계를 보며 말했다. "사와자
키 씨, 벌써 5시가 되어갑니다. 슬슬 유리 씨를 놔주시지 않겠습니까?
우리로서는 당신의 요청에 최대한 응해드렸으니 이 이상은 정말로
유리 씨의 몸에 무리가 됩니다."

나는 이스루기 이사장의 재촉 따위는 듣지 않았다. 대화가 큰 문제
없이 끝나서 응접실에 안도하는 듯한 공기가 퍼지는 것도 무시했다.

오쓰키 유리의 이야기를 통해 새로 알게 된 사실은 딱 하나였다. 그
것은 다마가와 서의 조서에서 읽은 우오즈미 유키가 동생 앞으로 남

졌다고 추측된 '유서로 보이는 것'이다.

> 네게는 정말 미안한데 나는 결심한 대로 하겠어. …… 네가 나 같은 건 상관하지 않고 꿋꿋하게 살아가주기를 바라. 난 네가 고시엔에 가는 게 불길했어. …… 널 비난하는 사람도 있을지 모르지만 그게 잘못이라는 걸 나는 알아.

후지사키 감독의 부인 노리코가 어딘가의 통로 난간에 기대 있던 여자와 우오즈미 유키가 말을 주고받은 걸 기억해냈는데, 그 여자가 오쓰키 유리이고 장소는 고시엔 야구장이었을 것이다. 모두가 '고시엔에 간다'라는 대목을 우오즈미 아키라가 고시엔 고교야구에 출장한다는 것으로 단정짓고 읽은 것이다. 하지만 이것은 동성애자의 집요한 애정을 멀리하고 싶어한 우오즈미 유키가 오쓰키 유리에게 쓴 이별편지라고 읽을 수도 있다. 그러나 그렇다고 해서 오쓰키 유리가 우오즈미 유키를 살해한 것이 되지는 않는다.

나는 우오즈미 유키가 자살하지 않았다고 확신했지만, 그렇다고 타살이라는 것을 증명할 만한 증거도 아직 발견하지 못했다. 오쓰키 유리에게는 우오즈미 유키를 살해할 '기회'가 있었다. '동기'도 전혀 없다고는 할 수 없었다. 그리고 유키의 추락사 이후 그녀의 '수상한 행동'은 특히 눈길을 끌 만했다. 그럼에도 삼십 분의 면담만으로 나는 오쓰키 유리가 '살인자'가 아니라는 사실을 직감적으로 확신했다.

그녀는 소파에서 일어섰다. 마른 몸을 진한 감색 기모노로 감싸고 있어서 늘씬해 보였지만 생각만큼 키가 크지는 않았다.

"키는 169센티미터에서 2센티미터 부족하다." 나는 소리 내어 말했다.

오쓰키 유리는 곧바로 의아스러운 표정으로 나를 보았다. 내 말이 그녀의 기억 한구석에 닿았다는 낌새는 전혀 없었다.

"유리 씨, 키가 어느 정도 되십니까?"

그 순간 응접실 전체가 얼어붙은 듯 침묵에 휩싸였다.

특별히 내세울 만큼 건강이 나쁘다고는 생각되지 않는 평범한 여자를 이렇게까지 외부 사람과 격리시키려 했던 이유를 이제야 겨우 이해할 수 있었다. 그들이 마음속 깊은 곳에서부터 두려워하고 있던 것은 우오즈미 유키를 살해한 의혹 따위가 아니었다.

더 침묵하면 너무나 부자연스럽겠다고 느끼기 직전, 그녀는 내 질문에 답했다. "아마 164센티미터 정도 될 겁니다."

언니 마유미가 허둥대며 밀어붙이듯이 말했다. "아니야, 나보다 조금 커서 167센티미터라고 했잖아."

이스루기 이사장도 당황하며 말했다. "하지만 나이를 먹으면 키는 조금 줄어드니까……."

오히려 의혹을 더하는 발언이었다. 스무 살에 167센티미터였던 여자가 서른한 살에 164센티미터가 되어버리는 일은 흔치 않다.

다시 실내는 무거운 정적에 휩싸였다. 종가의 양어깨가 모두의 심정을 대변하듯 축 처졌다.

"당신은 누구입니까?" 나는 종가 옆에 서 있는 아름다운 여자에게 물었다.

그녀는 대답하지 못했다.

“틀림없이 오쓰키 유리는 아닙니다.” 내가 말했다. “오쓰키 유리는 십일 년 전에 지유가오카 아파트 6층에서 뛰어내려서 죽었습니다.”

47

오쓰키 유리를 연기한 여자는 쇼크 상태에 빠져 오쓰키 마유미의 부축을 받고 응접실을 나갔다.

“유리 씨에게 무슨 일이 있었습니까?”

야지마 변호사의 물음에 종가는 비통한 표정으로 이야기하기 시작했다.

“유리의 불행이 언제부터 시작되었는지는 나도 잘 모르겠네만……
십일 년 전 운전기사인 바바의 오토바이를 멋대로 끌고 가출했을 때 유리는 스무 살이었네. 가출의 직접적인 원인은 우리 유파에서 가장 장래가 촉망되는 데다 내 후계자 가운데 한 명으로 주목받던 간부와 유리를 억지로 결혼시키려고 해서였을 거야. 그 남자는 그때 이미 마흔대여섯 살에 아내와 사별한 지 얼마 안 되었을 때였어. 유리 또래의 남자를 골랐다면 괜찮았을지도 모르지. 나에게는 대를 이을 아들이 없었기 때문에 유리가 아들을 낳아주길 바랐어. 장녀인 마유미가 하루오 군과 결혼을 한 상태였지만, 아이가 생기지 않아서 내 희망은 유리뿐이었지. 노 가문에서는 제아미 이후 재능 없는 친아들보다 재능 있는 사람을 양자로 들여서 노가 쇠퇴하는 것을 막는 전통이 있지만, 후계자 문제를 떠나 내 후손 자체가 없다는 적적함을 다른 사람은 모를 거야. 그때가 내 나이 예순이 넘었을 때였네. 태어날 손자를 위해서도 제대로 된 노 배우를 아버지로 정해주고 싶었어. 그 욕심으로 유리에게 어울리지 않는 결혼을 강요하게 된 거지."

종가는 차갑게 식은 차를 모두 마셨다. "유리를 결혼시키려고 한 건 내 처지 때문만은 아니었네. 유리는 고등학교를 중퇴하고 나서 가출을 반복하며 불량 청소년처럼 굴었지. 그래서 결혼이라도 시켜야겠다고 생각한 건데…… 유리가 학교를 그만두게 된 데는 이유가 있었네. 어느 날 밤 유리가 당시 우리 집에서 일하던 서른 살쯤 되는 여자 방에 몰래 들어가는 걸 봤을 때부터지. 다그치니 두 사람의 관계가 반년 이상 되었다고 하더군. 그날 밤 나는 그 여자를 내쫓았어. 딸을 휴학시키고 생활에 사사건건 간섭했지. 그러자 유리는 반발하며 학교도 가지 않고, 가출을 반복하게 됐어…… 딸이 그런 성적 취향을 갖게 된 건 어떤 연유에서인지 모르겠네. 언젠가 마유미가 나를 심하게 나무란 적이 있지. 유리가 중학생이었을 무렵인데, 대대로 가보이고 귀중한 문화재이기도 한 노 가면 중 하나에 돌이킬 수 없을 정도로 낙서를 해 심하게 꾸짖은 적이 있네. 나는 이성을 잃고 '너는 이 집에 아무런 도움도 안 돼. 어째서 남자로 태어나지 않은 거냐. 남자였다면 가면 한두 개 정도는 조금도 아깝지 않을 텐데' 하고 호통을 쳤지. 그 말이 유리 마음을 얼마나 다치게 했는지 나는 상상도 못 했네."

종가는 자책하는 마음에 풀이 죽었지만, 마음을 다잡으려는 듯이 목소리에 힘을 주어 말을 이었다. "그뿐만이 아니야. 유리가 초등학교에 입학하기 바로 전해 여름휴가 때 집사람 고향에 간 적이 있어. 근처 강가에서 당시 아홉 살이던 시게히코가 유리와 놀다가 강에 빠져서 익사했지. 아직 여섯 살이었던 유리는 강가에서 울고만 있었을 뿐 도움을 청하지도 못했네. 물론 그런 곳에서 놀게 한 어른의 책임이고 어린아이에게는 아무 죄도 없어…… 한참 지나 유리가 나와 다툴 때 '아빠는 예뻐하던 시게히코 오빠가 죽은 게 나 때문이라고 생각하잖아요'라고 말한 적이 있어. 더 심하게 싸웠을 때는 '아빠가 예뻐하던 오빠를 죽인 것은 나야. 빠진 걸 알면서도 일부러 내버려뒀어' 하고 말하기도 했지. 유리가 그런 바보 같은 소리를 하는 건 내 눈빛이나 태도에서 줄곧 그런 원망을 느꼈기 때문인 게 틀림없어…… 옛 기억을 아무리 거슬러 올라가도 나는 그 아이에게 괴로움 말고 무엇하나 해준 게 없다는 생각이 드는군……."

종가는 목이 메어 말을 멈췄다. 아버지가 이야기하는 딸의 모습을 얼마큼 진실로 받아들이건 적어도 오쓰키 유리의 대역이 연기한 허상에 비하면 실상은 훨씬 어려운 소녀 시절을 보냈다는 것은 짐작할 수 있었다.

나는 윗옷 주머니에서 담배를 꺼내 테이블 위에 놓인 탁상 라이터로 불을 붙였다. 녹색 빛이 도는 검은 돌로 만든 섬세한 물건이었다. 테이블 한가운데에 있던 같은 돌로 된 재떨이를 오쓰키 하루오가 내 쪽으로 밀어주었다.

야지마 변호사가 다시 물었다. "이에모토, 십일 년 전에 대체 무슨 일이 있었습니까?"

"그해는 우리 오쓰키류 전체가 매우 예민했던 시기였네. 나 자신은 중요무형문화재, 즉 '인간문화재'로 지정되느냐 마느냐 하는 갈림길에 있었고, 하루오 군은 외국인으로서 첫 '호세 대학 노가쿠 연구소'

교수 취임 결정을 앞두고 있었네. 이스루기 군의 오쓰키카이 회원이 '칸제'를 비롯한 다섯 유파의 회원 수를 앞질러 말 그대로 일본 제1의 유파가 될 수 있을 것인지와 더불어, 오쓰키 노가쿠 공연장과 오쓰키 회관 건설자금 오십억 엔의 일부를 충당할 기부 예정액이 모아질 것 인지도 갈림길에 서 있었지. 그 모든 것을 위태롭게 할 유리의 소행을 우리는 그냥 내버려둘 수 없었어. 흥신소에 의뢰해서 그애가 다니는 곳과 머무는 곳만은 항상 파악해두고 있었네. 좀 더 엄하게 단속해야 한다는 의견도 있었지만 그러면 오히려 불에 기름을 붓는 격이 되니 내버려두고 멀리서 감시하는 방법을 취한 거지. 그래서 우리는 유리 가 그 지유가오카의 음악가라는 남자 집에 드나드는 것도, 그 우오즈 미 유키라는 아이와 친하게 지내는 것도 모두 알고 있었지."

종가는 말을 끊고 사위인 하루오에게 차를 더 내오라고 하라고 했 다. 하루오는 바로 응접실을 나갔다.

"그리고 문제의 그날 밤이네. 날짜가 언제라고 했지?"

"8월 24일입니다." 내가 대답했다.

"그래. 그날 밤 9시쯤이었지. 유리한테서 전화가 왔어. 이성을 잃고 흐트러진, 술에 많이 취한 듯한 말투였네. 더 악질적인 약 같은 걸 했 을지도 모르지. 처음에는 나에 대한 원망과 자기 처지에 대한 푸념을 주절주절 늘어놓았어. 그러더니 이제 자기는 이 세상과 작별하고 죽 을 거라고 하더군. 자기를 거절한 아이가 돌아오기를 기다렸다가 그 아이를 죽이고 자기도 죽을 거라고 했네. 그 아이가 자기를 집에 내버 려둔 채 아무런 연락도 없이 이틀 밤이나 돌아오지 않았다고 했네. 처 음에는 날 괴롭히려고 하는 말 정도로 여겼는데 듣다 보니 유리가 진심이라는 걸 알겠더군. 나는 마유미와 번갈아가며 유리를 계속해서 설득했어…… 마유미가 유리가 임신 사실을 밝혔다고 하더군. 좋아하지도 않는 남자와 숙박비 대신에 딱 한 번 잤는데 그만 임신했다는 거야. 그럴 마음은 없었는데 어쩔 수가 없었다고 하더군…… 유리를 계속해서 설득하는 한편 나는 이스루기 군을 불러 하루오 군과 셋이서 어떻게 해야 좋을지 의논했지. 유리가 그 지유가오카 아파트에 있는 것이 틀림없어 보이니 아무튼 둘이 차를 몰고 가보기로 했어. 아파트에 도착해서 현관을 노크하기 전에 전화를 걸어보기로 했네. 설득해서 유리를 말릴 수 있다면 방에 쳐들어가지 않는 게 나으니까. 하지만 나와 마유미가 열심히 설득했어도 결국 허사였네."

차를 쟁반에 담아온 마유미와 함께 오쓰키 하루오가 돌아왔다.

"시즈에는 괜찮은가?" 종가가 마유미에게 물었다. 시즈에가 유리를 대신했던 여자의 본명인 모양이다.

"네, 괜찮아요. 누워서 안정을 취하고 있으니 이젠 걱정하지 않아도 돼요." 마유미는 차를 바꿔주고는 다시 방을 나갔다. 나는 짧아진 담배를 재떨이에 껐다.

종가는 차로 목을 축이고 이야기를 계속했다. "유리는 그 아이가 돌아오면 함께 죽을 작정이라며 작별인사를 하고 전화를 끊어버렸네. 분명히 11시 조금 전이었어. 나와 마유미는 정말 당황했지. 이스루기 군과 하루오 군이 지유가오카에 도착했을 시간이었지만 아직 전화를 걸지 않았기 때문이야. 마유미는 경찰에 전화하자고 했고, 나는 반대했네. 혹시 유리가 그 아이를 죽인 후에 경찰이 달려가게 되면 마치 우리가 유리를 경찰에 신고한 셈이 되지 않겠나. 그럴 수야 없었지.

우리는 아파트 관리인의 전화번호를 찾아봤지만 이스루기 군이 흥신소의 조사보고서를 가져가서 아파트 이름이 전혀 생각나지 않았어. TK맨션이라는 건 알았지만, 앞 이름이……."

"오쿠자와입니다." 이스루기 이사장이 알려주었다.

"그래. 그게 생각이 안 나서 전화번호부를 펼쳐놓은 채 아무것도 못하는 상황이었네. 그러던 중에 드디어 전화벨이 울렸어. 급히 전화를 받으니 하루오 군이더군. 아파트 앞에 차를 세우고 바로 옆에 있는 공중전화로 전화를 걸었다고 했네. 나는 유리가 전화를 끊은 것을 알려주고 바로 방으로 올라가라고 말하려고 했어. 하지만…… 하지만 그때는……."

종가는 더 말을 잇지 못했다.

"그때" 하고 이스루기가 대신 말을 이었다. "그 아파트 6층 베란다에서 누군가가 뛰어내렸습니다."

"다음 이야기는 이스루기 군, 자네가 해주게."

"뛰어내린 것은 물론 유리 씨였습니다. 하지만 그때는 저나 하루오 씨나 바로 아가씨에게 달려갈 수 없었죠. 아가씨가 전화로 같이 사는 아이를 죽이고 자기도 죽겠다고 했기 때문이죠. 그래서 베란다에서 떨어진 것이 그 아이일지도 모른다고 생각했습니다. 우리가 조금 떨어져서 상황을 살피는데 떨어진 아이 주위에 사람들이 곧 몰려오기 시작했고, '6층에 사는 우오즈미라는 여자일 거야'라든가 '즉사한 게 틀림없어' 하는 소리가 들렸습니다. 우리는 603호로 달려가 그곳에 혹시 아가씨가 있다면 아무도 모르게 빼내고 싶었습니다. 하지만 우리보다 먼저 6층 맞은편에 사람들이 모여들어 그렇게 할 수 없었죠.

실제로 뛰어내린 것은 아가씨였기 때문에 가봤자 아무런 도움도 되지 않았겠지만…… 그런데 아파트 앞에서는 6층에 사는 우오즈미라는 여자가 떨어진 것으로 모든 처리가 이루어지고 있었습니다.”

“그대로 돌아오셨다는 이야기입니까?” 야지마 변호사가 나무라는 말투로 물었다.

“그 밖에 다른 방법이 있습니까?” 이스루기는 입을 삐죽 내밀며 말했다. “사람들이 뛰어내린 건 우오즈미라고 하는데 우리 아가씨가 아니냐고 따져 물어야 합니까? 아가씨가 누구냐고 물으면 조금 전에 전화로 우오즈미를 죽이고 죽겠다고 한 우리 아가씨라고 대답해야 합니까? 그럴 순 없잖아요. 만약에 아가씨가 우오즈미를 죽이고 그들이 현관문을 열기 전에 그곳에서 도망치려고 했다면 우리는 아가씨를 찾아내 보호해야 하죠. 자수시킨다고 해도 변호사사무소에 자문을 구해 가장 유리한 상태에서 해야 한다고 생각했습니다. 그래서 계속 현장에 남았다가는 수상하게 보일 수 있으니 그곳에서 철수했습니다. 같은 이유로 아가씨가 탔던 오토바이는 다음 날 밤 운전기사인 바바에게 여벌 열쇠를 써서 가져오라고 했죠. 우리는 혹시 죽은 게 아가씨라면 적어도 시체의 신원을 확인하는 단계에서 우오즈미가 아니라는 사실이 밝혀질 것으로 생각했습니다.”

이스루기는 차로 손을 뻗으려 했다.

“한 가지 잊으셨군요.” 내가 말했다. “목격자 중 한 사람을 증인으로 만든 일이 빠졌습니다.”

이스루기와 오쓰키 하루오는 얼굴을 마주 보았다.

“증인을 만든다는 것은 무슨 이야기입니까?” 야지마 변호사가 이스루기와 나를 번갈아 보면서 물었다.

이스루기가 말하기 꺼리는 모습이어서 내가 말했다.

"당신들의 얼굴을 기억하고 있는 증인인 에바라 나오토라는 남자를 데려와도 되겠지요?"

"아뇨, 그럴 필요는 없습니다." 이스루기는 말했다. "그 점도 말씀드리죠. 우리가 현장에서 상황을 지켜보고 있을 때 그 아이가 스스로 뛰어내리는 순간을 봤다는 남자가 나타나서 자랑스레 구경꾼들에게 떠들고 있었습니다. 우리는 아가씨가 그 아이를 죽였을지도 모른다는 걱정으로 머릿속이 가득했기 때문에 그런 증언이 있다면 더 나은 아군은 없을 거라고 생각했죠. 그래서 그 사람에게 증언해달라고 부탁한 겁니다. 아파트 관리인이 아파트 평판이 나빠지는 것을 걱정하는 것처럼 꾸며서 말이죠. 나중에 시간이 흘러서 다른 증인이 두 명이나 나타났다는 사실을 알고 괜한 돈을 썼다고 생각했지만, 그가 쓸데없는 소리를 떠들지 않도록 약속한 돈은 제대로 지불했습니다."

이스루기는 나를 돌아보며 말했다. "처음에 탐정님이 에바라라는 남자의 증언에 결함이 있다고 지적하고 다른 두 증인의 증언도 의심스럽다고 했을 때 솔직히 당황했습니다."

나는 말했다. "결국, 뛰어내린 사람은 우오즈미 유키로 처리된 것이군요."

"그렇습니다. 우리는 아가씨로부터 아무런 연락도 없어서 죽은 사람이 틀림없이 아가씨라고 확신했습니다. 그게 자살이었다는 보도가 모든 신문에 실렸으니, 아가씨가 그 아이를 죽였다고 해도 도망쳐 숨을 필요는 없었죠. 우오즈미 씨 쪽에서 부친이 신원확인을 했는데 그 시체를 우오즈미 유키로 여겨 장례를 치른 겁니다."

"아버지가 어째서 자기 딸도 아닌 시체를 자기 딸로 장례를 치렀는지 이상하다고는 생각하지 않습니까?"

"맞는 말씀입니다만…… 하지만 그 사실을 사람들에게 묻고 다닐 수도 없지 않습니까? 그쪽이 진짜 착각했다고 생각할 수밖에 없었죠. 그 자살이 동생의 승부조작 의혹과 함께 스포츠 신문에서 크게 다뤄질 때 기사를 읽었는데, 두 사람이 나이도 비슷했고 아가씨가 그 아이 옷을 입고 있었던 모양입니다. 그리고 시체의 얼굴이라는 게 구별이……." 이스루기는 종가가 듣고 있다는 것을 떠올리고 허둥거리며 말을 삼켰다.

종가는 괴로운 목소리로 말했다. "그후로 한동안 딸의 시체를 길에 버려둔 듯한 죄책감에 시달려 밤에 잠을 제대로 이루지 못했소. 하지만 뒤늦게 그게 내 딸이라고 밝힐 수는 없었지…… 아니 나는 거짓말을 한 거요. 유리의 자살이 생각지도 못한 결말을 불러왔죠. 나는 인간문화재로 지정되고, 하루오 군은 노가쿠 연구소 교수로 임명되고, 오쓰키카이는 최다 회원을 자랑하는 조직이 되어서 오쓰키 노가쿠 공연장이나 오쓰키 회관도 무사히 준공되었지…… 이 모든 것이 딸의 자살을 비밀에 붙여 얻은 것이니."

"지나친 말씀입니다, 아버님." 오쓰키 하루오가 위로하듯이 말했다.

"우오즈미 유키의 무덤에 매년 꽃을 바치는 건 당신들입니까?" 하고 종가에게 물었다.

종가는 자조적으로 슬쩍 웃었다. "죽은 딸에게 할 수 있는 것이 몰래 꽃을 올리는 것뿐이라니 한심한 일이지."

"이에모토, 유리 씨 대역을 하신 그 여성은 누구십니까?" 야지마 변호사가 물었다.

"캐물을 생각은 없지만 이에모토의 손자인 우쿄 군과는 대체 어떤 관계인지 궁금해져서 묻는 것입니다."

이스루기 이사장이 뿔테 안경을 벗어 테이블 위에 두고 말했다.

"그건 내 딸인 시즈에입니다."

"뭐라고요? 이사장님에게는 분명 미국 오쓰키 지부에 계신 아드님뿐이라고 들은 것 같은데요?"

"그애는 내가 결혼 전에 만나던 여자가 낳은 딸입니다. 그 여자는 나와 헤어진 후 무슨 까닭인지 나 몰래 아이를 낳아서 자기 혼자 키운 모양입니다. 하지만 시즈에가 열다섯 살 때 그 여자는 병으로 세상을 떠났죠. 죽기 직전에 나를 불러서 딸을 소개했습니다. 나는 결혼해서 아들이 태어난 지 얼마 안 됐기 때문에 시즈에를 어떻게 하면 좋을지 종가 어른과 상의할 수밖에 없었죠. 실제로는 그때만 해도 건강하셨던 종가의 사모님이 제 고민을 들어주셨습니다. 사모님은 시즈에를 양녀로서 받아들여 이 집에 머물도록 하신 겁니다."

"그다음은 내가 이야기하지." 종가가 말했다. "그러고 나서 이 년쯤 지나 아내는 뇌경색으로 쓰러져 누워 육 년 동안 투병하다가 떠나버렸네. 시즈에는 그동안 쭉 아내를 간병하고 내 시중을 들어주었어. 아내가 죽기 일 년쯤 전의 일인데 아내의 지시라고 하며 시즈에가 내 침실로 들어왔네. 아내는 시즈에에게 우리 부부가 제대로 키우지 못한 시게히코를 대신할 아들을 낳아달라고 부탁했다더군. 그걸 진심으로 받아들인 시즈에도 그렇지만…… 사실 나는 이전부터 시즈에를 마음에 두고 있었네. 아버지인 이스루기 군을 앞에 두고 할 말은 아니지만 말 앞에 당근을 내민 격이었네…… 그래서 시즈에는 형식상 내 딸인 유리가 되고, 우쿄는 유리가 미국에 있을 때 약혼한 후 교통사고로 죽은 일본계 미국인인 먼 친척과의 사이에서 태어난 아이로 꾸며졌지. 하지만 사실 시즈에는 내 두번째 아내이고, 우쿄는 손자가 아닌 내 친아들일세."

이스루기 이사장이 그 뒤를 이었다. "아가씨가 세상을 뜨고 이 년쯤 지났을 무렵에 시즈에가 종가의 아들을 가졌다는 걸 알았습니다. 그때 시즈에도 동의해 아가씨의 대역을 맡게 된 것입니다. 시즈에는 호적상 파양 형식으로 예전 호적으로 돌아오고 아가씨의 명의로 여권을 만들어서 미국으로 건너가 그곳에서 출산한 후 오쓰키 유리로서 귀국했죠. 그래서 유리 씨가 미국으로 간 것은 그 사건 직후로 되어 있습니다만, 실제로는 그 이 년 뒤의 일이 되는 셈입니다. 하지만 그 일을 조사하려는 사람은 아무도 없었습니다. 시즈에가 이 집에서 조용히 살아가는 한 들통이 날 위험은 거의 없었죠. 원래 신분으로 돌아온 시즈에가 그후 행방불명이 되었다는 사실을 궁금해한 사람도 없었습니다. 모녀 둘뿐인 가족이었으니까요. 시즈에는 평소에도 완전히 아가씨가 되려고 애를 썼는데 사와자키 씨가 노가쿠 극장에 나타난 뒤로는 아가씨가 자살하셨을 때의 전화 내용을 종가와 마유미 씨로부터 자세하게 듣고 만일의 경우에 허점을 드러내지 않도록 더욱 준비하고 있었습니다. 하지만 설마 키에 대해서 물으실 거라고는 생각하지 못했죠…… 당시 아가씨를 알던 사람과 직접 마주치지 않는다면 들킬 염려는 전혀 없다고 확신했습니다만……."

"내 의뢰인이 누나의 자살에 의문을 품지 않았다면 오쓰키 가문은 아무 탈이 없었다는 것입니까?"

"……그렇게 생각하지 않소." 종가는 조용한 목소리로 말했다. "이런 상태는 역시 무리일 거라고 여겨져, 언젠가는 이런 날이 올 것을 예상하고 있었지. 아까 시즈에의 상태를 보니 저 아이가 얼마나 무리를 하며 살아가는지 알겠어. 그 아이는 유리가 되어 사와자키 씨의 질문에 대답하고 있었지만, 마음속으로는 진짜 자기 자신으로 돌아가고 싶었을지도 몰라……."

이스루기 이사장이 야지마 변호사에게 물었다. "우리가 무슨 죄를 저지른 게 되나요? 세상을 속이기는 했지만 사실 그리 큰 죄를 지었다고는 생각하지 않습니다만."

"글쎄요, 전례가 흔치 않은 상황이어서 바로 답변하기는 어렵네요. 우선 자살한 게 유리 씨라는 걸 알면서 다른 사람으로 여겨지도록 방치한 것은 도의적으로는 작지 않은 죄라고 할 수 있지만 실제로 죄가 되려나……? 돈을 주고 증언을 의뢰한 것도 위증을 시킨 건 아니고 말이죠…… 시즈에 씨라는 사람이 유리 씨의 여권을 취득하고 그 여권으로 출입국 한 것은 명백히 공문서위조와 출입국관리법위반 등의 중대범죄이지만 즉시 여권을 파기하고 시즈에 씨로 돌아온다고 하면 그 죄를 물을 수도 없을 테고…… 문제는 우쿄 군이네요. 그가 십일 년 전에 죽은 유리 씨의 아이로 호적에 올라간 것을 어떻게 수정하면 좋을지, 이게 의외로 위험한 것이 될지도 모르겠습니다. 어쨌거나 사쿠마, 조속히 각각의 건에 대한 예비조사를 부탁해."

"잘 처리해주게." 종가가 말했다.

사쿠마 변호사가 바로 착수하겠다고 대답했다.

"살인미수라는 죄가 남았습니다." 내가 말했다.

그 자리에 있는 대부분이 내 말의 의미를 곧바로 이해하지 못했다. 이해한 사람은 당혹스러워했다. 그중에서도 이스루기 이사장의 동요는 커 보였다.

"그건 무슨 말이죠?" 야지마 변호사가 물었다.

"그저께 토요일 늦은 밤에 내 사무소에 괴한 셋이 나타나서 나를 죽이려고 했습니다. 때마침 지나가던 지인이 아니었다면 나는 죽었을 겁니다."

"하지만 대체 누가 그런 짓을?" 종가가 모두를 대표해서 묻고 사람들을 둘러보았다.

대답하는 사람은 아무도 없었다.

"아무도 나서지 않는다면 어쩔 수 없죠." 나는 말했다. "세 명의 괴한 중 둘은 외국인 같았는데 주범인 남자는 일본인으로 이름은 오다와 데쓰, 서른일곱 살, 전 오사와 조직의 폭력단원이었던 남자입니다. 이중에 이 이름으로 짐작이 가는 분이 계실 텐데요."

"제가 짚이는 데가 있습니다." 사쿠마 변호사가 대답했다.

"당신이?" 나는 놀라서 물었다. "당신이 나를 폭행하라고 시킨 겁니까?"

"아뇨, 그런 의미가 아닙니다. 분명히 지난주 토요일 아침이었습니다만, 이스루기 이사장으로부터 부탁을 받은 일이 있습니다. 이 년쯤 전에 주차장에 세워둔 차에 흠집이 생긴 일로 오쓰키카이에 대해 매우 흉악한 공갈협박을 한 남자가 있다, 그 처리를 우리 사무소에 부탁했을 텐데 조금 신경 쓰이는 점이 있으니 그때의 파일을 보여달라, 그렇게 말씀하셨습니다. 바로 찾아서 보내드렸는데 그 남자의 이름이 오다와 데쓰로 나이도 경력도 같습니다. 파일에는 그 남자의 연락처도 기재되어 있었죠."

이스루기는 고개를 숙일 뿐 반론하지 않아, 오다와와의 관계를 실질적으로 인정했다.

"이스루기 군, 대체 어째서 그런 짓을 했나?!" 종가가 준엄한 목소리로 물었다.

"그때는 그게 최선이라고 생각했습니다." 이스루기가 대답했다.

"이 탐정을 내버려두면 분명히 십일 년 전의 사건이 드러날 거라는 예감이 들었습니다."

"하지만 폭로된다고 해도 이런 정도로 끝났을 텐데……."

"종가는 현재 상황을 모르고 계십니다. 이 일이 종가께서 말씀하신 것처럼 쉽게 가라앉을 거라 생각하십니까? 종가는 스캔들에 굶주린 이 나라의 매스컴이, 특히 노가쿠처럼 권위 있는 세계의 스캔들에 굶주린 매스컴이 이 사건을 내버려둘 거라 보십니까? 오쓰키류의 노는 아마 갈기갈기 찢겨버릴 겁니다. 제가 남아서 사태수습을 할 수 있다면 그 피해를 최대한 막아보겠습니다만 저는 이 탐정과 변호사와 함께 경찰에 출두해야겠지요. 유감입니다만 오쓰키 가문의 기둥이 무너져내리는 것을 저는 감옥에서 손가락 빨며 지켜봐야 합니다."

"그게 사실이라면 어쩔 수 없지 않은가? 우리가 저지른 죄니까."

"종가는 이대로 괜찮겠지요. 무슨 일이 있어도 결국은 인간문화재인 예술가입니다. 하루오 씨도 그렇죠. 노가쿠 연구자로서의 이름은 남을 테고 미국으로 돌아가면 연구도 계속하실 수 있을지 모릅니다. 하지만 저는 대체 뭐가 남죠? 저는 일개 경영자에 지나지 않습니다. 오쓰키카이가 추락하면 저는 아무것도 아닙니다. 아시겠습니까? 이 오쓰키카이의 회원을 모으고, 돈을 모으고, 신용을 쌓은 사람은 바로 접니다. 이런 제가 일본 제일의 오쓰키카이의 조직을 만든 겁니다. 그게 이런 탐정 하나 때문에 간단히 붕괴되는 걸 받아들일 수 없었습니다.”

이스루기는 두 손을 허공에 들어올려 펼쳤다. 자기가 쌓아올린 세계를 가리키듯이. 그러나 곧바로 두 손을 거둬 자기 얼굴을 감싸더니 소파에 몸을 웅크렸다.

“이스루기 군…….” 종가가 작은 목소리로 말했다.

“시즈에나 자네의 손자이기도 한 우쿄를 위해서 더 신중하게 행동했으면 좋았을 텐데.”

이곳에서 내가 볼 일은 끝나가고 있었다. 나는 사쿠마 변호사에게 스물네 시간 뒤에 이스루기 이사장과 함께 신주쿠 경찰서로 출두해 달라고 부탁했다.

“사와자키 씨도 오실 거죠?” 사쿠마가 불안한 듯이 물었다.

“이번엔 약속을 지키겠습니다.” 나는 그렇게 대답하며 소파에서 일어섰다.

오쓰키 유리가 우오즈미 유키의 무덤 안에서 긴 잠을 자고 있다는 사실을 알게 되었다. 그러면 우오즈미 유키는 어디에 있는 걸까?

나는 위장용 서류봉투를 들고 오쓰키 저택을 나섰다.

48

나는 메지로 거리에 있는 유료주차장에서 블루버드를 찾아 신주쿠로 돌아와 5시 반이 지나 도쿄 의대병원에 도착했다. 3층 간호사 스테이션에 물어보니 아키라의 아버지는 아직 오지 않았다고 했다. 화장실 입구 옆 공중전화로 미타카 시에 있는 우오즈미 효의 집으로 전화를 걸었다. 후지사키 감독이 미납요금을 낸 덕에 신호는 갔는데 신호만 끝없이 울릴 뿐 아무도 받지 않았다.

로비에서 담배를 피우고 있는데 서글서글한 느낌의 삼십대 베테랑 간호사가 지나가며 말을 걸었다. 토요일에 우오즈미 아키라를 면회했을 때 아와즈 의사의 진료를 보조하던 간호사로, 병원에 드나드는 사이 내 얼굴을 익힌 모양이다.

"우오즈미 씨가 오늘 저녁식사 때 처음으로 남기지 않고 다 드셨어요. 다행히 부상 후유증도 전혀 없는 것 같아요."

나는 고개를 끄덕이고 물었다. "환자의 아버님은 오늘 올까요?"

"글쎄요. 어제 돌아가실 때 내일부터 일하러 나갈 생각이라서 병원에는 조금 늦게 올 거라고 하시더군요. 아드님이 이젠 괜찮으니까 무리하지 않아도 된다고 말씀드리긴 했어요."

"식사하고 올 테니, 아버님을 보면 잠시 기다려달라고 전해주시겠습니까? 저는 사와자키입니다."

"네, 알겠습니다."

간호사는 환자들이 저녁식사 후 먹을 약을 가득 실은 드레싱카트를 밀며 병원 쪽으로 갔다.

나는 병원에서 가장 가까운 식당으로 가, 가장 빨리 나올 것 같은 메뉴를 주문해서 식사를 해결했다.

삼십 분 후에 병원으로 돌아갔지만 우오즈미 효는 아직 나타나지 않았다. 다시 그의 집으로 전화를 걸어 신호음이 울리는 소리를 한참 듣고 있는데 로비 맞은편 엘리베이터 문이 열리고 우오즈미 효가 내렸다. 나는 수화기를 내려놓고 그를 불렀다.

"사와자키 씨?" 그는 아들의 병실로 가던 발을 멈추고 로비 쪽으로 왔다. 오른발을 조금 끌듯이 걷는 데다, 왼쪽 눈 아래의 광대뼈 부근이 검게 멍들어 있었다. 하지만 그것 말고는 후지사키 감독이 말한 대로 술을 줄인 탓인지 오히려 건강해 보였다.

"한번 인사하러 들를 생각은 했지만, 그 전에 여기에서 만날 수 있을 것 같아서……."

그러고 보니 그와 만난 것은 그의 아들이 습격당한 밤 이후 처음이었다.

"몇 가지 묻고 싶은 것이 있는데 잠시 시간 내주시겠습니까?"

"그래요? 나는 언제든 괜찮은데."

나는 잠시 생각하고 말했다. "먼저 아드님을 만나고 오시는 게 좋을 겁니다."

"아뇨. 그 녀석과는 어제도 내내 함께 있었으니, 슬슬 내 얼굴 보는 게 지겨울 거요. 낭신 얘기를 먼저 듣고……."

나는 그의 말을 막고 말했다. "십일 년 전에 지유가오카 아파트에서 투신자살한 사람이 딸인 유키 씨가 아닌 오쓰키 유리라는 여자라는 사실을 알게 되었습니다."

우오즈미 효의 상반신이 흔들리는 듯 보였다. 내 얼굴을 응시한 채 조금 머뭇거리듯 입가를 일그러뜨렸다. 하지만 내가 하는 말에 생각만큼 놀란 것 같지는 않았다.

"그런가…… 아키라가 터무니없는 사람을 고용했다는 말이 틀린 건 아니었군. 어차피 그 말은 당신 입을 통해 듣게 될 거라 생각했어."

나는 우오즈미 효를 가죽을 댄 긴 의자로 데려가서 앉혔다.

"우오즈미 씨의 이야기에 따라서 한동안 아드님과 만나지 못하게 될 수도 있을 겁니다."

"……그렇군."

"제가 들은 내용을 아드님에게 전달하는 것보다 우오즈미 씨가 직접 이야기하는 게 좋지 않을까요?"

"……그렇겠군. 그럼 그 기회를 줄 테요?"

나는 윗옷 주머니에서 명함을 한 장 꺼냈다. 뒷면에 사무실 지도를 알기 쉽게 그려서 그에게 건넸다.

"아드님에게 해야 할 이야기를 하고 제 사무실로 오시죠. 기다리겠습니다."

그는 명함을 베이지색 작업복 주머니에 넣었다. "왜 이렇게 해주는 거지?"

"당신을 위해서가 아니라 의뢰인을 위해서겠죠. 내 의뢰인은 당신이 곧 털어놓을 이야기를 자기가 돈 내고 고용한 탐정의 입을 통해 듣고 싶지는 않을 거라고 생각합니다."

우오즈미 효는 아무 말도 하지 않고 그저 고개만 떨구었다.

"아드님에게 한 것과 같은 고백을 사무실에서 듣고 싶습니다. 나는 한 시간 전에 십일 년 동안 거짓말로 집안을 유지해온 어느 가족의 이야기를 듣고 온 참입니다. 이제 거짓말은 충분합니다."

"······그렇게 하지."

그는 일어서서 아들의 병실 쪽으로 걸어갔다. 교수대로 향하는 사형수보다도 더 희망이 없어 보이는 걸음걸이였다.

우오즈미 효는 바꾼 지 얼마 안 된 중고 손님용 의자에 앉은 첫 손님이었다. 나이에 비해 크고 단단한 몸집이었지만 오랜 비밀을 아들에게 털어놓느라 쌓인 무거운 피로감과 일종의 해방감 탓에 기진맥진한 인상을 주었다. 그는 무언가에 쫓기듯이 빠른 말투로 말하기 시작했다.

"아키라가 고시엔 대회에 나가게 되었을 때 내겐 이천만 엔 가까운 빚이 있었지. 그중 천만 엔이 원금이었어. 그렇게 된 가장 큰 원인은 내가 생활력이 없어서 벌이가 변변치 못 한 탓이지만, 변명을 하자면 중학교부터 고시엔을 목표로 야구에 열중하는 아들이 있으며 지출이 생각보다 훨씬 많아지지. 아니 이런 쓸데없는 소리는 아키라에게 하지 않았소. 그리고 그런 지출은 얼마든지 막을 수 있었어. 내가 아들이 너무 자랑스러워 들뜬 나머지 아키라가 먹는 것, 아키라가 쓰는 야구용품을 다른 아이에 뒤지지 않으려고 허영을 잔뜩 부린 탓이었지. 아키라가 시합에서 좋은 성적을 올리면 그다음 휴일에 호화판 가족여행을 하곤 했소. 아니 아키라만을 위해서라는 것도 거짓말이군. 아이가 딸린 사람끼리 결혼했으니 아내와 딸에게도 그때만은 행복한 가족을 만들어서 기쁘게 해주고 싶었소······."

우오즈미 효는 말을 끊고 잠깐 행복에 젖은 미소를 지었다.

"물론 그것만으로 천만 엔이나 빚을 지지는 않지. 그해 초에 아내가 당뇨병 진단을 받고 두 달쯤 입원해야 했소. 여름에 당뇨가 악화돼서 망막박리로 수술하기 전의 일이지. 맞벌이하던 가계를 홀로 유지하기 벅찼어. 유키가 취직했을 때의 이야기는 전에 했었나? 모델 판매원이 아니라 경리 쪽 정사원으로 취직되었다고. 그 이야기에는 사정이 있소. 뤼미에르 화장품의 인사부장이라는 녀석이 모델 판매원이라면 늘 부족해서 채용하겠지만, 경리나 사무 쪽은 오히려 인원 감축이 필요해서 정사원으로 채용할 수 없다, 하지만 본사의 부장이나 과장급에 뒷돈만 주면 어떻게든 될 거다, 라고 했다더군. 나는 딸이 좋아하는 일을 하게 해주고 싶었소…… 그래도 내가 그해 여름에 썼던 돈에 비하면 많지도 않았지. 아키라가 도쿄 지구대회에서 계속 승리할 때마다 회사 동료나 동네 사람들이 축하를 해주었어. 축하는 해주지만 계산은 모두 내 부담이었지. 그러다 보니 순식간에 천만 엔이라는 빚이 생겼소. 아키라의 고시엔 출전이 결정되었을 때도 내 마음속은 초조와 불안, 후회로 가득 찼지."

그는 의자에서 일어서며 당장이라도 여기서 도망치고 싶은 표정을 보였다. 그건 십일 년 전의 후회와 초조함, 불안으로부터 도피하는 것이기도 하고, 지금 자신이 놓인 처지로부터 도피하는 것이기도 했다. 하지만 결국은 다시 의자에 앉아 이야기를 계속했다.

"바로 그때 그 자식이 나를 도박에 끌어들인 거요. 그놈 이름은 말하지 않겠소. 어차피 당신은 그 사람이 누구인지 알고 있을 테고 이름 따위 입 밖에 내기도 싫어. 그 자식 말로는, 이 도박은 내 빚을 보다 못해 어느 대기업 오너가 나를 위해 마련한 '자선모임' 같은 거라고 했지. 돈을 벌지는 못하겠지만 천만 엔의 빚은 반드시 없애줄 수 있을 거라고 했고. 그 대신 아키라의 진로에 대해서는 대학에 가든, 프로를 목표로 하든 그 오너에게 일임해야 한다, 즉 아키라의 계약금을 가불하는 셈으로 여기라는 거요. 바보 같은 나는 세상에 이렇게 고마운 이야기가 있을까 싶어서 그 자식과 함께 갔소. 결과는 빚이 두 배인 이천만 엔으로 늘어났고, 우리 앞에 나타난 인간은 대기업의 오너는커녕 요코하마에 본거지를 둔 간토연합의 야마무라구미라는 폭력단 간부였소. 돈을 갚을 수 없으면 잠깐 기다려주겠지만, 그 대신 입은 피해에 대해서는 머지않아 반드시 철저하게 계산해서 받아내겠다고 했소. 그제야 그 자식도 한통속이었고 '함정'에 빠졌다는 것을 깨달았지만, 아키라의 고시엔 대회 출전이 결정되었을 즈음에는 아무데도 나가지 못하고 어떤 처사가 기다리고 있을지 두려워하는 나날을 보내고 있었소. 그 자식도 지옥 같은 빚 독촉에 시달리다가 강제적으로 나를 함정에 빠뜨리는데 협조했다는 사실을 나중에 알게 됐지만……."

우오즈미 효는 이마에 땀을 흘리면서 더워서 견딜 수 없다는 듯이 베이지색 작업복 앞섶을 풀었다.

"아키라의 고시엔 대회가 시작되고 한동안은 그 일도 잊고 있었소. 미타카 상고의 에이스인 모리와키가 교통사고로 출전할 수 없게 되고, 대기중인 투수도 어깨를 다쳐서 1학년 때 잠깐 투수를 했지만 그 뒤로는 외야수로 뛰었던 아키라가 갑자기 마운드에 오르게 됐지. 그리고 미타카 상고가 준준결승까지 기적적으로 진출한 건 알고 있소? 그런데 준준결승 진출이 결정된 그날 그 자식이 폭력단 간부와 함께 나타나서 '다음 시합에서는 아키라에게 꼭 지라고 해'라고 한 거요."

나는 의자에 앉은 채 등 뒤의 창문을 조금 열어 환기를 시켰다. "그게 그 사건의 시작입니까?"

우오즈미 효는 고개를 끄덕였다. "나중에 생각해보니 이천만 엔과 터무니없는 이자 따위 왜 해결하지 못했을까 싶어 후회도 했지만, 돈을 마련했다고 하더라도 빠져나갈 방법이 없었을 거요. 그들은 미타카 상고가 혹시 4강에 진출하는 일이 생기면 내 빚과 도박은 물론, 유키가 이상한 여자와 동거하고 있다는 사실까지 모두 까발리겠다고 했소. 녀석들은 무슨 수를 쓰건 아키라에게 승부조작을 시킬 생각이었던 거요. 미타카 상고가 에이스 모리와키를 앞세워 고시엔 출전을 결정했을 때는 오사카의 'PL 학원'과 가나가와의 '요코하마 상고'에 버금가는 우승후보로 꼽혔소. 에이스의 사고로 그런 기대가 사라졌는데 아키라의 호투 덕분에 일이 이상하게 꼬인 거요. 사실인지는 모르겠지만 그 자식 말로는 에이스인 모리와키의 교통사고에도 그들이 관련된 것 같다는 거였소. 있을 수 없는 일은 아니지. 그리고 만약 미타카 상고가 4강에 들면 간토 연합은 야구도박으로 대략 십억 엔 가까이 물어야 할 처지라고 했지. 그러면서 승부조작 공작을 거절할 생각이라면 아키라가 시합에 나갈 수 없게 만들 테니 각오하라고 협박했소."

"그래서 승부조작을 시키기로 한 겁니까?"

"그것 말고는 방법이 없어서…… 그 자식은 승부조작 순서까지 가르쳐줬소. 즉 우리가 직접 아키라에게 승부조작을 권하는 게 아니라, 딸인 유키를 시켜서 전화로 내 빚과 도박, 아키라의 신변 위험, 유키의 애인에 대해 털어놓고, 그것들을 빌미로 아키라에게 승부조작을 부탁하는 방법이었소. 그 자식은 우리 식구의 심리를 빤히 들여다보고 있었던 거요. 유키가 내 말은 잘 듣는다는 것, 아키라는 유키 말을 잘 듣고, 심지어 유키를 위해서 절대로 그 일을 외부에 발설하지 않을 거라는 사실을 말이지."

"그 자식이라는 건, 신조 유스케입니까?"

우오즈미 효는 내 입에서 나온 이름이 이 세상에서 가장 추잡스러운 것이라는 듯 눈썹을 찌푸리며 끄덕였다.

"신조와 내가 유키에게 전화를 걸게 시켰소. 우리 집에서 아키라의 고시엔 합숙소로. 그런데 아키라는 승부조작에 대해서는 끝까지 '하겠다'고 하지 않고 전화를 끊어버렸소. 그걸 들은 그 자식이 얼마나 당황했는지 보여주고 싶군. 그때는 순간 십 년 묵은 체증이 쑥 내려가는 기분이었지. 신조는 다시 유키에게 전화를 걸어서 아버지의 빚과 아키라 신변의 안전, 이미 아키라의 스포츠백에 오백만 엔을 넣어두었다는 이야기를 전하라고 했지만, 유키는 다시 수화기를 들려고 하지 않았소. 그리고 나와 유키는 미타카 상고를 응원하면서 텔레비전으로 아키라의 시합을 봤지. 그 자식은 미타카 상고가 패배하기를 기도하며 한쪽 구석에서 조용히 보고 있었어. 결국 아키라가 PL의 강력 타선에 막혀 완패했지만, 나와 유키는 후련했어. 아키라는 정정당당하게 싸워서 진 거요. 진 건 유감이지만 그 덕에 우리 모두도 간토 연합의 무서운 덫에서 해방되었으니까."

"아키라의 스포츠백에서 오백만 엔이 나오기까지의 이야기이군요."

"그렇소. 신조 녀석이 쓸데없는 공작을 했을 뿐인데…… 아키라가 승부조작 혐의로 그곳에 남아 취조를 받고 있다는 사실은 그날 저녁이 되어서야 알았소. 응원하고 돌아오는 길에 아내가 쓰러져서 입원하고, 망막박리 수술을 받게 되는 바람에 나는 정신이 없었지. 유키도 가끔 도와주러 오기는 했지만, 아키라의 혐의가 풀리기 전까지는 마음이 뒤숭숭한 모양이었소. 나 이상으로 심한 자책감에 시달리는 것 같았지. 하지만 조사 결과가 나오기까지 우리는 아무것도 할 수 없었소. 만약 승부조작이라는 잘못된 결과가 나오면 유키와 나는 진상을 밝히러 갈 생각이었지. 그러니까 그 조사가 일주일이나 걸리지 않았다면……."

그는 거의 무의식적으로 작업복 주머니를 뒤져 아직 뜯지 않은 자판기 술을 꺼내 테이블 끝에 가만히 내려놓았다. 당장이라도 뜯어서 마시고 싶은 표정이었지만 그럭저럭 참아냈다.

"그 투신이 있기 이틀 전부터 유키 씨는 아파트에 돌아오지 않았습니다. 신조 유스케를 만나러 갔던 겁니까?"

"그렇소. 함께 경찰에 자수하자고 부탁하러 간 모양이군. 아키라에게 전화를 걸어 승부조작을 권했지만 분명히 거절당했다는 사실을 털어놓아 아키라의 혐의가 풀리도록."

"당신은 그 사실을 알고 있었습니까?"

"아니, 전혀 몰랐소. 유키는 나와 상의하지 않고 혼자 가버렸소. 신조가 이틀 밤이나 유키를 감금했다는 사실은 나중에 알았지. 그 녀석은 유키에게 경찰에 가지 말라고 설득하며, 일단 아키라의 조사 결과가 나올 때까지 기다리자고 했다고 하더군."

"신조가 그녀를 감금한 곳은?"

"오이즈미 학원 부근에 있는 그 자식의 본가였는데 그때만 해도 그집에 대해서는 몰랐소."

"신조 미술사가 있는 근처요?"

"그렇소. 하지만 당시 그곳은 신조의 부모 대에 지어진 아무도 살지 않는 낡은 빈집이었지. 신조 부부는 그 당시부터 살기 편한 사기노미야에 있는 아파트 쪽에서 살고 있었소."

"신조의 그런 행동을 그의 아내는 알고 있었습니까?"

"본인은 마누라에게도 모두 비밀이라고 했소. 나도 그렇게 생각하고 싶고…… 게이코 씨는 유키의 친고모이고 우리가 재혼하기 전에 유키와 유키 엄마를 돌봐주기도 한 사람이니까."

"유키 씨가 감금당했다는 사실을 언제 알았습니까?"

"지유가오카에 있는 유키 집에서 투신자살이 있던 그날 밤이오. 밤 10시쯤 그자식이 전화하더군. 유키가 계속 식사를 거부하는 바람에 많이 쇠약해져 감당할 수 없다며 내게 도움을 청했지. 나는 놀라서 버럭 화를 내며 욕을 퍼부었소. 그 자식은 어쩔 수 없었다고 변명했지. 그리고 11시에 차로 나를 데리러 와서 유키를 가둔 곳으로 데리고 가겠다고 했소. 그 자식을 기다리는데 11시가 지나서 다시 전화벨이 울렸소. 아파트 관리인이 전화로 유키가 투신자살을 했으니 바로 와줬으면 좋겠다는 거요. 나는 한 번 더 놀랐지만 놀라고만 있을 상황이 아니었지. 나는 곧 가겠다고 했소. 그런 일이 있을 수 없다는 건 알았지만 사정은 밝힐 수 없잖소. 아무튼, 아파트로 가서 투신자살한 사람을 확인한 뒤에나 내 딸이 아니라고 할 수밖에 없다고 생각한 거요."

"신조는 11시에 왔습니까?"

"십오 분 정도 늦게 왔소. 내가 허둥대며 상황을 이야기하자 신조는 바로 나를 차에 태워 지유가오카로 향했소. 그 자식은 그 차 안에서 투신자살한 여자가 유키가 아니라는 사실을 모른 체해서 조금 시간을 벌어달라고 했소. 그런 바보 같은 짓은 할 수 없다고 했지만 투신자살한 여자가 유키가 아니라는 사실이 알려지면 실제 집주인은 어디에 있느냐는 문제가 생겨서 유키를 찾기 시작할 거라고 했지. 안 그래도 유키의 동생이 승부조작 의혹으로 취조를 받고 있는 상황인데 유키는 행방불명, 유키의 동거인은 투신자살이라는 소동이 벌어지면 경찰은 우리 가족 모두를 의심했을 거요. 그보다 일단 그 자살한 여자를 유키라고 해서 동생의 승부조작 의혹으로 마음에 상처를 입어 자살한 것처럼 보이면 모든 일이 잘 풀릴 거라고 했소. 그리고 아키라의 승부조작 의혹이 풀리면 유키도 조용해질 테니 그때는 유키가 여행이라도 가는 바람에 자살한 여자와 착각했다고 하면 대충 넘어갈 수 있지 않겠냐면서."

"그런 말에 동의한 겁니까?"

"아니, 나는 반대했지. 지유가오카 현장으로 달려가는 동안 끝까지 반대했소. 하지만 아파트 앞에 도착해 구급차 안에 있던 시체를 보고 놀랐소. 유키가 죽은 거라고 생각할 수밖에 없었으니까…… 끔찍한 일이지만 시체의 얼굴은 떨어졌을 때 땅에 부딪혀서 누군지 알 수 없었소. 하지만 헤어스타일이나 입고 있는 옷, 몸매까지 유키와 똑같았지. 유키 회사의 상사가 와서 유키가 맞다고 했소. 아파트 관리인은 물론 그곳에 있는 모두가 나에게 조의를 표할 뿐 시체가 유키가 아닐지도 모른다고 생각하는 사람은 한 명도 없었소. '동생의 승부조작 의혹이 원인 아닌가?' 하는 구경꾼들의 목소리까지 들렸소. 시체가 유키가 아니라는 사실을 사람들에게 설명하려면 살아있는 유키를 데려올 수밖에 없었을 거요…… 결국 나는 담당 취조관에게 이건 내 딸인 유키가 틀림없다고 했소."

"그다음 날에는 승부조작이 무혐의라고 발표됐을 텐데요. 어째서 신조가 말한 대로 잘 안 풀렸습니까?"

"신조는 유키가 고집을 부리며 결과와 관계없이 경찰에 출두해 모든 걸 털어놓겠다고 해서 설득중이라며 하루만 더 기다려달라, 반나절만 시간을 더 달라, 하는 식으로 일을 끌었소."

"우오즈미 씨가 설득할 생각은 없었습니까?"

"그렇게 말했지만, 그 자식은 내가 직접 만나면 정에 휩쓸려 유키를 풀어줘버릴 거라는 식으로 핑계를 대며 만나게 해주지 않았소. 유키를 인질로 잡고 있는 거나 마찬가지였소. 감금된 장소도 몰라서 신조를 세게 몰아붙일 수도 없었지…… 게다가 나는 그 와중에 다른 사람의 시체를 훼손이 심하다는 이유로 바로 화장한 후 장례가 이루어지는 것을 입 다물고 방관하고 있을 수밖에 없었소. 그도 그럴 것이 주위에는 그 시체를 유키가 아니라고 생각하는 사람은 아무도 없었고, 슬픔에 빠진 아버지를 성가시게 하지 않으려고 신경써서 모든 게 착착 진행되었소. 그걸 멈추려면 이 시체는 유키가 아니라고 밝힐 수밖에 없었지만, 나는 이미 그 사실을 입 밖에 낼 용기가 없었지……."

우오즈미 효는 떨리는 목소리를 억누르며 말했다. "그리고 칠일재가 끝난 날에 신조는 이렇게 말했지. 실은 투신자살이 있던 날 밤늦게 유키를 가둬뒀던 집에 가보았더니 유키가 제 힘으로 탈출하려다가 묶여 있던 로프에 얽혀서 죽어 있었다고.”

“그걸 그대로 믿었습니까?”

“아니…… 믿지 않았소.”

“그런데도 신조를 고발할 생각은 들지 않던가요?”

“고발하면 유키가 살아 돌아온단 말이오?”

“고발하면 신조와 함께 당신도 감옥에 들어가게 되는 건 분명하죠.”

“그렇소. 그것도 두려웠소. 아니, 감옥에 들어가는 것 자체는 그리 두렵지 않았어. 나는 그날 이후 지금까지 감옥 안에서 사는 것과 같았으니까. 무서웠던 건 내가 저지른 죄를 모두가 알게 되는 거였지. 특히 유키 엄마나 아키라가 알게 되는 게 두려웠소. 유키가 내 친딸이 아니기 때문이라고 생각할까봐 더욱 무서웠소. 그런 게 아닌데…….”

“신조는 대역이 되어줄 시체가 생겨서 안심하고 그녀를 죽였을지도 모릅니다.”

“그런 생각도 했지…… 그 자식이 저지른 짓은 절대로 용서할 수 없어. 하지만 나도 신조와 공범이라고 생각하면 뭔가를 할 기운이 생기지 않았어. 유키를 시켜 아키라에게 전화를 걸게 했을 때 나는 이미 유키에 대한 가족으로서의 애정이나 그애의 인간으로서의 존엄을 짓밟아버렸던 거요. 그 자식이 유키를 죽이기 전에 내가 유키를 죽인 것이나 마찬가지지.”

실제로 우오즈미 효는 신조 유스케가 유키에게 저지른 감금, 살해 혹은 과실치사 등의 중죄에 대해 분명한 ‘사후공범자’였다.

“유키의 시체는 어떻게 했습니까?”

“그날 밤 그 자식을 도와서 미타카에 있는 내 집으로 옮겨 정원에 있는 노각나무 옆에 묻었소. 유키가 유키 엄마와 그 집에 온 후 그애의 첫 생일에 심었던 나무지. 그곳이 유키의 진짜 무덤이오."

"아파트에 남겨진 이삿짐 속에서 자살한 오쓰키 유리라는 아이의 가방이 나왔을 텐데?"

"아아…… 유키의 짐 가운데 하나인 줄 알았는데 나중에 정리하면서 유키 것이 아니라는 사실을 깨달았소. 커다란 혼다 가방에 헬멧과 오토바이 열쇠, 옷 같은 게 들어 있었지. 그 아이의 유골과 함께 에이후쿠지에 있는 유키의 가짜 무덤에 모셨지."

"그 무덤에 묻힌 채 유족 곁으로 돌아가지 못하는 아이는 마음에 걸리지 않습니까?"

우오즈미 효는 고개를 숙였다. 한동안 말없이 있었지만, 마지막에는 떨리는 목소리로 말했다. "시간이 흐를수록 신조를 고발하고 나도 자수하자는 생각을 하게 됐소. 유키를 죽음으로 몰아넣은 일과 아키라에게 승부조작을 시킨 죗값을 받을 각오는 있었지. 특히 폐인이 되어버린 내게 질려서 유키 엄마가 떠나고 아키라도 떠났소. 유키 엄마가 죽었다는 이야기를 들었을 때는 진심으로 그럴 생각이었지…… 하지만 이름도 모르는 아이의 시체를 훔치다시피 해 내 죄에서 벗어나려 한 짓이 너무나 무서워서 도저히 자수할 수 없었소…… 그날 밤 두 아이가 뒤얽혀서 엇갈린 것은 우연이 겹쳤다고 보기엔, 우리가 꾸며낸 거짓말 때문인 것이 틀림없었지만, 뭔가 더 크고 무서운 힘이 작용한 것만 같아서 그에 맞설 수가 없었소."

그는 책상 위에 둔 잔술을 뚫어지게 바라보았다. 마치 눈으로 술을 마실 수 있을지 어떨지 도전하는 것 같았다.

“토요일에 신조 유스케가 있는 신조 미술사를 찾아가 그를 공격한 건 당신이었습니까?”

그는 잠시 말을 이해하지 못하는 것 같았다. 내가 한 번 더 반복하려고 하자 간신히 고개를 끄덕였다. “당신이 나타나서 신조의 숨통을 끊어버릴 수 없었던 게 유감이었소.”

“어째서 갑자기 그런 생각을 한 거죠? 당신 아들이 신주쿠에서 습격당한 게 신조 짓이라고 생각했기 때문입니까?”

“그렇소. 어제 아키라 문병을 갔을 때 범인은 그 일과 아무 관계없는 다른 사람이라는 얘기를 듣고 놀랐소. 하지만 오이즈미 학원에 간 건 신조가 불렀기 때문이오. 그 자식은 당신이 사건의 진상을 파악했다며 협박해왔으니 둘이 힘을 합쳐서 당신을 처치하자고 했소. 그 자식이 하는 말 따위를 믿을 수 없어서 나는 충분히 경계하고 있었지. 아니나 다를까 그 자식은 틈을 노려 스패너 같은 걸 들고 덤벼들었소. 스패너가 얼굴을 스치고 오른 다리도 몇 대 맞았지만 나도 그 자식을 공격할 생각으로 숨기고 있던 로프를 제대로 그 자식 목에 감을 수 있었지. 당신이 삼십 초만 늦게 왔더라면……..”

신조 유스케는 할 말이 있다면서 나를 불러냈다. 우오즈미 효와 나를 불러내어 십일 년 전 사건의 진상을 아는 자와 그것을 밝혀내려는 자를 차례로 살해할 속셈이었으리라. 어쩌면 내 시체를 미타카에 있는 우오즈미의 집에 방치하고 우오즈미의 시체를 발견하기 어려운 장소에 숨길 계획이었을지도 모른다. 궁여지책이지만 경찰이 유키의 시체를 발견하게 되면 나에게 그 문제에 대해 추궁당하던 우오즈미 효가 나를 죽이고 도주했다고 오인할 가능성도 있다. 하지만 실제로 신조는 첫번째 먹이에게 역으로 당하고, 두번째 먹이에게 구조당한 셈이 되고 말았다.

"더 할 이야기는 없습니까?" 하고 나는 물었다.

신조는 잠시 생각하더니 고개를 저었다. 그러고 나서 테이블 위에 둔 잔술을 가리켰다.

"경찰에 출두하기 전에 이거 한 잔만 마시고 싶은데 괜찮겠소?"

"그건 스스로 결정하시죠. 십오 년 전에 나와 가장 가까운 사람이 알코올중독이 됐는데 그후로 남에게 술을 권하지도 않고 마시지 못하게 말리지도 않게 되었습니다."

"술 맛 떨어지는 이야기군."

"마시고 안 마시고도 상대 나름, 술맛도 상대 나름. 그래도 마신다는 건 변함없죠. 이제 당신 딸을 죽인 남자를 만나러 가려는데 당신은 술에 취해 거나한 기분으로 갈 생각입니까?"

우오즈미는 술로 뻗었던 손을 쓱 치웠다. "나도 데려가주겠소?"

책상 위에서 전화벨이 울렸다. 수화기를 들자 도쿄 의대병원의 간호사라는 여자가 "우오즈미 아키라 씨를 바꿔드리겠습니다"라고 했다. 우오즈미 아키라의 다급한 목소리가 들렸다. 신조 유스케가 선수 치려 한다는 사실을 알게 되었다.

49

약 십오 분 뒤에 사무실 문을 노크하는 소리가 들렸다. 나는 책상

의자에 앉은 채 들어오라고 말했다. 문이 열리고 신조 유스케와 또 한 명의 남자가 사무실 안으로 들어왔다. 짙은 감색 양복을 입은 일행은 신조보다 약간 젊은 사십대 후반쯤으로 보였다. 늘 상대의 약점을 찾는 무력한 육식동물의 눈을 지닌 남자였다. 그는 손을 뒤로 돌려 문을 닫고 문 옆 기둥에 등을 기대고 섰다. 나에게서 눈을 떼고 사무실 안을 둘러보는 걸 보니 내 약점을 바로 파악한 모양이었다.

신조는 책상 쪽으로 다가와 손님용 의자에 앉았다. 젊은이 취향의 넉넉한 담청색 블레이저에 감색 폴로셔츠와 바지 차림이었다. 신조도, 문 옆의 남자도 오른손을 윗옷 주머니에 쑤셔넣은 채였는데 신조 쪽은 유난히 그 오른팔에 힘을 주고 있는 것처럼 보였다.

신조가 도우미를 달고 온 것은 예상 밖이었다. 그들이 주머니에 쉽게 들어갈 만한 무기를 휴대하고 왔다는 것 역시 예상치 못한 일이었다.

"이 사람은 내 친구이니까 신경 쓰지 말아요." 신조가 말했다. 그의 왼쪽 눈 위에 커다란 반창고가 붙어 있고 목 주위에는 하얀 붕대가 감겨 있었다. 창백한 안색을 보니 토요일에 우오즈미 효에게 목을 졸렸을 때의 쇼크가 아직 남은 듯했다.

"아키라의 아버지가 와 있을 텐데?"

"술을 사러 갔어." 나는 거짓말을 했다.

"진짜? 거짓말은 아니겠지?"

나는 잠자코 있었다. 이럴 때는 무슨 말을 해도 괜히 거짓말처럼 들린다. 우오즈미 효와 술의 밀접한 관계가 도움이 되었다.

"얼마나 걸릴까?"

"이 근처에는 술을 살 만한 곳이 없어. 오우메 가도까지 나가야 있는 자동판매기를 알려줬으니 빨라도 십 분이나 십오 분은 걸리겠지.”

“십 분만 기다리도록 하지. 가능하면 여기에서 우오즈미의 아버지를 만나고 싶으니까 말이야.”

“토요일에 나에게 하려던 이야기는 아직도 생각나지 않나?”

신조는 잠시 어떻게 대답할까 궁리하다가 이윽고 힘없는 목소리로 말했다. “어차피 대단한 내용은 아니었으니까 잊어줘.”

그는 일행을 돌아보며 말했다. “십 분 뒤에 철수하자.”

“날 죽이고?” 내가 물었다.

남자들은 서로 마주 보았다. 신조가 내게 시선을 되돌리고 말했다.

“토요일에 구해준 것에 대해 감사인사를 해두지. 나도 평소라면 나를 구해준 사람에게 손을 대고 싶지는 않지만, 지금은 평범한 상황이라고는 할 수 없으니까 말이야. 당신은 이미 사건의 진상을 알고 있어. 우오즈미의 아버지가 말했나?”

“투신자살을 한 건 오쓰키 유리라는 아이지. 경찰도 우오즈미 유키의 행방을 쫓게 될 거야. 나와 우오즈미의 아버지를 처치해야 이미 늦었어.”

“그럴까? 수사가 우오즈미의 아버지까지는 닿겠지만 나와 이어진 선까지는 그리 간단히 닿지 않을 거야. 나도 이젠 거기 매달릴 수밖에 없지만 말이야.”

의자에 앉은 신조의 몸이 다리를 떠는 탓에 조금씩 흔들렸다.

“우오즈미의 아들 가방에 오백만 엔을 넣어둔 건 누구지?”

“그것도 이미 알고 있을 텐데?”

“감독인 후지사키 겐지로인가?”

“그렇지.”

“그 사람이 어째서 그런 짓을 한 거지?”

“하자마 스포츠플라자의 가와시마 히로타카라는 남자를 알고 있나?”

“지난달 말에 죽었지.”

“그래. 그해 몇 년 전부터 미타카 상고는 모든 스포츠용품을 하자마에서 구입해왔어. 개교 이래 처음으로 고시엔을 목표로 야구부를 키우고 있어서 후지사키의 발언은 운동부 전체에 영향력을 발휘했지. 그 덕에 후지사키는 하자마에게서 향응을 꽤나 제공받았고, 상당한 리베이트를 주고 있다는 사실을 가와시마한테 들었지. 후지사키에게 승부조작을 강요할 때 약점으로 썼는데, 절호의 타이밍이었어. 여하튼 고시엔에서 8강 진출이 확정된 직후였으니까 말이지. 그런 안 좋은 소문이 퍼지는 것만으로도 매스컴이 난리일 테고, 대회본부도 그냥 지나갈 수는 없을 테니까. 미타카 상고의 출전 금지까지는 불가능하겠지만 후지사키가 감독으로 벤치에 앉을 수 없겠지. 그렇게까지 되지는 않더라도 아끼는 선수들에게 아픈 기억을 남기게 될 거야. 그러느니 승부조작을 받아들여서 어차피 승산도 없는 PL전에서 패하는 쪽이 안전할 거라 생각했겠지.”

잔꾀 부리기를 즐기는 사내가 자랑스럽게 이야기했다. “그런데 후지사키가 자기 지시만으로는 패배를 보증할 수 없다는 거야. 승부조작은 투수에게 달렸는데 우오즈미가 공을 잘 던져서 상대의 공격을 막아버리면 지고 싶어도 질 수가 없다고 말이지. 우리도 이미 그에 대한 준비는 하고 있었지만, 그의 의견을 받아들여서 그에게는 우오즈미 가방에 지폐를 넣는 역할을 맡겼어."

"당신은 어째서 그런 일에 손을 댄 거지?"

"돈이야." 신조가 선뜻 대답했다. "도박으로 생긴 빚을 메우느라 그랬지."

"얼마나 됐었지?"

"오이즈미 학원에 있는 그 땅을 비롯해 부모한테서 물려받은 부동산을 모두 담보로 잡혔고, 그것 말고도 일억 가까운 빚이 있었지. 빚 때문에 도저히 옴짝달싹 못하게 되었을 때 빚을 진 상대, 그러니까 어느 도박장 주인이 야구도박으로 엄청나게 큰 손해를 보게 됐어."

신조는 문 옆에 있던 남자를 슬쩍 돌아보았다. "우리는 미타카 상고의 새로운 에이스의 가정사나, 감독과 스포츠용품 회사와의 관계에 대해 모든 걸 알고 있었지. 이런 기회를 그냥 놓칠 수야 없잖아? 덕분에 빚도 담보도 깨끗하게 해결하고 도박에서 손을 씻을 수 있었어."

"부인도 그런 내용을 알고 있나?"

"설마! 게이코가 알아도 상관없다면 이런 일에 손도 대지 않았지. 도박을 좋아한 거야 내 천성이지만, '야쿠자 영화' 전성시대에 영화미술 일을 할 때 참고하려고 도박장에 드나들게 되면서 그만 불이 붙었지…… 꽤나 도박을 좋아했지만, 게이코의 마음을 시험해볼 정도의 바보는 아니었어. 이런 남자를 참아줄 여자가 어디 있겠나. 모든 건 게이코가 나에게 정나미 떨어지지 않도록 하려는 노력이었어."

신조의 다리가 한층 더 심하게 떨렸다.

"신주쿠 경찰서에 나와 우오즈미 아키라의 관계를 익명으로 제보한 건 당신인가?"

"게이코와 후지사키로부터 당신 이야기를 듣고 당신이 킁킁거리며 냄새를 맡고 다니게 내버려두면 위험하다고 생각했지. 게다가 그때 우오즈미를 덮친 사람이 있다기에 그 아파트에서 뛰어내려서 죽은 아이를 방치했던 녀석들 쪽도 뭔가 상당히 뒤가 구린 것이 틀림없다고 생각했지. 잘하면 그 녀석들에게 몽땅 뒤집어씌울 수 있을지도 몰라…… 설마 그게 단순한 강도짓일 줄은 몰랐으니까."

문 옆에 있던 남자가 처음으로 입을 열었다. "신조, 말이 너무 많아. 이제 십 분이 다 되어가. 일 마치고 철수하자고."

틀림없이 간토 연합 야마무라구미의 조직원일 것이다. 나는 남자의 말을 무시하고 신조에게 물었다. "어째서 우오즈미 유키를 죽였지?"

"나는 죽이지 않았어! 유키가 스스로 자기 목을 조르고 죽어버렸지."

"그런 상황으로 몰아넣은 게 누구지? 당신이 우오즈미 유키를 죽인 거야."

"시끄러!" 신조는 의자에서 일어나 오른손을 주머니에서 꺼냈다. 손에는 권총이 쥐어져 있었다. 총신이 짧은 회전식 권총이었다. 텅 빈 까만 총구가 똑바로 내 쪽을 향했다. 가까운 거리에서도 초보자는 좀처럼 명중시키기 어렵다는 권총이지만 시험해볼 생각은 없었다.

"유키가 얌전하게 내 말을 들었다면 그런 일은 생기지 않았을 거야. 제기랄! 아키라가 그렇게 옛날 일에 계속 매달리지 않았다면 이런 일은 없었을 거라고!"

누군가가 사무실 문을 두 번 노크했다. 대답할 틈도 없이 거칠게 문이 열리고 남자 넷이 한꺼번에 밀어닥쳤다. 다루미 형사와 또 한 명의 사복형사, 그리고 제복경찰 두 명이었다. 넷의 손에는 권총이 들려 있었다. 두 자루의 권총이 각각 신조와 문 옆의 남자를 겨냥했다. 신조가 사무실에 나타나기 전에 내가 신주쿠 경찰서의 다루미 형사에게 예상되는 사태를 알려두긴 했지만, 넷이나 들이닥친 건 사무실 밖으로 대피시켜두었던 우오즈미 효가 방문객이 두 사람으로 늘어났다고 알려준 덕분일 것이다.

문 옆의 남자는 바로 주머니에서 오른손을 꺼내고 투항했다. 하지만 신조는 멍한 얼굴로 방 왼쪽 로커가 있는 곳까지 뒷걸음질쳐서 갔다.

"총 버려!" 다루미가 큰 소리로 말했다.

신조는 권총을 갖고 있다는 사실을 기억해내고 재빨리 자기 관자놀이에 총구를 들이댔다.

"멈춰!" 다루미가 다시 외쳤다.

신조는 방아쇠를 당기려고 몇 차례나 시도했지만 도저히 손가락에 힘이 들어가지 않는 모양이었다. '악' 하는 비명 같은 긴 한숨이 흐르고 권총을 든 오른손이 축 처졌다. 다루미 형사가 달려가 신조의 손을 비틀어 권총을 빼앗았다. 다른 사복형사가 문 옆에 있던 남자의 권총을 압수했다.

제복경찰 중 한 명이 문밖으로 나가 신호를 보내자 니시고리 경부가 우오즈미 효를 데리고 사무실로 들어왔다.

나는 책상의자에 앉고, 니시고리 경부는 맞은편 손님용 의자에 앉았다. 다루미 형사 일행이 우오즈미 효와 신조 유스케, 야마무라구미 조직원을 신주쿠 경찰서로 연행했다. 나도 참고인으로 동행을 요청받았지만, 니시고리 경부에게 전할 말이 있다고 하자 다루미 일행은 먼저 사무실에서 철수했다.

나는 복도 막다른 곳에 있는 공동 창고로 가서 석유스토브 급유탱크 안쪽 벽 부분에 테이프로 붙여두었던 비닐봉투를 꺼내 사무실로 돌아왔다. 그리고 내용물을 니시고리에게 건넸다. 전 파트너인 와타나베 겐고가 맡겼던 예금통장과 인감이었다. 십삼 년 전 와타나베가 실종되기 전에 사무실에서 어떤 조사를 위해 만들었던 대포 통장인데 와타나베는 그 통장에 훔친 일억 엔을 예금해두었다. 그는 도피후 처음 삼 개월 동안 그 통장에서 이백에서 삼백만 엔 정도의 돈을 인출했다. 그런데 그 뒤로는 반대로 매달 이삼만 엔씩 갚아나갔다. 이자가 붙어서 마지막 잔고는 일억 사천만 엔 가까운 숫자로 불어나 있었다.

니시고리는 통장을 덮고 인감과 함께 윗옷 주머니에 넣었다. "3킬로그램의 각성제는 어쨌어?"

"훔친 그날, 호텔의 수세식 화장실에 흘려버렸다고 했어."

니시고리는 고개를 끄덕였다. "와타나베는 어디에 있지?"

"와타나베는 죽었어."

니시고리는 표정을 거의 바꾸지 않고 나를 바라보았다. 요 며칠의 낌새로 보아 전혀 예상 못 하지는 않았으리라.

"어떻게 죽었지?"

나는 윗옷 주머니에서 수첩을 꺼내 페이지를 넘겨 어느 의사의 이름과 연락처가 적힌 페이지를 찢어 니시고리에게 주었다.

"내 입을 통해 와타나베의 임종에 대해 듣고 싶어? 여기에 적혀 있는 게 와타나베가 죽은 병원이야. 알고 싶은 게 있으면 그 의사한테서 직접 듣는 편이 나을 거야."

"그렇다면 병으로 죽은 건가?"

"그래."

"와타나베가 죽을 때 옆에 있었나?"

"그랬지."

"일 년이 넘도록 사무실을 비웠던 건 그것 때문이었군."

"다른 때와는 조금 다른 편지를 받아서 그때부터 찾기 시작했지."

"와타나베를 찾는데 얼마나 걸렸어?"

"팔 개월."

"그렇겠군." 니시고리가 말했다. 팔 개월이 길다는 의미인지 적당한 기간이라는 의미인지 알 수 없었다.

"와타나베의 유골은 어떻게 했어?"

"니시타마 군 미즈호초에 있는 그의 본가 납골당에. 부인과 아들 부부, 손자가 있는 납골당이지. 이번 일 때문에 어쩔 수 없이 세이와카이 하시즈메에게 그 주소를 알려줬어. 그 녀석은 살아있는 와타나베와 만날 생각으로 갔을 테니 틀림없이 향은 가져가지 않았겠지."

니시고리는 고개를 끄덕이고 손님용 의자에서 무거운 듯이 몸을 일으켰다. 니시고리는 와타나베가 자기에게 무슨 말을 남기지 않았느냐고 묻지 않았다. 묻지 않아도 무슨 말을 했는지 알고 있기 때문일 것이다. 내가 와타나베가 함께한 시간은 육 년이었지만 니시고리는 와타나베 밑에서 형사로 이십 년 가까운 세월을 함께 보냈다.

나는 책상 아래 서랍을 열어서 장 가뱅의 영화 비디오테이프가 든 요도바시 카메라 종이봉투를 꺼냈다. 우오즈미 아키라의 옆집에 사는 남자가 복사해준 것들이었다.

"그 의사가 갖고 싶어했던 건데 전해주겠나?"

"그러지." 니시고리가 말했다.

우리는 사무실을 나와서 신주쿠 경찰서로 향했다. 밖은 완전히 어두워졌다. 어디선가 이름은 모르지만 기억에 남아 있는 꽃향기가 풍겼다. 죽은 자에게 이별을 고할 때 맡았던 냄새와 비슷하다는 기분이 들었다. 그날은 니시고리와 말을 더 주고받을 일이 없었다.

취조를 받고 사무실로 돌아온 것은 자정에 가까운 시간이었다. 펠리스 지유가오카의 아키바 도모코에게 전화를 걸어서 그녀가 집으로 데려갔던 남자는 어디까지나 우연한 목격자에 지나지 않으며, 그녀를 원해 집까지 동행했다는 사실을 알려주었다.

우오즈미 아키라에게 의뢰받은 조사는 이미 끝났다고 보고했다. 도쿄에 돌아오자마자 휩쓸린 이 사건에서 드디어 해방된 기분이었다. 책상에 걸터앉아 다시 수화기를 들었다. 나는 내가 외우고 있는 이 세상 모든 전화번호 중 유일한 여자 번호를 기억해내서 전화를 걸었다.

"지금 거신 전화번호는 사용하지 않는 번호입니다. 번호를 확인하고 다시 걸어주시기 바랍니다. 지금 거신 전화번호는……."

제멋대로 사백 일이 넘도록 연락하지 않는 남자의 전화를 기다릴 의무는 누구에게도 없다. 겨우 이틀 동안 연락이 없었다는 이유로 인생에서 가장 심각한 결심을 해버린 여자마저 있지 않은가.

50

4월 중순의 오전 11시쯤이었다. 해는 구름에 가렸지만 비가 내릴 기색도 없는 어중간한 날씨였다. 일, 십, 백, 천, 만, 십만, 백만, 천만하고 끝에서부터 차근차근 짚어보지 않으면 억이라는 단위도 분간할 수 없는 사람이 거액을 어떻게 해야 할지 고민하는 모습을 머릿속에서 떨쳐내느라 고생하면서 나는 사무실에서 신문을 읽고 있었다.

그토록 세상을 시끄럽게 한 오쓰키 노가쿠 종가의 십일 년 전 사건 기사도 이미 신문 지면에서 사라졌다. 한동안 신문은 오쓰키 가문의 둘째 딸 자살 은폐사건에 대해 요란한 폭로기사를 쉴 새 없이 쏟아냈다. 죽은 와타나베 곁에 있던 몇 개월 동안처럼 근처에 텔레비전이 있었다면 더 대단하게 미쳐 날뛰는 꼬락서니를 볼 수 있었을 텐데.

그에 비하면 전 고교야구 선수 출신 우오즈미 아키라와 그 가족의 비극은 살인사건이 얽혀 있는데도 불구하고 그다지 센세이셔널한 대접은 받지 않았다. 우오즈미 아키라가 현역 프로야구 선수였다면 이야기는 달라졌겠지만 십 년도 더 전에 고시엔 8강에 진출했을 뿐, 이미 잊혀버린 선수 따위 어지간한 팬이 아니면 기억에도 남지 않았을 것이다. 후자는 전자의 관련 사건으로 보도될 뿐이었다. 아니면 아버지인 우오즈미 효의 일을 처리한 오기 변호사의 솜씨를 증명하는 것일지도 모른다. 또는 '열정'과 '청춘'을 간판으로 내건 연 2회짜리 축제사업인 '고교야구'의 이미지 하락은 신문사 입장에서 일종의 금기일지도 모른다.

나는 신문 페이지를 넘겨 사백삼십사억 달러 러시아에 지원, 미야

자와 수상 방미, 폴 포트Pol Pot파의 공격 준비, 일만 엔 위조지폐 '와 D-53호 사건'•, 오사카 경찰의 외설 사건 등의 기사 제목을 훑고, 바둑 10단 전에서 오다케 히데오 9단이 다케미야 마사키 9단을 3승 1패로 물리치고 십이 년 만에 10단으로 복귀했다는 기사에 정신이 팔려 있었다.

신문에서 얼굴을 드니 환기를 위해 열어두었던 문 옆에 우오즈미 아키라가 서 있었다. "이제야 누나를 자기 묘에 묻었습니다."

나는 고개를 끄덕여 들어오라고 했다. 그는 렌교지 주차장에서 처음 봤을 때와 마찬가지로 어색해 보이는 감색 양복 차림으로 사무실 안으로 들어와 책상 맞은편 손님용 의자에 앉았다. 왼쪽 머리의 상처는 가지런하게 자란 머리카락에 가려 전혀 보이지 않았다. 규칙적인 요양생활을 한 탓인지 전보다 건강해 보였다.

미리 준비해두었던 봉투를 책상 서랍에서 꺼내 우오즈미에게 주었다. 조사경비와 필요경비 명세서와 함께, 그가 도쿄 의대병원에서 퇴원해 사건의 뒤처리에 쫓기는 와중에 보냈던 금액에서 명세서의 합계를 뺀 잔액이 들어 있다고 설명했다.

그는 그것을 주머니에 넣으면서 머뭇머뭇 말했다.

"결국, 제 의뢰가 꼭 필요한 일이었는지 어떤지 알 수 없게 되고 말았네요."

나는 아무 말도 하지 않았다. 의뢰인이 조사 결과에 실망하는 일에는 익숙했다. 아니 오히려 그들은 이 사무실을 방문한 사실을 후회하

• 1993년 4월에 발생한 화폐위조 사건.

면서 돌아가는 것이 일반적이었다.

우오즈미가 말을 이었다. "그후 만난 모든 사람이 작은 돌을 옮기려다가 큰 산사태를 일으킨 멍청한 남자를 보는 듯한 눈으로 저를 보고 있어요."

"누군가가 자네 누나의 시체를 찾아야만 했어. 찾기만 한다면 굶주린 들개든, 몇 년이 지난 뒤 그 집을 철거하게 될 불도저 운전사든 일만 년 후의 고고학자든 상관없지만, 나는 자네가 찾은 데에 불만이 없네. 좀 더 정확하게 말하자면 자네가 찾으려고 했고 내가 그걸 도왔고, 결국은 묻은 장본인인 자네 아버지가 가르쳐주었지만."

우오즈미는 내가 빈정거리는 걸 눈치채고 입 끝으로 살짝 웃었다. "제가 가만히 뒀어도 언젠가 아버지가……."

"그럴지도 모르지만 그러지 않았을지도 모르지."

"고시엔에서 돌아온 후 아버지와 자주 이야기를 나눴어야 했어요. 지금 생각하면 그때 아버지는 제게 뭔가 무척 이야기하고 싶어했던 것 같아요…… 하지만 저는 승부조작 의혹과 누나의 자살 때문에 받은 쇼크로 누구하고도 말하려 들지 않았죠."

"아버지와 아들의 대화는 대개 궁상맞기 마련이야. 문제를 더 복잡하게 만드는 데는 더할 나위 없지만 문제를 해결하는 일은 거의 없어."

"아버지와 신조 고모부 문제는 어쩔 수 없다고 해도 후지사키 감독에게까지 폐를 끼쳐버리게 됐네요."

그날 밤 내가 신주쿠 경찰서에서 우오즈미 효와 신조 유스케가 체포되는 것을 후지사키 겐지로에게 전화로 알리자 그는 자신도 그 사건과 관계가 있다고 밝히고 바로 자수했다. 그는 승부조작에는 관여

했지만 우오즈미 유키가 그 일과 관계되어 있었다는 것도, 감금되어 죽음에 이르렀다는 것도 전혀 몰랐다고 진술했다. 우오즈미 효나 신조 유스케도 그 발언을 뒷받침하는 증언을 했으니 틀림없을 것이다. 도박 및 승부조작 행위로 추궁당한 후지사키의 죄목은 그리 크지 않겠지만 그를 기다리고 있는 도덕적인 판결은 틀림없이 혹독하리라. 그가 아마추어 야구계에서 쌓아올린 공적과 지위는 물거품으로 돌아갈 테고 미타카 상고 야구부 OB들의 클럽이나 마찬가지인 더그아웃과 스포츠용품점은 버티기 어려울지도 모른다.

"감독님 사모님과 게이코 고모에게까지 괴로움을 안겨드리고 말았어요."

"자네 탓이 아니라고 말해주길 바라나?"

우오즈미는 쓴웃음을 지으며 고개를 저었다.

"그 여자들은 만났나?"하고 나는 물었다.

"지난주, 만났습니다. 누나의 유골을 에이후쿠지의 묘에 묻고 꽃을 바쳤는데 그때…… 두 분 모두 사건에 대해서는 직접 입에 올리지는 않고 누나 일이 밝혀져 정말 다행이라고 했어요. 하지만……."

"하지만, 뭐지?"

우오즈미는 대답하지 않았다. 내가 대신 말했다.

"그 여자들은 아마 진심으로 그렇게 생각하고 있을 거야. 그 여자들은 자기 남편이 죄를 지었다는 놀라움이나 고통, 탄식과 별도로 그런 마음을 지닐 수 있겠지. 멍청한 남자처럼 마음 한가운데 있는 감정의 빛깔을 덧칠해 모든 걸 뭉개버리려고는 하지 않지."

"하지만 그분들에게 그런 고통이나 탄식을 준 게 누구입니까?"

“남편이겠지. 적어도 자네는 아니야. 미안하지만 자네는 그 여자들에게 그런 영향력을 끼칠 수 없네.”

우오즈미는 또 한 번 쓴웃음을 지었다. 잠시 생각에 잠겼다가 이윽고 화제를 바꿨다.

“누나 대역을 한, 자살한 여자는 어떤 사람입니까?”

나는 오쓰키 유리에 대해서 알고 있는 것을 말해주었다. 그가 어떤 생각을 할지 짐작이 되어서 궁금해할 만한 것도 모두 말해주었다. 이야기가 끝나자 역시 예상한 대로 물었다.

“그 여자는 누나 때문에 자살했습니까?”

“사람은 누군가 때문에 죽거나 하지 않아. 본인은 그렇게 생각할지 몰라도 대부분 자기 때문에 죽지.”

“하지만 누나가 아무 연락도 하지 않은 채 이틀 밤이나 집에 돌아가지 않은 것이 그 여자의 마음을 막다른 상태로 몰아넣은 건 확실하잖아요?”

“자네 누나는 돌아갈 수 없었어.”

“오쓰키 유리라는 사람은 정말 불쌍한 사람인 것 같지만, 과연 인간이란 그만한 일로 그렇게 높은 곳에서 뛰어내려서 죽을 생각을 하는 존재일까요?”

“그건 뭐라고 대답할 수 없군. 그런 젊은 여자가 무엇을 어떻게 생각하는지 나 같은 중년 남자는 전혀 이해할 수가 없어…… 어쨌든 죽으려는 사람은 죽음 직전에 죽을까 말까가 아니라, 뛰어내릴까 말까 하는 행위 그 자체에 사로잡힌다는 거야. 오쓰키 유리의 경우, 오쓰키 가문 관계자들은 알아채지 못했는지 알고도 모르는 체했는지 모르지만, 그녀가 베란다를 넘게 한 마지막 계기를 만들어준 건 거기로 달려 간 그녀의 형부와 또 한 남자가 아닐까 하고 나는 생각해. 그녀는 아 버지와 가족의 손이 닿지 않는 곳에서 죽고 싶다는 생각을 해보고 있 었을 뿐일지도 모르는데 자기가 사는 곳을 알 리 없을 아버지가 보낸 사람들이 그곳으로 달려왔던 거야. 전통적으로 엄격한 가풍, 그녀에 게는 성가셔서 벗어나고 싶은 집안에서 독립해서 살 생각이었지만 모든 게 아버지의 감시 아래에 있다는 사실을 문득 깨달았을 거야. 그 녀가 베란다에서 뛰어내린 건 그들을 본 순간이었던 것 같다는 생각 이 자꾸 들어…… 그저 짐작일 뿐이지만."

"자살을 말리러 온 것이 결과적으로 역효과를 냈다는 겁니까?"

"그런 여자를 말릴 수 있는 사람은 없어. 어쩌면 이 세상에 한 명 정 도는 있을지 모르지만, 항상 결정적인 순간에 그 한 명은 곁에 없지."

"그 사람이 누나라는 건가요?"

"일반적인 사실을 말하는 거야. 대립하고 있던 아버지나 어릴 때 죽은 오빠였을지도 모르고, 임신한 아이의 아버지였을지도 모르지. 아니면, 자네 누나였을지도 몰라. 그걸 알았다면 그녀는 베란다 난간 따위에 가까이 갈 필요도 없었겠지…… 십일 년 전 여름, 오쓰키 유 리라는 스무 살짜리 여자와 우오즈미 유키라는 열아홉 살 여자가 만 난 것이 모든 일의 시작이었어. 두 사람 사이에 어떤 일이 있었는지 우리에게는 영원한 수수께끼야. 두 사람이 만난 것에 비하면 한쪽 아버지가 자기 딸의 죽음을 숨기려고 한 것도, 또 한 명의 아버지가 자기 딸의 죽음을 막을 수 없었던 것도 이 사건의 부산물에 지나지 않을지도 몰라."

"투신자살을 한 사람이 제 누나가 아니었다는 사실이 밝혀졌을 때 저는 수수께끼가 풀렸다고 생각했습니다만, 그게 새로운 수수께끼를 만들어내고 있는 걸까요?"

우오즈미 아키라는 가까운 곳에 있는 절실한 하나의 '왜'에 얽매어 십일 년을 살아왔고, 결국은 더 많은 '왜'를 떠맡아버린 모양이다. 젊은이들이 걷는 길은 늘 그렇다. 살아 숨쉬는 인간에게 생기는 수수께끼는 답이 하나뿐인 책상 위의 수수께끼가 아니기 때문이다.

나는 눈앞에 있는 스물아홉 살 청년이 앞으로 어떤 방식으로 살아갈지 상상이 되지 않았다. 그런 내 기분은 바로 상대에게 전해졌다.

"지난주 구사나기 의원님과 만났을 때 어떤 사립 고등학교의 야구부 감독을 해보지 않겠느냐는 말씀을 하셨어요. 부원이 아홉 명밖에 되지 않는 야구부인데 그 가운데 반은 경찰의 보호관찰을 받은 적이 있는 학생들이라고 해요."

"받아들일 텐가?"

"아뇨. 감독을 필요로 할 만한 야구부가 될지 어떨지 학교를 방문해보겠다고 대답은 했습니다만, 제가 감독이 될 생각은 없습니다."

우오즈미 아키라에게는 자신을 측은하게 여기는 부질없는 성격도, 남아도는 시간도 없는 모양이었다. 이제부터는 자기만을 위해서 살아가야만 한다. 그는 마지막으로 가부토 신사의 노숙자들에 대해 물었다. 나는 아는 대로 알려주었다. 그는 유감스럽다는 듯이, 그럼 이제 감사인사를 할 기회가 없을지도 모르겠다고 했다. 우리는 더 할 이야기가 없었다. 우오즈미는 의자에서 일어서서 고마웠다고 인사하고, 문 쪽으로 갔다.

나는 그의 등 뒤에 대고 물었다. "고시엔 준준결승에서 그 전화를 받지 않았다면 이겼을까?"

우오즈미는 문 앞에서 돌아보며 대답했다. "이기지는 못했지만 9회까지 7점이나 주지는 않았겠죠."

"하지만 승부조작은 아니다?"

그는 잠시 생각하고 답했다. "하지 않았습니다."

나는 책상 서랍 하나에서 후지사키 스포츠용품점에서 사온 야구공을 꺼냈다.

"작별 선물이야."

내가 있는 힘껏 던진 공을 우오즈미 아키라는 눈 하나 깜짝하지 않고 맨손으로 잡았다. 그는 미소 지으며 공을 주머니에 넣고 살짝 고개를 숙였다.

책상 위에 놓아둔 담뱃갑에서 담배를 한 개비 뽑아물고 복도를 지나 계단을 내려가는 우오즈미의 발소리를 듣고 있었다. 이윽고 소리가 더는 들리지 않게 되자 담배에 불을 붙였다. 담배연기는 환기를 위해 열어둔 창으로 들어온 바람에 실려 문에서 복도 쪽으로 흘러갔다. 사라진 우오즈미 아키라를 뒤쫓는 듯했다.

책상 위에서 전화벨이 울렸다. 전화를 받을 기분이 들지 않아 벨이 열 번 울리기 전에 끊어질 거라고 혼자 내기를 걸었다. 내기에서 진 나는 담배를 재떨이에 비벼끄며 천천히 수화기로 손을 뻗었다.

さらば長き眠り

《그리고 밤은 되살아난다》《내가 죽인 소녀》를 이은 세번째 장편 《안녕 긴 잠이여》를 구상하고 쓰기까지 오 년이라는 세월이 걸렸다. 우선 독자 여러분에게, 그리고 참을성 있게 지은이의 집필을 지켜봐주신 출판사 여러분에게 사과를 드리지 않을 수 없다.

이 작품에서도 지난 두 장편 및 단편집과 마찬가지로 실제로 존재하는 것과 동일한 지명, 단체, 기업, 개인, 작품의 이름이 자주 나오는데, 소설이 픽션인 이상 쓰여 있는 내용은 실제로 존재하는 것과 직접적으로 아무런 관계가 없다. 사용하면서 신중을 기했고 어떠한 폐도 끼치지 않으려고 나름대로 배려했다. 만약 그렇지 못한 부분이 있다면 책임은 등장인물이 아니라 지은이의 역량 부족에 있다.

이 작품 맨 앞에 내세운 니체의 인용문은 햐쿠스이샤에서 출간한 《니체전집》(제1기 제8권)《남겨진 단상(1876-1879)》의 다나베 히데키 씨의 번역을 참고했다. 이 작품 속에 등장하는 '오쓰키류'는 물론 지은이가 꾸며낸 상상의 산물이다. 노가쿠에 관한 지식을 얻기 위해 도쿄소겐샤에서 발행한 《노가쿠 전서》 및 이와나미쇼텐의 《이와나미강

좌 교겐》을 참고했다. 또 내용 중에 나오는《후나벤케이》와《구라마 아마텐구》의 한 대목은 사계의 태두인 간제류의 자료를 참조했다. 나아가 노가쿠의 전승에 관해서는 후지TV에서 제작한 〈노 부자 3대〉라는 프로그램에서 배운 바가 크다. 아울러 이 자리를 빌려 감사의 뜻을 전하고 싶다. 끝으로 지은이의 좁고 보잘 것 없는 지식을 보충해주신 여러분과 출판사 편집부 여러분께 깊이 감사드린다.

하라 료

죽음의 늪에서

하라 료

내가 이 사립대학 부속병원 암 전문 병동 일인실에 들어온 지도 벌써 사흘이 지났다. 아니나 다를까, 건물 전체가 금연이었다. 그렇지만 혼자 쓰는 병실인 덕분에 나는 두세 시간에 한 개비 정도의 페이스로 몰래 담배를 피우고 있었다. 사람 목숨을 구하는 의료행위를 능가할 정의는 이 세상에 존재하지 않는다고 믿는 듯한 사십대 후반의 베테랑 간호사가 내 병실에 들어올 때마다 민감하게 코를 씰룩거리며 가련한 범죄자를 보는 눈으로 내게 던지는 시선에도 이내 적응하고 말았다. 가련한 범죄자라기보다는 가련한 자살행위를 대하는 시선이라고 표현하는 편이 더 정확했다. 나는 이미 다른 병원 두 군데에서 각각 초기와 중기 폐암으로 의심된다는 진단을 받고 마지막 덧없는 희망에 기대어 이 병원에서 정밀검사를 받기 위해 긴급 입원했으니⋯⋯.

그 정밀검사 결과는 내일 오전 9시에 나온다. 내일은 1999년의 마지막 날이다. 세상 사람들은 '밀레니엄'이 어떠니 'Y2K'가 저떠니 하며 요란을 떨었다. 만약 이미 받아본 두 차례 진단보다 더 심각해서

일 년 이상 살지 못할 목숨이라는 결과라도 나온다면 나는 21세기의 도래를 기다리지 못하고 이 세상에 작별을 고해야 한다. 21세기 따위가 오는 걸 특별히 보고 싶다는 생각은 없지만 그렇다고 해서 일 년도 안 되어 죽을 거라는 사실을 환영하는 것도 아니다.

병실 문을 노크하는 소리가 들리더니 키 큰 이십대 중반의 간호사가 드레싱카트를 밀며 들어왔다. 하루에 한 번은 밝고 구김살 없는 얼굴을 보여주는 인물로, 머리카락을 갈색으로 물들였는데, 말투에 간사이 사투리가 섞여 있었다. 간호사는 저녁식사를 마친 뒤에 늘 하는 체온 확인을 하고 기록한 뒤에 미리 예고했던 채혈에 들어갔다.

"사토미 선생님이 지금 몸 상태가 어떤지 궁금해하셨습니다."

"별로 뭐…… 현재로서는."

간호사는 고개를 끄덕이더니 채혈을 마치고, 10시에 다시 체크하러 오겠다고 하고 병실을 나갔다. 사토미라는 의사는 사십대 중반의 의과대학 조교수인데, 이 병동의 책임자이자 내 담당 의사였다.

뉘엿뉘엿 해가 저무는 창밖 풍경으로 시선을 돌리자 따스한 겨울답게 하늘에는 어두운 오렌지빛 구름이 희미하게 하늘을 흐르고 있는 모습이 보였다. 온도 조절이 되는 병실에서 저녁식사 뒤에 밀려오는 졸음과 이미 한계점을 한참 넘어선 따분함에 몸을 맡긴 채 나는 오 년 전에 죽은 그 사내를 떠올리고 있었다.

*

도쿄를 떠난 지 거의 팔 개월이 지난 일요일 오후. 나는 규슈에 있는 어느 작은 도시 근교의 숲속에 서 있는 약간 낡은 병원을 찾아, 그 뒤편에 이웃해 지은 의사 사택의 초인종을 눌렀다.

일 분쯤 기다리자 사토미라는 문패가 달린 현관문을 연 의사는 휴일이면 골프보다 정원 가꾸기를 좋아할 타입의 외모와 복장을 한 육십대 후반의 머리가 흰 남자였다. 그는 그때가 첫 대면인 내 얼굴을 이게 누군가, 하고 생각하는 표정으로 가만히 바라보고 있었다.

"이쪽 병원에 와타나베 겐고라는 남자가 신세를 지고 있을 텐데요……."

나는 미리 준비한 와타나베의 최근 사진을 상의 안주머니에서 꺼내 상대방에게 보여주었다.

"어쩌면 다른 이름을 쓰고 있을지도 모르지만 이 사진 속 남자입니다…… 하기야 이것도 이십 년쯤 전에 찍는 사진이긴 하지만."

나이든 의사는 사진을 흘끔 보았다. 그리고 시선을 다시 내 얼굴로 옮기고 불안한 표정으로 바라보았다. 만약 와타나베가 이 의사에게 자기 신상에 대해 일부라도 털어놓았다면 와타나베를 찾는 사람이 나 말고도 있을 거라는 사실을 알고 있다는 이야기가 된다. 나는 내 인상과 외모가 형사나 폭력단원과 확연히 다르지는 않다는 사실을 떠올리며 덧붙였다.

"저는 그 사람의 예전 파트너인데 사와자키라고 합니다."

사토미란 의사는 천천히 고개를 끄덕이며 그 얼굴에서 불안한 빛을 지웠다. 그 대신 신기하다는 표정을 떠올렸다.

"놀랍구려. 그 사람은 어제도 당신이 슬슬 나타날 때가 되었다는 말을 했소."

"와타나베는…… 그 사람은 몸이 어떻습니까?"

"이런 데서는 좀 그러니 자, 안으로 들어오시구려."

그는 나를 집 안으로 맞아들이더니 복도 막다른 곳에 있는 꽤 넓은 서양식 방으로 안내했다. 응접실인지 거실인지 얼른 구분이 가지 않는 방이었고, 다른 식구는 없었다. 내 조사에 따르면 몇 해 전에 아내를 잃은 홀아비 의사로 집안일을 돌봐주는 도우미와 둘이 살고 있었다. 구석 쪽에 있는 대형 텔레비전 화면에는 '장 가뱅'과 또 한 명의 날카로운 눈매의 체격 좋은 남자가 나오고 있었다. 가뱅은 세련된 검은색 더블 슈트, 상대는 화려한 체크무늬 양복을 입고 있었다. 아마 가뱅이 동료와 밀담을 나누는 모양이었다.

"쉬는 날이면 비디오로 영화나 보는 게 내 소일거리라오."

나이든 의사는 응접 테이블 위에 놓인 리모컨을 집어 들고 비디오를 멈춘 다음 텔레비전 스위치를 끄고 나서 내게 맞은편 소파에 앉기를 권했다.

"그 사람은 잘 지냅니까?"

내가 다시 물었다.

의사는 대답하기 괴로운 표정을 지으며 쉽게 입을 열지 않았다. 와타나베 겐고는 물론 잘 지내지 못했다. 말기 간암을 앓고 있었고, 그로부터 세 달 뒤에 숨을 거두었다.

*

병실 내선전화의 벨이 울렸다. 나는 팔을 뻗어 수화기를 들었다.

"여보세요……."

잠시 대답이 없었다.

"여보세요……?"

"512호실입니까?"

상대방이 확인했다. 묘하게 잔뜩 억누른, 경계심이 강하게 느껴지는 남자 목소리였다.

"그렇습니다만……."

수화기 속에서 내 목소리는 사흘이나 침대에 누워 있었기 때문인지 내 목소리라고는 생각할 수 없을 만치 가냘프게 들렸다.

"그렇다면, 그러니까…… 사와자키 씨죠?"

"예."

그리고 전화를 끊은 게 아닐까 하는 생각이 들 정도로 긴 침묵이 이어졌다.

"틀림없이…… 내일 아침에 정밀검사 결과가 나오게 되어 있죠?"

그리고 다시 이쪽이 불안해질 정도로 긴 침묵.

"여보세요."

내가 말하자마자 저쪽에서 좀전보다 또렷한 목소리로 말했다.

"당신은 '수용성 아가리쿠스'라고 불리는 뛰어난 항암제에 대해 들어본 적 있습니까?"

"예, 뭐……."

나는 살짝 기침을 했다.

"사실 이건 그것과 좀 다른 겁니다만, 같은 계통이면서도 몇 십 배 효과를 내는 약이 있습니다…… 무슨 말씀인지 아시겠습니까?"

나는 알겠다고 대답했다.

"그런데 안타깝게도 이 약은 아직 우리나라에서는 정식으로 허가가 나지 않았습니다. 게다가 그야말로 어처구니없는 약학 관련 학회의 여러 사정 때문에 이 약이 인가를 받으려면 아직 몇 년이 더 걸릴지 모르는 실정이죠. 아시겠습니까?"

나는 기침한 뒤 다시 알겠다고 대답했다.

"하지만 실제로 당신처럼 이 병으로 고통받고 있는……."

"잠깐만. 내 검사 결과는 내일 아침이나 되어야 나올 텐데, 당신은 그러니까…… 이미 그 결과를 알고 있다는 소린가?"

"아뇨, 그런 건 아니지만……."

수화기 저편에서 어색한 한숨소리가 들려왔다.

나는 기침을 하고 비통한 목소리로 말했다.

"만약 검사 결과를 알고 있다면 먼저 그것부터 이야기하시오."

"잠깐만요. 그렇게 흥분하시지 말고 냉정하게……."

"이게 냉정할 문제요?"

"난처하군요. 그래서는 모처럼 좋은 뜻으로 전화를 드린 우리 체면이 뭐가 됩니까? 그럼 이만 이 이야기는 없었던 걸로 하고 전화를 끊겠습니다."

"자, 잠깐만. 알았소. 냉정할 테니 전화는 끊지 말아주시오."

"그러시겠습니까……? 그러면 냉정하게 들어주십시오. 우리는 물론 내일 나올 검사 결과에 대해 알려드릴 수 없습니다."

거짓말이라고 생각할 수밖에 없는 말투였다.

"그렇지만 만약 불행하게도, 그러니까, 바람직하지 못한 결과가 나왔을 경우인데, 그때는 조금 전에 말씀드린 우리 약제를 꼭 권해드리고 싶은 겁니다…… 아시겠습니까?"

그리고 남자는 십 분 이상 시간을 들여 닳고 닳은 약장사 말투로 자기 제품에 대한 친절하고 꼼꼼한 설명을 이어나갔다. 대목마다 "아시겠습니까?"를 반복했지만 나는 몇 번인지 헤아릴 여유도 없고 기운도 이미 없었다. 설명은 대략 다음과 같았다.

이미 이 약을 사용한 암 환자 가운데 실제로 70퍼센트 가까이 암이 완전히 사라졌다는 이야기, 그리고 이 병원 환자 가운데도 지금까지 스물일곱 명이 그 약제를 복용하고 있으며 그 가운데 열아홉 명이 육 개월에서 일 년 이내에 완쾌되거나 삼 년 이내에 재발 우려가 없다는 진단을 받고 무사히 퇴원했다는 이야기였다.

다만 이 약제는 인가가 나지 않았기 때문에 만약 복용 사실이 드러나면 의약품으로 인한 피해 문제에 까다로운 세상인 만큼 중대 범죄로 처벌받으며, 복용한 환자 자신도 이미 병실 침대에서 편안하게 치료받을 수 없는 중대한 트러블에 휘말리게 될 것이라며 단단히 주의를 주었다.

하지만 이미 그 약의 효과는 이 세계에서는 모르는 사람이 없을 정도로 널리 알려져 있으며 인가받지 못했다는 사실을 우려하여 복용을 주저하게 되면 살 수 있는 목숨을 어이없이 포기하는 꼴이라고 했다.

그리고 일주일치 대금은 오만 엔이지만 사실 작년까지만 해도 십만 엔이 넘었으며 올해 상반기까지도 칠만 엔이었지만 약효의 실적과 최근 인터넷에서 배포되어 널리 보급되고 있기 때문에 요즘은 겨우 오만 엔이면 구할 수 있다고 설명했다.

약 복용은 모두 이 병원의 치료와 함께 이루어진다고 했다. 다만 안타깝게도 환자 증상의 케이스에 따라 30퍼센트는 이 약이 맞지 않는 경우도 있어 복용 결과를 꼼꼼하게 체크하고 있는데 그 배합을 조정하며 계속 투약하다가 그래도 나아지는 모습이 보이지 않는다면 삼 개월 뒤에 다시 연락할 것이라고 했다.

"꼭 부탁하고 싶군."

나는 기침하면서 말했다.

"그러면 복용은 언제부터?"

"어차피 내일 검사 결과는 알고 있지 않소? 하루라도 빨리 복용하고 싶군."

상대방은 재빨리 약값을 지불하는 방법을 알려주었다.

*

그날 자정 조금 전에 나는 환자복 위에 코트를 입고 병실을 나섰다. 비틀거리는 걸음으로 인기척이 없는 복도를 걸어 엘리베이터까지 가서 버튼을 눌렀다. 7층 버튼을 누르자 엘리베이터는 올라가기 시작했고, 나는 이 병동 꼭대기 층에 내렸다.

7층에서 역시 인기척이 없는 복도를 병동 동쪽 끝까지 걸어 비상계단으로 가는 문을 열고 계단을 올라갔다. 숨이 찼다. 작은 층계참에 있는 문을 열고 옥상으로 나가니 12월 밤의 한기가 온몸을 휘감았다. 병동 뒤편이 보이는 곳까지 걸어 허리 높이까지 오는 철책 밖으로 몸을 내밀고 7층 아래 있는 지상의 어둠을 내려다보았다.

이 철책을 넘어 다이빙한다면 별로 미련도 없는 이 세상하고도, 내 몸뚱이하고도 작별할 수 있을 거라고…….

그런 심리상태를 상상하려고 해보았지만 내게는 무리였다. 코트 주머니에서 담배를 써내 성냥이 꺼지지 않도록 조심하며 코트 안쪽에서 불을 붙였다. 그리고 기다렸다.

자정이 지났을 때, 바로 아래 보이는 직원 주차장 구석에 있는 원통형 철조망 쓰레기통 옆에 사람 그림자가 나타났다. 검은 점퍼 차림을 한 남자는 주위를 둘러보면서 쓰레기통으로 다가갔다. 자기 머리 바로 위 20미터 되는 곳에 감시자의 눈이 있을 거라고는 꿈에도 생각하지 못하는 모양이었다. 남자는 몸을 구부려 지정한 쓰레기통 바닥을 손으로 더듬어 거기 있을 오만 엔이 든 봉투를 꺼냈다.

나는 코트 주머니에서 자루가 긴 대형 손전등을 꺼내 남자의 머리를 향해 빛을 쏘았다. 남자는 앗 하는 비명을 지르며 패닉 상태에 빠졌다. 쓰레기통을 포위하듯 세 방향에 배치되어 있던 병원 경비원들이 남자를 향해 달려갔다.

경찰 조사를 마치고 병실에서 몇 시간 눈을 붙인 뒤, 이튿날 아침 가방에 휴대품을 채워넣고 병실을 나서려고 하는데 사토미 조교수가 나타났다. 우리의 연락 업무를 맡았던 갈색 머리 간호사도 함께였다. 사토미는 규슈에서 개업하고 있는 자기 아버지와 눈매가 꼭 닮았지만 아버지와 비교하면 얼굴과 체격이 호리호리한 편이었다.

어젯밤 체포된 남자는 대형 제약회사에서 구조조정으로 퇴출된 영업사원으로 병원과는 직접 관계가 없는 남자였다고 한다. 하지만 그 뒤에 이루어진 취조에서 병원 안의 인턴과 간호사가 공범자로 한 명씩 있다는 사실을 자백했다고 한다. 범행 내용상 정보를 제공한 내부인이 존재할 수밖에 없었지만 막상 실제로 확인되자 조교수는 쇼크를 받았다.

일 년쯤 전부터 빈번하게 일어나던 범죄인데, 문제는 암 환자 치료의 약점을 파고든 비열한 사기행위인데도 쉽게 확증이 잡히지 않아 애를 먹고 있다가 조교수가 고향에 있는 아버지에게 우연히 이야기를 하자 그 아버지가 나를 탐정으로 소개해 의뢰받게 된 사건이었다. 생각보다 빨리 해결된 까닭은 연말연시에 문병객 하나 없고 집에 돌아가지도 않는 일인실의 고독한 환자라면 범인들이 절호의 먹잇감으로 여길 거라는 추측이 맞아떨어진 모양이었다.

사토미 조교수는 손에 들고 있던 갈색의 큰 봉투를 내 쪽으로 내밀었다.

"일단 정밀검사는 했으니 그 결과를 드리죠."

"혹시 바로 입원하는 게 나은 건가요?"

"그렇지는 않지만, 아무래도 나이가 나이니만큼 좀 건강에 신경을 쓰시는 편이……."

니시신주쿠로 돌아와 블루버드를 주차장에 세우고 내일부터 시작될 2000년 설날 연휴 사흘간을 휴업할 작정으로 사무실에 들러보니 문에 작은 메모가 껴 있었다.

그것은 새로운 사건의 시작이었다.

《내가 죽인 소녀》우리말 판이 나온 지 얼마 지나지 않았을 때 필름 포럼의 임재철 대표가 기회를 마련해주어 2009년 8월 20일에 번역 자로서 몇몇 독자를 모시고 '하라 료를 말하다'라는 시간을 가진 적이 있습니다. 그때 '하드보일드란 이런 것이다'라고 또렷하게 이야기하지 못했습니다. 지금도 마찬가지입니다.

하드보일드 소설을 읽거나 옮길 때면 늘 '하드보일드란 무엇일까'를 생각하게 됩니다. 참고서처럼 이리저리 정리한 하드보일드의 정의도 읽어보고, 용어의 역사를 더듬어보기도 하지만 저 자신의 표현을 찾지는 못하고 있습니다.

제가 읽은 바로 '하드보일드'란 용어에 대해 잘 정리된 글은 일본의 고다카 노부미쓰가 쓴 '하드보일드의 언어학' '하드보일드, 문예용어 로서의 발생과 추이'입니다. 국내에 소개될 가능성이 거의 없는 책에 실린 글이라 나중에 '하라 료를 말하다' 같은 작은 모임에서나 정리해 소개할까 합니다.

일본의 한 여성 평론가는 '하드보일드란 남성용 할리퀸 로맨스다'

라는 표현을 썼다고 합니다. 전후 맥락을 알지 못하지만 이 표현만 두고 보면 하드보일드에 대한 이해가 부족하다는 생각이 듭니다. 오프라인이나 온라인에서 하드보일드에 대한 오해와 종종 마주칩니다. 굳이 수정하려고 들지 않는 까닭은 역시 하드보일드란 바로 이런 거다, 라고 간결하게 설명할 자신이 없기 때문입니다.

다만 하라 료의 작품에 한해 이런 말씀을 드리고 싶습니다. 레이먼드 챈들러의 필립 말로 시리즈를 읽은 분과 읽지 않은 분은 하라 료의 소설이 다르게 느껴질 거라는 점입니다. 필립 말로 시리즈는 하라 료가 '하드보일드의 이상理想'으로 삼았으며, 사와자키 탐정에게 결정적인 영향을 끼친 작품들입니다. 심하게 말하자면 필립 말로를 읽지 않고는 사와자키 탐정 시리즈를 제대로 즐길 수 없습니다. 독후감이 조금 달라지는 정도가 아니라 사와자키 시리즈의 디테일을 이해할 수 없습니다.

'저는 하드보일드 탐정소설을 씁니다'보다 '제가 쓰고 있는 소설은 하드보일드입니다'가 더 겸허한 표현이라고 생각하는 작가 하라 료도 '하드보일드란 바로 이런 거다'라고 정의를 내놓지 않습니다. 다만 이런 예를 들어 그 조건을 설명합니다.

《빅슬립》(출판사에 따라 《깊은 잠》《거대한 잠》) 앞머리에 어느 저택을 방문한 탐정 필립 말로에게 버릇없는 그 집 막내딸이 "키가 크네요?"라고 삐딱한 태도로 묻는 장면이 나온다. 이 말에 어떻게 대답할 것인가? 어려운 질문이다. 현실적으로는 히죽히죽 멋쩍게 웃어 넘기거나 아니면 화를 내거나 둘 중 하나다. 하드보일드 소설에서

는 그러면 실격이다. 이 물음에 제대로 대답할 수 있는가 없는가로
독자는 그 소설을 판정하게 된다. 말로는 어떻게 대답했을까?《빅슬
립》을 읽어보시기 바란다.

여기서는 이러저러한 사정으로 늦어진 한국어판을 기다려준 분들
을 위해 그 답을 영문으로 아래 적어둡니다. 우리말 판에서는 어떻게
옮겼는지 직접 책을 사 보시거나 형편이 허락지 않는 분들은 온라인
서점의 미리보기 기능이라도 이용해 확인하시기 바랍니다.

"I didn't mean to be."

2013년 가을

권일영

《안녕, 긴 잠이여》를 새로 단장한다는 비채 편집부의 연락을 받고 본문 손질 기회를 얻어 여러 곳 손을 댄 개정판입니다. 초판이 나오고 꽤 오랜 시간이 흘렀지만, 다시 읽어도 새롭게 다가오는 부분들이 많습니다. 그사이 하라 선생이 세상을 떠나셨습니다. 어머니 병구완으로 밤새우던 나날에 옮긴 소설인데 이제 어머니도 원작자도 없는 세상이 되고 말았습니다. 작가를 잃은 작품을 다시 읽는 한 달 반 남짓, 나름 고인을 추모하는 시간으로 여겼습니다.

2023년 5월. 트위터의 DM을 통해 일본 지인으로부터 부고를 접한 뒤, 며칠간 일이 손에 잡히지 않아 괜히 최근 출간작 일본어판을 뒤적이며 시간을 보냈습니다. 선생이 피아노를 치는 재즈 카페를 찾아가 몰래 연주를 듣고 싶던 바람도 영 이루지 못할 소망이 되고 말았습니다. 그러다 겨우 얻은 위안은 얼마 뒤에 나온 잡지의 추모 특집이었습니다.

여러 작가와 지인들의 안타까워하는 마음이 담긴 이 특집호에는 〈내가 걸어온 길〉이라는 2021년 3월 14일의 강연회 녹취록도 실려

있지만, 제가 가장 먼저 펼친 페이지는 작가가 남긴 미완성 원고《それからの昨日》즉《지금부터의 내일》의 후속작이자 속편이었습니다.

후속작의 유고는 3장에서 끝났습니다. 하야카와 편집부에 따르면 여기까지의 원고가 도착한 것은 2019년 12월. 이때 이미 전체 40장으로 집필한다는 계획이 잡혀 있었답니다. 그러나 지구를 덮친 코로나19 봉쇄 때문에 활동이 제한되고 작가가 늘 피아노를 연주하고 친지들과 담소를 즐기던 형의 재즈 카페도 정상 영업을 할 수 없게 되자 작가의 집필 속도가 크게 흔들리기 시작했습니다.

미완성 작품의 전체 줄거리는 3장까지의 원고가 편집부에 도착할 때 함께 왔답니다. 마지막 40장의 배경은 2013년, 도쿄 올림픽 유치가 결정된 직후를 그립니다. 사와자키 탐정은 '도쿄를 떠나겠다'라고 결심하고, 그간 모든 작품에 단골로 등장한 고정 인물들이 '내일'에서 살짝 나온 니시신주쿠의 새(?) 사무실로 모여듭니다. 그리고 그들은 작별을 아쉬워하며 "이 사무실을 '사와자키 탐정사무소'라는 이름으로 이어가도 되겠느냐"라고 묻는다는 결말까지, 꽤 상세한 줄거리입니다.

문학계에는 세상을 떠난 작가를 그리며 추모하는 여러 작업이 이루어집니다. 무엇보다 출판물을 통한 추모 작업이 가장 일반적일 것입니다. 하야카와 편집부가 작가 생전에 출간 준비중이던 세 번째 수필집《엔드 타이틀》(가제)에도 고인을 추모하는 뜻을 보태게 될 겁니다.

제가 더 관심이 가는 일은 작가들이 모여서 힘을 모아 미완성 소설을 마무리하는 일입니다. 완성되지 않은 줄거리를 세우고, 고인의 문장이 지닌 맛을 살리며 미완성인 부분을 추모의 마음으로 채우죠. 이런 작업의 어려움은 아마 이야기를 어떻게 마무리하느냐일 것입니다. 하지만 미완성 원고는 전체 줄거리가 이미 짜여 있어 여러 작가가 모여 완성하는 추모 창작을 기대해 볼 수도 있지 않을까 하는 욕심이 고개를 듭니다.

이런 예측 가능한 추모 말고도 저처럼 막된 독자의 망상은 걷잡을 수 없습니다. 재주만 있다면 사와자키 시리즈가 끝없이 이어지도록 하고 싶죠. 아울러 사춘기 하시즈메 소년의 성장 과정을 그리는 냉혹한 하드보일드 시리즈, 사와자키와 사가라의 미공개 에피소드들로 이루어진 가슴 따뜻해지는 감동 하드보일드 시리즈, 앳된 니시고리 순사가 와타나베에게 갈굼을 당하며 경부가 되기까지를 그리는 대하 경찰소설, 사에키 나오키가 몰래 사와자키의 과거를 추적한 미공개 취재 수첩 등등. 작가 생전에는 감히 상상도 할 수 없던, 밤하늘을 가득 수놓는 불꽃놀이 같은 사와자키 월드를 머릿속에 그려봅니다.

옮긴이 주제에 별 망상을 다 늘어놓는다는 분이 계신다면 그냥 웃겠습니다. 지난번 옮긴이 후기의 마지막에 인용한 문장으로 대꾸를 대신하며.

2025년 가을
권일영

옮긴이 권일영

중앙일보사에서 기자로 일했으며 지금은 다른 나라 소설을 우리말로 옮기고 있다. 하라 료의 《그리고 밤은 되살아난다》《내가 죽인 소녀》《천사들의 탐정》《어리석은 자는 죽어야 한다》를 비롯해, 히가시노 게이고 《사소한 변화》, 미야베 미유키의 《낙원》, 가와이 간지의 《데드맨》 등을 옮겼다. 그 밖에도 오기와라 히로시, 아비코 다케마루, 유키 신이치로, 모리미 도미히코 등 다양한 작가의 작품을 우리말로 옮겼으며 에이드리언 코난 도일과 존 딕슨 카가 쓴 《셜록 홈즈 미공개 사건집》 등 영미권 작품도 우리말로 소개했다.

안녕 긴 잠이여

1판 1쇄 발행 2013년 10월 18일 **개정판 1쇄 발행** 2025년 11월 11일
지은이 하라 료 **옮긴이** 권일영
펴낸이 박강휘
편집 장선정 **디자인** 김은희
마케팅 박유진 **홍보** 박상연 이수빈

발행처 김영사
주소 경기도 파주시 문발로 197(문발동) 우편번호 10881
등록 1979년 5월 17일(제406-2003-036호)
주문 및 문의 전화 031)955-3200 **팩스** 031)955-3111
편집부 전화 02)3668-3295 **팩스** 02)745-4827 **전자우편** literature@gimmyoung.com
비채 블로그 blog.naver.com/viche_books
인스타그램 @drviche @viche_editors **X(트위터)** @vichebook
ISBN 979-11-7332-404-8 03830 책값은 뒤표지에 있습니다.

비채는 김영사의 문학 브랜드입니다.